BASTEI
LÜBBE

JERRY COTTON
JUBILÄUM

Beifall für einen Toten

Clan der Mörder

Keinen Cent für eine Leiche

Drei Kriminalromane

BASTEI LÜBBE

BASTEI-LÜBBE-TASCHENBUCH
Band 31 911

Erste Auflage: Oktober 1997

Beifall für einen Toten
Clan der Mörder
Keinen Cent für eine Leiche

Lektorat: Rainer Delfs
Titelbild: Bastei-Archiv
Umschlaggestaltung: QuadroGrafik, Bensberg
Satz: Fotosatz W. Steckstor, Rösrath
Druck und Verarbeitung: Elsner Druck, Berlin
Printed in Germany

ISBN 3-404-31911-7

Der Preis dieses Bandes versteht sich
einschließlich der gesetzlichen Mehrwertsteuer.

Beifall für einen Toten

Die schrägstehende Sonne warf einen Schweif aus flüssigem Silber über das Wasser des Lake Pontchartrain. Die Heckwellen der rasenden Schnellboote schnitten graziös anmutende Muster in den glitzernden Spiegel.

Ich kniff die Lider zusammen, um die Augen vor den grellen Reflexen zu schützen. Am liebsten hätte ich mich in den See gestürzt, denn es war heiß, sehr heiß. Und feucht. Der Wind, der vom Golf hereinblies, war warm und schwer, und er brachte keine Kühlung. Im Gegenteil. Die Luft war geschwängert vom Geruch der Sümpfe und dem Gestank der Raffinerien an der nahen Küste. Und wenn der Wind umsprang, trug er den erstickenden Dunst der Fischfabriken von New Orleans und dem südlichen Bayou heran.

Mein Hemd klebte naß am Körper, und ich fragte mich, welcher Teufel mich geritten haben mochte, als ich das vertraute Pflaster Manhattans mit dem moskitoverseuchten Marschland des Mississippideltas vertauschte.

Ich bog die Krempe meines breitrandigen Stetson etwas in die Höhe und angelte nach dem Feldstecher, den ich auf dem Sitz des Pontiac abgelegt hatte. Ich preßte die Okulare an die Augen. Die Gummimanschetten waren glühend heiß.

Ich suchte ein rotes Boot mit weißen Seitenstreifen, das eben im Pulk der verbliebenen Renner um die westliche Wendemarke herumtanzte.

Eins der härtesten Speedboat-Rennen des Jahres neigte sich nach zwei mörderischen Stunden seinem Ende zu. Von den sechzehn im Endlauf gestarteten Booten befanden sich noch sieben auf der Strecke. Eins war in Flammen aufgegangen. Zwei andere waren an den Wendemarken drüben bei Ruddock gekentert. Schnellboote der Küstenwache hatten die Piloten rechtzeitig aus dem Wasser gefischt. Die anderen Teilnehmer waren Opfer der Hitze geworden. Sie hatten einfach aufgehört zu funktionieren.

Scheinbar lautlos glitten die flachen, breiten Boote über den See. Nur wenn sie nahe an meinem Standort vorüberdonnerten, konnte ich das dumpfe Krachen hören, mit dem sie immer wieder auf die Wasseroberfläche schlugen. Ich hielt das rote Boot mit den weißen Seitenstreifen im Visier. Es hatte sich jetzt endgültig von der Spitzengruppe gelöst und schoß auf die Ziellinie zu. Nichts und niemand konnte den Sieg des jungen Ken Trevelyan und seines Kopiloten aufhalten. Das Boot schien die Wellen kaum noch zu berühren. Wie ein Pfeil schoß der flache Rumpf dahin. Salzige Gischt überzog die gekrümmte Scheibe mit einem undurchsichtigen Film. Die Männer im Cockpit konnte ich nicht sehen. Mit schweißfeuchten Fingern stellte ich das Glas noch schärfer ein.

Ich stand neben dem Pontiac, Eigentum des West Feliciana County in Louisiana, auf dem weit in den See vorspringenden Verladekai eines Schwefelsilos. In den Beton eingelassen verliefen die großen Rohre, an deren Enden die Spezialschiffe angedockt wurden. Die Mauern und der Uferstreifen, die Hafenstraße, die flachen Werkstattschuppen und die hohen Silos waren von einer zähen gelbgrauen Schicht Schwefelstaub überkrustet.

Dem wenig einladenden Aussehen der Anlage hatte ich es wohl zu verdanken, daß mir die Aussichtskanzel allein gehörte. Für die Zuschauer hatte man einen ansehnlicheren Uferstreifen freigegeben, und die überdachten Tribünen zwischen Madisonville und Mandeville konnten an die zwanzigtausend Personen aufnehmen. Weitere zwanzigtausend drängten sich auf dem Pontchartrain Causeway, der gebührenpflichtigen Straße, die, zweiundzwanzig Meilen lang, den See auf Betonstelzen überquerte und die südöstlichen Countys des Staates mit New Orleans verband.

Von den Tribünen her hörte ich ein anschwellendes Brausen, als die Zuschauer das rote Boot heranschießen sahen. Das Brausen blieb wie das Summen eines Bienenschwarms in der Luft stehen, wo es sich mit dem Triumphkonzert aus den Signalhörnern der unzähligen Freizeitboote entlang des Seeufers vermischte. Die letzten Flamingos und Ibisse, die es noch im Schilf ausgehalten hatten, flogen auf. Ken Trevelyans Boot, die Coral Bride, raste heran. Es füllte jetzt das Blickfeld meines Feldstechers. Nur noch wenige Sekunden, dann würde es vorbeischießen, und ich würde die beiden Männer sehen, die in ihren grellfarbenen Overalls und den großen Helmen mit den getönten Schutzgläsern wie Raumfahrer aussahen und nicht wie Wassersportler.

Ich hörte das Schlagen des flachen Rumpfes. Bei der Geschwindigkeit, die diese Renner erreichten, war das Wasser hart wie eine Betonpiste. Schnurgerade fegte das Boot vorbei. Das Cockpit öffnete sich meinem Blick.

Mir stockte der Atem.

Nur ein Mann war an Bord. Er hing leblos über dem Steuerruder. Der Kopf in dem großen Helm schien sich zwischen dem Ruderrad und der Steuerkonsole verklemmt zu haben. Die herabhängenden Arme pendelten mit den Bewegungen des Bootes kraftlos hin und her.

Dann war der Spuk vorbei, und ich stieß keuchend die Luft aus. Die Hitze hatte mein Hirn in einen nassen Schwamm verwandelt. Mein Verstand arbeitete zwar einigermaßen präzise, aber etwas langsamer als sonst.

Die Coral Bride hatte doch erst vor zwei Minuten die Wendemarke passiert! Ich hatte gesehen, wie sie, von harter Hand gezwungen, über das Wasser gesprungen war und erneut Kurs auf das Ziel genommen hatte. Und jetzt . . .

Unwillkürlich verfolgte ich das davonrasende Boot. Es schoß auf die Zielgerade zu, die auf drei Meilen parallel zu den Tribünen verlief. Zwei Boote mit hohen Flydecks vom Mandeville Yachtclub bildeten die Ziellinie. Die Fahnen und Wimpel flatterten träge im Wind.

Ich konnte unter dem Zielband hersehen. Der Auslauf war vielleicht noch einmal drei Meilen lang. Flimmernd in der kochenden Luft lag der Pontchartrain Causeway scheinbar direkt auf dem Wasser. Die Zuschauer an den Geländern bildeten eine gesichtslose Masse, eine geschlossene Mauer. Plattformen mit den Kameras der Fernsehstationen reckten sich in den Himmel.

Ken Trevelyans Boot würde als erstes unter dem Zielband herlaufen. Doch es würde weiterrasen, schnurgerade, solange der Treibstoff reichte.

Oder bis es an einem der Betonpfeiler zerschellte.

Oh, verflucht! Ich warf den Feldstecher in den Pontiac, sprang hinein und startete.

Ich legte alle Schalter auf der Mittelkonsole um. Die roten Lichter auf dem Dachbügel begannen zu kreisen. Die Bullhörner pumpten winselnde Schallwellen hinaus. Das Funkgerät war auf die Welle des West Feliciana County eingestellt. Es erlaubte nur eine einzige Umschaltung, und zwar auf die Frequenz der Louisiana State Police. Hier im Tammany County konnte ich mit dem Ding also kaum etwas anfangen. Bis ich einen Deputy oder State Trooper erklärt hätte, was los war, wäre die Coral Bride längst an einem Pfeiler des Pontchartrain Causeway zerschellt.

Ich trieb den Wagen die Werkstraße hinauf, wobei ich eine hohe Fahne aus Schwefelstaub hinter mir herschleppte. Dann knüppelte ich die Kiste über die Betonstraße, die zwischen dem Seeufer und dem Highway herlief. Am Straßenrand standen die Wagen der Zuschauer, die jetzt unten vom Ufer aus die letzten dramatischen Minuten des Rennens verfolgten. Wo wollte ich hin? Ich kannte die Gegend ja kaum. Wenn ich falsch abbog und in einer Sackgasse landete, war alles aus.

Die Abzweigung nach Madisonville sauste vorbei. Die Straße führte wieder näher ans Ufer heran. Am Fahnenmast über einem Yachtclub flatterten die Flaggen. Bootsschuppen und Werkhallen nahmen mir die Sicht auf das Wasser.

Da! Wieder eine Straße, die rechts abbog! Sie war schmal. Führte sie zu einer Fabrik? Zu einer Werft? Das Schild bemerkte ich erst im letzten Moment.

Check-in-point – nur Rennteilnehmer

Ich wirbelte das Lenkrad herum, nahm den Fuß vom Gas

und tippte auf die Bremse. Das Heck brach aus. Ich gab wieder Gas, und die begonnene Drehbewegung ging in ein Schlingern über. Die Reifen radierten den Asphalt. Als ich das Gaspedal voll durchtrat, schoß der Pontiac mit dem Wappen des West Feliciana County auf den Türen und dem Dach gehorsam in die abschüssige Straße, an deren Ende ich ein hohes Maschendrahttor bemerkte. Es war natürlich geschlossen.

Die beiden Wächter spritzten zur Seite, als sie mich wie einen wildgewordenen Wasserbüffel heranrasen sahen.

Durch die Maschen des Tores sah ich eine betonierte Fläche, die bis zum Ufer reichte. Dort bildete sie eine Kaimauer. Links lagen zahlreiche Landungsstege und eine Mole, auf der Fahrzeuge standen. Werkstattwagen, Krankenwagen, die Fahrzeuge der Zeitnehmer und Betreuer und weiß der Geier was noch. Das alles mußte ich in Sekunden verarbeiten. Draußen auf dem glitzernden Wasser jagte ein roter Strich heran. Es war die Coral Bride. Ich ließ den Fuß auf dem Gas und biß die Zähne zusammen.

Als der Streifenwagen durch die Latten brach und den Maschendraht zerfetzte, zog ich den Kopf ein. Der Pontiac raste über die betonierte Fläche. Ein Eisverkäufer zerrte seinen Karren eilig auf einen Wiesenstreifen. Der Wagen schlingerte herum und schlitterte dann auf die Kante der Kaimauer zu. Verdammt, ich durfte nicht baden gehen.

Gegensteuern, Gasbremsen!

Das Lenkrad ruckte in meinen Fäusten. Als ich das Gaspedal gegen das Bodenblech trat, packten die Räder auf dem rauhen Beton und schleuderten die Kiste vorwärts, auf eine langgestreckte Bude zu, unter deren Zeltdach sich ein paar Dutzend Leute drängten. Monteure in verschmierten Overalls, ausgeschiedene Piloten in ihren knallbunten Anzügen, Betreuer, ein paar Girls.

Ihre Köpfe ruckten herum. Die Augen, die eben noch die Siegesfahrt der Coral Bride verfolgt hatten, saugten sich an dem schwarz-weißen Wagen fest, der wie eine ferngesteuerte Bombe auf sie zuraste. Mein Fuß stand längst wieder auf der Bremse. Die Gestalten im Schatten der Bude erwachten jäh zum Leben. Sie spritzten aus der Gefahrenzone. Das Heck des Pontiac sauste haarscharf ein einer Ecke des Schuppens vorbei. Dann rumpelten die Räder über die Bohlen eines Holzstegs, der auf Pontons lag. Die Boote, die daran vertäut waren, begannen zu schaukeln.

Bevor der Pontiac stand, hatte ich bereits die Handbremse angezogen und die Tür aufgestoßen. Jetzt sprang ich heraus und rannte über den Steg. Fast am Ende lag ein hellgelbes Boot mit grellroter Bugspitze. Es war mir im zweiten Vorlaufrennen aufgefallen, als es lange Zeit unangefochten an der Spitze gelegen hatte und einem sicheren Sieg entgegenfuhr.

Beim letzten Wendemanöver draußen auf dem See geschah es dann. Der Pilot des gelben Bootes hielt sich eng an der Tonne, als ein anderes Boot, das der Gelbe bereits überrundet hatte, aus dem Ruder lief, sich querstellte und sich überschlug. Es klatschte aufs Wasser und schlingerte dem Gelben in den Kurs. Der Pilot versuchte auszuweichen. Er berührte das kieloben treibende Boot des anderen, schrammte an dessen Rumpf entlang und wurde aus dem Kurs gebracht. Bevor er seinen eigenen Renner wieder unter Kontrolle bringen und zur Strecke zurückkehren konnte, war die Verfolgergruppe vorbei.

Ich hatte Glück. Der Pilot war bei seinem Boot. Er untersuchte den Rumpf auf Schäden. Er blickte auf, als er meine Schritte auf dem Steg hörte. Er hatte ein längliches Gesicht mit einem blonden Kinnbart. Seine Augen weiteten sich, als ich über ihn hinwegsprang und federnd im Cockpit landete. Ich ging sofort in die Knie und hielt mich am Bordrand fest.

Ich deutete auf die Coral Bride, die jetzt mit kurzen Sprüngen über die Wellenspitzen setzte.

»Hinterher!« keuchte ich. »Los, Mann, stellen Sie jetzt keine Fragen!« Mit einem Ruck löste ich den Schifferknoten der Vorleine, mit der das Boot festgemacht war. Der Bärtige verlor tatsächlich keine Zeit. Er ließ die Maschine an, und sofort spürte ich die verhaltene Kraft mit allen Fasern meines Körpers.

Der Mann stieß sich mit dem Fuß ab. Der Bug schwenkte herum. Das sah noch fürchterlich langsam aus. Die Coral Bride raste zwischen den Booten her, die die Ziellinie markierten. An den Tribünen und am Ufer brandete Beifall auf.

Der Bärtige riß das Gas auf, und die jähe Beschleunigung warf mich zu Boden. Dann flog das Boot auf den See hinaus und steuerte in spitzem Winkel auf die Coral Bride zu, die mit unverminderter Geschwindigkeit auf den Pontchartrain Causeway zuraste.

Was war mit Ken Trevelyan geschehen? Ich mußte es unbedingt wissen.

Als ich den Namen Trevelyan vor etwa zwei Wochen zum erstenmal hörte, wußte ich noch nicht, daß der im Süden, im alten Süden, einen guten Klang hatte. Ich erinnere mich, in New York herrschte diese trockene Backofenhitze, an die man sich nach einiger Zeit gewöhnt, und in der man sich ganz wohl fühlt, wenn man seinem Körper nicht allzu viele Anstrengungen und Belastungen zumutet. Da die Hitze auch die Aktivitäten unserer ›Kunden‹ lähmte, hatten meine Kollegen und ich eine relativ ruhige Zeit.

John D. High, Chef des FBI New York, war seit einigen Tagen kaum noch für seine G-men zu sprechen. Wenn wir ihn sahen, befand er sich in der Gesellschaft eines großen, schweren Mannes, einer Gestalt, die direkt einem dickleibigen Familienroman entsprungen zu sein schien. Eine dichte, eisgraue Löwenmähne bedeckte den hohen Schädel. Helle, graue Augen von eindringlicher Schärfe lagen in einem Gesicht, dessen Haut altem, rissigem Leder glich.

Der Mann trug leichte seidene Maßanzüge, die die Kraft seiner Schultern und den federnden Gang betonten, Hände wie Kohlenschaufeln pendelten locker an den Seiten herab.

Ein Jugendfreund des Chefs, hieß es, ein Studienkamerad. Der Anschein bestätigte diese Auskunft. Denn die beiden Männer verstanden sich ganz offensichtlich großartig. Die gelassene, heitere Art, in der sie miteinander plauderten, war typisch für ein vertrauensvolles Verhältnis, das viele Stürme überdauert hatte. Und dann sah ich diesen Löwenkopf in der Zeitung. Seite drei. Theodore A. Trevelyan, Big Teetee, Oberhaupt der Trevelyan-Dynastie aus Angola, West Feliciana County, Louisiana. Aus der Zeitung erfuhr ich zum erstenmal von der erbitterten Familienfehde, die nun schon mehr als hundert Jahre andauerte und seitdem zahlreiche Opfer gefordert hatte.

Hundert Jahre!

Es war ein zum Leben erwachtes Familienepos aus dem alten Süden. Vor hundertundvierzehn Jahren, im Bürgerkrieg, schlug sich ein Südstaatler namens Terence Theodore Trevelyan rechtzeitig auf die Seite der Sieger. Bei den Yankees brachte er es bis zum Oberst. Und in dieser Eigenschaft ließ er einen jener Südstaatenbarone, die am Althergebrachten festhielten, an einem Baum in seinem eigenen Park aufknüpfen. Besonders peinlich an der Affäre war, daß der Henker und sein Opfer Nachbarn gewesen waren. Beide zählten zum alten Mississippi-Adel. Und beide besaßen riesige Plantagen im Delta mit vielen hundert Sklaven.

Der Südstaatenbaron, den Oberst Trevelyan unter fadenscheiniger Begründung hatte aufhängen lassen, hieß Jean-Pierre Galmier.

Der Name Galmier war mir bekannt. Er stand nicht nur als Synonym für den uralten Mississippi-Adel. Er stand für den Traum eines amerikanischen Lebens. Heute verkörperte der Name Galmier Reichtum und Macht mit neuem Geld im Hintergrund. Mit Geld aus Salz- und Schwefelbergbau, aus Öl und Industriebeteiligungen. Im Golf von Mexiko gehörten den Galmiers zwei Dutzend Bohrinseln. Das geförderte Öl wurde auf eigenen Schiffen zu den Raffinerien überall im Land transportiert.

Und doch waren die Galmiers die alten romantischen Südstaatler geblieben. Nach dem Tod des Clanchefs und in den Wirren der Nachkriegszeit hatten sie ihren Besitz am Mississippi verloren. Sie hatten mehr als vierzig Jahre gebraucht, um den Grundstock zu einem neuen Vermögen zu legen. Im Ersten Weltkrieg war es dann soweit. Zum neuen Reichtum gesellte sich Macht, denn der Krieg in Europa ließ den Bedarf an Salpeter und Schwefel in ungeahnte Höhen schnellen. Und die Galmiers besaßen die Kontrolle über die Gruben und Minen im Süden der Staaten.

Mitte der zwanziger Jahre hatten sie dann einen alten Schwur eingelöst und ihren verlorenen Besitz am Mississippi mit dem alten Herrenhaus zurückgekauft. Für einen Betrag, der in keinem Verhältnis zum tatsächlichen Wert des Gebäudes und des umliegenden Landes stand.

Ein amerikanischer Traum. Und Träume haben keinen Preis.

Ich faltete die Zeitung zusammen, legte die Beine auf meinen Schreibtisch und zündete eine Zigarette an. Ich war früh ins Office gekommen an diesem Morgen. Die Sonne hatte den Grund der Straßenschluchten noch nicht erreicht, und es war noch verhältnismäßig kühl draußen.

Nach dem Artikel auf Seite drei erkannte ich jetzt einige Zusammenhänge.

Innerhalb der letzten drei Monate waren mehrere Anschläge auf Schiffe der Galmier Line verübt worden. Bei einem Brand auf einem Tanker, der drüben in Brooklyn zur Überholung auf der Werft lag, hatte es drei Tote geben. Ein Mitglied des Galmier-Clans hatte seiner Erbitterung Luft gemacht und in einem Interview, das von zahlreichen Massenblättern nachgedruckt wurde, die Familie Trevelyan des Mordes beschuldigt. Damit war die Fehde nach Jahren scheinbarer Ruhe wieder offen ausgebrochen.

Theodore A. Trevelyan flog nach New York, um sich dem Staatsanwalt zur Verfügung zu stellen und sich gegen die Vorwürfe zur Wehr zu setzen.

Brandanschläge auf Schiffe paßten schlecht zu dieser Art Krieg, dachte ich. Männer wie Big Teetee oder Aristide Galmier – so hieß das Oberhaupt der Gegenseite – brachten es fertig, sich an einem frühen Morgen, mit Duellpistolen bewaffnet, auf einer nebelverhangenen Wiese zu treffen und das, was zwischen ihnen stand, auszuschießen. Oder die Söhne würden übereinander herfallen, ihrem heißen Blut gehorchend. Doch diese Menschen würden kaum bewußt Unbeteiligte in Gefahr bringen.

Das Summen meines Telefons riß mich aus meinen Gedanken. »Cotton!«

Am anderen Ende war Helen, die Sekretärin des Chefs. »Der Chef möchte Sie sehen, Jerry«, sagte sie.

Im Vorzimmer duftete es nach Helens fabelhaftem Kaffee. Die Brühe, die ich am Morgen in der Cafeteria getrunken hatte, konnte sich dagegen nicht behaupten. Helen lächelte. Sie wirkte gelöster als in den letzten Tagen.

Ich deutete auf die geschlossene Tür zum Chefbüro. »Ist er wieder in die Gegenwart zurückgekehrt?« erkundigte ich mich. »Keine Golfpartie mit dem alten Studienfreund? Kein Ausflug nach Montauk? Nichts?«

»Nichts, Jerry. Mr. Trevelyan ist gestern abend noch nach New Orleans zurückgeflogen. Gehen Sie schon hinein. Ich bringe den Kaffee nach.«

John D. High blickte nur kurz auf, als ich sein Office betrat. Er deutete auf den Besucherstuhl und widmete sich dann wieder einem Formular. Erst als Helen den Kaffee brachte, legte er das Blatt zur Seite und sah mich an. Etwas starr, wie mir schien. Sein zerklüftetes Gesicht war wie immer ausdruckslos.

»Die Vorwürfe gegen Theo Trevelyan entbehrten natürlich jeder Grundlage«, begann er ohne Umschweife.

Ich starrte ihn verblüfft an.

»Haben Sie denn die Angelegenheit nicht verfolgt?« fragte

Mr. High, der meine Verblüffung seinerseits mit Erstaunen registrierte.

»Ich habe eben erst den Artikel im Herald gelesen«, gab ich zu.

»Ja. Die Voruntersuchung beim Bezirksgericht Brooklyn fand gestern nachmittag statt. Es gibt keine Anzeichen, die auf eine Mitwirkung eines Mitglieds der Familie Trevelyan hindeuten. Keine. Das ist nicht nur meine Ansicht, das ist die offizielle Feststellung des District Attorney. Eine Sonderabteilung des FBI untersucht die Anschläge von Washington aus, weil es mehrere Vorfälle dieser Art gab, die in verschiedenen Bundesstaaten stattfanden. Aber die Galmiers werden sich nicht mit diesem Untersuchungsergebnis zufriedengeben. Und auch Trevelyan ... er ist ein Heißsporn, Jerry. Er wird es nicht auf sich sitzenlassen, daß sein Name in den Schmutz gezogen wird. Ich habe mit dem FBI-Chef von Louisiana in Baton Rouge gesprochen. Seit geraumer Zeit gärt es wieder zwischen den Familien. Vorgestern erst gab es einen vorläufigen Höhepunkt. Leslie und Kendrick Trevelyan, Theos Söhne, sind in einen Club eingefallen, in dem mehrere der jüngeren Galmiers verkehren. Es kam zu einer wüsten Schlägerei mit mehreren Verletzten. Das Klubhaus glich am Schluß nur noch einem Trümmerhaufen.«

»Wenn der County Sheriff nicht durchgreift ...«

»Sie wissen, wie das in diesen Countys aussieht, Jerry«, unterbrach mich der Chef. »Die Sheriffs und die District Attorneys sind Wahlbeamte. Entweder stehen sie zwischen den Feuern, oder sie werden mehr oder weniger einer Seite zugerechnet. In der Regel sind sie Familien wie den Trevelyans oder Galmiers gegenüber machtlos.«

Ich trank meinen Kaffee. Ich wußte nicht, worauf mein Chef hinauswollte. Für einen Einsatz von unserer Seite aus bestand kein Anlaß. Oder? Der Chef ließ sich nicht in private Auseinandersetzungen ziehen. Das war ausgeschlossen.

»Wenn Sie die Hintergründe kennten, würden Sie meine Besorgnis teilen, Jerry. Theo Trevelyans Vater hat in den zwanziger Jahren mit Landspekulationen Pech gehabt. Es heißt, der alte Galmier, Aristide Galmiers Vater, habe seine Finger im Spiel gehabt. Etwas Druck auf die Bankiers, gesperrte oder plötzlich gekündigte Kredite, Dinge in der Art, hätten ihn in die Enge getrieben. Die Trevelyans haben damals fast ihre ganzen Ländereien verloren. Sie haben ohnehin starr an der Landwirtschaft festgehalten und noch Baumwolle angebaut, als die Preise stürzten und die anderen Pflanzer im Süden sich längst auf Reis umgestellt hatten, der bessere Erträge abwarf. Sie haben nur ihr altes Herrenhaus in Angola behalten und den alten Namen. Und ihre Würde. Stolz und Leidenschaft, das sind die Werte, nach denen diese Menschen leben, die ihnen mehr bedeuten als alles andere.«

Mr. High seufzte. Dann fuhr er fort: »Big Teetee hat die Karre mühsam wieder aus dem Dreck gezogen. Jetzt lebt die Familie ganz gut von einer erfolgreichen Pferdezucht. Sie sind, nach landläufigen Maßstäben, reich zu nennen, wenn sie sich auch nicht im entferntesten mit den Galmiers messen können. Im Jahre 1938 wurde Aristide Galmiers Vater bei einem Duell getötet. Es gab keinen vernünftigen Zweifel daran, daß Teetees Vater der überlebende Duellpartner gewesen war. Aber die alten Hitzköpfe haben ihren Streit so ausgetragen, daß nichts zu beweisen gewesen war und niemand mit hineingezogen wurde. Den Anlaß zu diesem Duell hatte Teetee gegeben. Er hatte eine Affäre mit Aristides Schwester Juliette begonnen. Das Mädchen hatte sich hoffnungslos in ihn verliebt. Ich habe sie gekannt. Sie war eine schwarzhaarige Person von unwirklicher Schönheit.«

Der Chef räusperte sich und blickte zwischen seine Hände.

»Ja«, fuhr er dann fort, »ich habe sie einmal kennengelernt. Wir studierten damals an der Universität von Minnesota ... Es war unverantwortlich von Teetee, daß er das Mädchen an sich band, denn die Galmiers hätten vor nichts zurückgeschreckt, um eine Verbindung zwischen den beiden zu verhindern. Aber sie brauchten sich nicht anzustrengen. Teetee ließ das Mädchen sitzen. Ich weiß bis heute nicht, was damals wirklich vorgefallen ist. Teetee sprach niemals darüber. Vielleicht hat er Juliette in sich verliebt gemacht, um die Galmiers zu treffen, und zwar dort, wo es sie am meisten schmerzte – bei ihrer Ehre und ihrem Stolz. Es war eine tragische Geschichte, denn Juliette beging Selbstmord.«

Mein Gott, dachte ich, das war doch alles längst vorbei! Das war vierzig Jahre her!

»Aristide war damals jung und heißblütig. Er schwor, Teetee umzubringen, ihn und seine Familie zugrunde zu richten. Teetee lebt heute noch. Denn es gab einen Zwischenfall, der Aristide vielleicht ernüchtert hat. Aristides jüngerer Bruder hat auf eigene Faust versucht, die Schande auszulöschen. Er gehörte damals, als Siebzehnjähriger, bereits einem Fliegerclub in Baton Rouge an. Kaum hatte er seinen ersten Alleinflug absolviert, flog er nach Angola. Er hatte sehr an Juliette gehangen, wissen Sie. Er stürzte sich mit seiner Maschine auf eins der pompösen Häuser, das er für das der Trevelyans hielt. Das Haus wurde vollständig zerstört. Außer dem Jungen kamen fünf unbeteiligte Menschen ums Leben.« Der Chef schwieg, doch die Erinnerungen standen scheinbar leibhaftig im Raum.

»Glauben Sie«, fragte ich, »Aristide hätte nun mit seinem Interview und der Beschuldigung gegen Teetee den Krieg wieder eröffnet?«

»Das meint Teetee. Und das ist auch die Ansicht des FBI-Direktors von Baton Rouge, der die Familiengeschichte aufmerksam verfolgt hat. Ich persönlich glaube, daß der Krieg nie wirklich unterbrochen gewesen war. Vor zwölf Jahren kam Teetees Frau, die ebenfalls aus einer alten Louisiana-Familie stammte, bei einem Reitunfall ums Leben. In den Unfall soll ein Fahrzeug verwickelt gewesen sein, das nie ermittelt werden konnte. Ungeklärt blieb auch die Frage, weshalb Yvonne Trevelyan zu der Straße geritten war, auf der sich der Unfall dann ereignete. Seit jenem Tag vor zwölf Jahren beschäftigen sowohl die Trevelyans als auch die Galmiers Leibwächter. Die Galmiers unterhalten eine private Polizeitruppe. Sie können es sich am ehesten leisten.« Der Chef sah mich wieder an, und in seinen grauen Augen lag ein harter Schimmer. »Irgendwann engagiert einer einmal einen Killer. Vielleicht unbewußt, vielleicht nicht ...«

Ich fragte mich erneut, weshalb der Chef mir diese Familiensaga erzählte. Ich sollte es bald erfahren. John D. High räusperte sich.

»Dem FBI in Louisiana sind die Hände gebunden. Die Bundespolizei ist nicht zuständig. Sie wäre es nicht einmal, wenn jetzt irgendwann ein Mord geschähe. Aber der FBI-Direktor wies mich darauf hin, daß der Sheriff des West Feliciana County seit geraumer Zeit einen Deputy sucht. Er will einen Allroundman haben. Er muß aber auch Erfahrung in Mordfällen mitbringen. Der Sheriff hat keine eigene Mordabteilung. Bei Gewaltverbrechen muß er die Metropolitan Police von Baton Rouge einschalten.«

»Sir, ich ...«

»Warten Sie bitte, Jerry. Teetee hat mir da etwas erzählt. Kendrick, sein zweitältester Sohn, behauptet seit einigen Tagen, er wisse, wer seine Mutter auf dem Gewissen habe. Er werde den Beweis liefern und mit dem Schuldigen abrechnen. Aber erst nach dem Pontchartrain-Rennen, was immer das ist. Ich weiß nur, daß es in der nächsten Woche am Sonntag stattfindet. Teetee meint, sein Sohn hätte in der Tat etwas herausgefunden. Aber er kann sich nicht vorstellen, was es ist.«

Der Chef verstummte. Ich sollte nach Louisiana. Das war mir inzwischen klargeworden.

»Und ich soll verhindern, daß ein junger Hitzkopf jemanden umlegt? Sir, ich ...«

»Es wäre doch nur für ein, zwei Wochen, Jerry. Und nicht wegen Ken oder Teetee ...«

»Aber ich kann doch als Fremder nicht hopplahopp einen

hundertjährigen Krieg beenden! Sir, Sie sollten es mit einem Absolventen der Diplomatenschule versuchen.« Oder besser mit der Nationalgarde, dachte ich düster.

»Jerry, der Einsatz ist bereits mit Washington und Baton Rouge abgesprochen. Es geht nicht darum, einen schwelenden Familienstreit beizulegen. Washington ist daran gelegen, daß der Krieg nicht heiß wird. Die Gemüter beruhigen sich spätestens dann wieder, wenn wir die Hintergründe für die Anschläge auf die Galmier-Schiffe kennen. Wenn sich herausstellt, daß die Anschläge nichts mit der Familienfehde zu tun haben. Washington macht sich Sorgen, weil der Galmier-Konzern eine wichtige Position in der nationalen Energiegewinnung und -versorgung einnimmt. Die Galmier-Aktien sind in den letzten Wochen stark gefallen. Niemand weiß, wer da vielleicht Aktien zusammenkaufen will oder bereits kauft und was er damit bezweckt. Sie sehen, Jerry, was wie ein Familienstreit aussieht, berührt unter Umständen die Sicherheit der Nation.«

Ich sah aus dem Fenster. Die Sonne ließ die Scheiben des gegenüberliegenden Gebäudes aufleuchten. Ab nach Louisiana, dachte ich resigniert. Ein Job wie eine Urlaubsreise. Irgendwo in einem ländlichen County am Mississippi den Deputy Sheriff spielen, in einem Streifenwagen herumfahren, Verkehrssünder anhalten und so ganz nebenbei auf die heißblütigen Mitglieder zweier Familien aufpassen, die einander mit Mordabsichten belauerten.

Ich bemerkte, daß der Chef lächelte.

»Ich weiß, daß Sie sich in den vergangenen Tagen gelangweilt haben«, sagte er. »Seit Phil in Florida ist.«

Mein Freund und Kollege Phil Decker hielt sich seit neun Tagen in Tallahassee, Florida, auf, um dort im Prozeß gegen einen Wirtschaftsverbrecher auszusagen, der seine betrügerischen Geschäfte in nahezu allen Bundesstaaten begangen hatte. Seine Firmenzentrale befand sich in New York. Der Prozeß fand aber in Florida statt, weil der Gangster mit dem weißen Kragen dort seinen Wohnsitz hatte. Es war nicht abzusehen, wie lange sich der Prozeß noch hinziehen und wie lange Phil Floridas Sonne genießen würde.

»Dann will ich mal meine Zahnbürste holen«, sagte ich.

»Achten Sie besonders auf Henry Galmier und Kendrick Trevelyan«, sagte der Chef. »Henry hat ein Auge auf Barbara Trevelyan, Teetees jüngstes Kind und einzige Tochter, geworfen. Ken könnte auf seine Weise zu verhindern suchen, daß die sich Vergangenheit wiederholt. Dieses Mal mit umgekehrtem Vorzeichen.«

Absurd, dachte ich. Die Zeit ist weitergegangen. Barbara Galmier und Kendrick Trevelyan waren vermutlich moderne junge Menschen, die sich den Teufel um die Streitereien ihrer Väter scherten.

Aber Kendrick und sein Bruder Leslie hatten einen Club heimgesucht, in dem Mitglieder des Galmier-Clans verkehrten ...

Das Feuer schwelte. Und mein Chef machte sich Sorgen um einen alten Freund.

»Ich weiß, was Sie jetzt denken«, sagte der Chef. Er lächelte mit den Lippen. »Aber Sie irren sich.«

Ich grinste leicht. »Also keine Rücksicht auf alte Freundschaften? Selbst auf die Gefahr hin, daß Big Teetee kein Unschuldsengel sein sollte?«

Das Gesicht des Chefs versteinerte wieder. »Ich glaube, Sie haben mich nicht richtig verstanden, Jerry. Ich habe Ihnen gesagt, daß ich Teetee kenne ...«

»Ja, Sir ...«

»Und damit Sie es genau wissen – ich traue dem alten Hitzkopf alles zu, Jerry, und das meine ich wörtlich! Mein Freund ist er trotzdem.«

Zwei Tage später wurde ich im Dienstzimmer des District Attorney des West Feliciana County vereidigt. Außer mir und dem Bezirksstaatsanwalt war nur noch der County Sheriff anwesend. Der District Attorney hieß Noel Blaine. Er war ein schwarzhaariger Mann in den Vierzigern, mit glattem Gesicht und unruhigen Augen. Chief Lyons, der Sheriff, stand zwischen dem Schreibtisch und der Fahne der Vereinigten Staaten und wartete mit sichtlicher Ungeduld auf das Ende der nüchternen Zeremonie. Sie dauerte nur wenige Minuten. Der Staatsanwalt drückte mir anschließend kurz die Hand, wünschte mir Erfolg und gab mir die Papiere zurück, die ich ihm vorgelegt hatte. Dann waren wir entlassen.

Die Hitze draußen ließ mich nach Luft schnappen. Chief Lyons grinste nur. Schweiß rann über seinen feisten Nacken. Er deutete auf seinen Streifenwagen, einen nagelneuen Chrysler Newport, der mit offenen Fenstern in der Sonne schmorte. Ich warf meinen Koffer hinein und setzte mich auf den Beifahrersitz.

Die Polster waren glühend heiß. Der Wagen sackte tief ein, als Lyons seinen mächtigen Körper hinter das Steuer fallen ließ. Er rieb sich die rote Nase, nahm den Hut ab und wischte das Schweißband trocken. Sein Schädel war fast kahl.

»Das ist die County Hall«, sagte er und deutete auf das Gebäude, das wir eben verlassen hatten. »Die City Hall liegt ein Stück die Straße runter. Vielleicht haben Sie die Kirche gesehen ...«

Ich hatte sie gesehen. Chief Lyons startete und lenkte den Wagen auf die breite Hauptstraße hinaus. Die anderen Fahrzeuge verhielten sich geradezu musterhaft beim Anblick des schwarz-weißen Chrysler mit der imponierenden Anordnung von Lampen und Lautsprechern und Signalhörern auf dem Dachbügel. Ich wischte mir den Schweiß von der Stirn.

»Die Klimaanlage funktioniert nicht«, behauptete Chief Lyons. Ich hätte jede Summe gewettet, daß er log. Er wollte mich schmoren lassen, weiß der Teufel, weshalb.

»Wie ich höre, haben Sie in New York gearbeitet, und in ein paar anderen Städten?«

»Ja, Sir.«

»Sagen Sie Chief zu mir, Cotton.«

»Ja, Chief.«

»Warum sind Sie da weg, wo Sie zuletzt gearbeitet haben?«

»Ich brauchte mal wieder Luftveränderung«, antwortete ich vage.

»Weibergeschichten, wie? Geschieden und so.«

»Ja«, bestätigte ich. Die Scheidung hatte ich in meiner Bewerbung als Grund dafür angegeben, daß ich von New York weg wollte.

Der Chief schnalzte mit der Zunge. »Die Sitten werden Ihnen hier vielleicht locker vorkommen«, meinte er. »Aber lassen Sie sich nicht täuschen. Sehen Sie die Bank dort drüben? Sie wurde vor drei Monaten überfallen. Drei Tote! Wie ich höre, sind Sie ein richtiger Experte. Spurensicherung, moderne Technik, all das Zeug. Und Sie haben die FBI-Akademie in Quantico besucht?«

»Ich habe dort einige Kurse mitgemacht«, bestätigte ich bescheiden. Unter bestimmten Voraussetzungen stand die Akademie auch anderen Polizeibeamten zur Verfügung.

»Deputy Napier war auch in Quantico. Sie werden ihn kennenlernen. Er ist noch genauso dämlich wie vorher.« Der Chief steuerte den Chrysler um eine Ecke. Dann glitten wir unter alten Alleebäumen her. Der Schatten war eine reine Wohltat. »Ich sag's Ihnen lieber gleich, Cotton«, verkündete Lyons dann genüßlich. »Es war nicht meine Idee, daß Sie hierhergekommen sind.«

»Meine auch nicht«, sagte ich. Das entsprach der Wahrheit. Mich überraschte jedoch Chief Lyons' offene Feindseligkeit gegen mich. »Wessen Idee war's denn? Mir hat man erzählt, daß Sie einen Deputy mit Erfahrung in Mordfällen suchen.«

»Ich habe die Ausschreibung unterschrieben. Das ist richtig. Aber die Idee stammt von Staatsanwalt Blaine. Und ich wette, Trevelyan oder Galmier hat ihm Feuer unter dem Hintern gemacht. Die haben nämlich alle Schiß voreinander.«

»Wer vor wem? Der Staatsanwalt ...«

»Der Staatsanwalt ist eine weiche Pflaume! Der hat Schiß vor jedem und allem! Nein, ich meine, Galmier fürchtet Trevelyan. Und Trevelyan hat Angst, daß Galmier irgend etwas gegen ihn ausheckt. Deshalb glauben sie, daß eine Verstärkung der County-Polizei ... Ach, lassen wir das! Der Krieg zwischen diesen Familien dauert nun schon über hundert Jahre. Und er wird auch uns überdauern, das ist schon mal sicher. Wenn Sie einen dieser Leute sehen, hauen Sie am besten ab.« Lyons lachte behaglich. Sein Bauch schwang dabei auf und nieder, als trüge er einen wassergefüllten Schlauch unter dem Hemd. »Nachher kaufen Sie sich am besten gleich passendes Zeug. Haben Sie Geld?«

»Ja, Chief.«

»Denken Sie an Stiefel! Im Bayou wimmelt's von Schlangen.« Wir ließen die Allee hinter uns. Die Straße wurde breiter. Sie führte schnurgerade ins Bayou, in das fruchtbare Schwemmland am Mississippi, wo auch die Plantagen lagen. Chief Lyons hielt rechts am Straßenrand. Die Gebäude, die die Straße säumten, boten einen trostlosen Anblick. Da waren Motels, Tankstellen, Autofriedhöfe. Chief Lyons deutete auf ein Schild, das eine riesige künstliche Palme darstellte.

PALM HOUSE MOTOR INN –
Pool, Bar, Cafeteria, ruhige Zimmer

»Das kann ich Ihnen empfehlen. Wenn Sie sich den Stern anstecken, bekommen Sie dort Rabatt.«

Der Chief trat unvermittelt das Gas durch und zog den Wagen herum. Die Reifen wimmerten. Wir fegten mit Höchstgeschwindigkeit durch die Stadt. Lyons hatte meinetwegen seinen Lunch versäumt. Es war schon zwei Uhr.

Das Office des County Sheriff war nicht in der County Hall untergebracht, sondern in einem langgestreckten flachen Backsteinbau an der südlichen Ausfallstraße. Auf dem

Hof standen ein paar verbeulte Streifenwagen, Müllfahrzeuge und Laster der Straßenbaubehörde. Die Antennen auf dem Dach sahen so aus, als wolle man mit ihnen Signale aus dem Weltall auffangen. Lyons stellte seinen Chrysler genau vor der Tür des Sheriff's Office ab.

»Nehmen Sie Ihren Koffer mit«, befahl er barsch und stiefelte voraus. Mit dem Fuß trat er gegen die Schwingtür. Um ein Haar hätte ich sie ins Gesicht bekommen. Er öffnete die Klappe in der Barriere und hielt sie für mich auf.

Die Jalousien waren vor den Fenstern herabgezogen und die Lamellen geschlossen. Im ungewissen Licht erkannte ich zwei Männer, die sich von ihren Plätzen erhoben und abwartend in meine Richtung sahen.

»Das ist der Neue«, sagte der Chief. »He, Nap, komm her! Und du auch, Galetti!«

Deputy Edward Napier war ein hagerer Bursche mit tiefliegenden Augen und dunklen Bartschatten auf den eingefallenen Wangen. Er grinste, als er mir die Hand schüttelte. »Willkommen! Sie können Nap zu mir sagen.«

»Ich heiße Jerry, Nap.«

»Das ist Mario Galetti. Es gibt welche, die sagen Makkaroni zu ihm. Aber das hört er nicht so gern. Eigentlich darf nur ich ihn so nennen, was, Makkaroni?« Chief Lyons kniff den jungen Mann in die Wange, was der mit ausdrucksloser Miene geschehen ließ. »Der Makkaroni ist kein Polizist, Cotton, auch wenn er die schicksten Khakihosen und das feinste Hemd dazu trägt. Wenn Sie Kaffee haben wollen oder Kaugummi, schicken Sie Makkaroni.«

Ich schüttelte dem jungen Mann die Hand und lächelte. »Hi, Mario«, sagte ich. »Einige meiner besten Freunde in New York sind Italiener. Gibt's hier ein italienisches Restaurant?«

Chief Lyons legte den Kopf in den Nacken. »Eine Pizzabude in St. Francis? Die würden wir abreißen! Wir haben ein paar feine französische Restaurants, Cotton. Aber lassen Sie die Finger von den Dingern! Die werden von mir persönlich kontrolliert.« Ich warf einen Blick auf Lyons' Bauch und freute mich, als das Gesicht des Sheriffs rot anlief und er sich abrupt umdrehte.

»Kommen Sie mit!«

In seinem Office schloß er einen Stahlschrank auf. Er zerrte einen Revolvergurt mit einem Holster heraus. Aus dem Holster ragte der Griff eines 44er Magnum-Revolvers. Ich nahm die Waffe heraus und wog sie in der Hand. Lyons bemerkte meinen skeptischen Gesichtsausdruck.

»Solche Dinger kennen Sie in der Stadt wohl nicht, eh?« Er lachte. »Mit der Kanone können Sie einen Hubschrauber abschießen.«

»Ich habe nicht die Absicht«, murmelte ich. Ich hatte natürlich meinen 38er Smith & Wesson mitgebracht, samt Schulterholster, aber bei der Hitze würde ich vornehmlich im Hemd herumlaufen. Also würde ich kaum umhinkommen, dieses Monstrum von Kanone anzulegen.

»Was meinen Sie, was Ihnen das Ding für Respekt verschafft, wenn Sie es einem Kunden unter die Nase halten!« Er klatschte sich vergnügt gegen das Holster an seiner Seite. Auch er trug einen 44er. »Hier haben Sie Munition, hundert Schuß fürs erste. Sie können jederzeit mehr bekommen. Üben können Sie im Bayou. Es hat niemand was dagegen, wenn sie auf Enten ballern. Hier haben Sie den Stern! Und hier die Schlüssel für Ihren Wagen. Sie können den Dodge nehmen.«

Ich trat ans Fenster und bog eine Lamelle in die Höhe.

Es stand nur ein Dodge draußen, eine vergammelte Kiste mit abgerissener Funkantenne und abgefahrenen Reifen. Ich drehte mich um. Ein Grinsen lag auf dem speckigen Gesicht des Chief. Ich warf die Schlüssel auf den Schreibtisch.

»Die Karre können Sie andrehen, wem Sie wollen, Chief, aber nicht mir.« Ich warf mir den Revolvergurt über die Schulter und lud mir die Munitionsschachteln auf.

»Sie wollen gleich Ansprüche stellen, wie?« Böse starrte er mich an.

Ich hielt dem Blick stand. »Denken Sie, was Sie wollen. Da draußen stehen genug Wagen rum.«

»Von mir aus nehmen Sie den Pontiac«, knurrte er und warf mir die anderen Schlüssel zu. »Und jetzt scheren Sie sich zum Teufel! Nap macht den Dienstplan.« Der Sheriff stapfte mit grimmigen Schritten durch den Wachraum. Die Türen knallten, dann preschte der Chrysler über den Hof.

Nap warf mir eine Dose Cola zu. Sie war eiskalt. Er grinste über sein hageres Gesicht. »Der Chief ist gar nicht so übel. Sie werden es schon merken, wenn Sie's lange genug aushalten.« Er deutete auf Mario Galetti. »Mario schwärmt schon von Ihnen, Jerry. Mit ihm müssen Sie sich gutstellen. Vielleicht wird einmal Ihr Leben davon abhängen, wie schnell er für Hilfe sorgt. Er ist unser Funker.«

Mario grinste, kippelte in seinem Stuhl und hob einen Daumen in die Höhe.

Nap und Mario waren natürlich nicht die einzigen Männer, die zum Office des County Sheriff gehörten. Es waren noch vier Polizisten in der Stadt, die Streifendienst versahen. Und in jeder Ortschaft des County gab es, je nach Größe, einen oder mehrere Außenposten.

St. Francisville, oder St. Francis, wie die Einheimischen es kurz nannten, war die Hauptstadt des County. Angola, eine Stadt im Nordwesten, war noch kleiner und gehörte praktisch den Galmiers und Trevelyans. Aber das Jagdgebiet vor allem der jüngeren Familienmitglieder erstreckt sich praktisch über das ganze County.

»Wir werden schon miteinander zurechtkommen«, sagte ich und schleppte meine Sachen nach draußen. Nap trug mir den Koffer hinterher.

»Es genügt, wenn Sie morgen mittag anfangen, Jerry«, sagte er unterwegs.

Ich warf den Koffer hinten in den Pontiac. Den Revolver samt Gurt und Munition verstaute ich vorläufig im Kofferraum. Dann wanderte ich einmal kritisch um den Wagen herum.

»Die Kiste ist okay, bestimmt, Jerry«, versicherte der Deputy. »Sogar die Klimaanlage tut's.«

»Das ist die Hauptsache«, lobte ich grinsend. Ich ließ mich auf den Fahrersitz fallen. Nap hängte seine lange Gestalt zwischen der offenen Tür und dem Dach auf und blickte auf mich herab.

»Sie können die Karre natürlich auch privat benutzen. Aber denken Sie daran: hier sind Sie eigentlich immer im Dienst.«

»Ich werd's mir merken.«

»Drüben bei Louie's können Sie umsonst essen«, verriet er mir dann. »Wir drücken ein Auge zu, wenn's in seinem Hinterzimmer mal etwas lustig zugeht. Sie verstehen schon.«

»Nein«, sagte ich und lächelte.

»Louie hat immer die nettesten Mädchen.« Er zwinkerte. »Und die jüngsten.«

Ich zwang mich zu einem verstehenden Grinsen. »Aber wo ist denn echt was los? Ich meine mit Klassefrauen, vielleicht 'nem Spielchen und so.«

»He!« Nap strahlte. »Daran erkennt man den Burschen aus der Stadt! Der geht gleich aufs Ganze! – Tja, da wäre der Country Club, Noel Blaine ist übrigens Mitglied. Aber wo's echt lustig zugeht . . . tja, da wären die Rushmore Ranch oder der La Placita Club zwischen Turnbull und Angola. Da oben ist allerhand was los, weil am Fluß noch die alten Geldbarone sitzen, wissen Sie?«

»Yeah, ich würde mich da ganz gern mal umsehen.«

»Kein Problem, Jerry. Ich kann Sie dort für den Streifendienst einteilen.«

»Danke, Nap.«

»Keine Ursache, Mann! Viel Glück, Jerry.«

Auch in der Nacht fiel die Temperatur kaum unter die Dreißig-Grad-Marke. Daher war sogar in meinem klimatisierten Motelzimmer kaum an Schlaf zu denken. Deshalb fuhr ich auch in meiner dienstfreien Zeit umher. Es dauerte nicht lange, und ich kannte mich im County schon ganz gut aus. Besonders interessierte mich die Nordwestecke, die im Norden von der Staatsgrenze nach Mississippi und im Westen vom Fluß, dem Mississippi, begrenzt wurde.

Ich kannte inzwischen auch einige Geheimnisse. Allerdings war ich noch weit davon entfernt, mich mit dem Wissen eines Eingeweihten brüsten zu können. Aber es gibt einen gewissen Menschenschlag, der sich in Gegenwart eines Gesetzeshüters veranlaßt sieht, über seine Mitmenschen zu reden. Diese Leute traf ich morgens, wenn ich in irgendeinem Coffee Shop mein Frühstück aß, wenn ich zum Lunch ging oder abends irgendwo etwas Kaltes trank.

Ich trug jetzt die übliche Aufmachung eines Landpolizisten: Khakihosen und passende Jacke, Stiefel, zu denen mir der Chief geraten hatte, und einen fabelhaften Stetson, der allein ein kleines Vermögen gekostet hatte. Ich würde die Kosten für diese Kostümierung von meinem Lohn als Deputy absetzen, bevor ich den Rest an die Staatskasse abführte. Denn den Lohn, den das Feliciana County mir bezahlte, durfte ich natürlich nicht behalten. Schade ... Am Freitag begegnete ich Kendrick Trevelyan zum erstenmal.

Ich hatte aus dem Fach der unerledigten Fälle die Mappe genommen, die nach dem Überfall auf den La Placita Club angelegt worden war. Der Fall war noch nicht abgeschlossen. Aber an den unvollständigen Protokollen und der schludrig durchgeführten Tatortaufnahme erkannte ich mühelos, daß man an einer Verfolgung der Täter nicht sonderlich interessiert war.

Nap bemerkte mein Interesse an der Sache.

»Was wollen Sie denn damit, Jerry?« erkundigte er sich fassungslos.

»Das ist ein unerledigter Vorgang, oder?«

»Ja, aber ...«

»Dann werde ich ihn abschließen. Oder wollen Sie es tun, Nap?«

»Ich? Nein! Aber Sie verschwenden Ihre Zeit, Jerry. Der Geschäftsführer des La Placita wird die Anzeige gegen Ken und seine Leute zurückziehen. Big Teetee hat den Schaden bezahlt. Es hat nur ein paar Tage gedauert, weil er verreist gewesen war . . .«

»Wo ist die entsprechende Erklärung?«

»Die kommt, Jerry.«

»Na schön, dann werde ich mich darum kümmern. Notfalls kann ich sie ja auch direkt am Club abholen.« Ich lächelte und zwinkerte in das hagere Gesicht.

Nap grinste zurück. Aber dann klärte er mich darüber auf, daß der La Placita Club als exklusiv galt, seinen Mitgliedern und Gästen war daran gelegen, diesen Ruf zu erhalten. Dann meinte Nap, ein Deputy passe ganz gewiß nicht in den Rahmen eines exklusiven Clubs. Deutlicher wollte er mir nicht zu verstehen geben, daß ein Polizist nichts bei der High Society zu suchen habe.

Nun, ich wollte schließlich nicht mit den Leuten feiern. Aber ich wollte endlich die Männer kennenlernen, derentwegen ich mich einem mörderischen Klima aussetzte. Einem Klima, das mich mit Sicherheit umbringen würde.

Ganz oben auf meiner Liste standen der La Placita Club, der als Stammquartier der Galmier-Clique galt, und die Rushmore Ranch, in der die Trevelyans verkehrten.

Ich ließ Nap in dem Glauben, nur mit dem Manager des La Placita Club sprechen zu wollen. In Wirklichkeit fuhr ich nach Angola.

Angola war ein hübsches Städtchen. Es konnte ohne weiteres als Filmkulisse für einen Film aus der Zeit des Bürgerkriegs herhalten. Oder sogar davor.

An den Straßen standen weißgestrichene Kandelaber. Das Gras in den Vorgärten der alten Holzhäuser schimmerte blaugrün. Die gepflegten Häuser strahlten Ruhe und Frieden aus.

Industrie gab es nicht. Man legte hier keinen Wert auf stinkende Fabriken oder hektischen Lärm. Man lebte von etwas

Landwirtschaft und Viehzucht. Und man nahm sich, was der Fluß und der Bayou den Menschen gab – Schilf, Fische, Wild und vor allen Dingen Schlangen und Alligatoren, die man im sumpfigen Marschland fing. Ihre Häute brachten gutes Geld.

Langsam rollte ich durch den Ort. Ich stoppte, als ich neben einem der hübschen Häuser einen Streifenwagen in einer Remise stehen sah. Im Schatten der Veranda entdeckte ich einen Mann, der in einem Schaukelstuhl saß und die Beine auf das Geländer gelegt hatte. Ich stieg aus. Der Mann deutete auf einen freien Stuhl, ohne die Füße auf den Boden zu setzen oder den Hut aus dem Gesicht zu schieben.

»He, setzen Sie sich. Sie sind sicher der Neue. He, Martha!« brüllte er dann. »Bring mal frischen Saft! Und Eis!«

Der Deputy, dem die Sicherheit dieser kleinen Stadt oblag, hieß Pete Cargill. Martha, seine Frau, war ein unscheinbares Wesen. Sie brachte einen Krug heraus, der außen beschlagen war, und verschwand gleich wieder. Ich nahm dankbar ein Glas des eisgekühlten Orangensaftes an. Zuerst unterhielten wir uns über Allgemeines. Nach einer Weile fragte er mich, ob ich vorbeigekommen wäre, um ihn kennenzulernen.

»Ich will zu den Trevelyans«, sagte ich. »Das Office will die Sache mit dem La Placita abschließen.«

Pete Cargill spuckte braunen Tabaksaft über das Geländer in den Vorgarten. »Das ist schon eine vertrackte Bande, Jerry«, sagte er. »Am schlimmsten ist der Alte, sage ich Ihnen. Wenn der könnte, wie er wollte ...« Wieder spritzte ein Strahl Tabaksaft zwischen den Stiefelspitzen her.

»Ja, was täte er dann?«

»Galmier fertigmachen, was sonst? Teetee kann nicht vergessen, daß Aristides Vater den Trevelyans das Land abgegaunert hat. Ich tät's auch nicht vergessen. Und was sonst alles so vorgekommen ist.«

»Zum Beispiel?«

»Big Teetees Frau ...«

»Was ist mit ihr?«

»Sie ist tot. Vor zehn Jahren umgekommen oder vielleicht auch vor zwölf. Die Sache stank, und sie stinkt immer noch. Das vergißt der Alte nicht. Nie! Bevor der den Löffel abgibt ...«

»Was vergißt er nie?«

Pete hob die Schultern. »Wer weiß, was damals geschehen ist.«

»Waren Sie da schon im County?«

»Na klar. Mein Vater hat für Teetee gearbeitet, mein Großvater für Teetees Vater. Yvonne war eine schöne Frau. Schön und stolz, aber nicht kühl. Nein, gar nicht kühl.«

»Und Sie meinen, sie hätte vielleicht eine Affäre gehabt?«

»Ich wüßte nicht, weshalb sie sonst nach Clactons Cross geritten sein sollte, wo man später ihre Leiche fand ... Wenn Sie Ken treffen wollen, ist es jetzt zu spät.« Pete deutete mit einer mageren Hand nach Norden.

Eine hohe Staubfahne kam schnell näher. Ich sah einen schneeweißen Wagen, der die Fahne hinter sich herschleppte. Mitten auf der gar nicht so breiten Straße, die durch die kleine Stadt führte, raste der weiße Wagen heran. Ohne die Geschwindigkeit herabzusetzen, vollführte er einen kleinen Schlenker um den blumenumkränzten Brunnen, der den Mittelpunkt von Angola, Louisiana, markierte. Dann donnerte der Camaro vorbei, und ich schluckte den Staub, den seine Räder aufwirbelten.

Pete Cargill ruhrte sich nicht.

»Wollen Sie ihn nicht anhalten?«

Pete spuckte aus. »Hat keinen Zweck«, bemerkte er lakonisch. »Ich bin mit meiner lahmen Kiste nicht schnell genug. Und wenn ich ihn später zur Rede stelle, behauptet er, er hätte nicht am Steuer gesessen.«

Ich stand auf. »Dann werde ich ihn mir greifen«, versprach ich und grinste erwartungsvoll.

Pete lachte. »Ich rufe den Makkaroni an, damit der schon mal einen Krankenwagen rausschickt.«

»Beunruhigen Sie den Jungen nicht, Pete«, bemerkte ich

leichthin. Mir war nicht daran gelegen, die gesamte County Police auf Trab zu bringen.

Pete war viel zu träge, um Einwände zu machen.

»Passen Sie auf, Jerry! Gut neun Meilen von hier gibt es eine Abzweigung. Sie führt zu einer Lagune. Das heißt, eigentlich ist es mehr ein langgestreckter Tümpel. Da hat der Verrückte sein Boot liegen. Wenn Sie ihn auf der Straße nicht mehr kriegen, finden Sie ihn am Wasser.« Pete Cargill verbarg sein Grinsen, indem er den Hut bis zu seinem Kinn herabrutschen ließ.

Ich schaltete die roten Dachlichter an und jagte der Staubfahne nach. Der Pontiac war tatsächlich gut in Schuß. Davon hatte ich mich gleich am ersten Tag überzeugt.

Mühelos brachte ich den Wagen auf neunzig Meilen, und die Maschine verfügte da sogar noch über Reserven. Die Tachonadel kletterte langsam über die Hundertermarke.

Für mich bedeutete es ein fast ungetrübtes Vergnügen, einem Auto einmal so richtig die Sporen geben zu dürfen, ohne Taxis, Busse, Lastwagen oder Fußgänger aus Querstraßen befürchten zu müssen.

Der Staub wurde zeitweise noch dichter. Rechts erstreckte sich das flache Marschland. In der Ferne, im Westen, konnte ich den wuchtigen Deich erkennen, mit dem man den Vater aller Ströme gebändigt hatte. Selbst durch die Klimaanlage drang der Geruch nach Moder und Fäulnis herein. Ich hatte das Gerät ziemlich gedrosselt, um mich nicht allzusehr zu verwöhnen.

Nach sechs Meilen legte sich der Staub etwas, und ich erblickte das Heck des Camaro. Es verschwand jedoch gleich wieder. Die Abzweigung zu der Lagune, die Pete Cargill gemeint hatte, konnte der Wagen noch nicht erreicht haben. Die Straße beschrieb eine flache Kurve. Ich ließ den Fuß auf dem Gas.

Der Pontiac wollte mit dem Heck ausbrechen. Ich gab

etwas Gegenruder und ließ meinen rechten Fuß über Gas und Bremse tanzen. Bei Gegenverkehr wäre das Experiment mißlungen, weil ich die ganze Straßenbreite ausnutzen mußte, um den leicht quertreibenden Wagen wieder in die Fahrtrichtung zu zwingen.

Ich war dem Camaro keinen Zoll näher gekommen. Hier gab es nicht mehr so viel Staub. Schilfrohr und andere Sumpfpflanzen wuchsen bis an die Straße. Die Fahrbahn war feucht. Durch das Schilf erhaschte ich hin und wieder einen Blick auf glattes, bleigraues, manchmal fast schwarzes Wasser, auf dem vereinzelte Seerosen schwammen. Dort, wo der Camaro herraste, bog sich das Rohr im Sog des Fahrtwindes. Enten flogen auf.

Die Straße wand sich auf einem Damm durch das Lagunengebiet. Die Kurven zwangen jetzt den Camarofahrer, das Tempo etwas herabzusetzen. Sonst wäre der Wagen von der feuchten Fahrbahn in den Sumpf gerutscht.

Ich schaltete die Sirene an. Das flackernde Rotlicht mußte der Mann am Steuer des weißen Wagens inzwischen gesehen haben.

Plötzlich leuchteten weit voraus die Bremslichter auf. Der flache Renner verlangsamte die Fahrt.

Ich blieb auf dem Gaspedal stehen. Der Sportwagen schlingerte. Das Heck schwänzelte hin und her wie das Hinterteil einer superflotten Biene. Rasend schnell schrumpfte der Abstand.

Ich sah eine Schneise im Schilf, und der Camaro stieß hinein. Jetzt wurde es für mich Zeit. Höchste Zeit! Ich rammte den Fuß auf die Bremse. Die Reifen rutschten, packten dann aber. Doch das Fahrwerk des Pontiac konnte es mit dem des Camaro nicht ganz aufnehmen.

Ich raste an der Schneise vorbei und kam erst hundert Yards weiter zum Halten. Dort wendete ich fast auf der Stelle. Das Jaulen der Sirene auf dem Dach klang fremd in dieser Umgebung. Ich jagte den Streifenwagen in die Schneise.

Die Straße hier war miserabel. Ein festgewalzter Damm mit tiefen, wassergefüllten Spurrillen. Sofort nahm ich den Fuß vom Gas, als die Bodenwanne über den Boden schrammte. Ich wollte mir die Ölwanne nicht aufreißen oder die Auspuffanlage verlieren. Das Schilf wich unvermittelt zurück und gab den Blick auf einen langgestreckten See frei. Am Ende des Weges hatte man Sand und Kies aufgeschüttet und so Platz für einen Bootsschuppen, einen Anlegesteg und einen Parkplatz geschaffen. Der weiße Camaro rollte eben neben einem Lastwagen aus, dessen Ladefläche man so umgerüstet hatte, daß ein Boot darauf Platz hatte.

Ich riß dem Camaro beinahe die Tür ab, als ich den Pontiac neben ihn setzte. Die Sirene erstarb mit einem letzten Winseln. Ich stellte den Motor ab und stieg aus.

Mit einem schnellen Rundblick peilte ich die Lage.

Der Bootssteg stieß weit ins flache Wasser hinaus. Am ende lag ein Speedboat. Ein flaches Ding, knallrot mit weißen Seitenstreifen. Nap hatte mehr beiläufig erwähnt, daß Kendrick Trevelyan ein Spinner sei, der Zeit und Geld mit schnellen Booten vertändelte.

Auf den Anblick dieses Profischlittens hier war ich jedoch nicht gefaßt gewesen. Ich bin kein Experte für Bootsrennen und die schnittigen Fahrzeuge, die sehr hohe Geschwindigkeiten erreichen können. Ich wußte jedoch, daß ich dort ein Gleitboot vor mir hatte, das sich fast ganz aus dem Wasser heben konnte. Zwei Männer arbeiteten an der Maschine. Beide waren bis zum Gürtel nackt. Der eine war ein junge rschlanker Neger mit hoher Afrofrisur und ölig glänzender Haut. Er richtete sich auf, legte eine Hand schützend über die Augen und ging dann mit langsamen, wiegenden Schritten auf uns zu.

Außer dem Rennboot lag noch ein flacher Holzkahn mit Außenbordmotor am Steg. Vorn stand ein weißer Werkstattwagen, dessen Seitenwände heruntergeklappt waren. In Regalen und Fächern waren Ersatzteile für die Rennmaschine, Ölkanister und anderes Zeug untergebracht.

Ich wandte den Kopf und blickte über das Dach des Pontiac hinweg in das jungenhafte Gesicht eines Mannes mit dichtem braunem Haar. Seine ebenfalls braunen Augen schienen amüsiert zu lächeln. Doch die Winkel des sinnlichen Mundes waren verächtlich herabgezogen. Er trug ein Pflaster über der Nase, und sein vorspringendes Kinn wies eine häßliche Schramme auf. Wie ich vermutete, stellten die Blessuren Andenken an den Überfall auf den La Placita Club dar. Ich fragte mich, wie die Gesichter der Galmiers aussehen mochten, die sich an jenem Abend im Club aufgehalten hatten.

»Hi, Deputy, wenn Sie nach Laramie reiten wollen, sind Sie hier falsch!«

Ich war sicher, Big Teetees Sohn Kendrick vor mir zu haben. Er schmetterte die Tür des Camaro zu und schob sich zwischen den beiden Fahrzeugen her. Er trug einen weißen Overall. Der Reißverschluß war bis zum Bauchnabel herabgezogen. Die Brust war nicht behaart, die Haut glänzte schweißfeucht.

Ich stellte mich am Heck auf und versperrte ihm den Weg. Durch die flache hintere Scheibe konnte ich eine Bewegung im Camaro sehen. Ken war nicht allein gekommen.

»Ihren Führerschein und die Zulassung bitte«, sagte ich.

Ken stützte sich mit den Händen auf die Kofferraumklappen der beiden Wagen und sah mich von unten herauf an. Seine Augen bekamen einen harten Glanz.

»Sie wissen, wer ich bin?«

»Ja. Mein Name ist Cotton.«

»Weiß Chief Lyons, daß Sie Jagd auf einen harmlosen Bürger machen?«

»Ihren Führerschein, Mr. Trevelyan«, wiederholte ich.

Ken lachte. »Den müssen Sie sich schon holen.«

»Das werde ich nicht tun. Sie müssen ihn mir zeigen. Ich werde Sie festnehmen.«

Ich löste mit der linken Hand eins der beiden Paare Handfesseln, die zu meiner Ausrüstung gehörten. Ich sah, wie sich Kens Haltung spannte, und ließ ihn nicht aus den Augen. Der Schwarze, der die Figur eines Mittelgewichtlers hatte, verschwand für Sekunden hinter dem Werkstattwagen.

Ken drehte sich halb herum. Er knickte in den Knien ein. Seine Augen verdunkelten sich ganz kurz. Im nächsten Moment würde er versuchen, mir seine Schulter in den Magen zu rammen.

Ich legte ihm die Rechte auf die Schulter, drehte ihn herum und stieß ihn gegen den Streifenwagen. Er wollte unter meiner Hand wegtauchen. Aber den Trick kannte ich besser als er. Die Manschette schnappte um seine linke Hand. Ich riß seinen Arm in die Höhe und schlug die andere Manschette um den Bügel des Trägers, auf dem die Sirene, die Lautsprecher und die roten Lichter montiert waren.

»Mal nicht so hitzig, junger Mann«, sagte ich gelassen.

Der Schwarze hatte den Werkstattwagen jetzt umrundet und kam schnell näher. Die rechte Tür des Camaro wurde geöffnet. Ein Mädchen stieg aus. Langsam, mit geschmeidigen Bewegungen und natürlicher Anmut. Ich erkannte sofort das spanische Blut in ihr.

Sie war nur mittelgroß. Aber durch ihre aufrechte Haltung und die schlanke, gutgebaute Figur wirkte sie größer. Sie hatte dichtes schwarzes Haar, das sie im Nacken zu einem schlichten Knoten zusammengebunden hatte. Aus großen, tiefliegenden Augen sah sie mich ernst an. Ihre Haut schimmerte in einem feinen Bronzeton. Sie trug Jeans, Stiefel und eine lachsfarbene Bluse. Langsam ging sie um den Wagen herum.

»Ken . . .« Ihre Stimme hatte einen angenehmen Klang.

»Setz dich wieder in den Wagen . . .«

»Aber Ken, sei doch vernünftig! Du kannst doch nicht . . .«

»Tu, was ich dir sage, Rita! Dieser übergeschnappte Revolverheld ist vielleicht zu allem fähig!«

»Überlegen Sie, was Sie sagen«, warnte ich ihn. Ich ging an dem Mädchen vorbei. »Entschuldigen Sie«, sagte ich, und sie trat zur Seite. Ich beugte mich in den Streifenwagen und angelte das Handmikrofon heraus. »Hallo, Mario! Hier spricht Cotton.«

Der Schwarze baute sich vor mir auf, die Fäuste in die Hüften gestemmt. »Sir . . .«

»Moment!« Ich verdrehte den Kopf, als Mario Galettis Stimme aus dem Lautsprecher schepperte. Nicht sehr laut. Ich mußte mich konzentrieren. »Mario, ist Nap da? Oder der Chief?«

»Nein, Jerry, ich bin allein. Der Chief ist in Wales Gardens draußen. Da darf ich ihn nur im Notfall stören. Und Nap kommt erst zur Nachtschicht zurück. Aber ich kann ihn zu Hause erreichen, wenn es sein muß.«

Deputy Napier hatte auch in der vergangenen Nacht Dienst. Er brauchte seinen Schlaf.

»Mario, kennen Sie ungefähr die Tarife für zu schnelles Fahren?«

»Innerhalb oder außerhalb geschlossener Ortschaften? Auf Countystraßen, Landstraßen zweiter Ordnung . . .«

»Landstraße«, sagte ich. »Und innerhalb einer geschlossenen Ortschaft.«

»Wenn die Beweislage einwandfrei ist«, sagte Mario, »können Sie bei einer Überschreitung der zulässigen Höchstgeschwindigkeit um nicht mehr als zwanzig Meilen eine Verwarnung in angemessener Höhe verhängen. In St. Francis beträgt der Tarif sechzig Dollar. Bei höherer Überschreitung wird der Delinquent dem Richter zugeführt.«

Das bedeutete, daß ich Ken Trevelyan festnehmen, nach St. Francisville bringen und ihn dem Schnellrichter vorführen konnte. Es war jetzt vier Uhr dreißig. Ken würde die Nacht möglicherweise in einer Zelle zubringen. Die Beweislage war einwandfrei. Ich war über eine Strecke von mehreren Meilen mit gleicher Geschwindigkeit hinter ihm gewesen. Er hatte die zulässige Höchstgeschwindigkeit um bis zu vierzig Meilen überschritten.

»Danke, Mario«, sagte ich und warf das Mikro zurück.

»Sir«, meldete sich der Schwarze erneut. Er zog die Brauen finster zusammen. »Lassen Sie den Mann! Ich bezahle den Strafzettel.«

»Halten Sie sich raus, bitte.« Ich schob ihn zur Seite. Einen Moment sah es so aus, als wollte er mich daran hindern, zu Ken zurückzugehen.

»Sir, wollen Sie mich nicht anhören?« Die Stimme des Schwarzen klang dunkel vor Zorn.

Ich wandte mich wieder um. »Na schön. Reden Sie!«

Jetzt war es Ken, der uns unterbrach.

»He, Moose! Du schwarzer Hundesohn! Halt dich raus, wenn ich mit dem Sheriff zu tun habe!«

»Sir, ich habe einen Job mit diesem Mann.« Moose, der Schwarze mit der Boxerfigur, deutete auf Ken, der wild an seiner Fessel zerrte. Wenn er so weitermachte, riß er mir noch den Dachbügel ab. »Ich brauche den Job wie die Luft zum Atmen, Sir. Am Sonntag fahren wir zwei das Rennen in der Dreihundert-Kilo-Klasse. Wir werden es gewinnen. Dieser weiße Irre und ich. Wenn ich die Bombe da unten am Steg allein fahren könnte, könnten sie den Kerl mitnehmen und ihn einlochen. Aber ich brauche ihn. Ich zahle das Geld. Sechzig Dollar? Ich bring's Ihnen heute abend.«

»Jetzt haben Sie Ihren Spruch aufgesagt, Mister, und jetzt lassen sie mich meinen Job tun, ja?«

Ich ließ ihn stehen. Das Mädchen mit der rasanten Figur und dem ausdrucksstarken Gesicht hatte jetzt feuchte Augen. Sie stand bei Ken und sprach auf ihn ein. Als ich hinzutrat, senkte sie den Blick.

»Er wird vernünftig sein, Deputy. Der Führerschein liegt im Wagen.«

Ich sah Ken an.

»Holen Sie sich den Wisch! Meine Brieftasche liegt dabei. Bedienen Sie sich!«

Er war nicht vernünftig. Verdammt, ich hatte mich hier in eine Situation hineinmanövriert, die sich langsam, aber sicher zuspitzte. Andererseits hätte ich nicht einfach die

Augen zumachen können. So etwas liegt mir nicht. Weder in Manhattan noch sonstwo. Kendrick Trevelyan hatte sich verantwortungslos aufgeführt, als er durch Angola raste. Er glaubte, sich ein solches Verhalten leisten zu können, weil es offenbar keinen Gesetzeshüter gab, der sich mit ihm anzulegen wagte.

»Ich will Ihnen eine Chance geben, Mr. Trevelyan«, sagte ich. »Sie händigen mir Ihren Führerschein aus, dann sehen wir weiter.«

Ken starrte mich grimmig an, und ich starrte ebenso grimmig entschlossen zurück. Schließlich nickte der junge Mann. Ich steckte den Schlüssel ins Schloß der Manschette, mit der er an den Dachbügel gefesselt war.

In dem Moment, als der stählerne Reifen herunterfiel, stieß das Mädchen einen erstickten Schrei aus. Der Schwarze fluchte: »Verdammter Mist, Ken, da kommt Zorro!«

Ich hörte das Rasseln eines alten Motors, dann erschien die Schnauze eines total verbeulten Dodge-Lieferwagens in der Schneise, die vom Schilf zur Lichtung führte. Der Wagen stellte sich quer und setzte zurück. Ein Hinterrad rutschte von der Straße. Die uns abgewandte Tür wurde aufgestoßen.

Moose rannte über den Anlegesteg. Dabei schwenkte er die Arme und rief unverständliches Zeug. Der Mann, der am Boot arbeitete, knallte die Abdeckung über den Motor.

Ken schnappte das Girl und stieß es mit einer groben Bewegung in den Camaro. Er beugte sich über sie und zerrte einen Gegenstand unter dem Fahrersitz hervor. Die Handfessel, die noch an seinem Gelenk baumelte, klirrte. Als er sich wieder aufrichtete, sah ich den Revolver in seiner Faust.

»Gehen Sie zur Seite, Mann!« herrschte er mich an. »Das hier ist kein Spiel!«

Das hatte ich auch nicht angenommen. Das Gesicht eines gedrungenen Mannes erschien über der kantigen Motorhaube des Lieferwagens. Der Bursche hatte glattes schwarzes Haar und ein flaches Gesicht mit kleiner Nase. Die stechenden schwarzen Augen funkelten vor Zorn. Die Augen und der Gesichtsausdruck, ja, die ganze Haltung dieses Mannes verrieten nur zu deutlich, daß er nicht hergekommen war, um mit Ken Trevelyan ein neckisches Spielchen zu treiben. Die letzten Zweifel zerstreute er selber in dem Moment, als er ein schweres Gewehr auf die verbeulte Motorhaube seines Wagens knallte und auf uns anlegte. Sein Finger lag am Drücker.

Der Mann, den Moose Zorro genannt hatte, lag hinter dem querstehenden Dodge wie hinter einer Sandsackbarriere in sicherer Deckung. Ich dagegen stand eingekeilt zwischen Kens Camaro und meinem Streifenwagen, hinter mir einen wütenden Ken Trevelyan und die Schuppenwand. Ich fühlte mich verdammt belemmert. Rita, das schlanke Rassegirl, hatte nicht die Absicht, sich einfach abschieben zu lassen.

»Pablo!« schrie sie, sprang wieder aus dem Camaro und fiel Ken in den Arm. Sie drückte die Hand mit dem Revolver hinunter. »Pablo! Sei vernünftig!«

Ken fluchte. Er befreite seine Revolverhand und wollte an mir vorbei. Das ging natürlich nicht gegen meinen Willen, weil der Platz zwischen den beiden Fahrzeugen sehr eng war. Ich hoffte, daß Pablo oder Zorro oder wie immer der Kerl da hinten heißen mochte, nicht auf einen Deputy schoß.

»Rita!« brüllte er jetzt. »Komm her!«

Es ging also um die Frau, stellte ich fest. War ich mitten in ein Eifersuchtsdrama geraten?

Pablo zielte genau zwischen die beiden Wagen. Ich spürte ein flaues Gefühl im Magen. Als Ken sich von hinten gegen mich warf, stieß ich ihn mit dem Ellbogen zurück. Er ächzte.

»Ruhig, Mister!« sagte ich laut. Ich vermied es, meine Hand in die Nähe der Kanone an meiner Seite zu bringen. Ich bewegte mich so gut wie gar nicht.

Pablo schien meinen Appell nicht gehört zu haben. »Schick sie her!« schrie er. »Los, du gewissenloser Playboy! Schick sie her!«

»Scher dich zum Teufel, Pablo!«

Das Gesicht über dem Gewehrlauf verzerrte sich. Die Mündung bewegte sich um einen Zoll nach rechts. Dann hörte ich auch schon das schrille Pfeifen einer Kugel, bevor der Detonationsknall mein Ohr erreichte.

Die Kugel schrammte über das weiße Dach des Camaro und hinterließ eine häßliche Furche, ehe sie die Schuppenwand durchbohrte. Ken schrie auf. Der Gewehrlauf schwenkte weiter herum. Pablo zielte jetzt auf das Rennboot.

»Schick Rita her, Ken, oder ich versenke deinen Kahn! Bei Gott, es ist mir ernst! Du verdammter Schänder . . .«

Ken heulte auf. »Ich lege den Kerl um!« Ken konnte sich nicht mehr beherrschen. Er zielte mit seinem Revolver an meinem Kopf vorbei.

Ich stieß meine Schulter in die Höhe, drehte mich in der Hüfte und packte Kens Handgelenk. Ein Schuß löste sich, und die Kugel jaulte in den Himmel. Ich schmetterte seine Hand gegen die Dachkante meines Pontiac. Ken ließ den Revolver fallen. Da zerrte ich seine freie Hand auf den Rücken und ließ die leere Manschette der Fessel um das Gelenk schnappen. Den Revolver kickte ich unter den Camaro.

Moose stand am Ende des Bootsstegs und führte mit ausgebreiteten Armen einen wilden Tanz auf, um das Boot mit seinem Körper vor dem erwarteten Kugelhagel zu schützen.

»Pablo!« schrie ich.

»Verdammt! Knallen Sie den Narren endlich ab!« keuchte Ken. »Was sind Sie für ein Deputy! Knallen Sie ihn ab, bevor er das Boot beschädigt! Der Kerl ist verrückt, sage ich Ihnen!«

Ich dachte nicht daran, auf den Mann zu schießen. Ich zog nicht einmal meinen Revolver. Wenn man eine Waffe in die Hand nimmt, muß man auch bereit sein, sie zu benutzen. Das war ich in diesem Fall nicht.

Pablo war aufs höchste erregt. Ich hoffte aber, auch ohne Gebrauch meiner Waffe mit ihm fertig zu werden. Abgesehen von meinen Absichten, war Pablo in der überlegenen Position. Er besaß die wirksamere Waffe, und hinter seinem Lieferwagen befand er sich in Sicherheit.

Der Gewehrlauf schwankte. Pablo traute sich nicht, abzudrücken. Auf die Entfernung hätte er möglicherweise den Schwarzen oder den Monteur verletzt, der am Ende des Stegs kauerte. Moose tanzte immer noch wie ein Derwisch vor dem Boot herum.

Ich setzte mich in Bewegung. Pablo hörte meine Schritte auf dem mit Muschelkalk bedeckten Boden. Er drehte sich um, preßte den Kolben des Gewehrs fest gegen seine Schulter. Ich sah sein Auge über der Mündung.

»Keinen Schritt weiter!«

Ich blieb stehen.

»Rita! Komm her! Komm her . . .«

Ich warf einen Blick über meine Schulter zurück. Rita hatte ihre Arme um Kens Hals geschlungen. In ihren großen Augen lag ein flehender Ausdruck. Sie sagte etwas zu ihm. Dann löste sie die Arme von seinem Hals und kam auf mich zu. Sie ging an mir vorbei und blieb dann stehen. »Pablo!« sagte sie flehend. »Bitte, stell das Gewehr weg! Der Deputy wird dich festnehmen!«

»Er soll warten, bis ich den Playboy abgeknallt habe. Dann lohnt es sich wenigstens!« Er atmete laut. »Komm jetzt her, Rita!«

»Nein«, antwortete sie traurig. »Pablo, ich komme nicht mehr nach Hause. Wir haben doch alles besprochen . . .« Mit einem elenden Ausdruck im Gesicht sah sie mich an. »Bitte, Deputy, er meint es nicht böse. Er kann niemandem weh tun.«

Da war ich im Augenblick ganz anderer Ansicht. Aber ich sagte nichts.

»Seit unsere Eltern tot sind, meint er, er müsse besonders streng mit mir sein. Er hat nicht bemerkt, daß ich inzwischen volljährig geworden bin.«

Und eine reizvolle Frau. Vielleicht hatte er es doch

bemerkt. Und wahrscheinlich kannte er Ken Trevelyans Ruf. Und vielleicht paßte er gerade deshalb auf seine Schwester auf!

»Er ist also Ihr Bruder«, stellte ich fest, ohne den Mann aus den Augen zu lassen. Viel Ähnlichkeit bestand ja nicht zwischen dem zierlichen Mädchen und dem gedrungenen Mann, dem das schwarze Haar jetzt schweißfeucht in der Stirn klebte.

»Ja. Pablo Garrick. Unsere Mutter war Mexikanerin. Vater stammte aus Schottland. Von ihm haben wir nur den Namen mitbekommen.« Sie lächelte wehmütig.

Aber Pablo Garrick war nicht gewillt, aufzugeben. Mit dem Gewehr im Anschlag trat er hinter dem Lieferwagen hervor. Er trug hohe Gummistiefel und verschmierte Drillichhosen. Sein Hemd war fleckig. Langsam ging er auf das Mädchen zu. Rita stand schräg vor mir, nur zwei Schritte entfernt. Sie wich zurück.

»Bleib stehen!« rief er verzweifelt. »Rita, bleib stehen, oder ich knalle Ken ab! Ich tu's, verstehst du? Ich muß es tun. Für dich.« Er ging schneller.

Ich wollte mich jetzt nicht umdrehen. Ich hoffte nur, daß Ken inzwischen in Deckung gegangen war.

»Laufen Sie weg«, sagte ich zu dem Girl.

Sie schüttelte stumm den Kopf. Pablos Lippen zitterten. Noch vier Schritte, noch drei. Er zielte unverwandt auf mich.

»Du kommst mit!« sagte er zu Rita. Er streckte die linke Hand aus und packte ihren Oberarm.

Das war der richtige Augenblick für mich.

Und ich handelte.

Ich tauchte unter dem Gewehrlauf durch, warf mich zu Boden, rollte über die linke Schulter und prallte mit voller Wucht gegen Pablos Schienbeine.

Der Mann warf die Arme in die Höhe. Er taumelte. Sofort war ich wieder auf den Beinen. Mit einem verzweifelten

Ausdruck in den dunklen Augen versuchte er sich zu wehren. Seinem Widerstand fehlte jedoch die rechte Überzeugung. Er wußte, daß er verloren hatte.

Mit einem Schlag trieb ich ihn in die Defensive. Seine Hände fielen herab. Ich schnappte das Gewehr und sicherte es. Es war ein halbautomatisches Remington, Kaliber 38er Magnum. Das Magazin faßte acht Patronen. Mit dieser Kanone konnte ein guter Schütze auf tausend Yards einen Büffel erlegen. Pablo stand mit hängenden Armen schwankend da und rang nach Luft. Rita nahm seine Hand. Pablos Gesicht war leer. Er schüttelte die Hand seiner Schwester ab.

»Was ist in Sie gefahren?« herrschte ich den Mann an. »Sie sind festgenommen! Kommen Sie! Los, kommen Sie!« Ich deutete auf den Streifenwagen. Das Gewehr stellte ich gegen die Heckklappe. Ich suchte den Mann nach Waffen ab. Außer einem scharfen Jagdmesser, das ich ebenfalls an mich nahm, fand ich nichts. »Steigen Sie ein, Mr. Garrick! Sie sind vorläufig festgenommen.«

»Aber warum denn?« rief Rita.

»Bedrohung mit einer tödlichen Waffe, Miss. Das ist ein schweres Vergehen.«

»Ken wird keine Anzeige erstatten, Deputy!«

Moose kam über den Bootssteg zurück. Er hatte Ritas letzte Worte gehört. »Aber ich!« schrie er. »Lochen Sie den Kerl ein, Deputy! Der bringt es tatsächlich fertig und schießt Löcher in die Coral Bride! Sperren Sie den Irren ein! Wenigstens bis Montag. Er ist ein verdammt guter Schütze! Der schießt 'nem Alligator auf fünfhundert Yards ein Auge aus!«

Ich hielt die hintere Tür des Streifenwagens auf. Pablo ließ den Kopf hängen, als er sich auf die Bank setzte. Ich fesselte seine linke Hand an die Stange, die unter dem Dach des Pontiac angebracht war.

»Was wird mit ihm geschehen?« erkundigte sich Rita. Ihre Augen schwammen.

Ich hob die Schultern. »Heute werden wir keinen Richter mehr finden. Rufen Sie morgen früh im Sheriff's Office an.«

»Ja, Deputy, danke. Wie war doch gleich Ihr Name?«

»Cotton. Jerry Cotton.«

Moose fragte: »Und was wird mit seinem Schlitten?« Er deutete auf den Lieferwagen.

»Der Wagen kann doch wohl hierbleiben, oder?« antwortete ich, als ich Ken Trevelyan wieder von der Handfessel befreite.

»Ich wette, der hat stinkende Schlangenhäute hinten draufliegen«, knurrte Ken. Er rieb sich die Handgelenke. »Von mir aus kann die Kiste bis morgen hierbleiben. Moose, fahr den Schrotthaufen in den Schuppen.«

Moose verzog das Gesicht. Einen Moment sah es so aus, als wollte er Ken vor die Füße spucken. Er ließ sich wohl nicht gern herumkommandieren. Aber schließlich bewegte er sich mit wiegenden Schritten auf den Lieferwagen zu, setzte sich hinein und begann, ihn aus seiner querstehenden Stellung herauszumanövrieren.

Ich fischte Kens Revolver wieder unter dem Wagen hervor. »Sie haben sicher einen Waffenschein?« erkundigte ich mich bei ihm. »Und wenn es Ihnen paßt, würde ich jetzt gern Ihren Führerschein sehen.«

Ken besaß einen Waffenschein. Ich verglich die Registriernummer der Waffe mit der auf der Lizenz und gab ihm dann die Kanone zurück.

»Ich erstatte keine Anzeige gegen den Irren«, sagte er. »Hören Sie? Ich will nicht, daß man Ritas Bruder einlocht. Aber er soll sich hier nie wieder blicken lassen!«

»Ich werde Sie als Zeugen benennen«, sagte ich. Ich hatte nicht die Absicht, das Verfahren einfach unter den Tisch fallen zu lassen. Sollten sich der Chief und der Staatsanwalt die Köpfe zerbrechen! Mir war es egal.

»Zuerst bekomme ich sechzig Dollar von Ihnen.« Ich füllte bereits den Strafzettel aus.

Ken bezahlte, ohne zu murren. Dann fuhr ich mit meinem Gefangenen davon.

Chief Lyons bekam einen Tobsuchtsanfall, als er meine Eintragungen im Wachbuch las. Er regte sich nicht auf, weil ich Pablo Garrick eingeliefert hatte. Das schien ganz in Ordnung zu sein. Nein, was ihm wider den Strich ging, war die Tatsache, daß ich Ken Trevelyan wegen zu schnellen Fahrens einen Strafzettel verpaßt hatte.

»Sie sind wohl nicht bei Trost!« brüllte er. »Ich bekomme die ganze verdammte Sippschaft der Trevelyans auf den Hals! Dieses aufgeblasene Volk! Wenn ich jetzt nicht ganz schnell einen Galmier bei irgend etwas ertappe, verpaßt mir Big Teetee ein Ding wegen Amtsmißbrauchs oder Begünstigung oder weiß der Teufel ...« Das war sein Problem. Ich knallte dem Sheriff die sechzig Dollar auf den Tisch.

»Sie können's ihm ja zurückgeben«, schlug ich vor. »Aber machen Sie mir keine Vorwürfe, wenn der Junge jemanden totfährt.«

Ich drehte mich einfach um und verließ das Office. Als ich gerade das Ende meiner Schicht ins Wachbuch eintrug, kam ein jüngerer, elegant gekleideter Mann herein. Er hatte ein dunkles Gesicht mit bläulichen Lippen. Aus sanften braunen Augen sah er mich an.

»Sie sind Deputy Cotton? Ich bin Benjamin Rieja.« Er reichte mir seine Hand, und ich drückte sie. Rieja war Pablo Garricks Anwalt. Ich hatte ihn in Pablos Auftrag angerufen. »Diesmal steht es schlimm, nicht wahr?«

»Kann schon sein.« Ich gab dem Anwalt eine Kopie meines Berichtes. »Macht er solche Scherze öfter?«

»Nun, er schießt manchmal über sein Ziel hinaus, Deputy«, räumte der Anwalt ein. »Aber er ist nicht bösartig. Eben nur ... leidenschaftlich, Mr. Cotton. Der Gedanke ist ihm unerträglich, daß ein Trevelyan seine Schwester ... benutzt, verstehen Sie? Die Familie Trevelyan würde Rita ablehnen, das ist ganz sicher.« Rieja sah mich bekümmert an, nachdem er meinen Bericht überflogen hatte. »Rita nimmt es ernst, ich kenne sie. Wie es mit Ken aussieht ...« Er hob die Schultern.

»Vielleicht wird es nicht so schlimm«, sagte ich. »Für Pablo, meine ich. Wovon lebt er?«

»Er jagt Schlangen und Alligatoren im Bayou. Er lebt nicht schlecht davon. Alligatorenhäute und lebende Giftschlangen bringen viel Geld. Pablo hat für eine ansehnliche Aussteuer gesorgt. Rita ist eine gute Partie, Mr. Cotton.« Rieja lächelte.

»Hat Pablo Familie?«

»O ja, eine sehr energische Frau und drei Kinder. Das vierte ist unterwegs. Wie werden Sie sich verhalten? Vor Gericht, meine ich.«

Ich schlug mit der flachen Hand auf die Barriere. Mir lag nichts daran, einen Mann hinter Gitter zu bringen, der glaubte, die Ehre seiner Schwester verteidigen zu müssen. Vielleicht hatte er auf seine Weise sogar recht. »Garantieren Sie, daß er Ken nicht bei der nächstbesten Gelegenheit über den Haufen knallt?«

»Niemand kann einem anderen Menschen ins Herz sehen, Mr. Cotton. Aber ich weiß, daß Pablo kein heimtückischer Mörder ist. Ich würde es eher Ken zutrauen, daß er Pablo etwas antut. Und sein schwarzer Partner, dieser Moose Jefferson, ist ein Fanatiker. Für seine Chance in dem Rennen am Sonntag würde er alles tun. Werden Sie gegen Pablo aussagen, Mr. Cotton?«

»Ich weiß es noch nicht, Mr. Rieja. Vor Montag werden Sie ohnehin keinen Termin beim Staatsanwalt bekommen, nehme ich an.«

»Vielleicht sehe ich ihn morgen. Aber ich glaube kaum, daß ich Pablo auf Anhieb freibekomme ohne formelle Voruntersuchung.«

»Gut. Bis Montag haben sich die Gemüter vielleicht etwas beruhigt. Guten Abend, Mr. Rieja.«

Obwohl die Sonne schon tief im Westen stand, war es sehr heiß und feucht. Mein Hemd klebte am Körper. Im Inneren des Pontiac herrschte eine Temperatur wie im Orchideentreibhaus.

Auf dem Nebensitz lag immer noch die Mappe mit den

Protokollen des La-Placita-Falles. Ich hatte Nap versprochen, die Sache abzuschließen. Dazu brauchte ich nur eine Erklärung des Clubmanagers, daß er die Anzeige zurückzog. Ich grinste vor mich hin, als ich den Streifenwagen über die Hauptstraße lenkte und dann mein Motel ansteuerte. Der Besuch in einem exklusiven Club, überlegte ich, wäre doch genau das Richtige für einen Freitagabend, an dem ich sonst nichts vorhatte.

Ich verbrachte eine halbe Stunde unter der eiskalten Dusche, ehe ich mir frische Sachen anzog. Zum Abendessen leistete ich mir ein Steak mit frischem Salat. Als ich schließlich wieder in meinem Streifenwagen saß und nach Norden fuhr, war es fast halb elf. Um diese Zeit, vermutete ich, würde der Betrieb im La Placita Club erst langsam in Schwung kommen. Ich hatte längst auf einem Plan nachgesehen und wußte deshalb genau, wo der Laden lag. Ich mußte einige Meilen durch sumpfiges Gelände fahren. Selbst durch die geschlossenen Scheiben hindurch konnte ich das Gequake der Ochsenfrösche hören. Im Licht der Scheinwerfer tanzten Moskitoschwärme. Obwohl ich langsam fuhr, überzog sich die Windschutzscheibe langsam, aber sicher mit einem schmierigen Film zerquetschter Insektenleiber.

Daß ich verfolgt wurde, bemerkte ich sehr bald.

Der Wagen mit dem fast erblindeten rechten Scheinwerfer war mir bereits in der Stadt aufgefallen. Hier draußen holte der Wagen schnell auf. Zufall? Ich war bestimmt nicht der einzige, der zum La Placita Club fuhr. Okay, ich wollte es genau wissen.

Ich drehte etwas auf. Die Straße durchschnitt das Sumpfgelände wie ein gerader Strich. Es war sehr dunkel, und doch konnte ich links die hohe Masse des Deiches erkennen. In regelmäßigen Abständen führten aufgeschüttete Dämme von der glatten Betonstraße in den Sumpf und zum Deich. Diese Dämme standen den Schilfstechern, Fischern und

Jägern zur Verfügung. Das Schilf stand sehr hoch, und es kam bis nahe an die Straßenränder heran. Aber die Stellen, wo die befahrbaren Dämme abzweigten, waren im Licht der Scheinwerfer gut zu erkennen.

Der Verfolger holte auf. Na schön, er wollte es nicht anders. Ich blendete auf. Das Fernlicht erfaßte ein Loch im Schilf. Schlammige Reifenspuren kennzeichneten zusätzlich die Stelle, wo wieder ein Pfad in den Sumpf führte.

Ich ließ meinen Fuß bis zum letzten Moment auf dem Gas, dann wirbelte ich das Lenkrad herum, tippte auf die Bremse und jagte den Streifenwagen auf den Damm. Sofort schaltete ich die Scheinwerfer aus. Ich ließ den Pontiac ausrollen, stellte den Motor ab und sprang aus dem Wagen. Ich schlug die Tür zu und setzte mit einem Sprung ins Schilf.

Das hätte ich besser nicht getan. Mit meinen schönen neuen Stiefeln versank ich im saugenden Schlick, und sofort erschienen grausige Bilder vor meinem inneren Auge – Schlangen, die nur darauf warteten, ihre spitzen Zähne in meine Oberschenkel zu schlagen und ihr Gift zu verspritzen.

Wie jeder Großstädter, der überall Beton, Zement oder Asphalt unter seinen Schuhsohlen vorfindet, hatte ich einen Horror vor diesen kleinen, heimtückischen Biestern. Natürlich kannte ich die Meinung der Experten, die behaupten, Schlangen hätten eine unheimliche Angst vorm Menschen und würden einer Begegnung mit dem zweibeinigen Raubtier tunlich aus dem Weg gehen. Aber wenn ich den Schlangen schon nicht traute, den Experten traute ich noch viel weniger …

Ich hatte jedoch nicht lange Zeit, mich zu fürchten, denn auf der Straße kreischten Bremsen. Licht strich über das Schilf. Dann bog der Wagen mit dem einen funzelnden Scheinwerfer langsam von der Landstraße her auf den Damm ein. Sein Licht fing sich in der Stoßstange und den Schlußleuchten des Pontiac. Der Fahrer stieg auf die Bremse.

Ich zog den Kopf ein und versuchte gleichzeitig, einen Fuß aus dem Morast zu befreien. Es ging, was gut zu wissen war. Ich lockerte den schweren Revolver an meiner Seite. Das fremde Fahrzeug kam hinter dem Pontiac zum Stehen. Die Scheinwerfer erloschen, und die Dunkelheit fiel wie eine Decke über mich. Ich hielt gar nicht mehr viel von der Idee, die mich veranlaßt hatte, die Geborgenheit des Streifenwagens aufzugeben. Dort hätte ich wenigstens über Funk meine Position ans Office geben können. Ich fluchte unterdrückt. Eine Wagentür wurde geöffnet. Mehr hörte ich nicht. Wenn jemand ausstieg, mußte er Füße wie Katzenpfoten haben. Ich wartete. Nach und nach setzte das Konzert der Tiere wieder ein. Die Frösche quakten, ein Nachtvogel schrie, der Wind spielte im Schilf. Im Sumpf blubberte es geheimnisvoll. Und die Mücken waren unterwegs. Einige Millionen versuchten, etwas von meinem Blut zu ergattern.

Ich bewegte mich lautlos, zog den einen Fuß ganz frei und setzte ihn ein Stück weiter auf, wo ich festeren Boden unter dem Stiefel spürte. Schwach erkannte ich den Umriß des fremden Wagens. Es roch intensiv nach Benzin.

Geduckt näherte ich mich dem Heck des Fahrzeugs. Ich berührte das warme Metall und tastete mich an der linken Flanke entlang, bis ich gegen die geöffnete Tür stieß.

Der Fahrer war nicht mehr bei seinem Auto, das spürte ich. Ich beugte mich in den Wagen. Meine suchenden Finger unterschieden die verschiedenen Bedienungsknöpfe und Hebel, bis ich den Lichtschalter fand. Vorsichtig zog ich meinen Revolver. Dann schaltete ich das Licht an.

Die Wirkung war fabelhaft.

Der linke Scheinwerfer tat es sehr gut. Sein Kegel stieß an der Seite des Pontiac vorbei. Von Licht übergossen stand der Mann da, wirbelte herum und erstarrte.

»Hallo, Moose Jefferson«, sagte ich. »Was ist das für eine Art, andere Leute zu erschrecken?« Als er sich bewegen wollte, sagte ich scharf: »Stopp! Legen Sie die Hände aufs Wagendach!«

»Ja, Sir. Schalten Sie das Licht bitte aus, die Batterie ist schon alt . . .«

»Das hätten Sie sich früher überlegen sollen, Moose«, antwortete ich. In der Tat machte der Wagen einen heruntergekommenen Eindruck. Er war mindestens acht Jahre alt. Aber ich hatte auch die Maschine gehört, sie klang astrein. Moose war schließlich Fachmann, fiel mir ein.

Ich trat von hinten an ihn heran und durchsuchte ihn nach Waffen. Er war sauber.

»Okay, Mann. Sie können Ihre Batterie auf Sparflamme schalten. Aber fahren Sie nicht ab, bevor wir uns ein wenig unterhalten haben!«

Ich schaltete den Suchscheinwerfer des Streifenwagens an. Moose löschte seine Lichter und kam dann zu mir zurück. Ich bot ihm eine Zigarette an. Er zögerte.

»Gegen die Mücken«, sagte ich. »Oder nehmen Sie von einem weißen Polizisten keine Zigarette an?«

Er nahm das Stäbchen, und ich gab uns Feuer. Aber er schwieg grimmig.

»Haben Sie nicht das Gefühl«, sagte ich, »daß Sie mir etwas erzählen müßten?«

»Ich wollte Sie sprechen.«

»So, so. Meinen Sie nicht, daß dafür das Office des County Sheriff der geeignetere Ort wäre? Oder mein Motel?«

Moose Jefferson schüttelte den Kopf. »Wenn Ken weiß, daß ich mit Ihnen rede, schmeißt er mich raus und ich ...« Er sog heftig an seiner Zigarette.

»Sie brauchen ihn. Und Ihre Chance«, vollendete ich den Satz. »Das haben Sie bereits erwähnt. Na schön, vergessen wir also die seltsamen Umstände, und ich will auch nicht wissen, wie Sie mich gestoppt hätten. Ich höre zu.«

»Ken ist verrückt, wissen Sie? Es gibt ja viele Irre im Bayou, aber Ken ...« Moose schüttelte den Kopf. »Er hat sich in dieses Mädchen vernarrt. Das ist schon schlimm. Sehr schlimm, Sir, weil er seinen Alten und seinen Bruder Leslie im Nacken hat. Die würden ihn am liebsten entmündigen lassen. Und weiß der Teufel, die schaffen das auch! Die schaffen alles, was sie wollen. Aber diesmal kommen sie vielleicht zu spät, Sir. Ken hat sich da nämlich in eine fixe Idee verrannt. Er hat einen aus der Galmier-Clique im Visier.«

»Wie meinen Sie das? Er hat einen im Visier?«

»Wie ich's sage. Er will einen umlegen. Aus Rache. Ich sage es doch, er ist verrückt!«

»Rache? Weshalb? An wem?«

»Ich weiß es nicht, Sir. Das weiß er selber vielleicht auch noch nicht. Sehen Sie, dieser Überfall auf den La Placita Club hatte damit zu tun. Was meinen Sie, weshalb die Galmiers nichts unternehmen? Die tun nichts!«

»Warum nicht, Moose? Wissen Sie es nicht?«

»Nein, Sir. Ich weiß es nicht, und ich kann es mir auch nicht denken. Sehen Sie, wir haben am Sonntag das Rennen. Es ist sehr wichtig für mich. Für Ken zwar auch, aber für mich ist es das Leben, verstehen Sie? Ken ist ein reicher weißer Junge, ein Sonnyboy. Ich bin ein armer Nigger aus dem Süden. Ich bin hier Dreck. Aber wenn ich mit Ken das Pontchartrain-Rennen gewinne, kann ich mir selber ein Boot kaufen, verstehen Sie?«

»Was wollte ich denn Ihrer Meinung nach tun?« erkundigte ich mich.

»Auf ihn aufpassen! Damit er keinen Bockmist macht. Das ist alles, Sir.«

Ich lachte. »Ich soll seinen Babysitter spielen? Mit welcher Begründung? Moose, seien Sie nicht naiv. Der Chief würde mir etwas anderes erzählen.«

»Es ist doch nur bis Sonntag! Bitte, Sir! Wenn Ken sieht, daß Sie ein Auge auf ihn haben, wird er vernünftig sein. Bestimmt!« Moose sah mich an. Sein dunkles Gesicht glänzte vor Schweiß. »Mann, seien Sie doch nicht so stur! Ich sitze auf einem Pulverfaß! Ken wartet nur noch auf etwas. Der bringt es fertig und legt jemanden um, noch vor dem Rennen!«

Das ist ja eine schöne Klemme, dachte ich grimmig. Wenn an den Worten des Schwarzen etwas dran war, mußte ich

Ken tatsächlich im Auge behalten. Andererseits konnte ich ihn nicht Tag und Nacht überwachen. Das war ausgeschlossen. Chief Lyons würde mich zum Teufel jagen, wenn ich zu ihm käme und ihn veranlassen wollte, Ken Trevelyan an die Leine zu nehmen. Lyons würde gewiß einen neuen Tobsuchtsanfall erleiden.

»Ich kann nichts versprechen, Moose, gar nichts.«

Moose ließ die aufgerauchte Zigarette fallen. Er sah zu Boden. »Na dann ...«

»Warten Sie. Ich habe ja nicht nein gesagt. Wie sieht euer Programm für die nächsten zwei Tage aus?«

»Morgen sind wir bis etwa zur Mittagszeit auf dem See draußen, Sir. Der Motor muß noch abgestimmt werden. Am Nachmittag wird das Boot verladen, und am Abend fahren wir nach Mandeville.«

»Dann haben Sie ihn doch immer unter Kontrolle«, sagte ich.

»Höchstens bis zum Lunch. Ich fahre das Boot allein nach Mandeville. Hören Sie, wir sind nur Partner im Cockpit, sonst nirgendwo!«

»Ist ja schon gut.«

»Nichts ist gut. Ich würde ihn ja anbinden, bis der Starterball hochgeht. Aber ich bin ein Schwarzer. Ich kann froh sein, daß er mich braucht.« Moose hob die Hände und ließ sie gleich wieder fallen.

»Ich tue mein Möglichstes, Moose. Mehr kann ich nicht versprechen.« Ich sah ihm nach, bis er in den Chevrolet stieg. Der Anlasser mahlte kurz, und die Maschine lief sofort rund. Augenblicke später verschwand der Wagen in Richtung St. Francisville.

Moose hatte praktisch bestätigt, daß irgend etwas im Busch war. Ken wollte den Familienkrieg fortsetzen. Aber worauf wartete er, zum Teufel? Auf eine Information vielleicht? Wie oder wo konnte ich dazu etwas erfahren?

Es gab eigentlich nur eine Möglichkeit: Ken beobachten. Wie Moose es vorgeschlagen hatte. Und schließlich war ich ja hier, um einen heißen Krieg zwischen der Trevelyan-Dynastie und dem Galmier-Clan zu verhindern.

Als ich in den Pontiac stieg, stellte ich erst mal die Klimaanlage auf volle Touren. Hemd und Hose waren durchgeschwitzt. An den Stiefeln klebte Schlamm. Ich seufzte. In diesem Zustand hätte man mich nicht mal an einen Hamburgerstand herangelassen. Ich fuhr also noch mal in mein Motel zurück, um zu duschen, die Stiefel zu säubern und mich umzuziehen.

Eine gute Stunde später sah ich die bonbonfarbenen Lichter schon von weitem über der flachen Sumpflandschaft schimmern. Wie Elmsfeuer, dachte ich. Im Näherkommen wurden dann Einzelheiten einer imposanten Anlage erkennbar.

Ein Walmdach von gewaltigen Ausmaßen erhob sich über hohen Oleanderhecken. Das Tor war breit und offen. Aber die Einfahrt wurde von einer dicken Eisenkette versperrt, die an massiven, in die Pfosten eingelassenen Mauerankern eingehängt war.

Ich hielt an und harrte der Dinge, die da kommen mochten. Das eigentliche Clubleben schien sich im Haus und auf dem dahinterliegenden Grundstück abzuspielen. Das verrieten der Widerschein der Lichter und die herüberwehende Musik. Während ich wartete, betrachtete ich die Vorderseite des Clubgebäudes.

Es glich einem jener herrschaftlichen Häuser, die für den Süden typisch waren. Der Normalbürger kennt so was eigentlich nur aus Filmen. Ein volles Dutzend Säulen beherrschte die Vorderseite. Die Säulen trugen einen vorspringenden Balkon mit zierlichen schwarzen Eisengittern. Die hohen französischen Fenster im Obergeschoß leuchteten in frischem Weiß. Hinter den Scheiben schimmerte Licht. Unsichtbar im Park angebrachte Lampen strahlten die Fassade an.

Auf dem Platz vor dem Gebäude standen an die zwanzig

Fahrzeuge so unterschiedlicher Marken und Typen wie Mercedes und Dodge, Range Rover und Lincoln. Eine Horde farbiger Boys in roten Jäckchen war damit beschäftigt, Chrom, Lampen und Scheiben zu putzen.

Das Empfangskomitee bestand aus drei handfesten Kerlen. Sie trugen maßgeschneiderte Seidenanzüge, unter denen von der Bewaffnung kaum etwas zu erkennen war. Die Burschen ließen sich Zeit. Ich war kein Clubmitglied. Ein Polizist rangierte hier vermutlich gleich hinter dem Zeitungsjungen. Ich sah ihnen gelassen entgegen.

Zwei blieben hinter der Kette stehen. Sie starrten in den Nachthimmel. Vielleicht hielten sie nach Ufos Ausschau. Der dritte Mann stieg über die Kette und kam auf mich zu. An meiner Seite beugte er sich herab und bedeutete mir, die Scheibe herunterzudrehen. Dabei zerlegte er sein volles Gesicht in freundliche Dackelfalten. Die Augen allerdings blieben hart und unpersönlich. Warmer Dunst wehte mir ins Gesicht, als ich das Fenster öffnete, und ein paar hundert ausgehungerte Mücken stürzten sich ins Wageninnere.

»Guten Abend, Officer« grüßte der Bursche. Blanke Knopfaugen huschten durch das Wageninnere und streiften meine Aufmachung. Immerhin trug ich jetzt einen Zivilanzug, helle Hosen nämlich und eine leichte Leinenjacke. Unter der Achsel steckte mein vertrauter 38er. Die schwere Kanone aus dem Fundus der West Feliciana County Police hatte ich im Kofferraum verstaut. Die kleinen Augen des Wächters verweilten schließlich irgendwo zwischen meiner Schulter und meinem Kinn. »Haben Sie sich verfahren?«

Ich verdrehte die Augen. Ich hatte es mit einem Scherzbold zu tun, etwa von der Sorte, wie sie die Mafiabosse an der Ostküste bevorzugten. Aber eins war nun klar. Ich würde auf Schwierigkeiten stoßen, wenn ich hier hineinwollte. Jagten die Kerle mich davon, mußte ich den Schwanz einziehen und mich trollen. Wegen einer lächerlichen Erklärung brauchte man mich mitten in der Nacht nicht auf das Gelände zu lassen.

»Ich wollte mich um die Clubmitgliedschaft bewerben«, behauptete ich ernsthaft.

Der Gag war nicht schlecht. Das Gesicht des Wächters zog sich in die Länge. In seine Augen trat ein dümmlicher Ausdruck. Dann lief die Gegenreaktion ab.

Die Augen wurden ganz klein. Der Mund zog sich zusammen. Der Bursche blies Luft durch die geblähten Nüstern. Sein Atem stank nach Knoblauch. Bevor er explodierte, sagte ich: »Rufen Sie Ihren Boß an! Ich muß ihn sprechen.«

Der Mund, der sich eben geöffnet hatte, klappte wieder zu. Es klang wie das Schnappen von Alligatorzähnen. Etwas an meiner Haltung schien den Mann zu irritieren. Er richtete sich auf. Mit verkniffenem Gesicht walzte er zu einem Torpfosten und öffnete eine Klappe vor der Nische, wo ein Telefon angeschlossen war. Ich spielte mit dem Gangwähler und überlegte, wie ich mir einen rasanten Abgang verschaffen könnte. Ein Kavaliersstart wäre nicht das Geeignete, dachte ich. Den legten die Schnösel mit ihren Mercedes, Porsches und Mustangs viel besser hin. Vielleicht sollte ich die Sirene einschalten. Ich grinste. Der Gedanke gefiel mir. Den vornehmen Gästen da hinten würden vor Schreck die Drinks aus dem Gesicht fallen.

»He, Officer!« schrie der Wächter.

Ich steckte den Kopf aus dem Fenster.

»He, wie heißen Sie?«

»Cotton«, sagte ich. »Deputy Cotton vom Office . . .«

»Schon gut.« Der Aufpasser wandte sich wieder dem Telefon zu. Gleich würde er mich davonjagen wie einen Hausierer, der versuchte, Fußmatten zu verkaufen. Gleichzeitig würde sich der Clubmanager beim Chief beschweren. Oder beim District Attorney.

Mein Freund, der Empfangschef, verschloß die Nische wieder und schnippte mit den Fingern. Die anderen beiden Kerle kehrten auf die Erde zurück. Sie lösten die Kette. Der Oberaufseher trat wieder neben den Pontiac. Jetzt gönnte er mir ein Lächeln, das offenbar für gehobene Hilfskräfte vorgesehen war. Zum Beispiel für einen Burschen, der die ausgefallene Klimaanlage wieder in Ordnung bringen sollte.

»Stellen Sie den Wagen da hinten ab«, sagte er und deutete auf eine dunkle Ecke, wo der Streifenwagen nicht gleich das Auge eines empfindlichen Millionärssöhnchen beleidigte.

Er schritt neben mir her und half mir dann sogar aus dem Wagen. Ich klemmte mir die Akte unter den Arm und ließ mich von dem Aufpasser um das Haus herumführen. Er hieß Brenner.

Als ich um die hintere Hausecke bog, bot sich meinen Augen ein phantastisches Bild. Bunte Girlanden umrahmten das hinten tief herabgezogene Dach. Lichterketten schwangen sich über den Barbecue-Platz, die Tanzpavillons und die drei Swimmingpools, deren Wasser außerdem von unten her in verschiedenen, ständig wechselnden Farben effektvoll beleuchtet wurde.

Auf einem Podium spielte eine Combo einschmeichelnde Melodien. Überall hatte man elektrisch betriebene Hochfrequenzfallen aufgestellt, mit denen man der Mückenplage Herr zu werden hoffte. In der Nähe dieser leise knisternden Dinger roch es nach Ozon. Die Clubmitglieder hielten sich vorwiegend unter den überdachten Laubengängen auf. Dort fiel Luft aus Rohrleitungen auf sie herab, die in Klimageräten im Keller des Haupthauses gekühlt wurde.

Brenner übergab mich an einen Typ in weißem Smoking, der mich mit einer artigen Verbeugung begrüßte. Er führte mich dann durch eine offene Terrassentür ins Haus.

Mein Weg endete in einem prunkvoll eingerichteten Raum, in dem auch ein Herrscher wie zum Beispiel Ludwig XIV. von Frankreich, dem Louisiana seinen Namen verdankte, sich wohl gefühlt hätte.

Lautlos schlossen sich gepolsterte Türen hinter mir. Ich watete durch dicke Teppiche auf eine Lichtinsel zu, auf der sich ein fetter Mann breitmachte. Er trug ein einfaches weißes Hemd und Shorts.

Shorts!

Sein Bauch quoll über den Gürtel. Die nackten Schenkel bedeckten die Sitzfläche eines recht großen Ledersessels. Der Mann hatte dünnes gelbes Haar und grünliche Froschaugen.

»Setzen Sie sich, Mr. Cotton«, sagte er mit heller Stimme. Mit einer rosigen Hand deutete er auf einen Stuhl. Ich nahm Platz. »Ich bin Manager, Jacques Scoular. Und Sie sind der Deputy, der Ken Trevelyan eins auf die Nase gegeben hat.« Er grinste verhalten.

Der Buschtelegraph arbeitete vorzüglich. Ich grinste nicht. »Ich habe ihn lediglich verwarnt«, sagte ich.

Scoular machte eine abfällige Handbewegung. »Wenn Big Teetee Ihnen Schwierigkeiten machen sollte, Mr. Cotton, wissen Sie, wo Sie jederzeit Hilfe finden können«, erklärte er mit Nachdruck.

»Nein«, sagte ich. »Das weiß ich nicht.«

Die Froschaugen starrten mich an. Das schwammige Gesicht zuckte. »Weshalb sind Sie denn sonst hergekommen?« erkundigte er sich.

Ich öffnete die Mappe. »Sie wollten die Anzeige gegen einige Mitglieder der Familie Trevelyan zurückziehen.«

»Deshalb kommen Sie eigens her? Um diese Zeit?« Fassungslos schüttelte er den Kopf. Er streckte eine Hand aus. Ohne den Oberkörper zu bewegen, fischte er ein Blatt Papier aus einem Briefkorb. »Ich hätte Ihnen den Wisch morgen zugeschickt. Wenn das alles ist ...«

»Das ist alles.« Ich steckte die Erklärung ein, stand auf und deutete eine Verbeugung an. »Danke, Mr. Scoular.«

Wieder diese schlaffe Handbewegung. »Schon gut, Mr. Cotton. Seien Sie heute unser Gast!« Er verzog die dicken Lippen. »Das ist kein Bestechungsversuch. Seien Sie unbesorgt! Wir haben solche Mätzchen nicht nötig.« Schwere Lider sanken über die vorquellenden Augen.

Nein, dachte ich. Wenn hier ungesetzliche Dinge geschahen, hatte man höhere Chargen zur Verfügung, um eventuelle Schwierigkeiten auszubügeln. Im Obergeschoß wurde vielleicht gespielt. Zweifellos gab es willige Hostessen, die den Clubmitgliedern für buchstäblich alle Dienstleistungen zur Verfügung standen. Und wenn einem Mitglied nach einem Joint oder einer Prise Kokain zumute war, brauchte er bestimmt nicht nach New Orleans zu fahren.

Ich lächelte und neigte dankend den Kopf. »Ich nehme Ihre Einladung gern an, Mr. Scoular.«

Gegen drei Uhr am Morgen brachen die ersten Gäste und Clubmitglieder auf. In den zurückliegenden zwei Stunden hatte ich einige kennengelernt. Zumindest wußte ich jetzt, wer zum Galmier-Clan gehörte.

Aristide Galmiers Anwesenheit, so hörte ich, war mehr zufällig. Er sei weder ein Gesellschaftslöwe, noch liebe er es, sich die Nächte um die Ohren zu schlagen. Normalerweise hielt er sich in Baton Rouge auf, wo sich die Konzernzentrale befand. Aristide managte den Konzern, während sein Bruder Alphonse die Güter im Bayou verwaltete.

Aristide war ein drahtig weißhaariger Herr, der die Sechzig längst überschritten hatte. Er war einer der wenigen, die in einem dunklen Geschäftsanzug zwischen den meist bunt gekleideten Gästen auffielen. Unauffällig umgaben ihn Leibwächter. Seine Haltung wirkte angespannt. Er suchte offenbar Gespräche mit verschiedenen Leuten, so vor allem mit seinem Bruder Alphonse. Alphonse mochte zehn Jahre jünger sein als Aristide, obwohl er auf den ersten Blick älter aussah. Das mochte an der schlaffen Gesichtshaut liegen. Sein Mund wirkte grausam und sinnlich zugleich. Sein glattes, leicht angegrautes Haar bildete einen seltsamen Gegensatz zu den hellen, schwimmenden Augen. Er hielt sich in der Nähe eines Swimmingpools auf, in dem ausgesucht hübsche Mädchen plätscherten und ihre fast nackten Körper zur Besichtigung anboten. Alphonse befand sich in der Gesellschaft einer zu blonden und zu jungen, etwas gewöhnlich aussehenden Frau, die an ihm hing wie eine Klette. Alphonse betatschte sie mit abwesendem Gesichtsausdruck.

Alphonse schien alles zu tun, um einem Gespräch mit seinem Bruder auszuweichen. Er schüttete sich planmäßig mit Alkohol voll. Seine Augen röteten sich bald. Schließlich war er so betrunken, daß er ohne fremde Hilfe nicht mehr aus seinem Stuhl hochkam. Als ich einmal nahe an ihm vorbeischlenderte, bemerkte ich eine flache Pistole, die mit einer Klammer innen an seinem Hosenbund befestigt war.

Ich fand es einigermaßen merkwürdig, daß Alphonse in dieser Umgebung mit einer Kanone herumlief, wo er sich doch unter Freunden befand. Und wo die Leibwächter sich in Rufweite bereit hielten.

Ich wußte, daß Henry Galmier, Aristides Sohn, sich ebenfalls im Club aufhielt. Doch ich sah ihn erst nach drei Uhr, als er in Begleitung einer auffallend schönen Frau aus dem Haus trat. Die Frau hatte milchweiße Haut und dünne, pechschwarze Augenbrauen. Ihr volles Haar war von sattem Braun. Sie trug einen schimmernden und glitzernden Hosenanzug von unbestimmbarer Farbe. Das glatte Material schmiegte sich eng an ihren Körper. Es war offensichtlich, daß sie nichts darunter trug. Absolut nichts. Die großen, hoch angesetzten Brüste bewegten sich leicht unter dem Stoff des Oberteils. Ich starrte sie an. Nicht nur, weil sie eine Schönheit war. Etwas an ihr kam mir bekannt vor.

Ich löste meinen Blick von ihr. Alphonse hatte die Blondine von sich geschoben. Aus blutunterlaufenen Augen starrte er der Begleiterin seines Neffen nach, die eben an ihm vorbeiging.

Henry Galmier wandte den Kopf. Er zwinkerte seinem Onkel zu. Doch als sein Blick auf mich fiel, versteinerte das hübsche Gesicht. Jäher Haß verdunkelte die Augen. Betroffen erwiderte ich den Blick. Ich war plötzlich ernüchtert und beschloß, diesen Millionärsclub zu verlassen. Doch immer noch faszinierte mich der Anblick der braunhaarigen Frau. Ich konnte nicht anders, ich mußte ihr nachsehen.

»Sie ist Kens Schwester«, sagte jemand mit rauchiger Stimme neben mir. Ich wandte den Kopf. Blanche Galmier rieb ihren Rücken an einer der gedrechselten Säulen, auf denen das Laubendach ruhte. Sie trug ein lachsfarbenes Chiffonkleid, dessen leichter Stoff sich im Luftzug bauschte.

Sie wandte mir ihr Gesicht zu. Es war aufgedunsen. Die grellroten Lippen waren feucht und leicht geöffnet. Die Zähne schimmerten. Das lange schwarze Haar war etwas strähnig und schweißfeucht. Blanche hatte in den letzten Stunden kaum einen Tanz ausgelassen. Sie war ein sinnliches Geschöpf. Ihre Bewegungen stellten selbst jetzt, als sie an der Säule lehnte, eine einzige Herausforderung dar. Wo waren all die Männer geblieben, mit denen sie geflirtet hatte?

Sie schob sich näher an mich heran. Als sie ihre feuchte Hand auf meine legte, durchzuckte mich so etwas wie ein elektrischer Schlag.

»Komm, wir holen uns einen Drink«, lockte sie.

Sie hatte genug. Und sie war Aristide Galmiers Tochter. Unwillkürlich sah ich zu dem Konzernchef hinüber, der mit einem großen Mann auf einer Bank saß. Der Mann war ein prominenter Jet-Set-Psychiater aus New Orleans. Er hörte Aristide sehr aufmerksam zu.

Aristide wirkte jedoch unkonzentriert. Überhaupt schien von allen Mitgliedern der Familie Galmier eine gewisse Unruhe auszugehen. Außer von Blanche und Alphonse. Beide waren zu betrunken, um noch nervös sein zu können.

Henry tanzte mit dem schönen Mädchen. Sie schmiegte sich eng an ihn. Aber mir entging nicht der harte Blick, den er hin und wieder in meine Richtung warf.

»Sie machen sich alle Sorgen um meinen Onkel.« Blanche lachte gurrend. »Sie machen sich überhaupt alle viel zuviel Sorgen.« Ihre Finger gruben sich in meinen Unterarm. »Sehen Sie meinen Bruder an! Er hat sich in Barbara Trevelyan verknallt, der arme Narr. Er merkt gar nicht, daß dieses Biest ihn vernichten will! Die ist kalt wie eine Schlange!«

Den Eindruck hatte ich eigentlich nicht. Ich sah Blanche an. Der Haß in ihrer Stimme erschreckte mich.

»Kennen Sie Barbara?« fragte ich.

»Natürlich kenne ich sie! Schauen Sie sich diese Fassade an!«

Barbaras Bewegungen verschmolzen förmlich mit der einschmeichelnden Musik der Combo. Henry preßte sie fest an sich. Seine Hand, die breit auf ihrem Rücken lag, war fast weiß.

»Sie ist Rodeoreiterin!« zischte Blanche. »Können Sie sich das vorstellen?«

Nein, das konnte ich mir nicht vorstellen. Aber Blanche erzählte mir, daß Barbara Trevelyan an ihrer Highschool die Rodeo Championship gewonnen hatte.

»Die reitet auf wilden Pferden und Bullen! Und jetzt hat sie Henry zwischen ...«

»Waren Ken und seine Leute deshalb hier?« fragte ich.

Blanche wackelte mit dem Kopf. Ich konnte nicht unterscheiden, ob die Bewegungen meine Frage bejahen oder verneinen sollte.

»Sie haben alle Angst vor Ken«, lallte Blanche. »Und Barbara, diese falsche Schlange, spioniert für ihn ...«

»Was sollte sie denn spionieren?« fragte ich, während ich mich widerstrebend von Blanche zu einer der Bars zerren ließ.

»Ken ...« Blanche stolperte. Ich mußte sie stützen. Dann klammerte sie sich an mir fest.

An der Bar wollte sie unbedingt einen Tequila haben. Der Barmixer warf einen besorgten Blick in die dunkle Tiefe des Parks, ehe er dem Wunsch des Mädchens nachkam. Ich begnügte mich mit einem Spritzer Wodka auf ein großes Glas mit frischem Orangensaft.

»Ja? Was ist mit Ken?« erinnerte ich sie an meine Frage.

Sie schien alles vergessen zu haben. Sie leckte sich das grobe Salz von der Hand und goß den Tequila mit einem Ruck hinunter. Das Glas schleuderte sie von sich.

»Noch einen!« verlangte sie.

»Dann gehe ich«, sagte ich.

»Sie ... sind ein ... Spielverderber! Noch einen, bitte, dann gehe ich auch.«

Ich gab ihr eine Zigarette. Sie inhalierte tief, hustete und klammerte sich erneut an mir fest.

Das Clubgelände leerte sich zusehends. Vorn auf dem Parkplatz dröhnten Motoren. Henry und Barbara verschwanden wieder im Haus. Auch Aristide Galmier und sein großer Gesprächspartner waren plötzlich verschwunden. Zwei Angestellte schleppten Alphonse ins Haus. Die Blondine lief hinter der Gruppe her.

»Die Blonde da«, sagte Blanche, »ist die geschiedene Frau eines Staatsanwalts aus Baton Rouge. Eine Nutte. He, großer Polizist! Sie ist eine Nutte, haben Sie gehört?« Blanche wurde laut.

»Ja«, sagte ich. »Ich hab's gehört.«

»Sie können sie haben! Die ist scharf wie ... He, mich können Sie auch haben. Ich bin auch ...«

»He, Baby, ich besorge Ihnen einen starken Kaffee und eine Handvoll Aspirin oder Alka Seltzer.«

»Was soll ich damit? Pah! Bringen Sie mich lieber zum Parkplatz. Ich hab' genug.«

Ich führte sie um das Haus herum. Es standen nur noch vier oder fünf Wagen auf der Fläche. Ein Boy verneigte sich vor mir.

»Ich hole Ihren Wagen, Sir«, sagte er.

»Danke, nicht nötig«, sagte ich, und der Junge verschwand. Ich sah Blanche an, die sich wie eine Ertrinkende an mir festhielt. »Wo ist Ihr Chauffeur?«

»Chauffeur? Gibt's so einen noch? Meine blöde Familie gibt mir keinen Chauffeur mehr, seit ich einen vernascht habe.« Sie lachte. Beinahe wäre sie gestürzt. Ich fing sie rechtzeitig auf. »Der niedliche Mercedes da hinten gehört mir. Setzen Sie mich da rein! Und dann hauen Sie ab, wenn Ihnen Ihr Leben lieb ist.«

»Sie können nicht mehr fahren«, sagte ich.

»Stimmt genau. Aber ich will trotzdem nach Hause. Setzen Sie mich rein. Einfach rein in die Kiste. Ich habe Schutzengel. Die sind immer ganz unsichtbar. Wenn Sie einen sehen, ist es zu spät für Sie! Wie heißen Sie?«

»Cotton.«

»Was is's das für 'n Name?«

»Das ist mein Nachname. Vielleicht gefällt Ihnen Jerry besser.«

»Jetzt sei ein lieber Junge, Jerry, und setz die kleine Blanche in ihren Mercedes und hau ab, ja?« Sie warf sich an meine Brust. »Weißt du, daß ich sternhagelvoll bin?«

»Kommen Sie, ich bringe Sie ins Haus ...« Dort gab es Gästezimmer. Oder jemand von den Clubangestellten konnte sie nach Hause fahren.

»Nein! Nicht ins Haus! Ich will in mein eigenes Bettchen. Oder in deins.«

Ich sah mich auf dem hell erleuchteten Platz um. Außer den farbigen Boys war niemand zu sehen. Wo, zum Teufel, steckte Brenner? Ich befand mich in einer verdammten Zwickmühle. Warum, zum Teufel, kümmerte sich niemand um Blanche?

Bis zum Anwesen der Galmiers waren es von hier aus zwölf Meilen in nördlicher Richtung. Die ehemalige Baumwollplantage lag an der Grenze zum Staat Mississippi.

»Kommen Sie«, sagte ich entschlossen. Ich nahm Blanches Arm und führte sie zu der dunklen Ecke hinüber, wo mein Streifenwagen stand. Ich würde sie nach Hause bringen. Ich, Jerry Cotton, der edle, uneigennützliche Beschützer betrunkener junger Damen.

Welch eine törichte Idee!

Ich öffnete die rechte Tür. Blanche sah sich um. Die Dunkelheit schien irgendwelche Vorgänge in ihr auszulösen. Sie schlang jedenfalls ihre Arme um meinen Hals, preßte ihre Lippen auf meinen Mund und stieß mir eine Zunge zwischen die Zähne, die nach Tequila schmeckte.

Behutsam versuchte ich, mich von ihr zu lösen. Aber Blanches einmal erwachte Gier erlaubte kein Zurück mehr. Sie wand sich wie eine Schlange und preßte ihren Körper an meinen. Sie wurde immer wilder.

Ihre Leibwächter mußten auf diesen Moment gewartet haben. Sie hatten sich vornehm im Dunkeln zurückgehalten, bis sie einen Grund zum Eingreifen hatten, wie der Boß es ihnen befohlen hatte.

Wie aus dem Nichts tauchten sie auf. Plötzlich waren sie einfach da. Wo hatte ich nur meinen Instinkt gelassen?

Eine derbe Pranke knallte mir auf die rechte Schulter. Blanche war plötzlich nicht mehr da. Ich sah nur noch einen wehenden Chiffonschleier. Dann blieb nichts von ihr zurück außer dem Geschmack von Tequila.

Im nächsten Moment explodierte ein heftiger Schlag an meinem Kinn, und die Welt löste sich in grellen Blitzen auf.

Ich kann nicht richtig bewußtlos gewesen sein. Denn als mein Verstand wieder einrastete, fand ich mich am Boden wieder, wo ich wie ein verletzter Käfer herumkrabbelte. Ich stieß gegen einen Reifen und hob den Kopf. Undeutlich erkannte ich das Wappen des West Feliciana County auf einer Wagentür.

Irgendwo weiter hinten schimmerten die bonbonfarbenen Lichter des La Placita Club. Auf dem Parkplatz wurde ein Motor gestartet. Reifen knirschten auf dem Muschelkalk. Dann verlor sich das Motorengeräusch in der Nacht.

Ich wurde in die Höhe gerissen und gegen die Flanke des Streifenwagens gestoßen. Wieder kreisten die Feuerräder in meinem Schädel. Dann schoß ein neuer, ungleich stärkerer Schmerz als zuvor durch meinen Körper, als jemand seine Faust gegen mich schwang.

Mir blieb die Luft weg. Meine Knie wackelten. Aber ich konnte nicht fallen, weil man mich festhielt. Zwei, drei Männer, schätzte ich. Sie wollten mich fertigmachen. So konnte man die Tugend eines Mädchens natürlich auch schützen ...

Oder ging es gar nicht um Blanche Galmiers Tugend? War

Scoulars freundliche Einladung nur Schau gewesen? Ich dachte an die verstohlenen Blicke, mit denen Aristide Galmier mich bedacht hatte. Und ich erinnerte mich an den Haß in Henrys Augen.

Doch jetzt war nicht der richtige Zeitpunkt, um mir über die Gründe für den Angriff den Kopf zu zerbrechen. Ich mußte zunächst versuchen, heil herauszukommen.

»Damit Sie es lernen«, sagte eine rauhe Stimme hinter mir, und ein brennender Schmerz breitete sich mit rasender Geschwindigkeit bis in die letzten Nervenenden aus.

Ich fiel mit dem Gesicht gegen den Wagen. Das Metall war ekelhaft warm. Übelkeit wühlte in meinen Eingeweiden.

»Verdammt«, keuchte ich mühsam, »was soll dieser Unsinn? Ich will doch nichts von Blanche ...«

»Das soll Ihnen helfen, es sich zu merken«, kommentierte der andere Schläger seine Aktion.

Ich hatte keine Ahnung, wovon die Kerle sprachen. Meine Beine waren gefühllos. Ich klammerte mich an der Wasserablaufrinne am Dach des Pontiac fest. Nur langsam sickerte etwas von der dicken, feuchten Luft in meine Lungen.

»Mach ihn fertig«, forderte eine kühle, beinahe unpersönliche Stimme. Es waren zwei Kerle, die sich abwechselten. Wenn mich nicht alles täuschte, war jetzt der gemeine Hund mit der Reibeisenstimme wieder an der Reihe. Wollten die Männer mich totschlagen?

Ich krümmte die Schultern und ließ die rechte Hand an der Flanke des Wagens herabgleiten. Sie hatten mich so weit, daß mir nur noch der Griff zur Waffe übrigblieb.

Doch meine Finger berührten nur das leere Holster. Ein neuer Schwächeanfall drohte mich zu lähmen, als die Reibeisenstimme wie kratzende Finger über meinen Rücken strich.

»Wir dulden hier keinen Spion! Keinen, der für den hochnäsigen Teetee arbeitet ...«

»... und sich an unsere Frauen ranmacht!«

Die Kerle waren total übergeschnappt. Reibeisenstimme

stand links von mir. Es war weniger ein Reflex als mehr Furcht vor den Schmerzen, die mich handeln ließ.

Ich drehte mich aus der Hüfte nach rechts. Die Faust des Gegners streifte die unteren Rippen. Dann krachte es. Die Faust schlug durch das Seitenfenster des Pontiac. Die rauhe Stimme brüllte auf. Aus der Drehung heraus ließ ich meine linke Faust herumschwingen.

Sie stieß ins Leere. Der andere Schläger hatte sich rechtzeitig weggeduckt. Er rammte mir sein Knie in die Seite. Ich prallte mit der Hüfte gegen den Kotflügel. Die Reibeisenstimme schrie schrill und kippte dann über.

Ich blockte einen Schlag des anderen ab, mußte aber eine kleine Serie von Haken hinnehmen, die mich gegen den Streifenwagen nagelten. Die schmerzerfüllte Reibeisenstimme wurde schwächer und erlosch, als ich bewußtlos zusammensackte.

Grelles Licht stach in eins meiner Augen, und ich schlug blindwütig zu. Das Licht verschwamm. Dann hörte ich eine Stimme, die beruhigend klang. Wieder drang Licht an meine Augen. Jemand hob das Augenlid an.

»Ich lebe«, murmelte ich undeutlich.

»Na klar.«

Die Stimme kannte ich. Sie gehörte Nap. Ed Napier, Deputy! Ich hing schlaff in einem Sessel. Ich hatte Schmerzen. Jemand wischte mir übers Gesicht.

»Er hat eine Menge abbekommen«, sagte Nap.

»Das ist mir egal!« brüllte Chief Lyons. »He, Nap, schleifen Sie ihn her!«

»Ja, Chief.« Nap rüttelte behutsam an meiner Schulter. »Jerry, können Sie mich hören?«

»Klar . . .« Ich konnte das eine Auge jetzt immerhin schon aus eigener Kraft offenhalten. Nap schwenkte die Lampe zur Seite, mit der er mich vorher angeleuchtet hatte. Ich richtete mich etwas auf. Dabei stieß ich mir die Hand am Lenkrad.

Ich befand mich in meinen Streifenwagen! Ich starrte aus dem Fenster und erkannte das flache Sumpfland. Am Straßenrand standen mehrere Wagen. Der Chrysler des Chief, Naps Funkwagen, eine weiße Limousine und noch ein paar Kutschen.

»Was für ein Aufwand«, murmelte ich. Ich setzte ein Bein auf den Boden. Mir tat jeder Knochen weh.

Nap half mir auf die Beine. Ich stieg aus dem Wagen und hielt mich keuchend an der Fahrertür fest. Mein Körper war schweißnaß. Die hintere linke Tür stand ebenfalls offen. Im Licht eines aufgeblendeten Scheinwerfers sah ich das gezackte Loch in der Scheibe. Stirnrunzelnd betrachtete ich die scharfen Splitter, die wie die Zähne einer Säge im Rahmen steckten. Einige wiesen dunkle Flecken auf.

Schlagartig setzte die Erinnerung ein. Die schreiende Stimme, die ich zuletzt gehört hatte.

»Kennen Sie einen Kerl mit einer auffallenden Reibeisenstimme?« fragte ich.

»Nein«, antwortete Nap. »Kommen Sie jetzt . . .«

»Warten Sie! Wie spät ist es?« Am östlichen Horizont bemerkte ich einen hellen Steifen.

»Vier Uhr fünfzehn«, antwortete Nap. Er versuchte, mich mit sanftem Druck vom Wagen wegzuziehen. Der Chief stand etwas weiter im Schilf zusammen mit ein paar anderen Männern. Er brüllte schon wieder nach Nap.

Ich spürte einen vertrauten Zug links an meiner Brust und schob die Hand unter das mitgenommene Jackett. Überrascht stellte ich fest, daß mein Smith & Wesson an seinem gewohnten Platz steckte.

Wir gingen ein kurzes Stück über die Straße. Dann folgte ich der Spur durch das niedergetrampelte Schilf, wo die anderen Männer standen. Chief Lyons und Noel Blaine, der Staatsanwalt, traten zur Seite. Jemand leuchtete mit einem starken Handscheinwerfer auf eine Gestalt, die zusammengekrümmt im Morast lag.

Das glatte, angegraute Haar hatte sich mit Feuchtigkeit

überzogen. Das verlebte Gesicht war mit Schlamm beschmiert. Aber ich erkannte es trotzdem. Es gehörte Alphonse Galmier. Dem Mann, der mit der geschiedenen Frau eines Staatsanwalts geschäkert und sich sinnlos betrunken hatte.

»Die Spuren haben Sie sehr gründlich zertrampelt«, bemerkte ich mit schwerer Zunge.

»Die Spuren hier sind nicht so wichtig«, tönte Chief Lyons.

Ich bückte mich und berührte den Toten an der Schulter. Ein kleiner Mann, den ich erst jetzt bemerkte, trat aus dem Schatten der verschiedenen Lampen und bückte sich ebenfalls. Er hatte müde Augen in einem alten Gesicht.

»Ein Schuß in die linke Schläfe«, sagte er. »Mehr konnte ich nicht feststellen. Ich bin Doc Kruger. Sie sind der neue Deputy?«

»Ja, Jerry Cotton.«

»Ich habe keine Erfahrung in Gerichtsmedizin, Officer. Ich hoffe, daß ein Spezialist aus Baton Rouge kommt.«

Ich beugte mich über den Kopf des Toten. Die Wundränder wiesen keine Schmauchspuren auf, wie sie bei einem Schuß aus geringer Entfernung entstanden. Es war nur wenig Blut ausgetreten. Ich schob meine Hand um die Hüfte des Ermordeten. Die Klammer und die Pistole fehlten.

»Der Tod ist sofort eingetreten«, sagte der Arzt. »Vor höchstens einer Stunde.«

Da waren bei mir gerade die Lichter ausgegangen. Ich richtete mich auf. Jemand rief nach dem Chief. Der Sheriff ging zu einem Streifenwagen und nahm das Mikro, das ein Deputy ihm reichte.

Noel Blaine warf mir einen verkniffenen Blick zu, sah dann aber schnell an mir vorbei. Ich gab Nap einen Wink. Wir gingen ebenfalls zur Straße. Wir befanden uns ein paar Meilen außerhalb von St. Francisville.

»Wer hat mich gefunden?« fragte ich.

»Ich«, antwortete Nap. »Das heißt, ich habe Sie gesucht.«

»Wieso?«

Nap lachte trocken auf. »Wieso? Das fragen Sie noch? Einer der Anwälte, die für die Galmiers arbeiten, hat uns alarmiert. Er sagte, Sie hätten Alphonse unter einem Vorwand festgenommen und seien mit ihm abgehauen.«

»Und deshalb«, sagte ich böse, »suchen Sie gleich nach mir?«

»Nicht deshalb«, antwortete Nap gelassen. »Der Anwalt sagte, man hätte Ken Trevelyan in der Nähe des Clubs beobachtet. Das hat mich auf Trab gebracht, als Sie dann nicht im Office aufkreuzten. Ich habe mich in meine Kutsche geschwungen, um die Strecke zum Club abzufahren. Ich fand Sie hier bewußtlos, mobilisierte das Office und Doc Kruger und sah mich in der Umgebung um. Tja, da habe ich Alphonse gefunden.« Nap starrte mich an. »Sie waren ziemlich lange weggetreten. Kruger hat Ihnen eine Spritze verpassen müssen.«

»Es stimmt nicht . . .«

»Was stimmt nicht?«

»Ich habe Alphonse nicht mitgenommen.«

Lyons beendete sein Gespräch. Er warf dem Deputy das Mikro zu und watschelte auf uns zu. Sein mächtiger Bauch schwabbelte. Auch der District Attorney gesellte sich zu uns.

»Die Kollegen aus Baton Rouge kommen so bald wie möglich«, sagte der Sheriff. Er sah mich scharf an. »Sie werden eine Menge zu erklären haben, Cotton.«

»Chief, ich . . .«

»Sie reden nur, wenn Sie gefragt werden, Cotton. Und nach Möglichkeit nur, wenn ich oder Noel Blaine dabei sind. Haben Sie mich verstanden?«

»Ja, Chief, aber . . .«

»Sie werden der Mordkommission von Baton Rouge zugeteilt, aber Sie sind mein Mann. Lassen Sie sich nicht abwimmeln.«

»Nein, Chief.«

Von Norden her näherten sich die Lichter einer ganzen Autokolonne. Die Kollegen aus Baton Rouge konnten es nicht sein, denn die Hauptstadt des Staates lag südlich von uns.

»Da kommen sie«, knirschte der Chief. »O verflucht!« Er starrte mich wütend an. »Was ist eigentlich in Sie gefahren? Wie sind Sie auf die idiotische Idee verfallen, Alphonse in Ihren verdammten Wagen zu verladen?«

»Sir, ich habe ihn nicht mitgenommen. Dazu hätte ich gar keinen Anlaß gehabt.«

»Sie wollen doch wohl nicht etwa abstreiten, daß Sie den alten Alphonse festgenommen haben? Er soll Sie beleidigt haben. Aber er war betrunken! Mein Gott, hier dürfen Sie nicht so empfindlich sein, jedenfalls nicht bei einem Galmier!« brüllte der Sheriff.

»Ich habe ihn nicht mitgenommen!« brüllte ich zurück.

»Moment mal!« schaltete sich der Staatsanwalt ein. »Chief, ich schlage vor, Sie lassen Deputy Cotton einmal kurz berichten, was aus seiner Sicht geschehen ist.«

»Na gut, aber er soll sich beeilen«, knurrte Lyons. Die Autokolonne kam rasch näher.

»Ich war im La Placita Club, um die Erklärung des Managers abzuholen«, sagte ich. »Als ich gehen wollte, wurde ich auf dem Parkplatz von mindestens zwei Männern zusammengeschlagen. Mehr weiß ich nicht. Oder doch ...«

»Stopp! Sie wollen behaupten, Alphonse überhaupt nicht gesehen zu haben?« erkundigte sich der District Attorney.

»Ich habe ihn gesehen, aber nicht gesprochen. Als ich ihn zuletzt sah, wurde er von zwei Angestellten des Clubs ins Haus getragen. Er war völlig betrunken. Ich habe den Wagen nicht hierhergefahren. Ich war dazu gar nicht fähig.«

Der Chief deutete auf das Loch in der hinteren Tür meines Wagens. »Ich will Ihnen erzählen, wie die Sache sich abgespielt hat, Cotton«, sagte er. »Der Schütze hat Alphonse während der Fahrt mit einem Gewehrschuß erwischt. Sie haben angehalten, aber der Killer hat Sie überwältigt. Er hat Sie zusammengeschlagen und den Toten ins Schilf gezerrt. Das ist geschehen, Cotton, und wenn Sie etwas anderes behaupten, fehlt Ihnen ein Stück vom Film. Die Polster auf der Rückbank sind voller Blut. Warum wollen Sie unbedingt eine andere Version verbreiten?«

»Ich war bewußtlos, als jemand den Wagen hierhergefahren hat«, erklärte ich geduldig. »Verstehen Sie, Chief? Ein anderer hat den Wagen gefahren! Alphonse wurde nicht hier irgendwo erschossen! Er wurde im Club getötet! Als er starb, war ich noch gar nicht unterwegs. Natürlich ist es möglich, daß Alphonse im Streifenwagen transportiert wurde, aber als Toter. Das Loch in der Scheibe stammt nicht von einem Schuß, Chief.«

»Woher wollen Sie das wissen?« erkundigte sich Lyons.

Ich sagte es ihm. »Der Mann hat sich schwer an einer Hand verletzt. Schnittwunden, möglicherweise auch Knöchelbruch. Geben Sie eine Fahndungsmeldung heraus, zuerst an alle Ärzte in der Umgebung. Die histologische und serologischen Untersuchungen werden beweisen, daß das Blut und die Hautreste an den Glassplittern von einer anderen Person als Alphonse Galmier stammen.«

Der Sheriff schüttelte den Kopf. »Das ist ja eine verdammte Geschichte«, knurrte er. »Wollen Sie allen Ernstes dabei bleiben?«

»Es ist keine Geschichte. Es ist die Wahrheit!«

Die Scheinwerfer des ersten Wagens der Galmier-Kolonne erfaßten uns. Der Deputy am Streifenwagen schrie nach dem Sheriff.

»Chief! Chief! Sie haben ihn!«

Lyons rannte behende zum Wagen und sprach mit dem Office. Als er zurückkehrte, machte er ein zufriedenes Gesicht.

Kurz darauf beherrschte der Galmier-Troß den Schauplatz. Überall standen ihre Wagen, aus denen immer mehr Personen kletterten. Nap hielt sich in meiner Nähe auf. Mit leiser Stimme erzählte er mir etwas von den Leuten, die ich noch nicht kannte. Aristide war da und Henry, dessen Augen mich erfaßten, kurz festhielten und wieder losließen. Eine große, magere Frau mit strengen Gesichtszügen war Henrys ältere Schwester Daphne, die sich um die Kinder kümmerte, die aus Alphonses drei Ehen hervorgegangen waren. Die Kinder waren zwischen sechs und fünfzehn Jahren alt. Drei ältere Söhne von Alphonse lebten nicht in Louisiana. Zwischen den Familienmitgliedern wimmelten rund zwei Dutzend andere Figuren herum – Leibwächter, Anwälte, Chauffeure. Niemand trug einen Verband an der Hand.

Aristide, Daphne und einige von Alphonses Kindern zertrampelten die letzten Spuren in der Umgebung des Fundortes der Leiche. Chief Lyons erstickte meinen Protest mit einem drohenden Blick.

Nachdem die Familie eine angemessene Zeit mit dem Anblick des Verstorbenen verbracht hatte, kehrten alle auf die Straße zurück. Chief Lyons, der District Attorney und ich wurden von einem hageren Burschen aufgefordert, zum Chef zu kommen.

Aristide Galmier stand sehr gefaßt und sehr aufrecht neben seinem Lincoln. Seine Leibwächter und Berater hielten sich in Rufnähe.

»Was ist geschehen?« fragte der Konzernchef. Er hatte eine unangenehme Stimme, unangenehme Augen und eine unangenehme Art zu fragen. Er trug jetzt einen anderen Anzug als vorhin im Club. Aber auch dieser war dunkel, das Hemd frisch und schneeweiß, die Krawatte korrekt gebunden. Unmerklich wurde es heller. Die Gesichter sahen grau aus im fahlen Morgenlicht.

»Wir nehmen an, daß er die Abfahrt Ihres Bruders beobachtet hat«, berichtete der Chief. Er bewegte die kurzen Arme, sah an mir vorbei, überlegte es sich anders und blickte mich warnend an. »Er ist dann vorgefahren und hat hier irgendwo gewartet. Dann hat er geschossen.«

Er! Er! Wer? Jedermann schien zu wissen, von wem Chief Lyons sprach. Nur ich nicht. Etwa von Ken?

»Haben Sie ihn denn noch nicht gefaßt?« fragte Aristide.

»Doch, Sir. Die Meldung kam vor fünf Minuten. Er wird soeben ins District Office gebracht.« Der Sheriff grinste.

»Entschuldigen Sie«, sagte ich, und alle Köpfe fuhren herum.

»Das ist Deputy Cotton«, sagte Lyons schnell. »Er hat Erfahrung in Mordfällen.«

»Ich weiß, wer er ist«, sagte Aristide.

Ich sah den District Attorney an, dann Lyons. »Wer wird ins Office gebracht?«

»Ken Trevelyan natürlich, Cotton«, antwortete Lyons unwirsch. »Er hat Ihnen aufgelauert. Wußten Sie das nicht?«

»Nein«, murmelte ich. Nap hatte allerdings erwähnt, daß jemand im Office angerufen und gesagt habe, man habe Ken in der Nähe des La Placita Clubs beobachtet. Ich dachte an Moose. Armer Moose Jefferson, jetzt kam er doch nicht zu seiner Chance! Aber hier stank eine ganze Menge. Alphonse Galmier war im Club ermordet worden. Vor etwa einer Stunde bereits, als mich die zwei Kerle auf dem Parkplatz des Clubs verprügelten.

»Wer hat Ken Trevelyan in der Nähe des Clubs gesehen?« fragte ich.

Aristide Galmier schob das Kinn vor. »Ein Angestellter. Mein Sohn kennt ihn vielleicht.«

Ich schob mich aus dem Kreis. Henry Galmier wandte mir den Rücken zu. Er unterhielt sich mit seiner Schwester.

»Kann ich Sie einen Moment sprechen, Mr. Galmier?« sagte ich.

Henry drehte sich langsam um. Aus der Nähe sahen seine Augen wie schwelendes Feuer aus. Sein hübsches Gesicht wirkte wie eingefroren.

»Ja?« sagte er unfreundlich.

»Können Sie mir sagen, wo ich die Dame finden kann, mit der Ihr Onkel zuletzt zusammen war?«

»Welche Dame?«

»Die Blonde, Mr. Galmier. Wie ich höre, soll sie mit einem

Staatsanwalt verheiratet gewesen sein. Ich kann auch eine Fahndungsmeldung nach ihr herausgeben.« Ich hielt dem Blick des jungen Mannes stand.

»Fahndung? Weshalb?«

»Sie ist eine wichtige Zeugin in einem Mordfall.«

»Meinen Sie, sie war dabei, als Ken ...«

»Ihr Name, Mr. Galmier, und ihre Anschrift.«

»Suzanne Rinard. Sie wohnt im Club. Ist das alles?«

»Nein. Ihr Herr Vater meint, Sie könnten mir sagen, wer Ken Trevelyan beim Club gesehen hat.«

Henry runzelte die Stirn. »Das hat mein Vater gesagt?« Er wandte sich seiner Schwester zu. »Entschuldige mich einen Moment, Schwesterlein.« Daphnes Augenbrauen schossen unwillig in die Höhe, aber sie sagte nichts. »Warten Sie, wer war das? Ich kann mich nicht mehr erinnern ... Vielleicht war es ein Boy vom Parkplatz.«

»Na schön, ich werde ihn finden.«

»Viel Glück«, sagte Henry, und seine Miene verriet nicht, ob er das ironisch meinte.

»Bei der Gelegenheit werde ich mir auch den Jungen mit der Reibeisenstimme kaufen«, erklärte ich lächelnd. »Sie wollen mir seinen Namen nicht verraten, oder etwa doch?«

»Wieso meinen Sie, ich sollte jemanden kennen ...« Er brach ab und starrte mich an. Ich hatte ihn getroffen, denn er wußte, von wem ich sprach. Hatte er etwas zu befürchten, wenn ich den Besitzer der Stimme identifizierte? Wenn das der Fall war, mußte Henry noch mehr wissen. Zum Beispiel, wer seinen toten Onkel in meinen Streifenwagen gesetzt hatte. Henry hatte wohl nicht damit gerechnet, daß ich in der Lage sein würde, mich an eine Stimme zu erinnern.

»Intuition«, sagte ich als Antwort auf seine Frage. »Nun, kennen Sie jemanden mit einer auffallend rauhen Stimme?«

»Nicht, daß ich wüßte. Was wollen Sie von ihm?« fragte Henry Galmier beunruhigt.

»Oh, ihn fragen, was seine Hand macht. Dann loche ich ihn ein.«

»Weshalb?«

»Das werde ich mir noch überlegen. Zeuge in einem Mordfall. Oder Mordversuch an einem Deputy. Das hört sich ganz schön schlimm an.«

»Ich kann mir eine Schlagzeile vorstellen, die sich noch viel schlimmer anhört«, sagte der junge Mann. »Deputy Sheriff macht sich an bekannte Nymphomanin heran.« Er verzog die Lippen. Dann wandte er sich wieder seiner Schwester zu und ließ mich mit meiner Übelkeit allein.

Um sechs Uhr war die Mordkommission der Metropolitan Police von Baton Rouge komplett. Wir schufteten, um zu retten, was zu retten war. Wir vernahmen Zeugen. Oder Personen, die wir für Zeugen hielten. Das war gar nicht so einfach, denn es war schon Samstag, und der eine oder andere war über das Wochenende weggefahren.

Barbara Trevelyan konnte mir vielleicht sagen, wem die Stimme des Oberschlägers gehörte. Aber sie war bereits am frühen Morgen zu einem Segeltörn im Chandeleur-Sund aufgebrochen und würde die Nacht bei Freunden in New Orleans verbringen. Am Sonntagmorgen wollte sie zum Lake Pontchartrain hinauskommen, um ihren Bruder beim Rennen zu beobachten. Denn den Besitzer dieser auffälligen Stimme wollte sonst niemand kennen. Nicht einmal Jacques Scoular, der Manager des La Placita Club.

Als ich gegen neun Uhr ins Office fuhr, um über Fernschreiber ein paar Anfragen rauszujagen, fand ich Rita Garrick dort vor. Sie hockte auf einer harten Bank. Die Ringe unter den geschwollenen Augen schimmerten violett. Tränen hatten Spuren in den Schmutz ihrer Wangen gegraben.

Ich hatte vergessen, daß ihr Bruder Pablo ebenfalls in einer Zelle saß und ich ihr gesagt hatte, sie sollte sich heute Morgen im Office melden. Aber ich vermutete, daß sie jetzt nicht wegen Pablo hier war.

Mario saß am Funk und machte ein trübsinniges Gesicht.

Als ich ihn ansah, zuckte er mit den Achseln und blickte dann weg. Einer der älteren Deputys versah den Wachdienst. Weder Nap noch der Chief waren anwesend. Die Kollegen aus Baton Rouge teilten ihre Aufmerksamkeit zwischen dem Fundort der Leiche, dem La Placita Club und dem Haus der Galmiers am Mississippi auf.

»Hallo, Miss Garrick«, sagte ich. »Hat sich schon jemand um Sie gekümmert?« Sie schüttelte den Kopf. Ich deutete auf ein leerstehendes Zimmer neben dem Büro des Chief. Sie stand auf und ging mit mir hinüber.

»Ach, Jerry!« rief Mario. »Bevor ich's vergesse – der Chief hat für zehn Uhr eine Pressekonferenz angesetzt. Der District Attorney wird kommen. Und eine Menge Reporter aus Baton Rouge und New Orleans.«

Ich fluchte unterdrückt. Für eine Pressekonferenz war es viel zu früh. Ich schloß die Tür und bot Rita Platz an.

»Möchten Sie Kaffee?«

»Nein, danke . . .«

»Wie lange sind Sie hier?«

»Oh, ich weiß nicht. Seit man Ken festgenommen hat.«

Ich starrte sie an. »Wiederholen Sie das bitte«, sagte ich laut.

Sie sah mich erschreckt an. »Wir . . . waren zusammen.« Sie senkte den Kopf. »Pablo, o mein Gott, wenn er es erfährt! Wir . . . haben die letzte Zeit zusammen in einem Motel verbracht. Da haben sie uns rausgeholt.«

»Waren Sie die ganze Zeit zusammen?«

»Ja.«

»Seit wann?«

»Seit wann? Den ganzen Tag. Erinnern Sie sich? Seit Sie in der Trainingslagune waren, waren wir keine Minute getrennt, außer wenn Ken und Moose mit der Coral Bride draußen waren.«

»Warten Sie, Miss Garrick. Ich muß telefonieren.« Ich ging in den Wachraum. »Mario, wo kann ich den District Attorney erreichen?«

»Er ist in seinem Office. Warum?«

»Rufen Sie ihn an, und geben Sie mir das Gespräch. Und dann besorgen Sie Miss Garrick eine Tasse Kaffee und vielleicht auch ein Sandwich.« Ich wandte mich an den diensthabenden Deputy. Er hieß Martin Sanders. »Hallo, Martin, sagen Sie, haben wir die notwendigen Materialien hier, um einen Paraffin- oder Bariumtest vorzunehmen?«

»Sicher. Kann ich Ihnen helfen, Jerry?«

»Ja, bereiten Sie schon mal alles vor.« Mario hatte die Verbindung mit dem Bezirksstaatsanwalt hergestellt. »Hier ist Cotton, Mr. Blaine.«

»Hi, Deputy, wie kommen Sie voran?«

»Wie ich höre, wollen Sie ebenfalls zur Pressekonferenz kommen.«

»Ja, Mr. Cotton. Die Presseboys drängeln sehr. Heute ist Sonnabend. Am Nachmittag ist Redaktionsschluß für die Sonntagszeitungen.«

»Was wollen Sie den Boys denn zum Fressen vorsetzen?«

»Nun, immerhin haben wir einen Mordverdächtigen. Das können wir so oder so nicht verschweigen.«

»Sie meinen Kendrick Trevelyan?«

»Wen sonst? Ein Zeuge hat ihn in der Nähe des Clubs gesehen.«

»Den Zeugen gibt es nicht, Mr. Blaine«, sagte ich ohne Umschweife. »Wir haben alles versucht, ihn zu finden.«

Das war in der Tat eine geheimnisvolle Angelegenheit. Der Anwalt, der das Sheriff's Office angerufen und die getürkte Meldung – daß ich Alphonse Galmier festgenommen hätte – abgesetzt hatte, wollte von Henry Galmier dazu aufgefordert worden sein. Henry berief sich auf einen Parkboy, den es nicht zu geben schien. Dort endete die Spur.

Okay, ich mußte den Paraffintest machen, mit dem sich Rückstände von Barium in der Haut nachweisen lassen. Barium ist ein Hauptbestandteil moderner Munition. Bei einem Gewehrschuß brennt es sich sogar ins Gesicht ein und läßt sich in Spuren noch Stunden später nachweisen. Um ganz sicherzugehen, würde ich das Personal des Motels vernehmen, in dem Ken und Rita wohnten. Aber ich glaubte nicht mehr, daß Ken etwas mit dem Mord an Alphonse zu tun hatte.

»Mr. Cotton«, meldete sich der District Attorney, nachdem er seine Überraschung halbwegs verdaut hatte, »würden Sie sich bitte etwas deutlicher ausdrücken?«

»Seine Braut gibt ihm ein Alibi.«

»Rita Garrick?« Noel Blaine lachte. »Die Geliebte eines Mordverdächtigen ist nicht gerade die ideale Entlastungszeugin, nicht wahr? Zumal dann nicht, wenn ihr mordverdächtiger Geliebter gegen ihren Bruder aussagen könnte.«

»Ken hat gestern bereits erklärt, daß er nicht gegen Pablo Garrick aussagen wird, Sir. Ich werde einen Paraffintest durchführen und das Motel aufsuchen, in dem die beiden die Nacht verbracht haben. Vielleicht gibt auch sein Auto etwas her, aber ich glaube nicht ...«

»Na schön. Dann legen Sie Ihre Ermittlungsergebnisse vor, Mr. Cotton.«

»Ja, Sir. Ich wollte Ihnen nur eine Blamage bei der Pressekonferenz ersparen.« Blaine schwieg bestürzt. An diese Konsequenz hatte er offenbar noch gar nicht gedacht. Nach einer Weile räusperte er sich.

»Ich komme rüber«, sagte er und legte auf.

Auch ich legte auf. Als ich aus dem Fenster blickte, rollte gerade ein riesiger schwarzer Cadillac mit getönten Scheiben in den Hof. In seinem Kielwasser folgten noch zwei etwas weniger teure Fahrzeuge. Der Caddy rollte aus.

Big Teetee persönlich kletterte aus dem Wagen. In der nächsten Minute hatte er das Office gestürmt und mit seinen Anwälten besetzt. Ich flüchtete zu Rita.

Blaine und Lyons führten die Pressekonferenz mit einer Gelassenheit, als ob sie so etwas alle paar Wochen machten. Bevor der Staatsanwalt die Formalitäten zu Kens Entlassung hatte erledigen können, waren die Presseboys eingefallen, und wir hatten die Entlassung auf später verschoben.

Während der Pressekonferenz hielt ich mich im Hintergrund. Chief Lyons gab einen Bericht, in dem ich gar nicht vorkam. Das konnte mir nur recht sein. Er teilte den Reportern mit, daß man einen Verdächtigen festgenommen habe, ihn aber mangels dringenden Tatverdachts wieder auf freien Fuß setzen müsse. Gegen Kaution und gewisse Auflagen.

Was Chief Lyons verschwieg, war die Tatsache, daß ich, der Deputy Jerry Cotton, für die Einhaltung dieser Auflagen verantwortlich war. Lyons und Blaine hielten Ken immer noch für ihren Kandidaten Nummer eins.

Ein habichtgesichtiger Reporter meldete sich zu Wort. »Warum verschweigen Sie uns den Name des Verdächtigen, Chief? Wir haben ein Recht, den Namen zu erfahren!«

Lyons warf einen Blick zu Teetee hinüber, der an der Wand lehnte. Mit seiner grauen Löwenmähne und der lederfarbenen Haut wirkte er sehr auffällig.

»Sagen Sie es ihnen ruhig, Chief«, grollte Teetee.

»Kendrick Trevelyan«, sagte Chief Lyons mit unbeweglicher Miene.

Teetee meldete sich erneut zu Wort. »Wenn mein Sohn diesen schleimigen Schürzenjäger abgeknallt hätte«, tönte er, »würde er für seine Tat geradestehen!«

Da hatten die Reporter etwas für ihre Sonntagszeitungen.

Ich zog mich wieder in den kleinen Raum neben dem Büro des Sheriffs zurück. Rita hatte sich gefaßt.

»Jetzt dauert es nicht mehr lange«, sagte ich. Ich trat ans Fenster und zog eine Lamelle der Jalousie herab. Der Hof stand voller Fahrzeuge. In der Nähe des Tores entdeckte ich die alte Kiste, die Moose Jefferson gehörte. Der Schwarze lehnte an der Seite des Wagens und sah unverwandt herüber. Seine Chancen stiegen wieder. Er würde dafür sorgen, daß Ken keine Zeit verlor.

Die Zeitungsreporter hatten es eilig und zogen deshalb ziemlich rasch ab.

Big Teetee wartete im Büro des Chiefs, während Deputy Sanders und ich den Paraffintest an Kendrick Trevelyan vornahmen. Der Test verlief, wie nicht anders erwartet, negativ, und der Bezirksstaatsanwalt hob den Haftbefehl formell auf. Bevor ich Ken laufenließ, nahm ich ihn mir noch einmal vor. »Wie sehen Ihre Pläne für die nächsten Stunden aus?«

»Ich habe Ihnen eine Menge zu verdanken, wie?«

»Vergessen Sie's. Aber denken Sie an Ihre Auflagen. Wenn Sie Mätzchen machen, Mr. Trevelyan, können Sie das Rennen morgen vergessen. Wo kann ich Sie später finden?«

»An der Lagune. Ich schätze, wir müssen noch ein, zwei Probeläufe machen. Dann verladen wir und fahren nach Mandeville ins Camp.« Ken stand auf. »Kann ich jetzt gehen?«

»Noch nicht. Ich habe Ihre Schwester und Henry Galmier gestern im Club gesehen . . .«

Kens Augen verengten sich. Dann nickte er verhalten. »Ja?«

»Ist Barbara tatsächlich an Henry interessiert?« fragte ich.

»Woher soll ich das wissen?«

»Jemand sagte mir, sie spionierte für Sie.«

Ken lachte lautlos. »Barbara . . . wer behauptet das?«

»Es spielt keine Rolle. Ich habe auch gehört, daß man Sie fürchtet.«

»Ein solches Image ist gar nicht schlecht, oder? Aber Sie haben ja selbst nachgewiesen, daß ich Alphonse nicht getötet habe.« Ken beugte sich vor. Seine Augen bohrten sich in meine. »Ich hätte es vielleicht noch getan, Mr. Cotton. Irgendwann. Bald! Wer weiß? Ich war noch nicht soweit. Jemand ist mir zuvorgekommen.« Er atmete tief durch. Dann richtete er sich wieder auf.

Der Junge ist wild und leidenschaftlich, dachte ich, aber er ist kein kaltblütiger Mörder. Und doch spürte ich ein Frösteln in seiner Gegenwart.

»Warum mußte Alphonse sterben?« fragte ich unvermittelt.

Ken schluckte. Seine Stimme klang dunkel vor Haß, als er die Antwort hervorstieß. »Jemand ist mir zuvorgekommen! Sie sind verdorben, alle! Aber Alphonse war faul, durch und durch ... Sie haben es selber getan, Mr. Cotton!« Ruckartig drehte er sich um.

»Warten Sie noch«, sagte ich. Ich fragte mich, wie ich die bevorstehende Katastrophe verhindern konnte, wenn ich nicht einmal wußte, worum es ging. Ich zögerte. Ken wartete schweigend. Er hatte meine Frage nicht beantwortet. Dabei war ich sicher, daß er die Antwort kannte.

»Sie können jetzt gehen, Mr. Trevelyan«, sagte ich, und ich fühlte mich plötzlich ausgelaugt. »Aber denken Sie daran – es liegt in Ihrem Interesse, wenn ich immer weiß, wo ich Sie finden kann. Für das Rennen morgen wünsche ich Ihnen schon jetzt viel Glück.«

Ken grinste jungenhaft. Sein Haß erlosch.

»Danke«, sagte er und verließ den Raum.

Big Teetee wartete im Wachraum auf ihn. Der alte Mann gab sich jovial. Doch als Ken demonstrativ seinen Arm um Ritas Schultern legte und sie an sich zog, versteinerte das Ledergesicht. Teetee verließ das Office ohne ein weiteres Wort.

Für eine Weile kehrte Ruhe ins Office ein. Noel Blaine war mit dem Scheck, den der alte Trevelyan als Kaution hinterlassen hatte, längst wieder abgefahren. Chief Lyons rumorte nebenan. Draußen war es jetzt heiß und feucht. Deshalb hielt er sich lieber drinnen auf, wo die Klimaanlage für erträgliche Temperaturen sorgte.

Ich telefonierte mehrmals mit dem Detektive Lieutenant, der die Ermittlungen im Mordfall Alphonse Galmier leitete. Er hatte Suzanne Rinard vernommen. Das war die blonde Frau, die ich in der Gesellschaft des Ermordeten gesehen hatte.

Aber auch sie konnte nichts zur Aufklärung der letzten Minuten im Leben des Opfers beitragen. Sie sei sofort zu Bett gegangen, während die Angestellten Alphonse in dessen Zimmer verfrachtet hätten. Ihre Aussage wurde von zwei Personen bestätigt.

Und von Reibeisenstimme gab es immer noch keine Spur ...

Ich schrieb einige Berichte, bis mich ein leises Magenknurren daran erinnerte, daß es Zeit für einen Lunch wurde. Ich hatte das Frühstück ausgelassen. So meinte ich, jetzt ein etwas ausgiebigeres Essen verdient zu haben. Ich stand auf und reckte mich. Ich war müde. Nun ja, vielleicht konnte ich nach dem Lunch etwas Schlaf nachholen. Die Schläge schien ich einigermaßen verdaut zu haben. Außer einem stechenden Schmerz, der sich immer dann bemerkbar machte, wenn ich tief einatmete, spürte ich nur noch die blauen Flecken über den Rippen und an der Hüfte.

Ich ging in den Wachraum. Durch die offenstehende Tür hörte ich den Chief telefonieren. Seine Stimme wurde immer lauter.

»... Schweinerei! Sind Sie sicher? So ein verdammter Schnüffler fehlt uns gerade noch! Ja, ja, ich weiß Bescheid, danke!« Er schmetterte den Hörer auf die Gabel und stampfte wie ein gereizter Bulle aus seinem Büro. Außer mir waren Mario und Nap anwesend.

»Wißt ihr, was ich gerade gehört habe?« schrie Lyons. »Hier treibt sich ein verdammter FBI-Schnüffler herum! Als ob sie uns nicht trauen!« Der Chief starrte jeden seiner Leute der Reihe nach an. Auf mir verweilte sein Blick nicht länger als auf den anderen. Er schien nicht den geringsten Verdacht gegen mich zu hegen.

Ich stülpte mir den Stetson auf und ging nach draußen. In der Tür prallte ich beinahe mit Benjamin Rieja zusammen. Der Anwalt wollte nach seinem Mandanten sehen. Er grüßte förmlich und zwängte sich an mir vorbei.

Die Hitze traf mich wie ein nasser Lappen. Die Spurensicherung an meinem Pontiac war abgeschlossen. Die Blutproben, die man von den Polstern und den Glasscherben gekratzt hatte, befanden sich auf dem Weg ins Labor.

Ich kurbelte die zerbrochene hintere Scheibe herab, so daß man das Loch nicht sehen konnte. Jetzt würde die Klimaanlage zwar kaum noch etwas gegen die schwüle Hitze ausrichten können, aber ich wollte den Wagen nicht wechseln. Vielleicht trieb ich einen Schnelldienst auf, der die Scheibe ersetzte. Doch zuerst hatte ich etwas anderes zu erledigen.

An einem Kiosk kaufte ich eine Schachtel Zigaretten und ließ mir eine Handvoll Münzen herausgeben. Dann fuhr ich zu dem Park hinter der Kirche. Von einer Telefonzelle aus, die im Schatten alter Bäume lag, rief ich New York an. Ich erwischte den Chef gerade noch, bevor er sein Office verließ.

»Hallo, Jerry«, sagte er. »Wie sieht es bei Ihnen aus?«

Der Chef nahm die Mitteilung von Alphonse Galmiers Tod ohne Kommentar hin. Ich glaubte, mich verteidigen zu müssen.

»Mit einem Anschlag auf ihn hatte ich am wenigsten gerechnet«, sagte ich. »Er war doch keine Schlüsselfigur!«

»Das kann man nicht wissen, Jerry. Machen Sie sich keine Vorwürfe! Sie sind nicht als Leibwächter dort. Immerhin ist es Ihnen zu verdanken, daß Ken so schnell vom Mordverdacht befreit wurde. Wer weiß, wie Teetee reagiert hätte! Er kann sehr heftig werden.«

»Ken und Teetee scheinen sich nicht zu verstehen«, sagte ich.

»Teetee hat mit mir über Ken gesprochen. Er billigt Kens Hobby nicht. Und dann ist da noch etwas – Ken zieht mit einem Mexikanermädchen herum. So drückte Teetee sich aus.«

»Rita Garrick ist eine sehr attraktive junge Dame«, sagte ich.

Ich wußte, daß mein Chef jetzt lächelte. »Das glaube ich Ihnen aufs Wort, Jerry. Aber Teetee dürfte auf dem Auge blind sein. Wie auch immer – vergessen Sie nicht, daß Sie der Mordexperte sind. Wenn Ken nicht der Mörder ist, wissen Sie ja, wie Sie sich die Dollars verdienen können, die das County Ihnen zahlt. Suchen Sie nach dem Motiv, Jerry.«

»Ja, ich bin beschäftigt«, sagte ich und fügte mit falscher Begeisterung hinzu: »Wenn es noch lange dauert, könnte mir die Gegend sogar gefallen.«

»Sie werden es noch ein paar Tage aushalten müssen, Jerry. Die Sonderkommission hat bisher keine Hinweise gefunden, wer hinter den Anschlägen auf die Galmier-Schiffe steckt. Die Aktien des Galmier-Konzerns fallen und fallen.«

»Darüber scheint sich Aristide Galmier die geringsten Sorgen zu machen, was ich einigermaßen seltsam finde. Hat sich noch niemand gefragt, wer die Aktien verkauft?«

»Aristide Galmiers Großvater, der Mann, der den Grundstück für das neue Vermögen gelegt hat, hatte sieben Kinder. Sie können sich vorstellen, wie breit die Anteile gestreut sind.«

Nach Alphonses Tod gab es einen Aktionär weniger. Lag dort das Motiv für den Mord? Suchten die Experten an den falschen Stellen? Lag der Schlüssel für alle Anschläge möglicherweise doch hier in Louisiana? Ich erinnerte mich an den eigentlichen Anlaß für meinen Anruf in New York. »Gerade hat jemand dem Chief gesteckt, daß hier ein G-man herumschnüffelt«, sagte ich.

John D. High seufzte. Er fragte nicht, welchen Weg die Information genommen haben mochte. Nur ein paar Leute im Louisiana Field Office des FBI wußten Bescheid, weil sie meine Bewerbung überhaupt erst ermöglicht hatten. Ich vermutete, daß Noel Blaine, der Bezirksstaatsanwalt, über einen guten Draht zum Büro des Bundesanwalts in Baton Rouge verfügte und dort etwas läuten gehört hatte. Aber wie gesagt, es spielte keine Rolle. Es war geschehen.

»Weiß man, daß Sie derjenige sind?«

»Nein. Chief Lyons ist ahnungslos.«

»Wollen Sie ihm Ihre wahre Rolle offenbaren? Sie können schließlich auch als FBI-Agent weitermachen.«

»Als G-man komme ich nicht so nah an die Leute heran wie als einfacher Deputy«, gab ich zu bedenken. »Sonst hätte ja auch ein Kollege aus Baton Rouge den Job erledigen können.«

»Aber es wird sich herumsprechen, daß sich ein G-man im County aufhält. Früher oder später wird man auf Sie stoßen.«

»Nicht, wenn wir ihnen einen G-man präsentieren«, sagte ich. »Ich kann mir vorstellen, daß Phil sich das Wochenende über in Tallahassee langweilt.«

Ich stellte mir meinen Freund Phil Decker vor, der sich jetzt nach anstrengenden Prozeßtagen am Swimmingpool seines Hotels erholte, die Bar in der Nähe und ein Klassegirl im Arm. Und alles auf Staatskosten. – Dennoch spürte ich keine Gewissensbisse, als ich jetzt versuchte, ihm die Tour zu vermasseln. »Er könnte doch von Florida herüberfliegen, sich am Wochenende hier zeigen und so nebenbei ein wenig im Schlamm herumstochern. Am Sonntagabend oder Montagmorgen fliegt er zurück und ist rechtzeitig wieder in Tallahassee, wenn der Prozeß fortgeführt wird.«

Der Chef überlegte einen Augenblick, und ich warf meine letzten Münzen in den Automaten.

»Er wird erst am Dienstag oder Mittwoch wieder gebraucht«, sagte Mr. High schließlich. »Ich rufe Phil an. Holen Sie ihn am New Orleans Airport ab?«

»Ich halte es für besser, wenn er einfach hier aufkreuzt und sich beim County Sheriff vorstellt. Dann werde ich ihn schon kennenlernen.« Ich lächelte, als ich den Hörer auflegte.

Ich hatte den Streifenwagen gerade wieder gestartet, als das Funkgerät gebieterische Laute von sich gab. Ich wollte das Ding einfach überhören und das Bild festhalten, das wie eine Fata Morgana vor meinem Auge schwebte – eine Dusche und ein Bett. Doch die Fata Morgana schrumpfte zusammen und verschwand. Seufzend fummelte ich an dem altmodischen Apparat herum, bis ich Marios Stimme hörte.

»Jerry, können Sie ins Office kommen? Sie haben Besuch.«

»Verstanden, ich komme.« Ich lenkte die Kiste also zurück zum heimatlichen Stall und betrat den Wachraum. Mario war allein. Er deutete auf die Tür zu dem kleinen Raum neben dem Büro des Chiefs.

Bei meinem Eintreten erhob sich ein Mann, der mir vollkommen fremd war. Er mochte Anfang Dreißig sein. Er hatte welliges, dunkles Haar und ein markantes, ernstes Gesicht. Er reichte mir eine schmale, trockene Hand. Gegen ihn in seinem frischen Tennisdreß und dem luftigen Hemd kam ich mir in meinen verschwitzten Klamotten schäbig vor. Ich fluchte auf Mario, der mir die Gelegenheit zum Duschen hätte geben müssen.

»Sie wollen mich sprechen? Ich bin Deputy Cotton.«

»Ich heiße Leslie Trevelyan.«

»Der Thronfolger«, stellte ich etwas überrascht fest. »Ich hätte Sie eher vor einer Stunde hier erwartet, als Ihr Vater seinen Auftritt hatte.«

Leslies Gesicht blieb ernst und verschlossen. »Ich war in New Orleans, als ich die Meldung im Radio hörte. Ich bin zwar jetzt der älteste der Trevelyan-Söhne, das stimmt, aber ich hatte noch einen älteren Bruder. Andrew Theodore. Er ist in Vietnam gefallen. Das nur nebenbei. Dennoch ist der Ausdruck Thronfolger nicht zutreffend. Mein Vater ist eine beherrschende Persönlichkeit. Wer weiß, was geschieht, wenn er einmal nicht mehr ist.«

»Nehmen Sie bitte Platz, Mr. Trevelyan. Kann ich Ihnen eine Erfrischung kommen lassen?«

»Ich möchte nicht, daß jemand den Laufburschen für mich spielt, Mr. Cotton. Danke. Ich schlage vor, wir kommen gleich zur Sache.«

»Bitte.«

»Ich mache mir Sorgen wegen Ken.« Leslie sah mich an. Er hatte leuchtend blaue Auen. »Wir alle haben Fehler gemacht. Da war dieser Überfall auf den Club vor ein paar Wochen ... kindisch. Mein Gott, was alles hätte passieren können ...«

»Ich finde, es ist genug geschehen«, sagte ich. »Warum haben Sie an diesem Überfall teilgenommen?«

»Nun, ich war ebenfalls wütend, weil meine Schwester sich mit Henry eingelassen hat. Nicht nur wütend.« Er runzelte die Stirn. »Ich war enttäuscht. Von Barbara, wissen Sie? Ich hätte ihr mehr Geschmack zugetraut – und mehr Stil. Ausgerechnet ein Galmier!«

»Und nun? Sind Sie nicht mehr wütend oder enttäuscht?«

»Ich kann mein Gefühl nicht beschreiben. Der Mord an Alphonse hat mich betroffen gemacht und mir die Augen geöffnet. Dieser idiotische Krieg! Kommen wir zu Barbara zurück! Sie muß natürlich selber entscheiden, was sie tun will. Ich habe sie heute morgen nach New Orleans gebracht. Ohne Henry. Das kam mir, nun, sagen wir – seltsam vor. Sie waren in den letzten Wochen unzertrennlich.«

»Hat sie mit Henry gesprochen?«

»Möglich. Sie sprach nicht darüber. Sie ist kein Mensch, der seine Gefühle zeigt.«

»Weiß sie, was in der Nacht geschehen ist?«

»Ich habe es erst auf der Rückfahrt gehört. Ob Barbara es gehört hat? Ich weiß es nicht. Sie ist gleich mit ihren Freunden losgefahren. Sie wollen im Sund segeln.«

Ich schrieb mir die Namen der Freunde auf, für alle Fälle. Dann fragte ich: »Warum sind Sie hergekommen, Mr. Trevelyan?«

»Mein Vater sagte, daß Sie ein vernünftiger Mann seien. Er kommt nicht an Ken heran. Ken und ich verstehen uns ganz gut, obwohl unsere Anlagen grundverschieden sind. Ken interessiert sich nicht für die Pferdezucht, von der wir alle leben. Nun, ich bin in der Lage, das Geld für ihn mitzuverdienen. Aber das ist es nicht, Mr. Cotton. Ken ist nur gegen gewisse Auflagen auf freiem Fuß. Aber er hat Alphonse nicht getötet. Ist das sicher?«

»Ja«, antwortete ich.

»Als ich von dem Mord hörte, war ich überzeugt, Ken hätte es getan«, bekannte Leslie. »Eigentlich müßte ich aufatmen. Aber ich kann es nicht. Ken hat sie in die Enge getrieben ...«

»Sie? Wen meinen Sie damit? Die Galmiers?«

»Ja. Zuerst dachte ich, er hätte es auf Alphonse abgesehen. Aber nun ... ich weiß nicht mehr, was ich denken soll. Als wir den Überfall machten, hatte ich das Gefühl, als hätte Ken die Sache mit Henry und Barbara nur als Vorwand genommen, um die Galmiers zu provozieren. Ich glaube, es ist ihm gelungen. Er hat jedem, der es hören wollte, etwas von einem Wagen vorgefaselt, der wieder auftauchen würde wie ein Geist. Und wenn er auftauchte, müsse jemand sterben.«

Ein Wagen, der wieder auftauchen würde ... Ein Wagen hatte beim Tod von Teetees Frau eine Rolle gespielt.

»Passen Sie auf ihn auf, Deputy!« sagte Leslie beschwörend. »Es darf nichts mehr passieren! Mein Vater ist auch so schrecklich nachtragend. Und Ken hat seinen Hitzkopf geerbt. Er wird uns alle ins Verderben stürzen, wenn ihn niemand aufhält.«

»Ich tue, was ich kann«, versicherte ich. Ich fühlte mich unbehaglich. Ich würde nicht ewig hierbleiben.

»Ken weigert sich beharrlich, einen Leibwächter zu akzeptieren. Wir haben alles versucht. Solange er unter Mordverdacht steht, sind ihm hoffentlich die Hände gebunden. Aber dann ...« Leslie Trevelyan stand auf. »Ich danke Ihnen, daß Sie mir Ihre Zeit gewidmet haben.«

»Nichts zu danken«, sagte ich und stand ebenfalls auf. »Ich habe jetzt noch eine Frage an Sie.« Diese Frage stellte ich jedem, der mir über den Weg lief. »Kennen Sie einen Mann mit einer auffallend rauhen Stimme?«

Leslie Trevelyan runzelte die Stirn. Gespannt beobachtete ich ihn.

»Barbara und ich unterhielten uns unterwegs auch über Henrys Schwester. Daphne. Ich kenne sie nur flüchtig, aber Barbara hat sie jetzt etwas besser kennengelernt. Sie ist ein seltsamer Mensch. Herrschsüchtig und spröde, aber gleichzeitig voller Hemmungen. Sie läßt niemand an sich heran.

Dabei ist sie leidenschaftlich wie alle Galmiers. Ich sagte, Daphne brauchte einen Liebhaber. Am besten einen harten, unkomplizierten Burschen. Da meinte Barbara, Daphne hätte längst einen solchen Kerl. Einen Mann wie ein Tier. Rudy heißt er, glaube ich. Offiziell ist er ihr Leibwächter. Barbara ist überzeugt, daß er in Wirklichkeit ihr Geliebter ist. Sie erwähnte seine auffallende Stimme, die ihr Furcht eingeflößt hätte.«

Rudy. Die Stimme hatte einen Namen bekommen. Endlich! Ich rieb meine Seite, wo mich die Fäuste dieses Mannes getroffen hatten. Ich würde ihn jetzt finden.

Ich brachte Leslie zur Tür und verabschiedete mich dort von ihm. Mario besorgte mir eine Dose mit eiskalter Cola.

»Danke«, sagte ich, während ich mir schon die Durchschläge der Protokolle durchblätterte, die die Kollegen von der Mordkommission hier zurückgelassen hatten. Besonders interessierten mich die Namensverzeichnisse. Die Detektive hatten die Angestellten des La Placita Club und des Hauses Galmier in Listen erfaßt. Es war kein Vorname dabei, aus dem man mit einiger Phantasie Rudy hätte machen können.

Weil man wußte, daß ich nach einem Burschen mit rauher Stimme und verletzter Hand fahndete, hatte man ihn wahrscheinlich sofort aus der Schußlinie gezogen und ihn Gott weiß wohin geschafft. Und die anderen Angestellten des Hauses hatte man dazu verdonnert, Rudy einfach zu vergessen. Nur Daphne würde ihn vielleicht nicht so leicht vergessen ...

Ich trank die Cola. Mario grinste.

»Es herrscht Ruhe im Land«, sagte er. »Die Mordknaben sind abgerückt, der Chief hält Siesta, und Nap liegt jetzt auch irgendwo im Schatten, wie ich ihn kenne. Und Sie sehen so aus, als ob Sie eine Mütze voll Schlaf brauchen könnten.«

»Sie haben sehr scharfe Augen, Mario.«

Phil konnte frühestens in zwei, drei Stunden hier eintrudeln. Ich sollte die Zeit nutzen, um mich wieder aufzumöbeln. Aber nach dem Gespräch mit Leslie wollte ich lieber noch einmal nach Ken sehen.

Ken war mein Baby. Nicht auszudenken, wenn er jetzt unterwegs wäre, um jemand umzulegen.

Über dem langgestreckten Lagunensee, der Kendrick Trevelyan und Moose Jefferson als Trainingsstrecke diente, lag die Hitze wie eine schwere Glocke. Es roch nach Verwesung. Die Wasserfläche schimmerte wie flüssiges Blei. Kein Lufthauch bewegte sie.

Moose war gerade dabei, die Coral Bride mit Hilfe dreier Männer auf einen Bootsanhänger zu verladen. Ich stellte meinen Streifenwagen am Bootsschuppen ab und stieg aus. Von Kens weißem Camaro war keine Spur zu entdecken. Und von Ken selber natürlich ebensowenig.

Moose unterbrach die Arbeit und kam auf mich zu. Sein nackter Oberkörper glänzte von Schweiß.

»Wo ist er?« fragte ich.

Moose hob die Schultern. »Ich weiß es nicht. Wir haben eine Probefahrt zusammen gemacht. Sie verlief tadellos. Danach hat er sich in sein Auto geworfen und ist abgehauen.«

»Allein?«

»Mit Rita.«

Ich schlug mit der Faust aufs Wagendach. Ich spürte eine unvernünftige Wut. »Wenn sie Ihre Chance behalten wollen, Moose, dann sorgen Sie verdammt noch mal dafür, daß er mich anruft! Haben Sie verstanden?«

»Ich bin nicht sein Kindermädchen! Ich bin es satt . . .«

»Brüllen Sie nicht so! Es genügt, wenn ich mich aufrege! Sehen Sie zu, daß Sie ihn erreichen! Und zwar bald. Sonst lasse ich ihn zur Fahndung ausschreiben. Verdammt, er kennt die Auflage. Wenn er sich nicht meldet, verbringt er den Tag morgen in einer Zelle!«

»Mann, er läuft Ihnen nicht weg! Wir treffen uns heute

abend doch alle in Mandeville im Motel. Ich schleife ihn ans Telefon. Okay, Mister?«

»Wie heißt der Laden?«

»Es ist das Beau Rivage. Es liegt östlich von Mandeville am See, gleich neben dem Gelände des Yachtclubs.«

»Okay, Moose«, sagte ich müde. »Denken Sie an das, was ich Ihnen gesagt habe.«

Ich spürte die Müdigkeit jetzt in allen Knochen. Ich hatte in der vergangenen Nacht nicht geschlafen, und die eine Stunde, in der ich bewußtlos gewesen war, konnte man wohl kaum als Ruhezeit rechnen.

Ich warf mich also in den Pontiac und gab ihm die Sporen. Ich wollte in mein Motel. Duschen, ausruhen und dann weitersehen. Nur mit Unbehagen dachte ich an das, was Ken jetzt anstellen mochte. Aber ich konnte mich nicht entschließen, ihn zur Fahndung auszuschreiben.

Ich fuhr zu meinem Motel, dem PALM HOUSE MOTOR INN. Ich ließ den Wagen an der Reihe der weißgestrichenen Bungalows vorbeirollen. Die Sonne knallte auf die Parkstreifen vor den Hütten. Deshalb stellte ich den Pontiac lieber im Schatten einer hohen Oleanderhecke ab. Ich schloß die Tür zum meinem Bungalow auf und trat hinein.

Die Jalousien war herabgezogen. Das Halbdunkel im Raum vermittelte die Illusion von Kühle. Aber da war etwas, das mir die Nackenhaare aufstellte. Ein erstickender Geruch schlug mir entgegen, ein Gemisch aus Alkoholdunst und Schweiß. Und dann war da ein Geräusch.

Ich warf mich zu Boden, rollte einmal um meine Körperachse und prallte gegen das Fußende des Bettes. Falls es nur eine Maus gewesen war, die mich erschreckt hatte, sollte sie sich ruhig krummlachen über einen ausgewachsenen Mann, der sich mit angehaltenem Atem gegen das Gestell preßte und seinen Revolver aus dem Holster zerrte.

»Jerry?« hauchte eine erstickt klingende Stimme.

Ich sprang auf die Füße. Unter dem dünnen Bettlaken bewegte sich etwas. Ich fetzte das Laken weg.

Blanche Galmier lag in meinem Bett. Ich starrte sie an. Sie war nur mit einem Höschen bekleidet. Sie machte keine Anstalten, ihre Blöße zu bedecken.

»Jerry, endlich ... ich habe so lange gewartet ...«

Verdammter Mist, dachte ich erbittert. Mit einem Satz war ich am Fenster und spähte durch einen Spalt in der Jalousie hinaus. Keine Bewegung draußen. Aber das hatte nichts zu bedeuten, wie ich aus schmerzlicher Erinnerung wußte. Wo Blanche war, waren die Schläger nicht fern.

»Wie kommen Sie hier herein?« herrschte ich sie an, ohne mich umzusehen. Ich hegte die wahnwitzige Hoffnung, daß sie ihren Leuten irgendwie entwischt war. Dann konnte ich sie vielleicht in ein Taxi setzen.

»Ich habe dem Boy gesagt, daß ich deine Freundin bin.«

Mein Mund wurde trocken. Wenn der Boy wußte, wer sie war, hatte er vielleicht schon ihre Familie informiert. Dann waren die Schläger vermutlich wieder im Anmarsch.

»Wie lange sind Sie schon hier?« Ich drehte mich um. Sie saß jetzt im Bett und kreuzte die Arme vor ihrer Brust. Sie hatte hübsche Brüste, voll und weich. Dazu bronzefarbene Haut und runde Schultern. Sie sah mich von unten herauf an. Dabei machte sie einen so verdammt zufriedenen Eindruck. Wie ein Kind, das an der Marmelade geschleckt hatte. Nur war Blanche kein Kind, das sich mit etwas Marmelade abspeisen ließ.

Sie sollte sich erst etwas anziehen. Wo hatte sie ihre Sachen? Nicht in diesem Raum. Ich rammte den schweren Revolver wieder ins Holster und stieß die Tür zum Bad auf.

Der Schlag kam aus dem Dunkel. Ich hatte nicht die geringste Chance, ihm auszuweichen.

Er knallte gegen meine Schläfe. Mein Kopf schlug gegen den Türrahmen. Dann krachte etwas Hartes gegen mein Kinn.

Mit ausgebreiteten Armen segelte ich rückwärts und fiel

über das Bett. Ich spürte warme Haut und weiches Fleisch. Blanche quietschte, aber sie rückte nicht von mir weg.

Ich schüttelte den Kopf, um meine Benommenheit loszuwerden. Nur langsam klärte sich mein Blick, und ich nahm die Gestalt wahr, die im Rahmen der Badezimmertür erschien. Der Mann hatte es nicht eilig. In der linken Hand schwang er einen Knüppel. Der stumpfe Gegenstand paßte haargenau zu der Erscheinung, die ohne Zwischenaufenthalt aus der Steinzeit herantransportiert zu sein schien.

Auf dem zerknautschten Gesicht mit der gebrochenen Nase lag ein überlegenes Grinsen. Schwarzes Haar wuchs ihm tief in die Stirn. Unter den wie Fransen herabhängenden Locken glitzerten schmale Augen.

Der Kerl trug kein Hemd. Ich ahnte, was Blanches zufriedenes Gesicht zu bedeuten hatte. Die beiden hatten sich die Wartezeit miteinander vertrieben. Der Steinzeitmensch tippte mit dem Knüppel wie spielerisch gegen einen Bettpfosten. Das ganze Möbelstück begann zu schwanken. Ich war kaum überrascht, als der Bursche sich in der Hüfte drehte und ich seine rechte Hand sah.

Sie hing am Daumen in einem breiten Gürtel. Der Daumen war das einzige Sichtbare. Die übrige Hand war von einem lieblos herumgewickelten Verband bedeckt, der an mehreren Stellen braunrote Blutflecken aufwies.

Blanche krabbelte endlich von mir weg. Ich bewegte meine Hüfte, um ihr Bein freizugeben. Ich spürte den Druck des schweren Magnum-Revolvers an meiner Seite. Der Steinzeitmensch tätschelte vorsichtshalber meine Schulter mit dem Knüppel, damit ich nicht auf die Idee käme, die Kanone in die Hand zu nehmen. Ein rasender Schmerz schoß durch den Arm bis in meine Fingerspitzen. Stöhnend massierte ich die Knochen.

»Was wollen Sie?« brachte ich mühsam hervor. »Weiß Daphne, daß Sie hier sind? Und mit wem Sie hier sind?«

Das Grinsen gefror in den Mundwinkeln. Die Augen verschwanden fast vollständig hinter den Lidern.

»Was weißt du von Daphne? Oder von mir?«

Wieder empfand ich die rauhe Stimme wie etwas, das mir körperlich über die Haut kratzte. Dieser Mann strahlte tierhafte Kraft aus. Als er sich jetzt in der Hüfte drehte, sah ich, wie sich der flache Bauch spannte. Die Keule schwang durch die Luft.

»Eine ganze Menge, Rudy«, sagte ich schnell.

Der Knüppel blieb in der Luft hängen. Die Fingerknöchel, die den Griff umklammerten, wurden weiß. Sein Gesicht verzerrte sich. War er gekommen, um mich totzuschlagen? Oder wollte er etwas anderes? Und weshalb hatte er Blanche mitgebracht? Nur so zum Spaß?

»Und alle Polizeidienststellen im County suchen nach Ihnen, Rudy.« Ich versuchte mich mit dem linken Arm hochzustemmen, brach den Versuch aber sofort ab, als ich die Warnung in den engen Augen las. Mir war nicht damit geholfen, wenn Rudy mir die Knochen zerschlug.

»Okay, Deputy, ich habe schon längst erkannt, daß ich einen Fehler gemacht habe ... ich hätte dich in der Nacht totschlagen sollen. Du bist hartnäckig ...«

»Warum totschlagen, Rudy?« ächzte ich. »Ich will mich hinsetzen ...«

Das Bett bewegte sich, als Blanche aufstand. Auf nackten Füßen tappte sie ins Bad. Ich bemühte mich, an ihr vorbeizusehen. Rudy schenkte ihr sowieso keinen Blick.

»Du wirst mir einen kleinen Gefallen tun, Deputy«, sagte Rudy nach einigen Augenblicken des Schweigens. »Eine ganz einfache Sache. Aber einem guten Freund von mir ist sehr daran gelegen. Du sollst Kendrick Trevelyan etwas fragen, verstanden? Dir wird er sicher antworten. Wenn nicht ...« Der Knüppel pfiff durch die Luft und schlug neben meiner Schulter auf das Bett. »Wir fahren zu ihm. Ich, Blanche und du. Der Irre ist jetzt ganz bestimmt an seiner Lagune.« Rudy beugte sich über mich. Er schlug mit der Keule gegen meinen Ellbogen.

Da explodierte ich. Ich riß mein Knie hoch, verfehlte ihn

aber, weil er mit instinkthafter Sicherheit auswich. Ich schoß eine Linke gegen ihn ab. Ein Stöhnen war die Folge. Mit meinem rechten Arm konnte ich im Moment nichts anfangen. Deshalb krümmte ich mich zusammen. Der Knüppel schwang herum und rutschte an meiner Schulter ab. Der eigene Schwung warf den Gangster über mich. Er keuchte in mein Ohr. Blanche erschien im unrechten Moment.

»Rudy!« kreischte sie schrill. Sie empfing einen Tritt, den ich eigentlich meinem Widersacher zugedacht hatte. Rudy preßte seinen schweren Körper gegen mich. Mir wurde übel. Der Mann nahm mir die Kanone ab und stieg vom Bett.

Keuchend rang ich nach Luft.

»Werde jetzt bloß nicht ohnmächtig!« zischte Rudy. »Erst fahren wir zu Ken!« Ich hörte seine Worte wie durch einen Nebel. »Du hast keine Wahl, Deputy. Wenn du nicht mitmachst, wird man dich als Leiche finden.« Rudy tätschelte Blanches runden Hintern, der nun unter einem dünnen Kleidchen steckte. Blanche rieb sich die Stelle, wo ich sie mit dem Fuß getroffen hatte.

»Ich weiß nicht, wo Ken sich aufhält. Ich weiß nur, daß er nicht an der Lagune ist«, stieß ich hervor. »Ich weiß es genau, weil ich nämlich gerade dort war. Niemand weiß, wo er steckt.«

»War sein schwarzer Freund da?«

»Moose Jefferson war da, aber er weiß auch nicht, wo Ken steckt.«

In meinem Schädel tobte ein Rudel tollwütiger Hunde, das auszubrechen versuchte. Ich hatte einfach zuviel hinnehmen müssen. Ich brauchte unbedingt etwas Zeit, um wieder Kräfte zu sammeln und mir etwas auszudenken. Deshalb mußte ich hier im Motel bleiben.

Draußen, in den Sümpfen, hatte ich keine Chance gegen den Mann, Rudy wollte etwas von Ken, und zwar etwas, das Ken weder Rudy noch einem Galmier sagen würde. Dafür brauchte er mich. Wenn ich meine Aufgabe erfüllt hatte, würde der Gangster mich töten und meinen Leichnam den

Alligatoren und Schlangen vorwerfen. Ich war der einzige, der Rudy mit dem Mord an Alphonse in Verbindung bringen konnte. Hier im Motel hatte ich eine Chance. Ich dachte an Phil. Vielleicht tauchte er im rechten Moment auf.

»Du machst mir etwas vor!« Drohend schwang der Knüppel über meinem Kopf.

»Er wird mich anrufen. Das ist die Wahrheit.« Erschöpft schloß ich die Augen. Mir fiel ein, daß ich Mario noch nicht informiert hatte. Mario war mein Bewunderer. Er würde jede Störung von mir fernhalten.

»He, Deputy, was ist?«

»Ich muß meiner Dienststelle Bescheid geben«, sagte ich matt. »Ich habe Moose Jefferson die Hölle heiß gemacht, damit er Ken auftreibt und ihm sagt, er solle sich bei mir melden. Ken wird aber im Office anrufen, wo sie glauben, daß ich nicht gestört werden will.«

Oh, verflucht, das hörte sich so verworren an wie der Bericht eines Fieberkranken. »Ich bin für Ken verantwortlich«, fügte ich undeutlich hinzu. »Ich muß immer wissen, wo er ist. Deshalb muß er sich melden ...« Hoffentlich ist er noch lange unterwegs, dachte ich. Hoffentlich ist er nach Mexiko geflohen.

Rudy schien meine Erzählung jedoch zu schlucken.

»Na schön«, sagte er. »Dreh dich um.« Er tippte mich ein paarmal mit der Keule an. Als ich auf dem Bauch lag, hakte er ein Paar Handfesseln von meinem Gürtel und band mir die Hände auf dem Rücken zusammen. Dann ließ er den Telefonhörer aufs Bett fallen. Ich legte mein Ohr darauf.

Das Mädchen in der Vermittlung des Motels meldete sich sofort.

»Verbinden Sie mich mit dem Office des County Sheriff«, sagte ich.

Rudy hatte den Revolver in seinen Gürtel gesteckt. Er verließ sich lieber auf seine Fäuste oder notfalls den Knüppel. Mein eigner Smith & Wesson steckte im Koffer, den ich im Wandschrank verstaut hatte. Wenn Rudy sich, wie ich vermutete, eingehend und heftig mit Blanche abgegeben hatte, befand sich der 38er sicher noch an seinem Platz.

»Sheriff's Office West Feliciana County«, meldete sich Mario schneidig.

»Hi, Mario, hier ist Jerry.« Ich ließ den Gangster nicht aus den Augen. Er konnte nicht mithören, was Mario sagte. »Mario, ich bin jetzt in meinem Motel. Wenn mich jemand sprechen will, soll er mich hier anrufen.«

»Jerry, Sie sollten lieber ...«

»Haben Sie mich nicht versanden, Mario?« sagte ich scharf.

»Ja, Jerry«, antwortete Mario kurz angebunden.

»Na also. Bis später.«

Rudy zog den Hörer unter meinem Kopf hervor und legte ihn wieder auf die Gabel.

»Wie spät ist es?« fragte ich den Gangster.

»Zwanzig Minuten nach vier«, antwortete Rudy. Er schlang einen Arm um Blanche. »Warum willst du das wissen?«

»Ich kann's kaum erwarten«, antwortete ich unbestimmt.

Ich wandte den Kopf ab. Die Gefahr schien fürs erste gebannt. Ich entspannte mich und schlief bald ein.

Ich träumte von einer wüsten Orgie. In der Mitte eines riesigen Raumes stand eine Rundcouch mit einem schneeweißen Telefon darauf. Auf der Couch wälzten sich rund zwei Dutzend nackte Personen, die alle unverwandt das Telefon anstarrten. Als es zu klingeln begann, schreckten die Leute zusammen, und einer nach dem anderen verließ den Raum, bis niemand mehr da war und das Telefon sein Signal ins Leere schickte. Jemand rüttelte mich an der Schulter. »He, he! Wach auf, verdammt!«

Diese Stimme! Sie machte mich sofort hellwach. Ich wollte mich herumwälzen, aber meine Hände waren auf dem Rücken gefesselt.

»Bist du wach? Hier, ich gebe dir jetzt den Hörer!«

Der Apparat schrillte genau neben meinem Kopf auf dem Nachttisch. Ich sah Rudys Visage riesengroß vor meinem Gesicht. Es war dunkler geworden. Blanche kauerte am Boden, die Lippen zu einem seligen Grinsen verzogen. Rudy schob mir den Hörer wieder unter den Kopf und baute sich neben dem Bett auf, den Knüppel in der Hand.

»Hallo«, sagte ich undeutlich.

»Jerry?« Das war Mario. »Jerry, der Chief meint, Sie sollten ... ah, warten Sie, er will Sie selber sprechen ...«

Der Chief hatte mir noch gerade gefehlt, dachte ich und verdrehte die Augen.

»Hallo, Mr. Cotton!«

Ich unterdrückte einen freudigen Ausruf. Chief Lyons redete seine Leute nicht mit Mister an. Doch auch so hätte ich die Stimme meines Freundes sofort erkannt wie in jeder Situation.

»Wer ist denn da?« fragte ich barsch. »Ken?«

»Special Agent Phil Decker. Der Chief meinte, ich sollte mich gleich mit Ihnen in Verbindung setzen.« Dieser Satz war für Phils Zuhörer im Sheriff's Office bestimmt.

»Ihr Glück, daß Sie sich melden, Ken!« fauchte ich.

»Du kannst nicht reden«, stellte Phil fest. Auf seine eventuellen Zuhörer konnte er jetzt keine Rücksicht mehr nehmen. Ich hatte ihm das Stichwort gegeben, als ich ihn mit einem fremden Namen anredete. Wir waren auf solche Situationen eingespielt.

»Wo sind Sie, Ken? Ich muß Sie sprechen!«

»Soll ich zu dir kommen?«

»Ja, das geht. Am See ...«

»Bleibst du im Haus?«

»Nein, ich nehme den Wagen.« Ich sah Rudy an. Sein Gesicht verriet gespannte Aufmerksamkeit, aber weder Mißtrauen noch Ablehnung. »Ich komme im Streifenwagen raus.«

»Verstanden. Gib mir etwas Zeit.«

»Und laufen Sie mir nicht wieder davon!«

Ich gab Rudy ein Zeichen, und er nahm mir den Hörer wieder ab.

Rudy zog sein Hemd an. Blanche gurrte und streichelte seine nackte Brust, bis er die Knöpfe geschlossen hatte. Sanft schob er sie zur Seite.

»Sei ein Schatz, Baby, und setz dich dort hin«, sagte er. Er deutete auf das Bett. »Du bleibst hier, bis ich zurückkomme.«

Hier hatte sie ein gutes Versteck, was immer er vorhatte.

Rudy zerrte mich in die Höhe. Ich stöhnte. Meine Schultern schmerzten. »Ich will mich umziehen«, sagte ich.

»Keine Extravaganzen, Deputy«, erklärte der Gangster gelassen. Er ließ die Keule gegen mein Gesäß schwingen, schob mich neben das Fenster und spähte hinaus.

»Wie spät ist es?« fragte ich.

»Verdammt, was soll das ewige Gefrage?«

»Wie spät ist es?« wiederholte ich stur.

»Kurz vor sechs. Du hast noch Zeit. Los jetzt.«

»Er ist noch nicht an der Lagune!« sagte ich. »Er kommt erst in einer Stunde raus.«

Rudy wirbelte herum. »Warum hast du mir das nicht sofort gesagt?«

»Sie haben nicht gefragt, und ich wußte nicht, daß Sie es so eilig haben.«

Er bewegte die rechte Hand. Sein Unterkiefer mahlte. Es war förmlich zu sehen, wie es in seinem Verstand arbeitete.

»Wenn wir jetzt schon rausfahren«, sagte ich, »bleibt sie aber ziemlich lange allein.«

»Schnauze!«

»Ich weiß ja nicht, was Sie von Ken wollen. Aber vielleicht können wir jetzt schon mal darüber sprechen, damit ich nachher keinen Fehler mache?«

Blanche robbte sich wieder an den Mann heran. Sie legte ihren Kopf an seine Schulter und schnurrte behaglich. Er schob sie ebenso sanft zurück.

»Blanche, besorgen Sie mir bitte ein Glas Wasser«, bat ich sie.

Rudy sah mich alarmiert an.

»Ich habe einen trockenen Mund! Sonst ist nichts.«

»Geh«, sagte er und versetzte dem Mädchen einen Klaps auf den Po. Sie wackelte davon und kehrte mit einem Glas Wasser zurück. Rudy nahm es ihr ab und hielt es mir an die Lippen. Das Wasser stammte aus der Leitung und schmeckte schal. Aber es löschte wenigstens das Brennen in meiner Kehle.

Rudy sah mit deutlichen Anzeichen beginnender Ungeduld zur Tür. Ich glaubte kaum, daß es mir gelingen würde, ihn lange genug hier aufzuhalten, damit Phil sich mit dem Schauplatz vertraut machen und eine strategisch günstige Position einnehmen konnte.

»Was wollen Sie von Ken?« wiederholte ich meine Frage. »Ihn umbringen? Wofür dann die Umstände?«

Rudy verzog die Lippen. »Er soll mir etwas sagen, Deputy. Oder besser gesagt – dir. Was meinst du – ist es ihm egal, wenn ich dich erschieße?« Er berührte den Griff des Magnum.

»Ich glaube nicht«, meinte ich beklommen. Sicher konnte ich natürlich nicht sein.

»Es ist eine sehr einfache Frage. Mach dir da keine Sorgen. Ken wird kein Geheimnis daraus machen, nicht einem Gesetzeshüter gegenüber. Er soll uns nur verraten, wo sich ein ganz bestimmter Wagen befindet. Mehr nicht.«

Wieder war die Rede von einem Wagen. Ich atmete langsam und machte ein paar Schritte, um meine Kräfte und meinen Gleichgewichtssinn zu prüfen.

Rudy peilte wieder durch die Lamellen der Jalousie. In den letzten Minuten war mehrmals das Knirschen von Reifen zu hören gewesen. Allmählich trafen die Gäste des Motels ein. Der Swimmingpool lag irgendwo hinter den Bungalows in parkartiger Umgebung. Ich hörte fröhliche Stimmen.

»Dein Wagen steht hinter der Hecke da drüben?« fragte Rudy.

»Ja.« Welch ein Glück, daß ich die Kiste nicht vor der Hütte abgestellt hatte!

Aber würde Rudy tatsächlich im Streifenwagen fahren wollen? Würde er es nicht vorziehen, ein unauffälligeres Fahrzeug zu benutzen? Das heißt, wenn er überhaupt eins zur Verfügung hatte. Mit seiner lädierten Hand konnte er schlecht Auto fahren. Vielleicht hatte ihn jemand hergebracht.

Unsinn, dachte ich. Wer denn?

Der Mann, der Alphonse auf dem Gewissen hatte, zum Beispiel ...

Mein Chef hatte es prophezeit. Irgendwann, hatte er gesagt, engagiert eine der verfeindeten Familien einen Killer. Eine hatte es getan. Rudy war ein Killer.

Rudy stieß mich mit dem Gesicht gegen die Wand. Ich spürte seine Hand in meiner Hosentasche. Er zog die Autoschlüssel heraus. Ich hatte gewisse Hoffnungen gehegt, daß er mir für den Weg zum Wagen die Handfessel abnehmen würde. Diese Hoffnung wurde jäh zerstört, als er Blanche den Schlüssel zuwarf.

»Du wolltest doch immer schon mal einen Streifenwagen fahren, Baby«, sagte er und grinste. »Aber schalte nicht aus Versehen die Sirene an!«

Blanche tänzelte aufgeregt. Ihre Augen glänzten.

»Fahr den Wagen hier vor die Tür, Baby, und komm sofort wieder rein! Laß die vordere Tür auf dieser Seite offen!«

Rudy wollte mir keine Chance geben. Wieviel Zeit war nach Phils Anruf verstrichen? Zehn, zwölf Minuten, schätzte ich. Er kannte sich in der Stadt nicht aus. Er würde etwas länger brauchen. Ich preßte die Kiefer aufeinander. Hoffentlich würgte Blanche den Motor ein paarmal ab. Ich versuchte, durch die Spalten in der Jalousie zu sehen. Aber solange Rudy die Lamellen nicht auseinanderzwängte, war mein Blickfeld beengt.

Phil ... verdammt, wo blieb er? Ich klapperte mit der Handfessel.

»Wer soll fahren?«

»Du natürlich. Wenn wir in der Kiste sitzen, rutschst du gleich ans Steuer. Dann schließe ich dich mit einer Hand ans Lenkrad.« Aus seiner Sicht war das Verfahren gar nicht übel, dachte ich. Dann saß immerhin der Mann am Steuer, der auch dorthin gehörte.

Draußen knirschten Reifen. Ein Motor heulte. Rudy zog eine Lamelle herab. Ich spähte ebenfalls durch den Spalt.

Der Streifenwagen beschrieb einen zu großen Kreis auf dem Platz vor den Motelkabinen. Blanche würde es nicht auf Anhieb schaffen. Sie trat auf die Bremse und rangierte umständlich. Rudy knirschte mit den Zähnen. Meine Hände wurden feucht. Rudy war zwar ein kaltschnäuziger Verbrecher, der alle Gesetzesvertreter für Trottel hielt. Aber wenn Phil ausgerechnet jetzt einträfe und sich dem Wagen näherte, würde Rudy durchdrehen.

»Mach schon, Baby!« keuchte er.

Blanche mußte anhalten, um einen roten Ford passieren zu lassen. Ich konnte nicht erkennen, ob der Fahrer sich wunderte, eine Frau am Steuer eines Polizeifahrzeugs zu sehen. Immerhin fuhr er weiter. Der Streifenwagen bockte, als Blanche erneut Gas gab. Ruckend kam er auf dem Streifen vor meinem Bungalow an. Rudy stieß die Luft aus. Blanche kletterte aus dem Wagen. Mit schwingenden Hüften ging sie um die Kiste herum und öffnete die Tür. Ihr Gesicht strahlte.

»Das hast du fein gemacht, Baby«, behauptete Rudy. »Leg dich jetzt hin!«

»Beeil dich, Rudy, ja?« Sie betrachtete den Mann mit hungrigen Augen.

Der Gangster nahm seine Jacke, die er aus dem Bad geholt und auf einen Stuhl gelegt hatte. Er warf das Kleidungsstück über seinen linken Arm und hielt den Arm so, daß der Stoff den Kolben des Revolvers verdeckte, der aus seinem Hosenbund ragte. Den Knüppel hielt er am Griff. Das dicke Ende klemmte er mit dem Oberarm gegen den Brustkorb. Mit der verletzten rechten Hand drückte er den Türriegel.

»Geh vor«, befahl er und stieß mich mit seiner Schulter an.

Ich spürte seinen warmen Atem in meinem Nacken. Er versetzte der Tür einen Tritt. Sie schwang nach außen. Die rechte Tür des Streifenwagens stand offen. Ich ließ meine Augen umherwandern.

Phil hat es nicht geschafft, dachte ich.

Rudy rammte mir sein Knie ins Gesäß, und ich stolperte über die Schwelle.

In dem Moment schrillte hinter uns in meinem Bungalow das Telefon, und Rudy stieß einen lästerlichen Fluch aus.

Ich warf einen Blick über meine Schulter zurück. »Vielleicht ist es mein Office«, sagte ich. »Wenn ich mich nicht melde, schicken sie einen Wagen.«

»Komm her!« befahl Rudy. Sein Gesicht wurde ganz klein. »Wenn du einen Trick versuchst, ist es aus mit dir!« Er ließ mich an sich vorbei, zog die Bungalowtür zu und glitt zum Telefon. Er nahm den Hörer ab und preßte ihn an mein Ohr. Der Knüppel fiel aufs Bett. Blanche rückte hastig zur Seite.

»Hallo!« rief ich, ohne Rudy aus den Augen zu lassen.

»Ich verbinde.« Das war die Stimme der Telefonistin.

»Hallo, Mr. Cotton! Sie wollten mich sprechen? Moose war ganz aufgeregt!«

Ken Trevelyan! Ausgerechnet in diesem Moment rief er an.

»Wo sind Sie?« fragte ich möglichst ruhig.

»In Mandeville. Im Beau Rivage ...«

»Ich rufe zurück.«

»He, Mr. Cotton ...«

Ich gab Rudy ein Zeichen, und er drückte die Gabel nieder.

»Wer war das?« fragte er.

Ich grinste. »Das möchten Sie wohl wissen?«

In blinder Wut schlug er nach mir. Mit der linken Faust. Der Knüppel lag noch auf dem Bett.

Meine Reflexe funktionierten wieder. Ich zog den Kopf zwischen die Schultern. Die Faust streifte mein Schädeldach. Der eigene Schwung warf den Gangster gegen mich. Ich versuchte, ihn mit der Schulter zu rammen, aber der Anprall warf mich über das Bett. Ich zog mein rechts Bein an und stieß nach ihm.

Sein Gesicht verfärbte sich. Ich wälzte mich unter ihm vor. Dabei berührte ich seine verletzte Hand. Er stieß einen Schrei aus. Ich wischte unter einem neuen Schwinger weg und rannte, so schnell es meine auf den Rücken gefesselten Hände erlaubten, zur Tür.

»Bleib hier!« brüllte Rudy. Die Bettfedern krachten, als er sich aufrichtete.

»Fang mich!« rief ich munter und stürzte mich einfach aus der Tür. Ich konnte meinen Lauf nicht so schnell stoppen, und so prallte ich gegen die Flanke meines Pontiac.

Ich warf mich herum und wollte mich an der Seite des Wagens vorbeischieben. Doch da raste Rudy schon wie ein Geschoß auf mich zu. Drohend wirbelte die Keule in seiner Hand. Die offene Tür des Bungalows bildete einen Winkel zum Haus. Unter der Kante ragten ein Paar Füße hervor. Vor Erleichterung hätte ich beinahe aufgeschrien.

Rudy hatte nur Augen für mich. Er sprang über die Schwelle. Ich sagte: »Jetzt!«

Phil warf sich mit vollem Gewicht gegen die Tür. Rudy sah die Bewegung aus den Augenwinkeln. Unwillkürlich bewunderte ich seine instinkthafte Reaktion.

Er blockte die Tür mit einem Ellbogen ab und kam frei. Phil wurde zurückgeschleudert. Rudy sprang auf die Motorhaube des Pontiac. Er warf sich herum und sprang wie ein Raubvogel auf Phil hinunter. Die Keule pfiff durch die Luft.

In dem engen Gang zwischen dem Streifenwagen und dem Haus konnte sich Phil kaum bewegen. Die offene Tür des Pontiac engte seine Bewegungsfreiheit zusätzlich ein. Immerhin schaffte er es, seinen Kopf vor dem ersten vernichtenden Hieb in Sicherheit zu bringen. Die Keule krachte gegen die hölzerne Bungalowwand. Ein Brett zersplitterte. Federnd landete Rudy auf den Füßen. Er riß den Knüppel wieder hoch, während Phil am Boden lag und versuchte, seinen Revolver herauszureißen. Er würde es nicht schaffen.

Ich warf mich zwischen die beiden. Rudys Körpergewicht riß mich von den Füßen. Ich rollte gegen seine Knie und preßte sie gegen die Wagenflanke. Phil fluchte, weil ich auch seine Beine einklemmte. Rudy ließ den Knüppel fallen.

Wie hingezaubert lag der schwere Magnum-Revolver in seiner Faust. Sein Daumen glitt über den Hammer.

Im selben Moment hatte Phil den Smith & Wesson schußfertig. Ohne zu zögern, jagte er dem Gangster eine Kugel in die Schulter. Er hatte keine andere Wahl.

Nach gut einer Stunde war der schlimmste Trubel vorbei.

Rudy war in die Krankenabteilung des Untersuchungsgefängnisses in Baton Rouge geschafft worden. Er war nicht vernehmungsfähig. Die Kollegen dort würden ihn jedoch erkennungsdienstlich behandeln, um wenigstens seine Identität festzustellen. Denn Daphne Galmier, die gekommen war, um ihre Schwester Blanche abzuholen, zeigte sich wenig hilfsbereit. Sie nannte uns nicht mal den Nachnamen ihres Liebhabers. Daphne – hager und spröde – wurde von ihren Leibwächtern und Blanches Tugendwächtern umringt, die sich in den letzten Stunden irgendwo versteckt haben mußten. Daphne schirmte ihre Schwester ab. Blanche stand unter Schockeinwirkung. So erfuhren wir nicht, wie sie und Rudy ins PALM HOUSE MOTOR INN gekommen waren – und wer den Gangster geschickt hatte.

»Warum wollen Sie uns nicht helfen, Miss Galmier?« fragte ich sie, als wir einen Augenblick, unbehelligt von dem Durcheinander, zusammenstanden.

»Warum *sollte* ich Ihnen helfen?« fragte sie.

»Vielleicht um sich selbst zu schützen, Miss Galmier.«

Ihre grauen Augen überzogen sich mit einem Schleier. »Ich habe keinen Dreck am Stecken«, sagte sie.

»Hat Blanche Dreck am Stecken? Oder Henry? Oder Ihr Vater?«

»Ich weiß es nicht.«

»Und wie war es bei Alphonse?«

»Es gibt ohne Zweifel ein paar Dutzend Männer im Bayou, die allen Grund gehabt hätten, ihn zum Teufel zu schicken«, entgegnete sie mit plötzlicher Heftigkeit. »Ein Wunder, daß nicht schon vor Jahren jemand zum Gewehr gegriffen hat!«

»Vor zwölf Jahren, zum Beispiel?«

»Zum Beispiel. Aber legen Sie mir nichts in den Mund.« Sie wandte sich ruckartig um und stieg in einen schwarzen Lincoln, in dem Blanche schon zusammengesunken und mit tränenverschmiertem Gesicht saß. Die Tür fiel ins Schloß, und der Wagen rollte davon.

Sheriff Lyons und Noel Blaine, der Bezirksstaatsanwalt, zogen auch bald wieder ab. Zurück blieben Phil, Deputy Ed Napier und ich.

»Was ist plötzlich in die Leute gefahren?« fragte Nap ratlos. »So lange ist nichts Ernsthaftes geschehen. Und jetzt . . .«

»Kann man feststellen, wer welches Fahrzeug vor, sagen wir, zwölf Jahren besessen hat? Und wo es geblieben ist?«

Nap kratzte sich am Kopf. »Das wird schwierig sein«, meinte er. »Man müßte im Staatsarchiv nachsehen. Die alten Unterlagen sind auf Mikrofilm gespeichert. Am Wochenende kommt man da kaum ran. Höchstens mit einer richterlichen Verfügung.«

Und auch dann würde es lange dauern, bis man alle Unterlagen gesichtet hatte. Vielleicht zu lange.

»Können Sie mir die Akte von Yvonne Trevelyans Unfall besorgen?« fragte ich.

»Darum geht es also?« fragte Nap beklommen.

»Ich weiß es noch nicht, Nap. Ziehen Sie keine voreiligen Schlüsse! Also?«

»Die Akten befinden sich im Archiv des County-Gerichts. Da hat Noel Blaine die Hand drauf.«

»Können sie inoffiziell an die Akte ran? Ich will keine Pferde scheu machen, verstehen Sie, Nap?«

Er zögerte. »Mal sehen«, brummelte er. »Aber ob es heute noch klappt, bezweifele ich.«

»Sie finden mich im Beau Rivage in Mandeville«, sagte ich.

Nap tippte an die Krempe seines Hutes. Dann deutete er auf Phil. »Kümmern Sie sich um den G-man?«

Ich grinste. »Ich habe ihn in mein Herz geschlossen, Nap.«

Kurz darauf stand ich unter der Dusche und genoß das kalte Wasser, das über meinen müden, geschundenen Körper rann.

»Ich war ja ganz schön sauer auf dich«, sagte Phil durch die geöffnete Tür. »Mann, wenn du die rothaarige Biene gesehen hättest, mit der ich ...« Er stand in der Tür zum Bad. Jetzt unterbrach er sich. »Ich glaube, du bringst im Augenblick nicht die notwendige Konzentration für meine überaus interessanten Schilderungen auf«, rügte er.

»Offen gestanden – nein«, sagte ich. »Entschuldige. Wirf mal das Handtuch her! Danke.«

»Wenn du sonst keine wichtigen Aufgaben für mich hast, kann ich ja einen Imbiß in der Cafeteria bestellen«, meinte er. »Was nimmst du dazu? Bier?«

»Kein Bier«, entschied ich. »Für dich auch nicht.«

»Ich bin müde!« behauptete mein Freund.

»Großartig. Dann kannst du ja fahren.«

»Fahren? Ich denke, ich lasse mich hier häuslich nieder.«

»Wir verlegen unsere Operationsbasis heute noch nach Mandeville. Hol jetzt endlich das Abendessen! Dann können wir alles besprechen.«

»Ah ja.« Phil stürzte sich aufs Telefon.

»Den Apparat brauche ich«, sagte ich.

»Du kannst einen herumjagen!« Leicht verärgert verließ mein Freund den Bungalow. Ich ließ mich mit dem Beau Rivage in Mandeville verbinden. Bevor ich das Gespräch auf Kendrick Trevelyans Zimmer durchstellen ließ, fragte ich an der Rezeption nach zwei Zimmern für Phil und mich.

»Sir«, sagte der Typ am anderen Ende blasiert, »wir sind voll. Voll, verstehen Sie? Wir haben keine Badewanne mehr frei. Morgen läuft hier ein großes Rennen.«

»Ich habe davon gehört«, knurrte ich. »Dann verbinden Sie mich mit Mr. Trevelyan.«

Ken war in seinem Zimmer. Damit hatte ich kaum gerechnet.

»Hallo, Cotton«, sagte er. »Sie trauen wohl keinem, wie? Der arme Moose war ganz aufgelöst.«

»Ich sorge gern vor«, sagte ich. »Kann ich Sie heute abend treffen?«

»Tut mir leid, Mr. Cotton. Heute abend nicht. Es sei denn, Sie hätten einen neuen Haftbefehl.«

Ich preßte kurz die Zähne aufeinander. Dann sagte ich: »Sie sind dabei, jemanden an die Wand zu drücken, ihn in die Enge zu treiben.«

Kendrick Trevelyan lachte bellend auf. »Mein geliebter Bruder hat Sie heimgesucht!«

»Ein solches Spiel kann gefährlich werden, Ken. Auch für sie! Ich hatte eben Besuch von einem ziemlich wilden Burschen, der es eigentlich auf Sie abgesehen hatte. Wir sind mit ihm fertig geworden, aber es war knapp.«

»Wieso hatte er es auf mich abgesehen?«

»Er wollte Sie zur Preisgabe einer Information zwingen.«

»So ein Narr!«

»Wo ist der Wagen?«

Ken schwieg einen Moment. Ich hörte seine Atemzüge. »Sie haben schon eine Menge herausgefunden, wie? Aber es gibt keine Vorzugsbehandlung, auch nicht für Sie. Nächste Woche ziehe ich die Karre aus dem Dreck. Vor dem Rennen hatte ich keine Zeit.«

»Auf wen haben Sie es abgesehen?« fragte ich drängend. »Ken! Wenn es eine alte Rechnung gibt, dürfen Sie die Schuld nicht selber eintreiben!«

»Ich tue gar nichts, Mr. Cotton. Das haben Sie an Alphonse gesehen.« Ken lachte leise auf. »Aber ich will Ihnen etwas verraten, damit Sie besser schlafen können – ich weiß selber nicht, welches Gesicht zu dem Gespenst meiner Vergangenheit gehört. Ich hatte auf Alphonse gesetzt, aber er spielt nicht mehr mit. Warten wir ab, ja?«

»Na schön«, räumte ich zähneknirschend ein. »Wir sehen uns morgen beim Rennen.«

»Großartig! Ich freue mich über jeden Fan!«

Später verlegten wir unsere Operationsbasis nach Mandeville. Ich hatte mit den Kollegen von der Metropolitan Police in Baton Rouge telefoniert. Es gelang ihnen wider Erwarten, in einem hübschen Hotel, das nur knapp zehn Meilen vom Lake Pontchartrain entfernt lag, zwei Zimmer für Phil und mich aufzutreiben.

Während der Fahrt berieten wir unsere nächsten Schritte. Wir hatten uns für den späten Abend mit Detektive Lieutenant Dunstan von der Mordkommission im Beau Rivage verabredet. Phil und der Lieutenant sollten eine möglichst lückenlose Bewachung aller gefährdeten Familienmitglieder der beiden Clans aufziehen. Das war an einem Wochenende in einem County, das personell hoffnungslos unterbesetzt war, alles andere als einfach.

Ich wollte mich um Ken kümmern und herausfinden, wer Rudy steuerte und wer ihn in mein Motel geschickt hatte. Aristide? Henry? Daphne? Oder jemand, den ich nicht kannte? Zum Beispiel eins von Alphonses älteren Kindern?

»Du mußt irgendeinem Menschen schon zu nahegetreten sein«, meinte Phil überzeugt. »Überleg mal – warum wollte Rudy dich aus dem Motel locken? Um Ken zur Preisgabe einer Information zu zwingen? Mag sein, daß er sich durch deine Anwesenheit irgend etwas erhoffte. Vielleicht mehr Druck auf Ken. Aber das wäre nur ein Nebeneffekt gewesen. Denn er hätte sich Ken auch allein vornehmen können. Oder er hätte sich an Rita, Kens Mädchen, halten können. Nein, er wollte dich draußen im Sumpf erledigen.«

»Aber warum, zum Teufel?«

»Ganz einfach. Ihm oder seinem Boß und Auftraggeber ist klargeworden, daß du Rudy, einen Gewaltverbrecher, an seiner Stimme identifizieren kannst. Der Anschlag auf dich auf dem Clubparkplatz war ein Mordversuch, Jerry! Er hat dich töten wollen! Seine verletzte Hand, sein Geschrei, was weiß ich, hat ihn von seinem Vorhaben abgebracht. Oder der Boß hat die Nerven verloren. Du wirst es schon sehen. He, ich glaube, das ist unser Hotel!«

Wir brachten unsere Koffer hinein und fuhren gleich ins Beau Rivage hinüber. Phil zeigte dem Hotelmanager seinen Ausweis und bat ihn, uns das Gästeverzeichnis zu überlassen. In einem Nebenraum studierten wir die Liste.

Meine schlimmsten Befürchtungen bewahrheiteten sich. Außer Ken und Rita – sie hatten sich als Mr. und Mrs. Trevelyan eingetragen – wohnten auch Big Teetee, Leslie und Barbara im Beau Rivage. Ob sie schon eingetroffen waren, konnten wir nicht feststellen.

Das Beau Rivage hatte vierhundert Zimmer, die auf mehrere Gebäude verteilt waren. Der Manager wies uns darauf hin, daß noch ein ganzer Troß zu den Trevelyans gehörte. Sie hatten ihre Leibwächter mitgebracht. Moose Jeffersons Namen konnte ich dagegen nicht entdecken. Wie ich später erfuhr, schlief er auf dem Gelände des Clubs, der das Rennen ausrichtete, in einem Bootsschuppen. Neben der Coral Bride.

In der Hotelbar trafen wir Lieutenant Dunstan.

»Wir haben diesen Rudy identifiziert«, berichtete er als erstes. »Er heißt Rudolph Warfel und gehörte einer Gang in Chicago an, die vor ein paar Jahren vom FBI zerschlagen wurde. Der Boß dieser Bande konnte nie vor Gericht gestellt werden, weil es an Beweisen gegen ihn fehlte.« Der Lieutenant sah Phil an, dann mich. »Sie kennen ihn, Mr. Cotton. Er heißt Jack Scoular. Hier nennt er sich Jacques, weil französische Namen im Süden einen besseren Klang haben.«

Also gab es eine Verbindung zwischen der Familie Galmier und echten Gangstern! Hatten die Galmiers die Gangster geholt? Hatten sie sie noch unter Kontrolle? Oder waren die Verbrecher dabei, die Galmiers zu schlucken?

Meine Kopfhaut begann zu prickeln. Jack Scoular ... Jetzt erinnerte ich mich. Ich war ihm nie begegnet. Aber vor einigen Jahren hatte ich in New York einen Mann festgenommen, der vorher der Scoular-Gang angehört hatte. Ich hatte ihn vor Gericht gebracht. Dabei war mein Name natürlich mehrmals genannt worden, auch in den Zeitungen.

Scoular mußte mich sofort durchschaut haben, als ich bei ihm im Club auftauchte. Er hatte Gefahr für sich gewittert und mir sofort die Killer auf den Hals geschickt. Männer, die offiziell als Leibwächter der Galmiers oder Angestellte des La Placita Clubs fungierten. Wäre ich, wie er es geplant hatte, draufgegangen, hätte ich eben ein weiteres Opfer der Fehde zwischen den Familien Galmier und Trevelyan abgegeben. Als es beim erstenmal nicht klappte, schickte er mir den Killer eben noch mal. Bezirksstaatsanwalt Noel Blaine war Mitglied des La Placita Clubs. Scoular mußte Blaine zu verstehen gegeben haben, daß sich ein G-man im County aufhielt, ohne ihm jedoch zu sagen, wer es war. Das wäre für Scoular zu gefährlich gewesen. Er hätte damit nur auf sich selber aufmerksam gemacht. Scoular wollte mit seiner Information den District Attorney warnen. Blaine rief daraufhin sofort Chief Lyons an. Es paßte haargenau.

»Liegt gegen Scoular etwas vor?« fragte ich.

»Nein. Er ist zwar kein unbeschriebenes Blatt, aber weder beim FBI noch im Staat Louisiana existiert ein Haftbefehl. Ich vermute, daß er die Lizenz für den Club der geballten Fürsprache der Galmiers und des Bezirksstaatsanwalts zu verdanken hat.«

»Schirmen Sie die ganze Bande ab«, bat ich ihn. »Im West Feliciana County sind wir hoffnungslos unterbesetzt.«

Dunstan seufzte. »Wir sind auch nicht besser dran, und ich tue schon, was ich kann.« Er nippte an seinem eisgekühlten Saft. »Wir haben noch etwas herausgefunden. Alphonse Galmier hat in den letzten Monaten den größten Teil seiner Galmier-Aktien abgestoßen. Er besaß ursprünglich zwölfeinhalb Prozent an der Galmier Holding und Anteile an einigen anderen Einzelunternehmungen, die zum Konzern gehören.«

»Weiß man hier, wer die Aktien kaufte?«

»Das ist gerade das Seltsame. Er hat die Verkäufe nicht über die Börse abgewickelt. Ich habe einen befreundeten Makler in New Orleans angerufen. Er ist überzeugt, daß die Aktien nie den Dunstkreis der Familie Galmier verlassen haben. Er meint, jemand aus dem Clan sei dabei, eine Mehrheit zusammenzubringen.«

Das hörte sich logisch an, stimmte aber nicht. Ich wußte Bescheid. Es kam ganz plötzlich. »Scoular«, sagte ich. »Er steckt dahinter!«

»Selbst wenn er ein Supergangster gewesen sein sollte«, gab Phil zu bedenken, »verfügt er niemals über die Mittel, um einen Milliardenkonzern zusammenzukaufen!«

»Es bedarf nur einer Sperrminorität, um die Geschicke der Gesellschaft bestimmen zu können. Aber ich behaupte nicht, daß er mit eigenem Geld arbeitet. Es gibt vagabundierende Milliarden.«

Niemand sagte etwas dazu. Jeder wußte, was ich meinte. Die Mafia war stets auf der Suche nach geeigneten Objekten, um ihre illegal erworbenen Dollars legal anzulegen. Es paßte zu der Mentalität dieser Gangster, dabei noch einmal einen Schnitt zu machen, indem man Aktionäre durch Erpressung oder Morddrohungen zwang, ihre Anteile unter Wert abzugeben. Mit den Anschlägen auf die Galmier-Schiffe verunsicherte man die freien Aktionäre und jubelte damit die Kurse herunter.

»Und die Galmiers sind erpreßbar«, meinte Phil leise.

»Alphonse war es sicher«, bestätigte ich.

Ich war überzeugt, daß wir es mit mehreren Aspekten zu tun hatten. Ich dachte an Ken, der sich auf einem privaten Rachefeldzug befand, um einen Spuk aus seiner Vergangenheit loszuwerden. Ich beschloß, den jungen Mann nicht aus den Augen zu lasen, bis ich wußte, um was es ging. Er hatte für die Zeit nach dem Rennen Enthüllungen angekündigt. Ich wollte dabeisein, wenn es soweit war.

Mit Jacques ›Jack‹ Scoular konnten wir uns immer noch befassen. Gleich am Montagmorgen würde ich meinem Chef einen ausführlichen Bericht übermitteln. Dann würde sich die Sonderkommission mit Scoular und Noel Blaine befassen. Es würde einige Anstrengungen kosten, diesen Männern ungesetzliche Machenschaften nachzuweisen.

»Beschäftigen Sie sich gleich morgen noch einmal mit allen Angestellten der Galmiers und des Clubs«, sagte ich zu Dunstan. »Mit Sicherheit hat er noch mehr seiner früheren Komplizen mitgebracht und ihnen einen legalen Hintergrund verschafft.«

Gangster als Inhaber und Angestellte eine Millionärsclubs! Da sträubten sich einem die Haare. Wir verabschiedeten uns von Detektive Lieutenant Dunstan und fuhren in unser Hotel zurück. Ich brauchte endlich meinen Schlaf.

»Wenn das Rennen vorbei ist, wird Ken seine Jagd fortsetzen«, prophezeite ich düster. »Alphonse hat er halbwegs auf dem Gewissen, weil er dabei war, ihn bloßzustellen.«

»Ich kümmere mich um die Galmiers«, erklärte Phil bereitwillig.

»Na schön. Ich werde Ken nicht von der Seite weichen, wenn das Rennen vorbei ist. Gute Nacht.«

Dann raste ich selber unter glühender Sonne her über den spiegelglatten See. Das schnittige Boot, das ich kurzerhand requiriert hatte, hieß passenderweise Challenger – Herausforderer. Wie der Besitzer des Bootes hieß, wußte ich nicht. Seine kräftigen Hände hielten das Ruder umklammert und zwangen das Speedboat auf einen Kurs, der den der Coral Bride schneiden sollte, bevor sie an den Pfeilern des Pontchartrain Causeway zerschellte.

Ken und Moose hatten ein großartiges Rennen gefahren. Die Coral Bride hatte die Ziellinie als erste passiert, allerdings mit nur einem Mann an Bord. Der Beifall der Zuschauer klang mir noch im Ohr.

Die Coral Bride hielt schnurgeraden Kurs auf die Straßenbrücke, die den See überquerte. Ich klammerte mich irgendwo fest und zog den Kopf ein, während der Pilot sein gelbes Rennboot über den See jagte.

Die Geschwindigkeit lag über fünfzig Knoten. Das ist verdammt viel. Da verwandelt sich das Wasser unter dem flachen Kiel in Eisenbeton. Das Boot vibrierte, schlug und trommelte unter meinen Füßen. Ich hatte das Gefühl, als werde es mir rasender Geschwindigkeit über einen frisch gepflügten und dann hart gefrorenen Acker gezerrt. Wasser sprühte an den Seiten auf. Es bildete einen dichten Schleier, durch den ich kaum etwas sehen konnte. Aber ich erkannte den roten Strich. Die Coral Bride! Wir kamen ihr näher!

Der Pilot wandte den Kopf. Der Mund im bärtigen Gesicht bewegte sich. Aber bei dem Brüllen der hochgezüchteten Maschine und dem Poltern des Rumpfes auf dem Wasser verstand ich kein Wort. Ich zog mich näher an den Mann heran.

»Was haben Sie vor?« schrie er.

»Der Mann im Boot ist bewußtlos!« schrie ich zurück. »Ich muß an Bord!«

Der Mann nickte. Er holte das Letzte aus der überdrehten Maschine heraus. Bis zur Brücke waren es jetzt höchstens noch vierhundert Yards. Ich sah sie als dunkle Masse durch die mit Schlieren überzogene Scheibe. Mein Gott, selbst wenn es mir gelang, an Bord zu springen, würde ich es kaum schaffen ...

Der Pilot schien denselben Gedanken zu hegen. Er brachte die Challenger nahe an die Coral Bride heran, so nahe, daß er ihren Kurs schneiden mußte. Im letzten Moment zwang er sein eigenes Boot um ein paar Grad herum, damit die Berührung nicht eine Karambolage auslöste.

Und doch krachte es häßlich, als die Bootsspitzen einander berührten. Der jähe Ruck schleuderte mich beinahe über Bord. Der Rumpf dröhnte und erzitterte.

Der Pilot stemmte sich ins Ruder. Er zwang die Challenger herum, während die Masse des Pontchartrain Causeway auf uns zuraste. Eine Gischtwolke sprühte über uns hinweg.

Die beiden Boote waren nach der ersten Berührung auseinandergedriftet. Jetzt trieben sie wieder aufeinander zu. Der nächste Zusammenprall mußte heftiger ausfallen und die Versteifungen der Rümpfe auf eine harte Probe stellen.

Ich setzte mein Bein auf die Bordkante. Als die Flanke der Coral Bride nah genug war, stieß ich mich ab und hechtete durch einen Schwall Wasser.

Hart krachte ich ins Cockpit der Coral Bride. Im selben Moment berührten sich die beiden Boote, und der Boden wurde mir praktisch unter den Füßen weggezogen. Ich fiel auf den Rücken. Mein Kopf knallte gegen etwas Hartes. Ich schüttelte mich und stemmte mich in die Höhe.

Vor meinen Augen pendelten Arme. Der schlaffe Körper hing über dem Steuerruder. Der Kopf im knallroten Sturzhelm hatte sich, wie ich es im Fernglas gesehen hatte, zwischen der Konsole und dem Steuerrad verklemmt.

Was ich im Glas nicht gesehen hatte, war das Loch im Plastik und das Blut, das unter dem Helm hinuntergelaufen und in den Overall gesickert war.

Ich stieß den Gashebel in Nullposition. Sofort sackte die Coral Bride ins Wasser. Die Gischtschleier fielen in sich zusammen. Die Bugwelle bremste die Fahrt des Speedboats drastisch ab.

Plötzlich wurde es merkwürdig still.

Bis das Brausen von Stimmen in mein Bewußtsein drang. Ich warf den Kopf in den Nacken und sah die Gesichter der Menschen, die sich über mir am Geländer der Straße drängten und hinuntergafften. Ich sah auch die Augen der Fernsehkameras, die mich und das Boot eingefangen hatten. Glücklicherweise befanden sie sich alle recht weit entfernt.

Das gelbe Boot fuhr ebenfalls langsamer. Es beschrieb einen weiten Kreis um die Coral Bride. Der Pilot spähte zu mir und lenkte seinen Renner wieder näher heran.

Ich schlang meinen Arm um die Schultern der schlaffen Gestalt und bewegte sie vorsichtig. Das Ruder ließ sich jetzt leichter bewegen. Denn bei der geringen Geschwindigkeit, die das Boot noch machte, war der Wasserdruck auf das Ruderblatt gering.

Ich bekam den Kopf frei. Sofort sackte die Gestalt in sich zusammen. Ich ließ sie auf den nassen Boden gleiten, wirbelte das Ruder nach Steuerbord und schob den Gashebel um zwei Nocken nach vorn.

Die Coral Bride war in den Schatten der Brücke getaucht. Ihr Rumpf scheuerte an einem der mächtigen Betonpfeiler entlang. Die Schraube gab leise blubbernde Geräusche von sich. Dann kam das Boot frei und nahm wieder Fahrt auf. Ich peilte das Ufer im Bereich der Ziellinie an. Danach beugte ich mich über den Mann im Overall. Vorsichtig schob ich das getönte Schutzglas des Helms in die Höhe.

Ich sah in Kendrick Trevelyans blasses Gesicht. Die eine Seite war voller Blut. Die Augen waren geschlossen, die Lippen zu einem dünnen Strich zusammengepreßt. Ich korrigierte den Kurs ein wenig. Das gelbe Boot, die Challenger, fuhr mit angepaßter Geschwindigkeit neben mir her. Ein Rettungsboot und zwei Streckenboote hielten bereits auf uns zu.

Ich nahm Ken den Helm ab und stützte seinen Kopf mit meinem Oberschenkel. Blut sickerte aus einer großen Wunde hinter dem Ohr. Das fließende Blut verriet, daß Ken noch lebte. Aber sein Leben drohte mit jedem Herzschlag zu entfliehen.

Die letzten Boote des Endlaufs hatten inzwischen die Ziellinie passiert. Eins der Rettungsboote mit flatternder blauer Flagge über dem hohen Flydeck rauschte heran. An Bord dieses Schiffes befanden sich Ärzte, Taucher und Polizisten. Mit einer Hand steuerte ich die Coral Bride an das Schiff heran. Dann nahm ich das Gas weg. Erschöpft überließ ich es den Helfern, Ken an Bord zu nehmen.

Männer in Uniformen beugten sich über die Reling.

»Bei der Wendemarke ist ein Mann über Bord gegangen!« schrie ich ihnen zu. »Lassen Sie ihn suchen!«

Das Rettungsboot nahm Fahrt auf. Ich sah den Captain. Er sprach in ein Mikrofon. Bereits wenige Augenblicke später hoben zwei Suchhubschrauber ab.

Ich fuhr zum Ufer zurück.

Kendrick Trevelyan starb noch an Bord des Rettungsschiffes.

Big Teetee, Leslie und Barbara waren an Bord gegangen. Ein paar Dutzend Freunde der Familie, Reporter, Neugierige und Leibwächter umringten die Landestelle.

Phil hörte die Nachricht unterwegs im Polizeifunk und fuhr sofort nach Mandeville. Ich kümmerte mich darum, daß die Coral Bride in polizeiliche Obhut gelangte, bevor ich zu dem Schiff hinüberging. Dort traf ich mit Phil zusammen. Im selben Moment schritten Big Teetee, Leslie und Barbara über die Gangway hinunter. Der alte Mann mit der Löwenmähne schien in sich zusammengefallen zu sein. Er blieb hilflos auf dem Kai stehen. Leslie stützte ihn. Barbara zögerte einen Moment. Dann trat auch sie an seine Seite.

Rita war nicht dabei.

»Er ist tot«, sagte ich zu Phil. Meine Stimme klang rauh.

Ich sah zum Wasser hinunter. Die Rotorblätter der tieffliegenden Helikopter peitschten die Oberfläche. Einige Dutzende Boote verschiedener Größen kreuzten im nordwestlichen Viertel des Sees. Bald würde die Dämmerung der Suche nach dem vermißten Moose Jefferson ein Ende setzen.

Ich zog meinen Freund zur Seite. »Hör mal, versuch herauszufinden, wo die Fernsehfritzen geblieben sind, die das Rennen gefilmt haben. Vielleicht gibt es in der Nähe ein Studio, wo sie ihre Filme bearbeiten und an ihre Sendestationen überspielen. Schau mal, ob jemand was drauf hat. Meiner Ansicht nach hat der Schütze in dem Moment geschlossen, als Kens Boot zum letztenmal um die Wendemarke herumfuhr und wieder in die Gerade ging. Da war die Geschwindigkeit am niedrigsten und die Chance, die Männer im Cockpit zu treffen, am größten. Vielleicht kann man auch erkennen, was Moose Jefferson zugestoßen ist.«

»Wo kann ich dich erreichen?«

»Im Beau Rivage. Hinterlaß eine Nachricht in der Telefonzentrale. Hau jetzt ab!«

Die Experten vom Erkennungsdienst hatten die Coral Bride in einen Bootsschuppen gezogen, wo sie eine erste Bestandsaufnahme vornahmen. Ich unterhielt mich mit dem Leiter der Gruppe.

Er zeigte mir ein kleines, wie gestanztes Loch in der Spritzschutzscheibe, ein tiefes Loch in einem Paneel über der Steuerkonsole und eine Leiste, die eine tiefe Schramme aufwies. »Diese Spuren können von Kugeln stammen, und zwar von drei verschiedenen«, sagte er. »Ich kann Ihnen sagen, aus welcher Richtung die Schüsse das Boot getroffen haben. Aber Ihnen hilft das wohl wenig, solange Sie nicht wissen, wo das Boot sich befand, als es unter Feuer genommen wurde.«

»Das werden wir erfahren«, behauptete ich zuversichtlich. »Können Sie eine Zeichnung machen, aus der man den Winkel zwischen dem Boot und der Schußrichtung ersehen kann?«

»Selbstverständlich. Wenn Sie einen Moment Zeit haben, kann ich die Skizze sofort anfertigen. Ich habe alles im Wagen.«

Während der Kollege die Zeichnung anfertigte, fragte ich: »Gibt es Blutspuren?«

»Die Spritzer haben alle sichtbaren Spuren abgewaschen. Sie wollen wissen, ob der zweite Mann ebenfalls getroffen wurde, nicht wahr? Nun, die chemische Analyse und die Auswertung der Mikrospuren werden einige Zeit in Anspruch nehmen. Vielleicht morgen vormittag. Mehr kann ich nicht versprechen.«

Ich stecke die Skizze ein, bedankte mich und ging. Ich wehrte die Reporter ab, die mich fotografierten und interviewen wollten. In der Halle des Beau Rivage herrschte Hochbetrieb. Ich schob mich durch die Menge und erkämpfte eine freie Telefonkabine. Ich rief das Sheriff's Office in St. Francisville an und ließ mich sofort mit Nap verbinden.

»Hier ist Jerry. Nap, haben Sie die Akte?«

»Ja, Jerry. Ich bringe sie in Ihr Motel. Aber sagen Sie Blaine nicht, wer sie Ihnen besorgt hat.«

»Keine Sorge. Danke.«

»Warten Sie, Jerry. Der Chief will Sie unbedingt sprechen. Ich stelle durch.«

Lyons begann sofort zu brüllen: »Ich habe eine Vorrangfahndung nach Pablo Garrick herausgegeben!«

Mir lief es kalt den Rücken herunter. »Was sagen Sie da? Ich denke, Pablo sitzt in seiner Zelle!«

»Von wegen! Dieser verdammte Winkeladvokat hat ihn freibekommen! Gestern noch! Weiß der Teufel, wo er das Geld für die Kaution aufgetrieben hat!«

Pablo galt aus ausgezeichneter Gewehrschütze. Er hatte Ken schon mal bedroht.

»Cotton, was ich Ihnen jetzt sage, gilt natürlich nur intern. Mir ist es egal, wie Sie den Burschen ranschaffen – tot oder lebendig! Nur bringen Sie ihn mir! Ich will endlich Ruhe im County haben! Verstehen Sie?«

Ich schluckte. »Chief . . .«

»Keine Sentimentalitäten! Der Kerl ist verrückt! Der

denkt, Ken läßt seine Schwester sitzen, oder er hätte es bereits getan, weiß der Teufel. Also, Sie wissen Bescheid!«

»Ich werde ihn finden, Chief. Überlassen Sie ihn mir.« Ich legte auf.

Kens und Ritas Suite lag in einem Anbau des Motels auf der Seeseite. Ich klopfte mehrmals an die Tür. Als ich keine Antwort erhielt, drehte ich den Knauf herum. Die Tür war nicht verschlossen.

Ich betrat einen großen, freundlich eingerichteten Wohnraum. Die dem See zugewandte Seite bestand aus einer einzigen Glasfläche. Die ganze Rennstrecke war von hier aus zu übersehen. Neben einem zierlichen Sofa stand ein Farbfernseher. Er war eingeschaltet. Es wurde irgendeine Sportshow übertragen. Der Ton war abgedreht.

Rita lag auf dem Bauch auf dem Sofa. Ihre Schultern bewegten sich leicht. Ich zog mir einen Sessel heran und schaltete den Fernsehapparat aus.

»Hallo«, sagte ich leise.

Sie zuckte zusammen und drehte sich um. Ihre Augen waren geschwollen. Das schwarze Haar sah verwühlt aus. Sie starrte mich an, als hätte sie mich noch nie gesehen.

»Sie waren nicht am See?« fragte ich sie.

Sie richtete sich auf, schüttelte den Kopf und strich das Haar zurück. Ihre Augen weiteten sich, als sie das Blut an meiner Hose und an den Jackettärmeln sah. Ich war noch nicht dazu gekommen, mich umzuziehen. Sie wußte, daß das Blut von Ken stammte. Sie mußte auf dem Bildschirm gesehen haben, wie ich die Coral Bride geentert hatte.

»Warum waren Sie nicht am See?« fragte ich sie.

»Ich ... Ken wollte erst mit seinem Vater sprechen ... Ken ist tot, nicht wahr?« Ihre Augen waren sehr groß.

»Ja, er ist tot. Hat man es Ihnen noch nicht gesagt?«

Sie schlug die Hände vor das Gesicht und krümmte sich zusammen wie unter einem fürchterlichen Schmerz. Tränen quollen zwischen den Fingern hervor und tropften auf den bunten Rock.

»Ich will Ihnen nicht weh tun, Miss Garrick«, sagte ich, »aber ich muß Pablo sprechen. Wenn Sie wissen, wo er ist, müssen Sie es mir sagen.«

Sie ließ die Hände fallen. »Pablo? Warum suchen Sie Pablo? Doch nicht, weil ... O nein! Nein!«

»Wir müssen ihn vernehmen. Er ist nicht zu Hause. Miss Garrick, es ist besser, ich finde ihn. Bald!«

»Ken ist erschossen worden, nicht wahr? Pablo hat es nicht getan. Doch nicht Pablo! Er hatte keinen Grund!«

»Miss Garrick, vorgestern hat er Ken noch mit einer tödlichen Waffe bedroht.«

»Vorgestern! Mr. Cotton, Ken und ich haben gestern nachmittag geheiratet!« Wimmernd sank sie in sich zusammen.

Deshalb war Ken gestern also scheinbar spurlos verschwunden! Mein Gott, dachte ich erschüttert.

»Weiß Pablo davon?«

»Er war doch unser Trauzeuge! Wir wollten schon seit langem heiraten. Nach dem ... Vorfall am Freitag wollte Ken nicht länger warten. Sein Vater wäre sowieso nicht einverstanden gewesen, jetzt nicht und in zwei Jahren nicht. Ken hat das Geld für die Kaution gestellt.« Sie gab mir ein Blatt Papier, dessen Schrift von Tränen verschmiert war. Es war die Trauungsurkunde.

»Aber wo steckt er jetzt?« herrschte ich das Mädchen an. Ich mußte sie aus ihrem Schockzustand reißen. »Warum versteckt er sich?«

»Er versteckt sich doch nicht! Er jagt! Sonntags führt er oft Gruppen von Jägern aus New Orleans in die Sümpfe ...«

Ich angelte nach dem Telefon und ließ mir von der Hotelvermittlung, das Sheriff's Office in St. Francisville geben. Der Chief, hieß es, sei beim Bezirksstaatsanwalt. Dort erreichte ich ihn dann auch.

»Blasen Sie die Jagd auf Pablo Garrick ab«, sagte ich. »Bevor ihn jemand umlegt. Er ...«

»Cotton!« unterbrach mich Lyons grob. »Ich werde den Teufel tun! Garrick ist mein Favorit! Ich will Ihnen was sagen – der junge Trevelyan hat der Mexikanerin den Laufpaß gegeben, und Pablo hat die Ehre seiner Schwester wiederhergestellt ...«

»Ken hat die Kaution für Pablo gestellt, damit Pablo an seiner Trauung teilnehmen konnte. An seiner Trauung mit Rita Garrick.«

»Cotton! Was sagen Sie da?«

»Ich habe die Urkunde in der Hand. Die Eheschließung fand gestern in Denham Springs statt. Rufen Sie Ben Rieja an! Pablos Anwalt wird Ihnen bestätigen, woher das Geld für die Kaution stammt.«

Ich rammte den Hörer auf die Gabel, ohne Lyons' Antwort abzuwarten. Der Chief hatte jetzt etwas zum Nachdenken. Es war ganz gut, daß auch der District Attorney Bescheid wußte. Er hätte es vielleicht ganz nützlich gefunden, in Pablo Garrick einen Täter mit einem einleuchtenden Motiv zu haben.

»Kümmert sich jemand um Sie?« fragte ich dann mitleidig.

»Ich komme allein zurecht«, antwortete sie schroff.

Unschlüssig sah ich sie an.

»Soll ich Sie irgendwohin bringen? Vielleicht zu Ihrer Schwägerin?«

»Nein!«

Ich zuckte mit den Achseln und stand auf. Es klopfte an der Tür. Ich öffnete.

Draußen stand Barbara. Wenn sie überrascht war, mich hier zu treffen, so ließ sie es sich nicht anmerken. Ich trat zur Seite, und sie ging an mir vorbei. Sie trug ein weißes Leinenkleid mit rundem Ausschnitt und schwingendem Rock, der ihre gebräunten Beine zur Geltung brachte. Ich schloß die Tür wieder und blieb abwartend dort stehen. Barbara ging auf Rita zu, umarmte sie und sah mich dabei an wie einen unerwünschten Eindringling.

»Sie haben da eine tolle Nummer gebracht, Deputy«, sagte sie. Ihr Tonfall war spöttisch.

Rita wandte den Kopf. »Laß ihn!« Sie versuchte ein Lächeln.

»Weiß sie es?« fragte ich Rita.

»Nein.«

Barbara Trevelyan zog die Nase kraus. »Ich weiß es wohl. Ihr habt gestern geheiratet. Um Glück zu wünschen, ist es wohl zu spät. Rita, ich kann gar nicht sagen, wie leid es mir tut.«

»Woher wissen Sie es?« fragte ich.

»Ken hat es Leslie gesagt, kurz vor dem Rennen. Leslie hat es mir gesagt. Nach dem Rennen. Nach . . .« Sie schluckte.

Leslie! Auch so eine Figur. Ich kannte ihn nicht gut genug, um beurteilen zu können, wessen er fähig war. Ich erinnerte mich nur an einen Satz, den er zu mir gesagt hatte. *Er – Ken – wird uns alle ins Verderben stürzen, wenn ihn niemand aufhält.*

Hatte Leslie seinen Bruder aufgehalten?

»Wo waren Sie während des Rennens?« fragte ich.

»Ist das ein Verhör? Sie haben hier keine Rechte, soviel ich weiß.«

Ich deutete auf das Telefon.

»Wenn Sie wollen, telefoniere ich. Dann kommt innerhalb von ein paar Minuten jemand, der hier über Rechte verfügt. Ich kann eine Menge Wirbel veranstalten, wenn Sie Wert darauf legen.«

»Entschuldigen Sie. Ich war auf der Tribüne. Bis . . . ich . . . wir erkannten, daß etwas geschehen war.«

»Wer war bei Ihnen?«

»Mein Vater, Leslie, eine Menge Freunde.«

Ich nickte. Die Kollegen von der Metropolitan Police würden die Alibis nachprüfen. Bestimmt gab es Fotos oder Fernsehaufzeichnungen, so daß man den Aufenthaltsort aller unbeteiligten Personen in den entscheidenden Augenblicken würde feststellen können.

»Wie geht es Henry?« fragte ich dann.

Barbaras weißes Gesicht glich einer Porzellanmaske. Ihre Lippen wurden steif, als sie sagte: »Ich weiß es nicht.«

»Wie ich hörte, waren Sie beide bis Freitagabend unzertrennlich.«

»Mag sein.« Barbara warf mit einer Kopfbewegung das lange braune Haar in den Nacken. Diese Bewegung wirkte ungemein stolz.

»Was ist am Freitag geschehen? Ich meine natürlich, außer, daß jemand Alphonse Galmier getötet hat. Oder wissen Sie mehr davon?«

»Vielleicht war ich unvorsichtig ...« Barbaras Stimme war nur ein Flüstern. Ich ging näher an sie heran.

»Wie meinen Sie das?«

»Ich glaube, ich habe eine Bemerkung zuviel gemacht. Ich hatte mich über Ken geärgert, und ich hatte mich über Henry geärgert. In der Reihenfolge, verstehen Sie? Ken konnte nicht verstehen, daß ich mich mit Henry abgab. Er hat Drohungen ausgestoßen. Nicht gegen Henry selbst. Mehr unbestimmt. Gegen alle. Er wollte die Galmiers zerstören. Er war dabei, irgend etwas festzustellen. Etwas, was den Galmiers unter die Haut gehen würde. Am Freitagabend hatte ich Streit mit Henry. Da habe ich mich gewehrt, und da habe ich eben über Ken gesprochen. Es war ein Fehler ...«

»Auch über Alphonse?«

»Vielleicht. Ich weiß es nicht mehr. Ken sagte immer, zuerst sei dieser ... dieser schmierige Lump an der Reihe.«

»Ken war also dabei, irgend etwas festzustellen. Er wurde deshalb ermordet, Miss Trevelyan. Was ist es, was er ausgraben wollte?«

»Finden Sie es selbst heraus! Ich weiß zu wenig davon. Ich weiß nur, daß es auch unserem Vater weh tun würde.«

»Es geht um den Tod Ihrer Mutter«, sagte ich.

»Ken hat ihren Tod nie verwunden«, sagte Barbara schroff. »Ich habe sie kaum gekannt. Jetzt ... sollte ich mir vielleicht Vorwürfe machen, weil ich mich mit Henry eingelassen habe und weil ich zu ihm gesprochen habe, wie eine Frau mit einem Mann spricht, dem sie vertraut. Ich habe ihm gesagt, daß Ken am Montag Bescheid wissen würde, wer meine Mutter auf dem Gewissen hätte. Ich habe nicht geahnt ...«

Sie drehte sich um und stellte sich ans Fenster. Auf dem See glitzerten Lichter. Die Lampen auf dem Pontchartrain Causeway funkelten wie Diamanten. Ich sah ihr Gesicht in der Scheibe. Ihre Unterlippe zuckte schwach. Dann begann sie heftig zu zittern.

»Ich ... ich habe auch Ken auf dem Gewissen. Ich hatte Henry warnen wollen, aber ich dachte nicht ...«

»Was dachten Sie nicht?« fragte ich sanft.

»Daß Henry ein Mörder ist.«

Phil holte mich am Hotel ab. Er hatte eine Vorführung der Fernsehfilme in einem Nebenstudio des lokalen Senders von New Orleans angesetzt. Lieutenant Dunstan wartete draußen mit seinem Wagen auf uns. Er kannte die Gegend um den Lake Pontchartrain gut genug, um bei der Auswertung der Bilder eine entscheidende Rolle spielen zu können.

»Gibt es schon eine Spur von Moose Jefferson?« fragte ich.

»Man hat seinen Helm gefunden, sonst nichts«, antwortete der Lieutenant. »Seinen Leichnam wird man vielleicht nie finden. Der See steht mit dem Flußdelta des Mississippi und der offenen See in Verbindung. Die Strömungen sind unberechenbar.«

Ich berichtete von meinem Besuch bei Rita Garrick, die jetzt Mrs. Trevelyan hieß und bereits Witwe war, und ich erzählte von meiner Begegnung mit Barbara Trevelyan.

Phil hatte die Alibis der Galmiers überprüft, soweit das in der Kürze der Zeit möglich war.

»Henry kommt durchaus in Frage«, sagte mein Freund. »Aber ich könnte dir nicht sagen, wo er im Moment ist. Es heißt, er sei mit einem seiner Luftschraubenboote im Sumpf.«

Was für Pablo Garrick Broterwerb war, betrieb Henry Galmier als Hobby – die Jagd auf Schlangen und Alligatoren.

Er konnte Alphonse getötet haben. Aber aus welchem Grund? Und wenn – wie konnten wir es ihm beweisen? Und hatte er auch Ken getötet?

Lieutenant Dunstan hielt am Fernehstudio. Wir stiegen aus. Die Boys von der Technik waren sehr hilfsbereit. Sie hatten die uns interessierenden Ausschnitte von allen Runden zusammengeschnitten, so daß wir keine unnötige Zeit im Vorführraum verbringen mußten. Und vielleicht waren durch dieses Verfahren auch Bewegungen und Veränderungen am Westufer des Sees zu erkennen.

Die Kameras hatten jedesmal die Führungsboote genau erfaßt, wenn sie um die Wendemarke kurvten. Doch weil die Zoom-Objektive wegen der großen Entfernung auf lange Brennweite eingestellt waren, zeichnete sich der Hintergrund nur unscharf ab und stellte eine Enttäuschung für mich dar. Der Hintergrund bestand aus Verladekais mit Krananlagen und hohen Silos. Nur ein offener Kanal, der zum benachbarten Lake Maurepas führte, unterbrach das Einerlei der Industrieanlagen.

Die Coral Bride war häufig im Bild, weil sie zuerst das Vorlaufrennen souverän gewonnen hatte und später im Endlauf von Anfang an in der Spitzengruppe lag.

Von den beiden Männern im Cockpit waren meistens nur die Köpfe zu sehen. Sie trugen orangefarbene Overalls. Ken war an seinem knallroten Helm zu erkennen. Moose Jefferson trug einen goldfarbenen.

Der Schwarze bewegte sich mit geradezu artistischer Geschicklichkeit im Cockpit. Indem er sein Gewicht der jeweiligen Lage anpaßte, trimmte er das Rennboot in den Kurven meisterhaft aus, so daß Ken bei jeder Wende wertvolle Sekunden gewinnen konnte.

Am Ufer waren hin und wieder Bewegungen zu erkennen. Genauso, wie ich auf einem Kai meinen Platz gefunden hatte, so hatten auch andere Zuschauer die Betriebsruhe am Sonntag genutzt, um einen ungestörten Platz zu ergattern, zu dem sie sogar ihre Fahrzeuge mitnehmen konnten.

Hin und wieder kreuzten Freizeitboote unter dem Ufer. Auch der Kanal, der in den benachbarten Lake Maurepas führte, wurde von Schiffen unterschiedlicher Größe benutzt. Solange sich niemand der abgesperrten Rennstrecke näherte, griffen die Wachboote nicht ein.

Die letzte Runde wurde angezeigt! Ich beugte mich vor und starrte gebannt auf das Farbbild. Sekundenlang verschwand die Coral Bride in sprühenden Wasserschleiern, die in der Sonne schimmerten und glitzerten.

Noch waren beide Köpfe zu sehen. Der Neger lag auf der Steuerbordseite. Er beugte sich weit hinaus. Dann zog er sich ins Boot zurück. Die Schleier fielen zusammen.

Jetzt, dachte ich, jetzt muß es geschehen!

Die Coral Bride hatte die Wendemarke passiert. Der Pilot gab wieder Vollgas. Die Spritzschutzscheibe verbarg die beiden Köpfe.

»Stopp!« sagte ich, und der Vorführer hielt das Videoband an. Ich hatte die Skizze vor mir liegen, auf der die Richtung der Kugeln im Verhältnis zum Boot eingezeichnet waren.

Hinter der Coral Bride, in der Richtung, aus der die Schüsse gekommen sein mußten, erkannte ich den Kanal, der in den Lake Maurepas führte. Zwischen dem Kanal und der Rennstrecke lagen reglos zwei verschwommene Flecke auf der spiegelnden Wasserfläche.

Zwei Boote. Eins ein hoher Kasten wie ein Hauboot, blauweiß gestrichen, das andere ganz weiß mit dunkleren Deckaufbauten. An Deck war nichts zu erkennen. Der Schütze konnte in einer Kabine liegen und durch ein geöffnetes Bullauge schießen.

»Weiter«, sagte ich.

Die Coral Bride jagte auf die Kamera zu.

»Da!« sagte Phil.

Wir sahen es alle. Ein Körper kippte seitlich über Bord und verschwand in einer Gischtwolke. Das aufgewühlte Kielwasser verschluckte ihn und löschte alle Spuren.

Wir sahen uns die Stelle immer wieder an. Einmal glaubte

ich, den Helm auf den Wellen tanzen zu sehen, aber ich konnte mich auch irren. Moose Jefferson hatte, wie auch Ken, keine Schwimmweste getragen. Das war bodenloser Leichtsinn. Aber die Männer in den raketenschnellen Rennbooten fühlten sich von den Westen nur behindert.

»Aus«, sagte Phil schließlich. »Oder ist jemand anderer Meinung?«

Ich war meiner Sache ziemlich sicher, als ich sagte: »Die Schüsse sind von einem der beiden Boote hinter der Coral Bride abgegeben worden. Was meinen Sie, Lieutenant?«

»Ich sehe auch keine andere Möglichkeit. Die Entfernung beträgt zwischen vier- und fünfhundert Yards. Das ist das äußerste, was selbst ein guter Schütze von einem Boot aus riskieren kann, selbst wenn das Boot ruhig liegt.« Dunstan stand auf. »Morgen lasse ich nach den Booten suchen. Mit allen Mitteln.«

Das war ein Wort. Wir bedankten uns bei den Fernsehjournalisten und den Technikern und verabschiedeten uns von Lieutenant Dunstan.

Bevor wir nach St. Francisville zurückfuhren, wo der Schlüssel zu den Morden zu suchen war, hielten wir noch einmal in Mandeville am Yachthafen. Im Laborwagen der Mordkommission betrachtete ich Moose Jeffersons goldfarbenen Helm. Er wies eine leichte Delle und eine Schramme im Lack auf, als ob eine Kugel ihn gestreift hätte.

Moose, dachte ich, du hast deine ersehnte Chance gehabt. Aber sie hat dich getötet.

Phil nahm ebenfalls einen Bungalow im PALM HOUSE MOTOR INN. Bevor ich ins Bett ging, rief ich noch einmal das Sheriff's Office an. Deputy Sanders versah den Nachtdienst. Von ihm erfuhr ich, daß es weder von Pablo Garrick noch von Henry Galmier eine Nachricht gab.

Ich war hundemüde. Trotzdem nahm ich die Akte, die bei Yvonne Trevelyans tödlichem Unfall angelegt worden war, mit ins Bett. Es waren Fotos von der Toten gemacht worden Ein Bild des Hengstes war dabei. Es gab Tatortfotos und Fotos der Reifenabdrücke, die in der Nähe des Fundorts der Leiche entdeckt worden waren. Yvonne Trevelyan war nach dem Urteil des Leichenbeschauers durch einen Unfall ums Leben gekommen. Für Fremdverschulden hatten sich keine Anzeichen finden lassen. Das gerichtsmedizinische Gutachten stammte aus Baton Rouge.

Interessanter waren da die eher vagen Aussagen eines Zeugen, der von weitem einen Wagen in der Umgebung der Unfallstelle gesehen haben wollte. Einen älteren Wagen mit langgestreckter Schnauze und offenem Verdeck.

Dieser Wagen, so berichtete der Zeuge, habe in den Wochen vor dem Unfall öfter vor einer Schutzhütte gestanden, die Jägern als Unterschlupf bei plötzlichen Unwettern diente. Der Zeuge, ein alter, offenbar eigenbrötlerischer Mensch, lebte in einer Kate am Fluß. Er hatte sich erst vier Tage nach dem Unfall zu einer Aussage bequemt. Die von ihm bezeichnete Hütte war zwei Tage nach Yvonne Trevelyans Tod abgebrannt.

Yvonne hatte sich offenbar mit einem Mann getroffen. Alphonse Galmier mußte vor zwölf Jahren ein Gentleman gewesen sein, ein charmanter Ritter der alten Schule. Schon vorstellbar, daß er einer Frau wie Yvonne, die damals 43 Jahre alt war, den Kopf verdreht hatte. Alphonse hatte viel Zeit, um seinem einzigen Hobby – der Jagd auf Frauen – nachzugehen. Von dieser Leidenschaft wußte ich aus verschiedenen Quellen.

Möglicherweise war Alphonse bei Yvonne gewesen, als sie starb. Oder sie war gerade von einem Rendezvous mit ihm gekommen. Vielleicht hatte er sie getötet, weil er ihrer überdrüssig war und sie vielleicht mehr wollte als eine flüchtige Liebschaft. Das würde man nie mehr herausfinden. Aber vielleicht, und bei dem Gedanken an diese Möglichkeit hielt ich den Atem an, hatte Big Teetee seine Frau in einem Anfall rasender Eifersucht getötet und ihren Tod als Reitunfall dargestellt. Wer weiß ... Es schien jedoch, als hätte Ken neue Spuren entdeckt. Spuren, die auf Alphonse Galmier deuteten. Ob dieser nun in juristischer Hinsicht eine Schuld an Yvonnes Tod trug oder nicht – das schien unerheblich.

Immer wieder war die Rede von einem Wagen gewesen.

Ken trainierte mit seinem Boot in einer langgestreckten Lagune inmitten der Sümpfe, im Schwemmland. Hatte er dort ein Geheimnis entdeckt? Mußte er sterben, damit er das Geheimnis nicht aufdecken konnte? Und hatte Alphonse sterben müssen, damit die Familie nicht in einen Skandal verwickelt wurde, den sie jetzt, wo offenbar fremde Kräfte am weitverzweigten Unternehmen zerrten, nicht gebrauchen konnte?

Alphonse war erpreßbar gewesen. Er hätte nach und nach seine gesamte Beteiligung verkauft. Nach seinem Tod bekamen nun seine Kinder die Verfügungsgewalt über den Rest der Anteile. Nun ja, sie würden sich vielleicht der Familiendisziplin unterordnen und ihre Anteile nicht in fremde Hände fallen lassen.

An einem Protokoll fiel mir ein handschriftlicher Vermerk auf, der mit Noel Blaines Initialen abgezeichnet war. Diesem Vermerk zufolge hatte Blaine die Einstellung der Suche nach dem geheimnisvollen Wagen verfügt. Lange bevor das Verfahren offiziell eingestellt wurde!

Noel Blaine wußte mehr! dachte ich. Er hatte genau gewußt, wem der Wagen gehörte. Und wer sich mit Yvonne Trevelyan traf, wenn sie ihre Ausritte unternahm.

Blaine hatte sein Wissen für sich behalten, bis er es nutzbringend verwenden konnte. Seine Zeit kam, als sich ein Vertreter der Mafia – Jack ›Jacques‹ Scoular – im County niederließ und nach Verbindungen suchte. Mit Blaines Wissen konnte Scoular Alphonse zwingen, seine Beteiligung an der Galmier Holding zu verkaufen.

Das waren meine Schlußfolgerungen.

Es war drei Uhr geworden. In New York war es bereits vier, aber immer noch zu früh, um Mr. High anzurufen.

Die Sonderkommission würde sich mit Blaines und Scoulars Machenschaften beschäftigen. Wir hatten es mit zwei verschiedenen Komplexen von Vergehen und Verbrechen zu tun, die lediglich in der Gestalt des ermordeten Alphonse Galmier miteinander verbunden waren.

Ich legte die Akte weg. Mein Job war es, Henry Galmier zu finden. Gleich nach Tagesanbruch mußten wir etwas unternehmen. Vielleicht Hubschrauber anfordern. Oder Luftkissenboote, die im Sumpfgelände operieren konnten. Außerdem brauchten wir Leute, die sich im Labyrinth der Lagunen, Sümpfe und Kanäle auskannten.

Ich konnte nicht schlafen. Also stand ich auf, um noch einen Schluck Wasser zu trinken. Als ich an der Tür vorbeikam, hörte ich ein Geräusch.

Phil? Ich blieb stehen und lauschte. Mein Revolver steckte im Holster. Das wiederum hing an einer Stuhllehne.

Etwas scharrte. Dann gab es einen dumpferen Laut. Ich schaltete das Licht aus und preßte mein Ohr gegen das Holz. Leise öffnete ich den Riegel. Dann riß ich die Tür auf.

Eine Gestalt fiel mir torkelnd in die Arme. Ich spürte kalte Haut, nassen Stoff und klebriges Blut. Ich zerrte die Gestalt über die Schwelle, legte sie auf mein Bett, spähte nach draußen und schloß die Tür, als ich nichts Verdächtiges sah.

Dann knipste ich das Licht wieder an.

Moose Jefferson war zu Tode erschöpft. Sein Overall hing in Fetzen an seinem Körper. Er hatte den linken Ärmel abgerissen und damit den Arm abgebunden. Eine Kugel hatte den Arm eine Handbreit über dem Ellbogengelenk durchschlagen. Sein Gesicht war eingefallen, die Haut grau. Er atmete schwer.

Irgendwo hatte ich noch eine Taschenflasche Whisky. Ich flößte ihm etwas von der Flüssigkeit ein. Er trank, hustete und trank wieder. Dabei ließ er mich nicht aus den Augen.

»Sie gehören in ein Hospital«, sagte ich.

Er schüttelte den Kopf. »Nein ... Warten Sie ...«

»Ich hole einen Arzt her«, sagte ich beruhigend. Moose hatte Angst, was ich verstehen konnte. »Machen Sie sich keine Sorgen! Niemand wird erfahren, daß Sie hier sind.«

Seine Augen waren blutunterlaufen. Er wollte sich vom Bett wälzen. Ich drückte ihn zurück. Dann holte ich meinen FBI-Ausweis aus seinem Versteck im Koffer. Ich zeigte ihm den Bundesadler.

»Moose, ich bin G-man! Was immer Sie zu fürchten haben, bei mir sind Sie sicher!«

Er entspannte sich ein wenig. Ich steckte meinen Smith & Wesson ein und lief zu Phils Bungalow hinüber. Ich hämmerte gegen seine Tür. Als er öffnete und mich schlaftrunken und wütend zugleich ansah, drängte ich ihn ins Zimmer.

»Moose Jefferson ist bei mir. Er muß es irgendwie geschafft haben, an Land zu kommen. Vermutlich hat er sich zu Fuß vom See bis hierher durchgeschlagen. Er ist verletzt. Du mußt einen Arzt holen. Am besten Doc Kruger. Sag ihm aber nicht, wer der Patient ist! Beeil dich! Wenn du zurückkommst, bring etwas Warmes zu essen und zu trinken mit.« An der Ausfallstraße gab es genug Drugstores, die rund um die Uhr geöffnet waren.

Ich ging zu Moose zurück, zog ihm die nassen Sachen aus und deckte ihn zu. Er ließ mich nicht aus den Augen.

»Warum haben Sie sich nicht gleich irgendwo gemeldet?« fragte ich. »Bei der Polizei? Oder einer Rettungsstation?«

»Der Schweinehund wollte mich auch umbringen!« Moose betastete stöhnend seinen verletzten Arm. »Ich kann doch keinem Menschen trauen!«

»Versuchen Sie es mit mir«, sagte ich.

»Ken ist ... war verrückt! In den letzten Wochen war nicht mit ihm zu reden! Seit er den Wagen im Sumpf entdeckt hat.«

Das war's also. Kendrick Trevelyan hatte einen Wagen gefunden.

»Im Sumpf?« fragte ich.

»Ja. Er steckt mitten drin. Und wenn wir nicht so 'nen trockenen Sommer und so 'nen niedrigen Wasserstand hätten, hätte niemand die Kiste je zu sehen bekommen. Ken hat sich die Antriebsschraube der Coral Bride an der Stoßstange abgerissen.«

Ich lauschte den abgehackten Sätzen des Schwarzen. Ken hatte den Wagen Anfang voriger Woche entdeckt. Auch Moose Jefferson kannte die Stelle, wo er im Sumpf steckte. Er wußte, daß Ken mit diesem Wagen etwas plante, was Gegenreaktionen der Galmiers hervorrufen mußte.

»Da hab' ich mit Mr. Blaine gesprochen«, sagte Moose leise.

Der Bock und der Gärtner ...

»Ich dachte, daß er der Sache nachgeht und Ken den Wind aus den Segeln nimmt, verstehen Sie?«

Moose war nicht daran gelegen, daß sich sein Partner Ken wegen einer idiotischen Geschichte aus der Vergangenheit selbst ruinierte und ihn, Moose, um seine Chance brachte.

»Blaine sagte, ich sollte alles ihm überlassen, zu keinem darüber sprechen, daß ich bei ihm gewesen war, und abwarten. Das habe ich getan. Aber Blaine hat nichts unternommen ...«

O doch, dachte ich. Blaine hatte wahrscheinlich eine ganze Menge getan. Er hatte ganz gewiß seine Freunde informiert, weil Ken, wenn er Wirbel machte, möglicherweise die Interessen Scoulars und seiner Hintermänner bedrohte.

»Wären Sie bereit, Ihre Unterredung mit Blaine notfalls vor Gericht zu bezeugen?«

»Ja, ja! Natürlich. Oh, verflucht, tut das weh!«

Draußen knirschten Reifen. Ich ließ Doc Kruger herein. Phil kam ein paar Minuten später mit Kaffee und getoasteten Sandwiches.

Der Arzt versorgte die Wunde und verpaßte dem Patienten Injektionen gegen Wundstarrkrampf, allgemeine Infektionen und zur Kräftigung. Phil hatte sich dem Doc gegenüber bereits als G-man ausgewiesen. Jetzt verdonnerte er den Arzt zum Stillschweigen über die Person seines Patienten, ehe er ihn gehen ließ.

Wir setzten die Behandlung fort, indem wir Moose mit Sandwiches und Kaffee fütterten. Er gewann ziemlich rasch seine Kräfte zurück.

»Haben Sie Blaine die Stelle beschrieben, wo der Wagen steckt?« fragte ich.

»Ja, natürlich. Wenigstens ungefähr. Aber die Stelle ist trotzdem nicht leicht zu finden, weil sie nur mit sehr flachen Booten oder Hovercrafts zu erreichen ist. Früher führte ein Damm an unserer Lagune vorbei tiefer ins Schwemmland. Der Damm ist längst versunken, weil es nicht mehr so viele Jäger gibt, die ihn wie früher unterhalten. Der Wagen steckt im nördlichsten Zipfel der Lagune im Sumpf.«

»Versuchen Sie jetzt etwas zu schlafen«, sagte ich zu Moose. Ich ließ Phil als Wache bei ihm zurück und fuhr ins Sheriff's Office.

Ich mußte so schnell wie möglich ein Luftkissenboot und einen ortskundigen Führer auftreiben und für später ein Spezialfahrzeug oder einen Armyhubschrauber bestellen, der den geheimnisvollen Wagen aus dem Sumpf zog.

Als ich meinen Wagen in den Hof lenkte, sah ich gleich, daß im Office etwas los war. Überall brannte Licht, und eine Menge Wagen standen rum.

Im Office umringten Chief Lyons, Nap und zwei andere Deputys Pablo Garrick. Pablo sah blaß aus, aber er trug einen ordentlichen Anzug, und er sah nicht so aus, als hätte man ihn auf der Flucht gestellt. Chief Lyons versuchte mit Gebrüll zu erreichen, was nicht zu erreichen war – ein Geständnis. Ich berührte ihn an der Schulter. Lyons drehte sich um und starrte mich böse an.

»Er war zu Hause! Verstehen Sie das, Cotton? Als ob nichts geschehen wäre!«

»Chief, er hat mit Ken Trevelyans Tod nichts zu tun«, sagte ich geduldig.

»Aber der District Attorney hält den Haftbefehl aufrecht. Er wird Anklage erheben.«

»Ganz recht«, sagte Noel Blaines glatte Stimme hinter mir.

Ich sah mich um.

Der District Attorney betrat den Wachraum. Er wirkte frisch und voller Spannkraft. Nur die geschwollenen Augen verrieten, daß er in den letzten Nächten wenig geschlafen hatte.

Er sah den Chief an. »Hat er gestanden?«

»Nein, Noel, aber . . .«

»Machen Sie sich keine Gedanken, Chief«, sagte Blaine beiläufig und versuchte, mich nicht zu beachten. »Schaffen Sie ihn in eine Zelle!«

Ich schob mich nach vorn. »Kann ich Sie einen Augenblick sprechen, Sir?«

Der Staatsanwalt sah mich befremdet an, dann nickte er hochmütig. »Sicher, Deputy.«

Ich deutete auf das Büro des Chiefs. Lyons kam einfach mit. Ich hinderte ihn nicht daran. Nap wollte Pablo Garrick abführen. Ich bedeutete ihm zu warten.

»Was gibt's, Deputy? Ich finde es ja schon beinahe rührend, wie Sie sich für die Wehrlosen einsetzen«, sagte Blaine lächelnd.

»Sir, wann haben Sie Moose Jefferson zuletzt gesehen?«

Blaine sah mich scharf an. Seine unruhigen Augen irrten dann ab. »Ich verstehe Ihre Frage nicht, Deputy.«

»Jefferson hat Sie in der vorigen Woche in Ihrem Büro aufgesucht.«

»Mag sein. Ich kann mich nicht erinnern.«

»Sie haben doch ein Protokoll von seiner Aussage angefertigt?«

»Er hat keine Aussage gemacht. Also konnte ich auch kein Protokoll anfertigen. Ich denke, das genügt, Deputy, nicht wahr?« Blaines Stimme klang glatt wie Seide. Seine Augen hatten jede Unruhe verloren und glänzten wie nasse Kohlestücke.

»An wen haben Sie die Information weitergegeben, daß Kendrick Trevelyan einen Wagen im Sumpf gefunden hat?«

Blaines Gesicht verfärbte sich. »Was erlauben Sie sich? Ich brauche auf solche unqualifizierten Anwürfe wohl nicht einzugehen. Sie entbehren jeder Grundlage.«

»Dann steht Moose Jeffersons Aussage gegen Ihre.«

Blaine rang sich ein Lachen ab. »Tote sind in diesem Land nicht als Zeugen vor Gericht zugelassen.«

»Jefferson lebt, Mr. Blaine! Er befindet sich in der Obhut meines Kollegen, des FBI-Agenten Phil Decker.« Ich zog meine ID Card und klappte sie auf. »Ich bin Special Agent Jerry Cotton, Mr. Blaine, Sie sind vorläufig festgenommen. Ich mache Sie darauf aufmerksam, daß Sie das Recht haben, die Aussage zu verweigern und . . .«

»Sparen Sie sich die Sprüche, G-man! Ich habe mit den Morden nichts zu tun!«

»Das wird sich herausstellen. Ich nehme Sie fest wegen Verdunklungsgefahr und weil die Gefahr besteht, daß Sie wichtiges Beweismaterial beiseite schaffen könnten. Ferner beschuldige ich Sie des Amtsmißbrauchs, weil Sie Informationen, die Ihnen in Ihrer Eigenschaft als Staatsanwalt bekannt geworden sind, unterdrückt, verfälscht oder an Unbefugte weitergegeben haben. Ich nenne es ebenfalls Amtsmißbrauch, wenn Sie einen Mann festnehmen lassen und ihn wider besseres Wissen einer Tat beschuldigen, die er nicht begangen hat. Eine Sonderkommission wird Ihre Rolle im Zusammenhang mit gewissen Aktiengeschäften zwischen den Galmiers einerseits und einem gewissen Jack Scoular andererseits untersuchen. Chief, lassen Sie Mr. Blaine abführen!«

Das fleischige Gesicht des Sheriffs hatte sich gerötet. Eben noch hatte er mich angesehen, als ob er mich für verrückt hielte. Jetzt starrte er Blaine an. Blaine atmete schwer. Er schien genau zu wissen, daß sein Spiel aus war. Schließlich wußte er am besten, was man ihm beweisen konnte. Er ließ sich auf einen Stuhl fallen und bat um eine Zigarette.

Ich steckte ihm das Stäbchen an. »Haben Sie Henry Galmier auf Ken gehetzt? Und auf Alphonse?« fragte ich.

»Unsinn! Warum sollte ich? Die Transaktionen zwischen Alphonse Galmier und Scoulars Leuten waren doch ganz legal«, behauptete Blaine. »Ich hatte da übrigens nur eine beratende Funktion.«

»Aber Sie haben Scoular hinterbracht, daß Ken irgendwelchen Wirbel veranstalten würde.«

»Sicher habe ich das getan! Ken drohte mit seiner fixen Idee von diesem idiotischen Wagen alles zu gefährden! Ich habe Scoular gesagt, was ich wußte. Dafür muß ich geradestehen.« Er rauchte zu hastig und mußte husten. »Alles andere hat Scoular veranlaßt.«

»Was haben Sie Scoular erzählt?«

»Na, daß Yvonne Trevelyan, die große Lady des Südens, ein Verhältnis mit Alphonse gehabt hatte ...«

»So etwas ist doch kein Grund, um die Killer loszulassen!«

»Das habe ich auch gedacht. Mr. Cotton, oh, verflucht, ich weiß nicht, weshalb ich's gesagt habe – Alphonse und Yvonne hatten schon vor über fünfundzwanzig Jahren etwas miteinander! Barbara Trevelyan ist Alphonses Tochter! Verstehen Sie jetzt? Das durfte Ken auf keinen Fall erfahren. Er wäre vollkommen durchgedreht ...«

Aber Barbara hatte es erfahren. An jenem Freitagabend, als Alphonse ermordet wurde. Henry mußte es ihr gesagt haben.

»Scoular hat Alphonse unter Druck gesetzt, weil der sich nicht von seiner ganzen Galmier-Beteiligung trennen wollte. Seine Familie – das heißt, vor allem Aristide – hat ihm zugesetzt. Da hat Alphonse sich Aristide anvertraut. Ein Verhältnis zwischen einem Galmier und einer Trevelyan ist eine Sache. Eine Tochter aus einer solchen Verbindung eine andere. Ich nehme an, daß Aristide nach dieser Eröffnung gehandelt hat. Er oder die ganze Familie! Sie haben

Alphonse abserviert, weil er die Familie auf eine unerhörte Weise zu kompromittieren drohte und weil er seine Anteile an Leute verscherbelte, die Aristide nicht paßten.«

»Aber der Mord an Ken war doch überflüssig!«

Blaine hob die Schultern. »Er hat seine Mutter abgöttisch geliebt. Der Wagen im Sumpf hat in seinem Hirn etwas ausgelöst, das ihn beherrschte. Der Wagen war so etwas wie ein Fingerzeig aus einem Grab. Alphonse, dieser Narr, hätte die Kiste damals verkaufen sollen, wie ich es ihm geraten habe. Yvonnes Tod war ein Unfall, mehr nicht, das steht fest, ein tragisches Ereignis. Es war nur dumm, daß Alphonse seine Finger nicht von ihr lassen konnte.«

Blaine hatte die Geschichte der verfeindeten Familien verfolgt. Ich konnte davon ausgehen, daß er weitgehend die Wahrheit sagte. Was er sagte, erklärte Kens Verbissenheit bei der Suche nach dem Mann, der seine Mutter entehrt hatte. Wahrscheinlich hatte er als kleines Kind unbewußt mehr mitbekommen, und der Haß auf den fremden Mann hatte sich tief in seinem Unterbewußtsein vergraben. Wir würden es nie mehr erfahren, weil die Beteiligten tot waren.

Jetzt galt es, Henry Galmier zu fassen und ihm und – vielleicht – seinem Vater die Täterschaft an zwei Morden nachzuweisen.

»Pablo, Sie können gehen«, sagte ich, als ich in den Wachraum zurückkehrte.

»Was ist mit dem Haftbefehl?« erkundigte sich Chief Lyons verwirrt.

»Der ist ungültig. Ein Bundesanwalt wird die Geschäfte des Bezirksstaatsanwalts übernehmen, bis ein neuer gewählt wird.«

Pablo suchte den Inhalt seiner Taschen zusammen, den man ihm bei seiner Einlieferung abgenommen hatte.

»Pablo!« sagte ich plötzlich. »Sie haben doch ein Luftschraubenboot oder ein Hovercraft?«

»Sicher. Warum fragen Sie?«

»Sie können es dem FBI für Ihren üblichen Satz verchartern. Wie lange dauert es, das Boot zu der Trainingslagune zu schaffen?«

Pablo hob die Schultern und runzelte die Stirn. »Ich habe es noch auf dem Lastwagen. Eine Stunde ... sagen wir, eineinhalb.«

»Okay, Pablo, wir werden Sie dort erwarten.«

»Ziehen Sie sich Khakizeug und vor allem Stiefel an. Ich bringe meine Waffen mit. Aber es könnte nicht schaden, wenn Sie noch ein Gewehr haben.« Pablo deutete auf den Waffenschrank des Office. »Es gibt dort Krokodile und Schlangen.«

»Okay, Pablo, bis gleich.«

Pablo Garricks Luftkissenboot bestand aus einer länglichen Stahlplattform mit hohen Bordwänden aus Riffelblech und plumpen Aufbauten, in denen die Triebwerke untergebracht waren. Eine horizontal ausgerichtete Luftschraube sorgte für die Vorwärtsfahrt. Ein senkrecht stehender Ventilator blies durch ein Loch in der Plattform Luft unter das Boot, wo es ein Polster aus komprimierter Luft bildete, das von dicken Gummiwülsten zusammengehalten wurde.

Weich glitt das Hovercraft über flache Schlammbänke, morastige Hügel und tote Baumstämme, die im Wasser schwammen. Die Triebwerke dröhnten überlaut. Noch lagen tiefe Schatten unter den Stelzwurzeln der Mangrovenbäume, und das grünliche Zwielicht zauberte bizarre Muster auf das dunkle Wasser, wenn es zwischen Seerosen, Wasserlinsen, Seegras und Tang sichtbar wurde.

Das Dickicht am Nordende des langgestreckten Lagunensees wirkte undurchdringlich. Geschickt steuerte Pablo das Boot zwischen und unter den Hindernissen durch. An ein langsames, unauffälliges Heranpirschen war mit diesem Fahrzeug jedoch nicht zu denken.

Vor unserer Abfahrt hatte ich mich noch einmal vergewissert, daß Henry Galmier in der Nacht nicht nach Hause gekommen war. Jetzt nach Tagesanbruch würde er den Wagen suchen, um die letzten Spuren zu beseitigen und damit den letzten und vermeintlich einzigen Hinweis auf die Mordmotive auslöschen.

Wir waren zu viert an Bord. Pablo, Moose Jefferson, Phil und ich. Moose hatte es sich nicht nehmen lassen, mitzukommen. Er wollte uns die Stelle zeigen, wo der Wagen im Morast steckte.

Es war feuchtwarm. Schon jetzt klebte mir jeder Faden am Leib. Eine Luftwurzel schlug über das Boot und peitschte dann über mich hinweg. Pablo deutete auf einen länglichen Gegenstand, den ich für einen verwitterten Baumstamm hielt. Ich schauderte, als ich die Augen auf dem Stirnhöcker sah. Das Tier war bestimmt acht Fuß lang. Ein ausgewachsener Alligator oder ein ausgewachsenes Krokodil. Für den kleinen Unterschied interessierte ich mich nicht.

Pablo und Moose saßen vorn. Vor den Aufbauten, hinter den hochgezogenen Stahlplatten, die wie eine Brustwehr wirkten. Phil und ich hockten in der Back, wo uns die Turbine für die Vorwärtsfahrt genau in die Ohren heulte. Wir waren praktisch taub.

Bis das schrille Pfeifen ganz plötzlich erstarb und das Boot auf seinem zusammengefallenen Luftpolster absackte. Ich hörte Warnschreie von vorn. Dann pfiffen uns auch schon die Gewehrkugeln um die Ohren. Sie klatschten gegen die Aufbauten, jaulten als Querschläger davon und sirrten gefährlich nah vorbei.

Ich peilte nach vorn. Vor unserem Boot lag so etwas wie eine Lichtung inmitten der Pflanzen und Bäume mit ihren Stelz- und Luftwurzeln. Links erhob sich ein Hügel aus schwarzer Erde. Der alte Damm, schoß es mir durch den Kopf.

Dann sah ich das andere Luftkissenboot. Es war viel größer als das Pablos. Es hatte geschlossene Kabinen, und es war rot wie ein Feuerwehrauto. Wie ein auf Beute lauernder Saurier lag es am anderen Ende. Die Triebwerke heulten leise. Doch die Gummiwülste beulten sich schlapp unter dem Rumpf. Hinter einem aufgestellten Bullauge blitzte Mündungsfeuer. Ich zog den Kopf ein.

»Alles in Ordnung?« schrie ich.

»Okay!« gaben Pablo und Moose gelassen zurück.

»He, Moose, Pablo! Kann der andere nach hinten weg?«

»Nein!« antwortete Moose, der den See genau kannte. »Er muß an uns vorbei!«

Das hatte ich gehofft. Wir versperrten die einzige Passage. Ich wartete eine Feuerpause ab. Dann drückte ich Phils Schulter, deutete nach vorn und sprang auf. So schnell wie möglich turnte ich über den schmalen Steg an den Aufbauten vorbei. Eine Kugel riß neben meinem Kopf eine Furche ins Blech. Ich ließ mich hinter das Schanzkleid zwischen Pablo und Moose fallen.

»Es ist Henrys Hovercraft«, sagte Pablo.

Moose deutete in die Richtung, in der der Damm lag, den ich gesehen hatte. »Der Wagen steckt da vorn«, sagte er.

Ich nickte und nahm das schwere Weatherby-Gewehr auf, das ich aus dem Office mitgenommen hatte. Ich lud es durch. Das jähe Aufheulen der Triebwerke von Henrys Boot ließ mich den Kopf heben. Ich peilte aus meiner Deckung hervor. Das rote Hovercraft hob sich. Die Gummiwülste, die das Luftpolster zusammenhielten, blähten sich auf. Schlamm spritzte mit der entweichenden Luft unter dem Wulst hervor.

Auch Pablo startete wieder. Er brachte die Antriebsturbine auf Touren. Das andere Boot hatte bereits Fahrt aufgenommen. Inmitten eines Schlammregens raste es auf uns zu.

Die rammen uns, schoß es mir durch den Kopf. Ich kniete mich hinter der Deckung hin, riß das Gewehr an meine Schulter und zielte auf den dicken Gummiwulst. Rasch hintereinander jagte ich drei der schweren Geschosse aus dem Gewehr.

Das Gummi zerplatzte wie ein alter Lastwagenreifen, und das Fahrzeug sackte herab. Es war bereits sehr schnell, und die Antriebsschraube arbeitete noch mit voller Leistung.

Der Bug des Schiffskörpers schnitt unter das schwarzmodrige Wasser. Eine Welle schwappte bis zu den Kabinenfenstern hinauf. Einen Moment schien es, als überschlage sich das Boot. Doch das Heck senkte sich wieder. Der Schub der pfeifenden Turbine ließ das Fahrzeug auf den Damm zudriften.

Ich hielt immer noch das Gewehr fest, preßte den Schaft gegen die Schulter. Pablo nahm wieder Gas weg. Phil turnte zu uns nach vorn.

»Hinten ist nichts los«, sagte er.

Niemand hörte auf ihn. Denn Henrys Hovercraft schlitterte jetzt ein Stück den Damm hinauf. Eine Ecke wühlte sich ins weiche Erdreich. Irgend etwas brach. Metall klirrte. Dann erstarb das Heulen der Maschinen. Das Schiff hing schräg auf der Böschung. Ein Teil des Hecks steckte unter der Wasserlinie. Ich sah, wie das Boot weiter abrutschte.

Eine Klappe wurde aufgestoßen! Ich sah einen Kopf. Dann sprang jemand an Deck.

Henry Galmier!

Er breitete die Arme aus zum Zeichen, daß er nicht bewaffnet war, dann drehte er sich um und zog jemand aus der Kabine an Deck. Ich erkannte Daphne, seine Schwester.

Henry schrie etwas zu uns herüber, das jedoch im Maschinenlärm unterging. Dann deutete er auf zwei Dinger, die wie tote Äste aussahen, sich aber plötzlich in Bewegung setzten und auf das gestrandete Hovercraft zuhielten. Das Boot rutschte jetzt immer schneller hinab. Henry machte Miene zu springen. Er zog Daphne mit sich.

»Nicht!« schrie ich. Ich zielte auf das vordere Krokodil.

»Er springt! Dieser Narr!« brüllte Phil.

Ich zog ab. Der Rückstoß riß mich halb herum.

Das getroffene Krokodil schnellte aus dem Wasser. Für einen Moment sah ich den weißgelb schimmernden Bauch des Reptils. Dann klatschte es aufs Wasser zurück. Sein Schwanz peitschte wild um sich. Das hinderte seinen Artgenossen nicht daran, sich auf ihn zu stürzen.

Henry sprang, und er riß Daphne einfach mit. Noch im Sprung schleuderte er sie weit nach vorn, wo das Wasser tiefer war als in der Nähe der Böschung.

Daphne warf sich sofort nach vorn. Sie lag flach auf dem morastigen Wasser, während Henry bis zur Brust einsank und sofort im Schlamm steckenblieb. Er machte verzweifelte Schwimmbewegungen, kam aber nicht voran. Und sein Hovercraft rutschte weite von der Böschung und drohte ihn unter sich zu begraben. Pablo versuchte, sein Schiff näher an das andere heranzubringen. Aber der starke Luftdruck wühlte Schlamm auf, der unter dem Gummiwulst hervorspritzte und die beiden um ihr Leben kämpfenden Menschen mit schwarzem Schlick überschüttete.

So hatte das keinen Zweck. »Stopp!« schrie ich. Ich hielt bereits einen Rettungsring in der Hand, der an einem langen Seil befestigt war. Jetzt schleuderte ich den Ring hinaus, damit Daphne ihn ergreifen konnte.

Ich hatte gut gezielt. Sie klammerte sich an dem Ring fest. Phil zog sie langsam heran.

Henry schrie jetzt fast ununterbrochen. Die kämpfenden Krokodile lockten weitere Artgenossen an. Überall erwachten eben noch ›tote‹ Baumstämme zum Leben. Ich warf das Gewehr weg, legte den Revolvergurt ab und nahm den Rettungsring, den Phil eben wieder an Deck schleuderte. Moose packte mit an. Zu zweit hoben sie das Mädchen herauf.

»Um Gottes willen!« heulte Henry. »Das Dynamit!«

Daphnes Zähne klapperten aufeinander. Schlamm tropfte von ihrem zitternden Körper.

»Weg hier! Weg! Gleich geht das Dynamit hoch!«

Ich ließ mich langsam ins Wasser gleiten. Sofort spürte ich den schwammigweichen, saugenden Schlick an den Füßen. Ich verlagerte einen Teil meines Gewichts auf den Ring, und so schob ich mich auf Henry zu.

Daphne kreischte. Pablo, Moose und Phil hielten stoisch aus. Dabei schien alles zu spät zu sein. Henry stand jetzt bis zum Hals im Morast. Sein rotes Hovercraft drückte gegen seinen Rücken und schob ihn langsam, aber mit unausweichlicher Gewalt tiefer in den Sumpf.

»Beeilen Sie sich um Gottes willen!« heulte er. »Das Dynamit!«

»Wo ist Dynamit?«

»Ich habe vier Sätze zum Wagen abgesenkt! Der Zeitzünder geht jeden Moment los! Beeilen Sie sich!«

Ich streckte eine Hand aus. Bei der ersten Berührung verloren unsere mit glitschigem Schlamm bedeckten Hände den Kontakt sogleich wieder. Als hinter mir ein Schuß krachte, zuckte ich zusammen, drehte mich aber nicht um. Phil hielt uns nur die Krokodile vom Leib.

Ich sah ganz plötzlich, fast zum Greifen nah, eine verrostete Stoßstange und die Wölbung eines hinteren Kotflügels aus dem Wasser ragen. Mit jäher Deutlichkeit wurde mir bewußt, daß dort die Zeitbombe lag und ich keine Chance hatte, sie zu entschärfen.

Henry hatte den Wagen in seine Einzelteile zerlegen wollen. Eine überflüssige Tat, töricht und nutzlos zugleich. Ihm ging es darum, einen dunklen Punkt in der Familiengeschichte auszulöschen. Ein für allemal.

Jetzt bekam ich Henrys Hand zu packen und zog mich zu ihm heran, bis auch er sich am Rettungsring festklammern konnte. Er riß den Mund zu einem verzweifelten Schrei auf. Brackiges Wasser schwappte über seine Lippen. Tief unten im Morast stiegen Gasblasen auf.

Ich brachte ein Bein in die Höhe und hielt mich am Rettungsring fest. Während Phil und Pablo am Seil zogen, stemmte ich mich gegen den Rumpf des versinkenden Hovercraft. Zunächst sah ich keinerlei Erfolg unserer Bemühungen. Henry atmete keuchend. Doch dann kam langsam sein Hals aus dem Wasser. Die Schultern wurden etwas später sichtbar.

Danach ging es schneller. Phil und Pablo zogen wie die Wilden. Moose konnte wegen seines verletzten Arms nicht mitmachen. Er schrie plötzlich und deutete auf einen flachen Kopf, der lautlos auf mich zuschwamm. Die Augen darin waren gelb mit senkrechten Pupillen. Moose hielt meinen Revolver in der Faust, aber er traute sich nicht zu schießen.

Wir kamen jetzt schneller voran, aber das Krokodil schnitt uns den Weg ab. Es riß das Maul auf. Ich stieß Henry zur Seite und rammte dem Vieh den Ring in den Rachen. Die mächtigen Kiefer mit den unglaublich spitzen, dolchartigen Zähnen klappten zusammen und zermalmten den Ring.

Phil und Pablo beugten sich über die Bordwand. Während das Reptil sich noch schüttelte und mit dem kräftigen Schwanz um sich schlug, zogen die beiden uns an Bord.

»Weg jetzt!« brüllte ich. »Bloß weg!«

Pablo jagte die Turbinen hoch. Das Hovercraft schwenkte herum. Es beschrieb einen Kreis, der es sehr nah an dem gestrandeten, absackenden Boot vorbeiführte. Noch einmal sah ich die Stoßstange des Wagens. Dann wurde sie von einer Schlammwelle überspült.

Quälend langsam beschleunigte Pablos Sumpfboot. Es hielt auf den einzigen Durchlaß zu, der in die langgestreckte Lagune führte und Sicherheit versprach.

Henry warf sich auf den Boden und schlug die Hände über dem Kopf zusammen. Wir anderen taten es ihm vorsichtshalber nach.

Das Hovercraft brach unter Luftwurzeln durch, zerriß Schlingpflanzen und pflügte eine Schneise in das verschlammte Nordende der Lagune.

Wir kamen frei und erreichten das offene Wasser.

Und dann, als ich es schon nicht mehr erwartete, löste sich die Welt auf.

Die Druckwelle der Explosion erreichte uns. Bevor wir irgend etwas hörten, rüttelte eine unheimliche Kraft an dem Schiff und schob es wie ein Papierschiffchen vor sich her.

Sekundenbruchteile später erbebten Erde und Wasser. Ein

dumpfes Grollen erfüllte die Luft und wuchs zu einem Donnern an. Fontänen aus Schlamm schossen in die Luft. Die Wasseroberfläche wölbte sich wie bei einem Vulkanausbruch am Meeresboden auf.

Pablos Luftkissenboot schlingerte durch das Inferno aus krachenden Detonationen, herabklatschenden Schlammbrocken und Metallteilen über den Lagunensee, bis alles vorbei war.

Noch am selben Tag trafen ein Bundesanwalt und Mitglieder der Sonderkommission in St. Francisville ein.

Scoular und mehrere seiner Komplizen, die sich bereits im County eingenistet hatten, wurden verhaftet. Gegen Noel Blaine wurde Haftbefehl erlassen, und er wurde formell seines Amtes enthoben.

Blaines Rolle in diesem Familiendrama war größer, als er sie darstellen wollte. Er hatte sich der Hilfe von Scoulars Hintermännern versichern wollen, weil er die Absicht hatte, sich um einen Sitz im Senat zu bewerben. Die Familien Galmier und Trevelyan hatten ihm schon vor Jahren ihre Unterstützung verweigert, weil sie ihn – unabhängig voneinander – nicht für fähig genug hielten, ihren Staat in Washington zu vertreten.

Phil fuhr nach New Orleans, um nach Tallahassee zurückzufliegen. Es war Mittag.

Ich telefonierte mit meinem Chef im fernen New York. Das Gespräch dauerte lange Zeit.

»Also haben Aristide, Henry und Daphne Galmier die Morde gemeinsam beschlossen.« Mit diesen Worten faßte der Chef den Inhalt meines Berichtes zusammen.

»Ja, Chef, so sehe ich es. Allerdings werden wir Aristide kaum etwas nachweisen können, denn Henry und Daphne nehmen alle Schuld auf sich. Henry hat Alphonse allein getötet. Für Ken brauchte er jemand, der sein Motorboot steuerte, wenn er den jungen Trevelyan auf dem See erwischen wollte. Henry und Daphne werden die Zeche bezahlen müssen.«

Ich sollte mich irren. Als der Bundesanwalt, mit einem Haftbefehl und in Begleitung zweier Bundesbeamter aus Baton Rouge, im palastartigen Herrensitz der Galmiers erschien, fanden sie nur noch einen Toten vor.

Aristide Galmier hatte sich selbst gerichtet.

Die Ermittlungsarbeiten hielten mich noch einige Tage im County, und so ergab es sich, daß ich an Kendrick Trevelyans Beisetzung teilnahm.

Big Teetee schien ein gebrochener Mann, aber in seinen Augen brannte ein lebendiges Feuer. Leslie stand hinter ihm. Zu seiner Linken stand Rita, rechts Barbara. Als sie später zu ihren Wagen zurückgingen, legte Teetee seine Arme um die Schultern der beiden Frauen und zog sie fest an sich.

In der Menge der Trauergäste entdeckte ich Blanche Galmier. Sie war ganz allein, ohne Angehörige, ohne Leibwächter. Als sich die Menge verlief, blieb sie noch einen Augenblick am Grab, die Hände zu einem stummen Gebet gefaltet.

ENDE DES
ERSTEN BUCHES

Clan der Mörder

Als Harry Clarence das neue Spielcasino von Asbury im Staate New Jersey verließ, war er mächtig betrunken und mächtig gut gelaunt. Mit der rechten Hand knetete er unablässig die nackte, runde Schulter seiner Freundin Violet, während er mit der linken dem farbigen Casino-Portier eine Zwanzig-Dollar-Note zusteckte.

»Mann, wenn ich morgen wieder gewinne, mußt du dir Sorgen um deinen Wochenlohn machen!« schrie Clarence.

Der Portier riß die Mütze vom Kopf.

»Sie sind ein Glückspilz, Mr. Clarence, Sir! Vielen Dank für den Zwanziger. Dort steht Ihr Wagen! Ich habe ihn sofort vom Parkplatz geholt, als eine Lücke frei wurde.«

»Bis morgen, mein Freund!« Clarence stieß dem Portier die Faust leicht vor die goldbetreßte Brust. Auf die blonde, füllige Violet gestützt, schwankte er auf seinen Cadillac zu. Er sang laut und versuchte, die Hand von der Schulter in Violets Blusenausschnitt unterzubringen. Violet kreischte, schlug ihn auf die Finger und versprach. »Später, Harry-Darling, später!«

Eine Gruppe Passanten, junge Puertoricaner, blieben stehen, grinsten und rissen Witze über das Paar.

Clarence steuerte die Fahrertür an. Erst als er sie öffnete, erkannte Violet, daß die Fahrt nach New York mit dem betrunkenen Clarence am Steuer ungemütlich werden könnte. Sie stemmte sich gegen seine Einsteigversuche.

»Laß mich fahren, Harry! Du hast zuviel getrunken! Los, Harry, steig auf der anderen Seite ein!«

»Ich bin nicht betrunken!« trompete Clarence. »Denkst du, ein Mann, der fähig ist, achttausend Dollar zu gewinnen, könnte sein Auto nicht mehr fahren!? Ich werde es dir zeigen!«

Violet gab nicht nach. Zwischen ihr und Clarence entspann sich ein Ringkampf um den Fahrerplatz. Harry machte eine Show daraus, versuchte, sie zu küssen und die Knöpfe ihrer Bluse zu öffnen. Die Puertoricaner hatten ihren Spaß beim Zuschauen.

Erst nach fünf Minuten ließ sich Clarence schnaufend und lachend gegen die Karosserie fallen. »Okay, Schätzchen, ich laß dich ans Steuer, aber du wirst dich wundern, was ich unterwegs mit den Händen machen werde, während du das Steuer hältst. Ich werde nicht zu bremsen sein.«

Immer noch lachend, ging er schwankend und unsicher an der Motorhaube des Cadillac entlang vor den Wagen und auf der anderen Seite zurück.

Violet stieg ein. Sie drehte den Schlüssel, den der Portier im Zündschloß gelassen hatte. Nahezu lautlos sprang der Motor an.

Harry Clarence erreichte den Wagenschlag auf der Beifahrerseite. Er faßte den Griff, riß die Tür auf und schrie lachend: »Schätzchen, ich komme . . .!«

Der Mann, der einen grauen, karierten Anzug und einen weichen, schwarzen Hut trug, war zum Fahrerplatz des Cadillac unterwegs gewesen, als es noch ausgesehen hatte, als würde Clarence den Wagen fahren.

Jetzt änderte er die Richtung, ging ohne Hast um das Heck des Cadillac herum, trat hinter Clarence in dem Augenblick, in dem dieser sich zum Einsteigen bückte, und erschoß ihn aus nächster Nähe mit einem kurzläufigen Revolver.

Dann ging der Mann an den erstarrenden Puertoricanern vorbei, schnell zwar, aber immer noch ohne erkennbare Hast.

Neben mir schrie Tessie auf, als der kurze, harte Schlag des Revolverschusses durch den abendlichen Straßenlärm drang. Sie streckte den Arm aus und schrie: »Dort, Jerry, dort auf der anderen Seite!« Ich war auf der Suche nach einem Parkplatz gewesen und hatte nach einer Lücke in der Kette der abgestellten Fahrzeuge gespäht. Was am Cadillac geschah, war durch Zufall in mein Blickfeld geraten.

»Raus!« schrie ich Tessie an, aber sie saß wie versteinert auf ihrem Platz. Ich sah, wie der Mann im karierten Anzug den Fußgängersteig verließ, an einen feuerroten Firebird herantrat und die Fahrertür aufriß. Ein Firebird macht mühelos hundertfünfzig Stundenmeilen, und ich saß in einem abgeschlafften, jahrzehntealten Käfer, der es mit klappernden Ventilen und ausgeschlagenen Kolben kaum auf die Hälfte brachte. Wenn dem Mörder der Start gelang, würde er mich so mühelos abhängen, als säße ich auf einem Pferd. Ich hieb den zweiten Gang ins Getriebe und trat den Gashebel durch. »Runter!« brüllte ich Tessie an.

Sie duckte sich.

Der Motor des Käfers klirrte wie eine gefüllte Geschirrspülmaschine während eines Erdbebens.

Ich ließ den Wagen auf den Firebird zuschießen, obwohl es für einen unbeteiligten Zuschauer ausgesehen haben mag, als wackele mein Wagen im Tempo einer aufgescheuchten Ente die Straße hinunter.

Ich sah, wie der Mann einstieg und die Tür ins Schloß zog. Und ich glaubte, das Aufheulen des Firebird-Motors zu hören, was in Wirklichkeit beim Krach, den der Käfer machte, unmöglich war. Aber ich kam rechtzeitig, bevor der Mörder sein Auto aus der Lücke steuern konnte. Ich riß den Käfer herum, ließ ihn einen Halbkreis über die ganze Fahrbahnbreite beschreiben, trat hart auf die Bremse und schlitterte dem Firebird vor den Bug. Es krachte und klirrte, als der Firebird seine Schnauze in das rostgeschwächte Blech des Käfers rammte. Die Frontscheibe zerkrümelte.

Ich stieß die Tür auf, schnellte aus meinem Wagen, sprang auf die Motorhaube des Firebird, ließ mich runtergleiten, packte den Griff der Fahrertür und zerrte daran. Die Tür schwang auf. Der Mann saß hinter dem Steuer, den schwarzen Hut auf dem Kopf, den Mund halb offen. Er hatte noch nicht ganz erfaßt, was ihm in die Quere gekommen war.

»FBI!« brüllte ich.

Unsere Blicke trafen sich. Zum erstenmal blickte ich in die eisgrauen Augen eines Mitglieds des Mason-Clans. Noch heute glaube ich, daß schon in dieser Sekunde eine Ahnung des Höllentanzes, den diese Begegnung zur Folge haben sollte, in mir aufkeimte.

»FBI!« brüllte ich noch einmal. »Hände hoch! Keine Bewegung!«

Die eisigen Augen richteten sich auf meine Hände, die so leer waren wie die Stadtkasse von New York. Dann griff der Mann nach dem Handschuhfach, dessen Klappe nicht geschlossen war.

Das alles geschah viel schneller, als Sie es lesen können. Und sehr schnell setzte ich auch mit einem wuchtigen, hochgerissenen Haken dem Mann die Faust aufs Kinn.

Sein Körper streckte sich. Die grauen Augen drehten sich nach oben weg, und der Mann kippte zur Seite um.

Und jetzt verlor er auch seinen Hut.

Es geschah, was immer geschieht, wenn ein Verbrechen verübt worden ist. Eine Menge Leute rannten herbei, und eine Menge Leute rannten weg.

Alle, die etwas gesehen hatten, machten sich aus dem Staube, und alle, die in Sekundenschnelle dichte Kreise um den Cadillac und den Firebird bildeten, würden später bei der Polizei sagen: Tut mir leid, ich kam erst, als alles schon passiert war.

Ich nahm den Revolver aus dem Handschuhfach.

Ein kurzläufiger Colt Cobra 38, in dessen Trommel eine Kugel fehlte. Der Mann, der ihn benutzt hatte, lag mit dem Oberkörper auf dem Beifahrersitz und schlief fest unter der Wirkung meines Hakens.

Ich räumte seine Taschen aus. Ein Bündel Dollarnoten. Ein Feuerzeug, das schwer genug war, um aus echtem Gold zu sein. Eine Brieftasche aus feinem Krokodilleder.

Der Führerschein lautete auf den Namen Burnett Mason.

Außerdem barg die Brieftasche das Farbfoto einer schwarzhaarigen, schlanken Frau mit einer Widmung in steilen Buchstaben: *Für Buck von seiner Juella.*

Beim Anblick des Fotos fiel mir Tessie ein, obwohl Tessie blond ist und viel weniger schwül aussieht als die dunkle Schonheit aus der Brieftasche des Mörders.

Tessie kletterte gerade aus ihrem Käfer, der in Sekundenschnelle die Entwicklung von altersschwach zu schrottreif durchgemacht hatte. Kein Zweifel, daß Tessie ziemlich verstört aussah. Ein Mädchen, das mit einem friedlich aussehenden Mann zum Tanzen nach Asbury fährt, kann kaum damit rechnen, in eine Mörderjagd verwickelt zu werden. Selbst Tessies erstklassige Nerven schienen durch die Ereignisse überfordert worden zu sein.

»Geh in irgendeinen Laden und ruf die Polizei an«, sagte ich. »Sag ihnen, es handele sich um Mord!«

»Okay, okay«, sagte sie und rannte mit ihren langen Sprinterbeinen über die Straße auf einen Drugstore zu. Tessie ist Sportlehrerin am Columbia College, New York.

Ich wäre gern zum Cadillac gegangen, um den sich eine noch dichtere Menschentraube gesammelt hatte als um den Firebird. Aber ich wollte den Mörder nicht aus den Augen lassen. Er würde bald zu sich kommen, denn seine Augenlider zitterten schon.

Ein Mann mit einer Kamera drängte mich heftig zur Seite und schoß zwei, drei Fotos von dem bewußtlosen Mörder. Ich packte ihn an der Schulter und zog ihn zurück.

»Immer langsam, mein Junge!«

Bevor er noch einmal auf den Auslöser drücken konnte, legte ich die Hand aufs Objektiv.

»Ich beschlagnahme Ihren Film als Beweismaterial!«

»Beschlagnahme? Sind sie ein Polizist?«

Tessie kam zurück. »Die Polizei war schon informiert. Streifenwagen sind unterwegs!«

Nur wenige Sekunden später tauchten zwei Cop-Fahrzeuge sirenenheulend aus einer Querstraße auf, schoben sich durch die Menge und stoppten dicht neben dem Cadillac und uns. Ein bulliger Sergeant der Distrikt-Polizei stieg aus, die rechte Hand auf dem Griff des Revolvers.

»Lassen Sie die Kanone fallen, Mann!« blaffte er.

Ich hielt den kurzläufigen Revolver des Mörders an der Mündung.

»Das ist eine Tatwaffe, Sergeant, die ich nicht in den Dreck fallen lassen möchte. Geben Sie mir eine Plastiktüte aus Ihrer Ausrüstung!«

Er musterte mich mißtrauisch. »Wer sind Sie?«

»Jerry Cotton, FBI-Agent.«

Von der Besatzung des zweiten Wagens, der neben dem Cadillac gehalten hatte, kam ein Beamter zu uns.

»Drüben liegt ein Mann tot auf dem Pflaster mit einer großen Wunde im Rücken, und im Wagen liegt eine bewußtlose Frau, Rod«, meldete er dem Sergeant. »Wir müssen die Homicide-Abteilung in Trenton benachrichtigen.« Sein Blick fiel auf den Revolver in meiner Hand.

»He, Rod, warum nimmst du dem Burschen nicht die Kanone ab?«

»Er ist ein G-man!« brummte der Sergeant. »Hol 'ne Plastiktüte!«

Der Sergeant hängte sich ans Sprechfunkgerät, informierte seine Zentrale und forderte Verstärkung an. Ich ließ den kurzläufigen Cobra-Revolver in eine Plastiktüte fallen, die mir ein Cop hinhielt. Dann verschloß er sie. Ich übergab ihm die Brieftasche und den Führerschein des Mörders.

»Burnett Mason«, las er. »Ausgestellt in Florida. Haben Sie gesehen, daß er den Mann im Cadillac tötete?«

Ich nickte.

»Staatsanwalt McLane wird sich über einen Zeugen Ihres Kalibers freuen, G-man.« Er löste ein Paar Handschellen vom Gürtel, beugte sich in den Wagen und legte sie dem Mörder an.

»Er ist bei Bewußtsein, G-man!« sagte er. »Komm raus, mein Junge!« Er zog den Mörder aus dem Wagen, stieß ihn gegen die Karosserie und tastete ihn ab.

Mason ließ alles widerstandslos mit sich geschehen. Er sah mich kalt und prüfend an, doch ohne einen Ausdruck von Haß. Der Sergeant gab den Hörer des Sprechfunkgerätes in den Wagen zurück.

»Okay, G-man, es ist alles organisiert. Asbury verfügt nicht über eine eigene Mordkommission, aber die Jungens in Trenton machen sich sofort auf den Weg. Distrikt-Anwalt McLane wird mitkommen. Er ist ehrgeizig und hält sein Office auch am Sonntag besetzt. Wurde erst vor drei Monaten gewählt und will den Bürgern zeigen, daß sie mit ihm eine gute Wahl getroffen haben.«

Er schob die Mütze aus der Stirn.

»Wenn der FBI mitmischt, muß es sich um eine große Sache handeln«, sagte er und hängte ein Fragezeichen an den Satz.

»Irrtum, Sergeant. Ich kam nach Asbury, um eure berühmten Hummer zu probieren und anschließend ein paar Runden zu tanzen.«

Sein Blick streifte Tessie.

»Ich fürchte, daraus wird nichts werden. Anwalt McLane wird Sie als Zeuge vereinnahmen. Und die junge Lady auch!«

Ich zuckte mit den Achseln. »Du hörst, was der Sergeant sagt, Tessie. Tut mir wirklich leid!«

Die Cops verfrachteten den Mörder in einen Streifenwagen, und der Sergeant lud Tessie und mich ein, in seinem Fahrzeug Platz zu nehmen. Erst jetzt fiel mir ein, daß der fotografierwütige Mann die Ablenkung durch die Streifenwagen genutzt hatte und verschwunden war.

Distriktanwalt Robert McLane war ein energiegeladener Vierzigjähriger. Er verbiß sich in den Mordfall wie ein Terrier in eine Ratte. Nicht die geringste Kleinigkeit ließ er außer acht. Er vernahm Tessie und mich getrennt, ließ alle Spuren sichern und schaltete über Fernschreibleitung die FBI-Zentrale in Washington ein. Kein Wunder, daß Tessie und ich bis Mitternacht in den unfreundlichen Büros des

Polizeihauptquartiers von Asbury herumsaßen. Als Anwalt McLane zum vierten- oder fünftenmal auftauchte, brachte er eine Flasche Bourbon mit.

»Mögen Sie einen Schluck, Miss Seal? Und Sie, G-man?«

Tessie und ich lehnten nicht ab. Der Staatsanwalt füllte Pappbecher.

»Das wird der sauberste Fall, den ich jemals in meiner Laufbahn vor die Geschworenen bringen konnte«, sagte er, und seine Augen funkelten. »Der Mann, der erschossen wurde, heißt Harry Clarence, ein zwielichtiger Geschäftemacher. Zweifellos handelt es sich um einen Auftragsmord. Aber das Motiv interessiert mich nur in zweiter Linie. Ich habe den Mörder und drei erstklassige Zeugen, Miss Seal, Sie, G-man, und Violet Burgess. Das ist Clarences Freundin. Sie saß in nur wenigen Fuß Abstand im Cadillac, als Mason den Mann erschoß. Ich werde erreichen, daß der Prozeß gegen Mason in spätestens vier Wochen stattfindet, und ich garantiere Ihnen, daß die Geschworenen nach drei Tagen ihr Schuldig sprechen werden.«

Er leerte seinen Pappbecher. »Seitdem Asbury eine Stadt mit erlaubtem Glücksspiel geworden ist, fürchten viele Bürger, daß die Gesetzlosigkeit überhandnehmen könnte. Sie werden sich meinen Namen als den eines Distriktanwalts merken, der einen Mörder prompt zur Strecke gebracht hat.«

»Wie reagiert Mason?«

»Überhaupt nicht! Er schweigt. Nicht mal einen Anwalt hat er verlangt. Anscheinend ist er nicht vorbestraft. Die FBI-Zentrale in Washington führt ihn nicht im Archiv.«

Er griff zur Flasche. Ich wehrte ab, und Tessie bedeckte ihren Pappbecher mit der Handfläche. McLane lachte. »Ihre Zentrale, G-man, fragte zurück, ob ich Jack Mason meine. Denn über einen Berufskiller dieses Namens hätten sie eine dicke Akte. Aber Burnett Mason kannten sie nicht!«

»Brauchen Sie uns noch, Mr. McLane?« fragte ich. »Wir möchten nach New York zurückfahren. Können Sie ein Taxi für uns auftreiben?«

»Ein Streifenwagen wird Sie fahren. Wir sehen uns in vier Wochen beim Prozeß. Sie erhalten die offizielle Vorladung, sobald das Gericht ein Datum festgesetzt hat.«

Er begleitete uns bis an den Streifenwagen.

»Kommen Sie gelegentlich wieder«, sagte er. »Die Asbury-Hummer sind die besten an der ganzen Küste.«

Die Villa lag mit der Rückseite am Hyacinth-Kanal, mit der Front an der Pine Road. Auf der Kanalseite schaukelte eine Hundertfünfzig-Registertonnen-Jacht am Anlegesteg, an der Pine Road stand ein weißer Cadillac Fleetwood in der Garagenauffahrt.

Im Swimmingpool, den ein zeltartiges Moskitonetz vor Floridas Mückenplage schützte, trieb Jack Mason, achtundfünfzig Jahre alt, auf einer Luftmatratze langsam dahin. Er hielt ein Glas mit eisgekühltem Ananassaft in der Hand und hatte eine massive Zigarre zwischen den Zähnen. Mason dachte nach, welche Attraktion er den Mitgliedern des Clans morgen bieten sollte. Als Gastgeber fühlte er sich verpflichtet, keine Langeweile aufkommen zu lassen.

Gestern hatten sie Schwertfische geangelt. Vorgestern waren sie auf einer superheißen Party in Miami so angeheizt worden, daß Mason allein über tausend Dollar für zerschlagene Möbel bezahlt hatte. Jack Mason beschloß, den Clan morgen mit einem Trip nach den Bahamas zu überraschen.

Er schwamm zur Treppe und stieg aus dem klaren, künstlich kühl gehaltenem Wasser. Er war ein stämmiger, breiter Mann auf kurzen, muskulösen Beinen, am ganzen Körper dunkel behaart. Nur die Halbglatze und der vorgewölbte Bauch unter dem mächtigen Brustkasten waren Zeichen seines Alters. Aber noch immer bewegte sich Jack Mason mit jener Schnelligkeit, die ihn vor mehr als vierzig Jahren im Ring zu einem Mann gemacht hatte, der nur schwer zu treffen gewesen war.

Das Wasser floß von seinem Körper über die Marmorfliesen, und Mason sah aus wie ein Orang-Utan, der ein Bad genommen hat. Aus dem Gang, der Swimmingpool und Wohnhaus miteinander verband, kam Barry Cheen, ein Halbchinese. Er diente Mason als Fahrer, Sekretär und als Sparringspartner. Er brachte einen Telefonapparat.

»Anruf aus New Jersey«, sagte er und stöpselte das Verbindungskabel in die Telefonbuchse.

Mason nahm den Hörer ans Ohr. Das Telefon war eine Sonderanfertigung mit goldüberzogenem Griff, die Gabel in Gestalt eines nackten Mädchens in lasziver Lage mit ausgestreckten Armen und Beinen. Mason gab viel Geld für verrückte Sachen aus. »Hallo«, meldete er sich.

»Hier spricht Juella.« Die Stimme klang verzerrt. Mason konnte nicht unterscheiden, ob es an der schlechten Verbindung lag oder ob Juella ihre Nerven nicht unter Kontrolle hatte. Die nächsten Worte gaben ihm Gewißheit.

»Buck ist gefaßt worden«, sagte sie.

Mason gab Cheen ein Zeichen. Der legte seinem Chef einen Bademantel um und begann ihn abzufrottieren.

»Gib mir Einzelheiten!« verlangte Mason.

»Er erledigte den Job und stieg in seinen Wagen. Aber er kam nicht weg. Ein anderer Wagen blockierte ihn, und ein Mann überwältigte Buck.«

»Ein Mann?« fragte Jason gedehnt. »Nur ein Mann?«

»Ja. Ich glaube, in dem Auto, das er fuhr, saß noch eine Frau. Aber sie griff nicht ein. Dann gab es einen Menschenauflauf. Wenig später kam die Polizei.«

»Rufst du aus Asbury an?«

»Nein, ich fuhr nach Trenton.«

»Gut, mein Mädchen! Bleib in Trenton, bis ich dir eine neue Anweisung gebe! Nimm ein Hotelzimmer, und gib uns die Adresse und die Telefonnummer durch! Um Buck werde ich mich kümmern. Mach dir keine Sorgen, Juella!«

Er drückte die Gabel in Gestalt des nackten Mädchens nieder, ließ sie hochschnellen und wählte die Nummer des Fernamtes.

»New York, 656-4520. Falls nicht sofort geantwortet wird, lassen Sie die Verbindung bestehen, bis irgendwer den Hörer abhebt.«

»Ich versuche durchzukommen!« antwortete das Mädchen in der Telefonzentrale. »Bleiben Sie in der Leitung!«

Mason behielt den Hörer am Ohr und schlüpfte in die Mokassins, die Barry Cheen ihm hingestellt hatte.

»New York für Sie, Sir!«

Mason hörte Stimmengewirr, Musik und dann die kalte, blechern klingende Stimme von James D. Frick, der schimpfte: »Verdammt, ich will nicht gestört werden.«

»Hallo, James!« sagte Mason. »Ich bin es! Jack!«

»Sind Sie in New York, Jack? Kommen Sie sofort rüber in mein Büro. Bei mir läuft eine hochkarätige Party! Die halbe Girltruppe des Five Stars Theatre sitzt auf meinen Schreibtischen. Ich habe für das Theater den Prozeß gegen den Kneight-Verlag gewonnen. Wir bekommen zwei Millionen Dollar Schadenersatz, und das feiern wir gerade. Jack, Sie haben die freie Auswahl unter zwei Dutzend der hübschesten Mädchen von New York, wenn Sie sofort rüberkommen!«

»Ich rufe aus Florida an«, antwortete Mason trocken. »In Asbury ist mein Neffe Burnett Mason verhaftet worden. James, kümmern Sie sich um ihn! Bringen Sie in Erfahrung, was man ihm vorwirft, welche Zeugen der Staatsanwaltschaft zur Verfügung stehen und so weiter! Kann ich morgen vormittag mit Ihrem Anruf rechnen?«

»Meine schöne Party!« stöhnte Frick. »Okay, Jack, bis ungefähr zehn Uhr werde ich mich bei Ihnen melden.«

»Ich schicke einen Fünftausend-Dollar-Scheck als Anzahlung.«

»Danke, Jack, aber Sie sind für jede Vorleistung gut.«

Mason legte auf. Von Barry Cheen begleitet, ging er in die Villa. An der Hausbar mixte er sich einen Manhattan als Schlaftrunk.

Burnetts Pech oder möglicherweise Ungeschicklichkeit

raubten Mason nicht die Ruhe. Für solche Fälle hatte er den Clan gegründet. Er war sicher, daß sich die Organisation auch dieses Mal bewähren würde.

Er leerte sein Glas, ging ins Schlafzimmer und legte sich auf das Bett, das die Größe eines halben Tennisplatzes hatte. Nach wenigen Minuten schlief er ein. Sein Schnarchen klang wie das zufriedene Blasen eines satten Wals.

Barry Cheen löschte lautlos die Lichter.

Der Saal Heaven des Miami-Luxushotels Riverside Palace hatte schalldichte Doppeltüren. Vor diesen Türen stand Barry Cheen, um dafür zu sorgen, daß kein Kellner und kein Unbefugter den Saal betrat.

Hinter diesen Türen saßen die Mitglieder des Clans um einen runden Tisch.

Jack Mason eingerechnet, umfaßte der Clan acht Mitglieder. Nur zwei von ihnen waren mit Mason verwandt: Rico Custov war mit Masons Schwester verheiratet gewesen. Und Bob Farth war sein Neffe wie Buck Mason, um dessen Schicksal es sich bei dieser Konferenz des Clans handelte.

Custov und Farth waren trotz ihrer Verwandtschaft zu Mason nicht die wichtigsten Mitglieder des Clans. Höher in der Rangfolge standen William Horrey, ein Farbiger, dessen Kraushaar erste graue Spiralen zeigte, und Mario Sorrondo, der gute Beziehungen zur Cosa Nostra unterhielt, obwohl er wie alle anderen auf eigene Rechnung arbeitete.

Auch Randolph Whist, ein smarter, überaus elegant gekleideter Beau, dessen Arbeitsfeld San Francisco und die kalifornische Küste war, galt viel im Clan. Dagegen wurden Pit Barsky, der hauptsächlich in Detroit arbeitete, und Horace Lotinec zwar als erfolgreich respektiert, aber gleichzeitig wegen ihrer Unbeherrschtheit mit Mißtrauen betrachtet. Besonders Horace Lotinec, ein hochgewachsener Brillenträger mit einem bleichen Gesicht, übte nach Masons Ansicht den Job nicht mit der notwendigen Kaltblütigkeit aus, besonders wenn Frauen im Spiel waren. Jeder dieser Männer war ein Berufsmörder. Für Geld waren sie bereit, Menschen umzubringen. Jeder hatte mehrere, manche sogar viele Aufträge ausgeführt. Sie ließen sich von Gangsterbanden anheuern oder von Privatpersonen. Sie verübten Morde aus politischen, familiären, geschäftlichen Gründen. Die Motive der Verbrechen waren Haß, Gier oder kalte Berechnung. Aber ihr eigener Beweggrund für die Übernahme eines Auftrags waren immer der gleiche: Geld.

Jack Mason nahm das Wort.

»Für heute wollte ich euch zu einem Flug nach den Bahamas einladen«, sagte er. »Leider hat Buck Pech gehabt, und wir müssen uns mit ihm beschäftigen.«

Er nahm ein langes Schreiben in die Hand.

»Ich habe James Frick als Anwalt eingeschaltet. Vor einer halben Stunde telegrafierte er mir alle Einzelheiten durch. Buck hatte den Auftrag, einen gewissen Harry Clarence flachzulegen. Er erledigte den Job makellos, als Clarence einen Spielclub in Asbury verließ und in seinen Wagen steigen wollte. Buck hatte den eigenen Wagen in kurzer Entfernung geparkt, gelangte unangefochten hinters Steuer, wurde aber von einem alten Käfer gerammt, als er abzischen wollte. Der Käfer gehört einer Sportstudentin aus New York. Ihr Name ist Tessie Seal. Aber am Steuer saß ein FBI-Agent. Frick gibt seinen Namen mit Jerry Cotton an. Angeblich war er nur zufällig in der Nähe. Ich weiß nicht, ob wir das glauben sollen.« Er sah von dem Papier auf.

»Dieser FBI-Agent machte Buck fertig und übergab ihn der Polizei. Buck sitzt im Distriktgefängnis von Trenton. Der Prozeß soll in vier Wochen in Asbury stattfinden.«

»War es Masons erster Job?« fragte William Horrey und strich mit der flachen Hand über die kurzen Drahtlocken seines Kraushaares. Er trug Ringe an allen Fingern mit Ausnahme des Daumens.

»Seine dritte Arbeit«, antwortete Mason. »Juella begleitete ihn. Von ihr erhielt ich die erste Nachricht.«

»Besteht Aussicht auf Freilassung gegen Kaution?« wollte Sorrondo wissen.

»In diesem Punkt hat Frick keine Hoffnung.«

»Dann muß eine Menge Beweismaterial vorliegen.«

»Drei Zeugenaussagen und ein Sachbeweis.« Mason sprach so gelassen, als berichte er über die Entwicklung von Börsenkursen. »Der G-man, die Sportlehrerin und Violet Burgess, die Freundin von Bucks ›Objekt‹, haben ihn als Mörder identifiziert. Ihre unterschriebenen Aussagen liegen beim Staatsanwalt. Aber ihr wißt, daß diese Protokolle nichts wert sind, wenn sie nicht vor Gericht durch persönliche Aussagen der Zeugen bestätigt werden.«

Er legte die breiten, kurzfingrigen Hände gegeneinander.

»Wie ich schon sagte, wird die Verhandlung erst in vier Wochen sein.«

»Und der Sachbeweis?« fragte Randolph Whist.

»Bucks Revolver. Der G-man ließ ihm keine Chance, die Waffe loszuwerden. Die Polizeitechniker fanden Bucks Fingerabdrücke am Griff und stellten eindeutig fest, daß Harry Clarence mit dieser Waffe getötet worden war. Ihr kennt die Bestimmung einer Tatwaffe durch die Riefenbildung am Projektil. Das ist inzwischen ein alter Hut. Die Gerichte erkennen solche technischen Befunde als Beweismaterial an.«

Eine Minute lang herrschte Schweigen in der Runde. Dann sagte Pit Barsky in seiner groben, polternden Sprechweise: »Jack, ich finde, es steht verdammt beschissen um deinen Neffen!«

»Unsinn«, antwortete Mason. In seiner Stimme schwang eine Spur Schärfe mit. »Der Revolver liegt im Aktenschrank der Staatsanwaltschaft in Trenton. Wenn er beim Prozeß nicht vorgelegt werden kann, gilt er so wenig als Beweis wie ein Zeuge, der nicht erscheint.«

Horace Lotinec rückte an der schwarzen Hornbrille.

»Jack, diese Organisation scheint zu einer Rettungsgesellschaft für deine Familienmitglieder zu entarten«, sagte er.

»Vor drei Monaten mußte ich deinen Schwager Rico von einer Freundin befreien, der er zuviel erzählt hatte. Jetzt sollen wir uns mit dem FBI anlegen, um deinen Neffen rauszupauken. Ich habe verdammt wenig Lust, schon wieder wegen eines Mason Kopf und Kragen zu riskieren.«

Jack Masons Gesicht schien anzuschwellen, als stünde es unter dem Druck einer kräftigen Pumpe.

»Vergiß nicht, daß vor zwei Jahren in Los Angeles ein Streifenwagen in die Luft gesprengt werden mußte. Aus keinem anderen Grund, als zwei Cops auszuschalten, die dich auf den Stuhl hätten bringen können.« In seiner Stimme schien ein unterirdisches Gewitter mitzugrollen.

»Der Clan wurde gegründet, damit jedes Mitglied einem anderen aus Schwierigkeiten heraushilft. Jeder von uns hat schon einmal die Dienste der anderen in Anspruch nehmen müssen. Ich denke, wir werden es in Bucks Fall genauso halten. Buck wird nicht verurteilt werden. Vor Gericht werden keine Zeugen gegen ihn auftreten und keine Beweismittel vorgelegt werden.«

William Horrey, Mario Sorrondo und Randolph Whist nickten. Lotinec zuckte mit den Achseln. Barsky betrachtete gelangweilt seine Fingernägel.

Rico Custov hob die Hand wie ein Schuljunge.

»Jack, wenn du und die anderen einverstanden sind, werde ich nach Asbury gehen und die Sache erledigen.«

»Nicht allein, Rico! Wer geht mit?«

»Ich«, sagte Bob Farth.

Horrey, der New York besser kannte als jeder andere, schüttelte mißbilligend den Kopf.

»Ich glaube nicht, daß sich die Sache mit einem Feuerwerk aus der Welt schaffen läßt. Wir werden alle Aktionen sorgfältig vorbereiten müssen. Jack, ich werde das Kommando übernehmen.«

»In Ordnung, William. Wenn du es für notwendig hältst, komme ich selbst.« Horrey zog die Lippen von den Zähnen. Sein starkes Gebiß blitzte.

»Nur ein G-man! Ich denke, einen G-man kann ich allein schaffen.«

Plötzlich fragte Horace Lotinec: »Müssen wir uns um die Frauen kümmern?«

»Selbstverständlich!«

Lotinec nahm die Brille ab. Er blinzelte mit den fast wimperlosen Lidern. »Ich werde mitkommen«, sagte er.

Am Freitag rief Staatsanwalt McLane kurz vor dem offiziellen Büroschluß im Hauptquartier an.

»G-man, der Prozeß gegen Burnett Mason wird am Montag in vierzehn Tagen stattfinden. Ich nehme an, daß ich Sie und Miss Seal am zweiten Prozeßtag als Zeugen aufrufen werde. Am dritten Tag werden die Schlußplädoyers folgen, und ich will ein Jahr lang auf mein Gehalt verzichten, wenn die Beratung der Geschworenen länger als eine Stunde dauert. Wenn das Schuldig gesprochen sein wird, werde ich James D. Frick eine glatte K.o.-Niederlage beigebracht haben.«

»Wem?«

»James D. Frick hat Masons Verteidigung übernommen. Kennen Sie ihn nicht?«

»Muß man ihn kennen?«

»Er zählt zu den Staranwälten.« McLane schnaubte vor Kampfeslust. »Ich freue mich auf die Auseinandersetzung mit ihm. Ich werde ihm keine Chance lassen, denn ich halte alle Trümpfe in der Hand. Ein District Attorney, der Frick besiegt hat, bringt eine Menge Pluspunkte für die Wiederwahl mit.«

»Äußert sich Mason zu der Mordanklage?«

»Er schweigt. Frick hat ihm ein Schloß vor den Mund gehängt.«

»Haben Sie etwas über Masons Motiv herausgefunden? Hatte er einen Grund, Harry Clarence zu töten? Oder wurde er dafür bezahlt?«

»Das ist noch unklar, aber für eine Verurteilung auch nicht wichtig.«

»Es ist Ihr Fall, McLane, und ich bin nur ein zufälliger Zeuge. Wenn die Untersuchung in den Händen des FBI läge, würden wir uns gründlich dafür interessieren, warum und in wessen Auftrag der Mord begangen wurde.«

»Wenn Mason erst einmal in der Todeszelle sitzt, bringe ich ihn leicht zum Reden. Heute darf ich mein wichtigstes Ziel nicht aus den Augen verlieren, G-man. Ich werde James D. Frick vor Gericht und vor der Öffentlichkeit blamieren, daß er wünschen wird, nie gegen mich angetreten zu sein. Die Presse wird mich als Sieger feiern.«

Ich war froh, als McLane das Gespräch beendete. Seine voreiligen Siegesfanfaren gefielen mir nicht.

Phil sah mich fragend an.

»Der Staatsanwalt, der die Anklage im Mordfall Harry Clarence vertritt«, sagte ich. »Er will ein schnelles Urteil, mit dem er seine Karriere fördern kann. Weil er drei Augenzeugen vor Gericht aufmarschieren lassen kann, kümmert er sich nicht um die Hintergründe.«

Phil warf einen Blick auf seine Armbanduhr.

»Warum kümmern wir uns nicht um unseren Feierabend, Jerry? Das Weekend hat vor drei Minuten begonnen.«

Für Phils Drängen nach ausnahmsweise pünktlichem Feierabend gab es einen triftigen Grund. Tessie hatte uns zu einer Party in ihrer Wohnung eingeladen. Für Phil war eine junge Schwedin als Tanzpartnerin vorgesehen. Er stellte sich ein langbeiniges, weißblondes Geschöpf mit tiefblauen Augen und vielleicht ein paar Sommersprossen auf der Nase vor. Er brannte vor Ungeduld nach Gewißheit, ob die Schwedin seinen Vorstellungen entspräche. Wir verließen das Hauptquartier. Aus allen Bürohochhäusern strömten die Angestellten und füllten die Straße auf ihrem Weg zu den Subway-Stationen. Morgen um die gleiche Zeit würde die Straße so gut wie ausgestorben sein. Aber am Freitag um fünf Uhr nachmittags hatte sie ihre absolute Spitzenstunde.

Nach drei Schritten faßte Phil meinen Arm.
»Ein Mann fotografiert uns«, sagte er.
Wir veränderten unser Schrittempo nicht.
»Wo?«
»Andere Straßenseite! Er steht unter der Camel-Reklame.«
Ich wandte wie zufällig den Kopf.
Der Mann stand erhöht auf den Treppenstufen eines Hauseingangs. Die Kamera verdeckte den größten Teil seines Gesichts. Eine Kamera mit aufgesetztem Teleobjektiv.
Die Vergrößerung durch das Tele verriet ihm, daß meine Kopfbewegung nicht zufällig gewesen war, sondern daß wir ihn bemerkt hatten. Er ließ die Kamera sinken. Für eine Sekunde sah ich über eine Menge Köpfe und den Autostrom auf der Fahrbahn hinweg sein Gesicht. Dann sprang er von den Stufen und tauchte zwischen den Passanten so gründlich unter, als hätte New Yorks Kanalisation ihn verschluckt.
Phil und ich unternahmen einen halbherzigen Versuch, ihn zu finden. Wir entfesselten ein wütendes Hupkonzert, als wir versuchten, die Fahrbahn zu überqueren. Ein Streifenpolizist sah uns finster an. Ein Taxifahrer, gereizt durch einen langen Arbeitstag im Verkehrschaos, schob den Kopf aus dem Fenster und versuchte uns anzuspucken.
Als wir die andere Straßenseite erreichten, bestand nicht die geringste Chance mehr, den Fotografierer aus der Menschenmenge zu fischen. Warum auch? Fotografieren ist nicht verboten. Vielleicht hatte er nicht einmal uns gemeint, sondern ein hübsches Mädchen vor, hinter oder neben uns.
»Kanntest du ihn?« fragte Phil.
Ich rief mir das Aussehen des Mannes ins Gedächtnis, erinnerte mich an dunkles, wirres Haar, eine enge Stirn und farblose Augen. Er schien von schmächtiger Statur gewesen zu sein, und ich hatte das Gefühl, ihn schon einmal gesehen zu haben.
»Ich bin nicht sicher. Vielleicht hat er uns mit Filmstars verwechselt.«
Wir wollten uns durch den Zwischenfall nicht die Laune

verderben lassen, und in Tessies Wohnung empfing uns eine fröhliche Gesellschaft junger Leute. Phil strahlte, als sich herausstellte, daß seine Schwedin genauso aussah, wie er erwartet hatte: groß, blauäugig und weizenblond. Außerdem hieß sie Greta. Wie die schönste Schwedin, die jemals ihre Füße auf Amerikas Boden gesetzt hat. Phils Greta war nicht auf eine Hollywood-Karriere aus. Sie studierte Architektur. Tessie besaß eine große Wohnung am Roosevelt Drive. Das Haus war alt und äußerlich ziemlich verfallen. Aber die Fenster boten einen schönen Blick auf den East River und die Williamsburg Bridge.

Es gab Cocktails. Wir tauschten unsere Vornamen aus. Irgendwer warf den Plattenspieler an, und wir tanzten.

Ich tanzte die dritte oder vierte Runde, als das Telefon schrillte. Tessie löste sich von mir, nahm den Hörer ab, hielt sich das freie Ohr zu und schrie: »Hallo! Hallo!«

Ihr Gesicht veränderte sich. »Verdammt, warum melden Sie sich nicht?« fragte sie wütend. Dann hieb sie den Hörer auf die Gabel und kam zurück.

»Ärger?«

Sie nahm den Rhythmus des Jives auf.

»Nur ein Kerl, der anruft und nichts sagt.«

»Woher weißt du, daß es ein Kerl ist, wenn er nichts sagt?«

»Ich hörte sein Atmen. Er schnaufte wie ein Walroß.«

Sie warf das Haar zurück. »Reden wir nicht mehr davon, Jerry! Ich will mir den Abend nicht von einem perversen Strolch verderben lassen.«

Tessies Party entwickelte sich zu einem großartigen Fest. Aus den unteren Etagen kamen drei schwarze Jazzmusiker hoch, angelockt von der Musik und dem Gelächter. Sie holten ihre Instrumente, öffneten alle Fenster und produzierten abwechselnd coolen Jazz und heißen Beat.

Irgendwann nach Mitternacht kam ein junger Mann auf den Gedanken, Fotos zu schießen.

Tessie wehrte lachend ab. »Mich nicht! Ich bin heute schon dreimal fotografiert worden.«

»Von wem?« fragte ich.

»Von einem Mann auf der Straße. Er richtete seine Kamera auf mich, als ich die Schule verließ. Zuerst hielt ich ihn für einen der Fotografen, die ungefragt Bilder von Schulkindern schießen, um sie den Eltern zu verkaufen. Aber er konnte mich unmöglich für ein Schulkind gehalten haben. Er sprach mich nicht an, sondern ging einfach weg.«

»Wie sah er aus?«

»Kaum mittelgroß und schmächtig mit dunklem, wirrem Haar.«

Phil stieß zu uns, Arm in Arm mit Greta, die einen Schwips hatte. »Wer fährt morgen mit zum Schwimmen?«

Unsere Blicke trafen sich. Er zog die Augenbrauen hoch.

»Was ist los, Jerry?«

»Nichts von aktueller Bedeutung«, antwortete ich.

Aktuell war es nicht, was mir eingefallen war, aber ich wußte jetzt wieder, wo und wann ich dem Fotografen, der uns und anscheinend auch Tessie mit der Kamera aufgelauert hatte, zum ersten Mal begegnet war.

Unmittelbar nach einem Mord.

In Asbury.

Am Samstag, zwischen zwei Verabredungen, versuchte ich Staatsanwalt Robert McLane in Trenton zu erreichen. Sein Sekretär sagte mir, der Attorney habe zwei Tage Urlaub eingelegt und sei zum Fischen an die Küste gefahren.

Phil hatte mit Greta Svenson und Tessie den Samstag verplant. Wir fuhren nach Riverhead und mieteten ein Motorboot. Wir tankten Sonne bei Schwimmen und Wasserski. Am Abend aßen wir in einem Restaurant über den Klippen von Rockaway Point. Phil und seine Schwedin kamen sich so nahe, daß sie ihm erlaubte, ihre Nase nach Sommersprossen abzusuchen. Sonntag um neun Uhr stieg ich in den Jaguar und fuhr südwärts sechzig Meilen bis Asbury. Die kleine Stadt machte einen sonntäglich-friedlichen Eindruck. Die meisten Leute schienen gerade aus der Kirche zu kommen. Selbstverständlich funkelte und flackerte die Lichtreklame über dem Eingang zum Spielcasino. Aber das künstliche Neonlicht konnte sich gegen die Tageshelle nicht richtig durchsetzen. Der Portier gähnte. Heute war es nicht ein Schwarzer, sondern ein Weißer mit eingedrückter Nase.

Ich betrat das Casino. Nur müde schepperten einige Slotmaschinen. Hinter den Roulettischen langweilten sich die Croupier-Mädchen. Lediglich eine Baccararunde hatte sich gebildet. Fünf Männer und eine Frau spielten mit verbissener Ernsthaftigkeit. Von einer Telefonzelle rief ich McLanes Büro an. Niemand meldete sich.

Ich verließ den Spielsaal und ging zu meinem Jaguar zurück. Auf halbem Weg stoppte ein Streifenwagen der Polizei neben mir. Ein Polizist tippte an seine Mütze.

»Hallo, G-man!«

Ich erkannte den Sergeant, der nach dem Mord als erster am Tatort angekommen war.

»Hallo, Sergeant. Ich freue mich, Sie zu treffen. Staatsanwalt McLane ist nicht zu erreichen. Vielleicht können Sie mir weiterhelfen.«

Er stieg aus und schob die Mütze ins Genick.

»Mit Vergnügen, G-man.«

»Als ich Mason niedergeschlagen hatte, drängte sich ein Mann mit einer Kamera an den Firebird und schoß drei Aufnahmen, bevor ich ihn zurückreißen konnte. Wir hatten einen kurzen Wortwechsel. Ich wollte den Film als Beweismaterial beschlagnahmen. In diesem Augenblick kamen Sie. Der Mann nutzte die Gelegenheit und machte sich aus dem Staub. Ich möchte ihn finden und mit ihm sprechen.«

»Ich kenne ihn nicht. Aber ich vermute, daß er ein Reporter war. Denn die Fotos, die er schoß, erschienen am nächsten Tag in der Asbury News. In der Redaktion müßten sie seinen Namen wissen. Lassen Sie Ihren Wagen stehen, G-man! Wir fahren Sie hin.«

Selbstverständlich sind die Asbury News eine kleine Zeitung, und der Chefredakteur war gleichzeitig der Besitzer.

»Der Bericht über den Mord brachte uns einen Mehrverkauf von dreitausend Exemplaren«, erinnerte er sich. »Wir schlugen den Trenton Observer um vierundzwanzig Stunden.«

»Wer verkaufte Ihnen die Fotos?«

Das Erinnerungslächeln verschwand von seinem Gesicht.

»Wir kauften die Fotos ausnahmsweise von einem Mann, mit dem wir bisher jede Zusammenarbeit abgelehnt haben. Er heißt Jarvis Lenga.«

»Die Adresse?«

»Northroad 620.«

»Warum haben Sie bis zum Ankauf der Fotos die Zusammenarbeit mit Lenga abgelehnt?«

»Weil wir ihn für einen zwielichtigen Burschen hielten. Er versuchte, uns Pornoaufnahmen zu verkaufen, und deutete an, er besäße Bilder von bekannten Persönlichkeiten in verfänglichen Situationen. Wenn wir mit der Veröffentlichung drohten, könnten wir diese Leute zur Zahlung von Schweigegeldern veranlassen. Selbstverständlich wollte Lenga beteiligt werden. Ich ließ ihn rauswerfen. Meine Zeitung ist ein sauberes Blatt.«

Der Sergeant bot sich und seinen Streifenwagen für die Fahrt zur Wohnung des Fotografen an.

Die Northroad ist die alte, nördliche Ausfallstraße von Asbury, die wenig befahren wird, seit eine Highway-Abzweigung die Stadt mit dem großen Fernstraßennetz verbindet. Holzhäuser, meistens von Farbigen bewohnt, und einige Werkstätten bilden die Bebauung.

Nummer 620 lag hinter einem teilweise zusammengebrochenen Holzzaun inmitten eines verwilderten Gartens, der auch als Schuttabladeplatz mißbraucht worden war. Vor der Garage stand ein schmutziger, verbeulter Chevrolet.

Der Sergeant begleitete mich zur Tür. Eine Klingel fand sich nicht. Er bearbeitete die Füllung mit Fausthieben.

»Öffnen! Polizei!«

Als niemand reagierte, drückte er die Tür mit der Schulter auf.

Das Innere des Hauses war so ungepflegt wie der Garten. Es roch nach kaltem Rauch.

Wir stießen ins Wohnzimmer vor. Der Zeitungsverleger hatte diesen Jarvis Lenga richtig geschildert. Die Fotos, offensichtlich aus Eigenproduktion, wären als Wandschmuck für eine Mädchenschule völlig ungeeignet gewesen. Bei Lenga ersetzten sie die verschlissenen Tapeten.

Der Sergeant rief mehrmals: »He, Mr. Lenga!« Niemand antwortete.

Links vom Wohnraum führte eine Tür ins Schlafzimmer, in dem ein großes, flaches Bett und einige Stative mit Scheinwerfern standen. Das Zimmer hatte Jarvis Lenga gleichzeitig als Atelier gedient, was bei der Art der Fotos, die er produzierte, nicht weiter verwunderlich war. An der Stirnwand befand sich eine zweite Tür, an der ein Schild hing mit der Warnung: ›Dunkelkammer! Nicht betreten!‹

Über der Tür brannte eine rote Warnlampe.

Wieder benutzte der Sergeant die Faust als Türklopfer.

»Kommen Sie raus, Lenga!«

Es geschah nichts. Der Sergeant und ich wechselten einen Blick. Dann riß er die Tür auf. Der Raum, der früher als Badezimmer gedient haben mochte, war von dem Fotografen zur Dunkelkammer umfunktioniert worden. Er hatte die Fenster mit dunkler Farbe gestrichen, Arbeitstisch, Entwicklungsbox und Vergrößerungsgerät aufgestellt und Rotlichtlampen in die Fassungen geschraubt.

Das Licht war eingeschaltet, aber es verblaßte neben der Helligkeit, die durch die Türöffnung drang.

Jarvis Lenga lag ausgestreckt vor dem Arbeitstisch. Im Fallen hatte er zwei Schalen mitgerissen. Die Flüssigkeit, die sie enthalten hatten, waren längst aufgetrocknet. Sein Anblick schnürte mir die Kehle zu. Er wirkte im Tod so völlig einsam und gleichzeitig unschuldig, daß es mich deprimierte.

Ich berührte sein Gesicht. Sein Körper strömte Kälte aus. Ich schätzte, daß der Mann seit mindestens vierundzwanzig Stunden tot war. Der Sergeant starrte sprachlos vor Überraschung auf den Ermordeten. Als er die Sprache wiederfand, fragte er: »Haben Sie es gewußt, G-man?«

»Nicht mal geahnt, Sergeant. Lenga war am Freitag in New York. Er wurde beobachtet, wie er Miss Seal und mich fotografierte. Ich vermutete, daß er unsere Fotos für einen Zeitungsartikel über den Mordfall Clarence benutzen wollte, und kam her, um es zu verhindern. Denn es gibt immer Schwierigkeiten während der Gerichtsverhandlung, wenn die Zeugen vorher von der Presse genannt werden. Alarmieren Sie die Mordkommission!«

Der Sergeant eilte zum Streifenwagen. Ich blieb allein mit dem Toten zurück. Unter dem Körper schimmerte die Spitze eines weißen Papiers. Ich bückte mich danach. Es war Fotopapier. Vermutlich hatte es in der Fixierflüssigkeit gelegen, als Lenga die Schalen mitriß.

Ich zog es unter dem Körper hervor und drehte es um.

Die Fixierung war unvollkommen und das Bild teilweise verblaßt. Trotzdem erkannte ich mich selbst. Das Foto war eine der Teleaufnahmen, die Jarvis Lenga am Freitag in New York geschossen hatte.

Es blieb das einzige Foto, das gefunden wurde. Auch die Negative fielen den Männern der Mordkommission nicht in die Hände. Ich ließ im Büro von Robert McLane anrufen. Das Gespräch wurde von einem automatischen Anrufbeantworter registriert. McLanes Büro war an diesem Sonntag unbesetzt.

Über die Distriktpolizei in Trenton erfuhr ich, daß der Staatsanwalt ein Ferienhaus in der Nähe von Lakewood, dreißig Meilen südlich von Asbury, besaß. Ich entschloß mich, ihn zu holen.

Die Straße war wenig befahren. Noch vor Mittag erreichte

ich den Ort und fragte mich zu den Ferienhäusern durch. Ich fand McLane im flachen Wasser eines toten Meeresarmes, wo er mit einer Grundangel Plattfische zu fangen versuchte. Bei meinem Anblick ließ er beinahe die Angel fallen.

»Ist das Zufall, G-man?« rief er.

»Kein Zufall.«

Er rollte die Schnur auf und watete an Land.

»Ein gewisser Jarvis Lenga ist erschossen worden«, sagte ich. »Sergeant Rod Beatty und ich fanden den Toten in seiner Wohnung. Ich wollte mit Lenga sprechen, weil er am Freitag in New York fotografiert hat und dabei Miss Seal und mich als Objekt anvisierte. Lenga ist der Mann, der ein paar Aufnahmen von Mason blitzen konnte, weil er zufällig zur Stelle war. Ich nehme an, Sie haben die Bilder in den Asbury News gesehen.«

»Selbstverständlich. Aber ich sah keinen Grund, dagegen einzuschreiten.«

Ein karrieresüchtiger Mann wie McLane würde sich niemals mit der Presse anlegen, soviel war klar.

»Sie werden in Asbury gebraucht, McLane!«

»Ich fahre sofort zurück.«

Als wir vor der Northroad 620 stoppten, hatten die Beamten des Homicide Department ihre Arbeit so gut wie beendet.

»Schicken Sie Kopien von allen Untersuchungsergebnissen an mein Büro!« befahl der Attorney. Er ließ den Sarg, in den man den Toten gelegt hatte, noch einmal öffnen, betrachtete Lengas Leiche einige Sekunden lang und fragte den Chef der Mordkommission, was über den Fotografen bekannt sei.

Die Polizei hatte Unterlagen über Jarvis Lenga ausgegraben. Er war sechsmal in Strafverfahren verwickelt gewesen. Immer in üble Angelegenheiten, die mit Sex, Verführung Minderjähriger und Erpressung zusammenhingen. McLane hörte den Bericht mit zufriedenem Kopfnicken und wandte sich an mich.

»Der Mann war ein zwielichtiger Bursche. Wie Sie hören, hat er eine Menge Dinge getrieben, die sich bis zum Mord steigern können. Er hat andere Menschen erpreßt. Eins seiner Opfer könnte auch sein Mörder geworden sein.« Mit einer Geste, die Unsicherheit verriet, strich er über die Schläfen. »Der Mord an Lenga muß nicht mit dem Harry-Clarence-Verbrechen zusammenhängen.«

Ich zeigte McLane das Foto.

»Weder die Negative noch andere Bilder wurden gefunden«, sagte ich. »Dieses Foto entging nur der Aufmerksamkeit von Lengas Auftraggebern, weil es in einer Fixierschale schwamm. Als er unter den Kugeln seines Mörders zusammenbrach, riß er sie mit hinunter.«

McLane nahm das Foto und betrachtete es ratlos.

»Das sind Sie, G-man!«

»Richtig, Mr. McLane.« Ich bemühte mich, jeden Unterton von Ironie zu unterdrücken. »Das Foto erzählt eine deutliche Geschichte. Jarvis Lenga hat Fotos von Burnett Mason unmittelbar nach der Tat geschossen und sie an die Asbury News verkauft. Die Zeitung veröffentlichte die Bilder mit dem Bericht über das Verbrechen. Interessierte Leser dieses Berichtes mußten sich sagen, daß der Fotograf der Bilder auch alle anderen Personen gesehen hatte, die an Masons Verhaftung beteiligt gewesen waren. Sie beauftragten ihn, Fotos von diesen Personen zu beschaffen. Zum Beispiel von Miss Seal, von mir, vielleicht auch von Ihnen. Jarvis Lenga erfüllte den Auftrag. Ich weiß nicht, ob ihm eine Belohnung versprochen worden war, oder ob seine Auftraggeber ihn von Anfang an unter Druck gesetzt hatten. Auf jeden Fall sorgten sie mit drei Kugeln dafür, daß Lenga niemand etwas über ihre Identität erzählen konnte.« Ich schnippte mit den Fingern gegen das Foto. »Ohne dieses Bild wüßten wir nichts über Jarvis Lengas tödlichen Auftrag.«

»Und warum?«

»Jemand trifft Vorkehrungen, Ihren Prozeß platzen zu lassen, Staatsanwalt.«

»Sind Sie verrückt geworden, G man? James D. Frick ist ein hartgesottener Verteidiger. Aber er würde niemals zu solchen Mitteln greifen. Ich werde ihn sofort anrufen. Können Sie mich in mein Büro begleiten?«

Im Kielwasser von McLanes Mercury steuerte ich den Jaguar nach Trenton.

Die Büroräume des Distriktanwaltes lagen in der achten Etage eines Bürohauses, von dem eine Reihe Stockwerke auch an private Firmen vermietet waren. In der Halle wurden wir von bewaffneten Wächtern angehalten. Es waren Angestellte der Safety & Security Company, einer Gesellschaft, die Gebäude bewacht, Geldtransporte durchführt und Leibwächter vermietet. McLane mußte sich ebenso ausweisen wie ich. Dann erst durften wir den Lift benutzen.

An der Tür zu McLanes Büro leuchtete ein vornehmes Messingschild. Staatsanwälte und Richter werden in vielen Staaten der USA von der Bevölkerung oder von den Deputierten gewählt. Der Job wird nur bescheiden bezahlt, bietet aber ein gutes Sprungbrett für politische oder juristische Karrieren. McLane öffnete die Sicherheitsschlösser an der Tür. Wir durchschritten drei Büroräume. Dann stieß McLane die Doppeltür zu seinem Office auf und erstarrte. Ich blickte ihm über die Schulter. An der Stirnwand stand hinter dem Schreibtisch ein mannshoher Panzerschrank. Bei weit geöffneter Stahltür gähnten uns leere Regale an.

Der Panzerschrank war ein Vorkriegsmodell mit Kombinationsschloß. Spuren von Gewalt waren nicht zu erkennen. Solche alten, überholten Tresore sind mit moderner Technik leicht zu besiegen.

Empfindliche Mikrofone und Geräuschverstärker verraten einem erfahrenen Schränker das Einrasten der Kombinationszahlen.

Der Attorney ließ sich in einen Sessel fallen. Auf seiner Stirn standen Schweißtropfen.

»Gibt es ein Verzeichnis des Inhalts?« fragte ich.

»Selbstverständlich. Geld war nicht im Tresor. Nur die wichtigsten Akten, einige Tonbänder und ...«

Er stockte, und ich ergänzte: »... und Beweisstücke der Anklage.«

»Ja«, bestätigte er tonlos.

»Auch der Revolver, mit dem Clarence erschossen wurde?«

McLane nickte. Plötzlich sprang er auf und schlug mit der Faust auf den Tisch. »Trotzdem werde ich einen Schuldspruch erreichen!« brüllte er.

»Ich möchte Mason sprechen«, sagte ich.

»Ich werde Sie begleiten, sobald das Einbruchsdezernat den Fall untersucht hat.« Nervös zündete er eine Zigarette an. »Verdammt! Wenn die Presse davon erfährt, hagelt es negative Schlagzeilen. ›Einbruch in das Büro des Staatsanwaltes‹. ›Tresor ausgeräumt‹.« Wieder knallte er die Faust auf die Tischplatte. »Sofort nach meiner Wahl habe ich Geld für eine neue Büroausstattung beantragt. Bis heute wurde nichts bewilligt. Trotzdem wird man mir die Schuld geben.«

Ich ließ McLane mit seinem leeren Tresor und seinen Karrieresorgen allein und fuhr zum Distriktgefängnis.

Der Oberaufseher prüfte den FBI-Ausweis.

»Mason wollen Sie sprechen, G-man? Ich weiß nicht, ob er Sie sprechen will. Der Junge hat Allüren wie ein Filmstar. Er empfängt nicht jeden Besucher. Wenn irgendwer gegen seinen Willen in die Zelle kommt, legt er sich auf die Pritsche und dreht ihm wortlos den Rücken zu.«

Er prüfte eine Liste. »Außerdem hat er gerade Besuch, und Sie würden nur stören, G-man. Um ehrlich zu sein, auch ich würde das Mädchen vorziehen.«

»Ein Mädchen?«

»Ein Klassegirl! Juella Rellon, seine Verlobte.«

»Bringen Sie mich zum Besuchszimmer!«

Da Mason Untersuchungshäftling war, gab es keine Trennwand zwischen ihm und seiner Besucherin. Der kahle, fensterlose Raum mit grau getünchten Wänden war dürftig mit Tisch und zwei Stühlen eingerichtet und wurde von einer nackten Glühbirne erhellt.

Masons Besucherin sah in dieser Umgebung aus wie ein Paradiesvogel, der sich gründlich verflogen hat. Sie trug ein Modellkleid, Ringe und Armbänder und Krokodillederschuhe. Sie rauchte aus einer kurzen, goldenen Spitze. Ihre Fingernägel waren lackiert. Im tiefschwarzen Haar steckte ein diamantbesetzter Kamm, mit dem sie nach Art der Spanierinnen ihr Haar aufgesteckt hatte.

Sie wirkte intelligenter als auf dem Bild, das ich in Masons Brieftasche gefunden hatte. Ihre dunklen Augen hatten einen durchdringenden Blick, der ihrem Gesicht einen Ausdruck von versteckter Gemeinheit verlieh.

»Noch ein Besucher für Sie, Mason«, sagte der Oberaufseher. Buck Mason sah mich an. Er biß die Zähne so hart aufeinander, daß sich die Wangenmuskulatur unter der Haut abzeichnete. Langsam schob er den Stuhl zurück und stand auf.

»Ich will mit Ihnen sprechen, Mason.« Unsere Blicke kreuzten sich.

»Keiner kann mich zwingen, den Anblick eines Schnüfflers zu ertragen«, antwortete er. Seine Stimme war flach und hatte einen leicht heiseren Klang. Er trug ein weißes T-Shirt und eine braune Hose. Seine Gestalt war kompakt und reichte nur ein paar Zoll über Durchschnittsgröße.

»Mason, bis jetzt ist nicht untersucht worden, in wessen Auftrag Sie Harry Clarence erschossen. Wenn Sie auspacken, wird Ihnen das Gericht die Sonderrechte eines Kronzeugen zubilligen. Wenn nicht, ist Ihnen eine Verurteilung wegen Mordes sicher, und das bedeutet . . .«

Er wandte sich an das Mädchen.

»Sieh dir den Typ an, Juella!« sagte er. »Das ist ein Polyp! Wenn irgend etwas passiert ist, marschiert er auf den nächsten Mann in seiner Reichweite los und brüllt: Ich habe den Täter! Eine einfache Methode, um schnell Karriere zu machen. Paß auf, daß du ihm nicht zu nahe kommst! Er ist fähig, dich wegen jedes Mordes zu verhaften, der im Umkreis von hundert Meilen verübt worden ist.«

»Wir reden nur über den Mord an Clarence, Mason.«

»Bringen Sie mich in meine Zelle zurück!« verlangte er vom Aufseher. Er küßte das Mädchen, löste sich aus der Umarmung und blieb auf dem Weg zur Tür einen Augenblick vor mir stehen.

»Den Faustschlag, Schnüffler, zahle ich Ihnen zurück, sobald das Gericht mich freigesprochen hat. Falls ich dazu keine Gelegenheit finde, werde ich Ihrem Grabstein einen Fußtritt versetzen.«

Er verließ die Zelle.

»Kann ich gehen?« fragte das Mädchen.

»Sie sind Masons Verlobte?«

»Richtig.«

»Also kennen Sie Mason gut und können einige Fragen beantworten, die uns Rätsel aufgeben. Warum verteidigt Mason sich nicht? Warum schweigt er?«

»Zuerst schwieg er, weil Sie ihn überrumpelt haben«, antwortete sie erbittert. »Jetzt schweigt er, weil sein Anwalt ihm Schweigen empfohlen hat. Behörden geben niemals einen Fehler zu. Was immer Buck sagen würde, Sie oder der Staatsanwalt würden versuchen, aus seinen Worten ein Schuldeingeständnis zu konstruieren.«

»Woher kommen Sie, Miss Rellon?«

»Aus Miami!«

»Wollen Sie mir Ihre Adresse geben?«

»South Beach Drive 1040. Das ist Bucks Haus. Ich lebe mit ihm unter einem Dach.«

»Wovon lebt Mr. Mason?«

»Buck besitzt Beteiligungen an einem Strandclub und zwei Discotheken.«

»Warum kam er nach Asbury?«

Sie zögerte. »Ich fürchte, ich schade Buck, wenn ich die Frage beantworte.«

»Aber Sie wissen die Antwort?«

Sie nickte fast unmerklich. Plötzlich faßte sie nach meinem Arm. »G-man, er hat den Mord nicht begangen. Buck kam nach Asbury, weil er hoffte, in das Spielgeschäft einsteigen zu können. Er hatte einen Draht zu den Leuten gefunden, die das Glücksspiel in Asbury managen. Sie wissen, G-man, daß die Organisatoren von Glücksspielen nicht zimperlich sind. Dazu wird zu gut am Glücksspiel verdient. Ich glaube, daß die Männer nicht wollten, daß Buck sich in ihr Geschäft drängte, und sie bauten eine Falle für ihn. Sie ließen Clarence töten und sorgten dafür, daß der Mord Buck angehängt wurde.«

Ich hielt die Geschichte, die sie sich zusammenreimte, für unsinnig, aber ich sagte nichts.

»Okay, Miss Rellon, ich werde den Staatsanwalt auffordern, den Fall auch unter diesem Blickwinkel zu prüfen.«

»Warum kümmern Sie sich nicht selber darum?«

»Der FBI ist an der Untersuchung nicht beteiligt.«

»Sie haben Buck verhaftet!«

»Als zufälliger Augenzeuge.«

Sie drängte sich an mich, fast ein wenig zu heftig.

»Buck ist unschuldig. Sie müssen helfen, seine Unschuld zu beweisen.«

Ich wich aus. »Werden Sie in Asbury bleiben oder nach Miami zurückfliegen?«

»Ich habe ein Ticket für einen Rückflug um Mitternacht ab Kennedy Airport.«

»Darf ich Sie zum Flughafen bringen?«

»Nicht notwendig, G-man. Ich nahm einen Leihwagen für die Fahrt nach Asbury, ich muß ihn am Flughafen abliefern.«

Ich begleitete sie aus dem Gefängnis. Ihr Wagen stand am Straßenrand. Sie öffnete die Tür und wandte sich noch einmal um.

»Als Buck sagte, Sie wären der Mann, der ihn festgenommen hätte, fühlte ich solchen Haß gegen Sie, daß ich dachte, ich würde kein Wort mit Ihnen sprechen können. Ich habe meine Meinung geändert, G-man. Sie haben Buck nicht willkürlich verhaftet. Sie sind einer Täuschung zum Opfer gefallen, sind mit einem Trick reingelegt worden. Man hat Sie benutzt wie eine Marionette. Sie sind ebenso mißbraucht worden wie Buck. Versuchen Sie, die Leute zu finden, die Buck und Sie in ein Spinnennetz von Täuschungsmanövern verwickelt haben.«

»Wenn Mason von irgendwelchen geheimnisvollen Leuten reingelegt wurde, warum nennt er nicht ihre Namen?«

Sie machte eine resignierende Handbewegung.

»Ich denke, daß er sich fürchtet. Diese Männer sind mächtig. Ihr Arm reicht weit. Wenn er ihre Namen nennt, wäre Buck auch hinter Gefängnismauern seines Lebens nicht mehr sicher.«

Sie stieg in ihren Wagen, lächelte mich mit einem Lächeln an, das genau die Mitte hielt zwischen ›hilflos‹ und ›vielversprechend‹, und fuhr ab. Ich schwang mich in den Jaguar, und auf dem gesamten Rückweg nach New York dachte ich über Juella Rellon und ihre Worte nach. Kein Zweifel, sie hatte Wirkung erzielt. Ich ließ die ganze Szene der Ermordung Harry Clarences Sekunde für Sekunde in meinem Gedächtnis abrollen. Ich suchte nach einer Lücke im Ablauf, nach einem noch so winzigen Augenblick, in dem ein anderer als Mason unbeobachtet in Aktion hätte treten kännen.

Auf der Goethan-Brücke brüllte mich das Signalhorn eines Trucks an. Ich schreckte aus meinen Gedanken auf. Nein, es gab keine Lücke. Ich hatte gesehen, daß Mason diesen Mord begangen hatte. Mason und kein anderer! Was immer mir seine hübsche, raffinierte Braut zu erzählen versuchte.

In Manhattan hängte ich mich an ein Telefon und versuchte, Masons Anwalt zu erreichen. Inzwischen war es Abend geworden. In Fricks Wohnung meldete sich seine Haushälterin. Sie erklärte mir, der Anwalt sei zum Dinner in den Club 111 gefahren und werde sicherlich nicht vor Mitternacht nach Hause kommen.

Der Club 111 galt als Prominentenladen, zu dem nur Leute zugelassen wurden, die mindestens dreimal auf der Titelseite der Boulevardpresse durchgekaut worden waren. Polizisten jeder Sorte hielten die Clubmanager für ungefähr so unerwünscht wie Billig-Tarif-Touristen aus der Provinz, nicht zuletzt weil die Hälfte ihrer Gäste eigene Leibwächter mitbrachten. Folgerichtig verwehrten mir zwei Smokingträger den Zutritt, bis der Anblick des FBI-Ausweises sie einsichtig machte. Sie erlaubten mir, in der Bar darauf zu waren, ob James D. Frick sich beim Dinner stören lassen wollte oder nicht.

Ich konnte den Tisch sehen, an dem Frick saß. Er war nicht allein. Links neben ihm saß Lucy La Tass, die zur Zeit als Amerikas schönstes Fotomodell galt. Das Mädchen rechts von ihm kannte ich nicht. Aber sie sah noch um einige Grade großartiger aus als Lucy La Tass.

Einer der Smokingträger flüsterte mit Frick. Der Anwalt runzelte die Augenbrauen, küßte seinen Begleiterinnen die linke, beziehungsweise die rechte Wange, stand auf und kam in die Bar.

»Hallo, G-man«, sagte er. »Der Hummer wird in sieben Minuten serviert. Genau diese sieben Minuten habe ich Zeit für Sie!« Er schnippte mit den Fingern in Richtung Bar.

»Einen Gin Wodka! Wollen Sie auch einen Drink, G-man? Nein, ich will Sie nicht verführen. Im Dienst dürfen Sie wohl nicht trinken.«

Frick war groß, hager, mit scharfgeschnittenem Gesicht, harten, dunklen Augen und dem geschwungenen starklippigen Mund eines Mannes, der zu genießen weiß.

»Sie verteidigen Burnett Mason?«

»Richtig! Sind Sie der G-man, den die Anklage als Augenzeugen aufrufen wird?« Er nahm das Glas, das ihm von einem Kellner gereicht wurde. »Ihr Name ist Jerry Cotton. Ich habe mich informiert. Sie gelten beim FBI als Kanone.«

»Sie wissen, daß ich vor Gericht aussagen werde, daß ich gesehen habe, wie Burnett Mason den Mord beging.«

»Mir ist es gleichgültig, was Sie aussagen, G-man, solange ich den Geschworenen das Gegenteil beweisen kann.«

»Mr. Frick, es gibt keinen Zweifel daran, daß Mason diesen Mord verübte.«

»Zum Teufel, G-man, erinnern Sie sich gefälligst daran, daß in diesem Land jeder Angeklagte als unschuldig gilt, solange das Urteil nicht gesprochen worden ist.«

»Das Beweismaterial und die Aussagen gegen Mason sind erdrückend. Auch ein Staranwalt wie Sie wird ihn nicht retten können, wenn nicht bis zum Prozeß die Beweise verschwinden, die Zeugen umgedreht oder stumm gemacht werden. Genau damit haben die Freunde Ihres Klienten begonnen.«

»Vergeuden Sie meine Zeit nicht mit unverständlichem Gerede!«

»In Asbury wurde der Zeitungsfotograf Jarvis Lenga ermordet. Er schoß Fotos von Mason unmittelbar nach dessen Festnahme.«

»Jarvis Lenga hieß der Mann? Ich kenne den Namen nicht. Weder ich noch der Staatsanwalt haben ihn als Zeugen benannt. Warum bringen Sie seinen Tod mit Mason in Verbindung?«

»Bis ich es Ihnen erklärt hätte, würde Ihr Hummer kalt werden, Mr. Frick. Ich habe noch eine Neuigkeit für Sie. McLanes Tresor wurde ausgeräumt.«

»Wirklich?« Er lachte und zeigte ein makellos gepflegtes, nicht mehr ganz echtes Gebiß. »Eine gute Nachricht, G-man. Vielen Dank!«

»Mr. Frick, was Sie eine gute Nachricht nennen, ist die Nachricht von einem Verbrechen, das begangen wurde, um Ihnen die Verteidigung eines Mörders zu ermöglichen.«

Er nahm einen Schluck seines Drinks. Dann stellte er das Glas ab.

»G-man, aus solchen Äußerungen könnte ich Ihnen einen Strick drehen«, sagte er mit erzwungener Ruhe. »Merken Sie sich, daß ich meinen Mandanten ausschließlich mit legalen

Mitteln verteidige! Weder organisiere ich das Verschwinden von Beweisstücken noch die Ermordung von Zeugen. Gute Nacht, G-man!«

»Eine letzte Frage, Mr. Frick. Wer bezahlt Sie für Masons Verteidigung?«

»Kein Gesetz verpflichtet mich, darüber Auskunft zu geben.« Er drehte sich auf dem Absatz um und ging an seinen Tisch zurück. Die beiden Schönen lächelten ihm so glücklich entgegen, als wäre er ein Jahr und nicht sieben Minuten abwesend gewesen. Bevor er sich setzte, verteilte er wieder Wangenküsse, einmal rechts, einmal links. Gleich darauf wurde der Hummer serviert.

Fünfzehn Minuten später servierte mir Tessie in ihrer Wohnung den ersten Drink des Tages. Sie lief barfuß durch die große, alte Wohnung am Roosevelt Drive. Das Motorengeräusch des endlosen Autostroms auf dem Drive war gleichmäßig wie Meeresrauschen, überschrillt von Zeit zu Zeit von einem Hupenaufschrei.

Tessie ließ sich im Buddhasitz mit gekreuzten Beinen auf dem Teppich nieder. Ihr Haar hatte sie zu zwei strammen Zöpfen geflochten. Im Halbdunkel schimmerten ihr Gesicht, ihre Hände und ihre nackten Füße.

»Hat der stumme Mann noch einmal angerufen?« fragte ich. Tessie schüttelte den Kopf.

»Morgen oder übermorgen wirst du eine Vorladung für den Prozeß gegen Mason erhalten. Der Prozeß findet morgen in zwei Wochen statt. Ich halte es für besser, wenn du dich beurlauben läßt und aus New York verschwindest.«

»Warum?«

»Ich will dir keine Angst einjagen, Tessie. Aber es scheint, als besäße Mason gefährliche Freunde, die seine Verurteilung verhindern wollen.«

»Du meinst, seine Freunde könnten versuchen, mich an der Aussage vor Gericht zu hindern?«

»So ungefähr. Nimm zwei Wochen Urlaub und setz dich in irgendeinen Ferienort ab.«

Sie lächelte. »Das eine geht nicht, aber das andere läßt sich deichseln.«

Ich nahm den letzten Schluck von Tessies Cocktail, dessen Rezept sie nie verriet, und fragte mich, ob Mr. Fricks sündhaft teure 111-Drinks im Vergleich dazu nicht einfallslose Panschereien wären.

»Jerry, ich bin als Begleiterin für ein Ferienlager eingeteilt. Ich kann nicht aussteigen, denn das College fände keinen Ersatz. Aber ich werde New York schon morgen verlassen.«

»Wohin fahrt ihr?«

»Wir beziehen ein Jugendcamp in den Catskill Mountains, weit ab von jeder Zivilisation.«

»Gib mir die Adresse!«

»Die nächste Bahnstation heißt Oneonta. Das Camp liegt ungefähr zwanzig Meilen westlich auf dem Gelände der Sunset Farm.«

»Ich weiß nicht, ob ich damit zufrieden sein kann, Tessie. Bei diesem Jugendcamp wissen viele Leute, wo du dich aufhältst.«

»Nur die Schulverwaltung, Jerry. Weil das Camp für die Kinder eine Überraschung sein soll, wurden die Einzelheiten nicht bekanntgegeben.«

»Auch nicht den Eltern?«

»Nein, denn irgendeine Mutter oder ein Vater hätte doch nicht geschwiegen. Selbstverständlich können die Eltern in einem dringenden Fall von der Verwaltung erfahren, wo ihr Kind ist. Bis jetzt hat niemand gefragt.«

»Okay«, sagte ich zögernd. »Mehr ist anscheinend nicht zu haben, und besser, als in New York zu bleiben, ist es für dich auf jeden Fall. Vergiß nicht, mich sofort anzurufen, wenn du das geringste ungewöhnliche Vorkommnis bemerkst.« Mühelos, ohne die Hände zu benutzen, richtete sie sich aus dem Buddhasitz auf und nahm mir das Glas aus der Hand.

»Den nächsten Drink werde ich um eine Nuance verfeinern«, sagte sie. »Ich habe da eine Idee ...«

Wenige Tage nach Harry Clarences Tod mußte Violet Burgess feststellen, daß sie blank war. Solange ihre Wohnungsmiete, ihre Kleider, ihre Drinks von Clarence bezahlt worden waren, hatte sie sich um ihre Finanzen keine Gedanken gemacht. Harry hatte die meisten ihrer Wünsche erfüllt, soweit es sich um Geschenke handelte. Und von Zeit zu Zeit waren von seinen Spielgewinnen eine Handvoll Dollars als Taschengeld für sie abgefallen. Das alles hörte mit einem Schlag auf. Schon vier Tage nach Clarences Ermordung mußte sich Violet nach einem Job umsehen, obwohl sie den Schock noch nicht überwunden hatte.

Sie kehrte in die Bar zurück, in der sie Harry Clarence vor knapp einem Jahr kennengelernt hatte. Sie wurde vom Besitzer sofort engagiert. So nahm sie ihren alten Platz hinter der Theke als eins von drei Mixgirls ein, deren Aufgabe es war, die Gäste zu unterhalten und zum Trinken zu animieren.

Natürlich wollten die Gäste von ihr alle Einzelheiten über Clarences Ermordung erfahren. Sie war gezwungen, wieder und wieder zu erzählen, wie sie mit Harry das Casino verlassen und mit ihm darüber gestritten hatte, wer fahren sollte. Wie Harry dann lachend um den Wagen herumgegangen war. Wie sein Mörder ihn vor ihren Augen in den Rücken geschossen hatte.

Sie erweckte das Mitleid der Besucher. Ihr wurden mehr Drinks spendiert als den anderen Mädchen. Bald stellte Violet fest, daß sich die Erinnerung an den erlebten Schrecken verflüchtigte, wenn sie reichlich getrunken hatte. Sie sorgte dafür, daß immer eine Flasche Whisky im Eisschrank ihrer Wohnung stand. Da konnte sie nachhelfen, wenn das Quantum, das ihr in der Bar spendiert worden war, nicht ausreichte, um sie schlafen zu lassen.

Als die Bar um zwei Uhr nachts schloß, schwankte Violet unter der Wirkung der Drinks. In der Garderobe mußte sie sich an den Wänden abstützen. Sie brauchte fünf Minuten, bis es ihr gelang, in den Nerzmantel zu schlüpfen. Es war ein Geschenk von Harry.

Sie strich über das weiche Fell. Ihre Trunkenheit machte sie sentimental. Sie weinte ein paar Tränen. Die Wimperntusche zog schwärzliche Spuren durch ihr Make-up.

Draußen, ein Dutzend Yards straßenabwärts, wartete der letzte Gast auf Violet. Aus Furcht vor den Bestimmungen des Anti-Prostitutionsgesetzes hatte sie sich geweigert, mit ihm zusammen die Bar zu verlassen.

Der Mann war Besitzer einer Großhandlung für Textilien. Er ließ Violet einsteigen und versuchte, sie zu küssen. Violet ließ ihn gewähren. Als Typ ähnelte er Clarence. Er war über zwanzig Jahre älter als Violet und suchte nach einer Freundin, in deren Armen er sich von den Anstrengungen des Geschäftslebens erholten wollte.

»Laß uns fahren, Herman!« Violet entzog sich seinen Attacken.

»Ich bin völlig verrückt nach dir«, versicherte er, startete den Mercury und fuhr an.

Während der Fahrt redete er pausenlos. Er sprach von gemeinsamen Reisen und deutete an, daß er großzügig sein werde. Als er nach zehn Minuten den Mercury vor Violets Haus gestoppt hatte, fiel er wieder über sie her.

Seine Leidenschaft blieb auf Violet ohne Wirkung. Sie war müde und traurig. Sein Bart kratzte sie, und der Geruch seiner Haut löste ein Gefühl von Ekel bei ihr aus.

»Nimm mich mit in deine Wohnung, Honey!« keuchte er und tastete nach Violets Busen.

Sie stemmte sich von ihm ab.

»Nicht heute, Herman!«

»Warum nicht?«

»Ich ... ich bin nicht in Stimmung. Sei geduldig!«

Er richtete sich auf und zog seine Krawatte zurecht.

»Okay, wie du willst«, sagte er schlecht gelaunt. »Zum Glück bist du nicht das einzige Mädchen in der Stadt. Ich denke, ich sehe mich mal in einigen anderen Bars um.«

Violet stieg aus. Herman wartete nicht, bis sie die Haustür erreicht hatte, sondern brauste mit Vollgas ab.

Das Haus hatte zwei Dutzend Wohnungen. Violet bewohnte ein Drei-Zimmer-Apartment in der sechsten, der letzten Etage. Sie benutzte den Aufzug, öffnete die Wohnungstür und ging, ohne den Nerz auszuziehen, in die Küche. Sie nahm den Whisky aus dem Eisschrank, füllte irgendein Glas und trank. Sofort fühlte sie sich besser. Sie nahm Glas und Flasche mit, ging in den Wohnraum und ließ sich auf die Couch fallen. »Mistkerl«, sagte sie laut und meinte Herman. Dann dachte sie an Harry und füllte das Glas. Sie hörte ein Geräusch, und sie war nicht so betrunken, daß sie nicht begriffen hätte, was es bedeutete. Jemand machte sich an der Eingangstür zu schaffen. Sie glaubte, Herman unternähme einen Versuch, in ihre Wohnung zu kommen. Wütend stand sie auf und ging schwankend zur Türöffnung zwischen Wohnraum und Garderobe.

Der Mann, der das Schloß der Eingangstür schon geknackt hatte, war nicht Herman. Er war größer, hatte keinen vorgewölbten Bauch, und er bewegte sich sehr schnell.

Violet erkannte, daß der Mann eine Strumpfmaske trug. Sie ließ die Flasche und Glas fallen. Schreien konnte sie nicht mehr, denn der Mann packte sie, wirbelte sie herum und drückte ihr mit dem Unterarm die Luft ab. Dann hob er sie hoch und trug sie in die Wohnung zurück. Wie eine Puppe warf er sie auf die Couch, beugte sich über sie und zischte: »Wenn du schreist, Süße, dreh' ich dir die Luft ab.«

Entsetzt sah Violet, daß drei Männer, die ebenfalls maskiert waren, in das Zimmer kamen. Einer von ihnen schien ein Schwarzer zu sein, denn Violet sah einen schmalen Streifen dunkler Haut zwischen Jackenärmel und Handschuhen.

Ein Kleidungsstück war bei den Eindringlingen identisch. Alle vier trugen weiche, schwarze Hüte.

Der Mann, der ein Schwarzer zu sein schien, schob die Hände in die Jackentasche.

»Du bist die Clarence-Freundin, oder?«

Gelähmt vor Angst starrte Violet ihn an.

Der Gangster, der sie überrumpelt hatte, packte hart ihren Arm.

»Antworte! Wir haben keine Zeit zu verlieren.«

Violet nickte.

»Du hast vor der Polizei einen Mann beschuldigt, deinen Freund erschossen zu haben«, sagte der Schwarze. »Wir sind hier, um dir klarzumachen, daß du dich geirrt hast.«

Er wandte sich an einen Maskierten.

»Hol ihr ein paar unauffällige Kleider!«

Dann befahl er Violet: »Steh auf!«

Der Gangster, der ihren Arm hielt, zog sie hoch. Violets Knie zitterten.

»Ich könnte mir die Arbeit leichtmachen«, sagte der Anführer und fuhr sich mit der Handkante in einer kurzen, scharfen Geste über die Kehle, »aber ich gebe dir eine Chance. Du wirst die Aussage, die du vor der Polizei gemacht hast, vor dem Gericht widerrufen. Verstanden?«

Violet begann zu begreifen, was die Männer von ihr wollten.

»Ja, ich werde alles tun, was Sie verlangen«, stammelte sie.

Der Mann, den der Schwarze weggeschickt hatte, kam mit einem Arm voller Kleider zurück.

»Zieh irgend etwas davon an!«

Violet stand unter den Blicken der vier Männer wie im grellen unbarmherzigen Licht von Scheinwerfern.

»Verdammt, beeil dich!«

Sie zog den Nerz aus, streifte das Abendkleid ab. Hastig griff sie nach einer Bluse und einem Rock.

»Bist du mit irgendwem für morgen verabredet?«

»Nein, Sir!«

»Erwartest du Anrufer oder Besucher?«

Sie schüttelte den Kopf.

»Okay, die Bar bleibt morgen geschlossen. Wir können uns sechsunddreißig Stunden ungestört mit dir beschäftigen.«

Panik überfiel Violet.

»Sir, ich verspreche Ihnen, daß ich ... Ich schwöre, ich werde vor Gericht schweigen! Oder alles so sagen, wie Sie es wünschen. Bitte töten Sie mich nicht!«

»Von Töten ist keine Rede.« Für einen Augenblick blitzten hinter dem durchsichtigen Stoff der Maske zwei Reihen weißer Zähne auf. »Vorläufig nicht! Es hängt davon ab, wie gelehrig du dich zeigst. Wir werden dir eine gründliche Gehirnwäsche verordnen.« Er gab seinen Leuten einen Wink. »Nehmt sie in die Mitte! Wenn sie schreit oder zu fliehen versucht, macht sofort ein Ende mit ihr.«

Zwei Maskierte faßten Violets Arm. Der dritte Gangster verließ die Wohnung als erster. Er vergewisserte sich, daß die Luft rein war. Als letzter ging der Schwarze. Er löschte vorher alle Lichter.

Am Montag um elf Uhr morgens standen Phil und ich in der Amsterdam Avenue. Vor dem Gebäude des Columbia College waren drei Busse aufgefahren, in die hundertfünfzig Schulkinder zwischen zehn und fünfzehn Jahren verladen wurden. Du lieber Himmel, diese hundertfünfzig Kinder machten mehr Krach als tausend heulende Derwische. Sie stürmten die Busse, schubsten, stießen und schrien, als wäre dies die letzte Transportmöglichkeit vor dem Weltuntergang. Die meisten schleppten solche Mengen an Baseballschlägern, Tennisrackets, Rucksäcken und anderen Gegenständen mit, daß ich um die Achsen der Busse fürchtete.

Tessie stand inmitten des Gewühls, lächelnd und unberührt von dem allgemeinen Wahnsinn. Sie sortierte die Kinder, sorgte dafür, daß alle, die zu ihrer Gruppe gehörten, im selben Bus saßen, stieg als letzte ein und zog die Tür ins Schloß. Der Bus rollte an. Die Kinder brachen in ein Kriegsgeschrei aus, das eine Horde Sioux neidisch gemacht hätte. Dann verschwand der Bus in Richtung Interstate Highway Nr. 87.

Phil und ich fuhren ins Hauptquartier. Zu meiner Überraschung wartete Staatsanwalt McLane auf mich. Er sah übernächtigt aus, hatte aber nichts von seiner Energie eingebüßt. »Heute morgen in aller Frühe rief mich James Frick an und fragte mich, ob ich das Verfahren gegen seinen Mandanten nicht einstellen wolle. Er wußte, daß mein Tresor aufgebrochen worden war. Ich drohte ihm mit einer Anklage wegen Beihilfe, aber er berief sich auf Sie, Cotton. Haben Sie ihm gesagt, daß in mein Office ein Einbruch verübt worden ist?«

»Richtig!«

Er preßte die Lippen zu einem schmalen Strich zusammen. »Verdammt, das hätten Sie nicht tun sollen. In Trenton konnte ich dafür sorgen, daß die Presse nichts von der Sache erfuhr. Jetzt wird Frick die Zeitungen mit Informationen beliefern. Das wird höllisch peinlich für mich sein und meine Position untergraben.«

»Nicht nur Ihre Position, sondern auch der Prozeß gegen Mason ist in Gefahr. Warum erwähnen Sie nicht den Mord an dem Fotografen?«

»Weil es keinen Zusammenhang gibt. Wir haben herausgefunden, daß Lenga mit Rauschgift handelte. Er verkaufte Kokain und Marihuana an Prostituierte. Die Beamten des Homicide Department vermuten, daß Lenga in Streit mit einem Zuhälter geriet.«

»Ich teile Ihre Meinung nicht, Attorney. Sie haben Ihr wichtigstes Beweisstück verloren.«

»Ich kann dem Gericht immer noch Kopien der Untersuchungsbefunde vorlegen. Und ich kann Sie, G-man, schwören lassen, daß niemand anders als Mason die Waffe in der Hand hielt, die durch die technische Prüfung als Mordwaffe identifiziert wurde.«

»Mag sein, Mr. McLane. Nur die Waffe können Sie dem Gericht nicht vorlegen. Und ich fürchte, Ihr Gegenspieler James Frick wird den Geschworenen einhämmern, daß ein Untersuchungsbericht nur Papier und ein Schwur nur Worte sind, solange der Gegenstand, um den es geht, fehlt.«

Phil mischte sich ein. »Attorney, Sie sollten sich unbedingt um die Hintermänner kümmern.«

»Danke für Ihren Rat, G-man«, antwortet McLane eisig. »Leider weiß ich nicht, wie ich ihn befolgen soll, solange Buck Mason eisern schweigt. Reden wird er erst nach der Verurteilung. Und eine Verurteilung erziele ich mit oder ohne Tatwaffe, denn ich kann drei Augenzeugen aufrufen.«

»Passen Sie auf, daß Ihnen Ihre Augenzeugen nicht bis zum Prozeß abhanden kommen!«

»Bis jetzt ist niemand bedroht worden.«

»Ich bin einer Ihrer Zeugen«, sagte ich. »Ich habe gelernt auf mich aufzupassen. Tessie Seal hat New York heute verlassen. Ich hoffe, sie befindet sich damit in leidlicher Sicherheit. Wie steht es mit Violet Burgess?«

»Okay, ich werde dafür sorgen, daß sie unter Bewachung gestellt wird.«

»Kann ich Ihnen noch auf andere Weise behilflich sein?« fragte ich.

Der Staatsanwalt straffte sich.

»G-man, ich möchte Sie daran erinnern, daß Sie nur als Zeuge im Mordfall Clarence gebraucht werden. Die Verfolgung des Täters liegt in meinen Händen. Ich halte es für überflüssig, daß der FBI sich einschaltet. Ich denke, Sie haben wichtigere Arbeiten zu erledigen, als sich um einen alltäglichen Mord zu kümmern. Überlassen Sie diesen Job mir! Machen Sie, wenn ich Sie in den Zeugenstuhl bitte, Ihre Aussage nach bestem Wissen und Gewissen. Mehr verlange ich nicht von Ihnen! Also halten Sie sich aus der Sache bis zur Verhandlung heraus. Oder ich sehe mich gezwungen, eine Beschwerde an Ihre Vorgesetzten zu richten.«

Ich lächelte. »Okay, Attorney, ich habe verstanden.«

McLane ging zur Tür. »Tut mir leid, daß ich deutlich werden mußte, G-man.«

»Schon gut.«

Als sich die Tür hinter dem Staatsanwalt geschlossen hatte, schüttelte Phil den Kopf.

»Für einen Mann, der ihm einen Mörder frei Haus geliefert hat, behandelt er dich verdammt schlecht, Jerry.«

»McLane ist völlig auf seine Karriere fixiert. Er will den Fall Mason-Clarence als seinen Erfolg der Öffentlichkeit präsentieren. Er hat Angst, ich könnte mich zwischen ihn und die Kameras der Reporter schieben.«

Das Telefon läutete. Ich nahm den Hörer ab. Unser Chef, John D. High, war am Apparat.

»Bitte, kommen Sie mit Phil in mein Büro! Irgendwer hat einen Sprengstoffanschlag auf die Subway-Linie Lexington Avenue verübt und verlangt zehn Millionen Dollar.«

Der Mann, der den Anschlag verübt hatte, unterzeichnete seine Briefe mit ›Hank aus der Finsternis‹. Sein Attentat hatte nicht viel Schaden angerichtet. Einige Signaleinrichtungen und ein Stromkabel waren zerstört worden. Als Folge blieben ein Dutzend Züge in den Schächten stecken, und unter den Fahrgästen brach eine Panik aus.

›Hank aus der Finsternis‹ hielt uns und New York drei Tage lang in Atem, denn er führte seine Drohung aus. Noch zweimal explodierten Sprengsätze in den Subway-Schächten. Über Radio und Fernsehen wurde Hank mitgeteilt, die Stadtverwaltung würde sich die zehn Millionen Dollar bei einer Bank pumpen und ihm geben. Der FBI organisierte die Übergabe. Eine Nacht lang fuhren Phil und ich mit zwei Koffern voll Zeitungspapier kreuz und quer auf New Yorks Untergrund-Linien durch die Stadt. ›Hank‹ blieb in seiner Finsternis und ließ sich nicht blicken.

Am Morgen des dritten Tages fand ich eine Ansichtskarte von Tessie auf meinem Schreibtisch. Sie schrieb, das Wetter sei herrlich und das Lager läge an einem See mit Wasserfall. Der Wasserfall war auf der Vorderseite abgebildet.

Ich steckte die Karte in die Tasche. Dann nahm ich den Koffer, der mit einem aufgeklebten weißen Stern gekennzeichnet war. So hatte Hank es verlangt. Und wieder begann ich eine neue Kreuzfahrt durch New Yorks Untergrund. Denn Hank hatte uns wissen lassen, er würde den Koffer übernehmen, sobald er sich überzeugt hätte, daß er nicht in einen Hinterhalt gelockt werden sollte.

Am Mittag dieses Tages stoppte ein Verkehrspolizist einen schmächtigen Mann, der einen uralten Lieferwagen vorschriftswidrig in der Nähe eines Entlüftungsschachtes der Subway geparkt hatte. Als der Beamte seinen Notizblock zückte, ließ der Mann die Werkzeugtasche fallen und rannte davon. Der Cop setzte ihm nach und holte ihn vor der nächsten Straßenkreuzung ein. Auf diese Weise faßte ein einfacher Polizist den Attentäter, nach dem die Elite der New Yorker Polizei und die gesamte Mannschaft des FBI suchten. Denn in der Werkzeugtasche fand sich ein selbstgebastelter Sprengsatz. ›Hank aus der Finsternis‹ entpuppte sich als sechzigjähriger ehemaliger Angestellter der New Yorker Subway Company, der sich an seiner früheren Firma für den vorzeitigen Rausschmiß rächen wollte.

Die Alarmstufe I für alle Angehörigen des FBI-Distrikts New York wurde aufgehoben. Ich gab den Koffer voll Zeitungspapier ab und fragte Phil, ob wir zu Mario, unserer Stamm-Cafeteria, gehen sollten.

Phil schüttelte den Kopf. »Ohne mich, Jerry!«

»Und warum?«

»Meine Schwedin«, sagte er. »Greta!«

Ich zuckte mit den Achseln. »Viel Spaß, Alter!«

»Hör zu, Jerry! Sie liebt schnelle Fahrten in schnellen Autos.«

Ich zog den Zündschlüssel des Jaguars aus der Tasche und ließ ihn in Phils ausgestreckte Hand fallen.

»Vergiß nicht nachzutanken! Beim letztenmal hast du mir den Schlitten praktisch trocken vor die Tür gestellt.«

»Ich hol' dich ab«, sagte er. »Wieviel Uhr?«

»Um sieben Uhr im Green.«

Phil zischte im Jaguar zum Treffen mit Greta. Ich fuhr nach Hause.

Mit einem Taxi.

Von der Sub hatte ich vorläufig genug.

Als ich am Freitagmorgen meine Wohnung verließ, lag ein klarer blauer Himmel über New York, und die Hitze des Tages war schon zu spüren. Wahrscheinlich würden am Wochenende wieder zwei oder drei Millionen Menschen aus den Häuserschluchten an die Strände fliehen.

Zwanzig Minuten vor sieben war die Straße nur wenig belebt. Ein Trupp Arbeiter kam mir entgegen. Der grauhaarige Mexikaner baute seinen Zeitungsstand an der Kreuzung auf. Ein Tramp schlurfte am Fahrbahnrand entlang, den Blick in die Gosse gerichtet.

Ich mag die Stimmung in der frühen Stunde, in der man den ersten tiefen Atemzug der Stadt spürt, die ersten Geräusche des hektischen Lebens hört, das sehr bald in New Yorks Straßen ausbrechen wird. Ein aufheulender Automotor. Das Rasseln der hochgezogenen Gitter vor Schaufenstern und Eingängen. Das kurze eilige Hämmern der Absätze auf dem Straßenpflaster.

Jeden Tag gehe ich zu Fuß einige hundert Yards von meiner Wohnung zum Quick Service von Mr. Green, der seinen Laden um sechs Uhr öffnet. Mr. Green und zwei Töchter, die eine hübsch, die andere zu dick, aber beide fröhlich, bedienen die Kunden selbst. Wenn ich bei Mr. Green gefrühstückt habe, gehe ich zwei Blöcke weiter zum Parkhaus, in dem der Jaguar steht. Heute allerdings würde Phil mich abholen.

Obwohl der Mexikaner mir den Rücken zuwandte, spürte er mein Kommen. Er wandte sich um, grüßte und reichte mir die Zeitung, die ich jeden Morgen bei ihm kaufe.

»Gute Geschäfte, Paco!«

»Danke, Señor!«

Im Gehen überflog ich die Schlagzeilen.

Ein Mann kam mir entgegen. Ich hob instinktiv den Kopf und sah ihn an.

Er war ein Farbiger, nicht mehr jung, teuer angezogen, mit vielen Ringen an den Fingern und einem schwarzen, weichen Hut auf dem Kopf.

Unsere Blicke begegneten sich. Der Mann lächelte nahezu

unmerklich und strich dicht an mir vorbei. Er passierte Paco und verschwand in die Querstraße, aus der ich kam.

Ich kann nicht sagen, daß mich die Begegnung mit dem Schwarzen beunruhigt hätte. Aber irgendwo in den Verzweigungen meines Nervensystems müssen ein paar Instinkte wach geworden sein, denn ich faltete die Zeitung zusammen und steckte sie in die Seitentasche meiner Jacke.

Das dritte Geschäft nach der Straßenkreuzung ist ein Lebensmittelladen, der einem Italiener gehört. Der Händler hatte seinen Lieferwagen vor den Ladeneingang gefahren und lud flache Kisten mit Tomaten, Äpfeln und Gemüse ab.

Ich sagte »Hallo« und stieg über zwei Kisten hinweg.

Ein Wagen rollte über die Kreuzung, langsam und lautlos.

Ich wandte den Kopf.

Der Wagen, ein samtbrauner Dodge mit hellem Dach, beschleunigte das Tempo. Er glitt dicht an den Fahrbahnrand.

Ich warf mich herum und sprintete die Straße entlang.

Während ich rannte, riß ich die Jacke auf und packte den 38er.

Niemand kann einen Wagen abhängen. Ich rannte nur, um den Mann im Dodge herauszufordern. Er sollte die Maske fallen lassen. Wenn er es auf mich abgesehen hatte, dann sollte er es zeigen!

Und genau das tat er.

Er trat den Gashebel durch. Sein Fahrzeug schoß nach vorn.

Ich stoppte abrupt und warf mich herum, den Arm ausgestreckt, den 38er in der Hand.

Der Mann bremste den Dodge so hart ab, daß die Karosserie vor- und zurückschaukelte. Er stieß die Tür auf und ließ sich nach der Straßenseite aus dem Wagen fallen. Die ganze Breite des massigen Autos diente ihm als Deckung. Er nahm den Kopf hoch. Ich sah einen weichen, schwarzen Hut, ein Gesicht, das ich niemals vorher gesehen hatte, und die Mündung einer Maschinenpistole.

Ich feuerte. Einen Zoll neben dem Kopf des Mannes

durchschlug die erste Kugel die Windschutzscheibe. Die zweite zertrümmerte den Außenspiegel. Gleichzeitig rasierte die Serie aus seiner Maschinenpistole hoch über mir die Blumen von einer Fensterbank der ersten Etage, denn der MPi-Künstler hatte sich nicht weit genug aufgerichtet. Der Lauf seiner Waffe wies schräg nach oben.

Ich zog noch einmal durch. Er hatte nicht genügend Nerv und zog Kopf und Kugelspritze ein.

Der Vorgang hatte keine zehn Sekunden gedauert. Noch stand ich frei auf der Straße, weniger als fünfzig Yards von der Ecke entfernt.

Ich warf den Kopf nach links und rechts, denn ich war sicher, daß der Killer nicht allein unterwegs war. Ich sah den Italiener, der noch nichts begriffen hatte. Mit zwei Kisten Tomaten in den Armen stand er, zur Salzsäule erstarrt, zwischen seinem Lieferwagen und seinem Laden.

Dann sah ich den Schwarzen, der aus der Querstraße zurückkam und in den Händen eine langläufige Pistole hielt, mit der man fast so präzise schießen kann wie mit einem Gewehr.

Ich riß die Hand hoch und wollte den Schwarzen unschädlich machen. Da erkannte ich, daß der Gemüsehändler zwischen uns in der Schußlinie stand. Rasch kantete ich die Hand hoch und jagte eine kostbare Kugel in New Yorks blauen Himmel.

Mit einem Satz schleuderte ich mich gegen die nächste Hauswand.

Die Pistole in der dunklen Hand spuckte Feuer, und der Himmel mag wissen, warum keine Kugel traf.

Ich zielte an der Fluchtlinie der Häuser entlang in der Hoffnung, den Schwarzen zu treffen, ohne den Italiener anzuschießen. Zwar verfehlte ich ihn, aber er muß den heißen, tödlichen Luftzug gespürt haben, denn ich konnte erkennen, daß er zusammenzuckte. Er stürzte nach vorn, sprang dicht an den Italiener heran und benutzte den unglücklichen Mann, der jetzt erst seine Tomatenkisten fallen ließ, als Deckung. Ich schnellte herum und preschte dicht an den Häusern entlang straßenaufwärts. Ich wußte, daß sie mich erwischen würden, wenn ich keine Deckung fand. Aber die Eingänge der kleinen Geschäfte waren vergittert und die Haustüren verschlossen. Auf hundert Yards parkte nicht ein einziger Wagen am Straßenrand!

Abrupt blieb ich stehen, verfeuerte ungezielt die letzte Kugel auf den Dodge und hechtete hinter vier Treppenstufen zu einem Hauseingang, der einzigen Deckung weit und breit. Ich duckte mich. Ich machte mich klein. Die vier Stufen reichten nicht aus, mir wirklich Schutz zu geben. Mit fliegenden Fingern füllte ich die Trommel mit dem Schnellladestreifen nach, preßte den Rücken gegen die Wand und hob den Kopf.

Der Dodge rollte, aber es saß niemand hinter dem Steuer. Ich begriff, daß der Gangster einfach die Bremse gelöst hatte. Die Straße war leicht abschüssig, und das Eigengewicht genügte, den Dodge in Bewegung zu setzen. Der Gangster blieb neben dem Wagen wie ein Schütze neben einem Panzer.

Schlimmer war, daß der Italiener wankend und mit ausgebreiteten Armen auf meine Deckung zutaumelte. Der Schwarze trieb den Mann vorwärts. Er mußte ihm als lebender Schutzschild dienen.

Eine Kugel aus der langläufigen Pistole schrammte über die oberste Treppenstufe, und ich konnte nicht zurückschießen! Ich machte mir keine Illusionen. Sie hatten mich in der Zange. Nahm ich den Kopf aus der Deckung, bot ich dem Schwarzen ein Ziel. War der Dodge erst einmal auf einer Höhe mit den vier Treppenstufen, hatte ich gegen den Gangster mit der MPi keinerlei Deckung mehr.

Ich zog die Knie an. Der Gangster hinter dem Dodge war für mich die größere Bedrohung. Ich mußte alles auf eine Karte setzen und ihn angreifen. Aber ich wußte genau, daß ich nur eine verdammt kleine Chance hatte, aus der Deckung bis an den Dodge zu kommen, ohne abgeknallt zu werden. Ich sog Luft in die Lungen und spannte die Muskeln zum Start.

Genau in dieser Sekunde heulte eine Sirene auf. Ein flacher, roter Wagen schoß die Straße mit aufgeblendeten Scheinwerfern und kreisendem Rotlicht auf dem Dach hoch.

Ich erkannte meinen eigenen Jaguar, der wie ein Torpedo auf den Dodge zujagte. Dann kreischten die Reifen. Der Jaguar schlitterte, stellte sich quer vor den Dodge, und Phil brüllte: »FBI! Waffen weg oder ...«

Die Maschinenpistole hämmerte.

Im Jaguar sah ich das Aufblitzen des Mündungsfeuers von Phils 38er.

Ein Mensch schrie. Hinter dem Dodge warf der Gangster die Arme hoch. Unkontrolliert rollte der Dodge weiter. Phil gab blitzschnell Gas und ließ den Jaguar einen Satz zur Straßenmitte machen. Hinter dem Dodge kam die Gestalt des Gangsters zum Vorschein. Der Mann lag auf dem Gesicht, die Arme angewinkelt, ein Bein ausgestreckt, das andere zur Seite gegrätscht.

Phil rollte sich aus dem Jaguar.

»Jerry!« rief er.

»Hinter dem Mann im grünen Overall! Vorsicht!«

Die Pistole des Schwarzen krachte. Im Hechtsprung verschwand Phil hinter dem Heck des Jaguars, produzierte einen halben Salto rückwärts und ging in Anschlag.

»Nicht schießen, Phil! Der Overall-Mann ist eine Geisel!«

»Ich sehe ...«

Der Gemüsehändler war bis zu diesem Augenblick vor Angst wie gelähmt. Jetzt versuchte er sich loszureißen. Für ein, zwei Sekunden wurde der Schwarze hinter ihm sichtbar. Er warf den linken Arm um den Hals seines Opfers und zerrte den Mann an sich heran. Der Italiener schrie um Hilfe.

Er zappelte und versuchte über seinen Kopf hinweg nach dem Schwarzen zu greifen. Dann ließ er sich fallen.

Ich sprang aus der Deckung. Ich fürchtete, der Gangster würde seine Geisel töten. Ich feuerte drei ungezielte Schüsse.

Der Schwarze feuerte einmal, und diese Kugel war die letzte im Magazin. Er schmetterte den Pistolenlauf gegen den Kopf seiner Geisel, warf sich herum und rannte in großen Sprüngen zurück auf die Straßenecke zu.

Zehn Sekunden lang bot er ein Ziel wie auf dem Schießstand. Weder Phil noch ich feuerten. Der Mann zeigt uns den Rücken, und wir wollten ihn lebend.

Ich preschte ihm nach, sprang über den reglosen Italiener hinweg und erreichte die Straßenecke einen Augenblick vor Phil.

Ich flitzte an Paco, dem Zeitungshändler vorbei. Fünfzig Schritte voraus kreuzte der Schwarze die Fahrbahn.

»Bleib stehen, oder ich schieße!«

Ich zielte auf seine Beine. Die Kugel schlug dicht vor ihm Funken aus dem Asphalt. Er warf sich nach links und drehte sich um. Seine Hand flog hoch.

Er stand ungefähr in der Mitte der Fahrbahn. Der Fahrer des superschweren Trucks hatte nicht damit gerechnet, daß der Mann, der dicht vor der Schnauze seines Lasters über die Straße rannte, plätzlich stehenbleiben würde. Im Dröhnen seiner Maschine hatte sein Ohr die Schüsse nicht registriert. Er hatte nicht erkannt, was sich abspielte.

Für ihn war der Schwarze einer dieser idiotischen Fußgänger gewesen, die quer über die Fahrbahn rennen, weil sie pünktlich ins Büro kommen wollen, nachdem sie zu lange gefrühstückt haben. Als der Mann plötzlich stehenblieb, war kaum noch etwas zu machen. Die Hupe des Trucks brüllte auf. Fauchend schlugen die Preßluftbremsen an. Die Räder blockierten und kreischten. Der lange Aufleger schleuderte und verwandelte zwei geparkte Autos in Schrotthaufen. Trotzdem verschwand der Schwarze unter der Stoßstange und den mannshohen Vorderrädern.

Phil stoppte dicht neben mir.

»Aus! Kümmere dich um den anderen!«

Ich ging auf die Fahrbahn. Der Truckfahrer sprang aus dem Führerhaus, bleich und an allen Gliedern zitternd.

»Er blieb stehen! Einfach auf der Straße blieb er stehen! Ich konnte nichts machen.«

Er ließ sich auf den Asphalt fallen. »Da liegt er! Helfen Sie mir, ihn rauszuholen!«

Er kroch unter den Truck.

Der Farbige lag unter der Vorderachse. Der Fahrer und ich zogen ihn vorsichtig ins Freie.

»Oh, Gott!« stöhnte der Fahrer, als er sah, daß ein Rad über beide Beine gerollt sein mußte.

Ich beugte mich über den Schwarzen. Er war kein junger Mann mehr. Graue Locken durchzogen sein Haar.

Er atmete flach. Seine Augenlider zitterten.

Ich sprach ihn an, aber er reagierte nicht.

Noch bevor die Ambulanz eintraf, starb er.

Überall lagen geplatzte und zertretene Tomaten. Die Frau des Gemüsehändlers war aufgetaucht und flehte auf italienisch zu allen Heiligen. Der Notarzt versicherte ihr wieder und wieder, ihr Mann käme mit zwei Wochen Kopfschmerzen und einer genähten Platzwunde davon.

Polizeibeamte riegelten die Stelle ab, an der der Mann lag, den Phil erschossen hatte. Der Mann war Weißer, jünger als der Schwarze, auch er modisch und teuer angezogen.

Die Papiere, die ich bei ihm fand, lauteten auf den Namen Bob Farth. Sein Führerschein war in Dallas ausgestellt. Er besaß Kreditkarten von drei Gesellschaften und trug fast zweitausend Dollar bei sich. Die Maschinenpistole war eine argentinische Sabredor-Waffe, die nach einer US-Lizenz gebaut wurde. Mir ihr konnte amerikanische Standardmunition verschossen werden.

Der Dodge hatte sich hundert Yards weiter an einem Laternenmast festgefahren. Im Kofferraum lagen zwei luxuriöse Lederkoffer mit Wäsche, Anzügen, Krawatten und Schuhen. Im Handschuhfach entdeckte ich eine Rechnung des Hilton Hotels mit dem Datum von heute. Die Männer hatten sechs Tage in dem Hotel zugebracht, hatten teure Apartments in der 44. Etage bewohnt und eine Menge Getränkeschecks für die Bar gegengezeichnet.

Die Brieftasche des farbigen Gangsters trug die Initialen W und H. Sein Führerschein lautete auf den Namen William Horrey. Er war in New York ausgestellt worden. Wie der Weiße hatte er viel Geld bei sich gehabt, nahezu 3000 Dollar. Außer Geld und Kreditkarten fand sich ein Stück Papier. Es war von einem Briefbogen des Hilton Hotels abgerissen. Darauf standen vier Ziffern: 3389. Die Ziffern mußten von besonderer Bedeutung sein, denn Horrey hatte den Zettel sorgfältig zu den Kreditkarten gesteckt.

Zwei Fahrzeuge mit Beamten des Homicide Department trafen ein. Wir ließen der Routine ihren Lauf und stiegen in den Jaguar. Ich übernahm das Steuer.

»Hilton Hotel?« fragte Phil. Ich nickte.

»Das sah nicht gut für dich aus, Jerry.«

»Ohne dich hätten sie mich wahrscheinlich geschafft. Sie waren harte Profis, und sie hatten eine Eigenschaft, die Killer gewöhnlich nicht aufweisen. Sie gaben nicht auf, als die erste Kugel nicht traf.«

»Wer hat sie geschickt?«

»Jemand, der nicht will, daß Staatsanwalt McLane den Prozeß gewinnt.«

Phil schwieg, bis wir das Rockefeller Center erreicht hatten. Vor dem Eingang des Hilton Hotels sagte er: »Gut, daß Tessie nicht in New York ist.«

In den Hallen des riesigen Hotels herrschte Betrieb wie auf einer Subway Station zur Rush-hour. Touristentrupps machten sich zu Rundfahrten bereit. Kongreßteilnehmer eilten in die reservierten Räume. Eine Hochzeitsgesellschaft strebte dem Galasaal zu, in dem das Brautpaar nach dem Ritus irgendeiner Sekte getraut werden sollte.

Der Empfangschef zuckte bei unserer Frage nach den beiden Gangstern mit den Schultern.

»Wir schleusen täglich dreitausend Gäste durch. Unmöglich, sich an ein einzelnes Gesicht zu erinnern. Wenn Sie die Räume sehen wollen, fahren Sie zur vierundvierzigsten Etage hoch und sprechen Sie mit dem Etagenleiter.«

Die Apartments, die Horrey und Farth bewohnt hatten, lagen nebeneinander und waren noch nicht für neue Gäste in Ordnung gebracht worden. Gefüllte Aschenbecher und benutzte Handtücher zeugten als Spuren von den letzten Bewohnern.

Der Etagenchef erinnerte sich an die Hotelgäste.

»Sie ließen Trinkgelder für die Zimmermädchen zurück. Sie waren auch großzügig, wenn sie sich Drinks in ihren Räumen servieren ließen. Wollen Sie den Kellner sprechen?«

Während wir auf den Kellner warteten, fand Phil neben dem Telefon auf der Rückseite eines Prospektes das Wort ›Oneonta‹ und die Ziffern 3389, die gleichen wie auf dem Zettel in der Brieftasche.

Der Zimmerkellner, ein älterer Puertoricaner, kam.

»Jede Nacht mußte ich Drinks aus der Bar holen. Die Gentlemen von Zimmer 4420 und 4422 bevorzugten Tequila Sundowner. Aber für den Gast von Zimmer 4403 mußte ich Wodka-Champagner servieren.«

»Ein dritter Mann?«

»Ja, Sir. Sie trafen sich immer in Zimmer 4420 bei dem farbigen Gentleman. Der Gast von Zimmer 4405 gehörte auch dazu. Er verlangte doppelte Manhattans.«

»Zeigen Sie uns die Zimmer!«

»4403 und 4405 reisten schon gestern ab.«

»Wissen Sie die Namen?«

»Nein, Sir, aber die Namen werden Sie in der Verwaltung erfahren können.«

In der Verwaltungszentrale mußte der Computer befragt werden, der die Rechnungsnummer gespeichert hatte. Dann wurde nach den Rechnungen gesucht, auf denen die Nummern der Kreditkarten und die Namen ihrer Besitzer notiert worden waren. Der Mann in Apartment 4403 hatte eine American Express Card auf den Namen Horace Lotinec vorgelegt, der andere hatte sich Rico Custov genannt. Viel ließ sich damit nicht anfangen. Die Beschreibung, die der Zimmerkellner lieferte, war dürftig. Horace Lotinec schien eine Brille getragen zu haben. Und von Custov erfuhren wir, daß seine Trinkgelder noch großzügiger gewesen waren als die der anderen.

»Vier Killer«, sagte Phil. »Zwei liegen auf New Yorks Pflaster. Wo sind die beiden anderen?« Er wendete den Prospekt hin und her. »Oneonta 3389. Was bedeutet die Zahl? Nummer eines Schließfaches mit Kennwort? Eine Telefonnummer? Gibt es einen Ort, der Oneonta heißt?«

Eisiger Schreck durchfuhr mich.

»Oneonta heißt eine Bahnstation in den Catskill Mountains, der nächste größere Ort bei den Jugendcamps.«

Ich brach in die Telefonzentrale des Hilton Hotels ein.

»Verschaffen Sie mir eine Verbindung mit Oneonta 3389.«

»Oneonta? Wo liegt das?« fragte das Telefonmädchen.

»Im Staat New York!«

Sie brachte die Verbindung in Minuten zustande.

»Bitte warten Sie! Ein Teilnehmer in New York möchte Sie sprechen.«

Sie legte das Gespräch auf einen Nebenapparat. Ich nahm den Hörer ab.

»Wer sind Sie?« fragte ich.

Die Verbindung war nur mäßig gut.

»Lodge Hotel in Oneonta«, antwortete eine Männerstimme.

»Sind Sie der Besitzer?«

»Richtig, Sir! Wollen Sie eine Reservierung?«

»Wohnen bei Ihnen zwei Männer, die gestern eintrafen? Ihre Namen lauten Horace Lotinec und Rico Custov. Soll ich buchstabieren?«

»Nicht notwendig. Ich weiß, von wem Sie sprechen, aber Sie rufen zu spät an. Mr. Lotinec und Mr. Custov haben das Haus in aller Frühe verlassen.«

»Ich denke, Oneonta hat einen Sheriff. Geben Sie mir seine

Telefonnummer.« Er nannte die Nummer. Ich gab sie weiter an das Telefonmädchen. Die zwei Minuten, die sie brauchte, um den Anschluß des Sheriffs zu erreichen, dehnten sich zu zwei Ewigkeiten.

Die Stimme des Sheriffs klang wie das tiefe Knurren eines großen, schlechtgelaunten Hundes.

»Sheriff, Sie sprechen mit Jerry Cotton vom FBI-Distrikt New York. Sie kennen die Jugendcamps bei der Sunset Farm?«

»Klar.«

»Bei der Gruppe, die am Montag kam, befindet sich eine Lehrerin mit Namen Tessie Seal. Miss Seal ist Zeugin in einem Mordprozeß. Heute morgen haben zwei Killer in Oneonta das Lodge Hotel verlassen. Diese Männer sind unterwegs, um Miss Seal zu töten. Warnen Sie Miss Seal sofort, und bringen Sie sie in Sicherheit!«

»Eine verdammt phantastische Geschichte. Hören Sie, G-man, falls Sie wirklich einer sind, ich werde bei Ihrer Dienststelle zurückrufen. Geben Sie mir die Nummer!«

Ich nannte die Nummer. »Verlangen Sie John D. High! Beeilen Sie sich, Sheriff! Und versuchen Sie nicht, die Männer festzunehmen, sondern sorgen Sie nur für die Sicherheit von Miss Seal! Wir kommen so schnell wie möglich.«

»Mit einem schnellen Wagen können Sie es in zwei Stunden schaffen.«

»Ich hoffe, wir schaffen die Strecke mit einem Hubschrauber in einer Stunde.«

Ich drückte die Gabel nieder, ließ sie hochschnellen und rief das Hauptquartier an. Mit zwei Sätzen erklärte ich John D. High, unserem Chef, die Situation.

»Okay, Jerry, ich schicke Ihnen einen Hubschrauber zum Pan Am Building. Sie dürfen keine Sekunde verlieren. Ich höre, daß ich auf der anderen Leitung aus Oneonta verlangt werde. Der Sheriff meldet sich schon. Viel Glück für Sie und Phil!«

Der nächste Landeplatz für einen Helikopter war die

Dachfläche des Pan-Am-Gebäudes, kaum eine halbe Meile vom Hilton Hotel entfernt. Wir rasten im Jaguar hin, stellten den Wagen auf dem Bürgersteig ab und ließen uns vom Expreßlift hochschießen.

Ein Helikopter stand im weiß markierten Landekreis. Auf dem Rumpf trug er die Aufschrift ›Rundflüge über New York‹. Ein blonder Mann in einer Lederjacke erwartete uns.

»Ihr Chef hat mich gechartert, weil eine Polizeimaschine nicht so schnell zu haben war. Ich bin Ted Grant.«

Wir bestiegen die Maschine, die acht Plätze hatte. Grant warf den Motor an. Die Rotoren begannen ihr ohrenbetäubendes Pfeifen. Der Pilot wies auf die Kopfhörer, die neben jedem Platz hingen. Wir stülpten sie über.

»Ich brauche den Bordsprechverkehr, um meinen Gästen New York von oben zu erklären«, hörten wir seine Stimme. »Ich starte! Schnallen Sie sich an!«

Die Maschine hob ab. Grant zog sie in einer Schrägkurve hoch. Unter uns lagen die Straßenschluchten von Manhattan wie Canyons aus Stahl, Glas und Beton.

»Ihr Ziel ist Oneonta?« fragte der Pilot. »Welche Strecke fliege ich am besten? Ich kenne zwar jedes Wolkenkratzerdach in New York. Aber über die Stadtgrenze hinaus bin ich seit drei Jahren nicht geflogen.«

»Haben Sie keine Flugkarten? Wir wissen nur, daß Oneonta in den Catskill Montains liegt.«

Er hielt einen Straßenatlas hoch.

»Das ist alles, was ich in der Eile beschaffen konnte. Machen Sie sich keine Sorgen! Ich finde schon hin. Erst einmal den Hudson aufwärts und ab Kingston nach Westen.«

Er verfiel in den Fremdenführertonfall.

»Unter uns sehen Sie jetzt den Central Park, die grüne Lunge New Yorks, ohne die unsere Stadt nicht lebensfähig wäre.«

Uns war nicht nach Lachen zumute.

Vom ersten Tag an hatte Tessie Seal den Aufenthalt im Jugendcamp zu sportlicher Aktivität genutzt, für die es in New York keine vergleichbare Möglichkeit gab. Denn es war ein himmelweiter Unterschied, ob man seine Langlaufrunden auf den asphaltierten Wegen des Central Park drehte, angepflaumt oder auch belästigt von Halbstarken oder Pennern, oder ob man vom Camp aus auf nadelgepolsterten Waldpfaden am Seeufer entlanglaufen konnte, ohne einem Menschen zu begegnen.

Tessie stand früh auf, wenn die Kinder im Lager noch schliefen, zog einen alten Trainingsanzug an, passierte den Corral, in dem die Pferde standen, und tauchte im leichten Laufschritt in den Wald.

Ihr blieben drei Stunden für den Ausflug. Vor neun Uhr wurde sie im Lager nicht gebraucht. Manchmal kreuzte Wild ihren Weg. Vögel, die sich von ihrer Anwesenheit gestört fühlten, flogen schimpfend ein Stück mit.

Nach drei sanften Meilen stieg das Gelände an. Der Abstand zum Seeufer wurde größer und steiler, der Wald lichter, bis nur noch niedriges Gebüsch übrigblieb. Es bedeckte stellenweise jenes Felsplateau, von dem der Wasserfall in den See stürzte.

Gewöhnlich rastete Tessie auf einem Felsvorsprung, von dem aus sie den See, den Wasserfall und die langgestreckten Holzhäuser des Camps überblicken konnte. Manchmal kehrte sie nach der Rast zum Lager zurück. An anderen Tagen setzte sie den Weg in die Felsen hinein fort. Aber den Absturz des Wasserfalls hatte sie noch nie erreicht. An diesem Morgen warf sie einen Blick auf ihre Armbanduhr und rechnete aus, daß sie noch eine halbe Stunde bergaufwärts laufen konnte und trotzdem zum Reitunterricht rechtzeitig zurück sein würde.

Sie stand auf und wandte sich um.

Am Rande der Plattform, an der Einmündung des Waldweges, stand ein Mann, der in dieser Umgebung aussah, als käme er von einem fremden Stern. Denn er trug städtische

Kleidung, einen weichen, schwarzen Hut, Krawatte mit Anstecknadel, ein Spitzentuch in der Brusttasche und gesteppte Halbschuhe.

Tessie Seal erstarrte. Der Mann schob die Hände in die Jackentaschen und trat langsam näher.

»Hallo, Sportsfreundin«, sagte er. »Deinetwegen bin ich verdammt früh aufgestanden.«

Der Mann war groß und schlank, mit länglichem, bleichem Gesicht und einer Hornbrille vor den Augen.

Tessie wich zurück. »Wer sind Sie? Was wollen Sie von mir?«

»Bist du nicht Lehrerin? Was machst du mit einem vorlauten Kind? Stellst du es in die Ecke? Gibst du Strafarbeiten auf? In deinem Fall genügt das nicht. Dir müssen wir dein vorlautes Reden an der falschen Stelle gründlicher austreiben.«

Er stand jetzt dicht vor Tessie. Seine Augen hinter der starken Brille waren klein und grau mit starrer Pupille.

»Du bist hübsch«, sagte er, und seine Stimme wurde eng und heiser. »Ich wüßte ein paar Spiele, die mit dir zu spielen eine Menge Spaß bringen würden. Aber da dein Ende wie ein Unglücksfall aussehen muß, werde ich mich zurückhalten.«

Seine Hände schossen vor. Er packte ihre Oberarme.

Tessie hatte nie an einem Judo- oder Karatekurs teilgenommen, aber sie war sportlich durchtrainiert. Es fiel ihr leicht, sich aus dem Griff des Mannes zu drehen. Sie wich zur Seite. Bevor er zum zweitenmal zugreifen konnte, glitt sie an ihm vorbei und sprintete in einem Tempo zum Waldweg, das der Mann niemals hätte mithalten können.

Er unternahm auch keinen Versuch. Tessie hörte ihn fluchen: »Verdammte Katze!« Dann rief er: »Rico, sie türmt!«

Der zweite Mann sprang so plötzlich aus dem Gebüsch und sperrte den schmalen Weg, daß Tessie nicht mehr ausweichen konnte. Dicht vor dem Mann schlug sie verzweifelt einen Haken. Sie wollte in den Wald fliehen. Aber sie schaffte es nicht mehr. Der Mann erwischte ihren linken Arm und riß sie herum.

Sie sah ein breites, rosiges Gesicht mit trüb-braunen Augen. Dann traf sie ein harter Faustschlag, der ihr Bewußtsein auslöschte wie ausgeknipstes Licht.

Als Tessie wieder zu sich kam, erkannte sie, daß die Männer sich an ihr zu schaffen gemacht hatten. Sie hatten ihr das Oberteil des Trainingsanzugs ausgezogen, zu einem Strick zusammengedreht und ihr damit die Arme an den Oberkörper gefesselt.

»Sie ist wieder da«, sagte der Mann, der sie niedergeschlagen hatte. Hieß er Rico? Tessie erinnerte sich, daß der andere diesen Namen gerufen hatte. Der Brillenträger kehrte vom Rand der Felsplattform zurück.

»Hier können wir es nicht durchführen, Rico. Der Felsen ist nicht steil genug. Auf halber Höhe wächst eine Menge Gestrüpp. Wenn sie hängenbleibt, haben wir keine Möglichkeit, sie nach unten zu befördern. Sie könnte den Sturz überleben.«

»Warum erledigen wir die Sache nicht einfach hiermit?« Rico griff in den Jackenausschnitt und zog einen Revolver.

»Weil es nicht nach Mord aussehen darf, wenn sie gefunden wird, sondern nach Unfall. Erschossene Zeugen verärgern die Geschworenen und erschweren die Verteidigung. Ein Unfall ist höhere Gewalt.«

»Wohin sollen wir sie schleppen, Lot?«

»Sie kann selber laufen. Wir bringen sie hoch zum Wasserfall. Das ist eine Stelle, an der sie wirklich senkrecht runterfällt, wenn wir ihr einen kleinen Schubs geben. Den Weg müssen wir ohnedies nehmen.« So kaltschnäuzig entwickelte er den gemeinen Plan.

Er stieß Tessie mit der Schuhspitze an.

»Auf die Füße, Schätzchen!«

Sie richtete sich schwankend auf. Für einen Augenblick fiel es ihr schwer, das Gleichgewicht zu wahren. Ihr Kinn, an dem der Faustschlag sie getroffen hatte, schmerzte.

Die Männer trieben sie den Waldweg hoch, der nach einer halben Meile in den steilen Kletterpfad überging. Tessie wußte, daß dieser Pfad zum großen Plateau und zur Absturzstelle des Wasserfalls führte.

Der Platz galt als eine Sehenswürdigkeit. Von der anderen Bergseite führte eine schmale Straße zu ihm hoch, die befahren werden konnte. Es gab Picknickplätze und Parkmöglichkeiten für Autos. Trotzdem war es unwahrscheinlich, daß zu dieser Stunde Ausflügler dort oben sein würden.

Sie stiegen zwischen den Felsen hoch. Rico, der vorausging, hatte von der Anstrengung ein rot angelaufenes Gesicht, und hinter Tessie keuchte der bleiche Gangster.

Trotz der Fesselung fiel Tessie der Aufstieg leicht. Noch immer empfand sie nicht eigentlich Angst. Ihre Lage schien ihr so irreal, daß sie sich fragte, ob sie nicht träumte.

Der Himmel war unverändert. Die Vögel hatten ihren Gesang nicht eingestellt. Unten im Camp drängten sich jetzt die Kinder um die Kessel mit dem Frühstückskakao. Es konnte nicht wahr sein, daß sie, nur ein paar Meilen davon entfernt, von zwei Gangstern zu einer Art Hinrichtung geführt wurde.

Sie kam nicht auf den Gedanken, die Männer um Gnade und Schonung anzuflehen, sie auch nur anzusprechen.

Nach zwanzig Minuten blieb Rico stehen.

»Ich brauch 'ne Pause und 'ne Zigarette.« Er massierte seine Knie. »Eine Woche lang werde ich nach dieser Arbeit keinen Schritt gehen.«

Der andere Gangster setzte sich auf einen großen runden Stein. Seine Stecknadelaugen musterten Tessie.

»Warum sagst du nichts, Sportsfreundin?«

Tessie biß sich auf die Lippen und schwieg.

»Spielst du die Heldin?« Ein schiefes Lächeln verzog seinen Mund. »Rico, gib ihr 'ne Zigarette!«

Rico steckte eine zweite Zigarette an und schob sie Tessie zwischen die Lippen.

Tessie spuckte sie aus.

»Dann nicht, Süße! Wirklich schade, daß wir dich nicht beschädigen dürfen.«

Motorengeräusch übertönte die Vogelstimmen.

Die Gangster warfen die Köpfe hoch.

»Hubschrauber?« fragte Rico.

Die Maschine wurde nicht sichtbar, obwohl das Geräusch blieb.

Der bleiche Gangster stand auf.

»Vorwärts!« befahl er nervös. »Ich will's endlich hinter mich bringen. Wir haben schon zuviel Zeit verloren.«

»Oneonta«, sagte Ted Grant und drückte den Hubschrauber nach unten.

Seit zehn Minuten hatten wir Kontakt zur Flugsicherung in Albany. Sie wußten, daß unser Ziel die Jugendcamps auf dem Gelände der Sunset Farm waren. Sie dirigierten Grants Maschine über die Stadt hinweg nach Westen.

»Erkundigen Sie sich, ob Sie auf dem Farmgelände landen kännen!«

Grant erhielt die Antwort, die Flugsicherung hätte Kontakt zu Sheriff Banister, der sich auf dem Farmgelände aufhielte. Der Sheriff würde dafür sorgen, daß eine Landefläche für den Helikopter freigemacht würde.

In 300 Fuß Höhe überflogen wir Felder und ein Waldgebiet. Dann tauchte eine große Farm unter uns auf, und noch eine Meile weiter erkannten wir den See, den Wasserfall und die Holzhäuser des Camps.

Die Flugsicherung informierte uns, wir müßten noch einige Minuten warten, bis die Pferde aus dem Corral geführt worden seien, in dem wir landen sollten. Grant hängte den Helikopter an der Schraube auf.

Unten hatten sie Schwierigkeiten, die Pferde zu bändigen. Der Lärm der Rotoren machte die Tiere verrückt.

Ich ließ Grant bei der Flugsicherung anfragen, ob Sheriff Banister Nachrichten für die G-men an Bord des Hubschraubers hätte. Wir erhielten die Antwort, nach Meinung des Sheriffs bestände kein Anlaß zur Besorgnis.

Als das letzte Pferd aus dem Corral gebracht worden war, winkte ein Mann mit einem großen weißen Handtuch. Grant drückte die Maschine nach unten. Längs des Corralzauns drängten sich einige hundert Kinder, die sich die Landung nicht entgegen lassen wollten.

Grant setzte den Hubschrauber sanft auf wie eine Taube. Wir schoben die Türen zurück und sprangen aus der Maschine. Ein großer, kräftiger Mann in braunen Cordhosen und einem karierten Hemd kam uns entgegen. In den Händen hielt er ein Repetiergewehr. Um seinen Hals hing ein Sprechfunkgerät.

»Ich bin Sheriff Banister«, sagte er. »Ihre Freundin wird bald kommen.«

»Wo ist sie?«

Mit dem Daumen wies er auf den Wald, der das Seeufer bis zu den Felsen säumte.

»Beim Morgenlauf im Wald«, antwortete der Sheriff. »Das macht sie jeden Tag.«

Ich blickte auf die Armbanduhr. »Wann kommt sie gewöhnlich zurück?«

»Um neun Uhr zu den Reitstunden.«

»Da fehlen noch zehn Minuten, Sheriff!«

Er kratzte in seinen kurzgeschorenen, grauen Haaren.

»Ja, wenn sie pünktlich anfangen will, sollte sie schon hier sein. Ich habe ihr zwei meiner Gehilfen entgegengeschickt. Vielleicht haben die Jungens sie gefunden.«

Er nahm das Sprechgerät an die Lippen und schaltete ein.

»Sheriff an Charles und Emilio! Erwarte Meldung! Kommen!«

Er stellte die Lautstärke so hoch ein, daß wir die gequäkte Antwort verstehen konnten.

»Charles an Sheriff! Wir haben sie noch nicht gefunden.«

In Banisters Gesicht zeigte sich der Ausdruck von Betroffenheit.

»Wo seid ihr?« fragte er zurück.

Die Antwort lautete: »Am Redwood Point!«

Wieder kratzte er in seiner grauen Haarbürste.

»Wenn das Mädchen auf dem Rückweg wäre, hätten Charles und Emilio ihr längst begegnen müssen.«

»Kann sie einen anderen Weg genommen haben?«

»Einen anderen Weg gibt es nicht. Natürlich könnte sie sich quer durchs Unterholz kämpfen, aber warum sollte sie das tun?«

»Sheriff, wir müssen nach Miss Seal suchen, und zwar sofort.«

»Charles und Emilio sind unterwegs. Mehr Leute einzusetzen hat keinen Zweck. Es gibt nur den einen Weg. Ich kann Hunde anfordern. Einige Freunde in Oneonta besitzen gute Spürhunde.«

»Zum Teufel, damit verlieren wir zuviel Zeit! Steigen Sie in den Hubschrauber.«

»Warum?«

»Wir fliegen das Ufer ab. Sie sind ortskundig, Sheriff. Wir brauchen Ihre Hilfe.«

Ich wandte mich an Ted Grant.

»Sie müssen so niedrig und so langsam fliegen wie nur möglich.«

Er nickte. »Sehen werden Sie trotzdem nichts, G-man. Der Wald ist ziemlich dicht, abgesehen vom Steilufer im Norden.«

Er warf den Motor an. Als der Hubschrauber abhob, jubelten die Kinder. Was begriffen sie schon?

Kaum höher als die Dächer fegte der Hubschrauber über das Camp. Im Reservecorral stiegen die Pferde und keilten aus. Die Boote am Seeufer begannen unter dem Druck des Fahrtwinds zu schaukeln. Die Wasseroberfläche kräuselte sich.

Grant ließ seine Maschine einige Dutzend Fuß steigen, um nicht die Wipfel der Bäume zu streifen. Obwohl er die Geschwindigkeit bis auf ein Minimum drosselte, bei dem der Hubschrauber gerade noch nicht absackte, bildeten die Baumkronen ein geschlossenes grünes Dach, durch das nichts zu erkennen war.

»Ich habe es vorausgesagt«, sagte Grant.

Von der Seemitte an hob sich das Ufer zu einer Steilküste, deren höchster Punkt die Absturzstelle des Wasserfalls war.

Die Steilküste war wenig bewachsen. Grant schwenkte die Maschine einige Yards seewärts und hielt sie unterhalb der Oberkante.

Sheriff Banister schüttelte den Kopf.

»Der Pfad durch die Felsen verläuft mehr auf der Landseite.«

Zum Hochziehen des Helikopters brauchte Grant Raum. Er steuerte die Maschine in eine Rechtskurve bis dicht an den Wasserfall heran und zog sie dann hoch. Wir überblickten ein ebenes Felsplateau, in das der Fluß, der den Wasserfall speiste, ein tiefes Bett gegraben hatte.

Es war Phil, der als erster sah, was geschah. Er stieß den Arm vor.

»Da!« schrie er. »Da! Da!«

Der Fluß hieß White River. Er hatte den Namen erhalten, weil sich im Frühjahr zur Zeit der Schneeschmelze sein Wasser in weißen Schaumkaskaden an den Klippen und Felsbrocken brach, die seinen Lauf hemmten.

Im Sommer war der Fluß an manchen Stellen flach. Aber seine Strömungsgeschwindigkeit blieb zu allen Jahreszeiten so hoch, daß er auch bei Niedrigwasser nur schwierig zu durchqueren war.

Im Laufe der Jahrtausende hatte der White River sein Bett tiefer und tiefer in den Felsen gefräst. Jetzt floß er in einem tiefen Canyon dahin, dessen Grund nur in einer Kletterpartie zu erreichen war.

Knapp hundert Yards vor der Absturzkante zum See sammelte sich das Wasser in einer tiefen, aus dem Fels gewaschenen Mulde, von der es mit ziehender, kräftiger Strömung über die Kante schoß und im freien Fall dreihundert Fuß tief zum See hinabstäubte.

Am Beginn der Mulde überspannte eine Holzbrücke den Fluß. Wer auf der Brücke stand, konnte an den Wirbeln und Trichtern die Gewalt des Sogs zur Kante erkennen.

Als die Gangster und Tessie das Plateau und den White River erreichten, war das Motorengeräusch des Hubschraubers verstummt.

Die Männer trieben ihr Opfer auf die Brücke zu. Tessie konnte den See überblicken. Die Camphäuser lagen spielzeugklein am anderen Seeufer.

»Pack sie aus!« sagte der bleiche Gangster. »Wenn wir sie verschnürt in den Fluß werfen, glaubt niemand, daß sie versehentlich reingefallen ist.«

Rico löste die Verknotung des zusammengedrehten Oberteils von Tessies Trainingsanzug. Er warf ihr das Kleidungsstück zu.

»Anziehen!« befahl er.

Das donnernde Rauschen des Wasserfalls erfüllte um so stärker die Luft, je mehr sie sich der Brücke näherten. Es war so laut, daß Tessie den Hubschrauber früher sah, als sie sein Motorengeräusch wahrnehmen konnte.

Die Maschine stieg hinter den Camphäusern hoch und schwenkte dicht über den Dächern seewärts.

Die Gangster blieben stehen und beobachteten den Helikopter.

»Denkst du, die suchen nach ihr?« brüllte Rico gegen das Dröhnen des Wasserfalls an.

Der Hubschrauber glitt über den Wald am flachen Teil des Seeufers hinweg. Seine Flughöhe lag niedriger als das Felsplateau.

Wie auf ein Kommando packten beide Gangster Tessies Arme und zerrten sie vorwärts zur Brücke. Sie sträubte sich und kämpfte. Rico trat ihr in die Kniekehlen. Dann riß er sie hoch.

Das harte Rattern des Hubschraubers durchdrang das Rauschen des stürzenden Wassers. Die Maschine hatte die Linie erreicht, von der aus das Seeufer steil anstieg, blieb aber dicht über der Wasseroberfläche.

Die Holzbohlen der Brücke federten unter den Schritten Tessies und ihrer Henker. Sie schleiften ihr Opfer bis zur Brückenmitte.

Tessie kämpfte und starrte nach dem Hubschrauber. Mit einer fast ruckartigen Flugbewegung wechselte die Maschine die Richtung und schwang auf die Seemitte hinaus. Da sie immer noch in geringer Höhe flog, verschwand sie unterhalb der Absturzkante des Felsplateaus aus Tessies Blickfeld, aber das knatternde Motorengeräusch blieb laut und nahe.

»Schlag zu!« brüllte der blasse Gangster. »Ohnmächtig kann sie nicht ...«

Tessie spürte, daß Rico sie losließ und zum Schlag ausholte. Sie begriff, daß sie bewußt- und wehrlos wie ein treibendes Stück Holz von der Strömung über den Absturz gerissen werden sollte. Dieser Fall, der Aufprall auf vorspringende Felsen, der Sturz von Stufe zu Stufe, würde sie mit absoluter Gewißheit töten. Mit der grellen Helligkeit eines Blitzschlages erfaßte sie der Gedanke, daß sie nicht ohnmächtig werden durfte. Sie wollte kämpfen!

Sie duckte sich, um Ricos Hieb auszuweichen.

In dieser Sekunde schwoll das Motorengeräusch des Hubschraubers zu ohrenbetäubendem Knattern an. Wie ein Ufo in einem Science-fiction-Film stieg die Maschine aus der Tiefe über die Absturzkante hoch. Die Rotorflügel peitschten die Luft. Gleich einem Insekt, das den stachelbewehrten Unterleib krümmt, drehte sich der Helikopter um die eigene Achse. Tessie riß sich los. Aus dem Stand hechtete sie über das Geländer.

Eiskalt schlug das Wasser über ihr zusammen, nahm ihr für die Dauer eines Herzschlages den Atem, und schon fühlte sie die mächtige Strömung, die sie zum Absturz trug.

Wie in einem Film, der zu schnell abspult, sah ich zwei Männer und Tessie auf der Mitte einer Brücke. Ich sah, wie einer der Männer die Arme zum Schlag erhoben hatte. Doch es war unmöglich zu erkennen, ob Tessie von dem Schlag getroffen worden war, als sie über das Geländer stürzte.

»Runter!« schrie ich Grant an und riß die Seitentür zurück. Brüllend brach der Fahrtwind in die Kabine ein.

Wieviel Fuß hing der Hubschrauber über dem Wasser? Wie tief war das Wasser? Wie stark die Strömung?

Tessies blondes Haar durchbrach die tiefgrüne Oberfläche.

Ich sprang.

Die Kälte des Wassers war wie ein Faustschlag in die Herzgrube. Noch im Auftauchen glitt ich aus der Jacke und trat mir die Schuhe von den Füßen.

Ich kam hoch. Das Röhren des Hubschraubers war von ungeheurer Intensität, und die Strömung riß mich mit. Sie trug mich davon, als hätte ich kein Gewicht.

Wo war Tessie? Ich richtete mich auf. Zwanzig Yards stromabwärts sah ich ihren Kopf, den Wirbel ihrer Arme und Beine. Sie hatte sich in die Strömung gedreht und kraulte gegen die Gewalt des Wassers an. Sie kam keinen Zoll vorwärts, aber es schien ihr zu gelingen, nicht näher an den Absturz herangetragen zu werden.

Ich schwamm zu ihr, genauer gesagt, ich schoß auf sie zu wie ein Torpedo. Ein paar Fußschläge genügten, um die Richtung einzuhalten. Dann trug mich die Strömung an ihr vorbei, und erst eine Körperlänge hinter Tessie gelang mir die Drehung. Mit einem Trommelfeuer von Kraulschlägen versuchte ich, mich näher an Tessie heranzuschieben. Nur zollweise gelangte ich näher.

Noch immer beherrschte das Gebrüll des Hubschraubers die Luft. Die Maschine war nach links geschwenkt und schien aufzusetzen.

Tessie verlor gegen den Druck der Strömung an Boden. Wie von einer unsichtbaren Hand geschoben, glitt sie auf mich zu.

»Kannst du durchhalten?« schrie ich.

»Ich hoffe ...«, antwortete sie keuchend. Sie war eine ausgezeichnete Schwimmerin. Flach lag sie auf dem Wasser, atmete gleichmäßig und schwamm dieses Rennen gegen den Tod.

Grants Hubschrauber stieg hoch. Ich wandte den Kopf und sah, daß Phil aus der Maschine gesprungen war und am Ufer stand, das Ende eines Seils über die Schulter geschlungen. Von Phil verlief das Seil nach oben in die offene Tür des Helikopters. Ich drehte mich auf den Rücken.

Der Sheriff stand in der Türöffnung, das andere Ende des Seils in den Händen. Während Grant seine Maschine so genau wie möglich über uns hielt, versuchte der Sheriff uns das Seil zuzuwerfen.

Zehn Yards hinter uns klatschte das Seil ins Wasser. Ich gab dem Druck der Strömung nach und erwischte das Seil. Banister hatte das Ende kunstgerecht zur Lassoschlinge geknüpft. Ich schob Kopf, Schultern und Arme durch die Schlinge, so daß sie unter den Achseln festsaß. Ich bäumte mich aus dem Wasser und winkte zum Hubschrauber hoch.

Banister ließ das Seil fallen. Phil konnte die zusätzliche Länge nicht schnell genug einholen. Die Strömung riß mich bis auf ein Dutzend Yards an den Absturz heran, bevor das Seil sich straffte. Für Phil bedeutete es keine Schwierigkeit, mich zu halten. Der Auftrieb macht einen Menschen im Wasser praktisch gewichtslos. Ich hing wie ein Fisch an der Leine. Aber ich hing sicher.

Durch das Seilmanöver war ich weit von Tessie weggetrieben worden.

Sie kämpfte verbissen, aber ihr Kraulschlag hatte sich deutlich verlangsamt. Die Strömung drückte sie immer näher an den Absturz heran.

Quer zur Strömung schwamm ich zu ihr. Phil gab mir gerade so viel Leine, daß ich mich an Tessie heranarbeiten konnte. Über unseren Köpfen zog Grant den Hubschrauber hoch und schwang über die Brücke hinweg ab.

Ich erreichte Tessie und rief sie an: »Okay, du kannst kommen!«

Sie drehte sich, stellte ihre Schwimmbewegungen ein und wurde mir von der Strömung in die Arme getrieben. Sie klammerte sich an mich. Dicht an meinem linken Ohr ging ihr Atem hastig und keuchend.

Würde Phil uns beide ans Ufer ziehen können? Ich spürte den Zug gegen die Strömung. Aber es dauerte endlose Minuten, bis ich erkannte, daß das Ufer langsam näher rückte.

Phil hatte das Seil dadurch gesichert, daß er es um einen massiven Felsbrocken am Ufer geschlungen hatte. Jetzt zog er immer so viel Seil ein, bis er eine neue Schlinge um den Stein legen konnte.

Ich brauchte nur Tessie festzuhalten. Phil besorgte den Rest. Schließlich fühlte ich Grund unter den Füßen und richtete mich auf. In diesem Augenblick sank Tessie in einer Ohnmacht zusammen.

Ich hob sie auf die Arme und watete die letzten zehn Schritte an Land. Mir zitterten die Knie. Phil kam uns entgegen und nahm mir Tessie ab.

Wir legten sie auf den Boden und machten zur Vorsicht Wiederbelebungsübungen mit ihr, die sich als überflüssig erwiesen. Nach wenigen Sekunden schlug sie die Augen auf. Ein schwaches Lächeln erschien auf ihren Lippen.

»Welches Wunder hat euch hergebracht?« flüsterte sie.

»Es war kein Wunder, aber darüber sprechen wir später. Bist du verletzt?«

»Ich glaube nicht.«

Ihre Zähne schlugen aufeinander. Sie zitterte und krümmte die Schultern. Phil zog seine Jacke aus und legte sie ihr über.

»Wie kommen wir von hier weg?« fragte ich.

»Irgendwann wird der Hubschrauber zurückkehren. Banister versucht, die Gangster zu fassen. Grant kann über die Funkverbindung Hilfe holen und die Polizei alarmieren.

Um uns werden sie sich kummern, sobald sie sicher sind, daß es für die Gangster kein Entkommen gibt.«

»Über wieviel Sprit verfügt die Maschine noch?«

Phil hob die Schultern.

Vom Motorengeräusch des Helikopters war nichts mehr zu hören. Das mächtige Rauschen des Wasserfalls hatte wieder die Herrschaft übernommen.

Ich zog meine nassen Kleider aus und legte sie zum Trocknen in die Sonne. Tessie folgte dem Beispiel und begnügte sich mit Phils Jacke.

Zwanzig Minuten verstrichen. Wieder und wieder blickte Phil auf die Uhr.

»Grant scheint die Typen bis nach New York verfolgen zu wollen.«

Er stand auf und ich sah, wie er die Hand an den Griff des 38ers legte.

Zwei Männer gingen über das Plateau. Sie trugen Gewehre in den Händen und waren wie Einheimische angezogen. Einer hatte ein scharfgeschnittenes, braunes Indianergesicht.

Sie entsicherten ihre Gewehre.

»Leute, nehmt die Arme hoch!« rief der Ältere. Er hatte irgendwie Ähnlichkeit mit einem knorrigen, verwitterten Wurzelstock.

»Wir sind FBI-Agenten!« rief Phil zurück.

»Was immer ihr seid, nehmt die Arme hoch, oder ihr kriegt's!« Dann rief er Tessie an: »He, Lady, Sie werden unten vermißt! Haben diese Kerle Sie entführt oder irgendwie belästigt?«

»Nein, sie sind wirklich G-man! Sie kamen mit dem Sheriff im Hubschrauber und retteten mich.«

Viel Erfolg hatte sie mit ihrer Erklärung nicht. Die Männer blieben mißtrauisch.

»Wo ist der Sheriff?«

»Im Hubschrauber.«

»Und wo, verdammt, ist der Hubschrauber?«

»Sheriff Banister und der Pilot verfolgen die Gangster.«
»Welche Gangster?«
Das Gespräch begann sich im Kreise zu drehen. Phil sah, daß der Mann mit dem verwitterten Gesicht außer dem Gewehr ein modernes Walkie-talkie-Gerät trug.
»Sie sind die Gehilfen des Sheriffs?«
Der Mann nickte, zeigte mit dem Daumen auf sich. »Ich bin Charles.« Dann auf den Indianer: »Emilio!« Nachnamen hielt er für überflüssig.
Phil wies auf das Sprechfunkgerät.
»Versuchen Sie, Kontakt mit dem Sheriff zu bekommen!«
»Versuch' ich dauernd! Er antwortet nich'«, brummte Charles.
»Richtig! Solange er im Hubschrauber sitzt, können Sie ihn nicht erreichen. Warum wählen Sie nicht eine andere Frequenz und rufen die State Police oder eine Highway-Patrouille?«
Charles zwinkerte mit den wimperlosen Augenlidern.
»Andere Frequenz?« fragte er verständnislos. »Der Sheriff hat das Ding eingestellt und mir gesagt, auf welche Knöpfe ich drücken soll. Von Frequenz habe ich keine Ahnung.«
»Lassen Sie es mich versuchen«, schlug Phil vor und streckte die Hand vor.
»Behalten Sie ihre Pfoten bei sich, Mann!« blaffte Charles. Emilio hob unbewegten Gesichts das Gewehr an.
»Okay, dann sagen Sie uns, wie wir hier wegkommen.«
Mit dem Daumen wies er über die Schulter.
»Wie die Miss raufgekommen ist.«
»Gibt es keinen anderen Weg?«
»Doch die Fahrstraße, die von der anderen Seite zu den Picknickplätzen führt. Von hier ist sie nicht zu sehen. Aber wenn ihr die Brücke überquert und dreihundert Yards flußaufwärts geht, findet ihr sie.« Er schob seinen verbeulten Hut ins Genick. »Ich will aber nicht, daß ihr geht, bevor der Sheriff mir gesagt hat, was mit euch los ist.«
In den Indianer Emilio geriet Bewegung. Er nahm eine

Hand vom Gewehr, tippte auf das Sprechfunkgerät und sagte zwei unverständliche Worte.

Charles nahm das Walkie-talkie hoch, starrte es eine Sekunde lang überrascht an und preßte dann den Empfänger ans Ohr.

Wegen des Rauschens des Wasserfalls war unser Gespräch in Lautsprecherstärke geführt worden. Nur Emilios feine Ohren hatten das Summen des Rufzeichens gehört.

Charles lauschte, drückte den Sendeknopf, wechselte das Gerät vom Ohr zum Mund und schrie ins Mikrofon: »Hier Charles und Emilio! Sind auf Empfang! Kommen!«

Zurück ans Ohr mit dem Walkie-talkie. Während er angestrengt lauschte, fluchte er. »Zu leise!«

Er wechselte und schrie: »Schlechter Empfang! Wiederholt alles! Kommen!«

So ging es einige Male hin und her. Dann endlich schien er die ganze Nachricht erwischt zu haben. Er rief: »Okay, wir warten! Ende!«

Er spuckte aus und wischte sich über den Mund.

»Der Sheriff?« fragte Phil.

Charles schüttelte den Kopf.

»Nein, irgendein höherer Cop! Sie schicken 'nen Wagen rauf, um das Mädchen und euch zu holen.«

»Und der Sheriff?«

Er nahm den verbeulten Hut ab und kratzte ausgiebig in seinem Filzhaar.

»Ich versteh's auch nicht«, brummte er. »Sie sagen, der Sheriff wäre mit dem Hubschrauber runtergefallen.«

Ted Grant trug einen weißen Kopfverband. Als Phil und ich aus dem Streifenwagen der State Police stiegen, schnippte er den Zigarettenrest in den Staub der Straße.

»Bevor ich die nächste FBI-Charter übernehme, überlege ich's mir dreimal«, sagte er.

Sein Hubschrauber lag rechts von der Straße zwischen

einer kleinen Baumgruppe, von denen die Rotoren die nächsten geköpft hatten. Die Schraubenblätter hingen verdreht und verbogen herunter wie geknickte Schwungfedern eines großen Vogels.

Vor einer halben Stunde hatten die State-Polizisten uns mit zwei Wagen vom Plateau abgeholt. Mit einem Fahrzeug wurde Tessie zurück ins Camp gebracht. Uns brachten die Beamten zur Absturzstelle des Hubschraubers.

Die Straße führte in engen Windungen vom Berg hinunter, immer am Rande einer tief eingeschnittenen Schlucht entlang, gegen die sie in den Kurven durch Holzbarrieren abgesichert war.

Hundert Yards straßenabwärts vom Aufschlagort des Helikopters, genau in der nächsten Kurve, war die Holzbarriere durchbrochen. Grant und ein Lieutenant der State Police begleiteten uns zu der Stelle.

»Wir haben nichts angerührt und warten auf die Mordkommission aus Albany«, sagte der Lieutenant. »Den Leuten war ohnedies nicht mehr zu helfen.«

Jenseits der durchbrochenen Barriere fiel das Gelände steil mehrere hundert Fuß tief ab zum Grund der Schlucht. Der aufprallende Wagen hatte Steine losgesprengt, Sträucher und ein paar dünne Bäume mitgerissen. Er lag auf dem Dach im dünnen Wasserrinnsal auf dem Grund der Schlucht. Drei Polizisten waren nach unten geklettert.

»Ich war selbst unten«, sagte der Lieutenant. »Die Männer sind tot. Einer wurde hinausgeschleudert. Er liegt links neben der niedrigen Kiefer. Sie können von hier aus nur seine Beine sehen. Der andere blieb im Wagen.«

Ich sah Grant fragend an.

»Sie beschossen uns«, sagte er. »Einer hängte sich aus dem Fenster und feuerte mit einer Maschinenpistole. Sheriff Banister antwortete sofort mit seinem Gewehr. Ich dachte, daß es das Vernünftigste wäre, die Maschine hochzuziehen. Aber da hatten sie schon meine Steuerungshydraulik zerfetzt. Ich konnte nur noch versuchen, meine Luftkutsche so schnell wie möglich aufzusetzen. Wir kamen so rauh runter, daß der Sheriff sich die Schulter und einen Arm brach.« Er deutete mit dem Kopf zur Schlucht.

»Wie das geschehen ist, weiß ich nicht.« Phil und ich machten uns an den Abstieg, der nicht schwierig war.

Der Mann, der aus dem Wagen geschleudert worden war, lag einige Dutzend Fuß oberhalb des Fahrzeuges. Sein Kopf hing nach unten. Die Jacke hatte sich hochgeschoben. Nur an einem Fuß saß noch der Schuh.

Ich fand keine Papiere in seinen Taschen. Er mußte sie beim Herausschleudern und beim Sturz verloren haben. An seinem Finger steckte ein Siegelring mit den verschlungenen Initialen R und C. Einer der beiden Männer hatte sich Rico Custov genannt. Das stimmte mit den Buchstaben auf dem Ring überein. Der Wagen, ein dunkelroter Mustang Mach II, war im Staat Michigan zugelassen. Der Gangster, der ihn anscheinend gefahren hatte, saß noch hinter dem Steuer. Ich will nicht beschreiben, auf welche Weise er getötet worden war. Wahrscheinlich mußte der Wagen auseinandergeschweißt werden, um ihn herauszuholen.

Einer der Polizisten reichte mir eine Brieftasche.

»Das fanden wir«, sagte er.

Das Foto auf dem Führerschein zeigte einen Mann mit einem länglichen, nicht häßlichen Gesicht. Auf dem Foto trug er eine Hornbrille. Der Name war mit Horace Lotinec angegeben. Keiner schien es für notwendig gehalten zu haben, sich hinter falschen Namen zu verbergen.

»Sir, das fanden wir ebenfalls«, sagte der Polizist, der mir die Brieftasche gegeben hatte.

In der Hand hielt er einen weichen, schwarzen Hut.

Für den Nachmittag des Freitags hatte Jack Mason einen Flug nach Mexiko gebucht. Als er um drei Uhr die erwartete Nachricht noch nicht erhalten hatte, ließ er durch seinen Sekretär Barry Cheen die Reservierung löschen.

Er zog sich in seine klimatisierte Bar zurück, setzte sich in einen Ledersessel und zündete eine schwere, schwarze Zigarre an.

Cheen erschien in seiner lautlosen Art und brachte seinem Boß den ersten Drink der Happy Hour, aber für Mason war es keine glückliche Stunde. Eine tiefe Unruhe beherrschte ihn. Sein Herz schlug schwer und hart. Als er das Glas zum Munde führte, klirrte das Eis. Seine Hand bebte.

Kurz nach sechs schrillte das Telefon. Mason griff hastig nach dem Hörer.

Es war nicht der erwartete Anruf, obwohl er aus New York verlangt wurde. In der Leitung meldete sich James D. Frick.

»Jack, ich arbeite immer gern für Sie«, fauchte der Anwalt, »aber ich will nicht in einen verdammten Haufen Scheiße hineinrutschen.«

»Wovon sprechen Sie, James?« In Masons Stimme schwang ein gereiztes Grollen mit.

»Heute morgen haben zwei Leute versucht, genau den G-man umzubringen, der im Mason-Prozeß als Zeuge der Staatsanwaltschaft aussagen soll.«

»Wollen Sie behaupten, ich hätte damit zu tun?«

»Zum Teufel, die Presse wird behaupten, ich hätte damit zu tun!« schrie Frick. »Soll ich meinen Ruf als Anwalt ruinieren lassen?«

»Regen Sie sich nicht auf, James! Jeder weiß, daß sich FBI-Schnüffler Feinde machen. Der Job bringt das mit sich. Ich wette, daß eine Menge Leute Grund haben, diesem Cotton einen Tritt vors Schienbein zu versetzen. Daran wird auch die Presse nicht zweifeln.«

»Jack, ich weiß selbst, was ich der Presse erzählen muß.« Frick ließ sich nicht beruhigen. »Denken Sie daran, wie schwierig die Verteidigung Ihres Neffen für mich wird, wenn der G-man vor die Geschworenen tritt und ihnen erzählt, daß er wegen seiner Zeugenaussage umgelegt werden sollte.«

Mason glaubte, seinen Ohren nicht trauen zu dürfen.

»... umgelegt werden sollte«, wiederholte er. »Wollen Sie damit sagen, daß er die Sache überstanden hat?«

»Jawohl, das hat er, Jack!« Fricks Stimme verriet nackte Schadenfreude. »Er ist gesund wie ein Fisch im Wasser. Vielleicht wird er Sie demnächst besuchen, Jack.«

Mason nahm die Zigarre aus dem Mund, starrte sekundenlang auf die Glut, bis Frick rief: »Hallo, Jack! Sind Sie noch in der Leitung?«

Zielsicher warf Mason die Zigarre in den nächsten Aschenbecher.

»Was wurde aus den Leuten, die versuchte haben, ihn abzuknipsen?«

»Leichenschauhaus!« antwortete der Anwalt brutal. »Interessieren Sie die Namen? William Horrey und Bob Farth.« Zynisch setzte er hinzu: »Hoffentlich müssen Sie jetzt nicht um alte Freunde trauern, Jack!«

»Jimmy, Sie werden Bucks Verteidigung nicht niederlegen«, sagte Mason. »Ich überweise Ihnen noch einmal zehntausend Dollar als Vorauszahlung.«

»Ich hatte nicht die Absicht, Sie im Stich zu lassen, Jack«, antwortete Frick im versöhnlichen Tonfall. »Nur sollen Sie wissen, daß meine Aufgabe nicht leichter geworden ist. Geben Sie nicht mir die Schuld, wenn ich Bucks Verurteilung nicht verhindern kann!«

»Seien Sie unbesorgt! Ich verlange von Ihnen nur Verteidigung mit allen legalen Mitteln. Danke für den Anruf, Jimmy!«

Er gab Cheen einen Wink, sein Glas neu zu füllen. Während er den Whisky in kleinen Schlucken trank, dachte er nach. Als Cheen noch einmal eingießen wollte, wehrte Mason ab.

Er rief einen Zeitungsreporter an, dem er von Zeit zu Zeit Geld für kleine Schnüfflerdienste gab.

»Hasly, erkundigen Sie sich bei den Nachrichtendiensten, welche Informationen aus Oneonta vorliegen.«

»Was wollen Sie wissen, Sir?« fragte der Reporter eifrig.

»Verdammt, ich nehme nicht an, daß sich in Oneonta pausenlos aufregende Geschehnisse ereignen. Verschaffen Sie mir alle Nachrichten!«

Eine halbe Stunde lang wartete er auf den Anruf des Zeitungsmannes. Dann meldete Hasly: »Bei Oneonta hat ein Hubschrauberabsturz stattgefunden, bei dem der Sheriff verletzt wurde. Die abgestürzte Maschine kam aus New York.«

»Sonst nichts?«

»Ein Verkehrsunfall, bei dem zwei Männer getötet wurden. Die Nachrichten sind lückenhaft, Mr. Mason. Es sieht so aus, als bestünden Zusammenhänge zwischen dem runtergefallenen Helikopter und dem Autounfall. Die Polizei weicht konkreten Auskünften aus.«

»Ich schicke Ihnen einen Umschlag, in dem Sie einige Hunderter finden werden. Bemühen Sie sich um mehr Einzelheiten! Falls ich nicht zu erreichen bin, geben Sie Ihre Informationen an Barry Cheen!«

Der melodische Gong der Türklingel schlug an. Cheen ging zur Sprechanlage.

»Miss Juella«, meldete er.

»Laß Sie herein!«

Juella Rellon trug ein grünseidenes Abendkleid und ein Nerzcape. Als sie es abnahm, schimmerte die sonnenbraune Haut ihrer nackten Schultern.

»Setz dich, Juella!« sagte Mason.

»Danke, Jack! Ich bin auf dem Weg zu einer Party. Für mich hagelt es Einladungen. Jeder will wissen, warum und unter welchen Umständen Buck verhaftet wurde.« Sie lächelte. »Einige Boys glauben auch, sie könnten Buck vertreten.«

Mason stand auf, kam zu ihre, streichelte ihre Schulter, den Oberarm und küßte sie auf den Hals.

»Verwisch mir nicht das Make-up, Jack!« sagte sie, ohne sich seinen Liebkosungen zu entziehen. Die Verbindung zwischen Jack Mason und Juella war älter, tiefer und geheimnisvoller als die Verbindung zwischen ihr und Buck. Sie hatte an jenem Tag begonnen, an dem die siebzehnjährige Tochter einer illegal eingewanderten Mexikaner-Familie in den Cadillac des reichen, alten Mannes gestiegen war. Natürlich war Juella seine Geliebte geworden, aber auch seine Schülerin und noch später seine Vertraute, beinahe etwas wie eine Tochter. Ihre körperlichen Beziehungen hatten sich wie von selbst gelöst, ohne daß die Erinnerung daran bei beiden jemals erloschen wäre. Als Buck im Kreis seines Onkels auftauchte und Juella sich dem Jüngeren zuwandte, hatte Jack Mason der Entwicklung ihren Lauf gelassen.

»Leider habe ich keine guten Neuigkeiten«, sagte er dicht an Juellas Ohr. »Der G-man lebt.«

»Haben Horrey und Farth nicht versucht, ihn ...«

»Versucht schon, aber sie haben es nicht geschafft.«

Sie sah ihn an. »Wurden sie festgenommen?« fragte sie zögernd.

Mason bewegte den kantigen, halbkahlen Schädel von links nach rechts. »Sie sind tot«, antwortete er und vermied es, Juella anzusehen.

»Und das Mädchen? Die G-man-Freundin?«

»Ich habe keine genauen Nachrichten.«

»Warum nicht? Sollte Lotinec dich nicht anrufen, wenn ...«

»Horrey hatte das Kommando. Lotinec und Rico hätten sich mit William verständigen müssen.«

»Aber wenn Horrey tot ist, wenn sie ihn nicht erreichen konnten, hätten sie doch bei dir anrufen müssen, oder?«

»In der Gegend, in der sich das Mädchen aufhielt, sind zwei Männer bei einem Autounfall umgekommen.«

»Du meinst, Lotinec und Rico wären auch ... tot?«

Mason beantwortete die Frage mit einer Frage, die den Kern einer Antwort enthielt.

»Warum haben sie sich bis jetzt nicht gemeldet?«

»Glaubst du nicht, daß es ihnen vorher gelang, das Mädchen zu erledigen?«

»Von einem toten Mädchen ist in den Nachrichten nicht die Rede, aber von einem abgestürzten Hubschrauber, der aus New York kam, und von einem verletzten Sheriff. Hörst du? Die Maschine kam aus New York. Wenn du die Herkunft des Hubschraubers und den Fehlschlag von New York zusammenhältst, dann läßt sich leicht erklären, warum auch das Mädchen noch immer als Zeugin für Buck gefährlich ist.«

»Soll das bedeuten, daß du Buck vor einer Verurteilung nicht mehr retten kannst?«

»Seine Rettung ist schwieriger geworden.«

Juella nahm Masons Whiskyglas vom Tisch.

»Gib mir einen Schluck, Jack!« sagte sie.

Er füllte das Glas, und sie trank. Dann gab sie das Glas ihm.

»Jack, du weißt, was geschieht, wenn Buck verurteilt wird«, flüsterte sie, als fürchte sie, die Worte könnten Masons Zorn erregen. »Buck wird dich verraten, und er kann dich verraten. Er kennt zwei oder drei schwache Stellen in deiner Abschirmung.«

Mason nickte. »Jeder, der zum Clan gehört, kann jeden verraten. Darauf beruht der Zusammenhalt des Clans. Oder dachtest du, jemand mache aus Freundschaft den Finger für den anderen krumm? Nein, Juella, der Clan läßt kein Mitglied im Dreck sitzen, weil alle wissen, daß sie selbst in den Untergang des einzelnen gerissen werden können.«

»Also hat Buck noch eine Chance?«

»Morgen fliege ich nach New York. Du wirst mich begleiten. In New York werden wir Mario, Randolph und Pit Barsky treffen.«

Er zog die starken Lippen von den Zähnen.

»Unsere Möglichkeiten sind nicht erschöpft, Darling. Im schlimmsten Fall läßt sich ein Gerichtsgebäude in die Luft sprengen.«

Er lachte, und sein Lachen steckte Juella an.

»Vergiß nicht, daß Buck als Angeklagter nicht weit vom Richtertisch sitzt. Wie willst du ihn aussparen?«

Masons Augen funkelten. »Soll ich ihn aussparen? Hör mal, Baby, du verlangst viel. Mit zwanzig Pfund Dynamit könnte ich mir jeden Ärger ersparen und die Anwaltskosten dazu, denn Frick sitzt noch näher beim Richtertisch als Buck. Und diesem hochnäsigen Halunken wünsche ich schon lange 'ne schnelle Höllenfahrt.«

Juellas Lächeln erstarb.

»Meinst du es ernst, Jack?«

Er nahm das Nerz-Cape vom Stuhl und legte es ihr um die Schultern.

»Unsinn, mein Mädchen! Geh auf deine Party! Barry wird dir morgen die Flugkarten bringen. Ich denke, es ist besser, wenn wir nicht mit derselben Maschine fliegen.«

Er begleitete sie zum Ausgang und küßte sie leicht.

»Viel Spaß bei der Party«, sagte er und setzte mit einem zynischen Lächeln hinzu: »Sieh dich unter den Jungens um, ob einer nicht als Bucks Nachfolger in Frage kommt! Oder sollen wir beide unsere alten Beziehungen wieder aufnehmen?«

Er wartete ihre Reaktion nicht ab, sondern hob grüßend die Hand und ging ins Haus zurück.

In schneller Folge rief er drei Männer an: Mario Sorrondo in Washington, Randolph Whist in San Francisco und Pit Barsky in Detroit. Keinem gab er eine Erklärung. Er begnügte sich damit, ihnen zu sagen, daß sie sich morgen in New York treffen müßten.

Niemand fragte nach dem Grund, aber jeder ahnte ihn.

Am frühen Abend stieg Tessie in einen Wagen des FBI-Distrikts New York. In diesem Wagen verließ sie Oneonta und das Jugendcamp. Den Reitunterricht würde morgen ein anderer geben müssen, am besten der knorrige Charles oder

der Indianer Emilio. Tessie wurde bis zur Gerichtsverhandlung gegen Burnett Mason aus dem Verkehr gezogen.

Phil und mich holte ein Hubschrauber der City Police ab, der eine saubere Wäschegarnitur, einen Anzug und ein Paar Schuhe für mich mitbrachte. Denn noch lief ich in Schuhen herum, die mir ein State-Polizist geliehen hatte.

Wir landeten auf demselben Platz, von dem aus wir gestartet waren – auf dem Dach des Pan-Am-Wolkenkratzers. Der Jaguar stand unangetastet auf dem Bürgersteig. Wir fuhren zum Hauptquartier.

Auf dem Schreibtisch breiteten wir die Fotos der vier Männer aus, die an diesem Freitag eines gewaltsamen Todes gestorben waren. Zu jedem Foto gehörte eine Akte mit Fingerabdrücken, dem Arztbericht über die Todesursache, den Untersuchungsergebnissen der Homicide Departments von Manhattan und Albany.

Wir gaben die Fotos, die Fingerabdrücke und alle Einzelheiten an den zentralen Computer in Washington weiter. Über unser Bildschirmterminal erhielten wir das Positivsignal, das besagte, im Computer wären Angaben über die Männer gespeichert.

Wir ließen das Material abrufen. Das Schreibgerät begann zu knattern. Zeile auf Zeile erschien. Die beschriebenen Bogen wuchsen aus der Maschine und falteten sich zu einem Stoß von der Dicke eines durchschnittlichen Buches. Die Meldung über Horace Lotinec sah so aus:

Horace Lotinec, geb. 16. 6. 1935, Weißer

Personenbeschreibung: Reg. LL 5890/440

Fingerregistrierung: 15-598033-666

Verurteilungen: 1955 Jugendgericht in Los Angeles 14 Monate

Vergewaltigungsversuch, davon verbüßt 10 Monate

1959: II. Gericht Los Angeles 6 Jahre wegen gewalttätiger Erpressung, davon verbüßt 3 Jahre und sechs Monate.

Ermittlungsverfahren: 1962 Homicide Department Los Angeles

1963 Homicide Department Los Angeles
1965 State Police US State Nevada
1970 County Sheriff Office Nashville
1976 Homicide Department Los Angeles

Register: Der Computer gibt die Kennzeichen aller Akten zu den vorher genannten Verurteilungen und Ermittlungsverfahren, außerdem die Kennzeichen von Verfahren gegen andere Personen, in denen Horace Lotinec in irgendeinem Zusammenhang auftauchte. Die Zahlenkolonne umfaßt 21 Positionen.

Status: Horace Lotinec gilt als Berufskiller, der bereits 1962 zum erstenmal unter Mordverdacht stand. Seitdem fiel bei der Untersuchung von Mordfällen immer wieder der Verdacht auf ihn, ohne daß ausreichende Beweise für eine Verurteilung erbracht werden konnten. Die Opfer aller Mordfälle standen in keiner direkten Beziehung zu Horace Lotinec, so daß Mord im Auftrag und gegen Bezahlung als erwiesen gelten kann. Die Ermittlungsverfahren von 1970 und 1976 mußten eingestellt werden, weil wichtige Zeugen gegen Lotinec unter ungeklärten Umständen getötet wurden. Die Vermutung liegt nahe, daß Lotinec einem Killersyndikat angehört. Seine Gefährlichkeitsklassifizierung ist 1 b.

Für William Horrey lieferte der Computer eine ähnliche Charakterisierung, allerdings mit kärglicheren Angaben. Horrey war spezialisiert auf Killeraufträge an Farbigen mit einem Tätigkeitsschwerpunkt in Harlem. Aber auch in den Negerbezirken von Los Angeles, Washington und Detroit tauchte sein Name im Zusammenhang mit ungeklärten Mordfällen auf. Sein Register umfaßt 18 Positionen. Seine Gefährlichkeitsklassifizierung lag mit 1 c noch um einen Punkt höher als bei Lotinec. Auch für ihn galt die Vermutung, daß er einem Syndikat angehörte.

Die Informationen über Robert ›Bob‹ Farth und Rico Custov waren dürftiger. Farth war einmal unter Mordverdacht geraten. Gegen Custov lief noch eine Ermittlung. Ihre Gefährlichkeit war mit III a und III c deutlich niedriger eingestuft als bei den Männern, mit denen zusammen sie gestorben waren. Ihre Register umfaßten sieben und neun Aktenzeichen. Insgesamt mußten wir mehr als fünfzig Akten anfordern und durcharbeiten.

»Auf jeden Fall waren sie hochkarätige Berufsgangster«, sagte Phil. »Buck Mason hingegen ist ein unbeschriebenes Blatt. Der Staatsanwalt forderte nach der Verhaftung Informationen an, erhielt aber einen negativen Bescheid. Keine Speicherung.«

»Richtig. Ich erinnere mich, daß McLane erzählte, die Zentrale hätte zurückgefragt, ob der Vorname korrekt angegeben wäre. Denn über einen anderen Mason läge Material vor.«

»Hältst du es für möglich, daß ein geheimnisvoller Verwandter die Zeugen für Buck Mason beseitigen will? Ein Vater für seinen Sohn? Denkst du, es gäbe eine Generationenfolge im Geschäft mit dem Mord?«

»Bis jetzt sind wir in den Clarence-Mason-Fall nicht eingestiegen. Staatsanwalt McLane hatte ihn für sich reserviert. Nach den Mordversuchen von heute sieht die Sache anders aus.«

Ich stand auf. »Noch heute abend will ich die Unterlagen einsehen, die McLane gegen Buck Mason zusammengetragen hat. Außerdem will ich mich überzeugen, was McLane zum Schutz seiner dritten Zeugin unternommen hat. Wenn Tessie und ich auf der Abschußliste stehen, dann zweifellos auch Violet Burgess. Sie hat den Mörder genauso eindeutig identifiziert wie wir.«

In der ersten Dunkelheit fuhren wir nach Trenton. Kurz nach neun Uhr trafen wir Robert McLane in seinem Büro.

Der Staatsanwalt empfing uns in Hemdsärmeln. Hinter seinem Schreibtisch stand ein massiger, grauer Panzerschrank, dessen Lackierung so makellos glänzte wie die Karosserie eines gerade vom Band gelaufenen Autos. Die Chromgriffe und das Handrad blitzten. McLane hatte seinen neuen Tresor erhalten.

»Hallo, G-man!« begrüßte er uns. »Sie kommen gerade noch rechtzeitig. Ich hatte mich entschlossen, endlich nach Hause zu gehen. Seit heute morgen sitze ich auf diesem verdammten Stuhl und wühle mich durch die Akten wie ein Maulwurf.« Er senkte die Stimme zu verschwörerischem Flüstern. »Ich bereite eine Anklage wegen Korruption gegen ein Dutzend hoher Politiker vor. Ich brauche noch eine Woche, um meine Beschuldigung hieb- und stichfest zu machen. Wenn diese Bombe platzt, wird der Name McLane in den Schlagzeilen aller Zeitungen auftauchen wie ein Komet.«

»Attorney, der Prozeß gegen Burnett ›Buck‹ Mason ...«

Er wedelte wegwerfend mit der Hand.

»... ist für mich gewissermaßen schon gelaufen. Meine Vorbereitungen sind abgeschlossen. Verhandlung und Urteil betrachte ich als Formsache.«

»Sie sollten nicht so sicher sein, Mr. McLane! Heute morgen versuchten zwei Männer, mich umzubringen. Zwei andere nahmen sich zur selben Zeit Tessie Seal vor.«

»Ich glaubte, der FBI hätte Miss Seal in Sicherheit gebracht«, fauchte er wütend.

McLanes Selbstgerechtigkeit konnte auch einem geduldigen Menschen den Nerv töten.

»Sie haben sich jede Einmischung des FBI verboten, Attorney. Sie nannten den Fall Clarence-Mason Ihren Fall, in dem ich nur ein Zeuge unter anderen zu sein hätte. Okay, aber jetzt untersucht der FBI ein Mordkomplott. Ich hoffe, Sie werden Ihre Mitarbeit nicht verweigern. Wir verlangen Einsicht in Ihre Ermittlungsakten gegen Mason.«

Er tupfte sich den Schweiß von der Stirn.

»Sie bringen mich in Schwierigkeiten, G-man. Wenn Sie die Akten einsehen und Frick davon erfährt, wird er Sie vor Gericht als manipulierten Zeugen bezeichnen.«

»Dann übergeben Sie die Unterlagen meinem Kollegen Phil Decker!«

»In Ordnung«, sagte er widerwillig.

Er öffnete seinen schönen, neuen Panzerschrank, nahm einen Aktenordner heraus und legte ihn auf den Schreibtisch.

Für einen Mordfall war der Ordner nicht gerade prall gefüllt. Phil brauchte kaum eine halbe Stunde, um die Unterlagen zu überfliegen. Er gab den Ordner zurück.

»Sie wissen wenig über den Mann, den Sie anklagen werden«, sagte er. »Nichts über sein Leben bis zu diesem Mord, nichts über seine Freunde. Sie kennen weder seine Verwandten noch seine Feinde. Von seiner Geliebten wissen Sie einen einzigen Namen, den seiner angeblichen Verlobten Juella Rellon. Sie haben sich nicht die Mühe bereitet, etwas über diese Frau herauszufinden.«

»Wozu auch?« gab McLane ärgerlich zurück.

»Um Mason wirklich zu kennen. Um das Geflecht seiner Verbindungen und Beziehungen zu erfassen. Sie haben Ihre Untersuchung geführt, als wäre Buck Mason vom Mars gefallen zu keinem anderen Zweck, als in Asbury Harry Clarence umzubringen.«

»Ich verbitte mir Ihre Kritik!« brüllte McLane. »Sie sind nicht mein Vorgesetzter.«

»Natürlich nicht, Attorney. Ich bin nur eine Art Fachmann, der eine gute von einer schlampigen Arbeit unterscheiden kann.«

Phil wandte sich an mich.

»Masons Vater kann die Killer nicht angesetzt haben. Er starb vor neun Jahren in Alabama. So viel hat McLane immerhin herausgefunden.«

»Attorney, Sie erwähnten, daß das Zentralarchiv Ihnen Material über einen anderen Mason anbot, als Sie Informationen über Burnett ›Buck‹ Mason verlangten. Erinnern Sie sich an den vollständigen Namen?«

»Habe ich mir nicht gemerkt«, antwortete er. »Ich wußte, um welchen Mason ich mich zu kümmern hatte.« Er war so wütend, daß er uns die Antwort gewissermaßen vor die Füße spuckte.

»Bei unserer letzten Begegnung habe ich Sie darauf hingewiesen, daß sich Violet Burgess, Ihre dritte Augenzeugin, in Lebensgefahr befindet. Was haben Sie unternommen?«

In seinen Augen leuchtete Triumph auf.

»Selbstverständlich nahm ich Ihre Warnung ernst, G-man. Ich rief Miss Burgess an, warnte sie und bot ihr unseren Schutz an. Sie antwortete, sie fühle sich nicht bedroht. Trotzdem ließ ich sie beschatten. Nun, ich darf Ihnen versichern, daß Miss Burgess völlig unangetastet ihrem Beruf nachgeht. Niemand hat versucht, ihr ein Haar zu krümmen. Sie können sich selbst davon überzeugen. Sie finden sie hinter der Theke der Top Station Bar. Wenn Sie sofort hinfahren, werden Sie die gute Violet auch noch nüchtern genug vorfinden, um mit vernünftigen Antworten rechnen zu können.«

»Danke«, sagte ich trocken. »Ich rufe Sie an, sobald wir mit Violet Burgess gesprochen haben.«

Er begleitete uns nicht zum Ausgang. Aber als wir die Tür geöffnet hatten, kam er uns hastig nach.

»G-man, Sie sprachen von Mordanschlägen gegen Sie und Tessie Seal. Daß Sie noch leben, sehe ich ...« Sein Lächeln mißglückte. »... aber Miss Seal? Wurde sie ...?«

»Tessie Seal wird als Zeugin vor Gericht erscheinen, Attorney. Noch brauchen Sie um den Erfolg Ihrer Anklage nicht zu fürchten.«

Die Top Station Bar erwies sich als ein zweitklassiger Nachtclub, dessen einzige Attraktion eine Handvoll Mädchen waren, die in der marmeladenfarbigen Beleuchtung alle leidlich attraktiv wirkten.

Violet Burgess gehörte zu den Mix-Girls hinter der Bartheke. Auf den ersten Blick erkannte sie mich nicht.

»Ich bin der G-man, der den Mörder Ihres Freundes stellte«, erklärte ich.

Die Mitteilung löste keine große Bewegung bei ihr aus. Sie seufzte: »Armer Harry!« Das war alles.

»Wollen Sie etwas trinken?« fragte sie.

»Orangen-Juice!«

»Darf ich für mich einen First Button Opener mixen?« Sie zeigte ein professionelles Lächeln. »Wenn ich ihn getrunken habe, mache ich wirklich den ersten Knopf auf, Leute!«

»Trinken Sie, was Sie möchten, Miss, aber beantworten Sie zwei oder drei Fragen. Sie wissen, daß Sie im Prozeß als Zeugin der Staatsanwaltschaft aufgerufen werden?«

»Klar«, antwortete sie mißmutig und hantierte mit den Flaschen und dem Shaker.

»Der Staatsanwalt fürchtet, daß die Zeugen durch Freunde des Angeklagten unter Druck gesetzt werden. Er hat Ihnen Polizeischutz angeboten. Sie lehnten ab. Haben Sie keine Angst?«

»Ich kann nicht vertragen, auf Schritt und Tritt einen Polizisten hinter mir zu haben.« Sie schob uns die hohen, von der Kälte beschlagenen Juicegläser zu. Für sich selbst füllte sie einen großen Champagnerkelch mit dem Gemisch aus dem Shaker. »Außerdem kann ich mir eine Bewachung geschäftlich nicht leisten. Den meisten Gästen verdirbt der Anblick einer Uniform die Stimmung. Cheerio, Leute!«

Sie trank den halben Inhalt ihres Glases, ohne abzusetzen. Als sie es endlich von den Lippen nahm, lächelte sie.

»Sollten Sie mal versuchen! Verbessert die Laune!«

»Miss Burgess, ich muß die Warnung des Staatsanwaltes wiederholen. Ein Mord und zwei Mordversuche an Zeugen im Clarence-Mason-Prozeß sind schon verübt worden. Zweifellos sind auch Sie gefährdet.«

»Ich fürchte mich nicht.« Mit dem Zeigefinger schnippte sie gegen ihr Glas. »Schon gar nicht, wenn ich davon getrunken habe.«

»In der Polizeivernehmung haben Sie Buck Mason als Mörder identifiziert. Werden Sie vor Gericht bei dieser Aussage bleiben?«

Sie leerte ihr Glas. »Armer Harry«, wiederholte sie. »Er war ein verdammt guter Kerl. Wenn er mich hinter dieser elenden Theke sehen würde, kämen ihm die Tränen. Spendieren Sie mir noch einen Drink zu seinem Gedächtnis!«

Diesmal hielt sie sich nicht mit umständlichen Mixereien auf, sondern füllte eine Menge Bourbon auf zwei winzige Eiswürfel.

»Auf Harry!« Sie hob das Glas.

Ich fing ihre Hand am Gelenk ab.

»Miss Burgess, sind Sie bedroht worden?«

»Bedroht worden? Was meinen Sie? Es kommt vor, daß Gäste frech werden, aber der Chef duldet keinen Krach. Er greift sofort ein.«

»Weichen Sie nicht aus! Sie wissen genau, daß ich nicht irgendeinen Krach in der Bar meine. Hat man Ihnen gedroht, bei einer Aussage gegen Mason würde man Sie umbringen?«

»Lassen Sie mich los!« Sie entwand sich meinem Griff. »Zum Teufel, warum verschonen Sie mich nicht mit Ihren Fragen? Ich werde vor Gericht meine Aussagen machen, wie es sich gehört. Bitte, bezahlen Sie jetzt die Drinks! Ich bin mit einem anderen Gast, einem guten Freund, verabredet!«

Sie stellte sich auf die Zehen und winkte einem dicklichen Mann zu. »Hallo, Herman!«

Auf der Theke standen einige bunte Tischlampen, die farbige Lichtkreise auf das Holz malten und nach oben abgeschirmt waren.

Ich drehte eine Lampe um und leuchtete Violet Burgess ins Gesicht.

Über dem rechten Auge hatte sie eine Schwellung. Ihr Make-up konnte die Verfärbung des Blutergusses und die Schrammen nicht vollständig übertünchen.

»Sind Sie geschlagen worden?«

Sie hielt die Hände vors Gesicht.

»Was soll der Unsinn? Nein, ich bin nicht geschlagen worden. Ich bin gestürzt und habe mich verletzt.«

Phil legte Geld auf die Theke.

»Rufen Sie uns oder den Staatsanwalt an!« sagte er. »Wenn

Sie es wünschen, werden wir Sie bis zum Prozeß in Sicherheit bringen.«

Wir stiegen von den Hockern und verließen die Bar.

»Sie verschweigt die Wahrheit«, sagte Phil.

Die Maschine aus Florida landete am Samstag um 10 Uhr und 20 Minuten. Jack Mason ließ sich von einem Taxi zum Waldorf Hotel fahren. Schon zwei Stunden früher war Mario Sorrondo aus Washington in New York eingetroffen, wohnte aber nicht in einem Hotel, sondern bei einem sizilianischen Freund. Dessen Telefonnummer hatte er für Mason bei der Rezeption in einem verschlossenen Umschlag hinterlegt.

Mason führte ein kurzes Gespräch mit Sorrondo.

»Ich weiß nicht, wann Randolph und Pit ankommen werden«, sagte er. »Auf jeden Fall erwarte ich dich um zwei Uhr zum Lunch.«

Randolph Whist traf mit der direkten Maschine aus San Francisco kurz vor Mittag ein. Fast zur selben Zeit landete das Flugzeug aus Detroit, in dem Pit Barsky saß.

Um zwei Uhr versammelten sich die Männer in dem Luxusapartment, das Mason im Waldorf Tower für sich reserviert hatte. Mason ließ den Lunch servieren, schickte die Kellner vor die Tür und schloß eigenhändig ab.

»Ich weiß nicht, ob ihr erfahren habt, was gestern geschah«, sagte er.

»Ich weiß es«, sagte Sorrondo.

»Und ich kann es mir denken«, knurrte Barsky. »Irgendwer aus unserem Verein hat irgendwelchen Mist gebaut. War's wieder einer deiner Verwandten, Jack?«

»Horrey, Lotinec, Custov und Farth sind tot. Alle vier überlebten den Versuch nicht, den G-man und das Mädchen abzuräumen!«

Eine Minute lang hing Schweigen im Raum. Dann vergewisserte sich Randolph Whist: »Gibt es keinen Zweifel daran, daß sie tot sind?«

»Das steht fest.«

Whist lehnte sich entspannt zurück. »Tote Freunde machen wenig Sorgen.« Der hartgesottene Verbrecher kannte nicht den Hauch von Mitgefühl.

»Du irrst dich«, sagte Sorrondo. »Dieses Mal wird der FBI so gründlich in allen Lebensläufen herumstochern, bis die G-men auch auf unsere Namen gestoßen sind.«

Whist füllte sein Glas. »Mag sein, daß wir mit Unannehmlichkeiten rechnen müssen. Aber diese Möglichkeit versetzt mich nicht in Panik. Ohne Beweise und ohne Zeugen sind die Schnüffler machtlos. Nur lebende Zeugen sind gefährlich.«

»Genau richtig!« bestätigte Mason. »Ich habe euch nicht gerufen, um mit euch über die Toten zu reden. Wenn Horrey, Lotinec und die anderen sich so dilettantisch anstellten, daß sie bei einem einfachen Job umgelegt wurden, lag die Schuld bei ihnen. Ich lasse mir über ihr Ende keine grauen Haare wachsen und weine ihnen keine Träne nach. Schlimmer ist, daß sie ihre Aufgabe nicht gelöst haben. Der G-man und die Sportlehrerin leben.«

Pit Barsky schoß aus seinem Sessel hoch.

»Willst du damit sagen, daß wir uns wegen deines Neffen die Finger verbrennen sollen? Sind vier tote Männer nicht genug? Ohne mich, Jack! Keinen Finger mache ich krumm! Meinetwegen kann Buck auf dem elektrischen Stuhl geröstet werden oder den Rest seines Lebens in einer Zelle verbringen. Ich kümmere mich um den Fall nicht.«

»Der Clan hat ein Gesetz, Pit, ohne daß er niemals funktioniert hätte«, knurrte Mason. »Wenn wir die Zeugen gegen Buck nicht beseitigen, wird Buck zum Zeugen gegen uns.«

»Dieser Anfänger weiß nichts über mich!« schrie Barsky.

»Aber ich weiß eine Menge über dich, Pit, und Buck weiß einiges über mich. Daraus wird dann eine Kette, die erst mit dem letzten Mitglied des Clans endet. Hast du begriffen?«

Barskys Gesicht erstarrte. Whist setzte das Glas ab. Langsam zerdrückte Sorrondo seine Zigarette im Aschenbecher.

Das Schweigen der Männer war lähmend wie schwere, mit Giften geschwängerte Luft. Mißtrauen wucherte zwischen ihnen auf. Sie belauerten sich aus den Augenwinkeln. In ihren Köpfen rasten die Gedanken. Wer wußte wieviel über wen? Wer war für wen am gefährlichsten?

Schnelle, tödliche Pläne keimten in den Männern. Wer mußte beseitigt werden, damit man sich selbst aus der gefährlichen Verstrickung lösen konnte?

Es war Mason, der das Schweigen brach.

»Buck darf nicht verurteilt werden«, sagt er ruhig. »Aber ich erwarte von keinem, daß er seinen Kopf riskiert. Ich werde die Arbeit selber erledigen.«

Whist lachte. »Oh, das hört sich gut an, Jack! Warum mußten wir dann nach New York kommen?«

»Weil ich eure Unterstützung brauche.« Gelassen nahm er den silbernen Deckel von einer Platte. »Wollen wir nicht endlich anfangen zu essen? Ich habe Hunger.« Er legte sich Fleisch auf den Teller und reichte die Platte an Barsky weiter.

»Der Prozeß beginnt am Montag in einer Woche. Wir haben also noch neun Tage«, erklärte Mason. »Das Mädchen ist aus New York verschwunden und wird vom FBI versteckt gehalten. Was den G-man angeht, so vermute ich, daß er in New York bleiben wird.«

Er wandte sich an Mario Sorrondo.

»Ich hoffe, du kannst deine Freunde von der Cosa Nostra überreden, mir ein wenig zu helfen.«

Sorrondo antwortete nicht, sondern deutete mit einem Achselzucken an, daß er darüber erst mit den Bossen der Cosa sprechen müsse.

»Ich möchte, daß die Spitzel der Cosa den G-man für uns beschatten und uns Informationen über ihn liefern.«

»Das machen sie nicht ohne Bezahlung«, sagte Sorrondo.

»Selbstverständlich werde ich ihre Dienste bezahlen. Außerdem möchte ich Sprengstoff von der Cosa kaufen.«

Wieder hob Sorrondo die Schultern. »Alles eine Geldfrage, Jack.«

»Sie sollen ihre Preise nennen. Jeden vernünftigen Preis werde ich annehmen.«

Barsky spießte Fleisch auf seine Gabel, biß hinein und riß einen Brocken los.

»Mag ja sein, daß du ein großer Künstler bist, Jack und den G-man erledigst, an dem sich Horrey die Zähne ausgebissen hat. Aber wie willst du an das Mädchen herankommen? Ich garantiere, daß die Schnüffler die Puppe bis zum Prozeß unter Deckel halten.«

»Das weiß ich. Doch fünf Minuten vor Prozeßbeginn müssen sie das Mädchen aus der Kiste holen.«

Randolph Whist beugte sich vor und suchte Masons Blick. »Wenn alles schiefläuft, Jack, wenn es dir nicht gelingt, den G-man und das Mädchen umzulegen, was willst du dann tun?«

»Dann werde ich Buck töten«, antwortete Mason ungerührt.

Jack Mason, geboren 1919, Schläger in der Gang von Bugsy Siegel, kurze Laufbahn als Profiboxer im Mittelgewicht, zum erstenmal unter Anklage 1949 wegen Mordes. Freispruch aus Mangel an Beweisen. Zwischen 1950 und 1970 Ermittlungen in 18 Mordfällen und 22 sonstigen Verbrechen. Keine Verurteilungen. Lebt seit 1972 in einer Villa in Miami, Pine Road 400. Gefährlichkeitseinstufung wurde von ursprünglich 1 f auf 1 c zurückgenommen, da in den letzten Jahren keine Aktivität Masons beobachtet wurde. Das ist eine Zusammenfassung der langen, mit Zahlen und Aktenzeichen gespickten Lebensgeschichte Jack Masons, die uns der Computer erzählte.

Manchmal kann Arbeit hinter dem Schreibtisch spannender sein als der Kampf mit dem 38er in der Faust. Und es wurde schnell spannend, als wir die Akten der vier toten Gangster durchzuarbeiten begannen. Wieder und wieder stießen wir auf den Namen Jack Mason. Zwei Männer, Rico

Custov und Bob Farth, waren mit ihm verwandt, der eine als Ex-Ehemann einer verstorbenen Schwester, der andere als Neffe.

Für den farbigen Berufsmörder William Horrey hatte Mason eine hohe Bürgschaft geleistet. Bei Horace Lotinec schien er eine wichtige Rolle gespielt zu haben, als es galt, Zeugen zu beseitigen.

Am Mittwoch flog ich nach Florida.

Masons Villa trug den Namen Orchideenhaus. Im schwülheißen Klima Floridas wucherten die exotischen Pflanzen des Vorgartens. Auf mein Läuten öffnete ein etwa dreißigjähriger Mann, dessen schrägstehende Augen chinesische oder japanische Abkunft verrieten.

Ich zeigte ihm den FBI-Ausweis und verlangte, Mr. Mason zu sprechen.

»Sorry, Sir.« Er schüttelte den Kopf. »Mr. Mason ist verreist.«

»Wohin?«

»Ich bin nicht informiert.«

»Sagen Sie mir Ihren Namen!«

»Barry Cheen.«

»Arbeiten Sie für Mason?«

»Ich glaube, ich darf mich als seinen Sekretär bezeichnen.«

»Beantworten Sie mir einige Fragen!«

Er gab den Eingang frei und führte mich in einen Wohnraum, der mit so vielen teuren Sachen vollgestopft war, daß ich mir wie im Lagerraum eines Luxusgeschäftes vorkam.

»Möchten Sie etwas trinken?« erkundigte sich der höfliche Sekretär und brachte eisgekühlten Ananassaft.

Seine Höflichkeit blieb unerschütterlich, was für Fragen ich auch stellte. Aber die Antworten waren so nichtssagend wie sein Lächeln.

Schließlich verlangte ich, die anderen Zimmer zu sehen. »Wie Sie wünschen, Sir«, sagte er. »Aber ich versichere Ihnen, Mr. Mason, hält sich nicht versteckt.«

Er begleitete mich durch alle Räume, einschließlich des

Swimmingpools, der unter einem gigantischen Moskitonetz wie unter einer Käseglocke lag. Lächelnd machte er mich auf die weiße Jacht am Anlegesteg aufmerksam.

»Sie ist Eigentum von Mr. Mason. Wollen Sie die Kajüten sehen?«

»Falls eine wichtige Nachricht für Jack Mason käme, auf welche Weise würden Sie ihn informieren?«

»Ich müßte warten, bis Mr. Mason anriefe. Das geschieht von Zeit zu Zeit.«

»Okay, sagen Sie ihm bei seinem nächsten Anruf, er solle sich umgehend beim FBI in New York melden, wenn er nicht riskieren wollte, auf die Fahndungsliste zu geraten.«

Barry Cheen verneigte sich stumm.

Kein Zweifel, daß dieser Ausflug ergebnislos geblieben war. Ich ließ mich zum Flughafen bringen und kaufte ein Ticket für die Nachtmaschine nach New York. Als ich an Bord ging, glaubte ich unter einer Gruppe Personen, die auf ankommende Passagiere warteten, Barry Cheens Gesicht zu sehen. Bevor ich mich vergewissern konnte, war der Mann, den ich für Cheen hielt oder der Cheen ähnelte, in der Tiefe des Flughafens verschwunden.

Der Flug verlief quer durch eine Art Weltuntergang. Kurz nach dem Start wurde unsere Maschine von einem Gewittersturm zum Tennisball gemacht. Viele Gesichter verfärbten sich ins Grünliche. Es gab keine Drinks, weil die Stewardessen festgeschnallt auf ihre Sitzen verharren mußten.

Als die Maschine es geschafft hatte und ruhigere Zonen durchflog, meldete sich der Kapitän und bedauerte, mitteilen zu müssen, daß im Gebiet von New York ein weiteres Gewitter auf uns wartete. Wer einen Drink möchte, solle ihn jetzt bestellen. Denn später würde vermutlich nicht serviert werden können. Einige Leute hätten am liebsten ein Gesangbuch verlangt.

Das Gewitter über New York konnte dem Sturm bei Florida nicht das Wasser reichen. Immerhin schaukelte die Maschine durch ein Feuerwerk von Blitzschlägen. Der Donner glich einer Kette von heftige Explosionen. Als der Jet aufsetzte, prasselte der Regen hart wie Steinschlag.

Mit siebzig Minuten Verspätung, um zwei Uhr morgens Ortszeit, verließen wir die Maschine in LaGuardia Airport.

Ich brauchte auf Gepäck nicht zu warten und ging zum Ausgang. Der Regen ließ allmählich nach. Im weißen Licht der Bogenlampen glänzte der nasse Asphalt.

Ich zog den Hut in die Stirn und trabte zum Parkplatz.

Am Morgen war ich mit einem angejahrten Chevrolet aus dem Wagenpark des FBI zum Flughafen gefahren. Den Jaguar hatte ich Phil überlassen. Den Grund kennen Sie – Greta, die Schwedin.

Der Parkplatz für Fluggäste liegt nördlich vom Hauptgebäude. In Doppelreihen stehen die Fahrzeuge, zwischen jeder Doppelreihe ein Fahrstreifen.

Mein Chevrolet stand in der Reihe W 9 auf Platz 68. Wenn man seinen Wagen wiederfinden will, muß man sich die Bezeichnung der Abstellposition gut merken. Oder man irrt auf dem Gelände wie in einem Labyrinth herum.

Zwischen den G- und H-Reihen erwischte mich ein kurzer Nachschauer, der meinen Anzug in einen nassen Scheuerlappen verwandelte. Ich fluchte und legte einen Zwischenspurt ein.

Ein Wagen kam mir auf dem Fahrstreifen entgegen. Daran war selbstverständlich nichts Ungewöhnliches. Ich beneidete die Leute, die in ihrem Auto im Trockenen saßen.

Dann blendeten die Scheinwerfer auf und erfaßten mich wie einen Hasen beim Überqueren eines Highways. Der Motor heulte, und der Wagen schoß auf mich zu.

Ich sprang nach rechts, prallte gegen das Heck eines geparkten Autos, schnellte herum und hechtete zwischen zwei Fahrzeuge. Ich schlitterte über den nassen Asphalt wie ein Wasserskiläufer, den es gerade von den Brettern gerissen hat.

Ich rollte mich auf den Rücken. Vor die Lücke schob sich der Wagen. Seine Bremsen kreischten.

Ich stieß mich mit den Füßen ab, krachte mit dem Kopf gegen die Stoßstange des Autos links von mir und rutschte unter das Fahrzeug.

Keine Sekunde zu spät! Eine Maschinenpistole hämmerte. Bunte Funken stoben als Miniaturfeuerwerk aus dem Asphalt. Die Querschläger jaulten.

Ich kroch unter dem Wagen durch, blieb an irgend etwas hängen, zog und zerrte, bis der Jackenstoff riß, kam frei und tauchte auf der anderen Seite auf.

Das Killerauto hatte sich wieder in Bewegung gesetzt. Ich sah es am Ende des Fahrstreifens. Plötzlich flackerte noch einmal Mündungsfeuer, eine ungezielte Serie, die Windschutzscheiben durchschlug und Löcher in Karosserien nietete. Dann brauste der Wagen mit steigender Geschwindigkeit zur Ausfahrt.

Ich rannte in langen Sprüngen zum FBI-Chevrolet.

Zwei Minuten brauchte ich, um die W-Reihen zu erreichen. Ich preschte an den abgestellten Fahrzeugen entlang. Der Chevrolet hatte eine dunkelgrüne Lackierung. Schon sah ich sein Heck, als ich zum zweitenmal von einem Scheinwerfer erfaßt wurde. Diesmal war es ein einzelner Suchscheinwerfer.

»Stehenbleiben! Flughafenpolizei!« brüllte eine Männerstimme.

»FBI!« rief ich zurück. »Verfolgen Sie den Wagen, der ...«

Der Lichtkegel nagelte mich fest und machte mich nahezu blind. Nur langsam rollte der Polizeiwagen näher. Die Fahrlichter blieben abgeblendet.

»Sind Sie wirklich ein G-man?«

»Ja, zum Teufel! Beeilen Sie sich!«

»Okay, okay, beschreiben Sie den Wagen!«

»Eine große Limousine, dunkle Lackierung.«

»Ist das alles?«

»Lassen Sie die Ausfahrt der Parkplätze sperren!« schrie ich wütend. Der Streifenwagen, ein Jeep, stoppte dicht neben mir. Ich hörte, daß der Fahrer die Zentrale rief.

»G 8 an Chef! Schüsse auf Parkgelände Nord II! Angeblich fliehen Täter in dunkler Limousine über Ausfahrtstraße A! Veranlaßt Sperre!«

»Geben Sie eine Warnung durch!« sagte ich. »Sie sind schwer bewaffnet und schießen rücksichtslos.«

Er gab die Warnung weiter. »Vorsicht! Schußwaffen!«

Sein Beifahrer sprang aus dem Jeep. Der Lauf eines Revolvers bohrte sich in meine Magengrube.

»Ihren FBI-Ausweis, aber keine hastige Bewegung!«

»Linke Innentasche! Holen Sie ihn selbst! Ich möchte Ihnen keinen Grund zur Nervosität geben.«

Er fischte die ID Card aus meiner Tasche, hielt sie ins Scheinwerferlicht und zog seine Kanone zurück.

»Tut mir leid, G-man. Noch gestern schossen überraschte Autoknacker auf einen Kollegen. Wir müssen einfach vorsichtig sein, wenn wir unsere Frauen nicht vorzeitig zu Witwen machen wollen.«

Er musterte mich. »He, Sie sehen aus, als wären Sie durch 'ne Ölwanne geschleift worden.«

Die Zentrale verlangte weitere Informationen und teilte mit, zwei Fahrzeuge wären zur Sperrung unterwegs.

Ich resignierte. Die entscheidenden Minuten waren verstrichen und nicht mehr einzuholen.

»Warum kamen Sie auf den Parkplatz, G-man?» fragte der Airport-Polizist.

»Mein Wagen steht auf Nummer 68. Der grüne Chevrolet.« Ich wandte mich an den Fahrer. »Geben Sie mir das Mikrofon. Ich möchte mit Ihrer Zentrale sprechen.«

Während der Fahrer mir das Mikrofon reichte, ging sein Kollege zu meinem Wagen. Die Cops hatten mich ein gutes Dutzend Abstellpositionen vor Nummer 68 gestoppt, und ich sah, wie der Polizist an der Reihe der geparkten Autos entlangging. Er war ein untersetzter, kompakter Mann mit gekrümmten Cowboybeinen. Er ging, als wäre er gerade nach einem langen Ritt vom Pferd gestiegen.

»Können Sie eine großräumige Sperrung des Flughafens

veranlassen?« fragte ich über Sprechfunk den Chef der Flughafenpolizei.

»Dazu verfüge ich nicht über genügend Leute. Wollen Sie einen Großalarm? Hören Sie, damit gehen wir verdammt sparsam um.«

»Schon gut! Haben Sie eine Möglichkeit, für mich eine Verbindung mit dem FBI-Hauptquartier herzustellen?«

»G-man, ich habe nur eine Standleitung zur City Police. Lassen Sie sich von meinen Leuten zum nächsten Telefon fahren.«

Ich sah, daß der Polizist mit dem Cowboyschritt meinen Wagen erreicht hatte.

»He, seien Sie vorsichtig!« rief ich ihm nach. »Fassen Sie nichts an. Es kann sein, daß . . .«

Eine hochschießende Feuerwolke, eine krachende Explosion! Die Druckwelle traf uns. Glas und Blechteile wirbelten durch die Luft. Mein Wagen brannte.

Ich ließ das Mikrofon fallen und rannte über die Straße, die mit Glassplittern übersät war. Denn die Explosion hatte die Fenster aus allen Fahrzeugen in hundert Yards Umkreis geblasen.

Der Flughafen-Cop lag vor dem brennenden Chevrolet, die Uniform zerfetzt, das Gesicht und die Hände blutüberströmt. Aber er lebte . . .

Der Regen hatte endgültig aufgehört. Das Gewitter war abgezogen.

Im weißen Licht der Standscheinwerfer suchten Beamte des Homicide Department den Parkplatz nach Geschoßhülsen und anderen Spuren ab. Sprengstoffspezialisten stocherten in den ausgebrannten Trümmern des Chevrolet.

Phil erschien unmittelbar nach den Beamten der Mordkommission auf dem Schauplatz. Er kam in meinem Jaguar.

»Dachte ich mir doch, daß es sich um dich handelte«, sagte er und zeigte deutlich seine Erleichterung. »Ich war mit Greta auf dem Heimweg vom Red-Roof-Nachtclub, als ich die Meldung von einer Explosion auf dem Gebiet des LaGuardia-Flugplatzes hörte. Ich ließ Greta in ein Taxi umsteigen und kam her.« Er schüttelte den Kopf. »Eine verdammt knallige Methode, mir den Höhepunkt des Abends zu verderben. Greta war in anschmiegsamer Stimmung. Wahrscheinlich wird sie mir nie verzeihen, daß ich sie rausgesetzt habe.«

»Bejammere dich nicht selbst, Alter, sondern fahr mich nach Hause! Ich bin naß wie eine Katze!«

»Anscheinend hast du dich auf nasse Unternehmungen spezialisiert.«

Im Jaguar hing ein Hauch von Gretas Parfüm. Der Duft machte mich melancholisch. Warum, zum Teufel, mußten wir uns mit einer Bande brutaler Mörder herumschlagen, statt mit Greta und Tessie nach Hawai oder auf die Bahamas zu fliegen? Auf jeden Fall irgendwohin, wo es sonnig war und friedlich zuging?

Ich beschloß, sofort nach dem Prozeß Urlaub zu beantragen.

»Du hast Jack Mason in Miami nicht gesprochen?« fragte Phil.

»Wie konnte ich, wenn er am LaGuardia-Flughafen auf meine Rückkehr wartete?«

»Du glaubst, Mason hätte dir die Bombe unter den Wagen geklebt?«

»Er oder irgendwer, dem er es befohlen hat. In Miami traf ich nur seinen Sekretär. Ich bin überzeugt, daß er sofort nach meinem Abflug seinen Boß anrief und ihm die Nummer meiner Maschine mitteilte, damit Mr. Mason Zeit genug hatte, ein Empfangskomitee bereitzustellen.«

»Sie müssen dich schon beim Abflug beobachtet haben. Denn sonst hätten sie nicht wissen können, an welchem Wagen sie die Bombe anbringen mußten.«

»Ich hoffe, der Flughafencop kommt durch«, sagte ich. »Ich verdanke ihm mein Leben. Hätte er mich nicht aufgehalten, wäre ich sofort nach der MPi-Schießerei zum Wagen gerannt, hätte die Tür aufgerissen und ...« Ich schnippte mit den Fingern. Aber ein Fingerschnippen ist ein schwaches Symbol für die Explosion von mindestens 30 Unzen Plastiksprengstoff.

»Warum haben sie dich mit einer MPi-Serie umzublasen versucht, wenn sie schon alles dafür vorbereitet hatten, daß du mit dem Wagen in die Luft flogst?«

»Mr. Mason scheint ein ungewöhnlich raffinierter Mann zu sein. Der Feuerüberfall mit der Maschinenpistole sollte nur verhindern, daß ich zu vorsichtig an meinen Wagen heranging. Vielleicht hätte ich bemerkt, daß jemand daran herumgespielt hatte. Mason rechnete, daß ich mich in der Hitze der Verfolgung blindlings in den Chevy gestürzt hätte. Ich fürchte, ohne den Polizisten wäre die Rechnung aufgegangen.«

»Sie geben sich eine Menge Mühe, dich auszuschalten«, stellte Phil fest. »Warum fährst du nicht zum Angeln, bis der Prozeß beginnt?«

»Weil ich Jack Mason das Handwerk legen will.«

Phil stoppte den Jaguar dicht vor der Eingangstür des Hauses, in dem ich wohne.

»Paß auf, wenn du den Schlüssel ins Schloß steckst«, sagte er. »Morgen früh hole ich dich ab.«

Am anderen Tag kam John D. High in unser Büro.

»Berichten Sie, Jerry!«

Ich informierte ihn über den Stand unserer Nachforschungen, streifte die Ereignisse auf dem Parkplatz von LaGuardia und setzte hinzu. »Da Mason mich offensichtlich beobachten läßt, möchte ich versuchen, ihn ...«

Mr. High unterbrach mich.

»Ich zweifle nicht daran, daß Sie einen guten Plan haben, Jerry, wenn auch vermutlich ziemlich risikoreich. Trotzdem sollten Sie alles aufschieben, bis der Prozeß gegen Buck Mason abgeschlossen ist.«

»Sir, ich dachte ...«

Das Lächeln des Chefs stoppte mich.

»Außerdem werden Sie an anderer Stelle dringend gebraucht. Der Leiter der FBI-Akademie in Quantico wünscht, daß Sie einige Vorträge über den Einsatz in Großstädten halten. Ich habe zugesagt. Bitte, fliegen Sie noch heute!«

Mario Sorrondo traf Jack Mason in einem mexikanischen Restaurant. »Der G-man hat New York verlassen«, erklärte er lakonisch.

Mason drehte das Glas mit eisgekühltem Tequila zwischen den Fingern.

»Wir haben ihm einen Schreck eingejagt«, sagte er mit dem matten Versuch zu scherzen.

Sorrondo verzog keine Miene.

»Ich weiß nicht, ob ich herausfinden kann, wohin er geflogen ist.«

»Unwichtig, Mario. Am Montag werden wir ihm in Asbury begegnen.«

»Denkst du, er gäbe dir eine Chance, ihn in Asbury umzulegen? Ihn und das Mädchen?«

»Ja«, sagte Mason und leerte sein Glas.

»Ich wünschte, du würdest mir sagen, wie du an ihn und die Sportlehrerin herankommen willst.«

»Das hängt von den Umständen ab, Mario.«

»Während des Prozesses werden eine Menge Polizisten in Asbury herumstehen, Jack!«

Mason lächelte. »Trotzdem werde ich es schaffen. Mario, ich habe viele Aufträge in meinem Leben übernommen. Manche Leute hatten sich mit einem Schutzwall von Wächtern, mit Hunden und Alarmanlagen umgeben.« Er hob beide Hände. »Keiner von ihnen lebt heute noch. Ich habe jeden Auftrag ausgeführt. Warum sollte ich bei dem G-man und dem Mädchen versagen?«

Sorrondo war nahe daran zu antworten: Weil du ein alter Mann geworden bist! Er zog es vor zu schweigen. Für sich persönlich hatte er Vorkehrungen getroffen. Aber solange Mason nicht endgültig gescheitert war, würde er ihn unterstützen.

Juella Rellon betrat das Restaurant, sah sich um und ging zu dem Tisch.

»Hallo, Jack! Hallo, Mr. Sorrondo!« Sie setzte sich. Als der Kellner erschien und nach ihren Wünschen fragte, bestellte sie auf spanisch.

Sorrondo verabschiedete sich. Mason und das Mädchen warteten, bis er das Lokal verlassen hatte.

»Er ist unheimlich«, sagte Juella.

»Er ist gefährlich. Seine Beziehungen machen ihn gefährlich!«

Juella suchte den Blick des Mannes.

»Jack, der G-man ist dir gestern nacht wieder entkommen?«

»Richtig«, antwortete Mason ungerührt. »Beim nächstenmal wird er mir nicht entkommen.«

Sie faßte seinen Arm so, daß Mason ihre Nägel spürte.

»Jack, der Prozeß beginnt Montag.«

»Darling, wenn er drei Minuten vor dem Zeugenaufruf stirbt, ist es früh genug.«

Masons Antwort klang so überzeugend, so selbstsicher, daß Juella nicht zu widersprechen wagte.

»Natürlich brauche ich jede Hilfe. Auch deine, mein Mädchen. Kann ich auf dich zählen?«

»Ja, Jack«, antwortete sie.

Das Gerichtsgebäude von Asbury war nahezu hundert Jahre alt, ein verwinkelter Backsteinbau, nicht viel größer als eine Dorfschule.

Der Richter hieß Russel Lemmony. Er war ein bäurisch wirkender, massiger Mann, dem ein weißer Haarkranz die Glatze säumte. Auf der Geschworenenbank saßen Bürger von Asbury, darunter drei Farbige und zwei Frauen.

Alle Plätze des Saals waren besetzt. Die Hälfte der Zuhörer kamen aus Asbury, die andere Hälfte aus New York und Trenton. Auf der Pressebank drängten sich Journalisten vieler Zeitungen. Denn von einem Prozeß, in dem James D. Frick die Verteidigung übernommen hatte, wurde ein sensationeller Verlauf erwartet.

Frick war so elegant, als wäre er nicht Anwalt, sondern als spiele er einen Anwalt in einer Hollywoodserie. Einer seiner beiden Gehilfen war eine junge, ungewöhnlich hübsche Frau, von der es hieß, Frick würde sie bald heiraten.

Staatsanwalt Robert McLane wirkte im Vergleich zu seinem Gegenspieler gehemmt, unsicher und bürokratisch.

Buck Mason saß hinter seinem Anwalt. Als er in den Saal geführt worden war, hatte er den Blick über die Zuschauer gehen lassen. Er hatte Juella Rellon mit einem kaum merklichen Lächeln gegrüßt, einen Händedruck mit Frick getauscht und sich gesetzt.

Richter Lemmony eröffnete die Verhandlung und erteilte das Wort dem Staatsanwalt.

McLane begann mit unfreier Stimme.

»Ich beschuldige den hier anwesenden Burnett Mason des Mordes, begangen an Mr. Harry Clarence am Sonntag, den 24. des vergangenen Monats. Ich werde seine Schuld durch die Aussagen von Zeugen und die Vorlage von Beweisen erhärten.«

Er setzte sich und schlug einen Aktenordner auf.

James D. Frick federte hoch.

»Mein Mandant erklärt sich als nicht schuldig. Er ist das Opfer eines übereifrigen, karrieresüchtigen FBI-Agenten geworden, der ...«

Richter Lemmony stoppte ihn.

»Ihr Plädoyer sollten Sie nicht jetzt schon halten!« Er nickte dem Staatsanwalt zu. »Rufen Sie Ihren ersten Zeugen auf!«

McLane stand auf. »Ich bitte Mr. Arthur Dorfield in den Zeugenstand.«

Arthur Dorfield war der Fingerabdruckspezialist des Homicide Department, ein rundlicher Mann mit Stirnglatze.

McLane feuerte seine Fragen ab.

»Mr. Dorfield, am 24. wurde Ihnen ein kurzläufiger Colt Cobra Kaliber 38 vorgelegt. Sie sicherten auf dem Griff dieser Waffe Fingerabdrücke.«

»Richtig, Sir!«

»Am selben Tag nahmen Sie Fingerabdrücke von Burnett Mason. Wo nahmen Sie diese Abdrücke?«

»Im Distriktgefängnis von Trenton.«

»Bitte, sagen Sie den Geschworenen, was Sie feststellten!«

»Die Fingerabdrücke auf dem Griff des Revolvers und die Abdrücke von Burnett Mason waren identisch.«

»Fertigten Sie darüber einen Bericht an?«

»Selbstverständlich.«

McLane trug einen schmalen Aktenordner zum Richtertisch und erklärte mit Feierlichkeit: »Den amtlichen Bericht der Untersuchung bitte ich als Beweisstück Nummer eins zu den Akten des Gerichtes zu nehmen.«

Er ging zu seinem Platz zurück.

»Keine weiteren Fragen!«

Richter Lemmony nickte der Verteidigung zu.

»Ihr Zeuge, Mr. Frick!«

Frick lächelte. »Die Verteidigung hat keine Fragen an diesen Zeugen, Euer Ehren.«

Ein erstes Raunen lief durch den Saal.

»Dann rufen Sie bitte Ihren nächsten Zeugen auf, Mr. McLane!«

Als nächster Zeuge trat der Waffentechniker Bill Codman in den Zeugenstuhl. McLane ließ ihn in aller Ausführlichkeit schildern, welche Schießversuche er mit dem Colt-Cobra-Revolver durchgeführt und nach welchen Methoden er die Geschosse und die Kugeln, durch die Clarence getötet worden war, verglichen hatte.

Dann fragte er dramatisch: »Zu welchem Resultat kamen Sie, Mr. Codman?«

»Die Kugeln, die Harry Clarence töteten, sind aus der Waffe abgefeuert worden, die mir zur Untersuchung übergeben wurde.«

»Zweifelsfrei, Mr. Codman?«

»Ohne jeden Zweifel, Sir.«

McLane hielt einen Schnellhefter hoch.

»Ist dies der amtliche Bericht, den Sie über Ihre Prüfung anfertigten?«

»Jawohl, Sir!«

»Dann übergebe ich dem Gericht diesen Bericht mit allen Fotos als Beweisstück Nummer zwei. Keine weiteren Fragen an den Zeugen.«

»Der Zeuge steht der Verteidigung zur Verfügung«, erklärte Richter Lemmony.

James Frick erhob sich, knöpfte seine Jacke zu und zupfte die Manschetten zurecht.

»Euer Ehren, im Grunde genommen müßte ich meine Frage an den Staatsanwalt richten. Da er nicht im Zeugenstuhl sitzt, wende ich mich an seinen Experten. Mr. Codman, was geschah mit der Waffe, an der Sie und Mr. Dorfield alle diese komplizierten und von der Wissenschaft teilweise umstrittenen Versuche durchführten? Ich hoffe, Sie haben sie nicht Ihren Kindern zum Spielen gegeben?«

Frick erntete mit der Bemerkung Gelächter.

Der Richter klopfte mit dem Hammer aufs Pult. »Ruhe, bitte! Beantworten Sie die Frage!«

»Die Waffe wurde dem Staatsanwalt übergeben.«

»Ah, ja, natürlich! Würden Sie uns dann bitte die Waffe zeigen!«

Der Schießexperte zuckte mit den Achseln.

»Das kann ich nicht, Sir! Die Waffe wurde bisher nicht als Beweisstück dem Gericht übergeben.«

Frick verzog das Gesicht. »Du lieber Himmel, warum verschwenden wir unsere Zeit damit, über einen Gegenstand zu reden, der den Geschworenen nicht gezeigt wurde?« Er wandte sich an den Richter. »Euer Ehren, fordern Sie den

Staatsanwalt auf, die Mordwaffe seinen Beweisstücken zuzufügen, damit wir über ein wirkliches Schießeisen verhandeln können statt nur über Berichte.«

Der Richter wandte sich an McLane. »Mr. Frick hat zweifellos recht. Legen Sie dem Gericht die Mordwaffe vor!«

McLane lief rot an.

»Zu meinem größten Bedauern bin ich dazu nicht in der Lage, Euer Ehren.«

Frick brach in Gelächter aus. Seine hübsche Assistentin lachte laut mit. Die Heiterkeit wirkte ansteckend. Alle im Saal lachten, und Richter Lemmony mußte seinen Hammer betätigen.

»Warum können Sie die Waffe nicht vorlegen?«

»Sie wurde bei einem Einbruch in mein Büro gestohlen. Zweifellos wurde dieser Einbruch organisiert, um ein Beweisstück zu beseitigen, das für den Angeklagten . . .«

»Einspruch!« brüllte Frick. »Der Staatsanwalt stellt Behauptungen auf, die in keinem Zusammenhang mit der Anklage stehen.«

»Ein organisierter Einbruch!« Auch McLane brüllte jetzt. »Von denselben Leuten organisiert, die Mordanschläge gegen die Zeugen der Anklage verübten!«

»Einspruch!« Frick schnellte hoch und stürzte an den Richtertisch. »Diese Gerichtsverhandlung gilt der Aufklärung des Mordes an Harry Clarence und nicht irgendwelchen obskuren Schießereien in New York, die sich zu einer Zeit ereigneten, als mein Mandant im Untersuchungsgefängnis saß, an denen er also unter keinen Umständen beteiligt gewesen sein konnte.«

»Einspruch stattgegeben!« entschied der Richter und befahl dem Protokollführer: »Streichen Sie die Erklärungen des Staatsanwalts als nicht zur Sache gehörend aus dem Protokoll! Mr. Frick, haben Sie weitere Fragen an den Zeugen Dorfield zu stellen?«

»Nein, Sir!«

»Und Sie, Attorney?«

»Nein, Euer Ehren. Aber ich behalte mir vor, den Zeugen später noch einmal aufzurufen.«

»In Ordnung! Als nächsten Zeugen haben Sie Miss Violet Burgess benannt. Ich bitte Miss Burgess auf den Zeugenstuhl.« Alle Zeugen saßen in der vordersten Reihe. Auf dem Weg zum Stuhl ging Violet Burgess dicht an mir vorbei. Sie trug ein dunkles Schneiderkostüm und nur wenig Schmuck.

»Schildern Sie den Geschworenen, was am Abend des 24. geschah, und welche Rolle Sie dabei spielten!« verlangte McLane mürrisch. Die Niederlage, die er gerade hatte einstecken müssen, saß ihm noch in den Knochen.

»Harry und ich verließen das Spielcasino gegen acht Uhr am Abend«, begann Violet leise, aber fließend. »Harry hatte den Nachmittag über gespielt und ungefähr achttausend Dollar gewonnen. Danach begossen wir seinen Gewinn an der Bar des Casinos.«

»War Mr. Clarence betrunken, als sie die Straße betraten?«

»Er hatte einen starken Schwips. Er wollte fahren, aber ich ließ es nicht zu. Schließlich gab er nach, ging um den Wagen herum, während ich einstieg und startete. Harry öffnete den Schlag auf der Beifahrerseite und rief einige Worte ...«

»Welche Worte? Erinnern Sie sich, was er rief?«

»Etwas ganz Harmloses! Schätzchen, ich komme ... oder so ähnlich.« Sie schluckte und flüsterte: »Im selben Augenblick fielen die Schüsse.«

Eine Minute lang ließ McLane das Schweigen nach diesen Worten auf Geschworene und Zuhörer wirken. Dann fragte er betont: »Sahen Sie, wer die Schüsse auf Harry Clarence abfeuerte?«

Violet Burgess senkte den Kopf. Es sah aus, als wollte sie nachdenken. Dann sagte sie. »Nein!«

Tessie, die links von mir saß, faßte meinen Arm. »Was sagt sie?« stammelte sie fassungslos.

Der Saal brauste wie ein aufgestörter Bienenstock.

»Ruhe!« befahl Richter Lemmony. »Ich bitte um Ruhe!« Er nickte McLane zu. »Fahren Sie in der Befragung der Zeugin fort!«

McLane wischte sich den Schweiß von der Stirn. »Miss Burgess, bei der Vernehmung unmittelbar nach der Tat haben Sie Burnett Mason als Täter ...«

Frick war zur Stelle. Schneidend wie ein Peitschenhieb kam sein Ruf: »Einspruch! Der Staatsanwalt scheint die einfachsten Verfahrensregeln nicht zu kennen! Nur die Aussage eines Zeugen vor Gericht besitzt Gültigkeit! Wenn Miss Burgess inzwischen ihr Gewissen erforscht hat und von früheren, vorschnellen Äußerungen abrückt, so sollten wir alle ihren Mut zur Ehrlichkeit bewundern.«

»Einspruch stattgegeben!« entschied der Richter und setzte hinzu: »Mr. Frick, ich bitte Sie, in Zukunft Ihre Einsprüche nicht mit Redensarten zu garnieren, die nur die Geschworenen beeindrucken sollen.«

Frick verneigte sich und machte eine Geste, die Bedauern und Reue ausdrücken sollte.

McLane setzte zähneknirschend seine Zeugenvernehmung fort.

»Als Harry Clarence erschossen wurde, saßen Sie nur eine Armlänge entfernt im Wagen. Wieso konnten Sie den Täter nicht erkennen?«

»Ich blickte geradeaus und war mit dem Lenkrad beschäftigt. Ich begriff überhaupt nicht, was geschah.«

Wütend wies McLane mit ausgestreckter Hand auf Buck Mason. »Haben Sie am Abend des 24. diesen Mann gesehen?«

»Ja.«

»Okay! Wann sahen Sie ihn?«

»Als er von Polizeibeamten aus seinem Wagen gezogen wurde.«

»Sie müssen ihn vorher gesehen haben, als er ...«

Dieses Mal brüllte Frick nicht, sondern sagte in einem fast mitleidigen Tonfall: »Einspruch, Euer Ehren! Der Staatsanwalt versucht, der Zeugin vorzuschreiben, was sie gesehen haben soll!«

»Einspruch stattgegeben!«

McLane schüttelte den Kopf wie unter einem Keulenschlag. »Ich verzichte auf die weitere Befragung der Zeugin«, sagte er keuchend.

Richter Lemmony fragte den Anwalt. »Und Sie, Mr. Frick?«

»Mit Vergnügen, Sir! Darf ich das Gericht darauf aufmerksam machen, daß Miss Burgess nicht von der Verteidigung, sondern von der Anklage benannt wurde. Miss Burgess, wann begriffen Sie, daß Ihr Freund erschossen worden war?«

»Wirklich begriff ich es erst, als ich neben ihm kniete und seinen Kopf zu stützen versuchte.«

»Wieviel Zeit verstrich zwischen den Schüssen und dem Augenblick, in dem Sie Mr. Clarences Kopf berührten?«

»Ein oder zwei Minuten, nehme ich an. Ich mußte aussteigen und um den Wagen herumlaufen. Sicherlich hatte ich auch eine lange Schrecksekunde, bevor ich überhaupt fähig war, etwas zu unternehmen.«

»Während dieser zwei Minuten haben Sie den Angeklagten nicht bemerkt?«

»Nein«, antwortete Violet Burgess.

Tessie flüsterte mir ins Ohr: »Sie lügt! Sie muß gesehen haben, wie Mason zu seinem Wagen ging. Er lief quer durch ihr Blickfeld.«

»Bitte Ruhe!« rief Richter Lemmony.

Frick strich sich über die grauen Schläfen. »Mit Erlaubnis des Gerichtes möchte ich Ihnen eine Frage stellen, die so ähnlich klingt wie die Frage des Staatsanwaltes, gegen die ich Einspruch erhoben habe. Miss Burgess, haben Sie irgendwann den Angeklagten für den Mörder gehalten?«

Violet Burgess nickte.

»Wann?«

»Als alle Leute um mich herum behaupteten, er wäre der

Mann, der Clarence niedergeschossen hätte und dann zu seinem Auto gerannt wäre. Sie redeten auf mich ein und versicherten, ich müßte ihn gesehen haben. Ich war verwirrt. Schließlich glaubte ich selber, ihn gesehen zu haben. Aber als ich später darüber nachdachte, wurde mir klar, daß nach den Schüssen viele Menschen hin und her gerannt waren. Es war von mir sehr leichtfertig gewesen, den Angeklagten zu beschuldigen.«

»Ich erhebe Einspruch!« rief der Staatsanwalt. »Miss Burgess wurde der Angeklagte in einer Gruppe von fünf Männern vorgeführt, und sie identifizierte ihn auf Anhieb als Täter.«

»Wahrscheinlich erkannte sie ihn an der Verletzung, die ihm der Fausthieb des G-man beigebracht hatte«, antwortete Frick sarkastisch. »Er war der einzige mit einem blauen Auge!«

»Einspruch abgelehnt! Es steht Ihnen frei, die Glaubwürdigkeit der Zeugin im Verhör zu erschüttern, Mr. McLane!«

»Sie können es sofort versuchen«, sagte Frick lächelnd. »Ihre Zeugin, Staatsanwalt.«

Mit gesenktem Kopf, die Arme angewinkelt wie ein Boxer, ging McLane zum zweitenmal in die Arena.

»Miss Burgess, ungefähr zwei Wochen vor der Verhandlung bot ich Ihnen in einem Gespräch an, Sie unter Polizeischutz zu stellen. Sie lehnten ab. Warum?«

»Weil ich mich nicht bedroht fühlte.«

»Fühlten Sie sich nicht bedroht, weil Sie gewissen Leuten versprochen hatten, Ihre im Polizeiprotokoll festgelegte Aussage vor Gericht abzuändern?«

»Ich weiß nicht, wovon Sie reden.«

»Miss Burgess, Sie sind mit Verletzungen im Gesicht gesehen worden. Wer hat Ihnen die Verletzungen beigebracht?«

»Ich bin gestürzt.«

»Es waren Verletzungen, wie sie nur von Schlägen verursacht worden sein können. Wer hat Sie geschlagen?«

»Niemand hat mich geschlagen!« schrie Violet.

Frick trat in Aktion. »Darf ich meinem verehrten Gegner einen Vorschlag machen? Lassen wir Miss Burgess von einem Arzt untersuchen, um festzustellen, ob ihre Verletzungen von einem Sturz oder einem Schlag herrühren! Einverstanden, Herr Staatsanwalt?«

Tessie zischte mir zu: »Dieser Anwalt ist ein Schweinehund. Wenn er mich so behandelt, werde ich ihn anspucken.«

»Er versucht, sein Honorar zu verdienen, und kämpft mit allen Mitteln.«

Richter Lemmony verkündete: »Das Gericht hält eine ärztliche Untersuchung der Zeugin für nicht notwendig. Der Staatsanwalt möge mit seinem Verhör fortfahren!«

Eine Stunde lang bemühte sich McLane verbissen, Violet Burgess auf ihre alte Aussage zurückzubringen. Sie war gut vorbereitet. Schließlich kapitulierte er und überließ der Gegenseite das Feld.

James Frick begnügte sich mit drei, vier Zusatzfragen und brachte die Feststellung an: »Miss Violet Burgess, von der Anklage als Zeugin benannt, hat Burnett Mason nicht als Täter erkannt. Die Frau, die dem Opfer des Verbrechens im Augenblick der Tat am nächsten war, erklärt den Angeklagten für nicht belastet.«

»Einspruch!« brüllte McLane auf.

»Einspruch stattgegeben!« entschied Richter Lemmony.

Frick verbeugte sich lächelnd. Wenn auch seine Worte aus dem Protokoll gestrichen wurden, er wußte, daß sie sich im Gedächtnis der Geschworenen verankert hatten.

Richter Lemmony vertagte die Verhandlung auf den morgigen Tag.

Vor dem Eingang zum Gerichtsgebäude standen New-Jersey-State-Polizisten mit Schnellfeuergewehren. Aufmerksam beobachteten sie jedes Fahrzeug und jeden Fußgänger.

Tessie, Phil und ich verließen den Bau durch einen Nebenausgang. Eine dunkle Limousine, mit einem Polizeifahrer am Steuer, wartete auf uns. Zwei Cops auf Motorrädern und ein Streifenwagen mit verstärkter Besatzung hielten sich als Geleitschutz bereit.

Abgesichert wie Politiker wurden wir durch die Stadt zum Seaview Hotel gefahren. Das Hotel lag unmittelbar am Strand. Für Tessie war ein Zimmer auf der vierten und letzten Etage reserviert worden. Seit sie gestern das Zimmer bezogen hatte, standen zwei Polizeibeamte vor dem Fahrstuhl und kontrollierten jeden, der die Kabine auf dieser Etage verließ.

Am Sonntag war ich aus Quantico nach New York zurückgekommen und zusammen mit Phil sofort nach Asbury weitergefahren. Auch wir erhielten Zimmer auf der abgeschirmten Etage.

Phil und ich nahmen einen Schluck an der Hotelbar. Gegen acht Uhr kam Tessie zum Abendessen herunter. Wir aßen zusammen an einem Ecktisch des Speisesaals. Wir sprachen nicht über den Prozeß, sondern über Nebensächlichkeiten. Um zehn Uhr trennten wir uns, und jeder ging auf sein Zimmer.

Als ich gerade die Krawatte löste, wurde ich angerufen. Eine Frauenstimme sagte: »Kann ich Sie sprechen, Mr. Cotton?«

»Warum nicht, wenn Sie mir sagen, wer Sie sind?«

»Juella Rellon. Sie erinnern sich an mich? Wir begegneten uns ...«

»Ich weiß, wer Sie sind, Miss Rellon. Sie bezeichnen sich als Masons Verlobte. Ich sah Sie unter den Zuschauern im Gerichtssaal. Um ehrlich zu sein, ich finde es nicht gut, wenn wir uns heute sprechen. Denn morgen wird mich der Staatsanwalt als Zeugen aufrufen.«

»Gerade aus diesem Grund muß ich vorher mit Ihnen sprechen. Es gibt Beweise dafür, daß Buck nicht der Täter war.«

»Zweifellos wird James D. Frick diese Beweise morgen dem Gericht vorlegen.«

»G-man, kein Anwalt kann damit etwas anfangen. Nur ein FBI-Beamter hat die Möglichkeit, der Sache auf den Grund zu gehen. Sie werden Ihre Waffe in die Hand nehmen müssen.«

»Okay, Miss Rellon! Kommen Sie herauf! Meine Zimmernummer ist 412.«

Ich drückte die Gabel nieder, ließ sie hochschnellen und rief Phil an: »Steig nicht aus den Hosen, Alter! Juella Rellon will mich sprechen. Sie behauptet, Beweise für Masons Unschuld beschaffen zu können.«

»Welche Beweise, Jerry? Du und Tessie, ihr habt gesehen, wie Mason sein Opfer tötete, oder?«

»Genau! Trotzdem werde ich mir anhören, was seine Verlobte zu sagen hat. Falls sie mir vorschlägt, mit ihr irgendwohin zu gehen, werde ich es tun. Aber es würde mich beruhigen, dich in der Nähe zu wissen.«

»Was versprichst du dir davon?«

»Entweder ist Juella Rellon ein Mädchen, das an die Unschuld des Verlobten glaubt. Oder sie arbeitet für jenen Clan von Mördern, dessen Mitglieder Tessie und mich töten wollten. Dann versucht sie, dem Clan eine neue Möglichkeit zu verschaffen.«

»Anders ausgedrückt: du hoffst, über sie an Jack Mason heranzukommen?«

»Richtig, und ich will mir die Chance nicht entgehen lassen. Falls wir das Hotel verlassen, nehme ich den Jaguar. Verschaff dir einen Wagen und halte Anschluß!«

Ich legte auf, ging zur Tür und öffnete sie. Von der Tür aus konnte ich die Polizeibeamten vor dem Fahrstuhl sehen. Die Kabine kam, und die Schachttür öffnete sich. Juella Rellon verließ den Aufzug.

Ein Polizist vertrat ihr den Weg.

»Wohin, Madam?« fragte er höflich.

»Zu Mr. Cotton! Zimmer 412. Er erwartet mich.«

»Bleiben Sie hier stehen, Madam. Ich werde rückfragen.«

»Ist okay, Officer!« rief ich.

Der zweite Beamte tastete Masons Freundin mit einer Metallsonde ab, wie sie auf den Flughäfen benutzt werden. Als er in die Nähe ihrer Handtasche geriet, gab das Gerät einen fiependen Ton von sich.

»Öffnen Sie Ihre Handtasche, Madam!«

Es war eine große, schwarze Handtasche aus Krokodilleder. Juella hielt sie dem Cop geöffnet hin. Der Beamte holte ein Feuerzeug heraus.

»Ich denke, das ist der Übeltäter«, sagte er freundlich. »Danke, Madam!«

Sie gab mir nicht die Hand, sondern ging an mir vorbei in mein Zimmer. Ihr blasses Gesicht war stark geschminkt. Die Handtasche hatte sie nicht wieder geschlossen. Sie nahm eine Fotografie heraus und warf sie auf den Tisch.

»Das ist der Mann, der den Einbruch in das Büro des Staatsanwaltes durchführte und den Revolver stahl.«

Das Bild war zweifellos eine Polizeifotografie mit einer Nummer und dem Namen Mike Sollony.

»Wie haben Sie sich dieses Foto verschafft?«

»Ich habe viel Geld dafür bezahlt! Aber ich werde Ihnen nicht sagen, an wen. Außer der Summe für das Foto zahlte ich tausend Dollar für Sollonys Adresse. Ich weiß, wo er wohnt, und ich hoffe, daß er den Revolver aus dem Panzerschrank des Staatsanwalts noch besitzt.«

»Miss Rellon, Sie haben die Gutachter gehört, die sich mit diesem Revolver beschäftigt haben. Falls der Revolver wieder auftauchte, wäre er nur ein zusätzlicher Beweis für Masons Schuld.«

»Für seine Unschuld«, widersprach sie. »Mit dem Revolver, den Sie Buck aus der Hand rissen, G-man, wurde Harry Clarence nicht getötet. Den Fachleuten wurden zwei verschiedene Waffen untergeschoben. Der Schießexperte erhielt die Tatwaffe, der Fachmann für Fingerabdrücke bekam Bucks Revolver. Wäre der Revolver dem Gericht vorgelegt worden, hätte Frick eine neue Überprüfung beantragt. Dann wäre der Betrug geplatzt. Darum mußte die Waffe verschwinden.«

Falls sie log, so log sie mit Leidenschaft und Überzeugungskraft. Vielleicht glaubte sie auch, was sie sagte.

»Warum versuchen Sie nicht, den Revolver von Sollony zu kaufen?«

»Ich werde ihn kaufen, wenn er für Geld zu haben ist. Ich bitte Sie, mich zu begleiten. Falls Sollony die Waffe an seine Auftraggeber weitergeliefert hat, müssen Sie ihn zwingen, seine Auftraggeber zu nennen.«

»Okay, Miss Rellon! Ich werde mir diesen plötzlich aufgetauchten Mike Sollony ansehen. Sagen Sie mir die Adresse!«

Sie kniff die Augen zusammen. »Ich will mitkommen, G-man«, sagte sie energisch. »Ich will nicht, daß der Revolver zum zweitenmal verschwindet.«

»Einverstanden!«

Wir verließen mein Zimmer und gingen zum Fahrstuhl. Ich nahm den Sergeant der State-Polizisten zur Seite.

»Bitte, passen Sie während meiner Abwesenheit besonders scharf auf! Miss Seal soll ihr Zimmer nicht verlassen.«

Der Fahrstuhl brachte uns in die Halle. »Einen Augenblick, G-man! Ich hole meinen Mantel von der Garderobe.«

Der Mantel war ein schwarzer Nerz. Als sie von der Garderobe zurückkam, trug sie ihn über dem Arm. Ich nahm ihr den Mantel ab und ließ ihn durch die Hände gleiten. Nein, er barg keinen harten Gegenstand, keinen Revolver in einer Tasche. Juella Rellon quittierte meine Vorsicht mit einem dünnen Lächeln und ließ sich den Mantel umlegen.

Der Jaguar stand auf dem Hotelparkplatz. Ich führte sie hin und hielt ihr die Tür auf. Sie stieg ein, und ich setzte mich hinter das Steuer.

»Darf ich rauchen?« fragte sie.

»Bitte! Zigaretten sind im Handschuhfach.«

»Ich hab' selber welche.« Sie öffnete die Handtasche, nahm eine Zigarette heraus und suchte in der Tasche.

»Kein Feuer?« Ich hielt ihr mein Feuerzeug hin und ließ es aufschnappen.

»Oh, danke!« Sie zündete die Zigarette an der Flamme an, stieß den Rauch des ersten Zuges aus und lehnte sich zurück.

Ich startete den Jaguar.

»Die Adresse?«

»Sollony wohnt in Groves Village, einer Bungalow-Siedlung zehn Meilen südlich von Asbury.«

Ihre große Handtasche hielt sie auf den Knien.

Der Mann betrat die Halle des Seaview Hotels, ging an die Rezeption und ließ sich seinen Zimmerschlüssel geben. Er nahm den Lift zur dritten Etage, betrat das Zimmer 352, das dem Fahrstuhlschacht unmittelbar gegenüberlag .

Er schaltete das Licht ein und zog den Vorhang vor dem Fenster zurück.

Das Hotel lag nahe am Strand und hatte einen eigenen Anlegesteg für Motorboote.

Dreimal schaltete der Mann in Zimmer 352 das Licht an und aus.

Von der See her erhielt er Antwort. Ein weißes Licht blitzte zweimal kurz und zweimal lang zurück.

Der Mann löschte das Licht endgültig und wartete am offenen Fenster.

Zehn Minuten dauerte es, bis sich aus der Dunkelheit über dem Meer die Umrisse eines weißen Bootes lösten. Mit halber Kraft und gelöschten Lichtern steuerte es den Hotelsteg an. Weitere fünf Minuten nahm das Anlegemanöver in Anspruch.

Wieder blitzte das weiße Licht auf. Der Mann in 352 schloß das Fenster, zog den Vorhang vor und schaltete die Nachttischlampe ein.

Auf der Ablage standen zwei Koffer, unter deren Gewicht der Hausdiener gestöhnt hatte.

Der Mann hob die Deckel. Unter einigen Kleidungsstücken, die er achtlos zur Seite schleuderte, kamen Plastikkanister zum Vorschein, gefüllt mit Benzin. Jeder Koffer barg fünf Kanister zu vier Gallonen.

Der Mann schraubte die Verschlüsse ab. Er tränkte das Bett, die Möbel, den Teppich. Er verteilte den Inhalt von acht Kanistern in seinem Zimmer. Dann öffnete er vorsichtig die Tür.

Der Flur war menschenleer. Der Mann holte die Fahrstuhlkabine hoch. Als sich die Schachttür geöffnet hatte, drückte er den Knopf für den Notstopp. Er entleerte einen Kanister in die Kabine. Das Benzin lief aus der Kabine in den Schacht. Den letzten Kanister stieß er mit dem Fuß um. Der Teppichboden im Flur saugte sich mit Benzin voll.

Der Mann zog sich auf die Nottreppe zurück.

Als er sein Feuerzeug aus der Tasche nahm, lächelte er dünn.

Ein Straßenschild im Scheinwerferlicht. *Welcome in Groves Village*. Weiße Häuser auf beiden Straßenseiten. Spärliche Beleuchtung.

Ich nahm den Fuß vom Gas.

»Welches Haus?« fragte ich.

»Am Ende der Straße auf der linken Seite!«

Ich fuhr langsam weiter. Während der kurzen Fahrt hatte ich die Innenbeleuchtung des Jaguars nicht ausgeschaltet. Ich sah, wie Juella Rellon ihre Handtasche öffnete und hineingriff.

Eine neue Zigarette?

Hart trat ich auf die Bremse. Masons Verlobte wurde nach vorn gegen das Armaturenbrett geschleudert.

Ich ließ das Steuer los, obwohl der Jaguar noch nicht stand, packte ihr Handgelenk und riß ihren Arm hoch.

Ihre Finger umkrampften die Waffe, eine kurzläufige Selbstladepistole.

Sie kreischte vor Wut. Unter dem Druck meiner Hand sprangen ihre Finger auf. Die Pistole fiel auf den Boden.

Ich drückte Juella Rellon gegen die Tür, hob die Waffe auf, nahm ihr die Handtasche weg und schleuderte die Tasche auf den Notsitz.

»Für den Fall, daß noch mehr Überraschungen darin sind«, sagte ich. Dann ließ ich sie los. »Als Sie den Mantel holten, haben Sie die Handtaschen ausgetauscht. Vielleicht hätte ich es nicht gemerkt, aber Sie hatten kein Feuerzeug in der zweiten Tasche.«

Phils Wagen stoppte neben dem Jaguar. »Jerry?«

Ich hob den Daumen. »Alles okay!«

Er stieg aus und kam an den Wagen.

Juella Rellon massierte ihr Handgelenk.

»Reden Sie!« sagte ich. »Wo ist Jack Mason? Erzählen Sie mir nicht, Sie hätten mir auf eigene Rechnung Ihre Kanone an die Rippen setzen wollen!«

In ihrem Gesicht zuckte es. »Glauben Sie nicht, Sie hätten gewonnen!« kreischte sie mich an. »Wenn Sie Ihr Flittchen lebend wiedersehen wollen, dann werden Sie unsere Befehle befolgen müssen.«

»Packen Sie aus!«

»Kein Wort!« schrie sie.

Ich stieß die Tür auf. »Raus!« befahl ich.

Phil stand bereit und zog sie aus dem Jaguar.

»Ich fahr zum Hotel zurück!« rief ich, hieb den ersten Gang ins Getriebe, trat den Gashebel durch und wendete meinen Wagen in einer engen Kurve.

Ich schaltete das Sprechfunkgerät ein, wobei ich die allgemeine Polizeifrequenz benutzte.

»FBI-Agent Jerry Cotton ruft Zentrale State Police.«

Die Antwort kam prompt. »Wir hören Sie, G-man!«

»Haben Sie besondere Nachricht über das Seaview Hotel vorliegen?«

»Nein, G-man! Keine Meldung über besondere Vorkommnisse!«

»Bitte, rufen Sie Ihr Kommando im Hotel und geben Sie eine Warnung durch! Wir befürchten eine Gangsteraktion gegen Tessie Seal.«

»Verstanden, G-man! Ich informiere ...« Er brach ab. Einige Sekunden lang hörte ich im Hintergrund Stimmengewirr. Dann meldete sich der Beamte wieder.

»Gerade läuft eine Meldung ein, G-man! Das Seaview Hotel brennt.«

Der Brand wurde bemerkt, als die Benzindämpfe im Fahrstuhlschacht explodierten und die Schachttüren auf allen Etagen aus den Angeln drückten. Zu diesem Zeitpunkt stand der Flur auf der dritten Etage bereits in hellen Flammen, und das Feuer griff mit rasender Geschwindigkeit um sich.

Die Explosion im Schacht schreckte die beiden State Polizisten auf. Der ältere Beamte, ein Sergeant mit fünfzehn Dienstjahren, suchte über Sprechfunk Verbindung mit den Besatzungen der Streifenwagen.

»Dringend! Dringend! Explosion im Hotel!«

Türen wurden aufgerissen. Menschen drängten aus den Zimmern in den Flur. Ein Mann rief den State-Polizisten an: »Was ist los, Officer?«

Der Sergeant machte eine beruhigende Handbewegung.

»Ziehen Sie sich auf jeden Fall an!« Er winkte seinem Kollegen. »Geh zu Miss Seal und bleib an ihrer Seite! Unter allen Umständen!«

Er drückte den Rufknopf. »Sergeant Bender an Zentrale! Explosion im Hotel! Erbitte Anweisungen!«

Der Kommandoführer eines Streifenwagens meldete sich.

»He, Bender, ist bei dir alles in Ordnung?«

»Hier oben ist alles okay! Kannst du herausfinden, wo und was da geknallt hat?«

Eine Frau begann zu schreien: »Das Hotel brennt! Hilfe!«

Sergeant Bender schnauzte sie an: »Woher wollen Sie das

wissen, Madam? Bleiben Sie ruhig, und verursachen Sie keine Panik!«

Unterdessen hatte auch Tessie Seal ihre Zimmertür geöffnet. Der zweite Polizeibeamte breitete die Arme aus.

»Bitte, bleiben Sie in Ihrem Zimmer, Miss!«

Auf den Fluren begannen Alarmglocken zu schrillen. Die Menschen stürzten zur Nottreppe. Andere rannten zurück in ihre Zimmer, um die wichtigsten Dinge, Geld, Papiere, Schmuck, zu retten.

Der Beamte im Streifenwagen meldete sich.

»Bender, der Laden brennt! Flammen schlagen schon aus den Fenstern. Macht, daß ihr rauskommt!«

In diesem Augenblick erloschen die Lichter auf dem Flur und in den Zimmern. Nur die Notbeleuchtung und die Hinweise auf den Fluchtweg, mit Strom aus Akkumulatoren versorgt, brannten weiter.

Die Dunkelheit brachte die Panik zum vollen Ausbruch. Auf allen Etagen, auch auf der ersten und zweiten, drängten die Menschen zu den Nottreppen. Das Feuer im Flur schnitt auf der dritten Etage die Bewohner der West- und Nordzimmer vom Fluchtweg ab. Fenster wurden zerschlagen. Überall schrien Menschen um Hilfe.

Sergeant Bender löste die Taschenlampe vom Gürtel, schaltete sie ein und wandte sich um. Er sah nicht, daß sich gegen den Strom der Flüchtenden ein Mann auf ihn zubewegte.

»Das Mädchen soll mitkommen!« rief Bender.

Ein schwerer Schlag traf seinen Kopf und löschte sein Bewußtsein mit der Plötzlichkeit eines Kurzschlusses aus. Der zweite Polizist wurde vom grellen Lichtkegel einer Stablampe erfaßt. Bevor er reagieren konnte, traf auch ihn ein schwerer Schlag. Er brach in die Knie, fiel gegen die Wand und kippte zur Seite weg.

Tessie war der Aufforderung gefolgt, die Tür ihres Zimmers wieder zu schließen. Sie faßte zum zweitenmal nach der Klinke, als das Licht erlosch.

Bevor sie Tür öffnen konnte, wurde sie von außen aufgestoßen. Das scharfe Licht einer starken Lampe blendete sie. Harte Fäuste schlossen sich um ihre Arme.

»Raus, Mädchen, raus!« bellte eine Männerstimme.

Sie wurde in den Flur gezerrt und stolperte über irgend etwas, das quer vor der Tür lag. Sie leistete keinen Widerstand, sondern hielt das Tempo der Männer mit.

Vor dem Eingang zur Fluchttreppe hatte sich eine Menschengruppe verkeilt. Tessies Begleiter brachen sich rücksichtslos Bahn und erreichten die Steintreppe, die in engen Windungen nach unten führte. Auf der Höhe der dritten Etage strahlten die Wände Hitze aus. Flüchtende aus den unteren Etagen verstopften die Treppe. Nur langsam und unter Geschrei schob sich die Menge vorwärts. Die Notbeleuchtung tauchte die Szene in rötliches Halbdunkel.

Für den Fall eines Brandes in der Halle war die Fluchttreppe so geführt worden, daß sie an der Rückseite des Hotels im Freien mündete. Auf den letzten Stufen ließ der Druck der Leiber nach. Tessie spürte den kühlen, frischen Wind, der von der See her wehte. Zwischen den beiden Männern, deren Fäuste sie nie losgelassen hatten, gelangte sie zusammen mit den anderen Flüchtenden ins Freie.

Zwischen Hotel und Strand erstreckte sich eine Gartenanlage mit Terrassen, Blumenflächen und kiesbestreuten Wegen. Die ersten Streifenwagen der Polizei waren vor dem Hotel aufgefahren. Die Besatzungen bemühten sich, den Strom der Fliehenden aufzufangen und die Panik zu stoppen.

Erfolg hatten sie kaum.

Besessen von Angst, drängten die Menschen weiter. Nur weg von dem Haus, aus dessen Fenstern lange Flammenzungen leckten! Überall Schreie! Frauen riefen nach ihren Männern. Kinder jammerten nach ihren Müttern.

Wieder und wieder forderte eine Lautsprecherstimme. »Bewahren Sie Ruhe! Machen Sie alle Straßen und Wege frei für die Rettungsfahrzeuge!«

Im Licht der Neonlaternen auf dem Verbindungsweg zwischen Hotel und Strand sah Tessie die Gesichter der Männer, von denen sie herausgeholt worden war, zum erstenmal deutlich.

Mindestens dreißig Jahre Altersunterschied trennte beide. Der Ältere war ein paar Zoll kleiner als Tessie, untersetzt und breitschultrig. Buschige Brauen verdeckten die tiefliegenden Augen. Ein breiter, starklippiger Mund und ein schweres Kinn verliehen seinem Gesicht den Ausdruck brutaler Entschlossenheit. Der andere Mann trug eine Kappe mit großem Schirm. Seine Haut war glatt, die Augen schwarz mit starrem Blick.

Tessie versuchte stehenzubleiben.

»Wer sind Sie?« Sie stemmte sich gegen die Kraft der Männer und wollte sich losreißen. »Lassen Sie mich los!«

Der Ältere keuchte vor Anstrengung. »Halt den Mund!«

»Hilfe!« schrie Tessie. »Hilfe!«

Der Mann schlug ihr ins Gesicht. Sie trat nach ihm. Der Jüngere griff mit der freien Hand in Tessies Genick. Als er zudrückte, schoß der Schmerz wie flüssiges Eisen in Tessies Nervenbahnen. Das machte sie hilf- und wehrlos.

»Bring sie zum Boot!« befahl der Ältere. »Ich werf' den Motor an und löse die Leinen!«

Er lief den Weg hinunter in kurzen Sprüngen, bei denen sein breiter Oberkörper vor- und zurückpendelte. Er bewegte sich plump und schnell zugleich wie ein angreifender Gorilla. Am Ende des Weges rannte er auf den Anlegesteg, löste die Vertäuung des Motorbootes und sprang über die Reling an Bord.

Nichts davon nahm Tessie bewußt wahr. Der Schmerz, den der heimtückische Griff verursacht hatte, lähmte ihre Sinne.

»Geh!« befahl ihr Peiniger.

Sie hatte keine andere Wahl, als zu gehorchen.

Sirenenheulend kreuzte ein Löschzug der Feuerwehr meinen Weg. Ich riß das Steuer herum. Der Jaguar brach nach rechts aus, schlitterte breitseits auf die Front der Häuser zu, als wäre die Fahrbahn unter ihm aus blankem Eis.

Der Löschzug raste vorbei.

Mit Gas, Bremse, Gas fing ich meinen Wagen ab, wechselte den Gang und trat das Pedal voll durch. Raketengleich schoß der Jaguar an dem Feuerwehrwagen vorbei.

Vor dem Seaview Hotel wimmelte es von Menschen und Fahrzeugen. Rotlicht kreiste. Beharrlich schrillten Alarmglocken.

Alle Fenster der Frontseite waren dunkel. Kein Licht, kein Feuerschein! Aber über dem Dach stand eine schwarze Rauchwolke.

Ich stoppte, sprang aus dem Jaguar und rannte zum Hoteleingang. Ein Polizist versuchte mich aufzuhalten.

»Sie können nicht rein, Mann! Das Hotel brennt!«

Ich schob ihn zur Seite und kämpfte mich gegen den Strom der fliehenden Hotelgäste in die Halle.

Nichts in der Halle verriet, daß das Hotel brannte. Die Notbeleuchtung erlaubte eine leidliche Orientierung. An der großen Treppe zur ersten Etage rollten Angestellte des Hotels Schlauchleitungen von den Trommeln.

»Welche Etage brennt?« brüllte ich einen von ihnen an.

»Die dritte!«

»Ist noch ein Weg offen zur vierten?«

»Nicht über den Lift und die Haupttreppe. Der Schacht mit der Feuertreppe mündet auf der Rückseite!«

Ich rannte quer durch die Halle und den Speisesaal, dessen hintere Ausgänge zu den Terrassen an der Rückfront führten.

Die Flammen, die aus den Fenstern schlugen, der flackernde Feuerschein, der Terrasse und Garten in rötliche Helligkeit tauchte, die Hilfeschreie der Menschen ließen keinen Zweifel daran, daß sich im Seaview eine Katastrophe ereignet hatte.

Ich sprang auf die Terrassenbrüstung, um mir einen Überblick zu verschaffen. Im selben Augenblick bog der Löschwagen, den ich überholt hatte, mit aufgeblendeten Scheinwerfern um die Gebäudeecke. Das Fahrzeug walzte über Rasenflächen und Blumenbeete. Seine starken Scheinwerfer strichen über das Gelände wie der Lichtstrahl eines Leuchtfeuers. Für eine Sekunde erfaßten sie den Anlegesteg des Hotels, ein weißes Boot und einen Mann, der eine Frau auf den Steg zutrieb.

Ich weiß nicht mit Sicherheit, woran ich Tessie erkannte. Vermutlich war es das Blond ihres Haares, das im Scheinwerferstrahl für einen Augenblick aufleuchtete. Jedenfalls gab es für mich keinen Zweifel, daß es Tessie war.

Ich sprang von der Brüstung. Querbeet rannte ich durch den Hotelgarten. Dabei zog ich nicht den 38er. Denn ich wußte, daß der Mann Tessie töten würde, wenn mir nicht die perfekte Überraschung gelang.

Ich holte ihn ein, als er und sein Opfer den Steg schon betreten hatten. Nur zwanzig Schritte trennten beide von dem weißen Boot. Trotz der Schreie und dem Sirenengeheul hörte ich, wie der Motor des Bootes ansprang.

In irgendeinem Karatekurs habe ich gelernt, daß ein Schrei im Augenblick des Angriffs den Gegner lähmt, die Schrecksekunde seine Reaktionen einfrieren läßt. Mag sein, daß die Theorie stimmt, wenn es sich um eine freundschaftliche Prügelei auf der Übungsmatte handelt. In der Praxis, so haben Phil und ich und viele andere herausgefunden, hat die totale Überraschung aus der Stille den besten Erfolg.

Ich sprang den Mann an. Ich riß ihn und Tessie zu Boden. Die Planken des Stegs dröhnten unter dem Aufprall. Mit einem Fausthieb in die Rippen trennte ich den Mann von Tessie. Und jetzt schrie ich.

Ich schrie Tessie an. »Lauf! Lauf!«

Der Mann reagierte wie eine Katze. Zwei blitzschnelle Handkantenschläge zuckten auf mich nieder. Nur einem konnte ich ausweichen. Der andere traf den großen Oberarmnerv und verwandelte meinen linken Arm in ein unkontrolliert baumelndes Anhängsel. Tessie kroch vier, fünf Yards weit. Dann sprang sie auf und lief.

Mit einem hochgerissenen Haken, der voll einschlug, kam ich neuen Karateschlägen zuvor. Der Gangster, mindestens zwanzig Pfund leichter als ich, wurde von der Wucht des Schlages herumgewirbelt, stürzte und rollte über den Steg.

Vom Boot fielen Schüsse. Es gab keine Deckung auf dem Anlegesteg. Ich ließ mich fallen, zog den 38er und feuerte zwei kaum gezielte Kugeln auf das Boot.

Der Motor heulte auf. Am Heck wirbelte die Schraube das Wasser zu Schaum.

Der Karatekünstler robbte zum Rand des Stegs.

»FBI!« brüllte ich. »Hände hoch, oder ich schieße gezielt!«

Wieder flackerte Mündungsfeuer. Das heiße Sirren der Kugeln zwang mich, den Kopf auf die rauhen Planken zu pressen.

Der Abstand zwischen Steg und Boot wuchs.

Ich hörte den Schrei des Mannes, den ich niedergeschlagen hatte.

»Boß!«

Er ließ alle Vorsicht außer acht, richtete sich auf und setzte zum Sprung an.

Mindestens zwanzig Yards trennten schon Boot und Steg.

»Boß!«

Auf dem Boot fielen zwei Schüsse.

Der Mann am Rand des Stegs warf die Arme hoch. Sein Körper bäumte sich auf. Dann fiel der Mann nach vorn.

Das Aufklatschen ging unter im Brüllen des Bootsmotors.

Ich verfeuerte alle Kugeln in der Trommel.

Erfolg hatte ich nicht. Die Umrisse des Boots verschwammen mit der Dunkelheit über dem Meer, und das Motorengeräusch wurde leiser und leiser.

»Tessie! He, Tessie!«

Sie kauerte im Schatten eines Hibiscusstrauches. Ihre Schultern zitterten.

»Jerry, oh, Jerry«, stammelte sie. »Haben sie das Hotel in Brand gesetzt, um mich ...?«

»Denk jetzt nicht darüber nach! Bist du okay?«

Sie reagierte nicht auf die Frage. Entsetzt starrte sie mich an.

»Ich kann nicht glauben, daß Menschen das Leben von hundert oder mehr Unbeteiligten gefährden, um einen Mörder zu befreien.« Mit ausgestreckter Hand wies sie auf das brennende Hotel. »Sieh dir an, was sie getan haben!«

An ihr eigenes Schicksal schien sie nicht zu denken.

Ich faßte ihren Arm und zog sie hoch. »Kannst du gehen?«

Sie hinkte. Das lag mehr daran, daß sie einen Schuh verloren hatte als an einer Verletzung.

Noch breitete sich das Feuer aus. Gleichzeitig setzte die Feuerwehr zur gezielten Bekämpfung an. Drehleitern wurden ausgefahren. Die ersten Gäste, die durch die Flammen von den Fluchtwegen abgeschnitten worden waren, konnten geborgen werden.

Männer drangen, geschützt von Rauchmasken, in die brennende dritte Etage ein. Sie suchten nach Personen, die sich nicht bis an die Fenster gerettet hatten. Aus drei Rohren schossen schenkeldicke Wasserstrahlen in die Flammen. Weißer Wasserdampf quoll aus den Fenstern. Mit wütendem Funkengeprassel schien sich das Feuer gegen seinen Todfeind zu wehren.

Polizisten und Rettungsmannschaften kümmerten sich um die Verletzten. Ambulanzen trafen ein. Noch immer rasten Löschzüge heran.

Ich fand den Jaguar eingekeilt zwischen Hilfsfahrzeugen und den Autos von Zeitungsreportern. Der Prozeß hatte einige Dutzend Journalisten aus den Großstädten der USA nach Asbury gelockt. Die Jungens ließen sich die Sensation des Hotelbrandes nicht entgehen.

Ich hängte mich ans Sprechfunkgerät und versuchte, die Zentrale der State-Polizei für mich zu interessieren. Die Beamten hatten alle Hände voll damit zu tun, Feuerwehren und Rettungseinheiten aus den Nachbarorten anzufordern und einzuweisen. Endlich kümmerte sich jemand um mich.

»Am Seaview Hotel wurde ein Mord verübt. Der Täter floh in einem Motorboot. Alarmieren Sie die Coast Guard!«

»Können Sie das Boot beschreiben?«

»Weißer Anstrich und vermutlich eine kleine Kajüte!«

»Okay, G-man, ich gebe Ihren Wunsch weiter.«

»Verschaffen Sie mir eine Verbindung zum Homicide Department in Trenton! Die Mordkommission muß zum Hotel kommen. Der Mann, der erschossen wurde, stürzte vom Bootssteg. Nach ihm muß gesucht werden.«

»Die Leute aus Trenton wurden alarmiert und sind nach Asbury unterwegs, weil Brandstiftung vermutet wird. Versuchen Sie, Inspektor Homgatt auf dem Hotelgelände zu finden! Er wird Ihnen weiterhelfen.«

»Rufen Sie mich, falls die Coast Guard mit ihrer Suche Erfolg haben sollte!«

»Geht in Ordnung, G-man!«

Aus einem Ambulanzauto verschaffte ich mir eine Decke und legte sie Tessie um, die sich auf den Beifahrersitz gekauert hatte.

»Bleib im Wagen!« schlug ich vor. »Ich glaube, daß du hier so sicher bist wie an jedem anderen Ort. Warte, bis ich zurückkomme! Frierst du?«

»Nein«, antwortete sie leise und zog die Decke bis zum Kinn hoch.

In der Hotelhalle arbeitete eine Feuerwehrmannschaft an der Bekämpfung des Brandes im Fahrstuhlschacht. Die Männer rissen die verbeulten Schachttüren heraus, verlegten Schlauchleitungen und schickten sich an, das Feuer auf der dritten Etage von innen unter Kontrolle zu bringen. Wasser lief in dünnen Rinnsalen die Treppe hinunter. Überall bildeten sich Pfützen.

Ich lieh mir von einem Kommandoführer den Handlautsprecher aus.

»Inspektor Homgatt, bitte, kommen Sie in die Halle! Inspektor Homgatt, Sie werden dringend in der Halle erwartet!«

Nach wenigen Minuten kam ein mittelgroßer, blonder Mann zu mir.

»Ich bin Homgatt«, sagte er.

»Cotton vom FBI!«

»Ich kenne Sie, G-man! Sah Sie heute beim Prozeß! Als ich hörte, daß das Seaview brennt, nahm ich an, Sie wären gemeint gewesen. Sie und die junge Dame. Bin glücklich, Sie auf Ihren Füßen zu sehen! Und die Miss?«

»Hat die Aktion überstanden.«

»Also doch ein Anschlag?«

»Ja, Inspektor.«

Sein Gesicht verfärbte sich.

»G-man, dieses Feuer hat vielleicht ein Dutzend Opfer gekostet.«

»Die Mitglieder des Mörderclans schrecken vor nichts zurück. Auch nicht vor der Ermordung ihrer eigenen Leute. Ich wurde Augenzeuge eines solchen Mordes. Das Opfer stürzte vom Hotelanlegesteg ins Wasser. Können Sie und Ihre Leute nach dem Mann suchen?«

»Selbstverständlich!«

Über Sprechfunk holte er seine Mannschaft zusammen. Während der Rettungs- und Löscharbeiten weitergingen, bauten die Beamten der Trentoner Mordkommission Scheinwerfer auf dem Anlegesteg auf, in deren Licht sie das Ufer absuchten. Sie benutzten Stangen und eine Art Schleppnetz.

Die Suche war kaum zehn Minuten in Gang, als Phil kam.

»Ich sah Tessie im Jaguar«, sagte er ernst.

»Es galt ihr«, antwortete ich. »Ich kam rechtzeitig. Zwei Männer wollten sie mit einem Boot entführen. Wo ist Juella Rellon?«

»Im Gefängnis der Asbury-Reviers. Sie hatte einen totalen

Zusammenbruch. Sie mußten einen Arzt holen.« Er machte eine Kopfbewegung zum Ufer.

»Wen suchen sie?«

»Einen der Gangster. Sein Partner erschoß ihn.«

»Warum?«

»Weil er verhindern wollte, daß der andere auspackte. Ich hätte ihn sonst lebend gefaßt.«

»Wie viele Männer waren es?«

»Hier draußen nur zwei. Mindestens ein dritter war beteiligt, der den Brand legte.«

Am Kopfende des Anlegestegs entstand Bewegung.

»Ich glaube, ich bin auf etwas gestoßen!« rief einer von Inspektor Homgatts Leuten.

Mit Hilfe von Haken holten sie das, was der Beamte entdeckt hatte, vom Grund an die Oberfläche. Das Wasser war nicht tiefer als zehn Fuß. Sie richteten einen Scheinwerfer auf die Stelle. Etwas, das aussah wie eine riesiger, ertrunkener Vogel mit schlaffen Schwingen, stieg unter dem Zug der Haken langsam nach oben und durchbrach den Wasserspiegel.

»Das ist er«, sagte der Inspektor lakonisch.

Sie zogen den Körper am Steg entlang bis ins niedrige Wasser. Der Tote schwamm auf dem Gesicht. Sie drehten ihn um und leuchteten ihn an.

»Er heißt Barry Cheen«, erklärte ich nach einem Blick in das glatte Gesicht, in dem die dunklen Augen starr und glanzlos standen wie schwarze Knöpfe. »Jack Masons Sekretär, der angeblich nicht wußte, wo sich sein Boß aufhielt.«

Durch die vergitterten Fenster fiel das graue Frühlicht des neuen Tages. Im kahlen, nur mit einem Tisch und vier Stühlen eingerichteten Vernehmungszimmer warteten Phil und ich auf Juella Rellon.

Ein uniformierter Polizist führte sie herein.

Eine tiefgreifende Veränderung schien sich in den wenigen Stunden bei Masons Freundin abgespielt zu haben. Das schwarze Haar hing strähnig um ihr Gesicht, das jede Farbe verloren hatte. Der Mund zitterte. Ununterbrochen rieb sie die Hände gegeneinander. Ihr Gang war schleppend. Sie ließ sich auf den Stuhl fallen und barg das Gesicht in den Händen.

»Jack Masons Plan ist fehlgeschlagen«, sagte ich ruhig. »Obwohl er ein ganzes Hotel in Brand setzen ließ, um Tessie Seal in seine Hände zu bekommen, mißlang die Entführung. Mason hat kein Faustpfand in der Hand, gegen das er Ihre und Jack Masons Freilassung durchsetzen könnte.«

Sie hob den Kopf.

»Ich glaube Ihnen nicht«, flüsterte sie. »Jack ist schlau. Was er anfaßt, gelingt.« Plötzlich schrie sie: »Sie wollen mich bluffen.«

Ich nickte Phil zu. Er ging hinaus und kam mit Tessie zurück. Tessie blieb in der Türöffnung stehen.

»Drehen Sie sich um, Miss Rellon!« befahl ich.

Schwerfällig, mit den unsicheren Bewegungen einer Kranken, wandte Juella Kopf und Oberkörper und sah Tessie minutenlang an. »Sie sehen, daß ich die Wahrheit sage. Miss Seal befindet sich nicht in der Gewalt von Jack Mason.«

Ich nickte Tessie zu. »Es ist gut. Bitte, geh!«

Phil schloß hinter Tessie die Tür. Juella Rellon ließ den Kopf auf die Tischplatte fallen. Ein Weinkrampf schüttelte sie. Sie schluchzte, schrie und lallte unverständliche Worte.

Wir warteten schweigend, bis der Anfall verebbte.

Von einer Sekunde zur anderen hob sie ihr tränenüberströmtes Gesicht.

»Ich habe von allem nichts gewußt!« schrie sie.

»Lügen ist sinnlos! Sie hatten den Auftrag, mich aus dem Hotel zu locken.«

»Nein, ich sagte die Wahrheit. Sie können sich selbst überzeugen. Mike Sollony existiert, und er war es, der den Safe im Büro des Rechtsanwalts knackte.«

»Dazu beauftragt von Jack Mason. Ob Sie einen echten oder einen erfundenen Namen nannten, spielt keine Rolle. Sie wollten nicht meine Hilfe, sondern Sie sollten mich ausschalten, bis die Entführung gelungen war.«

»Das können Sie nicht beweisen.«

»Schon die Selbstladepistole in Ihrer Handtasche ist Beweis genug. Sie haben einen sorgfältig vorbereiteten Austausch der Handtaschen aus keinem anderen Grund vorgenommen, als mich mit einer Waffe mattsetzen zu kännen.«

»Ich verlange einen Rechtsanwalt.«

»Wen sollen wir rufen? James Frick?« Ich trat zu ihr und sagte eindringlich: »Ich bezweifle, daß Jack Mason einen Rechtsanwalt zu Ihrer Verteidigung bezahlt, Juella Rellon. Mason benutzt eine andere Methode, sich die eigenen Leute vom Hals zu schaffen, sobald sie ihm lästig oder gefährlich geworden sind. Kommen Sie mit!«

Es gab kein Leichenschauhaus in Asbury. Die Bahre mit Barry Cheens Körper war im Kellerraum des Polizeireviers abgestellt worden, bis sie nach Trenton zur Obduktion transportiert werden konnte.

Wir führten Juella in den kahlen Raum. Unsicher blieb sie in der Nähe der Tür stehen.

»Als Jack Mason das Seaview Hotel in Brand setzen ließ, wußte er, daß das Feuer viele Menschenleben kosten konnte. Das hinderte ihn nicht daran. Nur eine Anhäufung glücklicher Umstände ist es zu verdanken, daß niemand in den Flammen umkam. Aber in den Krankenhäusern liegen mehr als zwei Dutzend Menschen mit schweren Nervenschocks und gefährlichen Rauchvergiftungen. Ganz zu schweigen von den beiden niedergeschlagenen Polizisten, die sehr schwer verletzt wurden.«

Ich schlug das Tuch zurück und legte den Kopf des Toten frei.

»Dieser Mann wurde von Jack Mason eigenhändig erschossen. Ich denke, ich brauche Sie nicht zu fragen, ob Sie ihn kennen. Nach allem, was wir wissen, war Barry Cheen ein treuer Diener seines Herrn. Trotzdem wurde er von Mason kaltblütig getötet.«

»Hören Sie auf!« schrie sie. Mit einer heftigen Bewegung wandte sie sich ab.

»Wo finden wir Mason?« fragte Phil ruhig.

»Bis vorgestern bewohnte er ein Apartment im Waldorf Hotel«, stieß sie schnell und flüsternd hervor. »Für die Entführung kaufte Mario Sorrondo ein Boot, das aber nur für die erste Strecke benutzt werden sollte. Irgendwo an der Küste wartete Pit Barsky mit einem Wagen.«

»Wer hat das Feuer gelegt?«

»Ich vermute, daß es Randolph Whist war. Unter falschem Namen mietete er ein Zimmer im Seaview.«

»Die Antwort auf die entscheidende Frage fehlt noch. Wo finden wir Jack Mason?«

»Das Mädchen sollte nach New York gebracht werden. Wahrscheinlich hat Sorrondo das Versteck vorbereitet. Ich kenne es nicht und weiß nicht, wie es aussieht. Außerdem glaube ich nicht, daß Jack nach dem Scheitern der Entführung dorthin gehen wird.«

»Warum nicht?«

»Weil er immer für ein Versteck sorgt, das keiner kennt.«

»Niemand? Auch Sie nicht?«

»Ich kenne nur eine Telefonnummer. Jack verlangte, daß ich sie auswendig lernte.« Sie nannte die Zahlen. Phil schrieb mit.

»Eine Nummer in New York«, stellte er fest.

Wir brachten Juella Rellon nach oben und übergaben sie den Polizisten.

Drei Minuten später saßen wir im Jaguar und rasten in Richtung New York.

Jack Mason lag nahezu nackt auf dem Bett. Er war nur mit einer kurzen Unterhose bekleidet. Gleichmäßig hob und senkte sich sein breiter, behaarter Brustkasten. Die Augen waren geschlossen. Trotzdem schlief er nicht. Seit Stunden dachte er über seine Lage nach und machte Pläne, die er dann wieder verwarf. Manchmal glaubte er, einen Ausweg gefunden zu haben. Aber Minuten später überfiel ihn doch wieder das lähmende Gefühl, daß alles zwecklos sei. Dann glitten seine Gedanken ab in Erinnerungen. Er sah sich selber als einen Mann von vierzig Jahren. Ihm fielen schwierige und gefährliche Situationen ein, die er gemeistert hatte.

Er schlug die Augen auf und starrte gegen die Decke. Wie viele Jahre nach dem Krieg war er zum erstenmal in dieser Wohnung untergetaucht? War es 1951 oder 1952 gewesen? Auf jeden Fall vor mehr als dreißig Jahren. Schon damals hatte Sheyla einige Pfund zuviel an den Hüften und Oberschenkeln mit sich herumgetragen, und trotzdem war sie eine großartige und atemberaubende Frau gewesen.

In der Erinnerung spürte Mason die samtene Wärme der braunen Haut und roch die Mischung aus Parfum und Animalität, die Sheylas Körper verströmt hatte.

Welche Ausbrüche von Sinnlichkeit hatten diese vier Wände gesehen! Unter bestimmten Umständen verhielt sich Sheyla wie ein explodierender Vulkan. Vierunddreißig Tage und Nächte, die er damals wegen Roc Parrer in diesem Zimmer verbracht hatte, war er von Sheyla betreut, gepflegt und versorgt worden. Und die Langeweile hatte sie ihm außerdem vertrieben.

Roc Parrer!

Ein großer, gefürchteter Gangster der Fünfziger, während des Krieges zu Macht und Einfluß gekommen. Ein Mann wie ein Raubtier. Auf allen Gebieten, im Hafen, bei den Rackets, im Spielgeschäft und der Prostitution, hatte er die alteingesessenen Bosse zurückgedrängt. So lange, bis die Bosse ihre gegenseitige Feindschaft begruben und 50 000 Dollar für den Mann aufbrachten, der sie von Roc Parrer befreien sollte.

Mason lächelte, als er daran dachte, wie glatt er dem großen Gangster die ersten Niederlagen beigebracht hatte.

Die Namen von Parrers Gehilfen fielen ihm nicht mehr ein. Jedenfalls hatte er innerhalb einer Woche vier Parrer-Gangster aufs Pflaster gelegt. Dann war ihm Parrers Geliebte über den Weg gelaufen. Und Mason hatte nicht gezögert.

Er versuchte, sich an den Namen zu erinnern. Vergeblich. Er fiel ihm nicht ein.

Dabei gehörte der Mord an dem Girl, dessen einzige Schuld die Liebe zu einem Gangsterboß war, zu seinen abscheulichsten und unmenschlichsten Taten.

Nach dem Tod seiner Freundin, die nur eine von vielen Geliebten gewesen war, hatte Parrer seine ganze Macht eingesetzt. Sehr schnell war Mason in eine verzweifelte Lage geraten. Wie einen Hund hatte Parrer ihn durch die Straßen New Yorks gehetzt. Zweimal war er angeschossen worden, und ohne Sheyla wäre er zweifellos in irgendeinem Kellerloch verreckt. Warum hatte sie ihn nicht an Parrer ausgeliefert, der damals in der Unterwelt verbreiten ließ, für Masons Kopf zahle er fünftausend bare Dollar?

Fünftausend Dollar! Eine Riesensumme für eine leichtsinnige junge Frau, die ihren Lebensunterhalt in Nachtclubs und fremden Hotelzimmern verdiente. Es wäre nur logisch gewesen, wenn Sheyla den fremden, weißen Mann, der ihr in jener Nacht in die Arme getaumelt war, verpfiffen hätte. Aber eine Frau handelt nicht immer logisch. Schon gar nicht, wenn sie Mitleid oder Liebe empfindet.

Jack Mason hörte ein Geräusch und richtete sich auf. Er lauschte minutenlang. Als das Geräusch sich nicht wiederholt, ließ er den Oberkörper zurückfallen.

Er dachte weiter an Sheyla und den Kampf gegen Parrer. Sheyla war nicht intelligent, besaß aber eine instinktive Schlauheit. Während der 34 Tage hatte sie Mason Informationen über Roc Parrer verschafft. Als Masons Verletzungen ausgeheilt waren, besorgte sie ihm einen Wagen. 36 Stunden später lag Roc Parrer zwischen den umgestürzten Blumenkübeln der Brasilia-Orchideen-Show, einer Nachtclubattraktion am Brodway.

Ein zäher Bursche! In der Erinnerung schüttelte Mason unwillkürlich den Kopf. Eine Woche lang sah es so aus, als würde Parrer die vier Kugeln, die Mason ihm in den Körper gejagt hatte, überstehen. Am Ende der Woche starb er dann doch. Mason kassierte den Rest seines Honorars. Danach gerieten sich die alteingesessenen Bosse, die ihn engagiert hatten, im Streit um Parrers Erbe und aus alter Feindschaft sofort wieder in die Haare.

Natürlich hatte er Sheyla einige Hunderter abgegeben. In den folgenden Jahren waren sie sich hin und wieder begegnet. Später, als er ein großer Mann geworden war, richtete er Sheyla einen Nachtclub in dem Haus ein, in dem sie wohnte.

Allmählich verwandelte sich der Club in eine gewöhnliche Harlem-Kneipe. Sheylas Hüften verbreiterten sich rapide, seit sie hinter der Theke stand. Sie erinnerte sich an die Kochkünste ihrer Mutter und begann selber, Kreolengerichte aus dem Süden zu kochen und ihren Gästen anzubieten.

Ihr Körpergewicht nahm im gleichen Maße zu, wie ihr Sexappeal abnahm. Sie wurde zur fetten, watschelnden Budikerin, die ihren Kindern Süßigkeiten zusteckte, mit den Frauen aus der Nachbarschaft klatschte und niemals ihre Liebschaft mit Jack Mason vergaß.

Mason stand auf, stampfte ans Fenster und zog den Vorhang einen Spaltbreit zurück. Das Fenster blickte in den Hinterhof, ein Viereck aus grauen, zerbröckelnden Mauern, überquellend vor Schmutz und Gerümpel. Als er Sheyla den Nachtclub eingerichtet hatte, war diese Straße noch ein Teil des Übergangsbezirks zwischen Harlem und dem ›weißen‹ New York gewesen. Inzwischen hatte das schwarze Harlem längst über die Straße hinaus nach Süden gegriffen.

Der triste Anblick des Hofes erinnerte Mason an seine Villa in Florida, den gekühlten Swimmingpool und die weiße Jacht. Sollte er jetzt, an der Schwelle des Alters, alles aufgeben müssen? Wieder wie eine Ratte in diesem schmutzigen Loch leben?

Er ballte beide Fäuste, schlurfte zurück zum Bett, setzte sich und ordnete seine Gedanken.

Okay, alle Versuche, den G-man und die Sportlehrerin auszuschalten, waren fehlgeschlagen. Bucks Verurteilung ließ sich nicht mehr verhindern. Aber er konnte mit Versprechungen und Lügen den Jungen bewegen, noch den Mund zu halten und die Nerven nicht zu verlieren.

Frick mußte ihm vorgaukeln, daß es noch eine Menge Möglichkeiten gäbe, das Urteil zu revidieren, ihn auf die eine oder andere Weise herauszuholen. Mehr als zwei Monate, so rechnete Mason, würde er nicht brauchen, bis er eine Möglichkeit gefunden hatte, Buck stumm machen zu lassen.

Viele Fäden reichten aus der Unterwelt bis in die Gefängnisse. Auch hinter Gittern ließen sich Unfälle inszenieren. Gewalttätigkeiten unter Gefangenen waren an der Tagesordnung. Mancher Streit endete tödlich. Mit Sorrondos Hilfe ließ sich ein Streit, dessen Opfer Buck wurde, verhältnismäßig mühelos organisieren, sobald sein Neffe nicht mehr in Untersuchungshaft, sondern in einem Zuchthaus saß.

Wer von den anderen war noch für ihn gefährlich?

Barry Cheen schied aus, falls er ihn tödlich getroffen hatte, und Mason war ziemlich sicher, daß seine Schüsse Barry getötet hatten.

Blieb Juella Rellon. Noch wußte er nichts über ihr Schicksal. Zwar hatte sie zusammen mit dem G-man das Seaview Hotel verlassen.

Aber es war ihr nicht gelungen, den G-man festzuhalten oder auszuschalten.

Mason nahm an, daß Juella noch lebte. Denn FBI-Agenten vermeiden tödliche Aktionen, solange es geht. Wahrscheinlich hatte sich Juella überrumpeln lassen und befand sich in den Händen des FBI.

Kein Grund, den Kopf zu verlieren. Frick mußte versuchen, Juella gegen Kaution herauszuholen. Falls das Gericht die Freilassung verweigerte, würden sich Möglichkeiten finden lassen, Juella mit der gleichen Methode auszuschalten wie Buck.

Langsam begann Mason sich anzuziehen. Er sah ein, daß er sich für Wochen oder Monate verbergen mußte. Aber er war entschlossen, eines Tages in seine Villa zurückzugehen, als ein Mann, den niemand vor ein Gericht zerren konnte.

Er hörte schwere Schritte und asthmatisches Keuchen auf der Treppe. Wenig später öffnete Sheyla die Tür.

»Hallo, Jack!« trompetete sie und lächelte Mason an.

Mason lächelte säuerlich zurück.

Du lieber Himmel, sie ist häßlich wie ein Monster, dachte er. Habe ich wirklich jemals in ihren Armen gelegen? In den Armen dieser unförmigen Vettel? Ach, zum Teufel, wir verändern uns alle! Sie ist über siebzig.

»Soll ich dir ein Frühstück raufbringen, Jack?«

»Okay, Sheyla, Eier mit Speck und starken Kaffee.«

»Sofort, sofort!« Sie schwenkte herum. Es sah aus, als wechsele eine Fregatte unter vollen Segeln den Kurs.

»Wann öffnest du deinen Laden, Sheyla?« fragte Mason.

»Weißt du, Jack, einige Leute haben sich daran gewöhnt, daß sie ab neun Uhr heiße Pfannkuchen mit Ahornsirup bei mir haben können. Besonders die Kinder kommen in den Schulpausen. Aber selbstverständlich werde ich heute nicht öffnen, wenn du es wünschst.«

»Im Gegenteil, Mädchen! Ich will, daß alles bei dir so abläuft wie immer. Nur sorge dafür, daß niemand raufkommt.«

Mason öffnete den Kleiderschrank, holte einen Aktenkoffer aus schwarzem Leder hervor und gab ihn Sheyla.

»Bring den Koffer irgendwo unter, wo er nicht gefunden werden kann! Am Nachmittag werde ich dich bitten, einige Dinge für mich einzukaufen.« Er strich sich über den kahlen Kopf. »Zum Beispiel ein Toupet!«

Sheyla brach in schrilles Gelächter aus, das ihre Massen erschütterte wie ein mittleres Erdbeben.

»Damit wirst du so jung aussehen wie vor dreißig Jahren!«

»Versprich dir nichts davon«, sagte Mason. Plötzlich lachte er auch, beugte sich vor und küßte Sheyla auf die Wange.

»Mach's gut, mein Mädchen!«

Er sah ihr nach, wie sie die Treppe hinunterstampfte. Wenig später hörte er das Rasseln des Gitters.

Sheyla öffnete ihr Geschäft.

Als ich den Jaguar über die Verrezzano-Brücke jagte, lag Manhattan im vollen Licht der Morgensonne. Mit eingeschalteter Sirene räumten wir uns den Weg durch den dichten Verkehr frei.

Wir stoppten vor dem Gebäude der Telefongesellschaft, ließen uns durch keine Sekretärin aufhalten und knallten dem Sicherheitschef ID Card und einen Zettel mit der Telefonnummer gleichzeitig auf den Tisch.

»Dazu brachen wir die passende Adresse.«

Es dauerte zwei Minuten..

»East 112. Straße, Block 20. Also schon Harlem. Der Anschluß ist auf den Namen Sheyla Maxwell eingetragen.«

»Darf ich?« Ich griff nach dem Hörer des Telefons und wählte die Nummer.

Es dauerte lange, bis abgehoben wurde. Eine Frauenstimme schrie: »Sheyla's Inn!«

»Sorry, Madam. Falsche Verbindung!«

Ich legte den Hörer in die Gabel zurück. »Scheint eine Cafeteria oder eine Kneipe zu sein.«

Wir sprangen in den Jaguar. Über die Second Avenue preschten wir nach Norden.

Das Telefon läutete. Sheylas Hände waren voller Pfannkuchenteig, und in ihrem Laden drängten sich ein halbes Dutzend Kinder. Sie hatte keine Zeit und keine Hand frei.

»Geh für mich ans Telefon, Suzy!«

Suzy war 14 Jahre alt und besuchte die Schule nur noch sporadisch. Sie kam hinter die Theke, hob ab und schrie in die Muschel: »Sheyla's Inn!«

Sheyla gab Pfannkuchen an den Jungen, der als nächster an der Reihe war.

»Wer ist am Apparat, Suzy?« fragte sie.

Suzy kam zurück. Sie zog ihren Pullover glatt und betrachtete sich im Spiegel hinter der Theke.

»Nur 'ne falsche Verbindung.« Sie kicherte. »Madam nannte mich der Junge. Sheyla, gib mir einen Pfannkuchen! Ich bring' dir das Geld morgen. Auf Ehrenwort!«

»Auf dein Ehrenwort geben dir die Boys, mit denen du dich an der Ecke triffst, nicht mal 'nen Zug an der Zigarette ab. Dafür mußt du sie schon verdammt dicht an dich ranlassen.«

Sie klatschte Ahornsirup auf den flachen Teig, rollte den Kuchen zusammen und reichte ihn dem Mädchen.

»Fürs Telefonieren! Und halt Abstand zu den Jungens, Suzy! Sie legen dich doch nur rein.«

Einige Minuten später hatten alle Kinder Sheyla's Inn verlassen. Sie wusch sich die Hände und genehmigte sich einen kurzen Schluck.

Drei Männer betraten die Inn – drei Weiße.

In der 112. Straße waren Weiße so selten wie Autos im Urwald. Hin und wieder tauchten Cops auf, um die Heroindealer einzuschüchtern, und gelegentlich passierte ein Bus mit Touristen die 112.

»Was wollen Sie?« schrie Sheyla.

»Bleib ruhig, Mammy! Wir sind Freunde deines Freundes.«

»Ich habe keinen Freund! Außer mir ist niemand hier.«

Einer der Männer trat hinter die Theke. Er packte Sheylas Arm und zerrte sie in das Hinterzimmer, in dem sie schlief.

»Laß mich los, Bastard!« tobte Sheyla. Der Arm des Mannes beschrieb einen Viertelkreis. Sheyla spürte den Schlag kaum noch, als sie zusammenbrach.

Unterdessen ließ Mario Sorrondo das Gitter vor dem Eingang herunter.

Pit Barsky kehrte aus dem Hinterzimmer zurück.

»Hast du dich nicht geirrt, Mario? War diese Mammy Jacks Geliebte? Kaum vorstellbar, wenn ich dran denke, daß er in Florida nur Mädchen unter dreißig hatte.«

Der dritte Mann, Randolph Whist, rieb nervös die Hände gegeneinander. Er ging bis an die unterste Stufe der Treppe.

»Jack!« rief er. »He, Jack, wo bist du?«

Oben wurde die Tür aufgerissen.

»Was willst du? Wer hat euch hergebracht?« Masons Stimme überschlug sich vor Erregung.

»Na, endlich!« Whist schickte sich an, die Treppe hinaufzusteigen.

»Bleib unten! Ich habe eine MPi, und ich besorg's dir, wenn du mir zu nahe kommst.«

»Bist du verrückt geworden, Jack? Du brockst uns allen 'ne Suppe ein, die zum Himmel stinkt, und jetzt willst du nicht mal mit uns reden? Jack, wir müssen darüber sprechen, auf welche Weise wir uns aus der Schlinge ziehen.« Als Mason nicht antwortete, setzte er hinzu: »Ich komme rauf!«

Mason widersprach nicht. Whist nahm die restlichen Stufen und betrat das Zimmer. Mason saß auf dem Bett, einen schweren Revolver in der Hand. Eine Maschinenpistole lag griffbereit neben ihm.

»Wer hat euch gesagt, daß ich hier bin?«

»Marios Freunde von der Cosa Nostra haben es herausgefunden. Zum Teufel, warum versteckst du dich, Jack?«

»Ich bin nur für einige Tage untergetaucht, bis sich die Situation geklärt hat«, antwortete Mason.

»Dafür hätte es andere Plätze gegeben als dieses Loch.«

Barsky und Sorrondo traten ins Zimmer. Sie nickten Mason zu. Barsky sah den Revolver und fauchte: »Warum behältst du die Kanone in der Hand?«

Mason schwieg.

Er nahm den Finger nicht vom Drücker.

Mit dem Fuß schob sich Sorrondo einen Stuhl zurecht und setzte sich.

»Cheen und Juella sind tot«, sagte er.

»Auch Juella?«

Sorrondo nickte. »Falls die Polizei anderes der Presse mitteilt, glaube es nicht. Ich habe bessere Informationen.«

Mason blickte von einem zum anderen.

»Wenn auch Juella von dem G-man umgelegt wurde, ist unsere Lage nicht so ungünstig, wie ich befürchtete.«

»Nichts hat sich geändert«, blaffte Barsky. »In einer Stunde wird die Verhandlung gegen deinen Neffen eröffnet. Der G-man und das Mädchen gehen in den Zeugenstand, und ...«, er schnippte mit den Fingern, »... Buck wird verurteilt und packt aus.«

»Bevor er auspackt, werde ich ihn umlegen. Schon in Florida habe ich erklärt, daß ich Buck erledige, falls wir den G-man und das Mädchen nicht ausschalten können.«

»Wie willst du an ihn herankommen? Nach dem Urteil bringen sie ihn in das sicherste Zuchthaus der Welt.«

Mason geriet in Eifer. Er wandte sich an Sorrondo. »Wieviel Geld verlangen deine Freunde für den Tod eines Mannes während einer Gefängnisschlägerei?«

»So etwas ist schwierig zu organisieren.«

»Ich stelle hunderttausend Dollar zur Verfügung.«

»Auch bei einer solchen Summe kann es Monate dauern, bis die richtigen Leute gefunden und bezahlt worden sind. Kannst du Buck nach seiner Verurteilung noch für Monate stumm halten?«

»Selbstverständlich! Frick wird Revision gegen das Urteil einlegen. Ich kann ihn veranlassen, Buck jeden Tag eine Menge Hoffnungsmarmelade auf den Toast zu schmieren.«

Sorrondo zuckte mit den Schultern.

»Ich werde das Problem mit Freunden besprechen. Ich glaube, sie wären aufgeschlossener für deinen Plan, wenn sie Geld sehen würden.«

»Genügen zwanzigtausend Bucks als Anzahlung?«

»Nur in Cash, nicht als Zahl auf einem Scheck!«

»Im Schrank ist ein Koffer«, sagte Mason und stand auf. Sorrondo erhob sich vom Stuhl. In der Sekunde, in der Mason sich abwandte, um zum Schrank zu gehen, packte er den Stuhl mit beiden Händen, riß ihn hoch und schlug ihn Mason über den Kopf.

Mason brach in die Knie. Whist sprang hinzu, riß ihm den Revolver aus der Hand, und Barsky gab ihm einen so wuchtigen Stoß, daß Mason aus der knienden Haltung nach hinten geschleudert wurde und gegen die Mauer fiel. Er kippte nach links um.

»Verdammter, alter Idiot«, sagte Barsky.

Mason war nicht bewußtlos. Das Gesicht unter dem kahlen Schädel war kreidebleich. Aber er gab nicht auf. Er stemmte sich hoch.

»Warum macht ihr das?« fragte er langsam und stöhnend wie ein verwundetes Tier.

»Weil du ein Versager bist«, antwortete Whist obenhin. »Weil wir genug davon haben, uns deinetwegen mit den G-men herumzuschlagen.«

Barsky zog einen Revolver aus einem Achselholster. Aus der Jackentasche nahm er einen Schalldämpfer. Er versuchte, den Schalldämpfer aufzusetzen. Irgend etwas an dem Gewinde war nicht in Ordnung. Barsky hantierte mit kalter Sachlichkeit, als ginge es um die Reparatur eines harmlosen Werkzeugs.

»Hört zu«, sagte Mason. »Macht keinen Fehler! Ich kann die Sache mit Buck regeln. Wenn hunderttausend Dollar nicht genügen, stecke ich noch mehr Geld rein! Mario braucht sich nicht darum zu kümmern. Ich erledige ihn selber. Glaubt mir, ich finde einen Gefängnisbeamten, der sich bestechen läßt! Er wird mich nahe genug an Buck heranbringen, daß ich ihn umnieten kann. Oder ich zwinge Frick, mich bei einer Unterredung mitzunehmen. Glaubt mir, ich riskiere alles, um die Arbeit sauber zu erledigen! Ich war gut bei allen heißen Jobs, und ich habe nichts verlernt.«

»Du bist alt – und du spinnst«, antwortete Whist.

»Denkt daran, daß ich jeden von euch mitreißen kann!« schrie Mason.

»Genau daran denken wir!« Whist verzog sein glattes Playboy-Gesicht zur höhnischen Grimasse. »Dein Neffe Buck weiß nichts über uns. Er kann der Polizei nur ein paar Geschichten von seinem großen, bösen Onkel erzählen. Wenn die G-men dich faßten, wäre es gefährlicher für Mario und Pit und für mich. Denn wir haben mit dir zusammengearbeitet, als du noch ein tüchtiger und zuverlässiger Mann warst, der sein Handwerk verstand. Jetzt bist du nur noch ein elender, alter Schwätzer, dem wir leider auf den Leim gekrochen sind. Horrey und Lotinec könnten noch leben, wenn wir sofort so gehandelt hätten, wie wir jetzt handeln werden.«

»Okay, jetzt sitzt das Ding«, sagte Barsky und zog noch einmal probeweise an dem Schalldämpfer.

Er trat dicht an Mason heran.

Bevor ich in die 112. Straße einbog, schaltete ich Rotlicht und Sirene ab.

»Der nächste Block«, sagte Phil.

Wie überall in Harlem saßen arbeitslose Männer auf den Treppenstufen. Gruppen von Jugendlichen standen an den Straßenecken. Kinder spielten zwischen Abfall und überquellenden Mülltonnen.

Der Jaguar erregte Aufmerksamkeit. Bestimmte Typen verschwanden in Hauseingängen. Die Jugendlichen schnitten Grimassen und schrien Beschimpfungen. Die Kinder versuchten, neben dem Jaguar herzulaufen.

»Stop!« befahl Phil.

Block 20 war eine Mietskaserne aus der Zeit zwischen den Kriegen und seitdem von keinem Handwerker jemals wieder berührt. Der Baukomplex hatte vier oder fünf Eingänge und eine Durchfahrt in den Innenhof. Von den Ladenlokalen im Erdgeschoß dienten nur noch einige dem ursprünglichen Zweck: ein Friseurgeschäft, ein vergitterter Schnaps- und Tabakladen und Sheyla's Inn.

Das große Schaufenster war mit Anpreisungen bemalt: *Täglich frische Sirup-Pies! Kreolische Spezialitäten nach Originalrezepten! Festdinner auf Vorbestellung!*

Eine Gardine verdeckte den Einblick in den Laden. Vor dem Eingang war das Gitter herabgelassen.

Wir stiegen aus. Phil rüttelte an dem Gitter.

Die Kinder hatten sich in ein paar Schritten Abstand versammelt. Sie waren unruhig und quirlten durcheinander. Was sie uns zuschrien, waren keine Freundlichkeiten.

»Haut ab! Laßt Sheyla in Ruhe! Fünf Weiße gegen eine schwarze Frau! Verdammte Feiglinge!«

Sie garnierten ihre Sprüche mit ausgesuchten Schimpfwörtern.

Ich ging auf sie zu. Sofort wichen sie zurück.

»Warum redet ihr von fünf Männern? Wir sind nur zwei!«

»Drei weiße Stinktiere sind schon im Laden!« kreischte ein Mädchen. »Sie kamen mit dem feinen Schlitten!« Sie zeigte auf einen Buick, der einige Dutzend Yards straßenaufwärts stand.

Phil und ich wechselten einen Blick.

»Gefällt mir nicht!« sagte Phil.

»Mir auch nicht!«

Ich sah mich um, packte eine Mülltonne, stemmte sie hoch und schmetterte sie ins Schaufenster.

Das Glas prasselte aus der Einfassung. Ich trat zwei, drei stehengebliebene Splitter weg und drang in Sheyla's Inn ein.

Ein halbes Dutzend Tische, zwei Dutzend Stühle und eine Theke, daraus bestand die Einrichtung. Es roch nach heißem Fett. Hinter der Theke führte eine Türöffnung zu irgendwelchen Zimmern und eine Treppe zu Räumen in der ersten Etage. »Jemand hier?« rief ich.

Phil zog den 38er und bewegte sich auf die Treppe zu. Ich warf einen Blick in das Hinterzimmer.

Neben der Couch lag eine dicke, dunkelhäutige Frau auf dem Rücken.

»Hier liegt Sheyla!« rief ich Phil zu.

Zu einer Antwort kam Phil nicht mehr. Am Ende der Treppe wurde eine Tür aufgerissen. Hart hämmerte eine Maschinenpistole.

Phil rettete sich mit einem Hechtsprung aus der Schußlinie. Er rutschte in den freien Raum zwischen Wand und Theke und brachte ein paar Blecheimer, die dort standen, zum Scheppern.

»Okay, Alter?«

Mit ausgestrecktem Daumen signalisierte er, daß er in Ordnung war.

Das Telefon hing in meiner Reichweite an der Wand. Ich nahm den Hörer ab und wählte die Notrufnummer der City-Polizei.

»Cotton vom FBI!« sagte ich. »East 112. Straße, Block 20. Sheyla's Inn! Wir brauchen eure Unterstützung! Schickt genügend Leute und bindet ihnen kugelsichere Westen um!«

Phil richtete sich auf und machte eine Kopfbewegung zum Ausgang. Ich nickte. Phil sprang über die Theke und verließ die Inn durch das zertrümmerte Fenster. Die Gardine wehte im Durchzug.

Eine endlose Minute lang blieb es still.

Plötzlich rief Phil: »Waffe weg oder . . .!«

Die Maschinenpistole setzte ein. Phils 38er schlug dröhnend dazwischen. Ein Mensch schrie auf.

Wieder Stille!

Ich arbeitete mich bis an den Treppenaufgang vor.

Die Tür am Ende der Treppe stand offen.

»Besser, ihr gebt auf!« rief ich. »Ihr habt keine Chance.«

»In Ordnung!« antwortete eine Männerstimme. »Versprich, daß niemand schießt!«

»Halte die Arme über dem Kopf, und es wird nichts passieren!«

»Ich komme . . .«

Ein großer Mann, schwarzhaarig, mit einem glatten, gutgeschnittenen Filmschauspielergesicht, tauchte in der Türöffnung auf. Er hielt beide Hände zur Seite weggestreckt.

»Ich bin Randolph Whist und ich . . .«

Hinter Whist nahm ich eine Bewegung wahr. Ich zuckte zurück. Mündungsfeuer blitzte. Die Kugeln schlugen in die Wand.

Whist stolperte, stürzte und rollte, sich überschlagend, alle Stufen hinunter bis vor meine Füße.

»Das war Mario!« schrie er. »Schieß nicht, G-man! Schieß nicht!«

Ich packte ihn unter den Armen und zerrte ihn in die sichere Deckung zwischen Wand und Theke.

»Wer ist noch oben?«

»Nur Mario! Mario Sorrondo! Der Bastard hat mich als Schutzschild benutzt!«

»Wo ist Jack Mason?«

Draußen heulten die Sirenen heranschießender Streifenwagen. Bremsen kreischten. Stiefelschritte auf dem Asphalt. Dann eine Lautsprecherstimme: »Polizei! Kommt alle heraus!«

Ich stieß Whist an. »Geh!«

Er richtete sich auf, taumelte durch den Laden und durch das glaslose Fenster ins Freie.

»FBI-Agent Cotton!« rief ich. »Schicken Sie zwei Beamte! Hier unten besteht keine Gefahr!«

Zwei Cops kamen in die Inn, beide mit Schrotrepetierflinten in den Händen und in Kugelwesten gepackt.

»Ein Gangster ist noch oben!« erklärte ich. »Geben Sie mir Ihre Weste, Officer!«

Ich zog die Jacke aus und streifte die kugelsichere Weste über. Der Cop hielt mir die Schrotflinte hin.

»Danke! Ich bin an meinen 38er gewöhnt!«

Ich schob mich bis an die Treppe vor. Oben war die Tür jetzt geschlossen. Ich holte Luft, flitzte die Stufen hoch, rammte die Tür mit einem Fußtritt auf und sprang ins Zimmer, den 38er im Anschlag. Das Zimmer war leer bis auf einen Mann, der zusammengesunken auf dem Boden saß, den Rücken gegen die Wand gelehnt. Sein Kopf hing weit nach vorn. Aus einer Schläfenwunde tropfte Blut. Kein Zweifel, daß der Mann tot war.

Außer der Tür gab es nur Fenster. Ich beugte mich hinaus. Unten im Hof zwischen Gerümpel und Mülltonnen kauerte ein Mann. Vor seinen Füßen lag eine Maschinenpistole. Der Mann hatte sein Hemd aufgerissen und preßte ein Taschentuch auf seine Schulterwunde.

Ich rief ihn an. Er warf den Kopf hoch. Sein Gesicht war schmerzverzerrt.

»Holt mich raus!« jammerte er. »Ich brauch' 'nen Arzt!«

»Bist du Sorrondo?«

»Nein, Barsky!«

»Wo ist Sorrondo?«

Mit einer Kopfbewegung wies er nach links.

Ein Mauersims lief unter den Fenstern entlang. Zweifellos war es nicht schwierig, auf dem Sims zu anderen Fenstern und in andere Wohnungen zu gelangen.

Die Cops kamen die Treppe hoch. Ich drängte sie zurück.

»Der Block muß durchsucht werden.!«

Die Besatzungen von fünf Streifenwagen und ein zehnköpfiges Einsatzkommando waren inzwischen in der 112. aufgefahren. Noch größer war das Aufgebot an Schaulustigen, besonders an Kindern.

Ich stieß auf Phil, der zwei Beamten half, Barsky abzutransportieren. Er selbst hatte den Gangster angeschossen, als Barsky den Versuch unternommen hatte, durch die Toreinfahrt auf die Straße zu kommen.

»Und Mason?« fragte Phil.

»Tot«, antwortete ich. »Erschossen von den Mitgliedern des Clans.«

»Wer fehlt noch?«

»Mario Sorrondo! Konnte über einen Mauersims in irgendeine Wohnung flüchten.«

Die Polizeibeamten formierten sich zu Gruppen, um zügig alle Etagen zu durchkämmen.

Ich sagte schon, daß eine Menge Neugierige die Straße blockierten, in Trauben aus den Fenstern gafften und sich in den Hauseingängen drängten.

Plötzlich entstand in dem Eingang rechts von Sheyla's Inn Geschrei. Frauen und Männer stürzten auf die Straße, und mindestens ein Dutzend Kinder rannten kreischend auseinander. Wir hörten wirre Rufe. »Ein Gangster! Er schießt!«

Phil und ich sprangen zu dem Eingang. Der Flur hinter der Tür war ein langer halbdunkler Schlauch. Ich sah die Umrisse eines Mannes, der irgend etwas Weißes an sich preßte.

»Halt, oder ich töte das Mädchen!«

Wir erstarrten. Meine Augen gewöhnten sich an das Halbdunkel.

Ich erkannte einen mittelgroßen Mann, der mit der linken Hand ein schmächtiges Mädchen festhielt. In seiner rechten Hand lag ein Revolver. Die Mündung hatte er an den Kopf des Kindes gesetzt, unmittelbar unter dem kurzen, stramm geflochtenen Zopf, in dem eine große, rote Schleife prangte. Das Mädchen trug ein weißes Kleid.

Ich gab Phil meinen Revolver und breitete die Arme aus.

»Laß das Kind los!«

»Ich will einen Wagen!«

»Wir verhandeln nicht mit dir, bevor das Mädchen nicht frei ist.«

»Ihr wollte mich reinlegen! Sobald ich loslasse, werde ich abgeknallt. Das Girl ist meine Lebensversicherung.«

»Du kannst mich als Geisel haben. Ich bin genau so wertvoll wie das Mädchen. Ich lebe nämlich gern.«

Bei jedem Wort schob ich mich ein paar Zoll näher an ihn heran. Schon konnte ich sein Gesicht erkennen. Er trug einen kleinen, schwarzen Schnurrbart auf der Oberlippe.

»Ich lasse das Mädchen nicht aus den Fingern, bevor nicht ein Wagen vor der Tür steht.«

»Nimm Vernunft an, Mann! Wer soll die Verantwortung tragen? Wir können dich nicht mit dem Kind in ein Auto einsteigen und abzischen lassen. Wenn dem Kind etwas zustößt, reißt die Presse uns in Fetzen.«

In Wahrheit pfeife ich auf alles Zeitungsgewäsch, aber es gilt als wichtigste Regel, daß man bei einer Geiselnahme nicht aufhören darf zu reden. Solange geredet wird, wird nicht geschossen.

»Du kannst den Wagen fahren«, sagte der Mann. »Aber das Girl bekommt ihr nicht, bevor ich ...«

Ein wildes Gebrüll hallte durch das Treppenhaus.

»Jenny ... Jenny!!!«

Die Stufen dröhnten. Ein großer, nur mit Hose und Unterhemd bekleideter Schwarzer donnerte wie eine Lawine die Treppe hinunter.

»Finger weg von meiner Jenny!« heulte er.

»Bleiben Sie stehen, Mann!« schrie ich.

Er reagierte so wenig wie ein angreifender Grizzly, und es war klar, daß es eine Katastrophe geben mußte.

Ich setzte zum Sprung an. Für einen Sekundenbruchteil zeigte der Gangster Unsicherheit und zog den Revolver vom Kopf des Kindes zurück, um ihn auf den heranstürmenden Mann zu richten.

Ich stürzte vor, packte das Kind mit beiden Händen, trat gegen den Arm des Gangsters und schleuderte das Mädchen in den Flur, wo Phil den leichten Körper auffing. Im selben Augenblick schlug ich von unten gegen die Hand mit der Waffe.

Der Hieb kam einen Sekundenbruchteil zu spät, denn ein Schuß löste sich noch, bevor der Revolver durch die Luft wirbelte. Später stellte sich heraus, daß die Kugel den Vater des Mädchens an der Hüfte gestreift hatte.

Jetzt brach der Schwarze mit der ganzen Wucht und dem ganzen Gewicht seines Körpers über uns herein wie ein Wolkenbruch. Wir gingen alle zu Boden, und seine Fäuste arbeiteten wie Dreschflegel.

»Meine Jenny willst du entführen!« brüllte er. »Meine Jenny!«

Ich rollte mich zur Seite weg und sprang auf.

»Schluß, Mann!«

Er war so taub wie ein Fels und drauf und dran, den Gangster umzubringen.

Phil und ich mußten Gewalt anwenden, ihn von seinem Opfer wegzubringen. Dann bedurfte es noch der Kraft von vier Cops, den vor Wut schäumenden Mann festzuhalten.

Als wir Sorrondo auf die Füße hievten, sah er aus wie …, nun, wie jemand aussieht, der eine zwar kurze, aber intensive Tracht Prügel erhalten hat.

Ambulanzfahrzeuge fuhren in der 112. Straße auf.

Barsky und die immer noch bewußtlose Sheyla wurden auf Bahren abtransportiert. Sorrondo und Randolph Whist mußten in einen Streifenwagen steigen.

Zum Schluß trugen zwei Männer die Bahre mit Jack Masons Leiche aus dem Haus.

»Als Zeugen rufe ich den FBI-Agenten Jerry Cotton auf!« sagte Staatsanwalt McLane. Ich setzte mich auf den Zeugenstuhl. Es war drei Uhr nachmittags.

Richter Lemmony räusperte sich.

»Wegen Ihrer Abwesenheit, Mr. Cotton, mußten wir die Verhandlung um vier Stunden unterbrechen. Wie ich höre, lagen für Ihr Fehlen beim ersten Anruf besondere Gründe vor. Ich werde daher von einer Bestrafung wegen Mißachtung des Gerichts Abstand nehmen. Attorney, stellen Sie Ihre Fragen!«

McLane begann. Es wurde eine kurze Befragung. Ich sagte, was ich an jenem Abend gesehen hatte. Ich bestätigte, daß es Burnett ›Buck‹ Mason und niemand anders gewesen war, der auf Harry Clarence geschossen hatte.

»Ihr Zeuge!« sagte McLane mit einer Handbewegung zur Verteidigerbank.

Frick stand gelangweilt auf. Sein Gesicht drückte aus, daß er jedes Interesse an dem Prozeß verloren hatte.

»Keine Fragen an den Zeugen«, erklärte er.

Vierundzwanzig Stunden später und nach nur kurzer Beratung sprach der Obmann der Geschworenen das ›Schuldig‹ aus.

Die Zerschlagung des Clans der Mörder hatte ein Nachspiel. Jene Sheyla Maxwell, die Jack Mason versteckt hatte, übergab nach ihrer Genesung der Polizei einen Aktenkoffer.

Der Koffer enthielt Beweise und Dokumente über 48 Morde, begangen in 21 Staaten der USA. Dieses Belastungsmaterial führte dazu, daß Männer und Frauen unter Anklage gestellt wurden, die Morde gekauft und geglaubt hatten, mit der Zahlung des geforderten Preises wäre für sie alles erledigt.

ENDE DES
ZWEITEN BANDES

Keinen Cent für eine Leiche

Es stank in der Wohnung. Von dem Moment an, in dem wir die Tür aufgebrochen hatten, konnte man nur mit angehaltenem Atem überleben.

Phil ging neben mir an der Wand in die Knie. Er hielt den 38er in beiden Fäusten und richtete den Lauf ins Halbdunkel. Ein leises Klicken machte deutlich, daß er den Hammer nach hinten zog und einrasten ließ.

Ich sah in das angespannte Gesicht meines Freundes.

Phil nickte.

Er war okay und bereit, mich zu schützen, so gut es ihm möglich war.

Ich rannte den schmalen Gang entlang. Die Tür in der Wand war nur angelehnt. Ich stieß sie mit dem Fuß auf, zögerte einen Moment und hechtete in den Raum hinein.

Schwere Läden waren vor die Fenster geklappt. Es war nichts zu sehen. Mit der Schulter knallte ich gegen einen Tisch und riß ihn mit mir zu Boden. Ich landete auf der Seite, rollte mich nach links und hielt die Dienstwaffe schußbereit in der Hand.

Totenstille um mich herum.

Dann waren Phils Schritte zu hören.

Ich wollte etwas sagen, aber süßlicher Modergeruch hielt mich davon ab, den Mund zu äffnen.

Ich sprang auf. Meine Augen hatten sich so an das Dunkel gewöhnt, daß ich mich orientieren konnte. Ich sah das Fenster, rannte darauf zu und riß es auf. Mit beiden Händen stieß ich den schweren Laden beiseite.

Frische Luft strömte in den Raum. Ich sog den Sauerstoff wie ein Geschenk in meine Lungen ein.

Neben mir stand Phil. Er keuchte und kämpfte gegen die Übelkeit an, die ihn würgte. »Verdammt, Jerry«, sagte er.

Ich drehte mich in den Raum hinein.

Der Mann lag halb über der zerschlissenen Couch. Ein Arm war über seiner Brust verschränkt und verdeckte die Einschußlöcher. Die andere Hand deutete gegen den abgewetzten Teppich.

Er mußte schon seit einer Woche tot sein.

Es schüttelte mich. Man kann noch so viele Tote in seinem Leben gesehen haben, es nimmt einen doch immer wieder mit.

Ich löste mich vom Fenster. Die Luft in der Wohnung war wieder zu atmen. Zwei Türen standen offen. Die zur Küche und die zum kleinen Schlafraum.

Ich durchstreifte die Räume und schaute mich um. Nichts.

Ich ging in den schmalen Flur zurück, während mein Freund Phil an die Couch mit dem Toten herangetreten war.

Ein leises Geräusch ließ mich zusammenschrecken. Ich blieb stehen und hob die Waffe, die ich noch immer in der Hand hielt.

Das Geräusch kam von rechts. Ich blieb neben der geschlossenen Tür stehen und gab Phil durch ein Zeichen zu verstehen, daß wir uns nicht allein in der Wohnung befanden.

Phil trat auf Zehenspitzen in den Gang und sah mich fragend an.

Ich zuckte mit den Schultern. Ein unwahrscheinlich enges Gefühl war in mir. Ich dachte an den halbverwesten Toten, den wir auf der Couch gefunden hatten, und ich wollte einfach nicht daran glauben, daß sich noch jemand hier aufhielt. Aber es hatte das Geräusch gegeben.

Ich wartete einige Sekunden, dann hob ich den rechten Fuß und trat die Tür einfach ein. Im nächsten Sekundenbruchteil sprang ich wieder zurück. Sicher war sicher. Als G-man kann man nur alt werden, wenn man in kritischen Momenten keinen Fehler begeht.

Sekunden verstrichen. Dann hörte es sich an, als stürze jemand zu Boden. Anschließend drang ein tiefes Stöhnen aus dem Raum.

Es war das Bad. Ich sprang in den kleinen Raum und drückte mich rechts an die Wand. In dem Spiegel über dem schmutzigen Waschbecken sah ich das Mädchen. Sie war nackt und lag vor der Wanne.

»Mein Gott«, sagte Phil hinter mir. »Mein Gott!«

Das Mädchen war sicher nicht älter als zwanzig Jahre, sah aber aus wie eine alte Frau. Das Gesicht war eingefallen. Die Haut war grau, und die Lippen waren blutleer. Sie war völlig abgemagert. Die langen blonden Haare bedeckten strähnig ihre Brust.

Ich ging neben dem blonden Girl in die Knie. Dann erst sah ich, daß ihr Arm über der Beuge abgebunden war. Eine Spritze lag auf dem Boden. In der Vene steckte noch die Kanüle, die rostig aussah. Am Ende ein einzelner Blutstropfen, der langsam zu trocknen begann. Ihr Atem ging schwer. Die Augen waren weit aufgerissen. Sie starrte mich an, aber ich war sicher, daß sie mich nicht sah.

»Den Rettungswagen, Phil!«

Phil machte auf dem Absatz kehrt und verschwand aus der Wohnung. Sekundenlang waren seine schweren Schritte noch auf der alten Treppe zu hören. Dann herrschte wieder Totenstille.

Es war eine makabre Situation. Im Wohnraum ein Toter, der dort sicherlich schon eine Woche lag. Im Bad die magere Blondine, die tagelang in diesem süßlichen Verwesungsgestank gelebt hatte und wahrscheinlich gar nicht begriffen hatte, was um sie passiert war, weil sie dauernd unter Drogen stand. Auf dem Boden vor der Badewanne lagen leere Morphiumampullen. Auf der Ablage unter dem Spiegel standen mehrere kleine Säcke mit weißem Puder. Heroin, daran konnte es keinen Zweifel geben. Das Heroin des Mannes, der tot auf der Couch lag. Auch das war sicher.

Der Mann war Jesse Anatol, ein Exilkroate. Er gehörte zu den Leuten, die für Don Canvetti tätig waren. Anatol war einer von Canvettis Großverteilern, die das Gift umpackten und an die kleineren Dealer weiterreichten.

Obgleich wir das nicht beweisen konnten, war es mehr als eine bloße Vermutung. Es war Gewißheit. Doch das allein zählte vor Gericht so lange nicht, wie man es nicht beweisen konnte.

Das blonde Girl bewegte die Lider. Ihre Beine zuckten. Sie begann mit den Armen um sich zu schlagen. Nur für Sekunden. Dann wurde sie wieder still. Und dann geschah etwas, das ich nicht erwartet hatte: Ihr eingefallenes Gesicht verzog sich zu einem Lächeln. In diesem Moment wurde sie wieder so schön, wie sie es vielleicht früher einmal gewesen war, als sie noch nicht von dem Teufelszeug abhängig gewesen war.

»Kannst du mich hören, Baby?« fragte ich und beugte mich dicht über sie. »Kannst du mich hören?«

Wieder bewegten sich ihre Augenlider. Die eben noch starren Pupillen wurden lebendig und rollten in meine Richtung.

»Hallo, Kleine!«

Ich berührte ihr Gesicht und strich ihr das strähnige blonde Haar in den Nacken. »Alles in Ordnung. Wir holen dich von hier weg.«

Keine Reaktion mehr. Das Gesicht war wieder uralt. Der nackte Körper zitterte. Ihre Hände schlugen wild auf die schmierigen Kacheln.

Für einen Moment dachte ich daran, daß jeder junge Mensch dieses Elend sehen müßte, wenn er zum erstenmal nach der Droge griff. Einige würden vielleicht abspringen, bevor es auch für sie zu spät war wie für das arme magere Geschöpf.

Phil kam zurück. Er zündete zwei Zigaretten an und gab mir eine.

Ich nahm sie und stand auf. Das Mädchen hatte inzwischen das Bewußtsein verloren.

»Der Rettungswagen ist unterwegs«, sagte Phil. Er warf einen schnellen Blick auf die Blonde. Dann schaute er mich an. »Sie muß hier gewesen sein, als man Jesse Anatol erschoß, Jerry. Sie muß sich in der Wohnung versteckt gehalten haben. Der Mörder hatte es eilig, oder er wurde gestört. Auf jeden Fall hat er hier im Bad nicht nachgesehen. Sie hat hier eine Woche, vielleicht noch länger zusammen mit einem Toten gelebt.«

Ich nickte, verließ das Bad, ging in den Wohnraum zurück und schnippte die gerade angerauchte Zigarette aus dem Fenster.

Don Canvettis Mann war seit Tagen tot. Niemand hatte sich darum gekümmert. Das konnte nur heißen: Anatol sollte gar nicht in New York sein. Deshalb hatte man ihn nicht vermißt.

Schweiß stand mir auf der Stirn. Ich wischte ihn mit dem Handrücken ab.

Jesse Anatol mußte unvorsichtig gewesen sein. Jemand hatte gewußt, daß er eine größere Menge Heroin im Haus aufbewahrte, hatte ihn besucht, ihn über den Haufen geschossen und in aller Eile an sich gerafft, was er mitnehmen konnte.

Wenn es wirklich so gewesen war, dann würde es unglaublich schwer sein, den Mörder Jesse Anatols zu finden.

Unten vor dem Haus hielt der Rettungswagen. Türen schlugen. Schritte wurden auf der Treppe laut. Wenig später kamen zwei Sanitäter und der Doc in die Wohnung, die Jesse Anatols Ausweichquartier gewesen war. Er hatte sie immer nur dann benutzt, wenn es frische Ware zu verteilen gab.

Das hatten wir vor einer knappen Stunde von einem kleinen Dealer erfahren, der den Kollegen bei einer Razzia in Little Italy ins Netz geraten war.

Ich ging ins Bad.

Der Doc kniete neben dem Girl. Er injizierte eine farblose Flüssigkeit. Dann stand er auf. Die Sanitäter setzten dem Mädchen eine Sauerstoffmaske auf und legten sie auf die Trage.

Ich schaute den jungen Doc fragend an.

Er zuckte mit den Schultern. »Es sieht nicht gut aus«, sagte er.

»Was heißt das?«

»Es ist wahrscheinlicher, daß sie sterben wird, als daß sie am Leben bleibt. Wir können für sie nicht mehr tun, als ich jetzt getan habe.«

Der Doc fragte nach einer Zigarette. Ich gab ihm eine und brachte ihn ins Wohnzimmer zu Jesse Anatol.

»Für den kann ich nun wirklich nichts mehr tun«, sagte er knapp. Er war vertraut mit dem Tod in jeder Form. Der fürchterliche Anblick einer Leiche konnte ihn weder schrekken noch beeindrucken.

»Wie lange liegt er schon hier, Doc?«

»Vielleicht eine Woche, vielleicht länger. Es ist heiß draußen, Sir. Die Autopsie wird es ergeben.«

Ich nickte. »Wohin bringen Sie das Mädchen?«

»West End Hospital, Sir.«

Er wandte sich ab und verließ nach den Sanitätern die Wohnung.

McHollister starrte auf meinen Ausweis, dann auf mich. Ein verächtliches, überhebliches Grinsen huschte über sein Gesicht. Er steckte sich umständlich eine Monte Christo in Brand und stieß den Rauch in meine Richtung.

»Und?« fragte er, während er einen schnellen Blick auf seine mit Diamanten besetzte Cartieruhr warf.

Das bedeutete natürlich: *Verschwinde, Bulle! Ich habe keine Zeit und keine Lust, mit dir zu reden!*

Mit dem Fuß zog ich mir einen Stuhl heran und setzte mich zu McHollister an den Tisch. »Schönen Gruß von Jesse Anatol«, sagte ich. »Wir haben ihn.«

McHollister war Geschäftsführer mehrerer Bars und Clubs, die Don Canvetti gehörten. Es war sicher, daß Canvetti sie nicht nur deshalb unterhielt, weil es ausgezeichnete Durchgangsstationen für sein Rauschgift waren. Alles ausnahmslos erstklassige Adressen in der Stadt, in denen die Oberschicht verkehrte. Dieses Niveau garantierte, daß ein Richter kaum dazu zu bringen war, einen Durchsuchungsbefehl auszustellen. Er mußte immer befürchten, damit vielleicht einem Vorgesetzten Schwierigkeiten zu bereiten, der sich in einer der Bars aufhielt.

McHollister schob seinen Kognakballon beiseite und stand auf. »Ich weiß wirklich nicht, wovon Sie reden, G-man«, sagte er freundlich.

Ich hatte ihm schon einigemal gegenübergesessen und noch nie erlebt, daß er aus der Rolle gefallen wäre. Er war beherrscht, ein disziplinierter Schauspieler. Übrigens verfügte er über eine erstklassige Erziehung und war hochgebildet.

»Jemand hat uns berichtet, Jesse Anatol sei ein Großdealer Don Canvettis. Kennen Sie Canvetti auch nicht, McHollister?«

Er lächelte zuvorkommend. »Mr. Canvetti ist mein Boß, G-man. Das ist allgemein bekannt.«

»Aber Jesse Anatol ist Ihnen nicht bekannt?«

»Nicht dem Namen nach, G-man. Vielleicht stellen Sie ihn mir vor. Möglicherweise erkenne ich ihn dann. Obgleich ich mir eigentlich nicht vorstellen kann, daß ich Leute kenne, die etwas mit Rauschgift zu tun haben.«

Er kannte meinen Namen sehr gut, aber er nannte mich niemals anders als G-man. Vielleicht wollte er damit nur bekunden, daß er mit Leuten wie mir, aus einem so ›niedrigen‹ Stand, keinen persönlichen Kontakt pflegte.

»Anatol beginnt zu reden, McHollister«, bluffte ich.

Das war nicht unbedingt die feine Art, und vielleicht entsprach die Methode auch nicht ganz meinen Dienstvorschriften. Aber in diesem Fall heiligte der Zweck die Mittel.

»Anatol plaudert über Don Canvetti und dessen Beziehungen nach Manila, woher der meiste Stoff kommt, McHollister.«

»Dann sollten Sie sich doch am besten direkt an Mr. Canvetti wenden, G-man.«

Ich grinste ihn an. »Ich mag Sie, McHollister. Deshalb wende ich mich zuerst an Sie. Sie sollen eine Chance bekommen, sich von Don Canvetti und seinen Geschäften zu distanzieren, bevor alles zu heiß wird. Man wird sehr schnell in eine Sache hineingezogen ...«

Mit einer unwirschen Handbewegung schnitt er mir das Wort ab. Zum erstenmal seit ich ihn kannte, zeigte er etwas ähnliches wie Gefühl. Nämlich Wut.

»Muß ich mir den Unsinn eigentlich anhören?« fragte er und zwang sich zur Ruhe.

Ich schüttelte den Kopf. »Natürlich nicht, McHollister.«

Er setzte sich wieder und trank einen Schluck.

Ich zündete mir eine Zigarette an und ließ ihn nicht aus den Augen. McHollister war kalt und glatt wie ein Fisch. Man bekam ihn nicht zu packen. Jedesmal, wenn man glaubte, daß man ihn hatte, rutschte er einem wieder durch die Finger.

»Okay, G-man. Dann stehen Sie auf und verschwinden Sie!«

Einige Gäste des Clubs waren auf uns aufmerksam geworden, denn McHollister hatte die Stimme erhoben. Als ich zur sanft geschwungenen Bar schaute, wußte ich, warum. Ich entdeckte Freddy Manninger, einen Reporter der Weekly News. Ein kleiner, schmieriger, fetter Zeitgenosse, der irgendwann einmal Schwierigkeiten mit dem FBI gehabt hatte und fortan keine Möglichkeit ausließ, um gegen die Bundespolizei zu polemisieren.

Manninger war auf mich aufmerksam geworden. Er schwang seinen fetten Hintern vom Barhocker und kam zu McHollister und mir an den Tisch.

»Ich dachte, das wäre hier ein anständiger Club, Jimmy«, wandte er sich an McHollister. »Seit wann verkehren die unteren Chargen der Polizei hier?«

McHollister grinste. »Der G-man sagt, Don Canvetti habe mit Rauschgift aus Manila zu tun. Das soll ein Mann namens Anatol behaupten, den die G-men geschnappt haben. Kannst du etwas damit anfangen?«

Manninger bohrte sich mit dem Zeigefinger im Ohr.

»Das könnte zumindest üble Nachrede sein, Jimmy«, sagte er zu McHollister. »Damit ist sonst gerade der FBI schnell bei der Hand. Man sollte wirklich etwas dagegen tun. Soll ich mit Don Canvetti reden? Morgen ist Redaktionsschluß.«

Ich war der Spielball der beiden geworden und konnte nichts dagegen tun. Ich konnte nur aufstehen und verschwinden, bevor ich einem Kerl wie Manninger noch mehr Munition für einen schmierigen Artikel lieferte.

»Wenn Sie mich brauchen, G-man«, schickte McHollister mir nach, »dann wenden Sie sich an meinen Anwalt! Ich würde Jesse Anatol wirklich gern kennenlernen.«

Ich verließ den Club in Greenwich Village. Manningers fettes Lachen verfolgte mich, bis die Tür hinter mir ins Schloß fiel. Neben meinem Jaguar blieb ich stehen und zündete mir eine Zigarette an.

McHollister mußte Anatol wenigstens dem Namen nach kennen. Wenn er nicht beunruhigt war, dann konnte das zwei Gründe haben: Entweder wußte McHollister genau, daß Anatol sich gar nicht in der Stadt aufhielt. Oder aber er hatte inzwischen von Anatols Tod erfahren.

Ich stieg in den Jaguar und startete.

Don Canvetti war uns auch jetzt nach Anatols Tod so fern wie immer, seitdem wir versuchten, ihm das unsaubere Handwerk zu legen. So wie die Dinge standen, hatten wir hier in New York kaum Aussicht, ihm beizukommen.

Unser vielleicht letzter Trumpf saß in Manila und leistete dort Wühlarbeit. Wir hatten lange nichts mehr von ihm gehört.

Doch das mußte nicht unbedingt ein schlechtes Zeichen sein.

Sie kamen mit den ersten Schatten der Nacht. Noch vor einer halben Stunde hatte es so heftig geregnet, daß man die Hand nicht vor Augen sehen konnte.

Der Rover stoppte in der breiten Auffahrt zum Apartmenthaus in den Außenbezirken von Manila. Das Wasser staute sich auf dem Asphalt. Es spritzte, als die breiten Reifen eine Lache durchquerten. Spritzwasser traf den weißen Wettermantel einer jungen Frau, die zusammen mit einem älteren Mann aus dem Haus kam.

»Können Sie nicht . . .« Das schwarzhaarige Girl brach mitten im Satz ab.

Brian Porter, der Mann neben ihr, stieß sie in die Seite und brachte sie mit diesem Stoß von den Beinen.

Rafaela Carrera stürzte in eine Wasserlache, drehte sich zur Seite, und die Worte, die sie zu Porter sagen wollte, blieben ihr in der Kehle stecken.

Die Seitentür des Rovers wurde aufgestoßen. Zwei Männer in militärisch aussehenden Uniformen sprangen aus dem Wagen. Während der eine sich zu Brian Porter umwandte, der für einen Moment regungslos stehengeblieben war, hob der zweite Mann die MPi, drehte den Lauf der Waffe zu Rafaela Carrera und eröffnete das Feuer.

»He, Porter!«

Porter brauchte sich nicht umzuschauen. Er wußte, was geschah. Er hörte das Belfern der MPi, und im selben Sekundenbruchteil setzten sich seine Füße wie von selbst in Bewegung.

Porter duckte sich und schlug einen Haken. Der Feuerstoß aus der MPi, der ihm nachgeschickt wurde, verfehlte den Amerikaner.

Rechts von Porter befanden sich die Büsche, die den Parkplatz vom Haus trennten. Mit einem gewaltigen Hechtsprung schnellte Porter durch die Büsche. Im Flug drehte er seinen Körper mit einer Behendigkeit, die ihm auf den ersten Blick niemand zugetraut hätte. Im selben Moment griff er unter den Regenmantel. Die Hand erschien wieder mit einer 45er.

Genauso schnell, wie Porter durch die Büsche gehechtet war, sprang er wieder auf die Beine. Er drehte sich herum und feuerte, noch bevor der Schatten eines Verfolgers zu sehen war.

Dreimal bäumte sich die schwere Waffe in der Faust des

Amerikaners auf. Ein Schrei mischte sich in die Schußgeräusche. Dann folgte ein dumpfer Fall, als jemand zu Boden stürzte. Zuletzt hörte Porter noch einen Fluch.

Er wartete nicht ab. Er hatte gesehen, daß sie zu viert gekommen waren. Er mußte annehmen, daß der Oberst Leute geschickt hatte, die sich in der Gegend auskannten. Zumindest genausogut wie er selbst. Einer aus seiner Abteilung mußte geredet haben! Eine andere Erklärung fand Porter nicht dafür, da sie ihn hier in den Randgebieten von Manila gestellt hatten.

Sie wollten ihn lebend. Was das für ihn bedeutete, darüber brauchte Porter nicht nachzudenken. Ihnen lebend in die Hände zu fallen, das hieß, daß er für einige Tage in einem Keller verschwand, daß man ihn auf die Art des Obersts vernahm und daß sie schließlich auch alles aus ihm herausfolterten, was sie wissen wollten. Und das bedeutete das Ende der Gruppe, die er in Manila um sich geschart hatte. Das bedeutete den Tod einiger anderer Männer.

Porter rannte auf die Reihe der geparkten Fahrzeuge zu. Er verschwand zwischen seinem Dodge und einem alten VW-Bus. Keuchend blieb er stehen und duckte sich zwischen den Fahrzeugen. Seine Augen waren starr auf die Büsche gerichtet, durch die er eben entwischt war. Von dort erwartete er zumindest einen seiner Verfolger.

Mehrere Sekunden verstrichen. Es blieb ruhig. Niemand erschien auf dem Parkplatz. Keiner der Leute vom Oberst beging den Fehler, vor den Lauf der 45er zu laufen.

Porters Gedanken jagten sich. Er mußte von diesem verdammten Parkplatz verschwinden. Er mußte die Stadt erreichen und eine Meldung nach New York oder Washington durchgeben. Die Leute drüben mußten Bescheid darüber wissen, daß hier in Manila einiges schiefgelaufen war. Er hatte sich in der letzten Zeit nicht gemeldet, hatte aber noch Informationen loszuwerden.

Porter drückte sich dicht an dem VW-Bus vorbei und ging am Heck in die Knie. Seine Augen versuchten die Dunkelheit zu durchdringen, die sich hier in den Tropen beinahe von einer Minute auf die andere über das Land gesenkt hatte.

Die Ruhe zerrte an seinen Nerven. Schweiß stand ihm auf der Stirn, rann abwärts, füllte seine Brauen und drang schließlich brennend in die Augen.

Rafaela Carrera war tot. Die Hunde hatten nicht eine Sekunde gezögert, das Mädchen zu erschießen, obgleich sie wissen mußten, daß sie die Tochter einer angesehenen politischen Persönlichkeit war. Aber was hieß das schon in diesem unruhig gewordenen Land? Eine einflußreiche Persönlichkeit der Politik zu sein, das war schon lang keine Lebensversicherung in Manila mehr. Im Gegenteil. Das konnte auch heißen, daß man schon auf irgendeiner Abschlußliste stand.

Der Regen setzte unvermittelt und mit der gleichen Heftigkeit wie vor einer Stunde wieder ein. Binnen weniger Sekunden war Brian Porter naß bis auf die Haut. Er zog den Kopf zwischen die breiten Schultern. Seine Muskeln spannten sich an. Er mußte von hier verschwinden! Jede Sekunde, die er länger blieb, war eine zusätzliche Chance für die Leute des Obersts.

Porter visierte die schwache Peitschenlaterne ausgangs des Parkplatzes an. Die andere Abfahrt befand sich hinter ihm im Dunkeln. Es gab nur diese beiden Wege von dem verdammten Parkplatz, der zum Nebengebäude von einer hohen Mauer eingegrenzt war. Der Weg durch die Büsche zurück war ihm mit Sicherheit schon abgeschnitten. Wenigstens einer der Kerle würde neben dem Rover warten und dort auf ihn lauern, wo der Mann lag, den er erwischt hatte.

Porter stieß sich vom Asphalt ab. Er schlug einen wilden Haken nach links und wechselte die Seite des Platzes. Er rechnete damit, daß man hinter ihm herschoß.

Aber nichts geschah. Als er zwischen zwei anderen Fahrzeugen wieder Deckung bezog, herrschte noch immer eine Totenstille, die auch an den stärksten Nerven zerren konnte.

Wo, verdammt, waren sie? Hatten sie es aufgegeben,

nachdem das Mädchen gestorben war und es einen aus ihren Reihen erwischt hatte? Waren sie von den Bewohnern des Apartmenthauses gestört worden?

Porter konnte sich weder das eine noch das andere vorstellen. Er lebte zu lange in dieser Stadt, um sich irgendwelchen Illusionen hinzugeben. Wenn die Leute des Obersts einmal einen Mann gestellt hatten, den sie schon lange wollten, dann ließen sie sich auch nicht dadurch abschrecken, daß es einen von ihnen erwischt hatte. Und die Bewohner dieses Bezirks mischten sich niemals ein, wenn irgendwo geschossen wurde. Selbst die Polizei erschien nicht besonders schnell auf der Bildfläche, falls man sie überhaupt schon alarmiert hatte.

Also lauerten sie irgendwo in der Dunkelheit und warteten nur darauf, daß er einen Fehler beging.

Porter rieb sich den Schweiß von der Stirn. Seine Rechte umklammerte den Griff der 45er so heftig, daß die Knöchel seines Handgelenks weiß hervortraten. Obgleich die Waffe einen sehr schnellen, auf ihn abgestimmten Abzug hatte, zog er den Hammer zurück, um womöglich noch schneller zu sein, wenn es darauf ankam. Sekundenbruchteile hatten schon oft über Leben und Tod entschieden.

Er hatte die Wahl zwischen einem der beiden Ausgänge. Oder er konnte noch einmal versuchen, durch die Büsche zu entkommen.

Das Herz schlug ihm wild bis zum Hals hinauf. Er zwang sich selbst zur Ruhe. Eine nervöse Entscheidung konnte niemals richtig sein. Und auf sein Glück hatte Porter sich nie verlassen. Nicht während seiner Zeit bei der französischen Legion, nicht bei seinen verschiedenen Einsätzen als Söldner überall auf der Welt. Sein Handeln war immer von kalter Überlegung gelenkt worden. Damit war er bisher gut gefahren. Rechts und links an den Ausfahrten war nichts zu sehen. Auch die Seite des Platzes zum Apartmenthaus war ruhig. Nichts zeichnete sich ab, was auch nur im entferntesten auf eine Gefahr hindeutete.

Sekunden verstrichen.

Dann hatte Porter alle Möglichkeiten gedanklich durchgespielt und sich für den Rückweg durch die Büsche entschieden. Wahrscheinlich erwarteten sie ihn an dieser Stelle am wenigsten. Porter richtete sich zwischen den beiden Fahrzeugen auf. Er rieb sich mit dem Mantelärmel die Feuchtigkeit aus dem Gesicht. Er wollte gerade wieder auf die andere Seite des Platzes überwechseln, als die Scheinwerfer eines einfahrenden Wagens die Dunkelheit durchschnitten.

Blitzschnell kauerte sich Porter zusammen und hielt die Luft an. Er starrte dem Porsche entgegen, der nicht weiter als zwei Schritte von ihm entfernt stehenblieb. Deutlich erkannte Porter den Schatten einer Frau, die den Wagen steuerte und suchend den Kopf drehte, als halte sie nach einem geeigneten Parkplatz für den Wagen Ausschau.

Porter zögerte eine Sekunden. Dann verließ er seinen sicheren Standort und rannte auf den Porsche zu. Er erreichte den Wagen und riß die nicht verriegelte Seitentür auf. Mit einem Satz schwang er sich neben die Frau auf den Beifahrersitz und schlug die Tür hinter sich ins Schloß. Einen Wimpernschlag später hob er die 45er und richtete die Waffe auf die junge Frau.

»Geradeaus!« verlangte Porter mit heiserer Stimme. »Geradeaus mit Vollgas! Ziehen Sie den Kopf ein, wenn wir die Ausfahrt erreichen! Es wird vielleicht geschossen werden.«

»Sind Sie verrückt, Mister?«

»Vielleicht«, antwortete Porter. »Aber lieber etwas verrückt als für immer tot. Fahren Sie los! Ich will nichts von Ihnen. Sobald wir die Stadt erreichen, werde ich aussteigen, und Sie können fahren, wohin Sie wollen.«

Die Augen der jungen Mulattin weiteten sich.

Porter sah sie durchdringend an. Und, verdammt, er entdeckte keine wirkliche Angst in diesem wunderschönen Gesicht mit den etwas hervorstehenden Backenknochen und den sinnlich aufgeworfenen Lippen.

»Wer sind Sie?«

Porter schüttelte den Kopf. »Später.« Seine Stimme hetzte. Seine Augen waren nach vorn auf die Ausfahrt gerichtet. Jemand mußte sich dort aufhalten. Fragte sich nur, ob dieser Jemand gesehen hatte, daß er inzwischen in dem Porsche saß.

Automatisch ließ sich Porter tiefer in den Sitz gleiten, so daß man ihn von draußen auf den ersten Blick nicht sehen konnte.

»Fahren Sie endlich los!«

»Fahren Sie doch allein! Ich gebe Ihnen den Wagen. Lassen Sie ihn irgendwo stehen! Ich werde erwartet.«

»Ich auch«, sagte Porter, der von einer Sekunde zur anderen ruhiger wurde. »Und zwar von einigen Leuten in Phantasieuniform, die mit Maschinenpistolen bewaffnet sind.«

Die Mulattin warf ihm einen skeptischen Blick zu. Dann straffte sich ihre schlanke Gestalt. Mit einem entschlossenen Ruck legte sie den ersten Gang ein, ließ die Kupplung springen und gab Gas.

»Die Scheinwerfer an!« brüllte Porter.

Im nächsten Sekundenbruchteil wurden die Scheinwerfer voll aufgeblendet.

Hell zeichnete sich das Rechteck der Ausfahrt vor ihnen ab.

Sie waren noch zehn Meter von der Ausfahrt entfernt, als sich die dunkle Gestalt von der Mauer löste.

»Vollgas! Und den Kopf einziehen«

Porters Stimme überschlug sich. Schon eine Frau war vor wenigen Minuten seinetwegen gestorben. Er kannte die Mulattin nicht, aber er wollte auf keinen Fall, daß noch jemand seinetwegen starb.

Die Gestalt, die sich ihnen in den Weg gestellt hatte, sprang zurück.

Porter sah noch, daß der Mann die MPi hochriß. Dann waren sie mit ihm auf einer Höhe. Die MPi tanzte in den Händen des Mannes, den Porter noch niemals zuvor gesehen hatte, obgleich er die meisten Männer des Obersts kannte.

Projektile klatschten in die Karosserie des Porsche. Porter zog den Kopf noch mehr ein, stieß die Hand mit der 45er aus dem Fenster und feuerte.

Eine Sekunde später befand sich der Porsche auf der Straße. Der Wagen wurde von der Mulattin herumgerissen, schlingerte auf zwei Reifen um die scharfe Kurve und fiel wieder auf die Straße zurück.

Die Mulattin sah aus wie Engel, aber sie konnte fahren wie der Teufel. Fast entspannt saß sie hinter dem Steuer, während sich Porter aufrichtete und die schwere Waffe zwischen seinen Beinen barg.

Er drehte sich um und wartete auf die Scheinwerfer des Rover, der ihnen folgen mußte.

Niemand war hinter ihnen, als sie die nächste Kreuzung erreichten. Die Mulattin zog den Porsche in eine kleine Nebenstraße, die Porter nicht kannte.

»Wenn wirklich jemand hinter Ihnen her ist, Mister, dann wird man kaum annehmen, daß wir in die schmale Straße abgebogen sind«, sagte die Mulattin, noch bevor Porter sich fragend an sie wenden konnte. »Es ist ein Umweg, aber er führt auch in die Stadt.«

Porter nickte. Er griff nach den Zigaretten, die auf der Ablage lagen. Eine Marke, die er normalerweise nicht rauchte. Seit seiner Zeit in der Fremdenlegion hatte er sich an schwarze französische Zigaretten gewöhnt. Jetzt aber war ihm jede Marke recht.

Gierig sog er den Rauch ein. In diesem Moment wurde ihm richtig bewußt, wie dicht er gerade am Tod vorbeigeschrammt war. Ohne die Mulattin, ohne den schnellen Porsche, den sie hervorragend beherrschte, hätten sie ihn geschnappt. Daran gab es keinen Zweifel. Aber lebend hätten sie ihn auf keinen Fall in die Hände bekommen.

»Vielleicht sind sie doch hinter uns«, sagte die Mulattin, während sie angestrengt auf die nasse Fahrbahn schaute.

Porter blickte sie zweifelnd an.

Die Frau deutete auf die dunkle Einfahrt einer stillgelegten Fabrik. »Wir warten besser dort für einige Zeit.«

Porter wollte den Kopf schütteln, doch der Wagen befand sich schon auf einer Höhe mit der Einfahrt und wurde von der Fahrerin durch die wirklich schmale Einfahrt gelenkt.

Kurz hinter der Einfahrt hielt sie an. »Schließen Sie die Tür, Mister!«

Porter verließ den Wagen, versetzte der Eisentür einen Tritt und beförderte sie ins Schloß. Dann stieg er wieder ein.

Langsam ließ die Mulattin den Wagen zu einer Rampe rollen, die sich vor einer alten Lagerhalle erstreckte. Es gab eine schmale Stelle zwischen zwei Hallen.

Hier stellte sie den Wagen ab und drehte den Zündschlüssel. Die Scheinwerfer erloschen.

»War ich gut?« fragte die Mulattin, streckte sich und strich sich mit allen zehn Fingern durch die langen glänzenden Haare. »Ich meine, für eine Anfängerin. Schließlich springen nicht jeden Tag Männer in meinen Wagen, hinter denen jemand her ist.«

Porter grinste. Die Spannung war gewichen. Er hatte es wieder einmal geschafft. Nicht allein, aber das spielte keine Rolle. Wichtig war nur, daß er den Leuten des Obersts entkommen war und Verbindung mit den Vereinigten Staaten aufnehmen konnte.

Die Mulattin verließ den Wagen, bevor er auf ihre Frage antworten konnte. Geduckt lief sie die wenigen Schritte durch den Regen auf die Rampe zu und blieb in einer windschiefen Tür stehen, die in die Halle hineinführte.

Porter folgte ihr. Es war besser, den Wagen zu verlassen. Falls es doch noch zu einem Zwischenfall kam, woran Porter nicht wirklich glaubte, war er nach allen Seiten beweglich.

Er erreichte die Frau, die in der Tür auf ihn wartete, und erwiderte ihr Lächeln, das nicht die Spur angespannt wirkte.

Und als Porter ihr in die dunkle Halle folgte, als er sie für einen Moment aus den Augen verlor, weil er sich erst an die schlechten Lichtverhältnisse gewöhnen mußte, wurde ihm bewußt, daß alles etwas zu perfekt gelaufen war.

Der Porsche war im genau richtigen Moment auf dem Parkplatz erschienen, nachdem sich keiner der Männer des Obersts wirklich angestrengt hatte, ihn zu schnappen. Der Mann in der Ausfahrt des Parkplatzes hatte sehr schlecht mit der MPi geschossen. Nicht ein Projektil war ihnen wirklich gefährlich geworden. Und schließlich hatte die junge Mulattin mit traumwandlerischer Sicherheit gerade diese alte Fabrik angesteuert.

Das alles schoß wie ein Blitz durch den Kopf des Amerikaners.

Im nächsten Sekundenbruchteil hörte er rechts neben sich ein Geräusch. Es klang, als versuche sich jemand leise in seine Richtung zu bewegen.

Porter wirbelte herum. Er hielt die 45er noch immer in der Faust und riß sie in dem Augenblick hoch, als ein harter Schlag seinen Kopf traf und ihn zu Boden schleuderte. Der nächste Tritt traf seine Hand. Die 45er entglitt seinen Fingern. Scheppernd rutschte sie über den Betonboden und knallte gegen eine Wand.

Dann flammten Scheinwerfer auf. Lichtkegel waren auf Porters Gesicht gerichtet und machten ihn blind.

Er schloß die Augen. Ein taubes Gefühl war in seinem Körper. Der Schlag gegen den Kopf hatte ihm fast das Bewußtsein geraubt.

Ein dumpfes Lachen riß ihn aus seiner Ohnmacht. Mit zusammengekniffenen Augen starrte Porter gegen die Helligkeit an und stieß einen wilden Fluch aus.

Die Scheinwerfer wichen von seinem Gesicht, nachdem die Deckenbeleuchtung der alten Lagerhalle eingeschaltet worden war.

Und dann sah Porter sie wieder.

Die Mulattin stand neben dem Oberst, der ihr den Arm um die schmale Taille gelegt hatte und sie beschützend an sich zog. Rechts und links neben dem Oberst Männer in militärisch wirkenden Uniformen. Sie hielten automatische Schnellfeuergewehre in den Händen. Porter wußte, keiner würde auch nur eine Sekunde zögern, davon Gebrauch zu machen.

»Ich sage immer, daß man mit einer richtigen Frau mehr erreichen kann als mit einer Armee, Porter.«

Der Oberst sprach abgehackt und streichelte das schöne Gesicht der jungen Frau, die sich eine Zigarette angezündet hatte.

»Meine Tochter, Porter. Sie ist aus dem gleichen Holz wie ich geschnitzt. Sag selbst, Porter, hat sie es nicht gut gemacht?«

Porters Lippen waren spröde. »Ausgezeichnet«, antwortete er krächzend und schaute sich um.

Es gab keinen Weg aus dieser Falle, in die ihn die Mulattin gelockt hatte. Er war dem Oberst und seinen Leuten ausgeliefert. Wenn er versuchte zu verschwinden, würden sie schießen.

Aber sie würden ihn nicht töten. Sie wollten ihn lebend. Genau wie sie es von Anfang an vorgehabt hatten. Das ganze Schauspiel am Apartmenthaus mit dem sinnlosen Mord an Rafaela Carrera war nur inszeniert worden, um ihn in den Porsche zu treiben und ihn hierherzubringen, wo man von Anfang an auf ihn gewartet hatte.

Die Rechnung des Obersts war aufgegangen.

Porter ließ die Schultern sinken. Er hatte verloren. Und er war ein Mann, der seine Augen auch vor einer Niederlage nicht verschloß. Es war sinnlos, einen Ausbruchsversuch zu wagen und sich dabei anschießen zu lassen.

Es war besser, unversehrt zu bleiben. Vielleicht ergab sich später eine Möglichkeit.

»Und jetzt, Oberst?« fragte Porter.

Der kleine, etwas untersetzte Mann, den man für einen mittleren Angestellen halten konnte, ließ seine Tochter los und ging einen Schritt auf Porter zu. »Jetzt verschwinden wir von hier, Porter. Anschließend stelle ich Fragen, und du lieferst die richtigen Antworten dazu. Vielleicht werden wir noch Freunde.«

Der Oberst gab seinen Leuten einen Wink. Zwei Männer traten auf Porter zu.

Auch die Mulattin näherte sich ihm. Sie öffnete eine Tasche. Porter sah die Spritze in ihrer Hand und ihr Gesicht, das gar nicht mehr sanft und schön war.

Sie haßte ihn. Verständlich. Er, Porter, war ein Mann der anderen Seite. Er war aus den Staaten gekommen, um den Oberst, Perez Carillo, und damit auch Don Canvetti in New York zu Fall zu bringen.

»Wenn du Schwierigkeiten machst, Porter, dann lasse ich dich niederschlagen«, sagte die Mulattin. Sie deutete auf die Spritze in der Hand. »Das Zeug wird dich nicht umbringen.«

Porter zitterte. Er kniff die Augen zusammen. Für Sekunden spannten seine Muskeln sich an. Noch einmal flammte der Wille zum Widerstand in ihm auf.

Dann jedoch siegte der kalte Verstand. Es war sinnlos, sich zu wehren. Er hatte keine Chance. Sie würden auf jeden Fall mit ihm umspringen, wie sie es wollten. Leistete er Widerstand, machte er es sich nur unnötig schwer.

»Okay«, sagte Porter und schaute den Oberst an, der sich eine Zigarette anzündete. »Okay, Oberst, ich glaube auch nicht, daß ihr mich mit dem Zeug umbringen wollt.«

Porter rollte sich selbst den Ärmel herauf und blickte in das angespannte Gesicht der schönen Mulattin. Er verspürte einen feinen Stich, als die Frau ihm die Nadel in die Vene trieb.

»Porter ist tot!«

Der Chef saß hochaufgerichtet und steif hinter seinem Schreibtisch. Sein Blick war an Phil und mir vorbei auf das Fenster gerichtet. Ein grauer Himmel spannte sich über Manhattan. Die Wolken hingen so tief, daß sie die obersten Stockwerke des Empire State Building einhüllten.

Phil Decker hustete und strich sich mit einer nervösen Handbewegung über die Haare.

Ich schluckte und zündete mir eine Zigarette an. Ich dachte unwillkürlich an das, was Porter mir am letzten Abend vor seinem Flug nach Manila gesagt hatte, den wir in einer kleinen Bar in Greenwich Village verbracht hatten.

Bis jetzt hat mich nichts umgebracht, Jerry. Die Legion nicht, Saigon nicht, der Kongo nicht und auch nicht Südafrika. Warum gerade Manila? Ich werde euch die Querverbindungen der weißen Mafia in die Staaten zuspielen. Mit Leuten wie dem Oberst habe ich oftmals zu tun gehabt. Die sind meistens nicht mal halb so gut wie die Legende, die man um sie spinnt!

Das waren Brians Worte gewesen, und jetzt hatte Mr. High die Nachricht von Porters Tod aus Manila erhalten.

»Wann?« fragte ich.

»Vorgestern«, antwortete Mr. High. »Man hat versucht, ihn in seinem Ausweichquartier abzufangen. Rafaela Carrera, die Tochter eines einflußreichen Politikers, ist dabei ums Leben gekommen. Porter konnte mit einem Porsche entkommen. Der Wagen wurde wenig später nach einer Explosion ausgebrannt am Stadtrand von Manila gefunden.«

»Und Porter?« Phil Decker richtete sich auf und schaute den Chef fragend an.

»Porters Leiche befand sich im ausgebrannten Fahrzeug.«

Ich drückte die Zigarette aus. Der Chef verstand meinen zweifelnden Blick.

Mr. High schüttelte den Kopf. »Es war Porter«, sagte er. »Man hat Reste seines Ausweises gefunden. Und die Leiche war so gekleidet, wie nur Porter gekleidet war.«

Porters Kleidung. Ich wußte, er ließ alle seine Sachen von einem kleinen Schneider in Paris arbeiten. Er war von Geburt Amerikaner. Aber während der vielen Jahre, die er in Frankreich zugebracht hatte, war er mehr Franzose geworden, als er jemals Amerikaner gewesen war.

»Drei der Leute, die in Manila für Porter gearbeitet haben,

sind ermordet worden. Kein Zweifel, daß der Oberst dahintersteckt.«

»Mit anderen Worten, bevor Porter starb, muß er geredet haben.«

»Richtig, Jerry.«

Porter und geredet! Das war etwas, an das ich einfach nicht glaubte. Ein Mann, der wie Porter durch alle Höllen des Lebens gegangen war, redete nicht, wenn er wußte, daß man ihn auf jeden Fall umbringen würde.

»Er lag in einem Wagen, der explodiert ist«, sagte Phil. Er sprach etwas aus, was auch mir durch den Kopf ging.

»Die Mediziner haben festgestellt, daß man ihn tot in den Wagen gesetzt hat. Und daß Porter vorher gefoltert wurde. So hat man ihn zum Reden gebracht. Es gibt Methoden, denen auch ein noch so harter Mann nicht widersteht.«

Ich zündete mir die nächste Zigarette an.

»Was haben Porters letzte Berichte gebracht?« Der Chef wandte sich an mich.

»Nichts, was Don Alfredo Canvetti hätte reinreißen können«, antwortete ich. »Canvetti und der Oberst arbeiten zusammen, das steht außer Zweifel. Einige von Canvettis Leuten sitzen in Manila und organisieren den Rauschgifttransport in die Staaten. Canvetti unterstützt den Oberst mit großen Summen. Dazu steht er in Verbindung zu libyschen Waffenhändlern. Canvetti bezahlt die Bewaffnung der paramilitärischen Einheit des Obersts. Vielleicht mischen auch noch andere Interessengruppen mit, aber das wissen wir nicht so genau. Porter war den Leuten in Manila dicht auf den Fersen und arbeitete auch mit dem Geheimdienst zusammen. Aber bislang reichten die Beweise nicht aus, um Canvetti in Verlegenheit zu bringen.«

Mr. High nickte mit düsterer Miene. Ich wußte, daß er sich Vorwürfe wegen Porters Tod machte, obgleich er keinen Einfluß auf Porters Einsatz in Manila gehabt hatte. Die Anweisung, einen FBI-Agenten nach Manila zu schicken, war direkt aus Washington gekommen. Dort hatte man sich ausgerechnet, zwei Fliegen mit einer Klappe schlagen zu können: den Oberst zu Fall zu bringen, bevor er wirklich stark genug war, um zu putschen. Und die Querverbindung zu Canvetti aufzudecken, um der weißen Mafia so einen Großteil ihrer Macht zu nehmen.

Canvetti kontrollierte und beherrschte beinahe ein Drittel des Rauschgiftgeschäftes an der Cosa Nostra vorbei. Einigemale hatte die ehrenwerte Gesellschaft versucht, ihn aus dem Geschäft zu drängen, aber jedesmal war es nur beim Versuch geblieben, der einige Leute das Leben kostete.

Seit einem Jahr streckte niemand aus der Unterwelt mehr die Hand nach Canvetti aus. Es schien so, als hätten sich die Parteien geeinigt.

Nur wir, der FBI und die CIA, waren an Canvetti und seiner Verbindung zum Oberst in Manila interessiert.

»Was jetzt?« fragte Phil.

»Jetzt müssen wir wieder allein gegen Canvetti operieren und versuchen ihm beizukommen.«

Phil lachte bitter auf. Das drückte zutreffend unsere Hilflosigkeit aus. Canvetti war zu groß geworden. Er verfügte über einen beinahe perfekten Stab von qualifizierten Mitarbeitern. Bislang war ihm und seiner Organisation noch nicht der geringste Fehler unterlaufen. Realistisch betrachtet, hatten wir nur mit viel Glück eine Chance gegen Canvetti.

Und Glück ist etwas, auf das man sich in unserem Job am besten nicht verläßt. »Wer von Porters Leuten aus Manila ist übriggeblieben?« fragte ich.

»Niemand, den wir namentlich kennen, Jerry. Es dürfte sicher sein, daß die Leute sich versteckt halten.«

Natürlich hatte der Chef recht. Wenn es Porter und drei weitere Leute erwischt hatte, dann war das Unternehmen in Manila gescheitert. Dann tauchten die übriggebliebenen Leute aus Porters Gruppe in den Untergrund.

»Canvetti muß auch in den Staaten einen schwachen Punkt haben«, sagte Phil entschlossen. »Wir werden ihn finden, Sir.«

Natürlich konnten wir hier die Anstrengungen, Canvetti etwas nachzuweisen, verstärken. Das war ein Weg. Aber mir schwebte noch ein anderer vor. Vielleicht konnte man doch in Manila neu beginnen. Man mußte die restlichen Männer aus Porters Mannschaft finden.

Wenn sie redeten, konnten wir dort anknüpfen, wo Porter aufgehört hatte.

Ich sagte es dem Chef.

Für eine ganze Weile schaute Mr. High mich durchdringend an.

»Das kann ich nicht entscheiden, Jerry«, sagte er dann. »Dazu müßte Washington uns die Genehmigung geben.«

Ich nickte und stand zusammen mit Phil auf. In der Tür blieb ich noch einmal stehen.

»Ich würde nach Manila gehen, Sir«, sagte ich. »Allein und unter falscher Flagge, während Phil versucht, hier in New York weiterzukommen.«

»Nach Porters Tod werden die Leute des Obersts besonders wachsam sein, Jerry. Die Chancen für ein solches Unternehmen sind nicht besonders gut. Ich will neben Porter nicht noch einen Mann verlieren.«

»Ich würde gehen, Sir«, wiederholte ich entschlossen. »Und was Porters Tod angeht, so wittere ich da etwas. Ich kann keinen vernünftigen Grund dafür nennen, Sir. Es ist ein Gefühl, und im Grunde bin ich auch nicht einmal sicher, ob ich ihm trauen soll.«

Der Chef nickte. »Sie werden von mir hören, Jerry.«

Damit waren Phil und ich entlassen. In meinem Büro tranken wir einen Kaffee und sprachen über den Brian Porter, der ein Freund von Phil und mir gewesen war. Dabei stellten wir fest, daß wir nur sehr wenig über Porters Leben wußten.

Wenn die Rede auf seine Vergangenheit kam, so hatte Porter immer sofort das Thema gewechselt. Es hatte den Anschein, als habe er die Vergangenheit und alles, was damit zusammenhing, abgestreift und wollte sie vergessen.

Während sich Phil später mit Joe Brandenburg und anderen Kollegen zusammensetzte, die schon mit dem Fall Canvetti befaßt waren, ging ich in den Keller, in unser Archiv, das vom alten Neville geleitet wurde.

Neville war der dienstälteste G-man in New York. Der einzige aktive Mann, der die wirklich wilden Jahre des FBI miterlebt hatte.

Porters Tod in Manila hatte schon die Runde gemacht. Schlechte Nachrichten haben es an sich, daß sie sich besonders schnell verbreiten.

»Im Grunde wissen wir nichts über Porter, Neville«, sagte ich. »Er war ein alter Haudegen, der sein Leben immer an den heißesten Flecken der Erde zugebracht hat. Er tauchte plötzlich in New York auf, nachdem Washington ihn hierherversetzt hatte. Vorher muß er auf andere Art und Weise für die Regierung tätig gewesen sein. In New York, in unserem Verein, hat er immer eine besondere Rolle eingenommen. Zur besonderen Verwendung von Washington.«

Der alte Neville kaute nachdenklich auf seinem Zigarrenstummel. »Ich habe leider keinen Draht nach Washington, Jerry. Vielleicht kann einer der Eierköpfe aus der EDV-Abteilung den Zentralcomputer in Washington anzapfen und so etwas über Porters Leben und Vergangenheit herausfinden.«

Das klang bissig. Neville haßte Computer. Erstens weil sie seine Arbeit hier im Grunde überflüssig werden ließen, und zum anderen, weil er dem menschlichen Gehirn mehr zutraute als einer Maschine.

»Das ist unmöglich, Neville. Das würde niemand wagen.«

Der Alte grinste fröhlich.

Ich deutete auf die Akten, die sich in Regalen an den Wänden stapelten und von einer Staubschicht überdeckt waren. Sie waren Nevilles Gedächtnis. Eine Informationssammlung über alle interessanten Leute und über alle wichtigen Ereignisse.

»Vielleicht steht da etwas drin, Neville.«

Fast zärtlich schaute der Alte auf die Akten. Dann nickte er. »Okay, Jerry. Porter hat sich vor seinem Einsatz in Manila bei mir Material über den alten OAS zusammenstellen lassen. Was er damit wollte, hat er nicht gesagt. Ich habe ihn auch nicht danach gefragt. Ich werde versuchen, etwas mehr Licht in Porters Vergangenheit zu bringen.«

»Bis wann kann ich damit rechnen, Neville?«

Der Alte zuckte mit den Schultern.

»Es ist verdammt wichtig, Neville.«

»Sicher, Jerry. Wenn jemand etwas von einem alten Mann will, dann ist es immer wichtig.«

Es war eine komische Situation. Als ich das Foyer des eleganten Apartmenthauses in East End betrat, kamen sie aus einem der vier Fahrstühle, über die das Haus verfügte.

Angelina Porter zwischen zwei freundlich aussehenden Männern, denen ich auf den ersten Blick ansah, daß sie sich alle Mühe gaben, einen harmlosen, gelassenen Eindruck zu erwecken.

Die Anschrift von Porters Tochter hatte Neville herausgefunden. Von dem Alten hatte ich zum erstenmal überhaupt erfahren, daß Brian eine Tochter hatte. Ich hatte versucht, sie anzurufen, keine Verbindung bekommen und mich anschließend sofort auf den Weg nach East End gemacht.

Neville hatte auch eine alte Fotografie von Angelina Porter ausgegraben. Deswegen erkannte ich die Blondine mit den langen Haaren und dem schönen, feingeschnittenen Gesicht auch auf den ersten Blick, als sie von den beiden Kerlen begleitet aus dem Fahrstuhl trat. Der Mann links von Angelina Porter war untersetzt und wirklich bullig. Er hielt die rechte Hand in der Tasche seines schwarzen Trenchcoats. Er wirkte wachsam. Seine Augen waren überall gleichzeitig.

Der andere war langaufgeschossen und hager. Er hielt Angelina am Unterarm und bewegte sich so dicht neben ihr, daß ihre Körper sich berührten. Wie ein Liebespaar.

Aber wie zwei Verliebte sahen Angelina und der Hagere nun wirklich nicht aus.

Ich blieb neben der verlassenen Portierloge stehen und bemühte mich, nicht in die Richtung von Angelina und den beiden Männern zu schauen, die jetzt noch zehn Schritte von mir entfernt waren.

Meine innere Alarmanlage schlug wild an.

Es hatte Porter in Manila erwischt, aber der Oberst schien nicht zufrieden mit dem, was er von ihm erfahren hatte. Der Oberst aus Manila und Don Canvetti aus New York argwöhnten, daß Porter vielleicht doch Informationen durchgegeben hatte, die ihnen gefährlich werden konnten.

Informationen an seine Tochter Angelina.

Für mich stand fest, daß die beiden Kerle von Canvetti geschickt worden waren. Der wollte mehr von Porters Tochter erfahren.

Dahin gingen meine Überlegungen, während die drei mir immer näher kamen.

Es waren nur noch fünf Meter zwischen uns, als ein Mann in Regenkleidung die Eingangshalle betrat. Er trat einen Schritt in die Halle. Dann sah er Angelina und die beiden Männer und blieb ruckartig stehen.

Ich sah, daß auch Angelina zusammenzuckte und den Schritt verhielt. Für einige Sekunden wurden ihre großen Augen noch weiter. Angst zeichnet sich auf ihrem schönen Gesicht ab. Dann wollte sie weitergehen. Aber die beiden Kerle, die sie in die Mitte genommen hatten, ahnten, daß mit dem Mann in der Regenkleidung eine Gefahr für sie aufgezogen war.

Der Bullige, der die Hand in der Tasche hielt, sprang beiseite. Der 38er, den er aus der Tasche beförderte, flog hoch. Im selben Sekundenbruchteil krümmte er den Finger.

Zu überhastet. Er hatte wohl auch nicht mit der traumhaften Reaktion des Mannes in der Regenkleidung gerechnet.

Der Mann wich aus und hielt plötzlich eine 45er in der Faust, die mit einem kurzen, dickbäuchigen Schalldämpfer ausgestattet war. Die Waffe eines Profis.

Das leise Plopp mischte sich mit dem Explosionsgeräusch

des 38ers, das sich an den hohen Wänden der Empfangshalle brach.

Der Bullige taumelte zurück, stolperte über seine eigenen Beine und stürzte zu Boden.

Angelina Porter versuchte, sich von dem Hageren loszureißen. Es gelang ihr nicht. Der Kerl schlang einen Arm um ihre Taille, zog sie dicht an sich und benutzte sie als Schutzschild.

Der Mann in der Regenkleidung konnte keinen weiteren gezielten Schuß abgeben. Er stand in der Halle wie eine Statue und schaute Angelina an. Dabei huschte ein feines Lächeln über sein scharfgeschnittenes Gesicht.

Ich wandte mich von der Portierloge ab und ging weiter in die Halle hinein. Bislang hatte mir niemand Beachtung geschenkt. Ich hoffte, daß man mich auch jetzt noch für einen harmlosen Hausbewohner hielt.

Ich konnte nicht viel für Porters Tochter und den Mann in der Regenkleidung tun, dessen Überlebenschancen in diesem Moment sehr gering waren. Ich konnte nur versuchen, den Gangster abzulenken und Angelina damit die Möglichkeit zu schaffen, sich von dem hageren Kerl zu befreien.

»Sie können gleich weitermachen, wenn ich oben bin«, sagte ich zu dem Hageren, der hinter Porters Tochter Schutz gefunden hatte. »Ich bin aus Michigan. Es war noch niemals die Art der Leute aus Michigan, sich in fremde Angelegenheiten zu mischen.«

Fassungslosigkeit breitete sich auf dem Gesicht des hageren Gangsters aus. Mit dieser Reaktion hatte er wohl nicht gerechnet. Er ließ mich noch einen Schritt näher heran, bevor er reagierte.

»Bleib, wo du bist, Mann!«

Die Worte erklangen abgehackt. Ich verstand seine Nervosität. Er wollte zusammen mit Angelina aus dem Haus. Es war eine gute Gegend. Schießereien waren hier nicht an der Tagesordnung. Wahrscheinlich hatte schon jemand die Polizei alarmiert.

»Verdammt, bleib wo du bist, Mann!«

Ich blieb stehen. Mein Blick war auf die Fahrstuhlanzeige gerichtet. Eine Kabine befand sich auf dem Weg nach oben. Sie stoppte im 10. Stock und fuhr weiter abwärts.

»Ich wohne hier. Ich bezahle pünktlich meine Miete. Niemand hat das Recht . . .«

Der Fahrstuhl hielt im Erdgeschoß. Ein heller Glockenton kündigte die Kabine an. Ein Geräusch, daß den Hageren, der Angelina an sich preßte, zusammenzucken ließ.

Genau darauf hatte ich gewartet. Meine Muskeln waren angespannt. Ich stieß mich vom Boden ab und flog von der Seite her auf ihn zu.

Ich hatte ihn noch nicht erreicht, als er wieder auf mich aufmerksam wurde. Der Lauf seines 38ers schwang in meine Richtung. Blei fetzte aus dem Lauf und zog eine heiße Bahn über meine Schulter.

Dann prallte ich mit ihm zusammen.

Im selben Sekundenbruchteil rammte Angelina dem Hageren den Ellenbogen in den Magen und riß sich mit einer wilden Bewegung von ihm los.

Sie taumelte in die Halle, während ich versuchte, die Beine des Hageren zu greifen, um ihn zu Fall zu bringen.

Durch den Stoß in den Magen war er zurückgetaumelt. Ich bekam ihn nicht richtig zu packen.

Während er zurückwich, trat er nach mir.

Er traf mich seitlich am Kopf. Ich stürzte auf die kalten Marmorfliesen der Eingangshalle. Bunte Kreise drehten sich vor meinen Augen. Ich starrte mitten in die Mündung des 38ers.

Das Gesicht des Gangsters war wut- und haßverzerrt. Ich hatte versucht, ihn reinzulegen. In mir sah er nun seinen Hauptgegner. Es schien, als habe er den Mann mit der 45er glatt vergessen. Er wollte zuerst mich und dann den anderen. Ich drehte mich beiseite, als der Schuß aufbrüllte.

Einen Sekundenbruchteil zuvor war deutlich das leise Plopp der 45er zu hören gewesen.

Das Projektil traf den Hageren in die Brust, bevor er den Finger krümmte, um mich auszuschalten. Nur aus diesem Grunde traf er mich nicht.

Neben mir klatschte das Projektil auf den Marmorboden und sirrte als Querschläger weiter.

Ich sah den Hageren zusammenbrechen und drehte mich zur Seite.

Angelina stand neben dem Mann mit der 45er, der die Waffe nun langsam in meine Richtung schwingen ließ.

Ich wußte nicht, ob er es wirklich ernst meinte und auf mich schießen würde, nachdem er mir einige Sekunden zuvor mit dem Schuß auf den Hageren das Leben gerettet hatte. Ich verspürte auch keine Lust, es darauf ankommen zu lassen.

»FBI«, sagte ich.

Der Mann zuckte zusammen.

»FBI« wiederholte ich.

Er wollte etwas sagen, doch Angelina kam ihm zuvor. Sie legte ihm die Hand auf den Unterarm und drückte die 45er hinunter.

»Wir müssen verschwinden, Alan«, sagte Porters Tochter.

Im Hausflur lagen zwei tote Männer. Ich durfte den Mann, der sie erschossen hatte, nicht einfach laufenlassen. Ich wußte nicht, wer er war, aber er hatte von uns nichts zu befürchten. Nicht wegen der beiden Toten. Er hatte mir und wahrscheinlich auch Porters Tochter das Leben gerettet.

»Hören Sie, Mister . . .«

Er schüttelte den Kopf. Es war eine endgültige Bewegung. »Werfen Sie die Waffe zur Treppe, G-man!«

Seine Stimme klang erstaunlich ruhig, obgleich ihm mit Sicherheit der Boden unter den Füßen brannte. Seine Augen wirkten kalt und ohne Glanz. Wie stumpfes Eis.

Meine Gedanken überschlugen sich. Ich überlegte eine Sekunde. Dann kam ich seinem Befehl nach.

Er nickte zufrieden, packte Angelina am Arm und zog sie hinter sich her zum Ausgang.

In der Tür blieb Brian Porters Tochter stehen und drehte sich noch einmal zu mir herum. »Sie sollten nicht jede Nachricht glauben, die aus Manila kommt, G-man«, sagte sie.

Dann waren die beiden verschwunden.

Für einen Augenblick spielte ich mit dem Gedanken, ihnen nachzulaufen. Dann ließ ich es bleiben. Es war sinnlos. Damit würde ich den Fremden in der Regenkleidung, der Alan mit Vornamen hieß, nur dazu zwingen, etwas zu tun, was er wahrscheinlich nicht tun wollte. Nämlich auf mich zu schießen.

Ich erhob mich vom Boden und nahm die Waffe wieder an mich, als erneut die Kabine eines Fahrstuhls in der Halle hielt. Diesmal war sie besetzt. Ein Mann in lila Livree stieg aus. Er blieb eine Sekunde wie angewurzelt stehen und wollte dann wieder in den Fahrstuhl zurück.

«Keine Aufregung!« sagte ich zu dem Mann, der der Portier war. »Ich bin FBI-Agent. Rufen Sie die Polizei an!«

Er starrte mich mißtrauisch an, bis ich ihm meinen Dienstausweis zeigte. Dann verschwand er in der Portierloge und griff nach dem Telefon, während ich mir eine Zigarette anzündete.

Als der Portier den Hörer auflegte, war der klagende Ton einer Polizeisirene zu hören. Jemand anders aus dem Hause hatte die Cops schon verständigt.

»Welche Wohnung hat Miss Porter?«

»Nr. 1713.«

»Okay. Geben Sie mir den passenden Schlüssel, oder machen Sie mir auf!«

»Das darf ich nicht.«

Ich deutete auf die beiden Toten, und wiederholte meine Bitte. »Ich klaue nicht, Mann«, fügte ich noch hinzu.

Der Portier öffnete die Schublade unter seinem Desk, suchte eine Zeitlang herum und streckte mir schließlich den Schlüssel entgegen. Als ich am Fahrstuhl stand, stürmten die ersten beiden Cops in die Eingangshalle. Sie hielten die Dienstwaffen schußbereit in der Faust.

»Jerry Cotton, FBI-Agent«, sagte ich. »Rufen Sie die Mordkommission! Ich bin oben in Nr. 1713.«

Die Cops versuchten nicht, mich aufzuhalten.

Nr. 1713 war eine luxuriöse Zweizimmerwohnung, aufs Feinste ausgestattet. Wahrscheinlich von einem Innenarchitekten. Denn die meisten Wohnungen in einem solchen Apartmenthaus werden möbliert vermietet.

Normalerweise war es sicherlich aufgeräumt. Aber jetzt herrschte Chaos in den Räumen. Die Männer, die es unten in der Halle erwischt hatte, mußten sich hier oben einige Zeit umgesehen haben. Was sie gesucht hatten, wußte ich nicht. Auf jeden Falle hatten sie sich mächtig Mühe gegeben, es zu finden.

Ich machte mich daran, dort weiterzusuchen, wo die Kerle aufgehört hatten.

Nur belanglose Sachen, mit denen sich nichts anfangen ließ. Keine Post aus Manila. Keine Aufzeichnungen, die Angelina vielleicht nach Berichten ihres Vaters angefertigt hatte.

Unter dem Schrank fand ich eine halbe Erkennungsmarke, wie sie Soldaten tragen.

Légion Etranger. Dann eine Dienstnummer.

Ich drehte die halbe Marke in der Hand, setzte mich auf die Couch, griff nach dem Telefon und rief Phil an.

»Geh zu Neville!« sagte ich meinem Freund. »Er soll versuchen, etwas über Porters Zeit bei der französischen Legion herauszufinden.«

»Okay. Wo bist du?«

Ich nannte ihm die Adresse. Ich berichtete ihm auch, was sich ereignet hatte.

»Verdammt«, sagte Phil.

»Es ist sinnlos, den beiden nachzulaufen«, sagte ich dann.

»Sie werden aus New York verschwinden, Jerry.«

»Natürlich.«

»Und wenn Angelina von ihrem Vater wirklich wichtige Informationen erhalten hat?«

»Dann werden wir sie auch erfahren«, gab ich zurück. »Sie hat gesagt, wir sollen nicht jeder Nachricht glauben, die aus Manila kommt. Denk mal darüber nach, Phil!«

Ich hängte ein und stand wieder auf.

Es dauerte eine ganze Weile, bis ich unter den Trümmern, die die beiden Kerle zurückgelassen hatten, ein altes Fotoalbum fand.

Familienaufnahmen. Porter mit einer Frau. Dann zusammen mit der Frau und Angelina. Urlaubsbilder, mit Strand und Palmen. Dann einige Aufnahmen, die Porter in Uniform zeigten. Mal mit Capi blanc, mal in gefleckter Tarnuniform. Jedesmal war er von zwei Männern umgeben, die die gleiche Uniform trugen wie er selbst.

Einer dieser Männer war Alan. Der Mann, der mir eben in der Eingangshalle das Leben gerettet hatte.

Porter und zwei andere Legionäre! Porter wurde in Manila umgebracht, und einer dieser Männer tauchte in New York bei Angelina auf!

Die Gedanken rasten regelrecht durch meinen Kopf. Ich versuchte sie in Ordnung zu bringen. Es gelang mir nicht.

Ich suchte nach mehr Bildern oder anderen Sachen aus der Zeit, die Porter bei der Legion zugebracht hatte.

Es gab nichts. Nur die halbe Erkennungsmarke und die Bilder.

Ich stand auf und verließ die Wohnung.

Im Hauseingang stieß ich mit dem Captain der Mordkommission zusammen, der inzwischen eingetroffen war. Ich berichtete ihm, was sich ereignet hatte, und bat ihn zu veranlassen, daß sich Leute von der Spurensicherung noch einmal gründlich in der kleinen Wohnung umschauten.

Dann machte ich mich auf den Weg in mein Office.

Der Durst machte Brian Porter fast wahnsinnig. Wie ein schwerer Stein lag ihm die Zunge im Mund. Das Atmen tat ihm weh. Hin und wieder litt er unter Wahnvorstellungen.

Porter kannte diese Symptome. Er wußte, daß er sterben mußte, wenn er in den nächsten Stunden kein Wasser bekam. Es würde ein qualvoller Tod sein.

Sie hatten ihm alles in den zellenartigen kleinen Raum gegeben. Zu essen, zu rauchen. Nur Flüssigkeit hatte man ihm vorenthalten.

Alle paar Stunden erschien einer der Männer des Obersts, um nach ihm zu schauen. Dann schlug man ihn, injizierte ihm irgendein Teufelszeug, von dem er das Gefühl hatte, der Schädel würde ihm platzen.

Länger als eine Stunde hielt der wahnsinnige Schmerz an, der ihn fast völlig lähmte. Dann konnte er nur still in einer Ecke liegen und die Augen geschlossen halten.

Jetzt hatte der verdammte Schmerz nachgelassen. Brian Porter stand von der schmalen Pritsche auf. Er taumelte durch den kleinen Raum, weil er seine Schritte nicht mehr kontrollieren konnte. Er prallte gegen die Wand, ging davor in die Knie und preßte sein heißes Gesicht gegen die Quadersteine, die etwas Kühle spendeten. Beinahe jeden Stein hatte er schon auf der Suche nach etwas Feuchtigkeit abgeleckt. Wie ein müdes Tier kauerte er da.

Minuten verstrichen. Dann erhob er sich. Sein Blick wurde klarer, und seine Gedanken begannen wieder zu arbeiten.

Er mußte hier heraus, oder aber er mußte die Leute des Obersts dazu zwingen, ihn zu erschießen.

Anderenfalls würde er früher oder später reden, um einen gnädigen Tod zu empfangen. Aber diese letzte Möglichkeit hatte Brian Porter noch nicht eine Sekunde lang in Betracht gezogen.

Porter ging zum Tisch, stützte sich mit beiden Händen ab und starrte auf die rissige Platte. Zigaretten und Streichhölzer verschwammen vor seinen Augen, verschwanden ganz und waren plötzlich wieder da.

Es war sinnlos zu rauchen. Es minderte das Durstgefühl nicht. Es war überhaupt sinnlos, etwas zu tun.

Gestern hatte er zum erstenmal mit dem Gedanken

gespielt, sich selbst umzubringen, aber das Vorhaben schnell wieder fallenlassen. Es entsprach nicht seiner Mentalität, sich vor Schwierigkeiten zu drücken. Er hatte gelernt, daß er die Hoffnung auf ein gutes Ende nicht aufgeben durfte, solange noch ein Funke Leben in ihm war.

Mit einer müden Handbewegung strich er sich über die Augen. Seine Hände zitterten, und die Knie gaben nach. Er mußte sich am Tisch festhalten, um nicht auf den schmutzigen Betonboden zu stürzen. Dann setzte er sich und lehnte sich mit dem Rücken an die Wand. Er schaute auf die Uhr. Mitternacht vorbei. Mit den Handballen massierte er sich die Schläfen und versuchte, seine Gedanken unter Kontrolle zu bekommen.

Angst stieg in ihm auf. Die Angst davor, daß er vielleicht doch noch schwach werden könne und die Fragen beantwortete, die der Oberst ihm gestellt hatte. Schweigen war seine einzige und letzte Chance. Dann brachte man ihn unweigerlich um. Er mußte durchhalten und versuchen, die nächsten Tage irgendwie zu überleben.

In diesem Moment dachte Porter an drei Menschen, von denen er vielleicht doch noch Hilfe zu erwarten hatte: Angelina, Alan und Serge!

Eine schwache Hoffnung, Porter wußte es. Aber es gab sonst nichts, an das er sich klammern konnte.

Porter stieß sich von der Wand ab und starrte auf die kleine Schelle neben der Tür. Er brauchte sie nur zu drücken und dem Wächter zu sagen, daß er mit dem Oberst sprechen wolle. Wenig später würde er etwas zu trinken bekommen.

Porter starrte den Klingelknopf wie einen Feind an. Er war die Versuchung, der er widerstehen mußte.

Porter kämpfte mit sich selbst, als draußen der Riegel von der Tür zurückgeschoben wurde und der Schlüssel sich kreischend im Schloß drehte. Knarrend schwang die schwere Eisentür nach innen auf.

Porter rieb sich über die brennenden Augen.

In der Tür stand die Mulattin, Perez Carillos Tochter. Ein

gelbes Seidenkleid schmiegte sich wie eine zweite Haut um ihren aufregenden Körper. Über dem beinahe nabeltiefen Ausschnitt wölbte sich ein fester Busen. Sie trug das Haar offen. Die vollen, sinnlichen Lippen waren geöffnet.

»Hallo, Porter«, sagte Yvonne Carillo.

Der Mann, der hinter ihr im Gang stand, trug eine MPi über dem linken Unterarm. Sein Gesicht war unbeweglich. Er starrte Porter an. In seinen Augen gab es nicht einen Funken Mitleid für die gequälte Kreatur.

»Warum das alles, Porter?«

Yvonne Carillo trat in den kleinen Raum. Einen Meter von Porter entfernt blieb sie stehen. Sie schaute ihn an.

Ein süßer, schwerer Duft ging von ihr aus. Porter atmete ihn tief ein, und er umnebelte seine Gedanken noch mehr.

»Warum, verdammt, machst du es dir selbst so schwer?«

Porter verzog das Gesicht. Es sollte ein Grinsen werden, aber es wurde eine Grimasse.

»Du bereitest uns viele Schwierigkeiten, Porter.«

Porter nickte. Er schaute zu dem Mann mit der MPi, der nun ebenfalls in den kleinen Raum kam und einen Kanister auf den Tisch stellte.

Wasser!

Porters Augen wurden weit. Der Durst wurde immer schlimmer. Seine Augen brannten. Seine Hände ballten sich zu Fäusten. Die Gedanken drehten sich in seinem Kopf.

Etwas mußte geschehen sein. Sie brachten ihm das Wasser nicht aus reiner Nächstenliebe. Etwas mußte geschehen sein.

»Du kannst trinken, Porter«, sagte Yvonne Carillo, die Tochter des Obersts. »Langsam und vorsichtig, sonst bringt es dich um. Aber das weißt du ja.«

Porter zögerte einige Sekunden. Dann taumelte er auf den Tisch zu. Mit beiden Händen griff er nach dem Kanister, öffnete den Verschluß mit zitternden Fingern und führte den Kanister an seine Lippen.

Bis zu diesem Moment war er sicher, daß sie eine Schweinerei mit ihm planten.

Als nichts geschah, sog er die Flüssigkeit in sich hinein. Er trank in kleinen Schlucken, zwischen denen er immer wieder eine Pause einlegte.

Der Mann mit der MPi beobachtete ihn mit starrem Blick.

Porter behielt den Kanister in der Hand, als er sich wieder zu Yvonne Carillo umdrehte und sie fragend anschaute.

»Ich mag dich, Porter«, sagte die Mulattin. »Ich mag Männer wie dich, die stark sind und sich nicht beugen lassen.«

Porter trank noch zwei kleine Schlucke. Dann ging er zur Pritsche und setzte sich.

Yvonne Carillo gab dem Wächter mit der MPi einen knappen Wink. Der Mann verließ den zellenartigen Raum. Krachend schlug die Tür hinter ihm ins Schloß. Der Riegel rastete von außen ein.

Yvonne Carillo lachte und strich sich die langen schwarzen Haare in den Nacken. »Mach dir keine falschen Hoffnungen, Porter! Wenn es sein muß, kann ich mich allein meiner Haut wehren.«

Porter nickte, stellte den Kanister ab und deutete zum Tisch.

Yvonne Carilla verstand. Sie zündete zwei Zigaretten an und gab Porter eine.

»Was willst du?« fragte Porter, der für den FBI und die CIA gleichermaßen tätig war.

»Angelina«, sagte die Tochter des Obersts.

Porter setzte sich steil auf. Er sog den Rauch tief in die Lungen und hielt die Luft an. »Was ist mit Angelina?« fragte er dann.

»Don Canvetti hat sie in New York geschnappt, Porter.«

Porter forschte in dem schönen Gesicht der Mulattin nach einem Anzeichen von Lüge, aber er fand keins. Die Sinnlichkeit, die sie normalerweise ausstrahlte, war für einen Moment verschwunden. Sie sah ernst und gespannt aus.

»Das ist die Wahrheit, Porter!«

Brian Porter ließ die Zigarette fallen und stellte seinen Fuß auf die Glut. »Weiter!« verlangte er dann mit rauher Stimme.

»Canvetti fühlt sich nicht mehr sicher, seit er weiß, daß du in Manila herumschnüffelst. Und Canvetti ist ein Mann, der die eigene Sicherheit über alles schätzt. Er will wissen, was du konkret gegen ihn in der Hand hast, Porter.«

»Was hat das mit Angelina zu tun?«

Yvonne Carillo zuckte mit den Schultern. »Pack aus, Porter, und deine Tochter kommt aus allem heraus!«

Porter lachte auf. Er griff nach einer frischen Zigarette.

»Das ist verdammt ernst, Porter.«

Porter nickte. »Okay«, sagte er nach einer ganzen Weile. »Okay, bringt Angelina nach Manila! Sobald ich sie gesehen habe, sprechen wir weiter.«

»Hast du etwas gegen Canvetti in der Hand, Porter?«

»Ich kann ihn erledigen.«

Yvonne Carillo rutschte weiter auf dem Bett zurück und lehnte sich mit dem Rücken gegen die Wand. Das gelbe Kleid glitt so hoch an ihren Beinen hinauf, daß die nackten Schenkel zu sehen waren.

»Vielleicht wollen auch wir, daß Canvetti erledigt wird, Porter«, sagte sie, während sie nach Porters Hand griff und sie sich auf die nackte Haut ihrer Schenkel legte.

Es war stickig in dem kleinen Hotelzimmer. Ich hatte gerade geduscht, aber schon wieder lief mir der Schweiß aus allen Poren gleichzeitig. Die Zigarette zwischen meinen Lippen wurde feucht. Ich stand auf, trank einen Schluck Coke aus der Dose und zündete mir eine frische Zigarette an.

Vor drei Stunden war ich in Manila gelandet. Mr. High hatte das Okay aus Washington erhalten. Alles Notwendige war erstaunlich schnell in die Wege geleitet worden. Jetzt wartete ich auf meine Kontaktperson.

Er mußte sich wie eine Katze bewegt haben. Ich sah ihn erst, als ich aus dem Bad in das schäbige Hotelzimmer zurückkam. Er stand neben der Tür. In der Rechten hielt er eine kurze 38er Military & Police.

Er lächelte. Aber seine Augen waren wie aus Eis. »Mr. Cotton?« fragte er.

Ich nickte. Niemand in Manila kannte meinen Namen, außer der Person, die Kontakt zu mir aufnehmen sollte und für den einheimischen Geheimdienst tätig war.

»Ihren Ausweis, Sir.«

Ich holte den Paß aus der Jacke. Während ich mich bewegte, ließ er mich auch nicht für den Bruchteil einer Sekunde aus den Augen. Ich streckte ihm den Paß entgegen. Er warf einen kurzen Blick darauf, nahm ihn an sich und steckte ihn zusammen mit der Waffe ein. Jetzt wirkte das Lächeln des kleinen, zierlichen Mannes offener.

»Okay, Sir«, sagte er. »Sie sind wenigstens gut gelandet. Vielleicht weiß auch noch niemand, in welcher Mission Sie reisen. Aber ich denke, das wird nicht lange ein Geheimnis bleiben. Was Sie vorhaben, ist Wahnsinn und völlig sinnlos.«

Der Kleine zuckte mit den schmalen Schultern und strich sich über die dunklen Haare.

»Zigarette? Etwas zu trinken?«

»Zigarette.«

Ich gab ihm eine. Er zündete sie sich mit sparsamen Bewegungen an.

»Porter ist tot«, sagte er nach dem ersten Zug. »Er hat seine Unternehmen niemals mit uns abgestimmt. Wir wissen nicht, welche Leute für ihn gearbeitet haben. Wir wissen auch nicht, ob er etwas herausgefunden hat. Wir können Ihnen also nicht helfen, Sir. Genaugenommen können wir Sie nicht mal beschützen.«

Ich setzte mich auf das Bett und schlug die Beine übereinander. Ich hatte keinen Schutz vom einheimischen Geheimdienst erwartet. Eigentlich hatte ich nicht mal damit gerechnet, daß sie Kontakt zu mir aufnahmen.

»Alles, was ich brauche, sind Informationen«, sagte ich. »Über Carillo und seine Umgebung. Über die Rauschgiftszene und Personen, die im internationalen Handel mitmischen.«

Der kleine Filipino lachte schallend auf. »Nehmen Sie das Telefonbuch von Manila und reißen Sie einige Seiten heraus! Alles, was übrigbleibt, hat irgendwann einmal mit Rauschgift zu tun gehabt. Viele haben ihren Lebensunterhalt mit dem Gift verdient oder verdienen ihn auch heute noch damit. Sie sind in Manila, Sir. Das ist eine andere Welt.«

Ich winkte ab. »Sie wissen genau, was ich meine und was ich brauche.« Der Filipino drückte die Zigarette aus. Er warf mir einen Umschlag auf das Bett.

»Ihre neuen Dokumente, Sir. Die Paßnummer ist gleichzeitig die Telefonnummer, über die Sie Kontakt zu uns aufnehmen können.«

Ich warf einen Blick auf den Inhalt des Kuverts.

Ein amerikanischer Paß auf den Namen Henry Donovan, ein internationaler Führerschein, eine Versicherungspolice.

»Wie gut sind die Papiere?«

»Echt, Sir.«

Ich steckte sie ein.

»Was wollen Sie konkret?«

»Die Connection Manila – New York aufdecken und Beweise finden, mit denen wir einen Mann namens Canvetti in den Staaten ausschalten können. Nicht mehr und nicht weniger.«

Der Geheimdienstmann nickte. »Daran hat sich Porter schon überhoben. Neben ihm hat es noch einige andere Leute das Leben gekostet.«

»Ich bin allein gekommen. Es kann also nur mein Leben kosten.«

»Versuchen Sie es im Towerlight Club, Sir! Wir wissen, daß Porter zuletzt dort gewühlt hat. Kurz danach hat er die Stadt verlassen und seine Adresse gewechselt. Man hat ihn dennoch erwischt. Das könnte bedeuten, daß er im Towerlight Club etwas Interessantes gefunden hat.«

Das konnte es bedeuten.

Aber der Club mußte nicht unbedingt mit Porters Tod im Zusammenhang stehen.

Es gab keinen Aschenbecher. Ich ließ die abgebrannte Zigarette auf den Boden fallen und stellte den Absatz auf die Glut.

»Wem gehört der Club?«

»Oberst Carillo. Aber er hat einen Geschäftsführer. Juan Bonzai. Ein gefährlicher Mann, auch wenn er auf den ersten Blick nicht so aussieht. Bonzai hat einmal für die Chinesen gearbeitet und die Seiten gewechselt, als die hier keinen Fuß fassen konnten.«

»Wie groß und mächtig ist Bonzai?«

»Wenn ich an Porters Schicksal denke, wahrscheinlich um eine Nummer zu groß, Sir.«

»Wo hält sich Carillo auf?«

»In der Kaserne, in zwei Büros in der Stadt und in einer Villa am Stadtrand.«

»Will er putschen?«

Der Kleine hob die Schultern. »Vielleicht, wenn er stark genug ist. Im Moment ist nicht daran zu denken. Seine Leute beschränken sich auf Terroranschläge gegen angebliche Kommunisten.«

»Was heißt das, seine Leute?«

»Er hat eine kleine Privatarmee rekrutiert. Darunter auch einige Amerikaner und einen ehemaligen Colonel der Green Barets. Carillo hat noch nichts gegen die Regierung unternommen. Im Gegenteil. Wenn man die Namensliste seiner Opfer anschaut, dann handelt es sich größtenteils um Leute, die von der Regierung selbst nicht geliebt wurden. Carillo ist schlau. Die Männer, die er jetzt bekämpft, stehen der Regierung und später auch ihm im Weg. Niemand hat einen Grund, ihm Einhalt zu gebieten. Er genießt viel Ansehen, und sein Einfluß wird immer größer.«

Das war die politische Seite, die mich in diesem Fall eigentlich nicht zu interessieren hatte.

»Sind in den letzten Tagen bekannte Leute aus New York nach Manila gekommen?«

»Das weiß ich nicht.«

»Aber Sie können es herausfinden, oder?«
»Natürlich, Sir. Bestimmte Namen?«
»Angelina Porter, Alan Lacour und Serge Aprodov.«
Der kleine Filipino zuckte zusammen. »Angelina Porter?«
»Porters Tochter.« Ich nickte. »Die Männer sind ehemalige Legionäre. Sie haben zusammen mit Porter an verschiedenen Fronten gedient.«
»Warum sind diese Leute in Manila?«
»Vielleicht um den Oberst zu töten!«
»Idioten!«
Der Kleine wandte sich zum Gehen. In der Tür blieb er noch einmal stehen. »Viel Glück, G-man«, sagte er. »Das werden Sie brauchen.«
Das würde ich in der Tat brauchen. Genau wie Phil in New York. Denn die beiden Toten, die es im Apartmenthaus bei Angelina Porter gegeben hatte, hatten keine Spur zu Don Canvetti gelegt. Es waren freiberufliche Killer aus Newark gewesen. Ohne die geringste Verbindung zum Canvetti-Clan, ohne Verbindung zur Drogenszene.
Ich packte die wenigen Sachen in die Reisetasche und trat ans Fenster.
Der kleine Geheimdienstmann trat gerade aus dem Eingang des schäbigen Hotels. Er blieb auf dem schmalen Gehsteig stehen und schaute sich suchend um.
Ein Taxi näherte sich aus nördlicher Richtung. Vor dem Eingang des Hotels wurde der Wagen langsamer.
Ich wollte mich schon wieder abwenden, als das Taxi abrupt gebremst wurde und die Beifahrertür aufflog.
Mehr als ein Schatten war von dem Mann nicht zu erkennen, der aus dem Wagen sprang und in dessen Händen eine MPi zu tanzen begann.
Der Kleine wurde herumgerissen. Sein schmächtiger Körper zuckte wie unter Peitschenhieben zusammen. Dann brach er zusammen.
Mit einem Satz war der Todesschütze bei ihm, durchsuchte die Taschen des Toten und stieg wieder in den

Wagen. Kaum fünf Sekunden waren verstrichen, als das Taxi mit durchdrehenden Reifen wieder anzog.

Aus einer Nische des Nachbarhauses tauchten andere Gestalten auf und verschwanden im Hotel.

Meine Gedanken jagten sich. Die Mörder des Kleinen hatten genau gewußt, wo er sich um diese Zeit aufhielt. Das konnte bedeuten, daß es in seiner Abteilung eine undichte Stelle gab. Und wenn das der Wirklichkeit entsprach, dann wußten sie längst, daß Washington an Porters Stelle einen anderen Mann nach Manila geschickt hatte. Mich!

Und das konnte bedeuten, daß diejenigen, die das Hotel gerade betreten hatten, schon auf der Suche nach mir waren.

Ich mußte verschwinden.

In der Reisetasche befand sich nichts, was ich nötig hatte. Mein Gepäck war noch auf dem Airport.

Im Gang wurden Schritte laut.

Mit einem Satz war ich an der Tür und drehte den Schlüssel. Dann huschte ich zum Fenster und stieß es auf. Regen schlug mir ins Gesicht.

Es klopfte an meiner Zimmertür.

»Aufmachen. Polizei«

Ich grinste bissig. Wenn die draußen vor meiner Tür von der Polizei waren, dann war ich Captain der Heilsarmee.

Das Zimmer lag im 3. Stock. Zu hoch, als daß ich einfach springen konnte. Ich schwang mich auf den schmalen Sims. Mein Blick hetzte zum Nachbarhaus. Zwischen dem Hotel und dem Nachbarhaus eine schmale Schlucht. Vielleicht drei Meter breit. Normalerweise war das nicht viel, aber auf dem feuchten Sims fand ich keinen festen Halt.

Von außen trat jemand gegen die Zimmertür.

Mir blieb nichts anderes übrig, als den Sprung zu wagen. Ich stemmte mich gegen die Hauswand und stieß mich ab.

Hinter mir hörte ich die Tür splittern.

Meine weit nach vorn ausgestreckten Hände bekamen das Geländer eines Balkons zu fassen. Das Eisen war naß. Als mein Körper nach unten stürzte, rutschte eine Hand vom

Geländer ab. Mit der anderen konnte ich mich halten und nach oben ziehen.

Sekunden später stand ich auf dem Nebenbalkon.

Die breite Glastür war verschlossen. Wenn ich die Scheibe eindrückte, würde es zu viel Lärm machen. Ich warf mich flach zu Boden und nahm, so gut es ging, hinter einigen Blumenkästen Deckung.

Sekunden später erschien jemand am Fenster meines Hotelzimmers. Ich sah nur den Schatten des Mannes, der sich weit aus dem Fenster beugte. Er starrte auf die Straße. Dann huschte sein Blick ganz kurz zum Balkon, auf dem ich lag. Schließlich zog er den Kopf ein und verschwand wieder.

Vielleicht regnete es ihm zu stark. Vielleicht nahmen sie auch an, ich wäre schon lange verschwunden.

Naß wie eine Katze und fröstelnd blieb ich liegen. Wind kam auf und zerrte an meiner Kleidung. Ich wartete und beobachtete den Hoteleingang.

Drei Minuten verstrichen. Polizeisirenen klangen auf. Das Geräusch kam schnell näher. Ich mußte von hier verschwinden, gleichgültig ob die Leute, die nach mir suchten, sich noch im Hotel aufhielten oder nicht. Wahrscheinlich hatten sie das Hotel schon durch einen Neben- oder Hintereingang verlassen.

Ich richtete mich auf, stieg über die Brüstung und hangelte mich zum Nebenbalkon. Von dort gab es eine rostige Feuerleiter.

Ich erreichte die schmale Seitengasse. Das Heulen der Polizeisirenen war so nahe gekommen, daß es mir in den Ohren gellte.

Ich ging einige Schritte und drückte mich in einen Hauseingang.

Vor dem Hotel, direkt neben der Leiche des kleinen Geheimdienstmannes, hielt der Polizeiwagen.

Ich wartete so lange, bis sich die ersten Menschen auf die Straße wagten. Dann verschwand ich in Richtung Innenstadt.

In einem kleinen Nachtcafé trank ich einen Kaffee. Auf der Toilette richtete ich meine Kleidung und dachte daran, daß alles von Anfang an schiefgegangen war.

Ich war in Manila. Aber die Leute, mit denen ich es zu tun hatte, waren gewarnt. Sie wußten, daß Washington für Porter einen neuen Mann geschickt hatte. Sie hatten jetzt meinen Paß. Jedenfalls war anzunehmen, daß sie ihn in der Kleidung des toten Geheimdienstmannes gefunden hatten. Das hieß, ich mußte vorsichtig und leise auftreten.

Links neben dem Ausgang gab es eine geschlossene Telefonkabine. Ich wählte die Nummer, die gleichzeitig meine neue Paßnummer war. Eine angenehme helle Frauenstimme meldete sich.

Ich meldete mich mit Henry Donovan, dem Namen aus dem Paß. »Da ist etwas schiefgegangen«, sagte ich.

»Moment.«

Es knackte in der Leitung. Dann hatte ich einen Mann am anderen Ende der Verbindung.

»Der Kleine ist tot«, berichtete ich. »Sie haben ihn vor dem Hotel erwischt. Ich habe Glück gehabt.«

Für einen Moment Schweigen, dann ein wüster Fluch.

»Jemand wußte genau, wohin euer Mann geht.«

»Oder man hat ihn beschattet«, antwortete der Unbekannte.

Ich nickte. Das war natürlich auch eine Möglichkeit. »Warum gerade ihn?«

»Weil er auch den Kontakt zu Porter gehalten hat.«

»Sehr intelligent, denselben Mann einzusetzen«, sagte ich bissig.

Wieder Schweigen. In diesem Moment mußte auch mein unbekannter Gesprächsteilnehmer einsehen, daß sie einen für den kleinen Geheimdienstmann tödlichen Fehler begangen hatten. »Was wollen Sie jetzt tun?«

Ich stellte ihm die gleichen Fragen, die ich schon an den Kleinen gerichtet hatte. »Wir kümmern uns darum«, versprach er. »Wo sind Sie? Wo können wir Sie erreichen?«

»Ich melde mich unter dieser Nummer wieder«, antwortete ich und beendete das Gespräch. Wenn es wirklich ein Loch in der Organisation gab, dann wollte ich es den Leuten nicht so leicht machen, mich ein zweitesmal zu finden.

»Sie haben einen neuen Mann nach Manila geschickt«, sagte Oberst Carillo und preßte den Hörer dichter ans Ohr, denn die Verbindung mit New York war an diesem Tag besonders schlecht. »Was ist bei dir drüben los, Canvetti?«

»Schlechtes Wetter, Oberst«, antwortete der Amerikaner.

»Was ist mit Porters Tochter?«

Am anderen Ende der Welt stieß Canvetti einen Fluch aus. »Die Schwachköpfe haben sie nicht erwischt und sind dabei selber draufgegangen.«

»Wo ist sie jetzt?«

»Keine Ahnung«, gab Canvetti zu. »Aber es besteht keine Gefahr. Porter hat nichts in die Staaten durchgegeben, was uns gefährlich werden könnte. Es herrscht der übliche Rummel wie immer, wenn der Stoff knapp wird. Anatol ist nicht zum Verteilen gekommen. Jemand aus der Szene hat ihn umgebracht, fast der gesamte Vorrat ist der Polizei in die Hände gefallen. Was ist mit der neuen Lieferung, Oberst?«

»Das dauert noch eine Weile.«

Zum zweitenmal stieß Canvetti einen Fluch aus. »Du läßt dir immer mehr Zeit, Oberst.«

»Es wird auch immer schwieriger. Vor allem dann, wenn hier in Manila Leute aus den Staaten auftauchen, auf die ich auch noch aufpassen muß.«

»Die Leute aus Libyen haben sich gemeldet, Oberst. Das Geld für die letzte Waffenrechnung steht aus. Die Rechnung soll in New York bezahlt werden.«

»Dann bezahl sie doch, Canvetti!«

»Was ist mit der nächsten Sendung?«

»Ich habe keine Zeit, mich persönlich darum zu kümmern.«

»Ich schicke dir jemanden, der es in die Hand nimmt.«

Carillo überlegte einen Moment, bevor er zustimmte. »Okay, aber warte nicht zu lange damit, Canvetti!«

Carillo legte auf, zündete sich eine Zigarre an und lehnte sich auf seinem Platz zurück. Dann wandte er sich an Yvonne, seine Tochter. »Der neue Mann in Manila heißt Jerry Cotton. Jedenfalls hatte der Geheimdienstoffizier einen amerikanischen Paß auf diesen Namen in der Tasche.«

Yvonne strich sich durch die langen, schwarzen Haare. »CIA?«

Carillo hob die Schultern.

»Sie wollen Canvetti«, sagte die Mulattin. »Aber wir brauchen Canvetti.«

Der Oberst rauchte einen Zug und legte die Zigarre aus der Hand. Er stand auf und trat ans Fenster. Für einen Moment starrte er in den Regen. »Es gibt andere Männer, die Geld geben. Jetzt ist es auch nicht die richtige Zeit für einen Putschversuch. Es ist zu unruhig, und unsere Männer sind nicht gut genug ausgerüstet.«

»Was ist mit den Truppen?«

»Die Generäle zögern noch.«

»Was jetzt, Oberst?«

»Wir machen zuerst das Geschäft und dann die Politik.«

Yvonne stand auf und streckte sich. »Bislang haben wir aus den Staaten kein Geld gesehen.«

»Das wird sich ändern.« Carillo trat vom Fenster zurück. »Was ist mit Porter?«

»Ich glaube nicht, daß er sich wirklich für unsere Zwecke umdrehen läßt.«

Der Oberst fluchte und machte eine wegwerfende Handbewegung. »Er wird«, sagte er schließlich. »Canvetti hat Angelina nicht schnappen können. Sie ist verschwunden. Ich denke, sie wird in Manila auftauchen. Mit dem Mädchen können wir Porter in jede Richtung lenken.«

»Was geschieht mit Porter?«

»Er bleibt, wo er ist. Wir warten ab, Yvonne. Ich weiß

nicht, wo Angelina auftaucht, aber wenn Porter mit seiner Tochter in Verbindung gestanden hat, dann wird sie einige seiner Anlaufpunkte kennen. Dort müssen wir auf sie warten.«

»Ich kümmere mich darum. Hast du ein Bild von dem neuen Mann aus Washington?«

»Von Jerry Cotton, ja.«

Der Oberst griff in die Schreibtischschublade. Vom Paßbild hatte man Vergrößerungen angefertigt.

Die Mulattin warf einen schnellen Blick auf das Bild und lächelte.

»Schade um den Mann«, sagte sie mit vibrierender Stimme. »Wirklich schade. Warum müssen die aus Washington immer so attraktive Männer in den Tod schicken?«

Juan Bonzai warf einen kritischen Blick auf die Gäste seines Clubs. Es waren keine besonders gute Zeiten, aber der Towernight Club hatte noch niemals unter wirtschaftlichen Schwierigkeiten leiden müssen. Die Gäste, die sich hier die Tür in die Hand gaben, waren wirtschaftsunabhängig.

»Noch nichts Besonderes da, Sir«, sagte der Chefbarkeeper. »Es ist noch zu früh. Die guten Gäste und die Spieler kommen später.«

Bonzai nickte. »Wenn Charly Watt kommt, dann schick ihn zu mir rauf!«

Bonzai wollte sich gerade zum Gehen wenden, als ihn die Blicke einer schönen Blondine trafen. Sie saß zusammen mit einem Mann in den mittleren Jahren an einem Ecktisch in einer Nische und schaute interessiert in seine Richtung.

Bonzai blieb stehen.

Die Blondine war sehr schön und elegant gekleidet. Ihre Kleidung stammte auf keinen Fall aus Manila, das erkannte Bonzai auf den ersten Blick. Fifth Avenue New York oder Paris.

Bonzai verspürte ein komisches Gefühl. Unauffällig

blickte er in die Richtung der Blondine und des Mannes. Ein ziemlich ungleiches Pärchen.

Bonzai war sicher, diese Frau noch nie zuvor gesehen zu haben. Aber sie erinnerte ihn an jemand, ohne daß er zu sagen vermochte, an wen.

Bonzai winkte dem Bartender. »Ruf Captain Lorraine an!« sagte er. »Er soll einige Beamte in Zivil stecken und das Pärchen dort drüben am Tisch überprüfen lassen. Wenn ich ›überprüfen‹ sage, dann will ich später den Lebenslauf der beiden genau kennen. Verstanden?«

Der Barkeeper nickte. Er verließ seinen Platz hinter der Theke. Sekunden später hörte Bonzai ihn mit dem Captain der Polizei sprechen. Lorraine war einer jener Beamter, die an jedem Geschäft mitverdienten und dafür alles taten, um ihm, Bonzai, Schwierigkeiten vom Hals zu halten.

Eine Minute verstrich. Dann kam der Barkeeper an seinen Platz zurück und nickte unauffällig.

»Kannst du dich an das Gesicht der Blondine erinnern?« fragte Bonzai.

»Nicht auf Anhieb. Es kommt mir bekannt vor, und es wird mir noch einfallen, wo ich es schon einmal gesehen habe.«

»Okay. Ich verschwinde, bis der Captain das hier erledigt hat. Halt Watt fest, bis ich zurück bin!«

Juan Bonzai verließ den Barraum durch einen Hinterausgang und stand wenig später in einer kleinen Seitengasse, in der auch sein Wagen parkte. Juan Bonzai fühlte sich nicht besonders gut. Es war ein komisches, kribbelndes Gefühl in dem Mann, der für den Oberst die Rauschgifttransporte in die Vereinigten Staaten besorgte.

»Wer war das?« fragte Angelina Porter und sah Alan Lacour fragend an.

»Wahrscheinlich Bonzai, der Besitzer«, antwortete Lacour. »Vielleicht sollte ich mich gleich um ihn kümmern.«

»Er hat mich angesehen, als würde er mich kennen, Alan.«

»Du hast auch eine verdammte Ähnlichkeit mit deinem Vater.«

Angelina Porter stand auf. »Ich gehe mal raus.«

Lacour nickte und ließ seinen Blick prüfend über die wenige Gäste des Clubs schweifen.

Porter war oftmals hiergewesen. Er hatte Angelina den Club namentlich benannt. Als einen Ort, der in manchen Zeiten mehr Rauschgift beherbergte, als sonst an einem Fleck in Manila zusammenkam. Porter hatte hier herumgestochert, bevor er verschwand. Das stand fest.

Lacour sah der Blondine nach, die sich an der Bar vorbeidrückte, den Keeper anlächelte und dann den Barraum verließ. Er zündete sich eine Zigarette an, trank einen Schluck und dachte an Porter, mit dem er zusammen mehr als zehn Jahre an den verschiedensten Kriegsschauplätzen verbracht hatte.

Kennengelernt hatten sie sich in Oran, als er, Porter und Serge Aprodov zusammen in einer Einheit der Legion dienten, die sich in die Machenschaften des damaligen OAS verstrickt hatte. Damals waren sie alle drei zusammen aus Algerien verschwunden, bevor die Bombe geplatzt war und de Gaulle das Ruder wieder fest in der Hand gehalten hatte, weil sich die Generale nicht, wie geplant war, hinter die putschwillige Armee gestellt hatten. Damals hatten sie sich geschworen, daß jeder mit seinem Leben für das des anderen einstand, wenn einer von ihnen einmal in Schwierigkeiten geraten sollte.

Jetzt hatte sich Brian Porter nicht wie abgesprochen bei seiner Tochter in New York gemeldet. Das konnte nichts anderes bedeuten, als daß er sich in Gefahr befand.

Angelina hatte schließlich ihn, Lacour, und Serge verständigt. Sie hatten sich sofort unabhängig voneinander auf den Weg gemacht. Und er, Lacour, war zum genau richtigen Zeitpunkt in New York eingetroffen. Nur Minuten später, und Angelina wäre in die Hände von Canvetti gefallen.

Daran dachte der Franzose, als neue Gäste den Club betraten. Vier Männer, die korrekt gekleidet waren. Dennoch roch Lacour förmlich, daß es sich um Polizisten handelte. Und er war sich sicher, daß diese Männer ihretwegen gekommen waren.

Alan Lacour stand auf.

Ich sah den Franzosen, als ich hinter den vier Männern den Club betrat. Obgleich es sich zweifelsohne um eine der ersten Adressen in Manila handelte, hatte sich niemand nach meinem Namen erkundigt oder eine Clubkarte verlangt.

Alan Lacour, der Mann, der zusammen mit Porter in der Legion gedient hatte, der Angelina in New York freigeschossen und mir wahrscheinlich dabei das Leben gerettet hatte, stand auf und entfernte sich mit ruhigen Schritten von seinem Tisch. Er ging auf die Tür zu, die zu den Toiletten führte. Es sah harmlos aus, doch ein geübter Beobachter erkannte auf den ersten Blick, wie angespannt der Franzose in Wirklichkeit war.

Er erreichte die Tür, ohne daß jemand versuchte, sich ihm in den Weg zu stellen.

Als er sie öffnete, drehte der Franzose sich ganz kurz noch einmal um. Er sah mich, und in seinen Augen blitzte es auf.

Mit einer knappen, unauffälligen Handbewegung gab ich ihm zu verstehen, daß er vor mir nichts zu befürchten hatte.

Der Franzose verschwand mit einem schnellen Schritt und zog die Tür hinter sich ins Schloß.

Die vier Männer, die vor mir den Club betreten hatten, stürmten vor. Der erste warf sich gegen die Tür, die Lacour von innen verriegelt hatte, und versuchte, sie aus dem Rahmen zu sprengen. Sie war zu stabil, um gleich beim ersten Versuch nachzugeben.

Die Leute riefen sich etwas zu, als ich den Rückzug antrat. Noch war niemand auf mich aufmerksam geworden.

Ich trat auf die Straße zurück und schaute mich um. Wenn

es einen Nebenausgang gab, mußte er in der Seitengasse münden, in der auch mein Ford stand, den ich heute mittag gemietet hatte.

Ich rannte um die Ecke und erreichte den Wagen, als im ersten Stock des Clubs ein Fenster aufgestoßen wurde.

Alan Lacour tauchte am Fenster auf.

Ich hob die Hand und gab mich zu erkennen.

»Raus da!« schrie ich, stieg in den Ford, startete den Wagen und öffnete die Beifahrertür.

Der Franzose sprang. Er knickte in den Knien ein, konnte sich aber auf den Beinen halten. Er zögerte einen Sekundenbruchteil. Dann kam er zum Wagen. Er ließ sich auf den Beifahrersitz gleiten, zog die Tür hinter sich zu und drückte mir den Lauf seiner 45er in die Seite.

Ich gab Gas, nahm die nächste Querstraße rechts, dann wieder links und befand mich auf dem breiten Boulevard, der in die City führte.

»Das Ding kannst du wegnehmen, Alan Lacour«, sagte ich.

Er musterte mich skeptisch. Es machte ihn mißtrauisch, daß ich seinen vollen Namen kannte. Dann überzog ein schwaches Grinsen sein Gesicht.

»So undankbar kann selbst ein G-man nicht sein, Cotton«, sagte er. »Ohne meine Hilfe hätte man dich in New York längst eingeäschert.«

Er steckte die schwere Waffe ein und griff nach den Zigaretten.

»Wo ist Angelina?« fragte ich.

»Im Club«, antwortete er ruhig. »Ich denke, sie kann auf sich selbst aufpassen. Außerdem kann ihr nichts passieren. Ihre Papiere sind in Ordnung. Was suchst du in Manila?«

»Vielleicht das gleiche wie du, Lacour.«

»Brian Porter?«

»Porter ist tot.«

»Unsinn, G-man. Porter ist unsterblich, oder er hat zumindest sieben Leben.«

Ich hielt vor einem kleinen Café und stellte den Motor ab. »Porter war für uns tätig.«

Der Franzose nickte. »Das war sein Fehler, Cotton. Man soll nicht für eine anständige Organisation arbeiten, wenn man sein Leben lang auf verschlungenen Pfaden gewandelt ist.«

»Sie haben ihn zumindest erwischt, Lacour.«

»Sicher«, gab der Franzose zu.

»Und es hat einige andere Menschen das Leben gekostet, die mit Porter zusammenarbeiteten.«

Erneut nickte Lacour. »Aber Porter hat sie nicht ans Messer geliefert«, sagte er dann. »Jemand anders hat den Mund nicht halten können. Weil das so ist, lebt Brian. Er schweigt, und der Oberst will mehr von ihm erfahren.«

»Hast du Beweise, Lacour?«

»Ich kenne Brian.«

»Ich auch, Mann. In New York waren Porter und ich so etwas wie Freunde.«

»Angelina hat mir das gesagt, Cotton. Was willst du hier, außer Porter helfen?«

»Etwas finden, mit dem wir einen Gangster in den Staaten zu Fall bringen können.«

»Canvetti?«

Er wußte viel. Porter hatte also mit seiner Tochter eingehend über seinen Auftrag aus Washington gesprochen. Sie hatte den Franzosen eingeweiht. Ich wußte im Moment noch nicht, ob das gut oder schlecht war. Aber hier in Manila konnte mir der Franzose vielleicht helfen. Es deutete einiges darauf hin, daß ich den Auftrag nicht im Alleingang schaffen konnte.

»Weiß Porter mehr, als er euch berichtet hat?«

»Wahrscheinlich«, gab ich zu.

»Dann müssen wir Porter finden, bevor es zu spät ist.«

Da stimmte ich zu. Vorausgesetzt, Porter lebte noch. Und dafür gab es nicht den geringsten Beweis.

»Ich fahre in den Club zurück, Lacour.«

Seine Brauen huschten unwillig in die Höhe. »Vielleicht hat jemand etwas beobachtet. Dann erwartet man dich.«

Das konnte zutreffen, aber ich glaubte nicht daran. Ich mußte mit Bonzai Verbindung aufnehmen. Wenn es zutraf, daß die Rauschgift-Connection über den Club abgewickelt wurde, dann war Bonzai vielleicht der wichtigste Mann.

»Wo kann ich dich erreichen?«

»Im Mandarin-Hotel«, sagte ich.

Der Franzose grinste. »Kein schlechteres Hotel gefunden?«

»Warum?«

»Weil wir dort auch abgestiegen sind. Groß, anonym, international. Zuviel Geldadel, als daß sich die Behörden wirklich ernsthaft um die Gäste kümmern.«

Alan Lacour stieg aus.

»Wo ist Serge?« fragte ich ihn.

»In den Bergen«, antwortete der Franzose. »Dort wo die Transporte für die Küste zusammengestellt werden. Es ist vielleicht die schwache Stelle. Serge wird es herausfinden.«

Alan Lacour hob die Hand. Wenig später war er verschwunden.

Ich startete den Ford und fuhr zum Club zurück.

Angelina Porter sah die vier Männer, die Alan Lacour folgten, als sie die Tür zum Treppenaufgang hinter sich schloß. Sie hörte, wie der Franzose aus dem Fenster sprang. Wenig später hörte sie einen Wagen starten.

Wie angewurzelt blieb Angelina stehen. Etwas war schiefgelaufen. Es hatte beinahe den Anschein, als sei sie erkannt worden. Sie hielt sich zwar zum erstenmal in Manila auf. Aber es gab wirklich eine starke Ähnlichkeit zwischen ihr und ihrem Vater. Jemandem war das aufgefallen, und er hatte schnell gehandelt.

Aber nicht schnell genug. Lacour war den Männern entkommen, und sie befand sich vorläufig in Sicherheit.

Angelina wartete mit angehaltenem Atem. Sie hörte das Fluchen draußen. Türen wurden geschlagen. Angelina konnte es nicht sehen, aber es war nicht schwer zu erraten, daß man nun in der Toilette und dem Waschraum auch nach ihr suchte.

Zwei Minuten verstrichen. Dann versammelten sich die vier Männer wieder in dem schmalen Gang, an dessen Ende sich die Tür zum Treppenaufgang befand. Angelina konnte nicht genau verstehen, was gesprochen wurde. Aber es hörte sich an, als seien die Männer überzeugt davon, daß sie zusammen mit Alan Lacour das Haus verlassen hatte.

Noch einmal verstrich vielleicht eine Minute. Dann gingen die Männer in den Barraum zurück. Keiner hatte daran gedacht, hinter der Tür nachzuschauen, wo sich die Treppe zum ersten Stock des Gebäudes befand, die zu den Privaträumen und dem Office von Juan Bonzai führte.

Angelina atmete erleichtert auf. Einen Moment spielte sie mit dem Gedanken, das Haus auf demselben Weg wie Alan zu verlassen. Dann überlegte sie es sich anders. Im Augenblick konnte sie sich sicher fühlen. Sie wandte sich um und schlich die Treppe hinauf.

Das Haus hatte nur die eine Etage über den Clubräumen. Hier befanden sich einige Privatzimmer, die von den Mädchen hin und wieder mit guten Gästen benutzt wurden. Die Räume waren numeriert. Angelina schlich an den Zimmern vorbei und blieb schließlich vor einer schweren Doppeltür am Ende des Ganges stehen.

Es gab weder eine Nummer noch einen Hinweis darauf, was sich hinter der Tür befand.

Angelina zögerte kurz. Dann öffnete sie die äußere der beiden Türen, die mit schweren Lederpolstern ausgeschlagen waren. Angestrengt lauschte sie auf ein Geräusch. Es war nichts zu hören. Vorsichtig öffnete sie nun auch die zweite Tür.

Es war dunkel im Zimmer. Hin und wieder wurde die Dunkelheit von der Neonreklame des gegenüberliegenden

Hauses zerrissen, so daß Angelina sich etwas orientieren konnte, als sie den Raum betrat und die beiden Türen hinter sich schloß.

In genau diesem Moment blitzte es auf. Schnappende Geräusche waren zu hören. Mit einem schnellen Satz sprang Porters Tochter wieder zur Tür und versuchte, sie zu öffnen.

Unmöglich.

Anstatt einer akustischen Alarmanlage hatte Bonzai andere Sicherungen eingebaut. Sobald ein Unbefugter während seiner Abwesenheit sein Büro betrat und nicht einen bestimmten Schalter umlegte, schlossen sich automatisch die Türen, und der Eindringling wurde von einer versteckten Kamera aufgenommen.

Angelina fluchte leise vor sich hin. Sie saß in der Falle. Sie hatte sich alles etwas zu einfach vorgestellt.

Wütend über sich selbst schaltete sie das Licht an und schaute sich um.

Es gab zwei Fenster, aber durch die konnte sie nicht entkommen. Schwere Gitter waren von außen in die Mauer eingelassen. Die Eisenstäbe standen so eng, daß sich kein Mensch hindurchzwängen konnte.

Angelina wandte sich ab. Sie ging zum Schreibtisch, der an der Schmalwand des Zimmers stand. Bonzai mußte gearbeitet haben, bevor er das Haus verlassen hatte. Aktenordner und Papiere waren über den Schreibtisch verstreut. Eine Schublade stand offen.

Angelina Porter setzte sich. Sie griff sich eine Zigarette aus der Schachtel, die vor ihr auf dem Schreibtisch lag, und rauchte einen tiefen Zug, bevor sie damit begann, in einer Akte zu lesen, auf deren Rücken der Name Charlie Watt stand.

Einige Minuten verstrichen, dann waren draußen im Gang Schritte zu hören. Jemand hantierte an der schweren Doppeltür. Es knackte im Schloß. Dann schwang die Tür auf.

Herein kamen nacheinander die vier Männer, vor denen Alan Lacour sich hatte in Sicherheit bringen können.

Angelina stand auf. Sie lächelte den Mann an, der sich an die Spitze der Abordnung gesetzt hatte. Es war Captain Lorraine.

»Vielen Dank, daß Sie mich aus dieser mißlichen Lage befreien, Gentlemen«, säuselte Angelina. »Ich habe mich nach hier oben verlaufen. Diese Tür stand offen. Sie schloß sich automatisch hinter mir, nachdem ich hier um Hilfe fragen wollte.«

Die drei Beamten, die Lorraine begleiteten, grinsten.

Nur der Captain tat es nicht. Er ging Angelina einen Schritt entgegen. »Sie sind verhaftet, Miss . . .«

». . . Porter«, sagte Angelina. »Angelina Porter.« Dann warf sie einen schnellen Blick zur Uhr. »Tut mir leid, Ihnen nicht länger Gesellschaft leisten zu können, aber in einer Stunde erwartet man mich in der amerikanischen Botschaft.«

Captain Lorraine lief rot an. »Sie scheinen das alles nicht wirklich ernst zu nehmen, he?«

Angelina zuckte mit den Schultern und setzte ein unschuldiges Gesicht auf. »Ich habe Ihnen gesagt, wie alles gekommen ist, Officer«, sagte sie. »Muß ich das nun auch noch unterschreiben?«

Captain Lorraine wandte sich an seine Männer. »Festnehmen!« ordnete er an. »Festnehmen!«

Ich hatte den Ford eine Querstraße entfernt geparkt und war den Rest des Weges zu Fuß gegangen. Die Situation, die ich vorfand, erinnerte mich an den Zwischenfall im Apartmenthaus von Angelina Porter in New York.

Die Blondine befand sich wieder zwischen zwei Männern, als sie den Club verließ. Nur trug sie jetzt Handschellen. Keiner der Männer bemühte sich, ein freundliches oder auch nur unbeteiligtes Gesicht zu machen.

Ich blieb auf dem Gehsteig stehen und wechselte einen schnellen Blick mit Angelina Porter, die mich aus großen, fragenden Augen anstarrte. Nur eine Sekunde verschlug es ihr Sprache.

Dann blieb sie abrupt stehen. »Ich bin Amerikanerin«, sagte sie zu mir. »Mein Name ist Angelina Porter. Die Leute hier sind von der Polizei. Mein Vater wurde in dieser Stadt umgebracht, und ich fürchte um mein Leben, Mister. Informieren Sie bitte die amerikanische Botschaft von meiner widerrechtlichen Verhaftung!«

Ich ließ meinen Blick über die Polizisten huschen. Keiner sah mich freundlich an.

»Ich werde genau das tun, was Sie mir gesagt haben, Miss«, wandte ich mich dann an Porters Tochter. »Keine Angst, Miss Porter. Es wird sich bestimmt bald jemand um Sie kümmern.«

Einer der Polizisten schob Angelina auf den BMW zu, das Fahrzeug der Polizei.

»Wer sind Sie?« wurde ich gefragt.

»Henry Donovan«, antwortete ich. »Und wer sind Sie?«

»Captain Lorraine.«

Der Mann, der etwas untersetzt war, trat näher an mich heran. »Sind Sie Amerikaner, Mister?«

Ich nickte und prägte mir sein Gesicht ein.

»Sie sollten ...«

Ich winkte ab.

»Ich will nicht mit Ihnen diskutieren, Sir«, sagte ich höflich, aber bestimmt. »Mr. Juan Bonzai erwartet mich, denke ich.«

Der Captain zog den Kopf zwischen die Schultern. Mißtrauen und Unsicherheit flammten gleichzeitig in seinen dunklen Augen auf.

Ich lächelte Angelina beruhigend an. »Ich werde dafür sorgen, daß man Ihnen sofort einen Anwalt schickt«, versprach ich. »Ohne Rechtsbeistand brauchen Sie auch in diesem Land keine Aussage zu machen, Miss Porter.«

Lorraine gab seinen Männern einen Wink. Unsanft beförderte man Angelina in den silbergrauen BMW.

»Sind Sie zum erstenmal Gast in diesem Land?« fragte Lorraine.

Ich nickte.

»Dann sollte ich Ihnen vielleicht sagen, daß es besser für Sie ist, wenn Sie sich nicht um die Angelegenheiten anderer kümmern, Mr. Donovan. Sehr viel besser. Verstehen Sie?«

Die Drohung, die in diesen Worten mitschwang, war nicht zu überhören.

»Und Sie sollten nicht versuchen, mich unter Druck zu setzen, Captain Lorraine«, erwiderte ich scharf. »Ich werde mit Mr. Bonzai darüber sprechen. Und auch mit Oberst Carillo.«

Lorraine zuckte zusammen wie ein ertappter Sünder. Dann wandte er sich fluchend ab und folgte den Männern in den silbergrauen BMW.

Als der Wagen abfuhr und mich passierte, sah ich den Namen Charles Watt, den Angelina Porter an die beschlagene Rückscheibe geschrieben hatte. Sekunden später war das Fahrzeug um die nächste Kurve verschwunden.

Ich zögerte einen Moment. Dann betrat ich die Telefonkabine neben dem Clubeingang. Ich wählte meine Paßnummer. Zuerst meldete sich wieder eine Frau, dann hatte ich erneut den Mann an der Strippe, mit dem ich nach dem Mord an dem Geheimdienstmann gesprochen hatte.

»Ein Captain Lorraine hat Angelina Porter festgenommen«, sagte ich. »Kümmern Sie sich darum, daß dem Mädchen nichts passiert!«

Für einen Moment Schweigen. Dann erfolgte am anderen Ende der Leitung ein Fluch.

»Ihr Amerikaner seid wie kleine Kinder, auf die man immer aufpassen muß, verdammt!«

Ich hörte darüber hinweg. »Können Sie sich darum kümmern?«

»Verdammt, nein!« brüllte der Mann so laut, daß ich den Hörer von meinem Ohr entfernt halten mußte. »Wir haben nichts mit der Polizei zu tun, Mister.«

»Versuchen Sie es dennoch!«

»Okay, aber ich kann nichts versprechen, Mann. Mit Angelina Porter sind übrigens auch die beiden Männer in Manila angekommen, deren Namen Sie mir genannt haben.«

Ich nickte. Das wußte ich inzwischen selbst.

»Wer ist Charles Watt?« fragte ich.

»Das kann ich Ihnen aus dem Stegreif heraus nicht sagen.«

»Wahrscheinlich hat er etwas mit Rauschgift oder Politik zu tun«, erklärte ich.

»Ich werde mich auch darum kümmern, Mister. Sonst noch etwas?«

Im Moment fiel mir nichts ein.

»Wo sind Sie?«

»Bei Bonzai, im Towerlight Club.«

»Sie sind verrückt, Mann? Porter ist einige Male dort gewesen, bevor er verschwand.«

Ich zündete mir eine Zigarette an und versuchte, ganz ruhig nachzudenken.

»Hören Sie!« sagte ich. »Rufen Sie mich in einer halben Stunde im Club an! Henry Donovan.«

»Wozu soll das gut sein?«

»Weiß ich noch nicht «, gab ich zu. »Tun Sie es dennoch! Vielleicht können Sie mir dann auch etwas über Watt berichten. Das war's, Mister. Vielen Dank, und vergessen Sie Angelina nicht!«

Ich hängte ein und trat auf die Straße zurück.

Porter war hiergewesen, bevor er verschwand. Angelina und Lacour ließen sich hier blicken, und sofort wurde die Polizei eingeschaltet. Angelina war verhaftet, ihr Schicksal war ungewiß, und von Brian Porter hatten wir auch noch nichts gehört.

Es stand wirklich nicht besonders gut um die Mission, die ich in Manila zu erfüllen hatte.

Der Anruf kam gegen Mittag, Ortszeit. Mr. High war am Telefon. Die Zentrale hatte durchgestellt, nachdem der Anrufer den Mann verlangt hatte, der die New Yorker FBI-Zentrale leitete.

»Porter«, sagte der Mann in ausgezeichnetem Amerikanisch, in das ein leichter Südstaatenslang eingefärbt war. »Brian Porter.«

»Und?« Mr. High richtete sich steil auf. Mit einer schnellen Handbewegung schaltete er das mit dem Telefon gekoppelte Tonbandgerät ein. »Was ist mit Porter?«

Der Anrufer lachte auf. »Dumme Frage für einen Mann, der Porters Vorgesetzter ist, Mister. Eine Million für Porter.«

Das klang, so fand Mr. High, ganz und gar nicht nach einem schlechten Witz. Und zum Lachen war dem Chef an diesem Tag ohnehin nicht zumute.

»Porter ist tot«, sagte er.

Erneut das Lachen des Anrufers. »Eine Million für Porter.«

»Keinen Cent für eine Leiche«, antwortete der Chef.

»Sie haben von heute an zwei Tage, um das Geld bereitzustellen, Mister.« Der Anrufer ließ sich nicht aus dem Konzept bringen. »Dann melde ich mich wieder und sage Ihnen, welchen Übergabemodus wir uns gedacht haben.«

»Ich habe gerade gesagt: Keinen Cent für eine Leiche!«

»Porter wird sich bei Ihnen melden, Mister. Dann sprechen wir weiter!«

Es knackte in der Leitung. Das Gespräch war unterbrochen. Mr. High legte auf und lehnte sich auf seinem Platz zurück. Es dauerte nicht länger als zwei Minuten. Dann läutete erneut das Telefon.

»Kein Gespräch aus den Staaten, Sir«, sagte der Mann aus der Zentrale, wo man versucht hatte, die Leitung zurückzuverfolgen. »Übersee. Wir versuchen noch, herauszufinden, von wo aus telefoniert worden ist. Aber das ist schwierig.«

»Okay, versuchen Sie es!«

Mr. High griff nach dem Kaffee, der auf seinem Schreibtisch stand. Er trank einen Schluck.

Eine Million für Porter. Ein Gespräch aus Übersee. Vielleicht aus Manila. Und vielleicht lebt Porter wirklich noch.

Der Chef griff zum Telefon und rief Phil Decker zu sich herauf. Fünf Minuten später saß Phil vor dem Schreibtisch. Er hörte sich die Schilderung des Chefs an und nickte nachdenklich.

»Können Sie sich einen Reim darauf machen, Phil? Die Leute haben Porter geschnappt, einige Männer aus seiner Gruppe getötet und Porter ausgequetscht. Das ist sicher. Angenommen, er lebt wirklich noch, warum versucht man, ihn uns zu verkaufen?«

Phil Decker schlug die Beine übereinander. »Wenn der Anruf aus Manila kam, ist man vielleicht nicht mehr an Canvetti interessiert«, sagte Phil nachdenklich. »Die Leute dort drüben wissen, daß Porter Material hat, um Canvetti zu erledigen. Sie lassen ihn laufen und machen noch ein gutes Geschäft dabei.«

»Ich traue der Sache nicht.« Mr. High schüttelte den Kopf. »Was tut sich bei Canvetti?«

»Nichts«, antwortete Phil. »Gar nichts, Sir. Aber die Szene ist unruhig. Man wartet sehnsüchtig auf eine neue Lieferung. Wenn Canvetti im Geschäft bleiben will, muß er für Nachschub sorgen. Sonst drängen sich die Leute aus Newark in seinen Bezirk. Canvetti weiß das.«

»Also muß er etwas unternehmen.«

Phil nickte.

»Genau damit rechnen wir, Sir. Wir beobachten ihn und seine Umgebung vierundzwanzig Stunden am Tag. Er muß etwas unternehmen, und wir müssen die richtigen Schlüsse daraus ziehen. Hat Jerry sich noch nicht gemeldet?«

»Noch nicht, Phil. Ich habe nur über Washington erfahren, daß es zu einem Zwischenfall gekommen ist. Jerrys Kontaktperson, ein Geheimdienstmann, wurde erschossen.«

Phil strich sich über die Haare. »Vielleicht sollte ich mich ebenfalls auf den Weg nach Manila machen, Sir. Vier Augen sehen mehr als zwei.«

»Ich habe schon daran gedacht, Phil. Aber wir müssen zuerst abwarten, was sich wegen Canvetti in New York tut. Es geht um nichts anderes, als Canvetti das Handwerk zu legen.«

»Okay, Sir. Falls Jerry sich meldet ...«

»Werde ich Sie benachrichtigen, Phil.«

Phil verließ das Büro. Mr. High stand von seinem Platz hinter dem Schreibtisch auf und trat ans Fenster. Es regnete in New York. Der Himmel war grauverhangen. Es hatte nicht den Anschein, als würde sich das Wetter in den nächsten Tagen ändern. Eine Million für einen Mann, dessen Ableben man ihm vor einigen Tagen aus Manila mitgeteilt hatte!

Mr. High massierte sich die Schläfen.

Lebte Porter wirklich noch, oder versuchte jemand, eine Million Dollar für eine Leiche zu kassieren?

Jerry mußte das in Manila herausfinden.

Ich wartete an dem Tisch, an dem vor etwas mehr als zwei Stunden noch Angelina und Lacour gesessen hatten. Ich trank einen Whisky und beobachtete die Leute, die sich im Club befanden. Ich beobachtete sie sehr genau.

Vor allen Dingen die Gäste, die nach mir den Clubraum betraten. Angelinas Auftauchen in der Stadt und die Gewißheit, daß für Porter ein neuer Mann aus den Staaten erschienen war, hatten doch einigen Wirbel ausgelöst. Unruhe war in die Szene geraten, mit der ich es zu tun hatte. Das konnte gut sein, aber auch schlecht.

Gut, weil Leute, die Nerven zeigten, eher zu einem Fehler und einer unüberlegten Handlung neigten. Schlecht, weil es auch passieren konnte, daß diese Leute nun besonders wachsam waren. Zehn Minuten verstrichen. Dann sah ich Juan Bonzai. Der große schlanke Mann blieb an der Theke stehen und wechselte einige Worte mit dem Keeper. Der Keeper deutete in meine Richtung.

Bonzai warf mir einen forschenden Blick zu. Er zündete sich eine Zigarette an und sprach noch einige Zeit mit dem Keeper. Ich konnte nicht verstehen, was er sagte, aber ich sah, daß Bonzái unruhig war. Dann drückte er die Zigarette aus und kam mit geschmeidigen Schritten zu mir an den Tisch.

»Sie wollten mich sprechen, Mister ...«

»Henry Donovan«, stellte ich mich vor und warf einen Blick in die Runde. »Vielleicht können wir uns einen anderen Ort aussuchen, Mr. Bonzai.«

Bonzai lächelte unverbindlich und setzte sich. »Worum geht es?«

»Geschäfte.«

»Natürlich.« Er strich sich mit einer fahrigen Handbewegung über die Haare und versuchte, seine Nervosität zu unterdrücken.

»Welche Geschäfte?«

»Ich komme aus New York, Mr. Bonzai. Ich bin in den gleichen Geschäften wie Sie tätig.«

»Haben Sie auch einen Club?«

Ich grinste ihn an. »Genausowenig wie Sie, Mister. Ich arbeite für Leute, die einen gewissen Don Alfredo Canvetti nicht besonders mögen und die daran interessiert sind, in Canvettis Geschäfte einzusteigen oder sie ganz zu übernehmen. Reicht das?«

Bonzai nickte nachdenklich. »Okay«, sagte er. »Gehen wir nach oben!«

Er stand auf, ohne meine Antwort abzuwarten, und ging voraus.

Ich folgte ihm nach oben und betrat das Büro als erster, weil er mir zuvorkommend die Tür aufhielt.

Den Mann, der hinter der offenen Tür hervorsprang, sah ich zu spät, als daß ich seinem Schlag noch ausweichen konnte. Die Faust traf mich unterhalb des Rippenbogens und preßte mir die Luft aus den Lungen. Ich ging in die Knie, drehte mich in die Richtung des Filipino und sah im letzten Moment, daß er mit dem Fuß weit ausholte, um nach mir zu treten.

Ich ließ mich auf den Teppich fallen. Der schwere Stiefel zischte an mir vorbei. Der Kerl, der eine halbmilitärische Uniform trug, taumelte nach vorn.

Ich warf mich herum und riß meinen rechten Fuß nach oben. Mit aller Wucht und aller Wut, die ich im Bauch hatte. Ich traf ihn voll.

Es stellte ihn auf die Zehenspitzen. Seine Augen wurden weit und traten aus den Höhlen. Er riß den Mund auf. Wahrscheinlich wollte er schreien, aber der Schmerz preßte ihm die Luft ab.

Mit einem Satz war ich wieder auf den Beinen. Aber schon erneuerte der Mann seinen Angriff.

Also landete ich zuerst einen linken Haken in seinem Magen und schoß ihn dann mit einem Schwinger am Kinn völlig ab.

Er taumelte zurück, knallte gegen den Schreibtisch und ging bewußtlos zu Boden.

Ich drehte mich zu Bonzai herum, der in den Raum hereingekommen war und die Doppeltür hinter sich geschlossen hatte.

Dann erst sah ich den zweiten Mann. Er trug die gleiche Phantasieuniform, aber er hielt eine Parabellum in der Faust. Der Lauf zielte auf meinen Magen. Im Gesicht des Mannes bewegte sich nicht ein Muskel.

»Glaubst du, der zweite Kerl taugt mehr, nur weil er eine Kanone in der Hand hat, Bonzai?« fragte ich.

Bonzai starrte auf den Kerl, der vor seinem Schreibtisch lag und sich nicht mehr rührte.

»Leute wie den da kann man in New York für zwei Dollar das Stück einkaufen, Bonzai.« Ich deutete auf den Bewußtlosen vor dem Schreibtisch. Bonzai ging an mir vorbei auf den Schreibtisch zu, schlug einen Bogen um den Bewußtlosen und setzte sich. Er stützte die Ellenbogen auf die Platte auf und starrte mich feindselig an.

»Wer bist du, Mann?« fragte er dann.

»Henry Donovan«, antwortete ich und nannte ihm damit zum zweitenmal den Namen, der in meinem Paß stand.

»Das sagt mir nichts.«

»Das ist auch nicht nötig, Bonzai. Ich bin nur dein Verhandlungspartner. Die richtigen Leute werden sich mit dir noch in Verbindung setzen.«

»Soll ich ihn umlegen, Sir?« fragte der Mann mit der Parabellum leidenschaftslos.

Ich drehte mich langsam zu ihm um. »Du hast nicht mehr Verstand als eine Laus«, sagte ich. »Wenn es mich hier erwischt, sieht Bonzai morgen die Sonne nicht mehr aufgehen. Wer bezahlt dich dann, he?«

Der Kerl zuckte zusammen und zog den Kopf zwischen die Schultern. Er kniff die Lippen zu einem schmalen Strich zusammen und knirschte mit den Zähnen.

»Wie lange bist du in Manila?« fragte Bonzai.

»Zwei Tage.«

»Du hättest vorher einige Spielregeln lernen sollen.«

Ich grinste schief und zeigte ihm die Zähne. »Es gibt in diesem Geschäft auch hier keine anderen Regeln als in New York, Bonzai. Ich habe dir gesagt, weshalb ich mich mit dir in Verbindung gesetzt habe. Wenn du etwas zu bestimmen hast, kannst du selbst entscheiden. Wenn nicht, wende dich an die Leute, die über dir stehen!«

Es war ein wirklich heißes Spiel, das ich trieb. Ich wußte es. Aber es erschien mir als der einzige Weg, um mit den Leuten bekannt zu werden, hinter denen Porter hergewesen war und die auch die Rauschgiftverbindung zu Canvetti in New York aufrechthielten.

»Schau nach, was er in der Tasche hat!«

Der Kerl mit der Parabellum näherte sich mir vorsichtig von der Seite. Ich zuckte mit den Schultern, hob die Hände und ließ mir meinen 38er und meine Brieftasche abnehmen.

»Das ist nur geliehen, Bonzai«, sagte ich. »Wenn du dir alles angesehen hast, will ich es zurückhaben.«

Bonzai schaute sich den Ausweis, den Führerschein und die Versicherungskarte an. Schließlich legte er alle Dokumente neben meinen 38er. Er wollte gerade etwas sagen, als das Telefon anschlug. Bonzai hob ab und meldete sich. Sein Blick huschte in meine Richtung.

Ich wußte, daß sich mein unbekannter Freund vom Geheimdienst am anderen Ende der Strippe befand. Wir hatten den Anruf abgesprochen, und er hielt sich an die Zeit.

»Für dich, Donovan«, sagte Bonzai und streckte mir den Hörer entgegen.

«Okay«, sagte ich in die Muschel. »Ich bin in seinem Büro. Er hat zwei Pistolenmänner bei sich und spielt den großen Boß. Ich glaube nicht, daß es Schwierigkeiten gibt. Wenn ich mich in zwei Stunden nicht gemeldet habe, legt ihn um!« Ich knallte den Hörer auf den Apparat zuruck und schob den Kasten in Bonzais Richtung. Dann nahm ich mir eine Zigarette aus der Schachtel, die auf dem Schreibtisch lag.

»Ich habe dir gesagt, wer ich bin und was ich will«, wiederholte ich. »Ich wohne im Mandarin Hotel. Ruf mich an oder schick jemand vorbei, der befugt ist, mit mir zu verhandeln! Wir wollen das Geschäft, das zur Zeit Canvetti mit euch macht. Wir wollen es sehr leise und sehr schnell übernehmen. Du verstehst, was ich meine, nicht wahr?«

Er verstand. Der Anruf hatte ihn anscheinend davon überzeugt, daß ich kein Bluffer war. Ich streckte meine Hand nach den Papieren und der Waffe aus. Für einen Moment versteiften sich seine Züge. Sie entspannten sich erst wieder, als ich erst die Papiere und dann den 38er eingesteckt hatte.

»Was weißt du von den Geschäften?« wollte Bonzai wissen.

»Daß sie für euch nicht besonders gut sind, weil Canvetti nicht in Dollars, sondern in Waffen bezahlt. Wenn es sein muß, zahlen wir in beiden Währungen. Wir übernehmen auch den Transport, wenn es nicht anders geht.«

Er nickte nachdenklich, während ich mich abwandte und zur schweren Doppeltür ging. »Mandarin Hotel, Donovan?«

»Suite 3321, Bonzai. Und vergiß nicht: Wenn mich jemand aussteigen läßt, dann gibt es dich auch nicht mehr! Ihr sollt sagen, ob ihr an dem Geschäft interessiert seid oder nicht. Das ist alles.«

»Und wenn nicht, Donovan?«

»Keine Ahnung, mein Freund.« Ich zuckte mit den Schultern. »Wir werden sehen.«

»Sitzen von euch noch mehr Leute in Manila, Donovan?«

»Sicher. Wer sollte dich sonst umlegen, wenn mir etwas passiert?«

Er wurde etwas bleich. Er liebte mich sicher nicht, aber ich hatte doch den Eindruck gewonnen, daß er mich sehr ernst nahm.

Und genau darauf kam es an.

Seit zwei Tagen befand sich Serge Aprodov in den Bergen. Während dieser Zeit war er auf zwei Laboratorien gestoßen, in denen Heroin aufgearbeitet wurde. Wirklich nicht gut versteckt, aber dafür ausgezeichnet abgesichert.

Es gab Wachtposten in der Umgebung, und nicht weiter als fünf Kilometer Luftlinie entfernt ein militärisches Ausbildungscamp.

Auch dort hatte sich Serge Aprodov umgesehen und festgestellt, daß die Leute, die die Heroinküchen bewachten, aus dem Camp kamen. Halbmilitärische Einheiten, die mit der regulären Truppe des Landes nichts zu tun hatten. Leute, so vermutete der Russe, die der Oberst rekrutiert hatte und die auf den Tag X warteten.

Zehn Kilometer von dem Camp entfernt war eine kleine Stadt. Dort hatte sich Serge Aprodov einquartiert. In einem heruntergekommenen Hotel, in dem sich auch die einzige Bar befand, in der man Mädchen bekommen konnte.

Man hielt ihn für einen verrückten Schriftsteller, der sich hierher zurückgezogen hatte, um Ruhe zu finden. Er benahm sich unauffällig, und bislang, so schien es Serge, war noch niemand auf die Idee verfallen, seine Identität zu überprüfen.

An diesem Abend saß er an einem kleinen Tisch neben der Theke und trank wie immer seinen Wodka. Einige Männer aus dem Camp befanden sich in der Bar. Dazu zwei Männer in Anzügen, offensichtlich Amerikaner, und einige Einheimische, die sich diesen Luxus leisten konnten.

Serge prostete dem Mädchen zu, das sich neben ihn gesetzt hatte. Eine kleine Einheimische, die sehr gut aussah. Sie hieß Janine. Mehr wußte der Russe nicht, und mehr interessierte ihn auch nicht.

»Du bist heute nicht im Ort gewesen, Serge«, sagte das Mädchen.

»Hat man mich vermißt?«

Die Kleine hob die Schultern. »Weiß ich nicht. Aber man hat über dich gesprochen. Jemand scheint deine Geschichte vom Schriftsteller nicht zu glauben. Man hat deine Sachen durchsucht.«

Serge Aprodov nickte gelassen, obgleich er es in diesem Moment nicht war. Er hatte nichts davon bemerkt, daß man in seinen Sachen gesucht hatte. Es mußten Leute gewesen sein, die ihr Handwerk verstanden und keine Spuren hinterließen.

Serge dachte einen Moment nach und beruhigte sich schnell wieder. Es gab nichts, was ihn verdächtig machen konnte. Bücher befanden sich in seinem Gepäck, eine alte Reiseschreibmaschine und Papier. Dazu einige alte Storymanuskripte, die er wirklich einmal geschrieben hatte und die auch irgendwo erschienen waren. Seinen Paß trug er bei sich, aber auch der war in Ordnung.

Janine, die kleine Philippinin, rückte dichter an ihn heran und legte ihren Kopf auf seine Schulter.

»Ich weiß nicht, was dich in Wirklichkeit nach hier getrieben hat, Serge, aber du solltest vorsichtig sein«, flüsterte sie.

»Was ist los? Warum sind die Leute hier so nervös und mißtrauisch?«

Janine sah den Russen prüfend an. »Geschäfte«, sagt sie dann. »Einigemal im Jahr werden hier große Geschäfte gemacht. Jetzt ist es wieder einmal soweit, denke ich.«

Serge schaute zu den Leuten an der langen Theke. »Und das sind die Geschäftsleute?«

»Wahrscheinlich. Ich habe die Männer noch niemals vorher im Ort gesehen. Vielleicht haben sie damit zu tun. Interessiert dich das?«

Der Russe schüttelte den Kopf und beschrieb eine wegwerfende Handbewegung. Die Kleine sah zwar harmlos aus, aber er kannte sie nicht. Er mußte damit rechnen, daß man sie auf ihn angesetzt hatte, um auf diese Art und Weise mehr über ihn in Erfahrung zu bringen.

»Geschäfte von anderen haben mich noch niemals interessiert«, sagte Serge Aprodov. »Willst du etwas trinken?«

»Einen Whisky.«

Janine stand auf und ging zu der langen Theke, um sich den Drink zu holen.

Serge Aprodov zündete sich eine Zigarette an. Daß einige gutgekleidete Fremde hier aufgetaucht waren und sich mit den Leuten aus dem Camp unterhielten, konnte bedeuten, daß man damit beschäftigt war, einen Transport zusammenzustellen.

Er mußte es herauskriegen und sich mit Alan Lacour in Manila in Verbindung setzen.

Janine redete einige Worte mit dem Barmann. Dann kehrte sie wieder an den Tisch zurück und setzte sich.

»Es geht wirklich um Geschäfte«, sagte sie. »Ich habe es gerade gehört.«

»Was hast du gehört?«

»Man hat über Geld gesprochen, das man an die Fabriken bezahlen muß.«

»Fabriken?«

Janine sah den Russen fragend an. Dann lächelte sie. »Ich glaube dir kein Wort«, sagte sie. »Du bist auf der Suche, Serge. Du erinnerst mich an einen Amerikaner, der vor zwei

Wochen hiergewesen ist und auch den Mann spielte, der nichts anderes als seine Ruhe haben wollte.«

»Was ist mit diesem Amerikaner?«

»Weiß ich nicht. Er verschwand nach einigen Tagen, nachdem man auf ihn aufmerksam geworden war und mehr von ihm erfahren wollte.«

Serge Aprodov tat unbeteiligt, aber er war sicher, daß dieser Amerikaner niemand anderer als Brian Porter gewesen war.

»Hat man über den Mann gesprochen?«

Janine nickte. »Der Oberst war hier, zusammen mit seiner Tochter. Das interessiert dich also doch?«

Er sah sie an, hob die Hand und streichelte ihr schönes Gesicht. Janine schloß die Augen und drängte sich dichter an ihn. Serge spürte die Wärme ihres festen Körpers und ihre Hand, die sich auf seinen Schenkel legte.

»Ich glaube, ich mag dich, Serge«, sagte sie leise. »Vielleicht ist es besser, wenn du genau wie der Amerikaner von hier verschwindest, bevor jemand wirklich mehr von dir erfahren will.«

Er wußte nicht, was er von ihr halten sollte. Sie konnte ihm helfen, indem sie ihm Informationen über die Stationen gab, die Brian Porter hier durchlaufen hatte. Porter würde hier nicht nur einfach herumgesessen, sondern Kontakt zu einigen Personen gesucht haben.

»Was tust du hier?« fragte Aprodov.

»Ich verstehe dich nicht.«

»Du verdienst hier dein Geld, oder?«

Janine nickte. »Ich verdiene hier mein Geld«, sagte sie. »Es ist die einzige Möglichkeit, und ich muß vorsichtig sein, damit ich diesen Job nicht verliere, Serge. Meine Familie ist darauf angewiesen.«

»Aber du bist nicht sehr vorsichtig, wenn du dich um Dinge kümmerst, die dich nichts angehen.«

Sie löste sich von ihm und setzte sich steil auf. Mit einer nervösen Handbewegung strich sie sich die langen dunklen

Haare in den Nacken. Sie wollte etwas sagen, aber Serge schüttelte den Kopf. »Vor mir brauchst du keine Angst zu haben, Janine.«

»Vor dir habe ich auch keine Angst.« Sie rückte wieder an ihn heran. »Vielleicht um dich.«

Serge streichelte ihre langen Haare. »Können wir nach oben gehen und uns unterhalten?«

»Worüber?«

Er zögerte einen kurzen Moment. Dann entschloß er sich, es zu riskieren.

»Über den Amerikaner, der hiergewesen ist«, sagte er.

»Kennst du ihn?«

»Er war ein Freund von mir.«

»Ist er tot?«

»Ich weiß es nicht. Ich versuche, es herauszufinden. Können wir nach oben gehen?«

Janine nickte. »Ich muß dem Barmann Bescheid sagen. Du solltest ihm etwas zustecken. Dann haben wir Ruhe.«

Serge holte zehn Dollar aus der Tasche und gab sie dem Mädchen.

»Gib sie ihm! Ich warte oben auf dem Zimmer.«

Bevor sie etwas darauf antworten konnte, stand er auf und verließ den Barraum. Er sah sich nicht um, obgleich er sicher war, daß einige Blicke ihm folgten. Die Sache hier wurde heiß, hatte es den Anschein. Er mußte schnell etwas in Erfahrung bringen und Lacour benachrichtigen.

Jimmy McHollister wirkte nervös, als er sich gegenüber von Don Alfredo Canvetti an den Schreibtisch setzte. »Was ist los, Don?« fragte er.

»Wir werden noch eine Ladung aus Manila holen und dann die Verbindung zum Oberst abbrechen, Jimmy«, antwortete Don Alfredo Canvetti.

»Ist etwas geschehen, was ich nicht weiß?«

Canvetti zupfte etwas nervös an seiner Krawatte, griff

nach der Kiste mit den Havannas und steckte sich umständlich eine in Brand.

»Ich weiß es nicht«, antwortete er schließlich. »Ich weiß es wirklich nicht. Ich bin in diesem Geschäft alt und reich geworden, Jimmy, ich will nichts mehr riskieren. Der FBI versucht seit langem, mir ein Bein zu stellen, und hat seine Leute bis nach Manila geschickt. Ich habe ein schlechtes Gefühl.«

Das hatte McHollister schon lange. Mehr als einmal hatte er Canvetti geraten, die Verbindung mit Manila zu kappen. Aber niemals war der Alte darauf eingestiegen. Wenn der Don jetzt selbst darauf kam, dann mußte wirklich etwas angebrannt sein.

»Was befürchtest du?«

»Ich weiß es nicht genau. Ich kenne Carillo. Er ist ein guter Soldat. Vielleicht ist er auch ein guter Geschäftsmann geworden. Die Lieferung, die fällig ist, ist noch nicht einmal zusammengestellt. Okay, die Sache mit Porter ist dazwischengekommen. Aber das allein kann nicht der Grund sein.«

»Du meinst, er hat sich nach anderen Geschäftspartnern umgesehen?« fragte McHollister.

Canvetti nickte nachdenklich und rauchte einen tiefen Zug. Genießerisch stieß er den Rauch aus und schaute der Wolke eine ganze Weile nach.

»Wir haben die Verbindung zu den libyschen Waffenhändlern, über die er seine Waffen geliefert bekommt.«

Erneut nickte Canvetti. »Sicher, Jimmy, aber es hat nicht den Anschein, als brauche er die Waffen so dringend. Es scheint vielmehr so, als wolle er den geplanten Putsch aufschieben. Da drüben scheint sich einiges stabilisiert zu haben. Und wenn er sich nicht mehr sosehr auf seinen militärischen Job konzentrieren muß, dann kommen ihm leicht andere Ideen. Vor allem muß er Vorsorge treffen, wenn etwas schiefgeht und er verschwinden muß. Bislang hat er kein Geld in Sicherheit bringen können. Wenigstens keine großen Beträge.«

McHollister stand auf, trat an die kleine Bar und schenkte sich einen Whisky ein. Er trank einen Schluck im Stehen und ging wieder an seinen Platz zurück. »Hat Charly Watt sich dahingehend geäußert?« wollte McHollister dann wissen.

»Watt ist schon zu lange in Manila« winkte Canvetti ab. »Ich denke, wenn es Schwierigkeiten gibt, ist er nicht mehr unser Mann, sondern stellt sich auf die Seite des Obersts.«

»Und was sollen wir tun?«

»Du fliegst nach Manila, Jimmy. Du nimmst den letzten Transport in die Hand. Ich will das Zeug sicher in New York sehen. Wenn wir nicht schnell genug sind, schnappen uns die Leute aus Newark unsere besten Bezirke weg, weil sie liefern können und wir nicht.«

»Vielleicht sollten wir ganz auf dieses Geschäft verzichten, Don«, sagte McHollister bedächtig. »Auf die meisten unserer Leute hat der FBI einen Mann angesetzt. Sie können sich nicht einmal unbeobachtet auf die Toilette zurückziehen.«

Canvetti lachte. »Mit solchen Schwierigkeiten bin ich immer fertig geworden, Jimmy. Wenn ich einmal vor dem FBI oder der Polizei kneife, dann werde ich alles in deine Hände legen und mich in den Süden zurückziehen. Ich will dieses Geschäft. Okay, der FBI ist wild auf mich. Man beschattet viele unserer Leute. Aber wir haben andere, auf die wir zurückgreifen können. Wir haben mehr Leute, als der FBI an Agenten abstellen kann. Ist das richtig?«

McHollister nickte. Dagegen konnte er nichts sagen. Canvetti hatte recht. Der FBI konnte unmöglich den ganzen Apparat im Auge haben, den sie aufgebaut hatten. Schwierigkeiten hatten sie schon oftmals gehabt, aber sie waren auch immer damit fertig geworden. Warum sollte es gerade diesmal anders sein?

»Du machst dich auf den Weg nach Manila, Jimmy. Nimm Kontakt zu Watt auf! Noch ist er unser Mann, denke ich. Schick zwei Leute aus einer anderen Stadt voraus, die dort drüben auf dich aufpassen! Ich will, daß die Ladung in New York ankommt.«

»Okay.«

»Das ist nicht alles, Jimmy«, sagte der Alte und strich sich über die grauen Haare.

»Was noch?«

»Porter«, sagte Canvetti, rauchte noch einen Zug und stieß die Havanna dann wütend in den Ascher. »Er lebt! Und vielleicht hat er wirklich Material über uns zusammengestellt, mit dem der FBI etwas anfangen kann. Porter muß verschwinden. Es könnte nicht schaden, wenn wir auch den Oberst ausschalten.«

Schweißperlen reihten sich auf der Stirn McHollisters. »Ich habe noch niemals ein Killerkommando geführt«, wehrte er schwach ab.

Canvetti schnitt ihm die Worte mit einer unwilligen Handbewegung ab. »Du wirst diesen Laden nach mir übernehmen, Jimmy. Du bist der Kronprinz, und du mußt das ganze Geschäft beherrschen. Auch das schmutzige. Sonst kann man einen solchen Apparat nicht führen. Verstehst du?«

McHollister nickte. Er rieb sich die Feuchtigkeit mit einem weißen Taschentuch von der Stirn. »Okay, Don«, sagte er. »Okay. Ich werde einige gute Leute nach drüben schicken. Ich werde den Transport nach New York bringen. Und wenn ich Manila verlasse, werden wir uns über Porter und den Oberst keine Kopfschmerzen mehr machen müssen.«

Canvetti lächelte. »Ich habe nichts anderes von dir erwartet, Jimmy«, sagte er. »Mach dich an die Arbeit! Jeder Tag, den wir verlieren, arbeitet gegen uns. Viel Glück!«

Canvetti stand auf und zeigte damit an, daß das Gespräch beendet war. Er schaute aus dem Fenster und drehte sich nicht um, als McHollister den Raum verließ.

Er hatte noch niemals Angst um seine Sicherheit gehabt. Er hatte klein angefangen und sich in diesem Geschäft mit allen faulen Tricks nach oben gearbeitet. Zum erstenmal verspürte er nun Angst.

Jetzt wußte er, daß es ein Fehler gewesen war, sich mit einem Mann wie dem Oberst einzulassen. Ein militärischer

Wirrkopf, der nach politischer Macht strebte. Auf solche Leute war niemals besonders Verlaß gewesen. Sie kniffen und zogen den Schwanz ein, wenn sich wirklich Schwierigkeiten einstellten.

G-man Joe Brandenburg trank einen Schluck Kaffee aus dem Pappbecher, den er aus dem Automaten gezogen hatte, und stellte den Becher schließlich auf Phils Schreibtisch.

»McHollister und Canvetti haben eine lange Unterredung gehabt«, sagte Joe. »Da scheint sich irgend etwas zu tun, Phil.«

»Was?«

»Keine Ahnung. Die Dealer werden unruhig, weil sie nicht mehr liefern können. Es hat den Anschein, als hätten einige Leute schon Kontakt zur Cosa Nostra in Newark aufgenommen. Der Don ist im Zugzwang. Er braucht eine neue Lieferung. Und die kann nur aus Manila kommen. Er hat keine andere Quelle. Auf jeden Fall kennen wir keine andere. Was ist mit Jerry?«

»Er hat sich noch nicht gemeldet«, antwortete Phil. »Ob das ein gutes oder ein schlechtes Zeichen ist, weiß ich nicht. Wer hängt im Moment an McHollister?«

»Steve Dillaggio«, antwortete Joe Brandenburg. »Er wird sich sofort melden, wenn er etwas über McHollisters Pläne in Erfahrung gebracht hat.«

Phil nickte nachdenklich. Zum erstenmal, seit sich der FBI mit Don Alfredo Canvetti beschäftigte, zeigte der Mann Nerven. Zum erstenmal befand er sich in einer denkbar schlechten Stellung den Leuten aus Newark gegenüber, die schon immer scharf auf sein Geschäft waren. Vielleicht war es die Chance, auf die man solange gewartet hatte. Vielleicht beging Canvetti den ersten und den letzten Fehler in seiner steilen Karriere als Gangsterboß!

»Steve soll sich noch einige Leute dazuholen«, sagte Phil. »Es darf diesmal keine Panne geben, Joe.«

»Okay, ich werde das veranlassen, Phil.« Joe kratzte sich am Kopf. »Ich habe so ein komisches Gefühl.«

»Raus damit!«

»Ich denke, Canvetti traut dem Oberst nicht mehr und will die Sache in Manila selbst oder durch seine Leute in die Hand nehmen lassen.«

»Durch McHollister?«

»Zum Beispiel durch McHollister. Obgleich ich nicht daran glaube, daß McHollister es allein erledigen kann.«

»Ich spreche mit Mr. High. Wir müssen Jerry warnen. Vielleicht ist es gut, wenn von uns noch jemand nach Manila fliegt.«

»Das denke ich auch«, sagte Joe Brandenburg. »Nur wird das nicht so einfach sein. In dieser Sache entscheidet allein Washington.«

»Die Leute dort müssen einsehen, daß ein Mann allein in Manila keinen Erfolg haben kann. Mr. High muß es ihnen begreiflich machen.«

»Versuch es!«

»Serge hat sich gemeldet«, sagte Alan Lacour.

Er saß im selben Hotel wie ich, aber wir telefonierten miteinander. Nachdem ich Bonzai heiß gemacht hatte, konnte ich es mir nicht leisten, Kontakt zu Alan aufzunehmen. Alles mußte von nun an auf Sicherheit abgestimmt sein.

Natürlich würden sie mir nicht trauen, sondern versuchen herauszubekommen, inwieweit ich wirklich abgesichert war.

»Und?«

»Er hat in den Bergen zwei Laboratorien und ein militärisches Camp des Obersts entdeckt«, berichtete der Franzose. »Er sagt, es sähe so aus, als werde sich dort in nächster Zeit etwas tun.«

»Was heißt das?«

»Serge meint, wahrscheinlich werde ein Transport zusammengestellt. Er hat zwei Amerikaner gesehen. Sie verhandeln mit den beiden Heroinküchen.«

Meine Gedanken arbeiteten schnell. Ich versuchte das zu begreifen, aber es ging nicht. Warum zwei Amerikaner, wenn der Oberst mit Canvetti ohnehin einen festen Abnehmer hatte? Warum mußte über Preise verhandelt werden, wenn die Preise mit Canvetti lange abgesprochen waren?

»Weiter?«

»Porter war vor zwei Wochen ebenfalls in der Gegend. Dort ist man auf ihn aufmerksam geworden.«

»Das heißt, er muß einige Kontaktleute dort oben gehabt haben.«

»Davon bin ich überzeugt.«

»Hat Serge eine Chance, das herauszufinden?«

»Wahrscheinlich. Er hat ein Mädchen an der Hand, das allem Anschein nach ganz gut informiert ist.«

Ich dachte an Porter. »Er soll vorsichtig sein, verdammt.«

»Er wird es sein. Ganz sicher sogar, aber das ist keine Garantie.«

»Warum gehst du nicht ebenfalls in die Berge?«

»Und Angelina?«

»Wenn Porter lebt, wird ihr nichts passieren. Selbst dann nicht, wenn die Leute, die ich eingeschaltet habe, nichts für sie tun können.«

»Porter lebt!«

Er ließ sich nicht davon abbringen. Er kannte Porter sicher besser als ich.

«Dann wird man Angelina mit Porter zusammenbringen, denke ich.«

Eine andere Möglichkeit gab es gar nicht. Porter ließ sich körperlich nicht unter Druck setzen, also mußte man es seelisch versuchen. Ein besseres Druckmittel als die eigene Tochter gab es wohl nicht. Porter mochte noch so hart sein, aber wenn das Leben seiner Tochter unmittelbar auf dem Spiel stand, dann würde er jede Frage beantworten, die man ihm stellte.

»Wenn man die beiden zusammengebracht hat und Porter redet, dann hat der Oberst sein Ziel erreicht. Warum sollte er die beiden dann noch leben lassen, he?«

Natürlich hatte der Franzose recht. Wenn der Oberst sein Ziel erreicht hatte, wenn er wußte, ob Porter etwas herausgefunden hatte, was ihm und Canvetti gefährlich werden konnte, dann brauchte er Porter nicht mehr. Ich schätzte die Gefahr nicht gering ein.

»Es wird sicher nicht so schnell gehen, und wir haben eine Chance herauszufinden, wo man Porter gefangenhält, Alan.«

Für einen kurzen Moment Schweigen am anderen Ende der Leitung.

»Wir setzen damit Angelinas Leben aufs Spiel«, sagte Alan schließlich.

»Sie hat es bereits selber aufs Spiel gesetzt, als sie mit euch nach Manila kam«, antwortete ich. »Wir haben gar keine andere Möglichkeit. Ihr müßt in den Bergen herausfinden, was vor sich geht. Vielleicht fällt uns ein Druckmittel gegen den Oberst in die Hand, und wir können mit ihm über Porter und Angelina verhandeln. Verdammt, ich weiß selbst, daß hinter allem ein riesiges Fragezeichen steht, Lacour. Aber es ist der einzige Weg.«

Erneut überlegte der Franzose einige Sekunden. »Okay«, sagte er dann. »Okay, ich versuche Serge in den Bergen zu erreichen. Wie kann ich Kontakt zu dir aufnehmen?«

Ich nannte ihm meine Paßnummer. »Das ist der einheimische Geheimdienst, Alan. Sie mischen sich in nichts ein, was gegen den Oberst gerichtet ist, aber sie geben Informationen und leiten auch Informationen an mich weiter. Nenn den Namen Donovan! Ich habe einen Paß darauf. Okay?«

»Okay«, sagte er. »Soll ich dir etwas sagen? Ich mag dieses Spiel nicht. Ich würde lieber mit der MPi in der Hand kämpfen.«

»Vielleicht kannst du das später immer noch.«

Ich beendete das Gespräch, tastete meine Geheimnummer

ein und hatte wenig später den unbekannten Gesprächspartner vom Geheimdienst am Apparat. Ich informierte ihn über Lacour und fragte ihn nach Charly Watt.

»Ein ehemaliger amerikanischer Offizier der Marine«, sagte mein Gesprächspartner. »Er kam vor etwa einem Jahr nach Manila und ist wohl etwas mehr als militärischer Ausbilder für die Männer des Obersts. Jedenfalls hat er diesen Job schnell aufgegeben, die Uniform mit einem Maßanzug getauscht. Wir haben seine Adresse nicht, aber wir werden sie herausbekommen. Warum ist Watt wichtig?«

»Ich weiß es nicht«, mußte ich zugeben. »Angelina Porter schrieb den Namen an die beschlagene Heckscheibe des Wagens, mit dem sie von der Polizei abtransportiert wurde. Sie kann ihn nur im Towerlight Club aufgefangen haben.«

»Wahrscheinlich.«

»Was ist mit dem Mädchen?«

»Wir kommen nicht an sie ran, Donovan. Ich habe es auf verschiedenen Wegen versucht. Die Auskunft war immer die, daß man Angelina Porter nach einem kurzen Verhör wieder laufengelassen hat.«

Es läutete an der Tür.

»Versuchen Sie mehr herauszufinden!« sagte ich und legte auf. Ich stand auf und ging zur Tür, die einen Spion hatte. Ich schaute hindurch. Draußen stand eine wunderschöne Mulattin und lächelte gegen den Spion.

»Wollen Sie mehr sehen, bevor Sie mich hereinlassen, Donovan?« fragte sie und drehte sich einmal im Kreis, so daß ich jede Kurve ihres aufregenden Körpers sehen konnte.

Ich öffnete und schaute sie fragend an. Das Lächeln blieb auf ihrem Gesicht. Aber da gab es einen kalten, gefährlichen Glanz in ihren Augen. Sie schob sich an mir vorbei in die Suite und setzte sich auf die Couch, während ich die Tür schloß.

»Ich nehme einen Whisky ohne Eis, Mr. Donovan«, sagte sie und schlug die langen, wohlgeformten Beine übereinander.

»Scotch?«

Sie nickte und strich sich die Haare in den Nacken.

Ich brachte ihr den Whisky und gab ihr auch Feuer für die Zigarette. Sie rauchte und ließ mich nicht für einen Sekundenbruchteil aus den Augen.

»Ich frage mich, ob Sie wirklich so gefährlich sind, wie Bonzai gesagt hat.«

»Noch gefährlicher«, antwortete ich. »Haben Sie einen Namen?«

»Yvonne.«

»Nur Yvonne?«

Das Lächeln wirkte jetzt etwas frivoler. »Nur Yvonne, Donovan. Oder soll ich Sie Henry nennen?«

»Von mir aus, ja.«

»Okay, Henry. Worauf soll ich trinken? Auf Ihre Gesundheit oder auf das Geschäft, das Sie mit uns machen wollen?«

»Am besten auf beides. Sicher ist sicher.«

Sie hob das Glas und trank einen Schluck.

»Welche Vollmachten haben Sie, Yvonne?«

»Die gleichen wie Sie. In erster Linie soll ich mir ein Bild von Ihnen machen und Sie etwas ausfragen. Aber das wissen Sie ja. Man schickt eine Frau, weil Frauen die besseren Diplomaten sind und meistens auch etwas an sich haben, dem Männer nur selten widerstehen können. Habe ich so etwas, Henry Donovan?«

Ich nickte und versuchte, aus ihr schlau zu werden. Ich verstand ihre Taktik nicht. Sie tat so, als nähme sie das alles nicht besonders ernst. Aber das konnte nur gespielt sein.

»Was sollen Sie herausfinden?«

»Alles, was möglich ist, Donovan.«

»Was bezahlt man Ihnen dafür?«

»Das kommt immer auf den Mann an, mit dem ich mich abgeben muß. Bei Ihnen werde ich nicht viel verlangen. Sie gefallen mir.«

Sie tat über alle Maßen frivol, aber sie war es in Wirklichkeit nicht. Irgendwie wirkte sie gespannt wie eine Feder.

»Okay.« Ich setzte mich ihr gegenüber in einen Sessel. »Okay, hören wir mit der Spielerei auf! Ich brauche keine Frau, sondern einen kompetenten Ansprechpartner, Miss. Sie wissen, worum es geht, oder?«

Yvonne nickte. Sie zupfte den Saum ihres Kleides etwas weiter herunter. Dann setzte sie sich auf und stellte das Glas aus der Hand. »Was habt ihr gegen Canvetti?«

»Nichts«, antwortete ich. »Wir wollen sein Geschäft, das ist alles.«

»Canvetti ist in New York.«

»Sicher, aber seine Geschäfte laufen von hier aus.«

»Wer sagt das?«

»Brian Porter!«

Ich ließ sie nicht für einen Sekundenbruchteil aus den Augen. Kein Muskel bewegte sich in ihrem schönen Gesicht. Nur ihre Augen wurden um eine Spur kälter.

»Porter arbeitet nicht nur für den FBI, Miss. Vielleicht habt ihr das nicht von ihm erfahren können.«

Sie ging nicht darauf ein, wie ich es mir erhofft hatte. »Weiter, Mr. Donovan!«

»Wir zahlen in bar. Im Gegensatz zu Canvetti, der auch noch an den Waffen verdient, die er über die Libyer bezieht.«

Mit einem Ruck kam die Mulattin von der Couch hoch. Sie stand einen Meter von mir entfernt und starrte mich aus brennenden Augen an. »Sagt Porter das auch?«

Ich schüttelte den Kopf. »Das sage ich, weil ich das Geschäft kenne.«

»Wieviel wollen Sie kaufen?«

»Alles! Wenn es nicht alles ist, müssen wir annehmen, daß noch eine Teillieferung an Don Alfredo Canvetti abgeht. Das wollen wir vermeiden. Wenn man jemand aus dem Geschäft drängen will, muß man ihm das Wasser völlig abgraben.«

»Dreißig Millionen US-Dollar, Mr. Donovan.«

»Das ist keine Schwierigkeit.«

»Ist das Geld in Manila?«

»Es wird in Manila sein, wenn es gebraucht wird. Bevor ich in dieser Richtung etwas unternehme, brauche ich Garantien.«

»Natürlich, Mr. Donovan. Sie werden sich mit jemand anders treffen und mit den Garantien zufrieden sein.«

Das klang durchaus ernst. Ich stand ebenfalls auf. »Wann?« wollte ich wissen.

»Vielleicht heute abend, vielleicht morgen, Mr. Donovan. Oder haben Sie es besonders eilig?«

»Mir gefällt die Stadt, und mir gefallen die Frauen in dieser Stadt. Ich habe wirklich keine Eile.«

»Warum fragen Sie nicht nach Porter, Mr. Donovan?«

«Warum sollte ich? Porter wird in New York als tot gehandelt. Er hat für uns gearbeitet und ist dafür nicht schlecht bezahlt worden. Wir sind kein Kindergarten, Miss. Porter ist für uns niemals etwas anderes gewesen als Charly Watt für euch. Wenn es den erwischt, weint ihr dem auch keine Träne nach, oder?«

Diesmal zeigte sie Reaktion. Sie zuckte zusammen, und ihre Augen wurden eng. »Sie wissen verdammt viel, Donovan«, sagte sie mit einer Stimme, die wie das Zischen einer giftigen Schlange klang. »Das kann gefährlich für Sie werden.«

»Keine Angst! Ich kann ganz gut auf mich aufpassen.«

»Kennen Sie Watt?«

»Dem Namen nach, und ich kenne natürlich seine Funktion. Sonst interessiert er mich nicht.«

Yvonne strich sich durch die langen schwarzen Haare und wandte sich zum Gehen.

»Wir werden uns wiedersehen, Henry«, sagte sie, als sie schon in der offenen Tür stand. Das Lächeln auf ihrem schönen Gesicht war hintergründig. Es ließ sich nicht einordnen. »Ganz bestimmt werden wir uns wiedersehen, Henry Donovan, oder wer Sie auch immer sein mögen.«

Sie zog die Tür hinter sich ins Schloß und war verschwunden.

Ich ging ihr nach, um den Innenriegel vorzulegen, als es geschah.

Draußen im Gang schrie eine Frau. Im nächsten Moment wurde meine Zimmertür regelrecht durchlöchert.

Ich hatte genausoviel Glück, wie man es manchmal haben muß, um in diesem Geschäft zu überleben.

Als die ersten Projektile einschlugen, konnte ich mich in die Nische drücken, in der sich die Garderobe befand. Das Blei, das für mich bestimmt war, zog an mir vorbei, ohne Schaden anzurichten.

Sekunden verstrichen. Stille herrschte. Meine Nerven waren bis zum Zerreißen angespannt. Ich zögerte.

Der Killer, der von außen auf die geschlossene Zimmertür geschossen hatte, konnte noch im Gang stehen und nur darauf warten, daß ich mich blicken ließ. Das ging mir durch den Kopf.

Gleichzeitig meldete ein anderer Gedanke Bedenken gegen diese Theorie an. Wer auch immer von draußen geschossen hatte, er würde sich nicht lange im Gang aufhalten, sondern versuchen zu verschwinden. Es war ein erstklassiges Hotel mit eigenem Sicherheitspersonal. Es war gar nicht so einfach, nach den Schüssen wieder zu verschwinden.

Mit einem Ruck löste ich mich aus der Garderobennische und zog die durchlöcherte Tür auf. Ich duckte mich zusammen, als ich in den Gang sprang, der mit blauen Teppichen ausgelegt war.

Ich sah Yvonne vor dem Fahrstuhl. Ihr Körper lag auf der Seite. Ihre Augen waren geschlossen, aber sie atmete. Als ich mich ihr näherte, bewegte sie sich wieder. Sie richtete sich auf, strich sich die Haare in den Nacken und starrte mich aus großen, fragenden Augen an.

»Haben Sie ihn gesehen?«

Meine Stimme hetzte. Der Kerl mußte sich noch im Haus befinden. Wenn ich schnell genug war, gab es vielleicht eine Chance, ihn noch zu erwischen.

Rechts von mir, am Ende des Ganges, tauchten zwei Sicherheitsbeamte des Mandarin Hotels auf. Sie hielten die Waffen in der Hand und sahen entschlossen aus.

»Jemand hat auf meine Tür geschossen!« rief ich den beiden zu. »Er muß sich noch im Haus befinden und wird im Moment vielleicht versuchen, das Hotel zu verlassen.«

Einer der beiden Wächter griff nach dem Walkie-talkie und gab eine Meldung in die Halle durch. Der andere besah sich den Schaden an meiner Tür und winkte andere Gäste in ihre Zimmer zurück.

»Sie haben verdammtes Glück gehabt, Sir«, sagte der Wächter.

Ich nickte, griff nach den Händen, die Yvonne mir entgegenstreckte, und half ihr wieder auf die Beine.

Das alles schien sie doch etwas mitgenommen zu haben. Ihre Knie waren weich. Sie ließ sich gegen mich sinken und klammerte sich an mir fest. Ich spürte die Wärme ihres aufregenden Körpers. Sie barg ihr Gesicht an meinem Hals.

»Wir müssen von hier verschwinden«, sagte sie leise.

»Ist der Kerl nach unten gefahren?«

»Weiß ich nicht. Er hat mich niedergeschlagen. Ich habe ihn nicht mal richtig gesehen. Oder besser, ich habe ihm keine Beachtung geschenkt.«

Sie löste sich wieder von mir. Ihr Atem ging heftig. Er hob den festen Busen aus dem Ausschnitt ihres Kleides.

»Wir müssen verschwinden«, wiederholte sie. »Ich habe einen Wagen unten stehen.«

Ich warf einen schnellen Blick auf die beiden Sicherheitsbeamten des Hotels.

Der Mann, der sich über Walkie-talkie in Verbindung mit der Halle befand, zuckte mit den breiten Schultern.

»Unten ist niemand aufgetaucht, der meinen Kollegen verdächtig erschien«, sagte er. »Wir können nicht jeden Gast und nicht jeden Besucher aufhalten, Sir.«

Natürlich konnten sie nicht, und sie würden alles tun, um den Zwischenfall herunterzuspielen. In einem Hotel wie diesem passierten solche Sachen einfach nicht. »Lassen Sie die Tür auswechseln, und schließen Sie hinter sich ab«, sagte ich.

»Sie werden eine andere Suite bekommen, Sir.«

»Nicht nötig.« Ich schüttelte den Kopf, legte Yvonne den Arm um die schmale Taille und betrat mit ihr die Kabine des Fahrstuhls.

»Scheint beinahe so, als hätte jemand etwas gegen Sie, Henry«, sage die Mulattin, die sich erstaunlich schnell wieder gefangen hatte.

»Das gehört zum Geschäft«, antwortete ich und zerbrach mir den Kopf darüber, was das alles zu bedeuten hatte. Ich konnte mir keinen Reim darauf bilden. Was geschehen war, erschien mir alles zu ernst, als daß es sich nur um eine Warnung gehandelt haben konnte. Jemand, der mit einer MPi auf eine verschlossene Tür schoß, hinter der sich jemand aufhielt, der mußte einfach davon ausgehen, daß er die Person auch erwischte.

Ganz hinten in meinem Kopf begannen die Alarmanlagen zu schrillen.

Woher sollte der Schütze gewußt haben, daß ich mich hinter der geschlossenen Tür aufhielt? Als Yvonne die Suite verlassen hatte, hatte ich mich im Living-room aufgehalten. Wäre ich dort geblieben, hätten mir die Schüsse durch die Tür niemals gefährlich werden können. Dann wären sie nur eine Warnung gewesen, oder ein Mittel, mich auf den Gang zu locken.

Wir erreichten die weite Empfangshalle des Hotels, in der sich jetzt mehr Sicherheitsleute aufhielten als sonst. Sie standen neben dem Fahrstuhl und neben der breiten Flügeltür, die aus dem Haus hinausführte.

Sie würden sich hier die Beine in den Bauch stehen, ohne den Mann zu finden, der auf meine Tür geschossen hatte.

Der Killer aber würde das Hotel nicht verlassen. Der hatte hier ein Zimmer und trank jetzt wahrscheinlich einen eisgekühlten Whisky.

Ich zündete mir eine Zigarette an, als wir auf die Straße traten.

Yvonne deutete auf einen silbergrauen Porsche 911. »Das ist mein Wagen, Henry. Fahren wir irgendwohin, wo es ruhiger ist! Vielleicht zu mir.«

Sie hielt sich an mir fest, und ihre Finger strichen über meinen Arm hinweg. Das war etwas Ähnliches wie das Versprechen, daß es mir bei ihr ganz sicher nicht langweilig werden würde.

Ich starrte auf den Porsche. In genau diesem Moment fiel mir ein, daß Porters Leiche in einem ausgebrannten Porsche gefunden worden war.

»Worauf warten wir noch, Donovan?« Sie wirkte ungeduldig. Wie jemand, der sein Pensum erfüllen mußte und es sich nicht leisten konnte, Zeit zu vertrödeln.

»Ich komme später nach, Yvonne. Ich muß noch einmal ins Hotel zurück.«

»Du bist verrückt, Amerikaner!« Sie starrte mich verständnislos an. »Vielleicht ist der Kerl noch drin und wartet nur auf eine günstige Gelegenheit, um dich zu erwischen.«

»Das wäre nicht schlecht«, antwortete ich. »Wo kann ich dich treffen?«

Sekundenlang schwieg die Mulattin. Es war ihr deutlich anzusehen, daß ihr meine Reaktion nicht paßte. Damit hatte sie nicht gerechnet. Denn jemand, auf den gerade ein Mordanschlag verübt worden war, tat im allgemeinen alles, um sich so schnell wie möglich in Sicherheit zu bringen.

»Letkoop Road«, sagte sie schließlich und zündete sich eine Zigarette an. »Blue Moon Motel. Du kannst es nicht verfehlen. Frage an der Reception nach mir!«

Bevor ich etwas darauf antworten konnte, wandte sie sich ab und ging mit schnellen Schritten auf den Porsche 911 zu. Sekunden später startete sie den Wagen und war verschwunden. Ich schaute noch einen Moment in die Richtung, die sie eingeschlagen hatte. Dann ging ich ins Hotel zurück.

Der ganze Zwischenfall war gespielt, daran gab es für mich keinen Zweifel mehr. Ein beinahe perfektes Schauspiel.

Yvonne besuchte mich, verließ die Suite, und jemand schoß auf die Tür, in dem Glauben, daß er mir damit nicht gefährlich werden konnte, weil ich mich ja, wie die Mulattin wußte, im Living-room aufhielt. Es war natürlich, daß ich nach den Schüssen in den Gang kam.

Dort sollte ich Yvonne liegen sehen, und es war ganz normal, daß ich mich ihr anschloß, um erst einmal aus der vermeintlichen Gefahrenzone zu verschwinden. Sie hätte mich an irgendeinen im voraus bestimmten Ort gebracht, und dort hätten sie mich in aller Ruhe und ohne Gefahr schnappen können.

Ein wirklich eindrucksvolles Schauspiel!

Aber im letzten Moment hatte ich es durchschaut.

Wieder dachte ich an Porter. Auch er war in einem Porsche entkommen, bevor es ihn erwischt hatte – oder auch nicht. Von einer Frau, einer Mulattin, war im Bericht der einheimischen Polizei nach New York zwar nicht die Rede gewesen. Aber Yvonne schien ein Porschefreak zu sein. Warum sollte sie nicht auch mit Porters Verschwinden in Zusammenhang stehen?

Ich ging in den Coffeeshop und bestellte mir einen Mokka. Als ich den Kaffee erhielt, leistete mir der Manager des Hotels Gesellschaft.

»Tut mir leid, was geschehen ist, Mr. Donovan«, sagte er mit wirklich besorgter Miene. Nur seine Besorgnis galt wohl mehr dem Ansehen des Hotels als meiner persönlichen Sicherheit. »Vielleicht ist es besser, wenn Sie sich ein anderes Hotel suchen, Sir. Wir können das für Sie erledigen.«

Bevor ich ihm darauf etwas antworten konnte, rieb ich mir die Augen. Da erschien jemand im Coffeeshop, mit dem ich zu allerletzt gerechnet hatte.

Phil Decker!

»Sir, wir können ...«

Ich schob den Manager beiseite, löste mich von der Theke

und ging auf Phil zu. Als ich mit ihm auf einer Höhe war, verhielt ich den Schritt und nannte ihm die Adresse eines anderen Cafés. Dann war ich an meinem Freund vorbei.

Nach dem letzten Besuch von Yvonne Carillo, der zwei Tage zurücklag, hatte alles wieder von vorn begonnen. Porter war nicht auf die Spiele der Mulattin eingegangen, und das Wasser, das sie in seiner Zelle zurückgelassen hatte, hatte gerade für einen Tag gereicht. Seitdem hatte sich niemand mehr um ihn gekümmert.

Erst jetzt hörte er wieder Schritte im Gang.

Porter stand von der Pritsche auf und sah sich um. Seine Augen hefteten sich auf den Stuhl, der neben dem Tisch stand. Er dachte daran, daß sie wieder kamen, um ihm das verdammte Teufelszeug zu injizieren, und daß die ganze Qual wieder aufs neue beginnen sollte.

Er wollte es nicht noch einmal erleben. Er hatte die Hoffnung, daß ihn jemand hier aufspürte und befreite, lange aufgegeben. Für die Menschen in New York war er tot. Von dort aus hatte er nichts mehr zu erwarten. Selbst wenn Serge und Alan nach Manila gekommen waren, so hatten sie doch kaum eine Chance, ihn zu finden. Die Informationen, die er Angelina regelmäßig gegeben hatte, reichten bestimmt dazu nicht aus.

Porter nahm den Stuhl in beide Hände und huschte seitlich hinter die Tür, so daß sie ihn verdecken mußte, wenn sie nach innen aufschwang. Seine Finger krallten sich hart um den Holm des Stuhls. Er fühlte sich nicht besonders stark. Denn seit mehr als einem Tag hatte er weder Nahrung noch Flüssigkeit zu sich genommen. Aber es ging um sein Leben oder um einen schnellen Tod. Und dafür mobilisierte er noch einmal alle Kräfte, die in seinem ausgemergelten Körper steckten.

Der Schlüssel kreischte im Schloß. Der Riegel wurde zurückgelegt.

Porters Nerven vibrierten. Er biß die Zähne zusammen. Er wußte nicht, wer hereinkam, und er wußte nicht, wie viele Personen sich draußen im Gang befanden. Im Grunde konnte er gar nicht lebend hier rauskommen. Aber daran dachte Porter nicht. Er dachte nur, daß er etwas unternehmen mußte, und es war ihm egal, wie es für ihn ausging.

Die Tür wurde aufgestoßen. Porter stellte sich auf die Zehenspitzen. Den Stuhl hatte er weit hinter seinen Kopf geschwungen, damit er ihn mit aller Wucht hinuntersausen lassen konnte.

Er wartete nicht mal eine Sekunde, aber es erschien ihm wie eine Ewigkeit. Dann sah er den Schatten eines Mannes, der in den zellenartigen kleinen Raum trat.

Porter ließ den Stuhl nach unten sausen. Er erwischte den Kerl am Hinterkopf und schleuderte ihn in den Raum hinein.

Im nächsten Moment warf Porter sich gegen die Tür, beförderte sie ins Schloß und sprang auf den am Boden liegenden Mann zu, dem die MPi aus den Händen geglitten war.

Porter bückte sich nach der Waffe, riß sie hoch und legte den Sicherungsbügel herum. Er drückte ab und feuerte die erste Salve gegen die Tür, um die Leute aus dem Gang zu vertreiben. Sie durften keine Gelegenheit haben, den Riegel von außen vorzulegen.

In die Abschüsse mischte sich der Schrei eines Mannes. Dann herrschte für einen Moment Ruhe.

Kaum drei Sekunden waren vergangen, seit Porter den Kerl niedergeschlagen hatte, der als erster den Raum betreten hatte.

Mit einem Satz war der Amerikaner wieder an der Tür, riß sie auf und sprang beiseite, um sich in den toten Winkel zu bringen.

Von draußen wurde augenblicklich das Feuer eröffnet.

Sie schossen wahllos, ohne Porter damit gefährlich zu werden. Wie wütende Hornissen jagten die Projektile durch den kleinen Raum. Einige trafen den Kerl, der bewußtlos auf dem Boden lag.

Sie hatten ihren eigenen Mann erschossen!

Obgleich die Situation alles andere als lustig war, begann Porter zu lachen. »Richtig so!« brüllte er nach draußen. »Erledigt euch nur selbst! Dann habe ich nicht mehr so viel Arbeit damit.«

Er blieb dicht an die Wand gedrückt im toten Winkel der Tür stehen. Um zu sterben, brauchte er seinen Standort nur zu verlassen und in den Gang hinauszuspringen. Die Männer, die draußen standen, waren so nervös, daß sie ihn über den Haufen schießen würden, auch wenn das gegen die Anordnung des Obersts war.

Aber jetzt, als er eine MPi in den Händen hielt, dachte Porter nicht mehr daran, sich einfach erschießen zu lassen, um sich damit Leiden zu ersparen. Jetzt erwachte der Lebenswille in ihm. Jetzt dachte er daran, daß es in seinem Leben verdammt viele ähnlich gefährliche und ausweglose Situationen gegeben hatte, die er schließlich doch gemeistert hatte. Die Waffe gab ihm die Hoffnung zurück, es doch noch zu schaffen.

»Was ist?« schrie Porter. »Wollt ihr mich nicht holen?«

Keine Antwort. Ganz entfernt klangen Schritte auf, die sich entfernten. Porter lauschte nach draußen und ließ einige Sekunden verstreichen. Seine Gedanken arbeiteten präzise, und auch sein Gehör ließ ihn nicht im Stich. Die Leute, die sich eben noch vor der Tür aufgehalten hatten, zogen sich zurück.

Natürlich konnte das eine Falle sein. Es konnte sich jemand neben der Tür aufhalten und auf ihn feuern, sobald er sich im Gang sehen ließ. Porter wartete noch zwei Atemzüge lang. Dann hielt er die Luft an und sprang in den Gang hinaus. Ganz flach hechtete er nach draußen, drehte sich im Flug auf die Seite und zog den Abzugsbügel der MPi, als er wirklich den Schatten eines weiteren Mannes dicht neben der Tür entdeckte.

Er reagierte schneller als der Kerl, der zurückgeblieben war, um ihn kampfunfähig zu schießen.

Als Porter auf dem rauhen Betonboden landete, sah er, daß der Kerl im Zeitlupentempo in die Knie brach.

Porter kam schnell wieder auf die Beine. Er versetzte der Waffe des Mannes einen Fußtritt und beförderte die MPi so vor sich her den langen Gang entlang.

Tief geduckt rannte Porter los. In diesem Moment spürte er keine Erschöpfung mehr. Im Gegenteil, er fühlte sich ausgezeichnet, wie neu geboren. Er war ihnen nicht mehr hilflos ausgeliefert. Er konnte sein eigenes Schicksal mitbestimmen.

Dreimal jagte Porter einen Feuerstoß in den Gang, der nach zwanzig Metern einen scharfen Knick nach links beschrieb.

Dort blieb Porter mit keuchendem Atem stehen und lauschte angespannt. Nichts war zu hören. Nichts regte sich. Porter wartete, bis sich sein Atem beruhigt hatte. Dann sprang er um den Knick herum. Die MPi hielt er in Anschlag und richtete sie gegen die Tür, die über eine Treppe zu erreichen war.

Er starrte auf die offene Tür, und in dieser Sekunde machte sich wieder tiefe Hoffnungslosigkeit in ihm breit.

Angelina stand in der Tür. Die Haare hingen ihr wirr ins Gesicht. Sie war nackt bis auf einen knappen Slip. Ihr Gesicht war von Mißhandlungen gezeichnet. Sie zitterte. Sie starrte mit seltsam starrem Blick genau in seine Richtung, ohne ihn zu sehen.

»Du wolltest deine Tochter sehen, bevor wir uns weiter unterhalten«, hörte Porter die Stimme von Yvonne Carillo, der Tochter des Obersts. »Hier ist sie.«

Porter zitterte am ganzen Körper. Seine Finger krallten sich um den Griff der automatischen Schnellfeuerwaffe. Sekundenbruchteile lang blitzte der Gedanke in ihm auf, Angelina zu erschießen und damit alles zu beenden. Dann war dieser irrwitzige Gedanke wie weggeblasen.

Porter ließ den Lauf der MPi sinken. Tränen stiegen in die

Augen des FBI-Agenten. Er spürte, wie sie ihm warm über das Gesicht rannen.

Mit dem Handrücken wischte er sich die Feuchtigkeit aus dem Gesicht. Dann fielen ihm Serge und Alan ein. Wenn Angelina in der Stadt war, dann mußten auch die ehemaligen Kameraden aus der Legion in Manila sein.

Vielleicht war doch noch nicht alles verloren. Er durfte sich zu keiner Kurzschlußhandlung hinreißen lassen. Es mußte einen Ausweg geben!

»Was ist, Porter? Du kannst sie erschießen und dich anschließend selbst in die Hölle befördern, oder du kannst aufgeben!«

Porter ließ die MPi fallen. Scheppernd schlug sie auf den nackten Betonboden.

»Komm langsam die Treppe rauf und umarme deine Tochter, Amerikaner!«

Yvonne Carillos Stimme klang kalt. So schön wie sie war, so wenig Gefühl und menschliche Wärme hatte sie auch.

Porter zögerte noch eine Sekunde. Dann setzten sich seine Füße beinahe automatisch voreinander. Schwerfällig wie ein alter, gebrochener Mann ging er die wenigen Stufen der Treppe hinauf und blieb vor Angelina stehen, die mit ausdruckslosem, leerem Blick an ihm vorbeistarrte. Er schlang seine Arme um sie und zog sie an sich. Er spürte den zitternden, warmen Körper, streichelte die blonden Haare und wollte etwas sagen. Aber ein Kloß saß ihm in der Kehle. Er brachte kein Wort heraus.

»Einfach rührend«, sagte Yvonne Carillo, die seitlich im Gang auftauchte und einen 38er in der Hand hielt. »In Hollywood würde man euch auf der Stelle als neues Liebespaar engagieren.«

Porter versuchte über den Zynismus hinwegzuhören. Er hielt Angelina fest.

»Tut mir leid. Das alles habe ich nicht gewollt.«

Einer der Männer, die zusammen mit Yvonne Carillo aufgetaucht waren, näherte sich Porter und seiner Tochter.

Ohne Zweifel wollte er die beiden trennen. Porter ließ ihn herankommen. Dann riß er seinen Fuß hoch und versenkte die Schuhspitze im Leib des Mannes, der brüllend in die Knie ging.

Yvonne Carillo lachte auf. »Richtig, Porter«, sagte sie. »Das gefällt mir an dir. Du gibst eine Sache niemals verloren. Du bist wie ein bissiger Hund. Man darf dich nicht für einen Moment aus den Augen lassen.«

Porter drehte sein Gesicht in die Richtung der Mulattin. »Ich weiß nicht, was ihr wollt«, sagte er leise. »Aber um es zu kriegen, reicht es nicht, meine Tochter zu mißhandeln, Baby. Ich will, daß sich ein Arzt um sie kümmert. Und ich will, daß man uns beide zusammen anständig unterbringt. Ich brauche etwas zu essen und zu trinken. Danach können wir uns weiter unterhalten.«

»Du vergißt, in welcher Situation du bist, Amerikaner!«

Porter schüttelte den Kopf. »Ich vergesse es nicht, Baby«, sagt er leise. »Ihr habt mich die ganze Zeit mehr oder weniger am Leben gehalten. Also wollt ihr etwas von mir. Ihr erhaltet es zu meinen Bedingungen, oder du kannst mit Angelina und mit mir Schluß machen.«

»Vielleicht sollte ich das Mädchen an meine Männer geben, Porter, und vielleicht hast du dann andere Gedanken, wenn du es mit ansehen mußt.«

Erneut schüttelte Porter den Kopf. Er starrte in Yvonnes Augen. Der Ausdruck seines Gesichts ließ die Mulattin erkennen, daß Porter es ernst meinte. Er würde nicht einen Deut von dem abweichen, was er gerade gesagt hatte.

»Kommt mit, Porter! Du beziehst ein anderes Quartier. Was Angelina angeht, so wird sie in weniger als einer Stunde wieder aus dem Rausch erwachen. Sie braucht keinen Arzt. Nur ein Bett, um sich etwas auszuruhen. Wir warten auf den Oberst.«

Porter hob seine Tochter auf die Arme und folgte der Mulattin.

Phil grinste mich an. Es sah nicht besonders fröhlich aus. Aber es war doch deutlich, daß er froh darüber war, mich unversehrt anzutreffen.

Nach einer halben Stunde wußte ich, was sich in New York ereignet hatte. Ich wußte, daß sich jemand mit Mr. High wegen eines Lösegelds von einer Million Dollar für Porter in Verbindung gesetzt hatte und Porter sich morgen selbst telefonisch in New York melden würde. Das hatte Mr. High verlangt, um sicherzugehen, daß kein Cent für eine Leiche bezahlt wurde.

Ich wußte, daß Canvetti nervös wurde, weil er auf Nachschub aus Manila wartete, und daß McHollister zusammen mit drei Männern nach Manila unterwegs war. McHollister und seine Leute wurden inzwischen vom einheimischen Geheimdienst überwacht, so daß wir zu jeder Zeit erfahren konnten, was sie unternahmen. Mr. High hatte das über Washington in die Wege geleitet.

Porter lebte. Ich hatte es gehofft. Aber jetzt war es Gewißheit geworden.

»Sieht so aus, als wolle der Oberst mit Canvetti brechen und sich am Lösegeld für Porter schadlos halten«, sagte Phil, der sich eine Zigarette anzündete und sich gemütlich auf seinem Platz zurücklehnte. »Canvetti hat McHollister und die anderen geschickt, damit sie für den nächsten Transport sorgen.«

Ich nickte. Genauso sah es aus. »Vielleicht ist das unsere Chance, Phil.«

»Wie meinst du das?«

»Wenn wir dafür sorgen, daß sie den Transport durchführen, schnappen wir sie in den Staaten, wenn Canvetti sich darum kümmert. Damit hätten wir unser Hauptziel erreicht.«

Phil ließ es sich einen Moment lang durch den Kopf gehen.

»Das wird nicht leicht sein, Jerry«, sagte mein Freund. »Wenn der Oberst wirklich mit Canvetti brechen will, dann läßt er auch keinen Transport mehr in die Staaten rausgehen. Dann wird er McHollister und die anderen umlegen lassen.«

Das war völlig richtig. Die Situation hatte sich umgekehrt. Anstatt zu verhindern, daß ein Transport in die Staaten ging, mußten wir nun dafür sorgen, daß einer ging. Es war verrückt, aber im Moment erschien es mir wirklich als der einzige Weg, auf dem wir Canvetti kaltstellen konnten.

»Der Oberst wird inzwischen andere Leute haben, die ihm eine Lieferung abkaufen«, setzte Phil nach.

Es wurde immer schwieriger, je mehr man darüber nachdachte. Sicherlich würde sich der Oberst nach einer anderen Interessengruppe umgesehen haben. Das konnten die Leute sein, denen Serge in den Bergen begegnet war. Es war also wichtig, daß diese Leute erst mal aus dem Verkehr gezogen wurden. Dann blieb für den Oberst wirklich nur noch Canvetti.

Perez Carillo, der Oberst, mußte dazu gezwungen werden, ein letztes Geschäft mit Canvetti abzuwickeln.

»Ich muß telefonieren«, wandte ich mich an Phil, stand auf und benutzte die Telefonkabine auf der Straße, um mit meinem Kontaktmann vom einheimischen Geheimdienst Verbindung aufzunehmen.

»Ihr Amerikaner seid echt verrückt«, stöhnte der Mann am anderen Ende der Leitung. »Verdammt, wie stellen Sie sich das vor?«

»Das weiß ich noch nicht«, antwortete ich. »Möglich, daß Sie die Begleiter von McHollister kaltstellen müssen.«

»Das bereitet keine Schwierigkeit. Die Kerle hausen in einem schäbigen Hotel, in dem man zu jeder Zeit eine Razzia durchführen kann.«

»In den Bergen gibt es noch zwei Amerikaner, die im Wege sein könnten. Aber das ist noch nicht sicher. Hat Lacour sich bei Ihnen gemeldet?«

»Kurz. Nichts Wichtiges. Er ist gut angekommen, und es ist alles ruhig.«

Ich nickte zufrieden.

»Wir haben Watts Adresse.«

Er gab sie mir langsam durch, so daß ich sie mir merken konnte, ohne sie aufschreiben zu müssen. Dann berichtete ich ihm von dem Vorfall im Mandarin Hotel.

»Wissen Sie, wer die Mulattin war?«

»Natürlich nicht.«

Mein Gesprächspartner lachte glucksend auf. »Yvonne Carillo, die Tochter des Obersts. Es wundert mich, daß Sie noch leben. Schließlich hat der Oberst Ihren Paß, und Yvonne weiß ganz sicher, daß Sie vom FBI oder einer anderen amerikanischen Stelle kommen.«

Schweißperlen reihten sich plötzlich auf meiner Stirn. Ich rieb sie mit dem Handrücken weg und zündete mir eine Zigarette an. So lange dauerte es, bis ich diesen Schock überwunden hatte.

»Man erwartet mich im Blue Moon Motel.«

»Dann viel Vergnügen, Mister! Yvonne ist wirklich eine sehr schöne Frau. Sie werden mir ihr zufrieden sein. Nur, in ihrem Fall gehört sie zu den lieben Tierchen, die ihren Partner nach der Paarung umbringen.«

»Ich werde es mir merken«, versprach ich. »Ich werde mich wieder melden, wenn ich Sie nötig habe.«

»Ihnen zu helfen, ist der Sinn meines Lebens geworden, Mann«, fluchte mein Gesprächspartner. »Ich bin froh, wenn Sie wieder heil aus Manila raus sind oder das Zeitliche segnen. Dann habe ich endlich meine Ruhe.«

Er legte auf. Ich ging in das Café zurück und setzte mich wieder zu Phil an den Tisch. Mein Freund hörte sich meinen Bericht an.

»Und jetzt?« fragte Phil.

»Jetzt trinken wir in aller Ruhe unseren Kaffee, und dann gehen wir alles noch einmal durch. Wenn uns hier kein Fehler unterläuft und wenn wir etwas Glück haben, können wir das Kapitel Canvetti bald abhaken.«

Angelina war aufgewacht. Sie saß auf dem Bett, als Porter aus dem Bad kam.

»Hallo, Kleine.« Porter blieb stehen und lächelte seine Tochter beruhigend an. »Wie geht es dir?«

Angelina stand vom Bett auf, ging etwas taumelnd auf Porter zu und ließ sich von ihm in die Arme nehmen. Eine ganze Weile standen sie so. Porter streichelte das lange Blondhaar seiner Tochter.

»Es sieht wohl ziemlich schlimm aus«, sagte Angelina, die sich wieder auf das Bett gesetzt hatte und eine Zigarette rauchte.

Porter zuckte mit den Schultern und dachte im nächsten Moment daran, daß er Angelina doch nichts vormachen konnte. Also nickte er und setzte sich neben sie. Er legte ihr einen Arm um die Schultern und zog sie an sich.

»Wir haben nicht viel Hoffnung, lebend hier rauszukommen«, flüsterte Porter in ihr Ohr, denn er rechnete damit, daß sich Abhörgeräte in dem spärlich möblierten Einraumapartment befanden. »Wo sind Serge und Alan?«

»In den Bergen«, antwortete Angelina, die ebenfalls ins Ohr ihres Vaters sprach. So leise, daß auch das empfindlichste Mikro nichts erfassen konnte. »Wenigstens Serge. Lacour befand sich noch in der Stadt, als sie mich schnappten.«

»Dann ist Serge nicht weit von uns entfernt.«

Angelina schaute ihren Vater fragend an. »Weißt du, wo wir sind?«

»In einem Ausbildungscamp des Obersts in den Bergen.«

»Aber das weiß Serge nicht, nicht wahr?«

»Vielleicht bekommt er es heraus, Kleine, und vielleicht kann er dann etwas für uns tun.«

»Niemand kann uns aus einem militärischen Camp herausholen«, widersprach sie. »Auch Jerry Cotton nicht. Er ist ebenfalls in Manila. Sieht so aus, als glaube man in New York die Nachricht von deinem Tod nicht mehr.«

Jerry Cotton war hier! Vielleicht auch Phil Decker! Porter begann wieder neue Hoffnung zu schöpfen. Cotton, Decker,

Serge und Alan, das waren vier Männer, die ihr Handwerk verstanden. Sie gaben nicht so leicht auf. Auch dann nicht, wenn eine Sache schier hoffnungslos erschien.

»Hast du hier etwas herausbekommen?«

»So viel, daß sich der Oberst von Canvetti trennen will, Kleine. Es sollte noch einen Transport nach New York geben, und ich war dicht dran, alles in Erfahrung zu bringen, als sie mich schnappten.«

»Das heißt, du könntest mit deinen Informationen Canvetti gefährlich werden?«

»Nein, es genügte noch nicht. Ich hätte noch einige Tage gebraucht, um den Rest zu erfahren. Aber die haben sie mir nicht gelassen.«

Porter zündete sich ebenfalls eine Zigarette an und starrte auf seine Schuhspitzen. Er dachte an Serge, Alan, Cotton und Decker. Zumindest waren ihm diese Männer auf der Spur. Er mußte Zeit gewinnen, damit die vier mit ihren Ermittlungen weiterkamen und seinen Aufenthaltsort herausfanden.

»Warum hat der Oberst dich nicht umgebracht?«

Porter hob die Schultern. »Er wollte Informationen, aber ich habe ihm keine gegeben.«

»Wozu noch Informationen, wenn er Canvetti ohnehin aussteigen lassen will, Dad?«

»Vielleicht will er ihn richtig erledigen und hat selbst nicht genug in der Hand«, vermutete Porter. Etwas anderes war ihm niemals eingefallen.

Bevor Angelina darauf eingehen konnte, wurde die Tür geöffnet. Zwei Männer Carillos betraten den Raum. Sie waren schwer bewaffnet und gaben Porter einen Wink.

»Der Oberst will dich sprechen, Amerikaner!«

Porter stand auf und drückte seine Zigarette aus. »Allein?«

»Wir sollen nur dich holen, Amerikaner!«

»Okay, Kleine.« Porter nickte seiner Tochter zu. »Bis später! Mach dir keine Sorgen!«

Porter folgte den Männern durch lange Korridore, bis sie ihn in das Büro Carillos schoben.

Der nicht sehr große, leicht untersetzte Mann trug Uniform. Er saß hinter dem Schreibtisch und starrte Porter feindselig an. Dann gab er ihm mit einem Wink zu verstehen, daß er sich setzen könne.

»Zwei meiner Leute sind tot, Porter«, begann Carillo.

»Einer geht auf mein Konto, der andere wurde von seinen eigenen Kameraden erschossen, Oberst. Was haben Sie erwartet? Daß ich ewig ruhig bleibe und keinen Ausbruchsversuch unternehme?«

Carillo grinste schwach. »Er ist Ihnen nicht gelungen.«

Porter winkte ab. »Man kann nicht immer Glück haben, Oberst. Das gilt auch für Sie.«

»Ich halte nichts von Glück, Porter. Ich arbeite mit dem Verstand und nach einem festen Plan. Ich bin Generalstabsmann.«

Porter grinste. »Es steht schlecht für einen Putsch, Oberst. Die Regierung hat sich stabilisiert. Die Armee wird unter diesen Umständen nicht mitspielen.«

»Daran denke ich auch im Moment nicht mehr. Ich denke, es wird Zeit, daß ich etwas für meine Altersversorgung tue. Jemand könnte auf die Idee kommen, mich aus diesem Land zu jagen.«

»Ganz sicher, Oberst«, bekräftigte Porter. »Das wird nicht mehr lange dauern.«

»Okay, Porter. Ein Teil meiner Altersversorgung sind Sie. Ich habe Watt in New York anrufen lassen. Man ist bereit, für sie eine Million Dollar zu zahlen.«

Das also war der Grund, warum Carillo ihn noch nicht umgebracht hatte! Eine Million Dollar! Natürlich würde man in den Staaten darauf eingehen. Eine Million war nicht viel für Washington.

Man versprach sich schließlich von ihm Informationen über den Oberst und seine Putschpläne. Und dann spielte Canvetti eine Rolle. Wenn man ihm wegen des Rauschgiftgeschäfts nichts nachweisen konnte, konnte man ihn mit den richtigen Informationen vielleicht wegen der illegalen Waffengeschäfte aus dem Verkehr ziehen. Das alles war sicher eine Million wert.

Porter stand von seinem Platz auf und trat ans Fenster. Er sah auf die Berge, die von grauen Wolken eingehüllt waren.

»Das ist ein Spiel, das Sie nicht allein durchziehen können«, sagte Porter schließlich und drehte sich wieder zum Schreibtisch um. »Sie brauchen mich, Oberst. In Washington zahlt man keinen Cent für eine Leiche.«

Carillo nickte. Er zündete sich eine Zigarre an und stieß Porter dicke Rauchwolken entgegen.

»Sie werden mitspielen, Porter«, sagte er dann.

»Warum sollte ich?«

»Weil Sie eine Tochter haben, Porter. Und weil Sie wollen, daß wenigstens dem Mädchen nichts passiert.«

Daß wenigstens dem Mädchen nichts passiert!

Von ihm und seiner Sicherheit sprach der Oberst nicht. Sie hatten also nicht vor, ihn laufenzulassen, wenn Washington das Lösegeld für ihn bezahlte. Natürlich nicht. Er war eine zu große Gefahr für den Oberst, der noch einmal richtig abkassieren und das Land dann wahrscheinlich verlassen wollte. Mit dem, was Porter konkret über die Putschpläne wußte, war Carillo in keinem Land der Erde ein gern gesehener Gast.

»Welche Garantien habe ich dafür?«

»Mein Wort, Porter.«

Porter schwieg.

»Das Ehrenwort eines Offiziers, Porter.« Die Stimme des Obersts wurde lauter. »Sie werden sich morgen mit New York in Verbindung setzen und einen Mann namens Mr. High anrufen. Sie werden ihm sagen, daß es Ihnen ausgezeichnet geht und daß Sie sehnsüchtig auf den Geldboten warten, weil es Ihnen nicht mehr gutgeht, wenn der nicht nach Manila kommt. Und Sie werden sagen, daß Sie eine Menge Material gegen Canvetti und mich haben und uns, wenn es sein muß, beide damit zu Fall bringen können. Genau das werden Sie sagen, weil Sie ein guter Vater sind und Ihre Tochter lieben. Ich bin auch Vater. Ich würde auch alles für meine Tochter tun. Haben wir uns verstanden?«

Porter hatte ausgezeichnet verstanden. »Wenn die mit dem Geld wirklich kommen, dann wollen sie mich lebend sehen, Oberst.«

»Sicher.« Carillo nickte. »Die Leute werden Sie lebend sehen, Porter. Noch einmal lebend und dann tot. So ist das nun einmal. Das haben Sie gewußt, als Sie sich auf diesen Job einließen. Sie haben eine sehr bewegte Vergangenheit als Soldat, und wahrscheinlich haben Sie auch immer damit gerechnet, einmal auf diese Art und Weise zu sterben. Sie sehen, ich versuche nicht, Ihnen etwas vorzumachen.«

Das tat er in der Tat nicht. Porter hatte es auch nicht erwartet. Sie wußten beide, was sie voneinander zu halten hatten und daß man dem anderen kein Theater vorspielen konnte. Morgen sollte er in New York anrufen. Das hieß, vor übermorgen konnte der Kurier mit dem Geld auch nicht in Manila sein.

Zwei Tage gewonnen ...

Porters Gedanken überschlugen sich.

»Wie wollen Sie Angelina rausbringen?« frage Porter schließlich.

»Da wird mir schon noch etwas einfallen.«

Porter schüttelte den Kopf und setzte sich wieder auf seinen alten Platz vor dem Schreibtisch. »Ich werde auf alles eingehen, Carillo«, sagte er dann. »Ich werde in New York anrufen. Aber ich werde eine Sicherung einbauen.«

Carillo setzte sich steil auf. Er mißtraute Gott und der Welt, aber er hatte es nicht gern, wenn man ihm mißtraute. »Ich habe gesagt, Sie haben mein Ehrenwort als Offizier!«

»Das haben Sie dem Präsidenten auch gegeben und wollen dennoch putschen.«

Carillo wurde bleich. Er legte die Zigarre auf den Ascher, griff unter den Schreibtisch und holte eine Armeepistole hervor, die er auf Porter richtete. »Ich sollte Sie erschießen, Mann!«

»Niemand, der seine Sinne noch beisammen hat, erschießt eine Million Dollar, Oberst!«

Porter wurde heiß. Er bemühte sich, seine Nervosität zu unterdrücken. Carillo konnte man nicht mit normalen Maßstäben messen. Er war ein unbeherrschter Typ, den man nicht ausrechnen konnte.

»Ich werde den Leuten in New York sagen, daß sie sich mit dem Geld nur dann in Manila auf den Weg machen sollen, wenn sie sich davon überzeugt haben, daß Angelina in einer Linienmaschine nach Amerika sitzt, Oberst.«

Carillo hob die Waffe und richtete den Lauf gegen Porters Kopf.

»Wenn Sie ein ehrliches Spiel spielen, Oberst, kann Ihnen das egal sein.«

»Ich traue Ihnen nicht, Porter.«

»Ich bin Offizier in verschiedenen Armeen gewesen, Oberst, und mein Dienstrang war immer etwas über dem Ihren. Ich gebe Ihnen auch mein Wort als Offizier, daß ich sonst keinen Trick versuche.«

Carillo schnaubte verächtlich. »Fremdenlegion« sagte er geringschätzig. Dann ließ er die Waffe wieder verschwinden. »Ich werde es mir durch den Kopf gehen lassen, Porter. Es ist Zeit genug. Wir sprechen uns noch einmal.«

Die Audienz war beendet. Die Tür zum Büro öffnete sich. Dieselben Männer, die ihn gebracht hatten, holten Porter auch wieder ab.

Janine, die kleine Philippinin, setzte sich auf und zog sich das weiße Laken über den nackten Busen. Sie schaute zu Serge Aprodov, der neben ihr im Bett lag, und schüttelte den Kopf.

»Das kann ich nicht tun«, sagte sie.

Der Russe tastete nach den Zigaretten, die auf dem Nachttisch lagen. Er zündete zwei Stäbchen an und gab der Philippinin eine davon. Janine rauchte einen tiefen Zug. Sie ließ das Laken los. Es rutschte herunter.

Aprodov rückte näher an Janine heran und küßte die Kronen der herrlichen kleinen Brüste, die sich augenblicklich aufrichteten. »Es ist wichtig«, sagte er. »Es hängt vielleicht alles davon ab.«

»Die Leute haben keine Ahnung, wo dein Freund ist, Serge«, sagte Janine. »Sie sind nur gekommen, um mit dem Oberst Geschäfte zu machen.«

Serge Aprodov nickte. »Möglich«, gestand er ein. »Aber es ist wichtig. Du hast mit den Leuten gesprochen und weißt, daß sie dich haben wollen. Wenn du ja sagst, werden sie dir folgen. Dann haben wir eine Chance, an sie heranzukommen. Hier sind sie immer von einigen Soldaten umgeben.«

Janine rauchte noch einen Zug. Dann drückte sie die Zigarette aus. Serge Aprodov beobachtete sie aus zusammengekniffenen Augen. Lacour hatte Verbindung zum einheimischen Geheimdienst aufgenommen und einiges erfahren. Cotton wollte, daß diese Männer, die wahrscheinlich die neuen Geschäftspartner von Carillo werden sollten, aus dem Verkehr gezogen wurden.

Aprodov wußte nicht genau, warum das wichtig war. »Du wirst gleich runtergehen, Janine, wirst dich mit den Leuten unterhalten und ihnen begreiflich machen, daß du nichts dagegen hättest, wenn ihr etwas Spaß zusammen habt. Aber nicht in diesem Hotel, sondern woanders. Kennst du ein etwas abseits gelegenes Haus?«

Janine nickte. Sie beschrieb Serge Aprodov die Lage. »Es gehört einem reichen Mann aus Manila. Aber es ist verschlossen, und ich habe keinen Schlüssel.«

»Bist du schon einmal dort gewesen?«

Janine nickte. »Mehr als einmal«, antwortete sie. »Wenn der Mann hier ist, gibt er viele Feste für Geschäftspartner. Dann braucht er auch Mädchen.«

»Okay«, sagte der Russe. »Okay, wenn du mit den beiden

Amerikanern kommst, wird das Haus nicht verschlossen sein. Keine Angst, es kann dir nichts passieren.«

Janine lachte auf. »Du verschwindest wieder nach Amerika, aber ich muß hierbleiben, Serge. Sie werden herausfinden, daß ich die Leute in eine Falle gelockt habe, und sie werden mich dafür töten.«

»Du wirst nicht hierbleiben, wenn du nicht willst.« Serge legte den Arm um den schmalen Körper des Mädchens und zog sie an sich. »Ich werde dich mitnehmen, Janine. Ich mag dich. Vielleicht liebe ich dich sogar.«

»Ist das wahr?«

»Ich sage nur das, was wahr ist. Wenigstens meistens.«

»Wann?«

»Gleich«, antwortete der Russe. »Sei vorsichtig! Ich will nicht, daß dir etwas passiert.«

Janine ließ sich gegen ihn sinken und küßte ihn. »Ich werde vorsichtig sein«, versprach sie. »Und ich werde die beiden Amerikaner in das Haus bringen. Darauf kannst du dich verlassen.«

»Okay, dann verschwinde ich jetzt.«

Serge Aprodov stand auf. Er zog sich an und hatte das Zimmer von Janine wenig später verlassen.

Lacour wohnte einige Türen entfernt. Der Franzose öffnete sofort und ließ seinen Freund herein.

»Komm mit!« sagte Serge. »Janine wird die Amerikaner in ein einsames Haus locken, wo wir sie schnappen können.«

Lacour, der auf dem Bett gelegen hatte, stand mit einem Satz auf. »Wann?«

»Sie geht jetzt runter«, sagte Serge. »Ich weiß nicht, wie lange sie braucht. Vielleicht eine Stunde, vielleicht etwas länger. Wir müssen das Haus öffnen.«

Es war keine besonders feine Gegend, in der Charly Watt wohnte. Das Haus war alt. In breiten Flächen blätterte der Putz von der Fassade. Entweder hatte Watt in der Zeit, die er für den Oberst und Canvetti arbeitete, nicht genügend Geld verdient, oder er fühlte sich hier besonders sicher.

Phil betrat das Haus zuerst. Ich wartete einige Minuten auf der anderen Straßenseite. Dann folgte ich meinem Freund. Phil wartete neben dem alten Fahrstuhl, den er skeptisch anschaute.

»Watt wohnt im dritten Stock«, sagte Phil. »Ich gehe lieber zu Fuß, Jerry. In so einem alten Kasten bin ich schon einmal für mehrere Stunden eingesperrt gewesen.«

»Okay, das Risiko können wir wirklich nicht eingehen.«

Wir gingen zu Fuß nach oben. Watt war in der Wohnung, das wußten wir. Er war nicht allein. Er hatte ein Mädchen aus einer Bar bei sich und würde jetzt wohl mit ihr beschäftigt sein. Eine gute Ausgangsposition für Phil und mich.

Um diese Zeit waren Serge Aprodov und Alan Lacour in den Bergen damit beschäftigt, sich die Leute zu greifen, die wahrscheinlich die neuen Geschäftspartner des Obersts waren. Wenn dort alles gutging, hatten wir eine Sorge weniger.

Und um diese Zeit machten sich einige Leute des Geheimdiensts auf den Weg, um eine Razzia in dem Hotel durchzuführen, wo die Männer abgestiegen waren, die zusammen mit McHollister nach Manila gekommen waren. Was diese Unternehmen anging, so machte ich mir nicht die geringsten Gedanken darüber. Vielleicht hatte man die Männer um diese Zeit schon festgenommen, und McHollister stand ziemlich einsam in Manila da.

Jetzt fehlte uns Charly Watt, von dem ich annahm, daß er ganz sicher in der Lage war, etwas mehr über Porter und dessen Verbleib zu berichten. Bei Porter würde sich, das hoffte ich, auch die spurlos verschwundene Angelina befinden.

Im 3. Stock blieben wir stehen und orientierten uns. Die Wohnung Watts befand sich als letzte auf der linken Seite des schmalen Gangs, der an einen Gefängniskorridor erinnerte. Es handelte sich laut Auskunft um ein Einzimmer-

Apartment. Hinter der Tür befand sich ein kleiner Vorraum mit Garderobe, dann sofort der Wohnschlafraum, von dem aus man auch das Bad erreichen konnte.

»Ist es sicher, daß die Nachbarn nicht zu Hause sind?« fragte Phil.

»Vor einer halben Stunde, als das überprüft wurde, war noch niemand da«, sagte ich.

»Okay, dann gehe ich durch eine der Nachbarwohnungen. Wir treffen uns vor Watts Bett, Jerry.«

Phil machte sich am einfachen Schloß der Wohnung zu schaffen. Er brauchte nur einige Sekunden. Dann schnappte der Riegel auf. Gespannt warteten wir auf eine Reaktion. Nichts geschah. Die Wohnung war wirklich verlassen.

»Okay.« Ich nickte Phil zu. »Ich warte genau zwei Minuten. Paß auf, wenn du auf Watts Balkon übersteigst! Es hat geregnet, und alles ist glatt.«

Ich wußte das noch aus eigener Erfahrung, als ich aus dem Hotel hatte flüchten müssen, in dem ich mich mit dem kleinen Geheimdienstmann getroffen hatte.

Phil zog die Tür hinter sich ins Schloß. Ich baute mich an der Wand gegenüber von Watts Wohnung auf und schaute auf die Uhr. Zwei Minuten können verdammt lang sein, wenn man wartet. Ich rauchte einige Züge. Dann ließ ich die Zigarette auf den Boden fallen und trat die Glut aus.

Die zwei Minuten waren um. Ich hob den 38er aus dem Futteral und hoffte, daß auch die Information über die Beschaffenheit der Tür richtig war. Demnach sollte es keine Schwierigkeit bereiten, sie mit einem Anlauf aus dem Schloß zu sprengen.

Ich holte tief Luft, stieß mich von der Wand ab und rammte die Tür mit der linken Schulter.

Die Information war richtig. Das Schloß brach aus. Krachend schlug die Tür an die Seitenwand. Ich katapultierte mich in den Raum und hatte Mühe, auf den Beinen zu bleiben. Taumelnd durchquerte ich den kleinen Vorraum mit der Garderobe und landete Sekunden später im Wohnschlafzimmer, in dessen Mitte ein riesiges Bett stand. Charly Watt saß im Bett, als habe er regelrecht gerochen, daß etwas gegen ihn ihm Gange war.

Ein großer Mann, der einem Bär glich. Der 38er verschwand beinahe in seiner riesigen Pratze. Auch das dunkelhaarige Mädchen neben ihm wirkte zwergenhaft.

»Bevor ich dich über den Haufen schieße, will ich wissen, wer du bist und warum du mir einen Besuch abstattest, Mann«, sagte er, nicht die Spur aufgeregt.

Ich ließ meine Waffe zu Boden fallen. Ich kannte genügend Typen wie Watt. Sie sprachen und gaben sich sehr ruhig, aber sie reagierten hektisch, wenn etwas nicht so lief, wie sie sich das vorstellen.

»FBI, Mr. Watt«, sagte ich.

Er lachte, als hätte er den besten Witz des Jahres gehört. »FBI!« Seine Stimme klang tief. »Dafür kannst du hier in Manila nichts kaufen, Mann.«

Ich nickte. Im Gegensatz zu Watt war ich wirklich ruhig.

Ich wußte, daß sich Phil Decker auf dem Balkon aufhielt und zu jeder Zeit in das Geschehen eingreifen konnte, wenn es kritisch zu werden begann.

»Es macht dich aber doch nervös, Watt«, sagte ich.

»Es stört mich, daß sich hier so viele FBI-Agenten tummeln.«

»Du meinst Porter, nicht wahr, Charly?«

Er nickte.

»Kannst du das Mädchen nicht wegschicken?«

Watt zögerte einige Sekunden. Dann schickte er die Kleine wirklich weg. Ich hatte noch niemals eine Frau so schnell in ihre Kleidung springen sehen. Sie brauchte nicht länger als eine halbe Minute. Dann war sie aus der Wohnung verschwunden. »Hast du noch etwas zu sagen, G-man?«

»Mit Don Alfredo Canvetti geht es mächtig bergab, Watt.«

»Das ist sein Problem. Amerika ist weit.«

»Canvetti hat einige Leute nach Manila geschickt, die dich umlegen sollen, Charly.«

Er schwang die langen Beine aus dem Bett und setzte sich auf. »Warum?« fragte er.

»Der Oberst funktioniert nicht mehr richtig, Watt. Canvetti wartet auf die nächste Lieferung Stoff, aber es kommt nichts über den Teich. Er denkt, ihr hier in Manila spielt falsch und tanzt auf zwei Hochzeiten. Das kann sich ein Mann wie Canvetti nicht bieten lassen. Er war immer der Sieger und läßt sich nicht gern ausbooten. Wenn jemand eine Verbindung aufkündigt, dann will er es tun, und auf seine Art und Weise. Du weißt selbst, was das heißt.«

Watt nickte bedächtig. »Was habt ihr damit zu tun, G-man?«

»Wir wollen Canvetti noch immer haben, Charly.«

»Dann müßt ihr ihn dort schnappen, wo er sich aufhält, Mann. In den Staaten. Ist damit alles klar?«

»Mann, begreifst du nicht? Du stehst auf der Abschußliste, und niemand wird dir helfen. Auch der Oberst nicht. Der hat mit sich selbst zu tun.«

Ich redete wie ein Wanderprediger. Ich wußte es. Es gefiel mir nicht besonders, aber zuerst mußte ich versuchen, Charly Watt auf die sanfte Art auf unsere Seite zu ziehen. Wenn das nicht klappte, dann konnten Phil und ich es immer noch auf eine andere Methode versuchen.

»Ich kann ganz gut allein auf mich aufpassen. Hast du einen Namen?«

»Jerry Cotton.«

»Soll der Name auch auf deinem Grabstein stehen, oder wünschst du ein anonymes Begräbnis?« fragte er und grinste.

»Was ist mit dir, Watt? Willst du grinsend sterben?«

Sofort fror das Grinsen auf seinem Gesicht ein. Seine Augen flackerten. Wahrscheinlich fragte er sich in diesem Moment zum erstenmal, warum ich so ruhig und gelassen vor dem Lauf seiner Kanone stand.

»Hör zu, Watt!« sagte ich so laut, daß es auch Phil auf dem Balkon hören konnte. »Hinter dir auf dem Balkon steht ein

Kollege von mir. Er hätte dir schon lange den letzten Rest Verstand aus dem verdammten Schädel schießen können.«

Watt schlug mit den Lidern wie ein Kolibri mit den Flügeln.

»Das ist verdammt kein Witz, Watt!« sagte Phil vom Balkon her. »Dreh dich besser nicht um, ich habe einen nervösen Zeigefinger.«

Phil klopfte mit dem Lauf seines 38ers gegen die Scheibe der Balkontür.

Watt zuckte zusammen. Seine Augen wurden schmal.

»Wenn dein Kollege schießt, G-man, dann fährst du zusammen mit mir zur Hölle.«

»Wenn mein Kollege schießt, bist du so schnell tot, daß du es nicht einmal bemerkst. Um mich zu erledigen, müßtest du schon vorher abdrücken. Aber was bringt dir das, Mann?«

Ich konnte regelrecht sehen, wie seine Gedanken arbeiteten. In seinen Augen flackerte es. Er hatte Angst, das war überdeutlich zu erkennen. Auch ein harter Mann wie Watt wurde von diesem ekelhaften Gefühl heimgesucht, wenn ihm der Tod im Nacken saß und jede Sekunde zuschlagen konnte.

»Was bringt dir das?« wiederholte ich meine Frage.

»Was, verdammt, habt ihr hier zu suchen?«

»Wir wollen zwei Dinge, Watt, und du kannst uns helfen. Wir wollen Canvetti erledigen und Porter aus seiner sicherlich mißlichen Lage befreien. Und du kannst dich darauf verlassen, daß wir beides tun. Mit oder ohne deine Hilfe.«

Die Waffe in seiner Faust zitterte. »Ich weiß von nichts. Du hättest dich besser gleich an den Oberst gewandt.«

»Wir halten uns an dich. Du sitzt elegant zwischen zwei Stühlen, denn es ist noch niemals gut gewesen, halbherzig für zwei Seiten zu arbeiten. Wenn es Schwierigkeiten gibt, will niemand für dich zuständig sein.«

Ein Ruck lief durch seinen Körper. Es hatte den Anschein, als habe er sich dazu entschlossen, eine Dummheit zu begehen.

»Die Waffe weg, Watt!« rief Phil vom Balkon her.

Ich ließ Watt nicht aus den Augen. Er war Offizier der Marines gewesen. Man hatte ihn darauf gedrillt, eine Sache immer bis zum bitteren Ende durchzustehen. Aber das war schon zu lange her, er hatte es vergessen. Er zögerte einen Moment. Dann ließ er den 38er sinken. Schließlich legte er das Schießeisen neben sich auf das Bett.

Ich nahm die Waffe an mich und öffnete Phil die Balkontür. Phil war naß wie eine Katze. Es regnete draußen. Mein Freund hatte nirgends Schutz vor dem Regen finden können.

Watt tastete nach den Zigaretten. Seine Finger zitterten, als er sich ein Stäbchen in Brand steckte. Er rauchte einen tiefen Zug und strich sich über die semmelblonden Haare, die er im Nacken etwas zu lang trug.

»Ihr könnte hier nichts gegen mich unternehmen«, sagte er dann.

»Wir vielleicht nicht, Charly, wenigstens nicht als Amtspersonen. Aber es gibt andere Möglichkeiten. Es gibt hier auch einen Geheimdienst, der an dir interessiert ist.«

Watt schüttelte den Kopf. »Ich bin Amerikaner.«

»Sicher«, sagte Phil, »aber du beteiligst dich an den Umsturzplänen eines einheimischen Generals. Das ist Hochverrat. Auch als Amerikaner kriegen sie dich hier an den Hammelbeinen. Verstehst du?«

»Es geht euch doch verdammt nicht um Carillo.«

Ich setzte mich und zündete mir eine Zigarette an.

»Hast du mal einige von den Opfern gesehen, die er indirekt auf dem Gewissen hat, weil er das Zeug in die Staaten schaffen läßt?«

Watt schüttelte den Kopf. »Ich habe damit nichts zu tun.«

»Es wird eine neue Lieferung zusammengestellt, Charly. Das weißt du. Du weißt auch, daß Carillo diesmal gegen Dollars liefern und Canvetti umgehen will. Es sind andere Leute in den Bergen, die den Stoff aufkaufen wollen. Richtig?«

Er grinste schwach. »Ist das ein Verhör?«

Ich stand auf und war mit einem Schritt bei ihm. Einen halben Meter von ihm entfernt blieb ich stehen und starrte in seine unruhigen Augen.

»Wir geben dir eine einmalige Chance, Charly«, sagte ich leise, aber doch so scharf, daß er es nicht einfach abtun konnte. »Du hilfst uns bei Canvetti, und du hilfst uns, Porter und seine Tochter freizupauken. Anschließend bist du in den Staaten wieder ein angesehener Mann. Hier hast du keine Zukunft, nachdem Carillo nicht mehr an einen Putsch, sondern ans große Geldverdienen denkt. Bekommst du das in deinen Schädel rein?«

»Begreifst du nicht, daß ich im Grunde ein kleiner Scheißer für Canvetti und auch den Oberst bin, Mann?« fragte er zurück. »Ich bin der Kontakt zwischen Canvetti und dem Oberst. Ich habe ein Art Pufferfunktion. Immer, wenn die beiden sich nicht einig werden, habe ich es auszubaden. Was, verdammt, soll ich denn tun?«

Er war genausoweit, wie ich ihn haben wollte. Er begann sich selbst leid zu tun. Vielleicht hatte er schon seit langem abspringen wollen, aber nie den richtigen Zeitpunkt und die richtige Gelegenheit dafür finden können. Ich gab ihm Feuer, als er sich eine Zigarette aus dem Päckchen nahm. Er rauchte einen Zug und drückte auch diesen Glimmstengel gleich wieder aus. Er war nervös wie ein Schüler vor einer wichtigen Arbeit, für die er nicht richtig gelernt hatte.

»Wir wollen, daß noch eine Lieferung in die Staaten geht, Charly. An Canvettis Adresse. Verstehst du?«

Er nickte zuerst. Dann schüttelte er den Kopf. »Unmöglich«, sagte er. »Der Oberst hat andere Käufer.«

Ich dachte an den Russen und den Franzosen in den Bergen. »Er hatte andere Käufer, Charly. Er hat sie nicht mehr.«

»Was heißt das?«

»Sie sind für dieses Geschäft ausgefallen«, erklärte Phil. »Wir haben hier viele gute Freunde. Wenn es sein muß, dann tun die eine Menge häßlicher Dinge für uns.«

Phil übertrieb schamlos und machte das alles so dramatisch, daß Watt leicht erschauerte.

»McHollister ist in Manila. Er hat auch einige Freunde mitgebracht, die sich unter anderem mit dir beschäftigen sollen, Charly. Wir können diese Leute laufenlassen, dann hast du nicht mehr lange zu leben. Aber wir können sie ebenfalls kaltstellen lassen, dann sind deine Chancen nicht mal so schlecht. Dann steht McHollister allein in Manila. Dann braucht er dich, und du kannst einiges in die Wege leiten.«

Watt überlegte einen kurzen Moment. »Der Oberst wird nicht mitspielen, Cotton.«

»Der Oberst ist unser Problem. Er wird mitspielen.«

Ich sprach das so gelassen aus, als wenn es schon sicher wäre. In Wirklichkeit aber stand die Mitarbeit des Obersts noch in den Sternen. Phil und ich mußten erst einen Weg finden, ihn zu überzeugen.

»Wie kommt das Zeug in die Staaten, Charly?« fragte Phil zwischendurch.

»Als Diplomatengepäck in einer normalen Maschine. Am Flughafen sind einige Leute, die wissen, welches Gepäck sie unbeanstandet passieren lassen müssen. Es hat noch niemals Schwierigkeiten gegeben.«

»Wer nimmt es in Empfang?«

»Meistens McHollister.«

»Und wenn er nicht in der Stadt ist?«

»Anatol hat es manchmal abgeholt.«

»Den hat es in New York erwischt. Wer bleibt dann, Charly?«

»Ich.« Er stand vom Bett auf und machte einige unruhige Schritte durch den Raum. »Dann begleite ich den Flug, nehme das Gepäck in Empfang und liefere es an Canvetti aus. Das ist bislang zweimal passiert.«

»Dann steht dir eine Reise in die Staaten bevor, Charly.«

»Wenn die mich drüben mit dem Zeug schnappen, bekomme ich einmal um die Sonne, Mann.«

»Die werden dich sicherlich nicht schnappen, denn du reist mit unserem Segen. Und der ist eine Menge wert, Charly.«

»Ihr seid verrückt«, keuchte der ehemalige Offizier der Marines.

»Sicher, Charly«, Phil nickte. »Aber auf harmlose, liebenswürdige Art und Weise.«

»Wann?«

»Das wissen wir noch nicht. Es kann sehr schnell gehen, es kann aber auch noch einige Tage dauern. Vielleicht ist es besser, wenn wir dir ein anderes Quartier suchen, he?«

»Das kann ich selbst.«

»Klar, aber wir wissen gern, wo du bist und was du tust.«

»Traut ihr mir nicht?«

»Uneingeschränkt«, antwortete Phil. »Aber wir brauchen dich und wollen nicht, daß dir im letzten Moment noch etwas passiert. Ich bin nicht sicher, ob wir so schnell einen geeigneten Ersatz für dich finden.«

Watt grinste. Die Spannung war aus ihm raus. Er hatte einen Entschluß gefaßt, das war ihm deutlich anzusehen.

»Okay«, sagte er. »Okay. Verschwinden wir von hier!«

»Wo ist Porter?« fragte ich, als er an den Schrank ging, sich anzog und einige wichtige Sachen zusammenpackte.

»Den könnt ihr vergessen.«

»Wo ist er?«

»Im Ausbildungscamp in den Bergen. Passen mehr als dreihundert Leute auf ihn auf. Da kommt niemand rein und niemand raus, wenn der Oberst es nicht will.«

»Und was ist mit dir, Charly? Du hast die Leute einmal ausgebildet. Dich kennt man, he?«

Watt stopfte sich das Hemd in die Hose und schloß den Gürtel. »Bei einer solchen Aktion kann man leicht draufgehen«, sagte er. »Wer begleitet dann den Transport in die Staaten und sorgt dafür, daß das Zeug in die richtigen Hände kommt?«

Watt hatte recht. Es war unser Job, Canvetti ein Bein zu

stellen. Das war unser Auftrag. Porter spielte in dieser Aktion keine Rolle. Er lief nebenher und stand zumindest erst an zweiter Stelle. Wenn wir wegen Porter riskierten, daß Canvetti uns wieder einmal durch die Finger schlüpfte, dann hatten wir gegen die Anweisungen gehandelt.

Aber Porter war ein Freund und ein Kollege. Wir wußten, wo er war. Moralisch hatten wir die Verpflichtung, alles zu versuchen, um ihm zu helfen. Und da gab es noch Angelina, die sich wahrscheinlich ebenfalls im Camp befand.

Was das anging, mußten wir nach dem ungeschriebenen Gesetz handeln, daß ein Menschenleben mehr wert ist als die Aufdeckung einer Straftat oder die Überführung des Straftaters.

»Wir treffen uns mit zwei ehemaligen Legionären, Watt«, sagte ich. »Sie haben zusammen mit Porter gedient und verstehen ihr Handwerk. Wir werden die Sache besprechen und nach einer Möglichkeit suchen. Vielleicht geht es ohne dich. Wenn nicht, dann machen wir es zusammen.«

»Dann verliert ihr Canvetti, verdammt!«

»Das ist noch nicht raus«, antwortete Phil gelassen und schien sichtlich erleichtert, daß ich gerade diese Entscheidung zugunsten Porters und Angelinas getroffen hatte.

»Vorher setzt du dich mit McHollister in Verbindung, Watt«, sagte ich. »Du beruhigst ihn und versprichst, dafür zu sorgen, daß es eine nächste Lieferung gibt. Wahrscheinlich wird er sich mit Canvetti in Verbindung setzen. Der wird zwar etwas mißtrauisch sein, aber letztlich wird er froh sein, die Sendung zu bekommen. Was meinst du?«

»Ich denke, daß es darauf hinauslaufen wird.«

»Okay, dann verschwinden wir von hier. Ich gebe dir McHollisters Adresse und Telefonnummer. Komm nicht auf dumme Gedanken! Du hast dich freiwillig auf unsere Seite geschlagen. Das ist der Grund, weswegen man dir drüben in den Staaten alle Sünden vergeben wird. Okay?«

Für einen Moment hatte es den Anschein, als wolle er auf mich losgehen. Dann beherrschte er sich, und seine unfreundliche Miene klarte wieder auf. Ich hatte ihn beleidigt, das sah ich ein.

»Okay, Charly«, sagte ich und streckte ihm die Hand entgegen. »Okay, vergiß, was ich gerade gesagt habe! Wir haben alle unsere schlechten Tage.«

Er nahm die Hand. Im nächsten Augenblick bereute ich es, sie ihm gegeben zu haben. Ich hatte das Gefühl, als befänden sich meine Finger zwischen den Backen eines Schraubstockes, der langsam immer mehr zugedreht wurde.

Es gibt Typen, die können sich noch so verkleiden und noch so harmlos tun, man erkennt bei ihnen doch auf den ersten Blick, daß sie auf der Lauer liegen.

Zwei dieser Typen saßen in einem alten Chevy, der auf dem kleinen Parkplatz des Blue Moon Motels stand.

Männer mit gleichgültig erscheinenden Gesichtern, aber unruhigen Augen. Die Scheinwerfer des Ford, den Phil fuhr, strichen lange genug durch den Innenraum des Chevy, um das alles erkennen zu können.

»Sind noch mehr zu sehen?« fragte ich meinen Freund.

Ich hatte mich auf der Rückbank lang gemacht, und die hintere Lehne der Bank war rausmontiert, so daß ich einen direkten Durchstieg in den geräumigen Kofferraum des Ford hatte.

»Niemand sonst, Jerry. Das Motel sieht ziemlich tot aus.«

»Das sind sicherlich nicht alle«, sagte ich skeptisch.

Ich hatte im Motel angerufen und nach Yvonne gefragt. Angeblich kannten sie keine Frau namens Yvonne. Ich hatte dennoch meinen Namen, Donovan, hinterlassen und mein Kommen angekündigt.

Dann hatte ich aufgelegt, ohne die Antwort des Mannes an der Reception abzuwarten. Ich war sicher, wenn sich die Mulattin nicht ohnehin im Motel aufhielt, hatte man sie verständigt. Jetzt, nachdem seit dem Telefonat beinahe zwei Stunden vergangen waren, würde sie mich erwarten.

Die ersten Spürhunde saßen in dem alten Chevy. Im Motel würden sich wahrscheinlich noch mehr Leute aufhalten.

»Okay, Jerry?« fragte Phil.

»Okay«, sagte ich und kroch in den Kofferraum des Wagens, der sich von innen öffnen ließ. Ich zog die Rückenlehne der Sitzbank wieder vor und saß im Dunkeln.

Phil und ich hatten alles besprochen. Es gab sicher einige Dinge, die man im voraus nicht abschätzen konnte, aber mit etwas Glück konnten wir es schaffen.

Von Serge und Alan hatten wir die Nachricht erhalten, daß in den Bergen alles glatt gegangen war. Sie hatten die Amerikaner abgefangen und in die Stadt gebracht. Einige Leute, die sie nicht kannten und die zum Geheimdienst gehörten, hatten die Männer in Empfang genommen, um sie auszufragen. Danach machten der Franzose und der Russe sich auf den Weg, um sich mit Watt zu treffen. Militärs unter sich!

Sie sollten eine Lösung unseres Problems mit Porter und Angelina suchen. Auch die Sache mit McHollister war erledigt. Watt hatte mit ihm gesprochen und ihn beruhigen können. Die beiden verabredeten, daß sich McHollister passiv verhielt, während Watt für die Beförderung der Ladung auf schnellstem Wege nach New York sorgen sollte.

»Alles in Ordnung, Jerry?«

»Sicher, Phil.«

Ich entsicherte den 38er und duckte mich zusammen. Einige Sekunden verstrichen. Dann hörte ich das ekelhafte Geräusch von gestauchtem Blech, als Phil den Ford gegen den Chevy setzte. Der Motor wurde abgewürgt, und Phil fluchte ellenlang. Er öffnete die Tür und stieg aus.

»Müßt ihr Idioten euch auch ausgerechnet dort hinstellen, wo ich parken will?« fragte Phil ziemlich ungehalten.

Türen schlugen. Die beiden Männer mußten in diesem Moment den Chevy ebenfalls verlassen haben.

»Keine Aufregung«, sagte Phil. »Das ist ein Versicherungsschaden. Wenn ihr wollt, können wir die Polizei dazuholen.«

»Was willst du hier?«

»Ich dachte, das sei ein Motel«, antwortete Phil. »Ich will ein Bett, etwas zu trinken und wenn es sich arrangieren läßt, auch noch etwas Warmes ins Bett.«

Phil lachte meckernd.

»Hast du getrunken?« wollte einer der Männer wissen.

»Etwas, aber das ist nicht der Rede wert. Was machen wir mit dem Schaden, ich . . .«, Phil brach mitten im Satz ab.

»Was soll das?« fragte er dann mit weinerlicher Stimme. »Ich bin doch kein Schwerverbrecher, den man mit der Waffe in Schach halten muß, verdammt!«

»An den Wagen und die Hände hoch!«

Ich löste den Riegel des Kofferraums und hielt den Deckel mit der linken Hand fest. Jetzt kam es wirklich darauf an, daß Phil die beiden so postierte, wie wir es abgesprochen hatten. Wenn uns ein Fehler unterlief, konnten wir die ganze Aktion vergessen. Dann würde alles andere auch schwierig werden.

Sekunden verstrichen. Dann klopfte Phil auf das Wagendach. Das verabredete Zeichen, daß alles in Ordnung war.

Vorsichtig ließ ich den Kofferraumdeckel aufschwingen.

Einer der Kerle aus dem Chevy stand mir genau vor der Nase. Er hatte sich zur Seite gedreht, hielt eine Waffe in der Hand und bedrohte damit Phil, der die Hände auf das Wagendach gelegt hatte, und gerade von dem anderen Mann durchsucht wurde.

Ich richtete mich auf, hob den 38er und drückte ihn dem Mann in die Seite.

Er zuckte zusammen, doch er machte keine verdächtige und keine unkontrollierte Bewegung. Er war ein Profi. Er kannte die Spielregeln.

Meine Hand tastete an seiner Seite hinauf. Ohne daß ich ihn besonders dazu auffordern mußte, ließ er die Waffe so weit sinken, daß ich sie ihm aus der Hand nehmen konnte.

Dann stieg ich aus dem Kofferraum. In genau dieser Sekunde drehte sich der Mann, der Phil durchsucht hatte, in meine Richtung.

Er war nicht so besonnen wie sein Kollege. Mit einem schnellen Schritt versuchte er zurückzuweichen, und seine Rechte glitt unter das Jackett.

Ich hätte auf ihn schießen können, aber das konnten wir uns zu diesem Zeitpunkt nicht leisten.

Phil stieß sich von der Karosserie des Ford ab und wirbelte herum. Ich sah seine Faust wie einen Schatten durch die Dunkelheit jagen. Sie landete am Kopf des Mannes, der versuchte, seine Waffe zu ziehen.

Er wurde herumgerissen.

Phil setzte sofort nach. Ein Haken setzte den Kerl außer Gefecht, bevor er Unsinn anstellen konnte.

Der andere, den ich vor dem Lauf meines 38ers hatte, bewegte sich nicht. Er hatte die Luft angehalten und stieß sie jetzt schubweise wieder aus.

»Okay«, sagte Phil, nachdem er sich davon überzeugt hatte, daß der Mann am Boden auch wirklich das Bewußtsein verloren hatte.

»Wer seid ihr?« fragte der Hagere, der sich vor dem Lauf meiner Waffe befand.

»Auf keine Fall Freunde«, sagte ich. »Gibt es irgendeinen Grund für dich, weiterzuleben?«

Der Hagere zuckte zusammen. Auch bei den schlechten Lichtverhältnissen war deutlich zu erkennen, daß er bleich wurde. Er zog den Kopf zwischen die Schultern.

»Ich habe eine Familie.«

»Schön für dich«, sagte ich böse. »Hoffentlich ist die Familie intakt, und hoffentlich liebt man dich auch, Freund.«

Der Hagere nickte. »Was wollt ihr, verdammt?«

»Da rein«, sagte Phil und deutete auf den Eingang des Motels. »Wir haben zwar keine Familie, aber wir haben andere Menschen, die uns lieben und uns wiedersehen wollen. Verstehst du?«

»Nein.«

»Mein Freund meint, er will nicht, daß uns dort drinnen etwas passiert«, erklärte ich. »Wir haben eine Verabredung mit einer Freundin, und die wird nicht allein sein. Wer befindet sich bei Yvonne, und wer sichert sie ab?«

»Wir«, sagte der Hagere und startete damit den schwachen Versuch, stark zu sein.

Ich verstärkte den Druck meiner Waffe. Es tat ihm weh. Er verzog das Gesicht.

»Auf diese Art und Weise bist du schneller unter der Erde, als dir lieb sein kann«, warnte ich ihn. »Wie viele Leute sind im Motel?«

»Zwei.«

»Wo halten sie sich auf?«

»Einer draußen vor dem Fenster und ein anderer in einer Nische auf dem Gang. Man kann ihn nicht sehen, wenn man reinkommt.«

»Ist das alles?«

»Yvonne ist im Zimmer.«

»Sonst niemand?«

Er schüttelte den Kopf. Ich schaute in sein Gesicht. Ich wußte nicht, ob ich ihm trauen konnte. Vielleicht witterte er doch noch eine Chance.

»Du gehst immer vor uns her, Freund«, sagte Phil. »Wenn es Schwierigkeiten gibt, weil du falsche Angaben gemacht hast, dann wird es dich als ersten erwischen.«

Keine Reaktion. Er schien die Wahrheit gesagt zu haben. Jedenfalls hatte ich den Eindruck, denn er war nicht besonders tapfer.

Phil wandte sich ab, verschnürte den Mann, den er knockout geschlagen hatte, knebelte ihn und legte ihn in den Kofferraum des Chevy. Als er sich wieder aufrichtete, rieb er sich den Schweiß von der Stirn. Es war schwül an diesem späten Abend, und es sah danach aus, als werde es ein Gewitter geben.

»Wo befindet sich Yvonnes Zimmer?«

»Auf der Rückseite.«

»Okay, dann machen wir uns auf den Weg.«

Der Hagere zierte sich nicht. Er hatte sich damit abgefunden, daß er uns gehorchen mußte. Und er hing am Leben wie alle.

Wir kreuzten den dunklen Parkplatz bis zur Ecke des langgezogenen Gebäudes. Dort blieben wir stehen. Phil hielt den Hageren in Schach, und ich linste vorsichtig um die Ecke. Es dauerte einige Sekunden, bis ich ihn sah.

Er stand im Schutz einiger Büsche, vielleicht drei Meter von der Fassade und den Fenstern entfernt. Er zündete sich gerade eine Zigarette an. Im Lichtschein des Streichholzes erblickte ich sein Gesicht. Er war jung. Aber er hatte ein hartes Gesicht mit etwas zu eng beieinanderstehenden Augen.

»Warte hier!« flüsterte ich Phil zu.

Ich entfernte mich von dem Gebäude, schlug einen weiten Bogen und befand mich im Rücken des Jungen, als ich wieder auf das Motel zusteuerte. Bis zu den Büschen mußte ich etwa dreißig Meter zurücklegen. Wenn er sich auch nur einmal umdrehte, mußte er zumindest meinen Schatten sehen, denn für mich gab es keine Deckung, und die Büsche standen so weit auseinander, daß man durch sie hindurchschauen konnte.

Das Herz schlug mit bis zum Hals hinauf, als ich über die freie Fläche rannte. Meine Finger krallten sich um den Knauf des 38ers. Der Boden war weich und vom Regen noch schlüpfrig. Zweimal taumelte ich und konnte mich nur mit Glück auf den Beinen halten.

Es waren noch drei Meter bis zu den Büschen, als der Junge unruhig wurde. Ich ließ mich der Länge nach in den Dreck fallen und drückte mich dicht gegen den Boden.

Genau zum richtigen Zeitpunkt.

Der Junge drehte sich in meine Richtung um und schnippte die Zigarettenkippe zwischen die Büsche. Dann trat er unruhig von einem Bein aufs andere, sah sich suchend um und drehte sich schließlich seitlich zu den Büschen, um Wasser zu lassen.

Ich richtete mich auf, als er intensiv damit beschäftigt war. Mit einigen schnellen Sprüngen stand ich hinter ihm. Im letzten Moment hörte er mich zwar kommen, aber es war zu spät, noch etwas gegen mich zu unternehmen.

Ich zögerte keine Sekunde. Ich hob den 38er und schlug den Jungen nieder. Lautlos kippte er zur Seite und blieb mit offener Hose liegen.

Zwei Minuten später tauchte ich wieder neben Phil auf und nickte ihm zu. Ich hatte den Jungen gefesselt und geknebelt. Er würde so schnell nicht aufwachen. Und selbst wenn, so konnte er doch keinen Alarm schlagen.

»Es gibt nach hinten heraus Terrassen, Phil«, sagte ich. »Ich denke, ich werde es schaffen, ins Zimmer von Yvonne zu kommen. Nimm du vorsichtshalber den Haupteingang! Versuch den letzten Mann kaltzustellen! Sicher ist sicher.«

»Okay.« Phil sah den Hageren an. »Du gehst voraus, Freund. Wird es Schwierigkeiten geben?«

Der Hagere schüttelte den Kopf. »Wir haben ein Walkie-talkie im Wagen. Wir hätten die Leute drin warnen sollen, wenn etwas passierte. So rechnet niemand mit einem Zwischenfall. Außerdem kann er von der Nische aus den Gang nicht überblicken. Es wird keine Schwierigkeiten geben.«

Ich nickte Phil zu und wartete, bis er mit dem Hageren verschwunden war. Dann schlich ich selbst zu der Stelle, an der ich eben den Jungen erwischt hatte.

Es gab nur ein beleuchtetes Fenster. Ich konnte nicht in den Wohnraum hineinschauen, denn schwere Läden waren vor die Scheibe gelassen. Dafür war die Terrassentür ungesichert.

Lautlos huschte ich auf die Holzterrasse. Einige Dielen knackten unter meinem Gewicht. Ein ziemlich lautes Geräusch! Atemlos drückte ich mich seitlich gegen die Fassade neben der Terrassentür und wartete angespannt.

Nichts geschah. Die Geräusche waren wohl doch nicht laut genug gewesen, um den Ton des eingeschalteten Fernsehgeräts zu überdecken.

Meine Finger tasteten zum Griff der Verandatür. Vorsichtig drückte ich ihn hinunter. Ich hatte es fast erwartet, daß die Tür nicht verschlossen war, denn schließlich hätte der Junge von außen eingreifen müssen, wenn es zu einem Zwischenfall gekommen wäre. Aber es überraschte mich doch mit einem wohligen Schock.

Die Tür bewegte sich ausgesprochen leise in den Angeln. Ich stand im Schlafzimmer des kleinen Apartments und schob die Tür wieder ins Schloß.

Yvonne Carillo sah sich eine Musiksendung an. Die Konserve eines Rockkonzerts aus dem New Madison Square Garden in New York. Um ein Haar hätte ich gegrinst.

Vom Schlafraum aus ging es direkt in den Living-room. Ich blieb einige Sekunden vor der Tür stehen und überlegte.

Wenn Yvonne, aus welchem Grund auch immer, von innen abgeschlossen hatte, würde ihr ein ergebnisloser Versuch verraten, daß etwas nicht in Ordnung war. Also gab es nur einen Weg: Ich mußte die Tür gewaltsam öffnen. So überraschte ich Carillos Tochter auf jeden Fall.

Ich trat zurück und nahm zwei Schritte Anlauf.

Das Holz splitterte, als ich mit der linken Schulter das Türblatt richtig traf.

Die Tür wurde aus dem Rahmen gesprengt. Ich hatte so viel Schwung drauf, daß ich erst an der gegenüberliegenden Wand abbremsen konnte.

Yvonne Carillo, die Tochter des Obersts, lag auf der Couch. Sie hielt eine Zigarette zwischen den schlanken Fingern. Jetzt starrte sie nicht mehr auf den Bildschirm, sondern auf mich.

Links neben dem Bett auf einem kleinen Tisch lag eine Beretta.

Ich ahnte, daß sie es trotz allem versuchen würde.

Mit einem Satz befand ich mich an der Couch und versetzte dem Tisch einen Tritt. Er kippte um. Die Waffe rutschte von der Platte, als sie gerade danach greifen wollte.

»Das ist doch nichts für dich, Baby«, sagte ich und grinste sie an. »Du solltest dich nach einem Mann umsehen, Hausfrau werden und einige Kinder bekommen.«

Sie stieß einen Fluch aus und fuhr von der Couch hoch. Die Finger waren leicht nach innen gebogen, und ihr Körper war angespannt wie eine Feder. Bevor sie auf mich losgehen konnte, schüttelte ich den Kopf.

»Besser, du versuchst es nicht«, sagte ich leise. »Es ist eine schlimme Branche, und man hat auch als Frau keinerlei Rücksicht zu erwarten.«

Sie entspannte sich, trat einen Schritt zurück und setzte sich wieder auf die Couch. Für einen kurzen Moment starrte sie mich feindselig an. Dann strich sie sich die langen schwarzen Haare in den Nacken und verzog das hübsche Gesicht zu einem Lächeln.

»Jerry Cotton«, sagte sie. »G-man Jerry Cotton.«

Natürlich kannte sie mich. Sie hatten meinen Paß, und sie verfügten über ausgezeichnete Beziehungen.

»Alles in Ordnung, Jerry?« fragte Phil von draußen.

»Alles in Ordnung«, antwortete ich. »Wir kommen gleich zum Wagen.«

»Okay.«

Schritte entfernten sich auf dem Gang.

Ich zündete mir eine Zigarette an und setzte mich in einen der Sessel, die locker um einen kleinen Tisch gruppiert waren.

»Was jetzt?« fragte Yvonne.

»Das hängt nicht von mir, sondern vom Oberst ab, Baby. Ich habe dir gesagt, es ist eine schlimme Branche, und man hat auch als Frau keine Rücksicht zu erwarten.«

»Willst du mich umlegen?«

»Ungern«, gab ich zu und ließ meinen Blick über ihre aufregende Figur streifen. »Wirklich sehr ungern, Baby. Liebt dein Vater dich?«

»Er ist mein Vater«, antwortete sie. »Und du bist ein Mann.«

Sie setzte sich steil auf und begann damit, die Knöpfe ihres enganliegenden Kleides zu öffnen. Ich wartete, bis sie zwei geöffnet hatte. Dann winkte ich ab.

»Dazu ist keine Zeit, Baby. Vielleicht später, wenn wir uns noch einmal wiedersehen. Ruf den Oberst an!«

»Ich denke nicht daran.«

Ich ging zum Telefon und tippte die Nummer des Geheimdienstes ein.

»Ich bin im Motel«, sagte ich. »Wir haben Yvonne Carillo. Wollt ihr sie etwas fragen?«

»Wer ist das?«

Sie hatte das Kleid wieder zugeknöpft und war von der Couch aufgestanden.

»Leute, die etwas gegen deinen Vater haben und sich von dir einige Informationen versprechen«, antwortete ich. »Ich kenne ihre Methoden nicht, aber ich kann mir nicht vorstellen, daß es Gentlemen sind, Baby.«

»Leg auf!«

»Ich melde mich später wieder«, sagte ich in die Muschel und hängte ein. Dann wandte ich mich der Mulattin zu. »Du hast nichts Gutes zu erwarten, Baby. Die Sache mit Porter geht zum Teil auf dein Konto, und du wirst in eine Menge anderer Schweinereien verwickelt sein. Du hast nichts Gutes zu erwarten, wenn die richtigen Leute dich schnappen.«

Sie antwortete nicht. Sie schaute an mir vorbei, als sie zum Telefon ging und wählte. Es dauerte einen kurzen Augenblick, bevor sich der Oberst am anderen Ende der Leitung befand.

»Es ist schiefgegangen«, sagte sie leise.

Ich ging zu ihr und nahm ihr den Hörer aus der Hand. »Cotton«, meldete ich mich. »Sie kennen mich. Wenigstens dem Namen nach, Carillo.«

»Weiter?«

»Sie haben genau zwei Stunden Zeit, Oberst«, sagte ich.

»Wozu?«

»Um mit Porter und Angelina an einen Treffpunkt zu kommen und die letzte Lieferung für New York zusammenzustellen. Was das angeht, brauchen Sie nicht in vollem Umfang zu liefern, Carillo.«

»Was bringt mir das?«

»Nicht die Million, die Watt in Ihrem Namen für Porter verlangt. Aber Ruhe, Carillo. Und es bringt Ihnen Ihre Tochter zurück, wenn Ihnen das etwas bedeutet.«

Am anderen Ende der Leitung stieß er einen Fluch aus. »Sie haben keine Möglichkeit . . .«

»Hören Sie, Oberst, wir haben alle Möglichkeiten! Einige Spezialisten von uns befinden sich in den Bergen. Wir kennen jede Ecke des Camps und wissen, wo sich die Munitionskammern befinden. Es wird ein Riesenfeuerwerk geben. Dann bleibt auch Ihren Freunden in der Armee und der Regierung nichts anderes übrig, als sich um den Vorfall zu kümmern. Außerdem werden zwei Heroinküchen wegradiert.«

»Du bist verrückt!« keuchte Yvonne, die sich wieder auf die Couch gesetzt hatte und nach der Beretta schielte, die halb unter der Heizung am Fenster lag.

»Yvonne wird in die falschen Hände geraten, Carillo, und ich bin sicher, man wird sie zum Reden bringen. Das alles sind häßliche Dinge, die ich eigentlich nicht tun möchte, es sei denn, Sie zwingen mich dazu.« Für einen Moment herrschte Schweigen am anderen Ende der Leitung.

»Sie wollen Don Alfredo Canvetti«, sagte der Oberst dann. »Das haben Sie immer gewollt , und deshalb ist auch Porter nach Manila gekommen.«

»Richtig, Oberst. Wir wollen Canvetti. Was sich hier abspielt, interessiert uns nicht. Canvetti hat Ihnen kein Glück und kein großes Geld gebracht. Sie gehen auf meine Bedingungen ein und können hier in aller Ruhe weitermachen. So ist das, Oberst. Ein guter Soldat gibt eine Schlacht verloren, wenn sie nicht mehr zu gewinnen ist.«

»Geben Sie mir meine Tochter an den Apparat!«

Ich winkte Yvonne heran und streckte ihr den Hörer entgegen. Während sie mit ihrem Vater redete, hob ich die Beretta vom Boden auf, um die Mulattin nicht unnötig in Versuchung zu führen.

»Wann und wo?« fragte Yvonne.

»Der Oberst soll alles vorbereiten. Wir melden uns in einer Stunde.«

Yvonne gab es an ihren Vater weiter, nickte und legte auf.

»Es geht in Ordnung«, sagte sie.

»Wenn er einen faulen Trick versucht, Baby, kann er nichts damit gewinnen. Hoffentlich weiß er, daß wir keine Anfänger sind.«

»Er wird keinen Trick versuchen, Cotton.«

Wir standen mit dem Wagen auf einem Parkplatz am Stadtrand von Manila. Yvonne Carillo saß neben mir auf der hinteren Sitzbank. Phil saß am Steuer. Neben ihm Charly Watt. Irgendwo auf dem Platz, ich wußte nicht genau, wo, hatten sich Alan Lacour und Serge Aprodov versteckt, um notfalls einzugreifen, wenn es wider Erwarten doch einen Zwischenfall geben sollte.

Yvonne rauchte nervös und blickte alle paar Minuten auf ihre Armbanduhr.

»Er kommt«, sagte sie, als sie meinen fragenden Blick auffing. »Er kommt bestimmt.«

»Das hoffe ich für dich«, antwortete ich. Irgendwie tat sie mir leid, obgleich ich sicher war, daß sie kaum Mitleid mit Porter oder Angelina gehabt hatte. Sie glaubte daran, daß sie erledigt war, wenn der Oberst sich nicht an die Abmachungen hielt, die wir noch einmal telefonisch besprochen hatten.

Es war bereits zehn Minuten über die vereinbarte Zeit. Auch Phil und Charly Watt wurden langsam nervös.

»Verdammt«, sagte Watt.

Ich zuckte mit den Schultern. »Es ist eine große Stadt. Es gibt vieles, weswegen man sich verspäten kann.«

»Der Oberst kommt«, wiederholte die Mulattin, als müsse sie sich selbst Mut zusprechen. Immer, wenn die Rede auf ihren Vater kam, sprach sie nur vom Oberst. Ich hatte sie noch nicht einmal Dad sagen hören.

Yvonne schnippte die angerauchte Zigarette aus dem Fenster und griff gerade nach einer frischen, als Scheinwerfer die Dunkelheit durchschnitten.

»Das ist er«, sagte sie. Es klang, als sei sie in diesem Moment von einer schweren Last befreit worden. »Das ist er!« Watt griff unter das Jackett und zog eine Waffe. Er entsicherte sie mit einem knackenden Geräusch und barg sie schließlich zwischen seinen Beinen.

Phil blendete einmal mit den Scheinwerfern auf und ab. Das Zeichen für den Fahrer des Obersts. Und gleichzeitig auch das Zeichen für den Franzosen und den Russen.

Der Wagen rollte langsam näher. Ein alter Dodge, der an der Seite eingebeult war, als habe er gerade einen kleinen Unfall gehabt. Zwei Meter von unserem Ford entfernt wurde der Dodge angehalten. Die Innenbeleuchtung wurde eingeschaltet. Nur zwei Personen waren zu sehen. Carillo und der Fahrer des Wagens.

Ich stieg aus. Watt kümmerte sich weiter um Yvonne. Es nieselte leicht. Ich zog den Kopf ein und ging langsam auf den Dodge zu. Die Seitenscheibe wurde heruntergekurbelt. Zum ersten Mal sah ich den Oberst. Ich war enttäuscht. Ich hatte mir einen großen, schneidigen Offizier vorgestellt. Er war eher klein und untersetzt.

»Cotton?« fragte er.

Ich nickte. »Ich vermisse Porter und Angelina, Oberst.«

»Was ist mit Yvonne?«

»Bis jetzt ist sie noch in Ordnung.«

»Sind das alle Leute im Wagen?«

Ich schüttelte den Kopf. »Es sind noch einige auf dem Platz verteilt«, antwortete ich. »Neutrale Leute, kein Geheimdienst.«

Der Oberst zog den Kopf wieder ein. Er griff nach einem Walkie-talkie und nahm über das Sprechfunkgerät Verbindung zu einem anderen Fahrzeug auf.

»Der Wagen wird in zwei Minuten hier sein«, sagte er. »Kann ich mit Yvonne sprechen?«

»Sobald die Verhandlungen abgeschlossen sind«, sagte ich abweisend und zündete mir eine Zigarette an.

Der zweite Wagen tauchte auf. Er stoppte neben dem Dodge. Porter und Angelina stiegen aus. Porter blieb stehen und wollte etwas sagen. Ich winkte ab und gab Watt ein Zeichen. Sekunden später verließ auch Yvonne unseren Ford.

»Wo ist das Geschenk für Canvetti?« fragte ich, als Watt und Yvonne Carillo neben mir standen.

Der Oberst reichte einen Diplomatenkoffer aus dem Fenster.

Ich gab Watt mit einem knappen Wink zu verstehen, daß er noch warten solle. Ich öffnete den Koffer und überzeugte mich davon, daß es der richtige Inhalt war.

»Okay«, sagte ich dann und nickte dem kleinen, untersetzten Mann zu. »Keine Feindschaft, Oberst! Ich hoffe, wir sehen uns niemals wieder.«

Carillo verzog jetzt das Gesicht und grinste.

Yvonne stieg zu ihm auf die Rückbank. Der Oberst gab dem Fahrer ein Zeichen. Im nächsten Moment zogen beide Wagen an und waren wenig später verschwunden.

Watt stieß die angehaltene Luft aus. »Mann Gottes«, stöhnte er. »Das hätte ich niemals für möglich gehalten.«

Ich wandte mich ab und ging zum Ford. Porter und Angelina saßen hinten. Ich stieg zu ihnen. Kaum daß ich mich gesetzt hatte, flog Angelina mir um den Hals und küßte mich mit einer Leidenschaft, die mir den Schweiß auf die Stirn trieb.

Serge Aprodov und Alan Lacour ließen sich ebenfalls blicken. Es wurde eng im Wagen. Porter schwieg so lange, bis Phil startete und den Parkplatz verließ.

»Ich weiß nicht, was ich sagen soll«, murmelte Porter dann.

»Nichts«, antwortete ich. »Du kannst eine Tischrede schreiben und sie später in New York verlesen, wenn du uns alle zum Abendessen einlädst, Brian. Wir haben nicht viel Zeit. Wir müssen zum Airport.«

»Okay.« Porter nickte und rieb sich die Augen.

Angelina blieb an mir kleben, aber das hatte wohl nichts zu bedeuten, denn es war wirklich eng in dem Ford.

Die Maschine mit Charly Watt landete um 20 Uhr 15 auf dem Kennedy International Airport in New York.

Phil, Serge, Alan, Brian Porter, Angelina und ich waren mit einer Spezialmaschine aus Manila abgeflogen und hielten uns seit Stunden in der Stadt auf. Seit ich wieder New Yorker Boden unter den Füßen hatte, waren die Tage in Manila wie weggewischt.

Phil und ich warteten im Empfangsterminal. An der Zollkontrolle befanden sich andere G-men unter der Leitung von Steve Dillaggio. Wenn Charly Watt die Sperre passierte, würde er Steve und den Kollegen die Zollbeamten benennen, die Don Alfredo Canvetti für solche Transporte gekauft hatte.

Von Manila aus hatte Watt noch einmal Verbindung mit Canvetti aufgenommen und ihm mitgeteilt, daß McHollister Schwierigkeiten in der Stadt bekommen habe und den Transport nicht durchführen könne. Canvetti hatte daher darauf bestanden, daß Watt es in die Hand nahm, genau wie einige Male vorher.

Von diesem Augenblick an war für uns die Sache beinahe gelaufen.

»Watt ist durch«, meldete sich mein Kollege Steve Dillaggio über Walkie-talkie. »Es sind drei Zollbeamte. Wir werden sie festnehmen.«

»Wartet damit!« sagte ich. Im letzten Moment fiel mir ein, daß sie vielleicht Verbindung mit Canvetti aufnehmen mußten, um ihm zu sagen, daß alles wie immer bestens gelaufen war. »Bleibt an den Leuten dran, Steve! Ich gebe euch Nachricht, wann ihr sie euch greifen könnt.«

Ich war froh, daß Steve sich vor der Festnahme noch einmal gemeldet hatte.

Um ein Haar hätte ich einen Riesenfehler begangen.

Phil stieß mir in die Seite, als ich mir eine Zigarette anzündete. Er nickte zum Ausgang aus dem Transitbereich.

Charly Watt tauchte dort auf. Er trug den Diplomatenkoffer in der Hand, den der Oberst mir in Manila gegeben hatte. Watt blieb stehen, warf einen schnellen Blick auf eine Normaluhr und wandte sich dann der Reihe von Telefonzellen zu.

Ich hatte keine Ahnung, ob Watt von diesem Augenblick an beschattet wurde. Möglich war es. Wir konnten auf keinen Fall Verbindung mit Watt aufnehmen. Jetzt betrat er eine Kabine, warf einen Nickel in den Schlitz und wählte eine Nummer. Er hatte das Telefonbuch aufgeschlagen und hielt einen Kugelschreiber in der Hand.

Ich wußte, er hatte die Seite 111 aufgeschlagen. Sobald er mit Canvetti gesprochen und einen Treffpunkt vereinbart hatte, würde er den Treffpunkt und die genaue Zeit auf diese Seite schreiben.

»Einer der Zöllner hat telefoniert«, meldete Steve Dillaggio über Walkie-talkie.

»Wahrscheinlich mit Canvetti, um ihm mitzuteilen, daß Watt durch ist, Steve. Wartet noch, bevor ihr etwas gegen die Männer unternehmt! Wir können uns keinen Fehler leisten.«

»Okay, Jerry.«

Ich nickte Phil zu. Wir verließen unseren Standplatz und begaben uns langsam in die Nähe der Telefonkabinen.

»Wenn Canvetti jetzt anbeißt, Jerry, dann haben wir ihn«, sagte Phil. Es lag viel Hoffnung in seiner Stimme.

Drei Minuten verstrichen. Watt führte ein längeres Gespräch mit Canvetti. Dann verließ er die Kabine. Er blickte nicht einmal in unsere Richtung, obgleich er uns gesehen haben mußte. Hochaufgerichtet und mit schnellen Schritten kreuzte er die Halle und war wenig später aus unserem Blickfeld verschwunden.

Joe Brandenburg und einige andere Leute würden ihn draußen auf dem Parkplatz erwarten und ihn nicht aus den

Augen lassen. Falls Watt wirklich Schatten hatte, würde Joe das schnell herausgefunden haben.

Ich wartete, bis jemand anders die gleiche Kabine benutzt hatte. Dann betrat ich sie. Ich schlug die Seite 111 des New Yorker Telefonbuches auf.

Kensington Road 1634. 23 Uhr, 17. Etage, Büro Lennox Ltd.

Ich wählte die FBI Zentrale an und verständigte meinen Kollegen Zeerookah. Ich nannte ihm die Adresse, die Watt hinterlassen hatte.

»Keinen Krach, Indianer!« sage ich zu Zeerookah. »Sondier' die Lage! Kennst du die Gegend?«

»Sogar das Gebäude«, antwortete Zeerookah. »Ein Bürohochhaus ohne Privatwohnungen. Um diese Zeit ist es dort einsamer als auf dem Zentralfriedhof um Mitternacht.«

»Okay, Zeery. Mach dir schon mal Gedanken darüber, wie wir Watt absichern können, ohne Canvetti mißtrauisch zu machen! Wir müssen damit rechnen, daß Canvetti schon jemand in das Büro gesetzt hat und auch später nicht allein sein wird.«

»In Ordnung, Jerry.«

»Wo können wir uns treffen?«

»Einen Block südlich ist ein kleines Café, Jerry. Ich erwarte dich da.« Ich hängte ein und verließ die Telefonkabine. Phil war schon nach draußen gegangen. Er erwartete mich auf dem Parkplatz.

»Joe hat sich gemeldet«, sagte er. »Sie haben sich mit einem Chevy hinter Watt gehängt. Aber sie versuchen nicht, etwas gegen ihn zu unternehmen. Im Moment sitzt Watt in einem Restaurant und ißt ein Steak. Die Leute sitzen draußen im Chevy und warten.«

»Also traut Canvetti ihm nicht.«

»Vielleicht ist es nichts anderes als die übliche Sicherheitsmaßnahme«, antwortete Phil und zuckte mit den Schultern. »Fahren wir zur Kensington?«

Ich nickte. »Zeerookah ist draußen und schaut sich um, Phil. Ich habe ein verdammt komisches Gefühl im Bauch.«

McHollister konnte seinen Auftrag in Manila nicht erledigen. Er selbst und auch die drei Männer, die er mitgenommen hatte, fielen aus.

Seit Stunden brütete Canvetti darüber, ob jemand versuchte, ihm eine Falle zu stellen. Er spielte alle Möglichkeiten durch und setzte sich zuletzt noch einmal mit Carillo in Manila in Verbindung.

Carillo bestätigte ihm McHollisters Ausfall. Angeblich hatte es Streit wegen eines Mädchens gegeben und McHollister war betrunken gewesen. Die Polizei hatte ihn kassiert. Was aus den drei anderen Männern geworden war, wußte Carillo angeblich nicht. Der Oberst hatte die Ladung an Watt gegeben und auch überwacht, daß er die richtige Maschine erwischte.

Und Watt war gelandet. Er hatte den Zoll passiert, ein Beamter hatte es bestätigt, und sich anschließend vom Kennedy International Airport gemeldet. Watt hatte den Flugplatz verlassen, war nach Manhattan gefahren und saß gerade in einem Restaurant. Die Leute, die er zum Flugplatz geschickt hatte, beobachteten Watt. Sie hatten bestätigt, daß Watt nur das eine Gespräch mit ihm, Canvetti, geführt und sonst nicht wieder nach dem Hörer gegriffen habe.

Im Grunde lief alles so ab, wie es schon zweimal mit Charly Watt abgelaufen war, wenn er den Transport übernommen hatte. Kein Grund, sich über etwas Gedanken zu machen. Dennoch war Canvetti voller Mißtrauen.

Er griff nach dem Telefon und wählte die Nummer der Lennox Ltd. in der Kensington. Am anderen Ende wurde der Hörer augenblicklich abgehoben.

»Alles in Ordnung, Sir«, meldete der Mann, den Canvetti schon vor zwei Stunden dorthin geschickt hatte. »Es ist ruhig wie immer. Sie können rauskommen.«

Canvetti legte auf. Langsam, aber sicher beruhigte er sich wieder, und sein Mißtrauen begann einzuschlafen. Immer war es glattgegangen. Warum sollte es ausgerechnet diesmal anders sein? Nur weil McHollister in Manila Krach wegen eines Mädchens bekommen hatte und von der Polizei vorübergehend festgenommen worden war? Canvetti schüttelte den Kopf und strich sich durch die grauen Haare. Er hatte, was er brauchte. Er konnte liefern, und die Bemühungen der Leute von der Cosa Nostra aus Newark würden wieder einmal ins Leere gehen. Keiner seiner Dealer sprang ab, wenn er ihn beliefern konnte. Er hatte die besseren Konditionen für die Leute, und sie fühlten sich in seiner Organisation sicher. Canvetti zog die Schreibtischschublade auf, holte eine 45er heraus und steckte sie ein, bevor er aufstand. Er hatte die Waffe lange nicht mehr am Körper gespürt. Das schwere Gewicht wirkte sich zusätzlich beruhigend auf ihn aus.

Zeerookah erwartete Phil und mich in dem kleinen Café. Er hatte sich einen Ecktisch ausgesucht, an dem wir uns ungestört unterhalten konnten.

»Es scheint doch Schwierigkeiten zu geben, Jerry«, sagte mein indianischer Kollege. »Das Büro ist besetzt. Ich war im gegenüberliegenden Block und konnte mit dem Glas hineinschauen. Ein Mann hält Palastwache.«

»Ein Mann im Büro, und hinter Watt hängen zwei weitere Leute«, sagte Phil nachdenklich. »Vielleicht hat das alles nichts zu bedeuten. Vielleicht ist es normal. Aber darauf können wir uns nicht verlassen.«

»Natürlich nicht«, stimmte ich Phil zu und blickte dann Zeerookah fragend an. »Welche Wege gibt es in das verdammte Büro hinein?«

»Nur den durch die Tür, Jerry.«

Ich schüttelte den Kopf. »Es muß einen anderen Weg geben, Zeery. Watt ist zwar bewaffnet. Aber ich denke, sie werden ihm die Kanone abnehmen, wenn er sich mit Canvetti trifft. Er hat nicht mal einen versteckten Sender bei sich. Wenn wir von außen zuschlagen, kann Canvetti gewarnt werden. Dann steckt er den Stoff jemandem zu, oder aber er vernichtet ihn.«

»Es gibt vielleicht eine Möglichkeit über den Außenfahrkorb, Jerry. Er läßt sich von der Gondel aus steuern. So kannst du dich an das Fenster heranbringen.«

»Okay«, sagte ich. Aber es war mir noch nicht genug. Ich hatte Watt Sicherheit versprochen. Ich wollte alles tun, um sein Leben nicht zu gefährden. Wir hatten für morgen eine Einladung zum Abendessen von Porter und seiner Tochter. Daran sollte Watt teilnehmen, denn er hatte nicht unwesentlich dazu beigetragen, daß in Manila alles sauber über die Bühne gegangen war.

»Du gehst davon aus, daß sie Watt ans Leben wollen?« fragte Phil.

Ich nickte. »Er weiß ziemlich viel, Phil. Warum soll Canvetti ein unnötiges Risiko eingehen?«

»Wir können vom Hausmeister den Schlüssel bekommen und einige Leute im Nebenbüro unterbringen, Jerry«, sagte Zeerookah.

»Und wie sollen die ...«

Bevor ich zu Ende sprach, fiel es mir ein.

»Okay, Zerry. Du verschwindest zusammen mit Phil im Nebenbüro. Laßt euch mit dem richtigen Sprengstoff ausrüsten! Oder nehmt einen Feuerwerker mit! Das ist besser. Er soll die Ladung so anbringen, daß die Zwischenwand nur in sich zusammenfällt, wenn es darauf ankommt. Ich stehe mit euch über Walkie-talkie in Verbindung und gebe euch Nachricht, wenn es soweit ist. Es muß schnell gehen. Burschen, die sich dann im Büro der Lennox Ltd. aufhalten, dürfen nichts mehr unternehmen. Okay?«

Die beiden nickten.

»Dann macht euch auf den Weg! Wir haben nicht mehr viel Zeit.«

Es war kalt hier oben. Der Wind zerrte an meiner Kleidung, und die Gondel schwankte leicht hin und her. Nichts für einen Mann, der nicht schwindelfrei und seefest ist.

Ich hatte die Gondel, die sonst von den Fensterputzern benutzt wurde, direkt über dem Fenster des Büros angehalten, in dem sich zu diesem Zeitpunkt drei Leute befanden.

Don Alfredo Canvetti, der vor zehn Minuten erschienen war, und zwei Pistolenmänner, die ich nicht kannte.

Wenn ich mich auf den Boden der Gondel legte, konnte ich durch einen schmalen Spalt einen Blick in den Raum unter mir werfen. Die Möglichkeit, daß sie mich entdeckten, war verschwindend gering. Dazu hätte schon jemand ans Fenster treten und in die Wolken starren müssen. Steil nach oben. Wer tat das schon, wenn er keinen besonderen Grund dazu hatte? Phil und Zeerookah befanden sich zusammen mit einem Sprengstoffspezialisten im Nebenbüro. Seit über einer Stunde. Sie hatten also Zeit gehabt, alles so vorzubereiten, daß es auch klappte, wenn es soweit war.

Die Leute unten sagten nichts. Canvetti hatte sich hinter den Schreibtisch gesetzt. Er rauchte und starrte auf die gegenüberliegende Wand, als habe er es im Gespür, daß mit dieser Wand bald etwas geschehen würde. Rechts und links neben der Tür saßen die beiden Pistolenmänner. Hin und wieder blickten sie auf die Uhr.

Noch zehn Minuten verstrichen. Dann läutete das Telefon. Mit einem Ruck hob Don Alfredo Canvetti den Hörer ab und preßte ihn gegen sein Ohr.

»Okay«, sagte er und legte wieder auf. Dann wandte er sich an die Männer rechts und links neben der Tür. »Er kommt!« Die beiden standen auf und verteilten sich so im Zimmer, daß sie jeden Winkel überblicken konnten.

Zwei Minuten später läutete es an der Tür.

Canvetti zuckte zusammen, schaute noch einmal zu den beiden Männern und drückte schließlich den Knopf, mit dem man die Tür von hier aus öffnen konnte.

Charly Watt erschien. Er blieb in der Tür stehen und sah zuerst Canvetti an, dann die beiden Pistolenmänner.

»Was soll das?« fragte der hünenhafte Mann. »Die letzten beiden Male waren wir allein, Canvetti.«

»Wir haben den Modus geändert, Charly«, antwortete der alte, grauhaarige Gangsterboß, hinter dem wir so lange vergeblich hergewesen waren. »Setz dich!«

Watt setzte sich auf den Stuhl, der vor dem Schreibtisch stand. Er fühlte sich unbehaglich, denn die beiden Männer standen nun hinter ihm. Mit einem eleganten Schwung beförderte er die Diplomatentasche auf den Schreibtisch und schob sie in Canvettis Richtung.

»Es war nicht leicht«, sagt er dabei. »Wenigstens nicht in Manila. Wenn Sie mich fragen, diese Verbindung können wir abschreiben. Porter hat zuviel Wind gemacht. Die Behörden sind auf den Oberst aufmerksam geworden. Dann taucht McHollister auf, benimmt sich wie ein Schwein auf Urlaub und landet natürlich prompt bei der Polizei. Ich weiß nicht, was sie ihn alles fragen werden, Canvetti. Aber wenn sie auch nur ahnen, daß McHollister in Sachen Rauschgift unterwegs war, dann wird es keine fröhliche Zeit für ihn. Ich kenne ihn nicht gut genug, aber ich kenne die Methoden der dortigen Polizei. McHollister wird den Mund nicht lange halten können.«

Canvetti nickte gelassen und gab einem der Männer einen Wink. Der trat von hinten an Watt heran.

»Ich lasse auch niemand mehr mit einer Kanone an mich ran, Charly«, sagte der grauhaarige Alte. »Also mach keine Schwierigkeiten!« Watt wirkte angespannt. Für einen Moment schien es, als werde er es nicht einfach mit sich geschehen lassen. Dann jedoch überlegte er es sich anders und ließ sich die Waffe abnehmen.

Erst jetzt schenkte Canvetti dem Koffer Beachtung. Er zog ihn dichter heran und öffnete ihn. Dann nahm er den Inhalt heraus und legte alles auf den Schreibtisch. Seine Miene verfinsterte sich. »Das ist nicht einmal die Hälfte von dem, was Carillo liefern wollte, Charly.«

Watt zuckte mit den Schultern. »Das ist alles, was ich bekommen habe. Ich weiß nicht, was Sie mit dem Oberst abgesprochen haben.«

»Bist du sicher, daß du nicht etwas beiseite gebracht hast?«

»Wann denn?« fragte Watt. »Ihre Leute waren mir die ganze Zeit auf den Fersen.«

Canvetti glaubte ihm nicht. »Wo ist der Rest, Charly?«

»Zum Teufel damit!« fluchte Watt. »Das ist alles.«

Der Mann, der ihn gerade entwaffnet hatte, schlug zu. Der Schlag traf Watt am Kopf und warf ihn zu Boden. Wütend drehte er sich um und versuchte, wieder auf die Beine zu kommen, als ihn ein Tritt in die Seite traf.

»Wo ist der Rest, Charly?« wiederholte Canvetti seine Frage. »Ich habe dir schon lange nicht mehr getraut. McHollister sollte dich eigentlich in Manila umlegen. Das werden wir hier erledigen. Aber vorher singst du, das kannst du glauben! Wir haben hier auch ausgezeichnete Methoden, um einen Mann zum Reden zu bringen.«

Die Situation begann kritisch zu werden.

»In fünf Sekunden, Phil«, sagte ich in das Walkie-talkie und erhob mich vom Boden der Gondel. Ich zählte bis drei. Dann ließ ich die Kabine tiefer gleiten.

Der Mann, der sich eben noch mit Watt beschäftigt hatte, sah mich, denn er starrte genau auf das Fenster.

Er wollte einen warnenden Schrei ausstoßen. Aber in dieser Sekunde war die Zeit um, die ich Phil gegeben hatte.

Mit einem entsetzlichen Knall fiel die Wand in sich zusammen, die sich Canvettis Schreibtisch genau gegenüber befand und die er vor kurzer Zeit noch so sinnend angestarrt hatte. Mit beiden Füßen gleichzeitig trat ich die große Panoramascheibe ein und ließ mich in den Raum fallen.

Staub und Dampf wallten durch das Büro. Es war nicht viel zu sehen, aber ich wußte, wo Watt lag und wo Canvetti sich aufhielt.

Ich sprang auf den Schreibtisch zu, hinter dem Canvetti gerade noch gesessen hatte. Er war aufgesprungen, zurückgewichen und hielt eine 45er in der Faust. Wie ein Irrer starrte er mich an, während sich Phil und Zeerookah einen

Weg ins Büro gebahnt hatten und die beiden Pistolenmänner überwältigten.

»Was ist, Canvetti?« fragte ich und starrte genau in den Lauf der 45er, die in seiner Hand zitterte. Er war lange aus dem Training und nicht mehr so gut, wie er vielleicht einmal gewesen war.

»Ich habe es gewußt!« kreischte er. »Ich habe dem Hund von Watt schon lange nicht mehr vertraut. Ich habe es gewußt!«

»Weg mit der Kanone, Canvetti!« brüllte Phil. Canvetti drehte sich in die Richtung von Phil. Sein Gesicht verzog sich zu einem häßlichen Grinsen. »Ihr denkt, ihr habt mich aufs Kreuz gelegt, wie?«

Wir hatten ihn, das war sicher, und daran konnte er nichts mehr ändern. Da nutzten ihm weder seine guten Beziehungen, seine ausgezeichneten Rechtsanwälte noch sein Geld. Canvetti war erledigt, obgleich er noch immer mit der Kanone mitten im Büro stand, aus dem sich der Rauch und der Staub langsam verflüchtigten.

Niemand hatte auf Watt geachtet. Der war nicht untätig geblieben. Im Schutz des Rauchs hatte er sich bis unter den Schreibtisch von Canvetti vorgearbeitet.

»Ich werde euch umlegen!« kreischte Canvetti weiter. »Alle werde ich umlegen. Ihr bekommt mich nie!«

Er täuschte sich.

Ich sah, wie Charly Watt langsam die Hände ausstreckte und dann zugriff. Er bekam die Beine von Canvetti zu packen und riß den Gangsterboß mit einem Ruck zu Boden.

Canvetti ruderte wild mit den Armen und verlor seine Waffe. Watt ließ ihn los und stand auf. Er klopfte sich den Staub aus der Kleidung und griff nach den Zigaretten, die auf dem Schreibtisch lagen.

»Verdammter alter Narr!« stieß er gegen Canvetti hervor. »Du wolltest mich umlegen lassen, he? Du wolltest die G-men umlegen, he? Du meinst, du kannst die ganze Welt umlegen, wenn du es nur willst, he?«

Canvetti setzte sich auf. Er wollte aufstehen, fiel aber wieder auf den Boden zurück. Eine traurige Gestalt war der Mann jetzt, den wir erst geschnappt hatten, nachdem wir einen so weiten Umweg über Manila hatten machen müssen. Er saß da, starrte Watt an, dann Phil, dann mich, und Tränen rannen ihm übers Gesicht.

Canvetti, der viele Eltern zum Weinen gebracht hatte, weil ihre Kinder sich mit seinem Rauschgift umgebracht hatten, der viele Frauen zum Weinen gebracht hatte, weil ihre Männer durch ihn zu Tode gekommen waren, Canvetti weinte um sich selbst.

Ich starrte ihn an. Ich konnte ihn nicht mal hassen. Nicht mal nach allem, was wir in Manila mitgemacht hatten. Ich spürte nichts, als ich mich abwandte und zur Tür ging, durch die nun Joe Brandenburg und Steve Dillaggio kamen.

»Kümmert euch um ihn«, sagte ich.

»Ich werde euch alle umbringen lassen!« jaulte Canvetti in den höchsten Tönen. »Alle!«

Ich wandte mich zu Watt um, nachdem Phil an meine Seite getreten war.

»Okay, Charly«, sagte ich. »Vergiß die Verabredung nicht, die wir morgen abend mit Porter, Angelina, Serge und Alan haben! Porter wird eine Tischrede halten. Das war noch niemals seine starke Seite.«

Watt nickte grinsend. Phil folgte mir nach draußen. Vor dem Fahrstuhl blieben wir stehen und warteten auf die Kabine, die von unten heraufkommen mußte.

»Und jetzt, Jerry?«

»Jetzt gehen wir essen«, antwortete ich.

»Aber nicht philippinisch«, sagte Phil und streckte mir eine angezündete Zigarette entgegen.

ENDE DES
DRITTEN BUCHES

Band 31 436

Jerry Cotton

Im Namen des Präsidenten

Originalausgabe

Wir vom FBI sind stolz darauf, für unser Vaterland zu arbeiten und zu kämpfen. Daß aber einer von uns zum Berater des Präsidenten aufsteigt und in seinem Namen agiert, das ist der Höhepunkt der Karriereleiter. Ich, Jerry Cotton, war der Glückliche, und ich war fest entschlossen, bei diesem Geheimauftrag Schaden von meinem Land fernzuhalten. Das kriegten meine islamitischen Kontrahenten auch voll zu spüren …

BASTEI LÜBBE

Porque también yo tuve dos mecedoras verdes, un armario repleto de juguetes y un problema con patas, Rosannina.

1

Carlota tenía un perro. Un setter irlandés precioso, decían...

Las orejas gachas se le balanceaban cuando iba de paseo. Carlota sujetaba la correa. El perro se paraba en cada esquina, husmeaba el suelo, chupaba los zapatos de charol de su ama y, de repente, pegaba un brinco, salía corriendo y tiraba de Carlota tras de sí.

Se trataba de un perro juguetón. La niña no era demasiado fuerte y no podía con él.

Marcos los miraba desde el balcón y le hacían gracia. Parecían divertirse. Cuando llegaban a la farola, el perro se detenía y Carlota con él, tan feliz. A pesar de que andaba medio sudorosa y le faltaba la respiración.

Carlota era simpática. Se reía mucho. Con una risa de campanitas. En el colegio decían que era un poco cursi, con aquellos lazos rojos tan tiesos que le recogían el cabello en dos coletas. Siempre iba vestida de domingo, daba lo mismo que fuera martes o jueves. Pero no era remilgada. Pese a sus volantitos y a sus vestidos blancos, blancos, no le importaba subirse al columpio y volar muy alto, o tirarse con fuerza por el tobogán del patio de atrás. Lo que pasaba era que nunca se ensuciaba como los demás, como Marcos.

Durante el recreo se zampaba unos pastelillos recubiertos de chocolate o de fresa, con mucho azúcar. Muy dulces, como ella. Marcos pensaba que quizá era por eso: tantos pasteles en el estómago hacían que fuera tan dulce, tan fina, tan educadita. A lo mejor si él comía pasteles... Pero mamá decía que no. Que lo único que pasaría si comía pasteles era que se pondría gordo, gordo, y los dientes se le caerían a trozos.

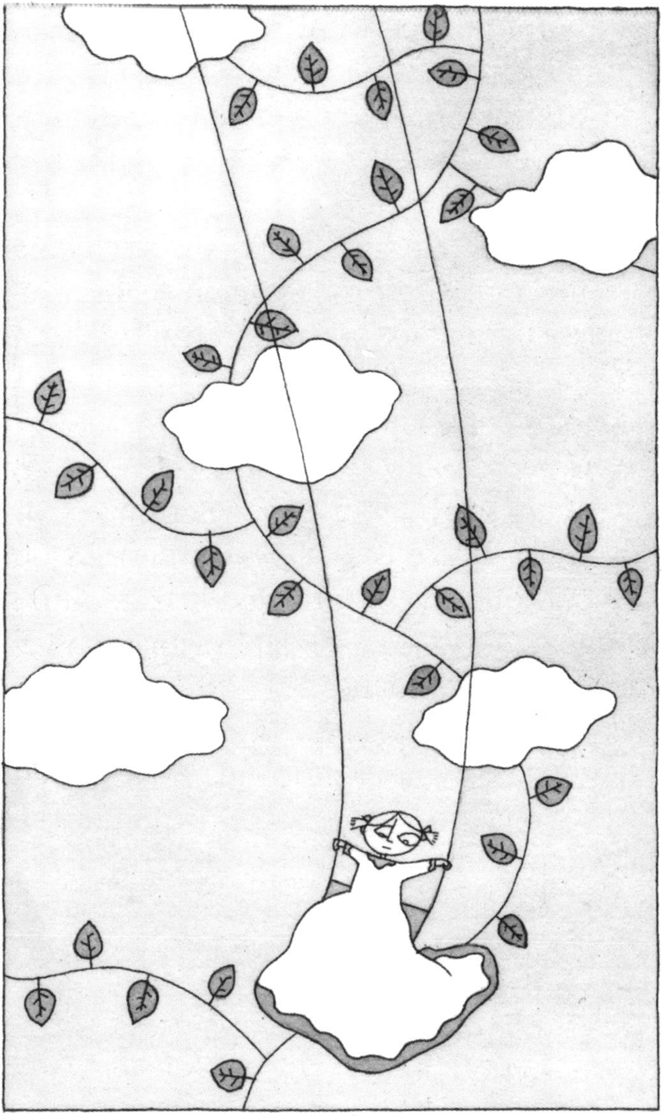

—Donde esté un buen bocadillo de jamón... —decía.

Sí, Carlota era muy simpática. Además, vivía a dos casas de Marcos. ¿Qué más se podía pedir?

Pero había un problema, un problema bastante grande. Y precisamente ahora el problema levantaba la pata junto al borde de la acera.

Marcos entró en casa.

—Mamá, ¿a ti te gustaría tener un perro?

—Pero, ¿qué dices, hijo? ¡Un perro! Con lo sucios que son. Un trabajo más para mí, porque nadie lo iba a cuidar. Además, con el miedo que tú les tienes.

Pues sí, ése era el problema. Marcos, en cuanto veía un perro, salía corriendo. Le daba lo mismo que fuera grande o pequeño, macho o hembra. Ni siquiera se fijaba en esos detalles. Bastaba con que el can se acercara a husmearlo, ladrara de contento o simplemente lo mirara con los ojos muy fijos, muy fijos.

También era mala pata. Carlota ya lo había invitado más de una vez a su casa.

«Tengo un cuarto de jugar que te va a encantar. Con unas mecedoras verdes preciosas y un armario repleto de juguetes. Yo te lo enseño y tú eliges a lo que quieres jugar. ¿Vale?»

Todas las frases de Carlota terminaban con un «¿vale?» cantarín.

Pero Marcos siempre se buscaba alguna excusa: que si tenía que ir al dentista, que si venía su abuela de visita, que si los deberes del colegio... En fin, una lata. Y Marcos tenía miedo de que un día Carlota se cansara y no lo invitara más. Porque así se acabaría su amistad. Casi antes de que hubiera empezado. Por eso se lo dijo a mamá y ésta, como casi siempre, le dio la solución:

—Pues dile que venga ella, así no se traerá al perro. Y podréis jugar toda la tarde, tan contentos.

¡Claro! ¿Cómo no se le había ocurrido a él?

Pues no se le había ocurrido porque él no sabía casi nada. En cambio, mamá... mamá ya podía. ¡Con el montón de años que tenía! ¡Así, cualquiera!

Eso no lo pensaba él. Bueno, sí. Lo pensaba desde que lo dijo papá. Papá dijo algo así como que «más sabe el diablo por viejo que por diablo». Luego miró a Marcos y le preguntó si entendía lo que quería decir. El niño tuvo que confesar que ni pizca. Así que papá se lo explicó, con la voz que ponía él cuando quería parecer listísimo:

—Marcos, mamá sabe muchas cosas, ¿verdad? Pues no es sólo porque las ha estudiado. Es que, además, ha vivido mucho y eso le ha hecho aprender de la vida.

Papá se tocó las gafas y se puso muy serio. Lo malo fue que mamá también se puso seria. Y dijo:

—Ya está bien, Manolo. Que el niño se va a creer que soy Matusalén.

¿Y quién era ese señor? Entonces Marcos tuvo que preguntar. Porque si no sabía quién era, ¿cómo iba a imaginar que mamá era él? Y se lo contaron. Resulta que era un señor que vivió muchos años hacía muchos años.

Total, que se hizo la hora de la cena y mamá se fue a la cocina. Entonces papá se puso contento, porque a mamá se le había pasado el mal humor. Ya no se acordaba de que la había llamado vieja.

Después, Marcos, ya en la cama, había pensado que si era mejor aprender de la vida que en la escuela, no tenía por qué perder el tiempo estando allí tantas horas. ¡Menudo despilfarro! Pero, cuando a la mañana siguiente insinuó su idea, mamá, que sabía tanto, le dijo:

—¡A callar! Acábate el desayuno y a correr, que llegas tarde al colegio.

Eso ya había pasado hacía mucho tiempo. Por lo menos, por lo menos, una semana. Ahora había que pensar en mañana, que era cuando venía Carlota a jugar.

—¿Y qué nos pondrás de merendar?

—Pues... pan con jamón.

—Es que mañana viene Carlota.

—Ya lo sé, hijo. Pero no hay nada más sano que el pan con jamón.

—¿Y por qué no nos das pan con chocolate?

De todas formas, no sería como los pastelillos que comía Carlota; pero con un poco de imaginación... En cambio, por mucha imaginación que le echasen al jamón...

—Que no, Marcos, que no. Luego te duelen los dientes y tenemos un disgusto.

Bueno, el disgusto lo tendría él cuando viera la cara que pondría su amiga al ver el bocadillo.

2

A Marcos aún le quedaba la esperanza de que viniera su abuela a pasar la tarde. La abuela traía siempre unas cajitas muy cursis, muy cursis.

Eran de color azul cielo y en una esquina tenían una cinta rosa, rizada como un tirabuzón. Lo más gracioso de todo era que la cinta estaba pegada con una etiqueta, en la que ponía con letras doradas «FELICIDADES».

Eso a Marcos le daba risa, porque no era su cumpleaños, ni su santo, ni el día del padre o de la madre, ni siquiera el santo de la portera, que se llamaba doña Restituta.

Su nombre le daba tanta vergüenza a la portera que no se había preocupado nunca de buscar qué día había que celebrarlo. Ella decía que no tenía santo. ¡Menuda tontería! Así se quedaba sin regalos. Sólo se los hacían en Navidad. Entonces mamá le daba una barra de turrón, del duro, que era malo para los dientes y en casa no había quien se lo comiera. Pero doña Restituta se ponía muy contenta y decía que qué buenos eran los señores del quinto. ¡Siempre tan atentos!

Pero vosotros os preguntaréis qué había dentro de la caja. Porque las cajas no se comen y nosotros estábamos hablando de la merienda. Pues en la caja había diez pastas surtidas y Marcos pensaba que tocaban a cinco. Cinco para Carlota y cinco para él.

Eso, claro, suponiendo que viniera la abuela, que viniera en el momento de la merienda y que se fijase en Carlota. Si la miraba bien, Carlota le iba a gustar, porque la abuela también era muy fina y le gustaban horrores las puntillas y los volantes, las uñas limpias y que la trataran de usted.

Pero todo eso era demasiado suponer.

Y se acercaba la hora y la abuela no venía y los bocadillos de jamón ya estaban preparados sobre la mesa de la cocina.

De repente, sonó el timbre de la puerta.

Marcos estaba tan nervioso que le parecía que no podría ni hablar. Eso de tener una invitada, y de postín... Con lo mucho que le gustaba Carlota y lo que hablaban en el colegio. Y ahora, no sabía ni qué iba a decir.

—Pero, Marcos, ¿no has oído el timbre? Ve a abrir, será tu amiguita.

Ya iba, ya iba; pero es que el pasillo se había vuelto muy largo y no se acababa nunca.

Marcos llegó, por fin, a la puerta y se le ocurrió mirar por la mirilla. Justo en el mismo momento el timbre volvió a sonar. ¡Qué susto se llevó el muchacho! Pegó un salto y su cabeza chocó contra la madera. ¡Huy, qué daño! ¡Pues sí que era impaciente Carlota!

Marcos abrió.

Desde luego, aquel señor del bigote no se parecía en nada a Carlota. Llevaba una cartera bajo el brazo y miraba a Marcos con una sonrisa de oreja a oreja.

—¿Está tu mamá, guapo?

¡Qué manía con llamarle guapo! Ya tenía siete años, casi ocho. Los mayores eran bastante tontos.

—Sí, señor.

—Pues vete a buscarla, rico.

¡Huy, qué señor más pesado!

Marcos cerró la puerta y dejó al señor fuera.

—¡Mamá! No es Carlota. Es un señor con un bigote enorme.

Mamá salió de la cocina y se quitó el delantal con mucha prisa. Abrió la puerta y el señor del bigote se había convertido en Carlota.

—Pues yo no le veo el bigote por ningún sitio.

—Es que no... Ella es... ¡Carlota!

La niña no sabía qué decir. Se rió y su risa hizo sonreír a mamá. Entonces Carlota se explicó:

—Es que ese señor me ha dicho que ustedes iban a abrir y por eso no he llamado.

¡Claro! Entonces Marcos vio en la puerta de enfrente al señor del bigote. No paraba de hablar y la vecina lo miraba con resignación.

Había sacado de la cartera un montón de folletos de muchos colores.

—Fíjese: usted no tendrá que hacer nada. Simplemente aprieta el botón y «Su Mano Derecha» limpiará por usted. Le dejará las alfombras como nuevas. La utilizará a todas horas. Verá cómo se trata de una inversión, no de un desembolso. Y en cómodos plazos, ni siquiera se dará cuenta del precio del aparato. ¡Tantas horas libres! Sin duda notará la diferencia.

—¿Y para qué quiero yo tener tanto tiempo? Me aburriría sin nada que hacer —y doña Clara le cerró la puerta en las narices.

La vecina de Marcos era así.

El señor no se desanimó. Dio media vuelta, fue hacia la otra puerta y comenzó con su discurso:

—Aquí tiene una verdadera oportunidad. Se trata de la aspiradora «Su Mano Derecha». Fíjese: usted no tendrá que hacer nada. Simplemente aprieta el botón y «Su Mano

Derecha» limpiará por usted. Le dejará las alfombras...

—Perdone, pero ya tengo aspiradora —y la mamá de Marcos cerró la puerta.

¡Menudo día tenía el señor del bigote! A Marcos casi le dio pena.

El vendedor le hizo gracia y sus nervios se evaporaron como por encanto. El niño se fue con Carlota a su cuarto y jugaron toda la tarde a vendedores. Carlota se encerraba en la habitación y Marcos golpeaba la puerta con los nudillos. Se rieron muchísimo, porque Marcos cada vez se inventaba algo nuevo que vender: jamones, huevos de chocolate, bicicletas, estuches de lápices, balones de reglamento y hasta pipas como las que fumaba papá.

La hora de la merienda se acercaba y a Marcos, de pensar en los bocadillos, se le estaban quitando las ganas de reírse. Con lo que se estaban divirtiendo.

Mamá fue a buscarlos:

—¿Queréis merendar?

—Yo no tengo mucha hambre —contestó Marcos.

La verdad era que se le hacía la boca agua; pero cuando Carlota viera los bocadillos... Y la abuela sin venir.

—¡Huy, sí, vale! —chilló la niña alborozada.

Ahora sí que ya no había remedio.

—Bueno, pues venid a la cocina.

Por el camino, a Marcos se le ocurrió que a lo mejor mamá tenía alguna sorpresa preparada. Seguro que encima de la mesa habría una tarta de chocolate. Pero no, allí seguían los bocadillos de jamón y dos vasos con zumo de naranja. Nada más.

A Carlota los ojos se le abrieron de par en par. Ya sabía Marcos que algo malo iba a ocurrir. Ahora la niña no volvería a jugar con él. Con lo bien que se lo habían pasado.

Pero Carlota dijo algo muy extraño:

—¡Qué ilusión, bocadillos! ¡Con lo que a mí me gustan! —cogió el suyo y le dio un mordisco enorme.

Aquello sí que era raro...

3

Hay que ver lo que se habían reído de Marcos hoy en el colegio. Marcos también se rió; pero lo hizo porque ya era muy mayor para llorar. Se puso rojo, rojo.

Resulta que la maestra les estaba explicando que había muchas medidas. Unas servían para medir las cosas y otras para medir el tiempo.

A ella le gustaba que hablaran en clase, que se rieran, que alborotaran. Cuanto más gritaban, más parecía divertirse. Por eso les propuso un juego:

—Seguro que muchos de vosotros habéis oído en casa cómo vuestros padres emplean en su vocabulario palabras que hacen referencia a estas medidas. ¿Qué tal si me decís las que se os ocurran? Comenzaremos con las de tiempo, que son más fáciles.

Las manos empezaron a levantarse.

—Una hora.

—Un minuto.

—Un segundo.

—Muy bien, muy bien. ¿Se os ocurre alguna más? —dijo la maestra.

Y entonces Marcos se decidió. No estaba muy seguro, pero por probar... Mamá siempre decía que lo importante era participar, que vieran que ponías interés. Así que levantó la mano.

—Sí, Marcos.

Y Marcos lo soltó:

—Un periquete, señorita.

Al momento, toda la clase estalló en carcajadas.

¡Ay! ¿Qué es lo que había dicho? Entonces fue cuando Marcos se puso rojo, rojo. ¡Qué rabia! Seguro que lo del «periquete» era un disparate. Pero es que la abuela siempre decía:

«Ya verás cómo te comes la sopa en un periquete».

«Qué bien lo hemos pasado en el cine. Se nos ha acabado la película en un periquete».

A la maestra casi se le escapó la risa; pero, de repente, cerró la boca y se puso muy seria.

—¡Todos a callar! —esta vez no le gustó que los demás chillaran—. Marcos, no te preocupes. En cierta forma tienes razón, el periquete es una medida de tiempo; pero para cada uno de nosotros mide un tiempo distinto, por eso en este caso no nos sirve. Yo pedía medidas exactas. ¿Sabéis alguna más?

Y nadie supo más. Así que a Marcos se le pasó la vergüenza. Los demás no sabían medidas exactas ni de las otras. Y la maestra les explicó que el día y el año también eran medidas de tiempo. ¡Vaya, qué cosas!

Cuando ya casi se le había olvidado, se acercó Juan durante el recreo y le cantó:

—¡Periquete, periquete...!

Así que no le quedó más remedio que abrir el grifo de golpe y empapar a Juan de la cabeza a los pies. ¡Qué divertido! Parecía un pollo mojado. Juan se marchó corriendo. A ver si había alguien más que se atreviera a llamarlo así...

—Hola.

¿Otro más? ¡Mira que abría el grifo otra vez! Y cuando casi estaba a punto, se le ocurrió mirar por si acaso. Aquella vocecilla tan cantarina...

—¡Carlota!

—¡Ahí va! Y, ¿por qué te asombras tanto?

—Es que yo creía que venía otro a cantarme lo de «periquete, periquete».

—¡Qué tontería! Yo sólo vengo a decirte que mamá me ha dicho que vengas a casa a merendar. Como yo fui el otro día a la tuya. Podemos jugar con mi perro. Yo tengo un perro, ¿sabes?

¡Claro que lo sabía! No se lo quitaba de la cabeza. ¡Menudo día más agitado! Y ahora cómo le decía a Carlota que no. Se iba a enfadar. Ella había ido a su casa. Pero si el perro se abalanzaba sobre él, si ladraba, si lo miraba... ¡Qué horror!

—Contéstame. Mamá dice que vengas el

día que quieras. Me lo dices por la mañana y así yo aviso en casa.

Carlota iba a perder la paciencia y él mudo como una estatua. ¿Qué decía? Seguro que mamá sabría qué decir. Pero mamá estaba en casa y él allí, en medio del patio del colegio. Le parecía que se volvía muy, muy pequeño, y que el patio crecía y crecía. ¿Y dónde estaban todos? A lo mejor ya había sonado la campana. Ésa era la salvación.

—Oye, ya deben de estar todos en clase.

—Sí, pero...

—Ya hablaremos, ¿vale?

Por una vez el «¿vale?» había sido cosa de él.

Ya no pudo concentrarse en ninguna clase. ¡Qué día, qué día! Entre el «periquete» y la invitación de Carlota... Y lo peor era que Carlota, tan fina ella, pensaría que él era un mal educado.

4

Había pasado una semana y Carlota no le había vuelto a decir a Marcos ni una palabra. Nada de nada. Primero, porque la niña estuvo sin ir a clase durante cuatro días. Cuando volvió, al quinto, Marcos se acercó a ella y le dijo:

—¿Ya estás buena?

Él daba por supuesto que había estado enferma; si no, ¿por qué iba a faltar?

Carlota lo miró con cara de pocos amigos. Después se volvió muy despacio y se marchó con Margarita. Allá se fueron las dos tan tranquilas, cuchicheando y muertas de risa.

A Marcos no le hizo ni pizca de gracia. Aquello aún era mucho peor que lo del «periquete, periquete». Además, a una niña —sobre todo si llevaba tantos lazos y volantes— no se la podía empapar de agua. Si lo llega a hacer, buena se hubiera armado. Hubiera acabado en el despacho del director, seguro.

¿Qué más daba? Mientras Carlota no hablara, no habría problemas. Así se solucionaba el asunto de la invitación.

Luego, Margarita le contó que de enfermedad, nada. Carlota se había ido de viaje. ¡Vaya suerte! Y en pleno curso.

Mamá siempre decía que no se podía faltar a clase, y Carlota faltaba nada más y nada menos que para ir de viaje. Aquello era el colmo de la felicidad.

Marcos sólo recordaba haber hecho un viaje en su vida, cuando se murió la tía Edelmira y sus padres tuvieron que ir al pueblo. Él no se podía quedar solo en casa y, como la abuela también se marchó, tuvieron que llevárselo. Fue un viaje muy largo. Duró por lo menos dos horas.

En el pueblo, Marcos conoció a un montón de niños. Sus padres dijeron que eran sus primos. ¡Ahí va, cuántos primos tuvo de repente! Los tres con los que más trató se llamaban Prudencio, Casimira y Abelardo, que era el más pequeño. Sólo tenía tres años. Le explicaron que ése era un nombre de mayor y que por eso le decían Lardo. Pero su padre a veces se confundía —él, por lo menos, decía que se confundía— y le llamaba Lerdo. Entonces todos se reían. Todos menos la tía Carmen, la madre de Lardo, que se enfadaba muchísimo. Marcos no comprendía por qué se armaban aquellas trifulcas, hasta que un día su padre le dijo que «lerdo» era algo así como tonto o lelo. Entonces ya lo entendió.

De todas formas, la tía Edelmira se murió en vacaciones y Marcos tampoco faltó a clase.

Lo del viaje había picado la curiosidad del muchacho. Intentó aguantar. Era mejor que Carlota fuera la primera en romper el hielo. Pero Carlota siguió en sus trece y, justo cuando había pasado una semana, Marcos no pudo más. ¿Adónde habría ido la niña?

Así que esperó que Carlota saliera por la verja del colegio y se puso a su lado.

La niña caminaba muy silenciosa y él, a su lado, sin decir ni «mu».

Carlota ya iba a cruzar por el paso de peatones y él tenía que seguir recto. Se decidía ahora o perdía la oportunidad.

—Carlota...

La niña no lo miró. Sólo bajó un poco la cabeza. Marcos no se dio por vencido:

—Carlota... Me han dicho que has estado de viaje.

De repente, la niña levantó la cabeza. Y sonreía. La verdad era que se moría de ganas de contárselo. Y comenzó a hablar como una cotorra. Claro, tantos días callada...

—Sí. Ha sido todo precioso. ¿Sabes?, me he ido a Galicia. Mis padres tenían que ir a un congreso. Y yo me fui con ellos. Hemos estado en un hotel increíble. Las camas tenían techo. ¿Te lo puedes creer? Y había cascos y espadas por las paredes. Y armaduras. ¿Sabes lo que son armaduras? Y hemos visto el mar. Un mar divino. Pero no nos hemos bañado porque hacía frío. Mi madre ha hecho muchas

fotografías. Si quieres, te las enseñaré. Me han dejado comer helado todos los días. Lo único malo es que el perro no ha podido venir con nosotros. Así que lo hemos llevado a una residencia. Allí le dan de comer y lo cuidan. Está con otros perros y lo tratan muy bien. Lo bañan, lo peinan. Ya lo hemos llevado muchas veces. Cada vez que nos marchamos a algún sitio. Bueno, se me hace tarde. Me tengo que ir. Mañana te contaré más cosas. ¿Vale?

Y la niña cogió la cartera que había dejado en la acera y cruzó la calle.

Marcos estaba asombrado. Nunca había escuchado tantas palabras en tan poco tiempo. Con lo deprisa que iba Carlota, él no pudo decir ni pío. Y eso que tenía muchas preguntas por hacer. Estaba lo del hotel y, sobre todo, lo de la residencia de perros. ¡Vaya cosas! Y claro que sabía lo que era una armadura. ¡Faltaría más!

5

Después del discurso de Carlota, las cosas marcharon de nuevo. Estaban tan amigos. Y, claro, pasó lo que tenía que pasar.

Carlota volvió con el asunto de la invitación.

—Oye, ¿te acuerdas de que puedes venir a casa cuando quieras?

Sí, sí que se acordaba, pero... Entonces Carlota dijo algo que arregló la situación.

—A lo mejor hoy te va bien. Mamá dice que es el día ideal. Papá no estará en casa, y así no le molestaremos. Es que papá escribe, y si hablamos y nos reímos no puede concentrarse. Pero hoy él tiene que llevar el perro al veterinario. Podemos hablar tan alto como queramos. ¿Qué te parece?

—Sííí... —y Marcos soltó el «sí» más grande, más ancho y más orondo de toda su vida.

Y no era porque no iba a estar el padre de Carlota, no. Era porque no estaría el perro. Si lo tenían que llevar al veterinario... ¡Qué bien! Y sólo de pensarlo le entraba una risa loca y no podía parar.

Mamá se empeñó en que debía ponerse muy elegante. Uno no iba todos los días a casa de un escritor. La camisa y los pantalones que llevó para la boda de su tío. Eso estaría bien. Iba de punta en blanco. Y el pelo muy repeinado hacia atrás y todo empapado de colonia. Estaba de foto. Para comérselo a besos, dijo la abuela.

La casa de Carlota era preciosa. Era blanca y tenía muchas flores en los balcones. Estaba rodeada por un jardín con olor a rosas.

Marcos llamó al timbre de la verja. Le abrió una señora con unos zapatos de tacón

muy fino y una melena castaña, toda rizada. Parecía muy joven para ser la madre de Carlota y, sin embargo, era la madre de Carlota.

—Hola. Supongo que tú eres Marcos.

—Sí, señora —mamá le había dicho que se portara bien, que no gritara, que fuera muy amable.

—Pasa, Marcos. Carlota está muy contenta de que al fin hayas podido venir.

Y, de pronto, se oyó la voz cantarina de Carlota.

—¿Es Marcos?

—Sí. Soy yo —¡huy!, ya había gritado más de la cuenta.

La mamá de Carlota se fue dentro de la casa y Carlota salió al jardín.

—Hola.

—Oye, qué casa tan bonita.

—Sí, pues vamos a ver el armario y las mecedoras verdes. ¿Te acuerdas? —y los dos entraron en la casa.

La verdad es que el armario era gigantesco. Y estaba repleto de juguetes. Bueno, ahora ya no, porque Marcos y Carlota no decidían a qué jugar. Y la niña se había empeñado en sacarlo todo.

—Así, sobre la marcha, se nos ocurrirá algo.

Y ahora había mil y un cachivaches sobre las mecedoras, por el suelo y en la mesa. Marcos pensaba en mamá; si viera aquello, buen susto se llevaría la pobre.

De tanto subir y bajar los juguetes, a Carlota se le había deshecho el lazo de una coleta. Así que se sacó la cinta y la dejó sobre la mesa. Marcos la cogió y se la puso alrededor de la frente.

—Soy Nariz Torcida, gran jefe indio.

—¡Qué divertido! Espera un momento que yo también juego.

Carlota dejó caer las tres cajas que llevaba, se deshizo el otro lazo y se lo anudó también alrededor de la frente.

—*Hao,* Nariz Torcida; yo soy Coletas Salvajes.

Y el resto de la tarde jugaron a los indios.

—Oye, ¿no tienes hambre? Esto de hacer el indio abre el apetito, ¿verdad?

—Pues sí —Marcos ya pensaba en los pasteles que Carlota comía cada mañana en el colegio.

—Vamos al jardín a merendar. Además tengo una sorpresa.

Eran los pasteles, seguro.

Pero cuando llegaron al jardín, a Marcos casi se le cae el alma a los pies. Sobre la mesa blanca de hierro había una bandeja con dos bocadillos de jamón y dos vasos de zumo de naranja. Nada más.

Carlota no paraba de hablar y de pegar brincos alrededor de su amigo:

—He conseguido que mamá nos dé bocadillos para merendar. Como sé que a ti te gustan mucho porque siempre los comes... Y a mí me hacía también ilusión. ¡Qué bien! Como en tu casa...

Y ambos se sentaron junto a la mesa. Marcos intentó disimular: mamá le había dicho que se portara bien. Lo cierto es que le entraron unas ganas enormes de chillar. Al fin y al cabo era un indio, ¿no? Pero en el momento en que iba a hacerlo, oyó unos ladridos que se acercaban por la calle. Lo que faltaba.

—Ése, ¿no será tu perro?

—No, no es *Catilina*. Éste es sólo un cachorro.

Tal vez sería mejor dejar lo del chillido para otro día y dedicarse a indagar algo más sobre el perro.

—¿Cómo dices que se llama?

—¿Quién? —Carlota se balanceaba sobre las patas traseras de la silla—. ¡Ah, mi perro! *Catilina*.

—Pues menudo nombre más raro... ¿No dices que es perro?

—Sí, por eso.

—Por eso, ¿qué? Ese nombre es de chica.

—Que no.

—Que sí. Es como Catalina y acaba en *a*. Así que es de chica.

—Que no, Marcos, que es de chico. Aunque acabe en *a*. Se lo puso papá y me contó que en Roma había un señor que se llamaba así.

—Pues es muy raro. Si es un perro, tendría que llamarse algo terminado en *o*. *Trueno* o *Pluto*, por ejemplo. Los chicos tienen nombres terminados en *o* y las chicas en *a*. Tú te llamas Carlota.

—Sí; y tú Marcos, que termina en *s*.

Marcos se daba cuenta de que no tenía tanta razón como creía; pero era muy cabezón y, además, cómo iba a consentir que una niña le ganase la batalla. Había que seguir:

—Pero Marcos es el plural de Marco. Se dice el marco de un cuadro y los marcos de unos cuadros.

—Entonces tú te llamas Marco, porque eres uno solo.

Carlota había terminado ya el bocadillo, y ahora chupaba el hielo de su naranjada.

—¡No! Yo me llamo Marcos.

—Entonces, ¿dónde está?

—¿Dónde está quién?

—El otro. Si tú te llamas Marcos, es que sois dos por lo menos.

—Pues es invisible y sólo lo veo yo.

—Ah, bueno...

Con aquella discusión se había hecho tarde. Estaba oscureciendo y llegó la hora de volver a casa.

La madre de Carlota estaba regando el jardín y acompañó a Marcos hasta la verja. Las dos le dijeron que volviera otro día. Bueno, ya veríamos.

A Marcos se le había impregnado la nariz del olor de la hierba mojada. Olía como un día en el pueblo. Hubo tormenta y, cuando pasó, salieron a la calle a pasear. Era el mismo olor. ¡Qué bien!

Y mientras subía hasta su casa, se le ocurrió pensar que si el perro de Carlota fuera pequeño, como Lardo, tendrían que llamarlo *Lina* en vez de *Catilina*. Y eso le hizo tanta gracia que entró en casa riéndose.

Había sido un día guapo.

6

Marcos estaba contento. En el colegio las cosas marchaban bien. Lo del «periquete» se había olvidado y, además, dentro de una semana era su cumpleaños. Ocho años, nada más y nada menos.

Mamá y papá habían dicho que podía hacer una fiesta. Era la primera y le hacía ilusión. Tenía que pensar muy seriamente a quién iba a invitar: a Carlota, por supuesto, y a Margarita...; y a Juan también. ¡Y a Alberto!

La madre de Alberto los había llevado una vez al cine. Fueron a ver una película de vaqueros. Se rieron muchísimo porque «el malo» se montaba en una mula y, con las prisas, no se daba cuenta y lo hacía al revés. La mula tomaba velocidad, y «el malo» salía disparado y aterrizaba de cabeza en un pajar.

Desde entonces, Alberto y Marcos, cada vez que jugaban, acababan hablando de la película, y del helado de chocolate y vainilla que se tomaron después.

—Tendrías que invitar también a Rodrigo —dijo mamá.

—¿A Rodrigo, mamá?

—Sí, al vecino de arriba.

—Pero si es muy pequeño.

—Tiene seis años.

—Pues por eso.

—Si no lo invitas tú, lo haré yo. Ya verás cómo le gusta. Cuando él haga fiestas también querrás que te invite. Tu eres mayor y debes ser el primero en hacerlo. ¿De acuerdo?

—De acuerdo —con mamá era inútil discutir.

Después de todo, Rodrigo era un niño simpático. Pequeño, pero simpático al fin y al cabo.

Mamá había prometido que la merienda sería muy especial. Seguro que habría tarta de chocolate. Porque las velas no podían clavarse en un bocadillo de jamón. El único sitio donde las velas se sujetaban bien era las tartas, que estaban blanditas. Así que no había más remedio: mamá compraría una tarta. Y luego estaban los regalos. ¿Qué le regalarían? No tenía ni idea. Sus padres no querían darle pistas. De verdad que esperar hasta el día del cumpleaños iba a ser pero que muy difícil. Casi imposible.

Un día papá dijo:

—Bueno, bueno, Marcos, ya casi ocho años... Pronto dejarás de jugar y te pondrás a fumar puros.

A lo mejor papá pretendía ser gracioso. Pero a Marcos, de pronto, se le hizo un nudo en la garganta. Porque a él eso de jugar le gustaba mucho, y veía a sus padres y pensaba que la vida de mayor debía de ser bastante aburrida. Siempre tan serios... Y, encima, fumando puros, con lo mal que olían. Si acaso, la pipa. La pipa que fumaba papá olía fenomenal y sabía bien. A veces papá le dejaba dar chupaditas y Marcos se sentía un señor importante. Pero después se volvía tan tranquilo a su cuarto, y se ponía a jugar o pintaba un cuadro.

A Marcos le encantaba pintar y pensaba que si crecía no podría pintar más. Sus padres no lo hacían; no conocía ni a una sola persona mayor que pintara. Y aquello le daba que pensar. Papá le dijo que ya era casi un hombre. ¿Tendría que dejar de pintar?

Mamá solucionó también aquel problema:

—Si a ti te gusta pintar, hazlo. No lo dejes. Y, si quieres y aún te gusta, puedes dedicarte a ello de mayor. Hay muchos adultos que lo hacen. Mira —y le enseñó algunos de sus libros. Los que tenía en la estantería del cuarto de estar—. ¿Ves estos dibujos? Los han hecho personas mayores. Y los cuadros que tenemos colgados en las paredes, también.

—¿Sí?

—Claro que sí.

—Pero vosotros no pintáis.

—No, nosotros no, pero otros sí lo hacen. Y, ¿sabes un secreto? Yo pintaba y me gus-

taba mucho. Pero lo dejé porque no tenía tiempo.

—¡Qué pena!

—Bueno, os cuido a ti y a papá. Y eso también está muy bien —pero la mamá de Marcos estaba un poco triste cuando lo dijo.

Y Marcos lo notó.

Sí, mamá solucionaba los problemas y, sin embargo, lo de *Catilina* no había quien lo arreglara. Marcos seguía mirándolo de lejos. Desde el balcón, cada vez que Carlota lo sacaba a pasear; o cuando toda la familia de la niña se marchaba en el coche y ponían a *Catilina* en la parte de atrás, separado de ellos por una tela metálica.

Catilina era enorme. Tal vez, si fuera un poco más pequeño... Pero la verdad es que los perros con los que se cruzaba Marcos por la calle, fueran grandes o enanos, nunca le hacían ninguna gracia. Y, además, le debían de tener manía, porque siempre se le acercaban a los pies y le husmeaban, y se le ponían entre las piernas. Si el niño intentaba esquivarlos e ir hacia la izquierda, hacia la izquierda que se iban ellos; si prefería ir a la derecha, los animales también se dirigían hacia la derecha.

No podía entender cómo sus amigos jugaban con ellos y los acariciaban. Y Carlota hasta metía la mano en la boca de *Catilina*. Decía que no mordía. Bueno, más valía no probarlo. Por si acaso.

7

Mamá entró en el comedor. En la bandeja llevaba una gigantesca tarta de chocolate. Estaba rodeada por un montón de bolas de nata. Parecían copos de nieve.

La dejó en medio de la mesa y los niños la contemplaron embelesados. Entonces, mamá fue clavando las ocho velas sobre la tarta. Y papá las encendió con el mechero. Mamá apagó las luces y dijo:

—Pide tres deseos y sopla muy fuerte. Si se apagan todas las velas, se cumplirán tus deseos.

Así que Marcos cerró los ojos y pidió tres deseos, pero muy en secreto. Para dentro. Eran secretos que nadie podía saber. Si queréis averiguarlos, poned un poquito de imaginación. Sólo os puedo decir que el primero trataba de un perro que se llamaba *Catilina*, el segundo tenía algo que ver con la pintura, y el tercero, con jugar, por lo menos, unos cuantos años más.

Después, Marcos sopló con todas sus fuerzas y las velas se apagaron de golpe. Todos aplaudieron y papá dijo:

—Bueno, parece que tus deseos se van a cumplir. Tú, por si acaso, pon también algo de tu parte. Así, aún será más fácil.

Llegó la hora de los regalos. Papá y mamá trajeron dos paquetes. Uno era muy grande. Marcos lo abrió y apareció una caja de juegos reunidos. Tercer deseo asegurado. El segundo paquete contenía un hermoso estuche de pinturas. Veinticinco colores. Segundo deseo concedido.

¿Y *Catilina*? Bueno, que se cumplieran dos deseos de golpe y tan pronto, ya estaba bien.

La fiesta resultó todo un éxito. Entre la merienda y el reparto de regalos, casi no hubo tiempo de estrenar la caja de juegos reunidos. Sólo pudieron jugar a cinco. Pero Carlota dijo que un día fueran a su casa y que Marcos llevara la caja. Todos aceptaron encantados. Marcos, el primero. Hasta se había olvidado de *Catilina*.

Además, Carlota les tenía que enseñar las fotos de su viaje.

Cuando ya todos se habían marchado, subió el cartero. Traía una postal para Marcos. ¡Una postal! Era una vista del pueblo. Se veían el paseo, el río que corría a su lado y los tres puentes. La firmaban tía Carmen, tío Tomás, Prudencio, Casimira y hasta Lardo. Con unas letras un poco borrachas, eso sí; pero muy bien hechas para un niño de tres años. Decía:

Muchísimas felicidades por tu cumpleaños. Esperamos verte pronto. Estás invitado este verano, ya lo sabes. Muchos recuerdos a tus padres y un beso muy fuerte para ti.

¡Qué ilusión! Siempre se acordaban del día de su cumpleaños. Papá y mamá dijeron que sí, que pasaría en el pueblo una temporada. ¡Había sido un día lleno de sorpresas! Y aún quedaba una más.

Mamá estaba muy contenta, y papá también. No dejaban de sonreír. Hablaban a la vez. No había forma de entender lo que decían:

—Hemos pensado que...

—Sí, hemos pensado que podemos...

—Seguro que a ti te hace ilusión...

—Hace mucho que no...

—Podemos aprovechar que es domingo...

—Ahora que aún no hace calor...

—Pero, ¿qué decís? —Marcos ya no podía aguantar más de la impaciencia que sentía.

—Que mañana vamos al parque de atracciones —soltó al fin mamá.

—¡Bien! —y Marcos empezó a dar saltos por toda la casa. No podía parar—. ¡Al parque de atracciones! ¡Al parque de atracciones!

—Si quieres, se lo puedes decir a alguno de tus amigos y que venga también —añadió papá—. Así será más divertido.

—Sí —no era mala idea; por supuesto que se lo diría a Carlota—. Se lo diré a Carlota. ¿Vale?

—Bien, díselo por la mañana —a papá no le gustaba que Marcos dijera tanto «vale»; pero debía de estar muy contento y muy feliz, porque no dijo nada; ni siquiera puso mala cara.

Como era sábado, después de cenar Marcos tardó un rato en irse a la cama. Se sentó junto a la mesa y comenzó a pintar un cuadro. Los colores eran estupendos. Le salió un dibujo precioso.

Era la plaza del pueblo. La hizo de memoria. El Ayuntamiento, la iglesia y, en medio, la fuente. Todo ello iluminado con un sol redondo y amarillo que ocupaba medio cielo.

Cuando fuera al pueblo aquel verano, tenía que acordarse de llevar el dibujo. Y compararlo con la realidad. A ver si se había acordado de todo. Y si no, daba lo mismo.

En su imaginación era así de bonito. Y desde luego, con aquel sol inmenso.

Y si caía una tormenta, después salía también el sol y entonces todo olía a verde y a mojado, como el jardín de Carlota la otra tarde. A lo mejor por eso le gustaba tanto aquella casa.

Bueno, él también iría de viaje este verano; un viaje casi tan largo como el que había hecho Carlota. En el pueblo no había mar; pero tenían unas montañas que casi rascaban las nubes. Mañana haría un dibujo de un pico cubierto de nubes como algodones.

Y Marcos se durmió.

8

—Estás gordísimo.

—Pues tú pareces una mesa camilla.

Y los dos se reían a más no poder. Aquellos espejos eran realmente divertidísimos. Primero se habían colocado delante del de la derecha. Ante ellos aparecieron un niño y una niña delgadísimos, y tal altos como dos rascacielos.

—Parecéis dos espárragos —había dicho mamá.

Y, ahora, aquel otro espejo les devolvía dos figuras con su misma cara, pero con un cuerpo que no era el de ellos. Eran como dos taponcetes. Papá y mamá también se miraron en el espejo. Y Marcos y Carlota se rieron mucho más aún.

—¡Huy, mamá, qué gorda estás!

—Pues anda que tu padre… —añadió la niña.

—Si estamos tan gordos todos, creo que no deberíamos comer algodón dulce. Nos pondremos aún más gruesos —dijo mamá con cara de pícara.

—Pero, mamá, si los espejos son de broma. ¿Nos ibais a comprar algodón?

—¿Qué crees, Manolo? ¿Les compramos algodón? ¿Se lo merecen? —seguía mamá muy risueña.

—No sé, no sé... ¿Y si no les sienta bien? —papá le siguió el juego.

—Sí, anda, sólo un poco —repetía Marcos, insistente.

Carlota no decía nada, pero sus ojos chispeaban. Ya se imaginaba poseedora de una gran bola de algodón. ¡Mmm, qué rico!

—Un día es un día —decidió mamá—. Vamos a comprarlo.

—¡Bien! ¡Hurra! —Marcos cogió a Carlota de la mano y la arrastró corriendo hasta el puesto.

—¡Eh, esperad! —gritó papá—. Si no esperáis a que lleguemos nosotros, no sé con qué vais a pagar.

—Ya sólo nos falta la noria.

—Y los autos de choque, Marcos —dijo la niña.

—Sí, claro... Vamos primero a los autos.

En un coche, mamá y Marcos; en el otro, papá y Carlota. ¡Cómo se lo pasaron! «¡Pumba!» Y el coche y ellos temblaban como si fueran flanes de vainilla.

Después, montaron en la noria. Y a Marcos le dio un poco de respeto estar allá arriba y sentirse tan pequeño si se comparaba con las mil cosas de abajo. Era una sensación extraña y, al mismo tiempo, llena de encanto. Sonaba la música y abajo se divisaban los hombres hormiga. Cuando bajaron, Marcos miró hacia arriba y casi se marea de ver la altura a la que habían subido. Había oscurecido y en el cielo brillaban un montón de estrellas.

Volvieron a casa en coche. Estaban tan cansados que se derrumbaron sobre los asientos y no dijeron ni una palabra.

Tanto tiempo callados y, de repente, cuando ya llegaban, a Carlota le entraron las ganas de hablar. Pero entonces hubo que despedirse porque ya era hora de cenar. ¡Qué pena! Ahora que Carlota hablaba otra vez de su viaje y de camas con techo. La verdad es que a Marcos le daba un poco de envidia. Él también iría de viaje. Pero en el pueblo no había camas con techo. Eso lo tenía clarísimo. Le gustaría asombrar a Carlota con algo tan fascinante como aquellas camas. Pero por más que pensaba y pensaba, no se le ocurría qué podría ser.

¡El orinal! ¡Claro, el orinal! Aquello era divertido y, conociendo a Carlota, seguro que le iba a gustar.

Lo recordaba perfectamente. El día en que llegaron al pueblo, estaban muy cansados y se fueron a dormir enseguida después de cenar. Marcos dormía con Prudencio.

LA NoRiA

La cama era tan grande que había sitio de sobra para los dos. Marcos se sentó sobre la cama y tiró las zapatillas debajo del lecho, como siempre hacía en casa. Pero las zapatillas hicieron un ruido infernal, un «cataclocs» descomunal.

Prudencio ni se inmutó. Siguió en la cama como si aquello fuera lo más normal del mundo. Pero a Marcos le picó la curiosidad e inmediatamente se agachó para mirar debajo de la cama. Sí, allí estaban las zapatillas de paño; pero justo detrás había algo más: un recipiente de porcelana blanca, tan grande y redondo como el cacharro en el que mamá preparaba la ensalada cuando había invitados. ¡Qué barbaridad!

—¿Y eso qué es? –preguntó Marcos con asombro.

—¡Qué va a ser! Pues el orinal —Prudencio puso voz de sueño y se dio media vuelta en la cama.

—¿El orinal? ¡Si los orinales son de plástico!

—Serán los de ciudad, porque aquí son todos así.

—¿Y los usáis? —continuó Marcos.

—Claro que no —Prudencio comenzaba a ponerse nervioso—. No los usamos; pero debajo de cada cama hay un orinal. Están de adorno. Tampoco usamos para nada las figuras de la repisa del comedor, y bien que se enfadó madre cuando se me cayó el pato al suelo y se hizo añicos.

—Pues para estar de adorno se ve poco... —sentenció Marcos.

Al día siguiente el orinal apareció sobre la mesilla de noche y, poco a poco, se fue llenando de cachivaches: una llave, las horquillas de colores de Casimira, dos gomas de borrar, tres coches de juguete, una pelota de goma, cuatro canicas y un montón de chinchetas.

Mañana contaría aquella historia a Carlota. Tener una cama con orinal no era lo mismo que tenerla con techo, pero se parecía bastante.

A Carlota lo del orinal la volvió loca de alegría.

—¡Qué divertido! Tienes que hacer una foto y mandármela enseguida.

—Pero, ¿cómo voy a hacer una foto del orinal? Ni siquiera tengo máquina.

—Pues entonces un dibujo. Para que yo pueda ver exactamente cómo es. No te olvides. ¿Vale?

Bueno, aquello ya estaba mejor. En cuanto llegara al pueblo, cogería el estuche de pinturas y manos a la obra.

Podía quedar un cuadro precioso.

—Pero no te lo enseñaré si no me enseñas las fotos de vuestro viaje.

—Es verdad, las fotos —Carlota puso cara de culpable—. Se me habían olvidado. Pues esta tarde mismo vienes a casa y las miramos juntos.

—Bueno —Marcos no estaba muy convencido.

—¡Pero alegra esa cara, hombre! Son unas fotos preciosas.

—Ya, ya... ¿Y *Catilina*?

—¿Qué pasa con *Catilina*? —preguntó Carlota intrigada.

—No, nada, nada...

9

Llegó la tarde, y Marcos volvió a ponerse la camisa y los pantalones de la boda de su tío. Y se alisó otra vez el pelo con colonia. Estaba para comérselo a besos, volvió a decir la abuela.

Muy guapo, muy modoso, fue a casa de su amiga dando un rodeo enorme. A pesar de eso, a medida que se acercaba las piernas le pesaban más y más.

Ver las fotos sería divertido. Y merendar en el jardín, y jugar con Carlota, y oler de nuevo la hierba mojada. Pero *Catilina*...

Seguro que esta vez el perro estaría en casa. Las personas no van al médico todos los días, así que los perros, al veterinario, tampoco.

Marcos ya estaba delante de la verja del jardín. Apretó el timbre de la puerta. El timbre se alió con Marcos y sonó triste y apagado. La mano del niño no estaba para sonidos estridentes.

Y otra vez la madre de Carlota con sus cabellos rizados y sus tacones finos. Pero, detrás de ella, un señor alto y muy delgado con unas gafas redondas y una pipa apoyada en la comisura de los labios. La verdad es que tenía cara de escritor. Y la voz cantarina de Carlota. Y, enseguida, dos ladridos impresionantes, sonoros, espeluznantes.

Catilina estaba en casa.

Marcos oyó sus pasos por el pasillo. Y, de pronto, una sombra oscura y cuatro patas robustas. El perro abría la boca furioso y gruñía sin contemplaciones.

—Mira, *Catilina*, éste es mi amigo Marcos —y Carlota sonreía contenta.

El perro ya se acercaba. Sin darse cuenta, Marcos se refugió detrás del escritor, y con un hilillo de voz dijo:

—Es muy bonito.

—¿A que sí? A partir de ahora también será tu amigo —continuó la niña, alborozada.

Eso, Marcos ya no lo tenía tan claro. Amigos, lo que se dice amigos, iba a ser bastante difícil.

El perro avanzaba y el niño retrocedía, hasta que chocó con la pared y no pudo seguir más. *Catilina* se acercó, y comenzó a olisquear y a saltar por todos lados.

Mojaba con la lengua los pantalones de Marcos, y le lamía los zapatos recién limpios. Marcos pensó que aquel perro todo lo tenía grande: las patas, la lengua, los dientes. ¡Menudo ejemplar! Parecía un león de la selva. Sólo le faltaba la melena.

De repente, el niño notó un pequeño pellizco en la pantorrilla. ¡También mordiscos! Aquello ya era demasiado. No pudo controlarse. ¿Por qué no cogían de una vez aquel perro y lo encerraban en otra habitación? Dio un pequeño chillido:

—¡Ay!

—¡*Catilina*, no hagas de las tuyas! Como es tan cariñoso... —dijo la madre, comprensiva.

Pero Marcos quería huir, salir de aquel lugar inmediatamente. O él o el perro.

Por fin, el padre de Carlota cogió a *Catilina* por el collar y, arrastrándolo, lo llevó hasta la otra parte de la casa.

—¿No te gustan los perros? —Carlota parecía triste.

A lo mejor, si contestaba que no, la niña pensaría que era un antipático; pero si contestaba que sí, Carlota era capaz de sacar el perro otra vez y tenerlo toda la tarde a su lado. Y aquello sí que sería terrible. Marcos optó por cambiar de conversación:

—¿Me enseñas las fotografías?

—¡Claro! Ven conmigo a mi habitación.

¡Qué bien! En toda la tarde, de *Catilina* sólo se oyeron los ladridos, pero el perro no volvió a aparecer por ningún lado. Así, uno estaba más tranquilo.

Después, volvieron a merendar en el jardín. Esta vez, la madre de Carlota trajo una

bandeja repleta de pasteles. A Marcos se le salieron los ojos de las órbitas. Carlota le dijo por lo «bajinis»:

—Mamá se ha empeñado en comprar pasteles. Me ha dicho que hay que variar. Si no te gustan, no hace falta que te los comas.

—Pero si me gustan muchísimo, Carlota...

—Seguro que no tanto como los bocadillos, pero en fin... —susurró la niña.

—¡Mucho más que los bocadillos! —dijo Marcos con alegría.

—¿Sí? —y por la cara que puso Carlota, Marcos se dio cuenta de que para la niña era incomprensible que un pastel fuera más sabroso que un bocadillo de jamón.

Debía de ser la única persona en el mundo a la que le ocurría aquello.

10

Marcos dejó la cartera en el suelo y tocó el timbre. Unos pasos que se acercaban y, enseguida, se abrió la puerta y apareció mamá en el umbral.

—¡Hola!

—¡Hola, mamá! Tengo un hambre...

—¿Sí? Pues comemos dentro de cinco minutos. Tienes carta de Prudencio; la he dejado sobre tu mesa.

—¡Viva! —y Marcos salió derecho hacia su habitación.

¡Qué bien! Carta de su primo. Desde que

lo felicitaron por su cumpleaños no había recibido noticias de la familia del pueblo. Abrió con cuidado el sobre y desdobló el papel plegado en cuatro. Estaba cubierto con una letra chiquitina y desigual. De vez en cuando, alguna palabra tachada. Prudencio había apretado tanto al escribir que las letras habían traspasado el papel, y éste aparecía cubierto de pequeñas montañas rugosas. La carta decía así:

Querido Marcos:

Tus padres nos han dicho que vas a venir al pueblo este verano. Estamos muy contentos. Seguro que lo pasaremos fenomenal. Aquí hay muchas cosas nuevas. Han construido una piscina. Si quieres, tráete el bañador y podremos ir a bañarnos. Lardo está gordísimo y no para de comer. Ha crecido lo menos un palmo. Casimira se ha vuelto una cursi y dice que no quiere subirse a los árboles. Se pasa el día peinándose y jugando a las prendas con sus amigas, que son tan tontas como ella.

El otro día granizó. Cayeron unas bolas del tamaño de las canicas gordas. El pueblo se quedó blanco. Parecía nieve. El farmacéutico sacó fotografías, pero aún no nos las ha enseñado. Lo malo es que se derritió enseguida. Lardo se empeñó en que quería hacer un muñeco de nieve, pero no le salió porque el hielo se volvió agua y las manos se le pusieron tan rojas como tomates.

¿Sabes? Tenemos un perro. Padre lo encontró en el monte. Andaba perdido y nos lo trajo. Le hemos puesto Plácido, *porque es más bueno que el pan. Con él lo pasaremos muy bien. Ya verás.*

¡Recuerdos y hasta pronto!

Prudencio

¡Vaya por Dios! Otro perro más. Aquello era como una plaga. Menos mal que éste por lo menos tenía nombre de perro.

Él pensaba que en el pueblo estaría tranquilo, sin ningún *Catilina* que lo molestara, y ahora resultaba que allí también había un perro. Lo que no entendía era que a sus amigos les gustaran tanto los perros. Los encontraban divertidos, graciosos, simpáticos...; y a Marcos, aunque tratara de disimular, le daban un miedo espantoso.

Durante la comida, Marcos habló con papá y mamá. Fue una conversación muy seria, muy de persona mayor.

Todo empezó con una pregunta del padre:

—¿Qué te cuenta Prudencio?

—Que tienen un perro —contestó Marcos.

De toda la carta, aquello era lo que más se había grabado en el cerebro del muchacho.

Mamá miró a Marcos y comprendió que, de repente, a su hijo se le habían pasado las ganas de ir al pueblo en las vacaciones.

—¿Ya no quieres ir al pueblo? —preguntó.

—Es que...

—¿No te acuerdas de lo bien que te lo pasaste el año pasado? ¿Del huerto y de los primos? ¡Lo que os reísteis juntos! Creo que han construido una piscina.

—Sí —afirmó Marcos titubeante—. Todo eso está muy bien, pero el perro...

—Marcos, ahora ya eres mayor —papá se puso serio—. Yo creo que vale más aguantar al perro y pasar un verano de lo lindo, que aburrirse en la ciudad. Seguro que en cuanto le cojas confianza, no querrás apartarte de su lado. Ya lo verás.

—Sí... —Marcos no estaba muy convencido.

Pero por su mente pasaron en un segundo el día que fueron de excursión al Pico Alto, el bosque de pinos, las vacas del establo, la búsqueda de los huevos en el gallinero, y hasta Maruja, la vecina de los primos, que tenía la nariz respingona y un montón de pecas en las mejillas. Y entonces dijo un «sí» fuerte, sonoro y lleno de seguridad. No había más que hablar.

11

Juan estaba sentado sobre los escalones que daban al patio del colegio. Con un palito removía la tierra mojada. La noche anterior había llovido. A su lado, Carlota y Marcos jugaban a la oca sobre un tablero diminuto.

Juan se aburría. Quería que los otros dos le hicieran caso, así que comenzó una conversación:

—Carlota, ¿qué quieres ser cuando seas mayor?

—Escritora —la niña lo dijo muy decidida, mientras movía su ficha de una casilla a otra.

—¡Escritora! —Marcos se había quedado maravillado—. ¿Cómo tu padre?

—¡Claro!

—Pero, ¿tú escribes? —Marcos continuaba asombrado.

—No; pero ¿eso qué tiene que ver? Quiero ser escritora y con eso basta. Ya escribiré cuando sea escritora. Mientras no sea escritora no tengo que escribir. Y hasta que sea mayor no puedo ser escritora. Así que, de momento, no hace falta que escriba. ¿Entiendes? —la niña miró a Marcos y éste asintió.

—¿Y tú qué quieres ser, Juan? —preguntó Carlota.

—Futbolista. Pero yo ya juego al fútbol ahora, aunque no sea futbolista aún.

—Bueno; pero es inútil, porque hasta que crezcas no podrás ser futbolista. Imagínate que juegas mucho ahora y, en cambio, de mayor te quedas cojo. ¿De qué te sirve haber jugado tanto? Pues de nada. Así que es mejor que esperes a ser mayor. Y que juegues cuando ya seas futbolista.

Ni Juan ni Marcos se quedaron muy convencidos de que Carlota tuviera razón.

LAS COSAS PODÍAN HABER SUCEDIDO DE CUALQUIER OTRA MANERA Y, SIN EMBARGO, SUCEDIERON ASÍ. DANIEL, EL MOCHUELO, DESDE EL FONDO DE SUS ONCE AÑOS, LAMENTABA EL CURSO DE LOS ACONTECIMIENTOS AUNQUE LO ACATARA COMO UNA REALIDAD INEVITABLE Y FATAL DESPUÉS DE TODO, QUE SU PADRE ASPIRARA A HACER DE ÉL ALGO MÁS QUE UN QUESERO ERA UN HECHO QUE HONRABA A SU PADRE PERO POR LO QUE A ÉL AFECTABA...

SU PADRE ENTENDÍA QUE ESTO ERA PROGRESAR; DANIEL, EL MOCHUELO, NO LO SABÍA EXACTAMENTE. EL QUE ÉL ESTUDIASE EL BACHILLERATO EN LA CIUDAD PODÍA SER, A LA LARGA, EFECTIVAMENTE UN PROGRESO. RAMÓN, EL HIJO DEL BOTICARIO, ESTUDIABA YA PARA ABOGADO EN LA CIUDAD, Y CUANDO LES VISITABA, DURANTE LAS VACACIONES, VENÍA EMPINGOROTADO COMO UN PAVO REAL Y LES MIRABA A TODOS POR ENCIMA DEL HOMBRO; INCLUSO AL SALIR DE MISA LOS DOMINGOS Y FIESTAS DE GUARDAR, SE PERMITÍA CORREGIR LAS PALABRAS QUE DON JOSÉ, EL CURA, QUE ERA UN GRAN SANTO, PRONUNCIARA DESDE EL PÚLPITO. SI ESTO ERA PROGRESAR, EL MARCHARSE A LA CIUDAD A INICIAR EL BACHILLERATO, CONSTITUÍA, SIN DUDA, LA BASE DE ESTE PROGRESO. PERO A DANIEL, EL MOCHUELO, LE BULLÍAN MUCHAS DUDAS EN LA CABEZA A ESTE RESPECTO. ÉL CREÍA SABER CUANTO PUEDE SABER UN HOMBRE. LEÍA DE CORRIDO, ESCRIBÍA PARA ENTENDERSE Y CONOCÍA Y SABÍA APLICAR LAS CUATRO REGLAS. BIEN MIRADO POCAS COSAS MÁS CABÍAN EN UN CEREBRO NORMALMENTE DESARROLLADO. NO OBSTANTE, EN LA CIUDAD LOS ESTUDIOS DE BACHILLERATO CONSTABAN, SEGÚN DECÍAN, DE SIETE AÑOS Y, DESPUÉS, LOS ESTUDIOS SUPERIORES, EN LA UNIVERSIDAD DE OTROS TANTOS AÑOS, POR LO MENOS. ¿PODRÍA EXISTIR ALGO EN EL MUNDO CUYO CONOCIMIENTO EXIGIERA CATORCE AÑOS DE ESFUERZO TRES MÁS DE LOS QUE AHORA CONTABA DANIEL? SEGURAMENTE EN LA CIUDAD SE PIERDE MUCHO EL TIEMPO —PENSABA EL MOCHUELO Y, A FIN DE CUENTAS, HABRÁ QUIEN, AL CABO DE CATORCE AÑOS DE...

Marcos se acordó, de pronto, de que su madre le había dicho un día que nunca dejara de pintar si de verdad le gustaba hacerlo. A lo mejor por eso le habían regalado la caja de pinturas. Su madre había dejado de pintar y estaba un poco triste. Marcos se dio cuenta enseguida.

—Marcos, ¿no quieres contestarnos? —Carlota lo estaba mirando fijamente.

—¿Qué pasa? ¿Me decías algo? —con aquellos pensamientos ya se había despistado.

—¿Y tú qué quieres ser?

A Marcos le daba un poco de vergüenza contestar delante de Juan, pero al fin se decidió:

—Pintor.

—¿Pintor? Yo conozco uno. Viene todos los años a mi casa. A pintar mi habitación. Dice mamá que hay que pintarla cada temporada —parecía que Juan no tenía intención de parar, pero Marcos lo cortó.

—¡No! Pintor de los otros. De los que hacen cuadros.

—¡De ésos! —Juan lo observó atónito.

A Marcos no le parecía tan extraño aquello de pintar cuadros. A Carlota debió de gustarle, porque lo miró con admiración. Lo que pensaba Juan le traía sin cuidado.

Cuando volvieron a casa, la conversación continuó:

—¿Quieres hacer retratos o paisajes? —Carlota parecía muy puesta en el tema.

—Quiero hacer de todo.

—¡Qué bien! —Carlota estaba contenta.

—Mi madre antes también pintaba —dijo Marcos.

—¿Sí?

—Sí. Pero lo dejó para cuidarnos a nosotros.

—¡Qué pena! ¿Y no tiene ningún ratito libre para pintar? —preguntó la niña.

—No sé. A lo mejor por las noches.

—Oye, igual lo que le pasa es que no tiene ningún bloc donde pintar. Hay unos muy grandes. Mi tía tenía uno. Lo vi una vez en su casa.

—Yo no le he visto ninguno —Marcos estaba pensativo.

En cuanto llegó a casa, el niño destapó su hucha y la vació sobre la alfombra de la habitación. Había casi cuatro euros. Seguro que con eso tenía de sobra para un bloc de dibujo.

Por la tarde bajó a la papelería.

—Hola, Marcos; ¿qué quieres? —el señor Ramón lo miró con una sonrisa.

—Un bloc de los más grandes que haya.

El dueño de la tienda sacó un bloc como el que Marcos utilizaba en la clase de dibujo.

—¡No! Lo quiero mucho más grande. Para pintar en serio.

Entonces, el señor Ramón sacó un bloc enorme. En sus páginas había sitio para pintar cuadros de todos los colores.

—¡Sí, ése! —Marcos pagó y salió de la papelería con el bloc debajo del brazo.

Cuando llegó a casa, la cara se le abría en una sonrisa de pensar lo que diría mamá al verle entrar con aquel bloc.

—Toma, mamá. Para ti. Así podrás pintar otra vez.

Mamá se quedó muy seria y le dio a Marcos un beso muy fuerte. Los ojos se le empañaron un poco. Pero no era para preocuparse. Mamá a veces lloraba de alegría.

Desde entonces, todas las noches, la madre de Marcos cogía su bloc, se sentaba bajo la lámpara de pie y pintaba todo tipo de cuadros. Hizo un retrato del padre de Marcos, y también uno del niño. Un día pintó la cabeza de un perro pastor. Cuando acabó, arrancó la hoja del bloc y la clavó con cuatro chinchetas en la pared de la habitación del niño. Marcos dijo que aquel perro tenía cara de simpático.

12

Marcos se asomó al balcón. En aquel momento su madre salía del supermercado. El carro de la compra chirriaba con insistencia sobre los adoquines. La mujer cruzó por el paso de peatones y entró en el portal de la casa.

Marcos miró hacía la izquierda. Carlota y *Catilina* atravesaban la verja del jardín. El perro saltaba delante de su ama, y ésta corría para intentar alcanzarlo.

Así, de lejos, *Catilina* era hermoso. Los rayos del sol se metían entre su pelo —sedoso, de un lindísimo color canela—, que brillaba reluciente. Carlota decía que su madre lo cepillaba todas las noches.

Rodrigo, el vecino de Marcos, apareció por la esquina. Venía de la heladería, y chupaba con deleite un helado de fresa y nata. De pronto vio a *Catilina* y salió corriendo. Pero no para huir de él, sino para ir a su encuentro.

El perro lo olisqueó, y le chupó los pantalones. Rodrigo se reía. Después habló con Carlota. Marcos no oyó lo que decían. Al momento, Rodrigo asió la correa del perro y paseó con él, tan contento. Parecían pasarlo muy bien. Ambos niños estaban alegres y se turnaban para pasear el perro. Marcos deseaba estar con ellos, y reír y divertirse también. Pero *Catilina*...

¡Quién lo hubiera dicho! Rodrigo, que sólo tenía seis años, se lo pasaba divinamente con el perro, y él, con ocho años ya, sentía pánico cada vez que *Catilina* se dejaba ver.

En aquel momento, Carlota, Rodrigo y el perro pasaban por debajo del balcón. Marcos les hizo señas, pero ninguno de ellos lo notó. Tan enfrascados estaban en su charla.

Marcos entró en casa. Se había puesto de mal humor.

Mamá estaba en la cocina. Sacaba las cosas del carrito y las ponía encima de la mesa de mármol.

—Hola.

—Hola —contestó mamá—. ¿Ya has acabado los deberes?

—Sí.

—¿Quieres merendar?

—No me apetece.

—¿Seguro? He comprado chocolate —y sacó del carro una tableta—. Puedo abrirte una barrita y meter chocolate dentro. Ya verás qué rico.

—Bueno —decididamente, Marcos no estaba muy hablador.

Mamá cogió el pan, preparó el bocadillo y se lo dio a Marcos.

—¿Quieres naranjada? —preguntó.

—Bueno.

Entonces abrió la nevera, sacó la jarra de la naranjada, vertió el zumo en un vaso alto y se lo tendió a Marcos.

—Gracias —Marcos cogió la silla y la arrimó a la mesa; se sentó y mordió el pan, pensativo.

—Mamá.

—Sí, Marcos.

—¿Los perros muerden?

—No. A no ser que estén enfermos. Ya viste que el otro día *Catilina* te pellizcó; pero eso es lo máximo que hacen. Es porque tienen ganas de jugar. Y, desde luego, no hacen daño.

—¡Ah! —dijo Marcos con alivio.

—Y, ¿sabes una cosa? A veces tienen tanto miedo de nosotros como nosotros de ellos. Si se los trata con cariño, son cariñosos. Pero si huyes de ellos, lo notan y se vuelven recelosos.

—Entonces, si yo trato bien a *Catilina*, ¿no me pellizcará más? —preguntó Marcos.

—Seguro que no. ¿Quieres más naranjada?

—¡Sí! —y Marcos vació el vaso de un sorbo y se lo tendió a su madre.

Ésta volvió a llenarlo de zumo.

—Gracias, mamá —y el muchacho no dejó ni una miga en el plato.

13

Marcos y su padre bajaban las escaleras de dos en dos. En el rellano del segundo se encontraron con la portera, que barría el suelo con desgana.

—Buenos días, doña Restituta.

—Buenos días, don Manuel.

—¡Qué día tan bonito! —continuó el padre de Marcos.

—Sí. Y vaya catarro más tonto que he pillado —y la portera sacó un pañuelo del bolsillo y se frotó con fuerza la nariz.

Le quedó tan colorada como un pimiento morrón.

—¡Vaya por Dios! Que no sea nada, doña Restituta —y papá siguió bajando las escaleras.

Marcos corrió tras él.

—Eso espero, don Manuel, eso espero —se oyó a lo lejos la voz de la portera.

—Papá, la portera dice que ha cogido un catarro tonto.

—Sí, hijo, eso ha dicho.

—¡Como si hubiera catarros listos! —a veces los mayores decían cada cosa...

En el portal se encontraron con Rodrigo. Desde que Marcos había averiguado que su vecino no les tenía miedo a los perros, sentía admiración por él. Casi valía la pena ser su amigo, a pesar de que sólo tuviera seis años.

—Hola, Rodrigo.

—Hola, Marcos.

—¿Quieres subir esta tarde a casa? Puedo sacar la caja de juegos reunidos y jugamos un rato.

—Bueno.

Además de jugar con Rodrigo, Marcos quería investigar algo. Quería que Rodrigo le dijera qué fórmula tenía para hacerse amigo de los perros. A lo mejor todo era cuestión de unos polvos mágicos o, quizá, de algunas palabras determinadas. Algo así como: «Sapos y culebras, el perro fiero a nadie da miedo».

También podría ser que comer muchos pasteles quitara el miedo. Por eso Carlota comía tantos. Tenía que preguntarle a Rodrigo qué tomaba para merendar.

Pero su vecino no le aclaró nada. Quiso jugar a todos los juegos de la caja y no se marchó hasta las nueve. Se comió dos bocadillos de jamón y se bebió casi toda la naranjada. Dijo que él merendaba pan con queso, y que lo de los polvos y las palabras mágicas eran tonterías de niño pequeño. También le explicó a Marcos que su tía tenía un gato, y que a él tocar animales le divertía «cantidad».

Rodrigo resultó ser un niño incansable y, cuando se marchó, Marcos estaba tan agotado que casi no tenía ganas de cenar.

Al día siguiente, Carlota invitó a todos a su casa. Era sábado y no tenían deberes.

—No te olvides la caja de juegos reunidos,

Marcos —gritó Carlota cuando ya regresaban del colegio.

A las cinco en punto, Marcos entraba en casa de Carlota. Juan, Margarita y Rodrigo ya estaban allí. Alberto llegó un poco después. Esta vez no salieron a recibirlos ni la señora de la melena y los tacones finos, ni el señor alto y delgado. Los padres de Carlota habían ido de visita.

Marcos pensaba que con un poco de suerte se habrían llevado con ellos a *Catilina*. De momento, el perro no daba señales de vida, y eso ya era todo un triunfo.

Se sentaron alrededor de la mesa del jardín, y en un santiamén desplegaron un tablero y comenzaron la partida.

—Te toca a ti, Margarita.

—Tira primero los dados.

—¡Qué suerte! Un seis.

—Ya es la segunda vez que ganas, Juan.

De repente, sonaron unos ladridos.

—¡Bien! Ya viene *Catilina* —dijo Carlota contenta—. Como no están mis papás, lo ha sacado a la calle la tía Nieves.

Catilina y la tía de Carlota ya entraban por la puerta. En un segundo, Marcos se quedó solo en la mesa. Los demás corrieron al encuentro del perro.

—Eh, ¿no queréis seguir jugando? —gritó Marcos disgustado.

Pero nadie le hizo caso. Estaban demasiado ocupados. El perro saltaba y los niños saltaban. La tía Nieves no podía poner paz en aquel guirigay.

—¿Queréis que juguemos con *Catilina*? —preguntó Carlota—. Podemos ir detrás de la casa. En esa parte del jardín hay más sitio. Ya veréis qué divertido. Si le tiramos un palo, por muy lejos que esté, *Catilina* lo encontrará y nos lo traerá.

—¡Venga, vamos!

—¡Sí, sí, vamos!

Y los niños se fueron.

Mientras, Marcos recogió con mucha calma todos los tableros, las fichas y los dados que habían quedado esparcidos por el suelo. Los metió en la caja y la cerró con cuidado. Puso la caja sobre la mesa y se sentó en una de las sillas. Se oían las risas de sus amigos.

Debían de pasárselo bien. Se levantó, y muy lentamente bordeó la casa. *Catilina* corría de un lado a otro del jardín. Detrás de uno de los setos encontró el palo, lo cogió con los dientes y lo llevó a los pies de Rodrigo.

—¡Qué listo es! Siempre sabe quién se lo ha tirado —dijo Juan con admiración.

—Venga, Marcos, tíralo ahora tú —gritó Carlota.

Marcos cogió el palo y lo tiró lo más lejos que pudo. Cuanto más tarde volviese *Catilina*, mejor. El perro salió como una flecha, fue detrás de los matorrales y trajo el palo al momento. Hasta los pies de Marcos. Y le dio un lametón en los zapatos; pero con mucho cuidado, como si el niño llevase zapatos de cristal.

14

—¡Marcos! —y Juan corrió hasta alcanzar a su amigo.

Acababan de salir del colegio. Carlota no había ido hoy a clase. Estaba resfriada. ¿Sería un catarro tonto o listo?

—Oye, Marcos, tengo un secreto. ¿Quieres verlo?

—¿Qué es, Juan?

—No te lo puedo decir. Si quieres verlo, tienes que venir conmigo —y Juan tiraba de la manga del muchacho.

—Pero es que es hora de comer. Tengo que ir a casa.

—Es sólo un minuto. Ven un momento al parque. De verdad, no tardamos nada.

A Marcos le picó la curiosidad. ¿Qué sería lo que Juan tenía escondido en el parque?

—Está bien. Pero démonos prisa.

Llegaron al parque. Entre la pared del pabellón de deportes y los rosales había un pequeño pasadizo. Juan había tapado la salida con una tabla de madera. Quitó la tabla y entró. Tenía que ir de lado. Marcos lo siguió. Al fondo había una caja de cartón. Y dentro dormía plácidamente un cachorro de pelo aterciopelado.

—¿De dónde lo has sacado? —susurró Marcos.

—Lo encontré ayer en la calle. Casi no podía caminar. Rodó por los escalones de la calle vieja. Me dio tanta pena que lo recogí y lo metí en esta caja.

—¿Y qué vas a hacer con él? —preguntó Marcos.

—Voy a intentar que mamá me deje quedármelo. Aún no he dicho nada en casa.

—Tendrá hambre —y Marcos lo miró con ternura.

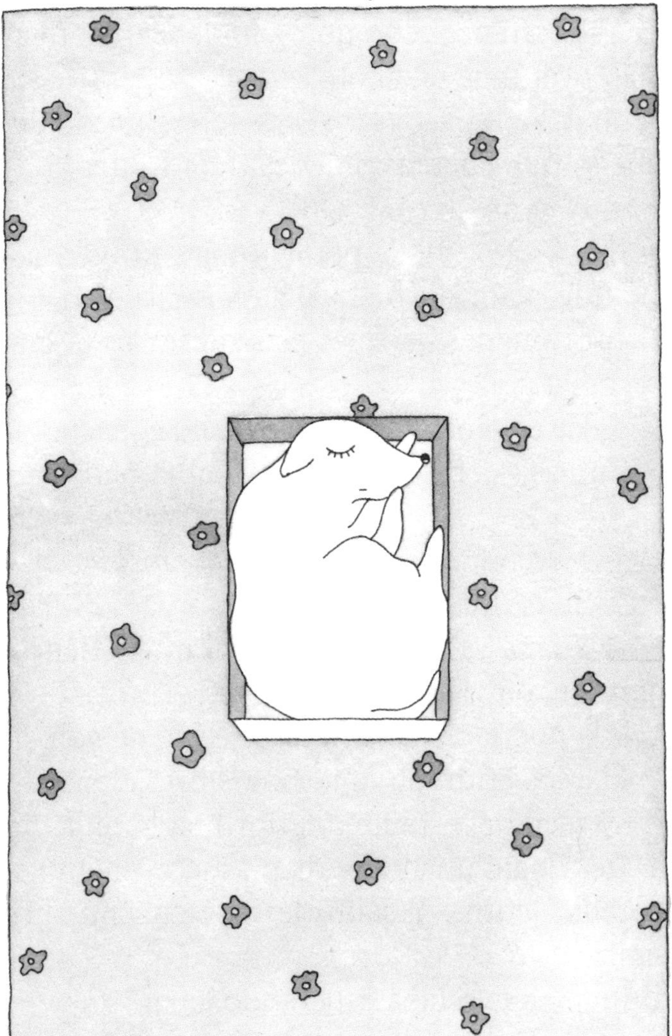

—Es tan pequeño que sólo debe tomar leche. Ayer traje una botella de casa, pero ya se la he dado toda. Si saco otra, tengo miedo de que se den cuenta. ¿Puedes traer tú una?

—A lo mejor.

Iba a ser difícil, pero podía aprovechar cuando mamá se fuera al supermercado.

—Si puedes, la traes esta tarde. Yo te esperaré aquí.

—De acuerdo —y Marcos salió corriendo.

En casa pensarían que se había perdido.

—Marcos, ¿has hecho los deberes?

—Sí, mamá.

—Bueno, me voy a comprar. Si tienes hambre, hay jamón en la nevera.

Y la puerta de la entrada se cerró de golpe.

Marcos entró en la cocina, abrió el armario y sacó del estante inferior una botella de leche. Cogió una bolsa de plástico y metió la botella dentro. Y salió de casa con mucho sigilo.

Juan ya le estaba esperando.

—Tengo la leche.

—¡Qué bien!

Los dos niños se metieron por el pasadizo y se sentaron en el suelo. El cachorro se había despertado, y con sus patas diminutas intentaba escalar la pared de la caja y salir al exterior. Juan lo cogió con una mano y lo depositó en el suelo.

—Mira, es tan pequeño...

—Sí, es precioso.

—Le encanta dar volteretas. Ya verás. ¡Cógelo! Está caliente —y Juan puso al cachorro sobre las rodillas de Marcos.

El animal escalaba los muslos de Marcos. Era una sensación divertida. Le hacía cosquillas con sus uñas diminutas. El niño sonrió.

—Debe de tener hambre —Juan cogió un plato que había en el interior de la caja, vertió en él un poco de leche, y lo puso en el suelo.

Cogió al perro y lo colocó junto al plato. El cachorro se metió de cabeza en la leche y sorbió con ganas.

El plato se vació enseguida.

—Mira, lleva leche hasta en los ojos —Marcos sacó un pañuelo del bolsillo y le frotó los ojos con mucho cuidado.

—Esta noche preguntaré en casa si me lo puedo quedar —dijo Juan.

—¿Qué te contestarán?

—No sé. Mi padre tenía un perro. Siempre habla de él. Se llamaba *Rayo*.

—¿Y qué nombre le pondrás a éste? —preguntó Marcos.

—Pues... ¿Se te ocurre algo?

—Puedes llamarlo *Amigo*. Es un nombre de perro, termina en *o*.

—Sí, me gusta. Ahora tenemos que irnos.

Marcos devolvió el perro a su caja y murmuró:

—Adiós, *Amigo*. ¡Hasta mañana!

Cuando no hacía ni un minuto que estaba en casa, llegó mamá de la compra.

—¿Has merendado ya?

—No, aún no.

—¡Será posible, con lo tarde que es! Ven a la cocina. ¿Y qué has estado haciendo?

—Pues, jugaba.

Mamá preparó el bocadillo y lo puso en un plato sobre la mesa. Marcos se sentó y comenzó a comer.

—Mamá...

—Sí, hijo.

—*Catilina*, de pequeño, debía de ser un cachorro muy simpático.

—Seguro que sí, Marcos.

15

Al día siguiente, Marcos no pudo ir al colegio. También él se había acatarrado. Debía de haber una epidemia de catarros tontos.

Así que se quedó en casa y aprovechó para pintar un poco. Llevaba días sin hacerlo. Había estado muy ocupado con las invitaciones de Carlota, la caja de juegos reunidos —que ahora ya estaba guardada en el armario de los juguetes— y el cachorro de Juan.

Cogió un papel y su caja de pinturas. ¿Qué podía pintar? ¡Ya estaba! Dibujaría a *Amigo*.

Pintarlo le llevó toda la mañana. Pero valió la pena. El resultado fue magnífico. El cachorro quedó precioso. Estaba sentado sobre sus patas traseras y tenía la cabeza un poco ladeada.

Después, Marcos recortó la hoja hasta hacerla cuadrada y la clavó con cuatro chinchetas al lado del cuadro del perro pastor que había pintado mamá.

Por la tarde, después de merendar, Juan llamó por teléfono:

—Hola. ¿Por qué no has ido al cole?

—Es que estoy resfriado.

—¡Ah! ¿Sabes una cosa? Tengo a *Amigo* en casa.

—¿Sí? ¡Qué bien!

—Sí. Hablé con mis padres y me dejan tenerlo. Mañana vamos a comprarle una correa. Así podré llevar a *Amigo* al parque. ¡Hasta mañana!

—¡Hasta mañana, Juan!

El catarro de Marcos mejoró. Al día siguiente el niño pudo ir al parque con sus amigos. Juan trajo dos cosas interesantes: *Amigo* y el monopatín. Así la tarde podía resultar divertida.

Por una vez, *Catilina* se había quedado en casa y Carlota no tenía que preocuparse del perro. *Amigo* pasaba de mano en mano. Todos deseaban acariciarlo y pasearlo. Marcos, el primero. En cuanto pudo, Carlota se hizo la dueña y señora del monopatín. Era divertido subirse sobre él, dar impulso con un pie, levantarlo rápidamente y tomar velocidad. Lo malo era que en el parque no había ninguna pendiente. En una pendiente el monopatín se embalaba y era mucho mejor.

Cuando Carlota, por fin, se bajó del monopatín, subieron a *Amigo* y le dieron una vuelta por todo el parque. Muy despacio, para que el perro no se asustara. *Amigo* ladraba de contento y los niños reían felices. Pero se hizo tarde y todos volvieron a sus casas.

Mañana era el último día de colegio. Marcos tenía ganas de acabar. Entonces empezaría el verdadero verano. No habría que hacer deberes y tendría tiempo de sobra para jugar.

Además, iría al pueblo. Ya tenía ganas. Hasta le apetecía conocer a *Plácido*, a ver qué pinta tenía. Pero, por otro lado, estaban los amigos a los que no vería hasta el curso siguiente. A lo mejor, la próxima vez que viera a *Amigo* sería ya un perro hecho y derecho. En nada parecido al cachorro que Juan había escondido en la caja de cartón.

Esperaba que entonces siguiera sin darle miedo. Por si acaso, debía recordar que era el mismo perro que él había sostenido, de pequeño, en sus brazos.

Lo malo era que los perros crecían. Mientras eran pequeños, no pasaba nada. Resultaba imposible tener miedo de *Amigo. Amigo* era incapaz de hacer daño a una mosca. Y si no hacía daño de pequeño, ¿por qué iba a hacerlo de mayor? *Catilina* era un perro adulto y no sabía de nadie al que hubiera mordido. Con Carlota se llevaba a las mil maravillas y con todos los demás también.

Seguro que él también podía ser amigo de *Catilina*, y de *Plácido*, y de *Amigo* cuando creciera... y de todos los perros de la ciudad.

16

—¡Qué bien, se acabó el colegio! —Marcos saltaba de dos en dos las baldosas de la acera.

—¡Viva! ¡Viva! —chillaban detrás Carlota y Juan.

—¿Qué vais a hacer este verano? —preguntó Juan.

—Yo me voy al pueblo donde viven mis primos —contestó Marcos.

—Yo voy a la playa. Nos marchamos mañana —gritó Carlota muy contenta—. ¿Y tú, Juan?

Juan se había puesto triste:

—Yo me quedo aquí.

Hubo un minuto de silencio. Ni Carlota ni Marcos sabían qué decir. Por fin, a la niña se le ocurrió una idea:

—¡Qué suerte tienes! Podrás pasar todo el verano con *Amigo*. En cambio, yo tengo que despedirme de *Catilina*. Lo llevamos a la residencia, porque en el hotel donde vamos no dejan tener perros.

—¿Sí? —Juan miró a Carlota con asombro.

—Sí —contestó la niña rotundamente.

—Entonces es mucho mejor quedarse aquí —la cara de Juan cambió por completo. Una sonrisa inundó su rostro—. Jugaré con *Amigo* todos los días. Nos lo pasaremos fenomenal.

—En casa de mis primos hay un perro. Se llama *Plácido*. Yo jugaré con él —Marcos no pudo evitar sonreír. Todo era cuestión de atreverse.

Ahora la triste era Carlota. Se acordaba de *Catilina*. ¡Iba a pasar dos meses enteros sin verlo!

—Oye... —Marcos la miró con simpatía—.

Si quieres, yo puedo ir a ver a *Catilina*. Como no me voy hasta dentro de dos semanas...

—¿De verdad? ¡Perfecto! Y así me escribes qué tal está.

Marcos pensaba que había hablado demasiado; pero ahora no podía volverse atrás.

Por la tarde, Marcos fue a casa de Carlota para despedirse. Llamó al timbre, y enseguida abrió la madre de la niña.

—Hola, Marcos. Pasa... ¿Qué tal estás?

—Muy bien. ¿Está Carlota? —preguntó tímidamente el muchacho.

—Sí, ahora mismo sale. Creo que precisamente iba a llevar al perro de paseo. Podéis ir juntos —y la señora entró en la casa.

Al momento se oyeron unos ladridos que se acercaban y *Catilina* salió al jardín. Corrió hasta Marcos, lo olisqueó y siguió ladrando.

—Pórtate bien, ¿eh? —Marcos no las tenía todas consigo.

Pero no retrocedió ni un paso.

Enseguida apareció Carlota.

—Hola. *Catilina* está contento porque tiene visita. ¿Vamos de paseo?

—Bueno —aceptó Marcos.

Carlota le ató la correa al perro. La asió con fuerza, abrió la verja y salió a la calle. Detrás salió Marcos y cerró la puerta tras de sí.

Catilina estaba feliz y levantaba contento el rabo.

—Mañana, antes de irnos, papá lo llevará a la residencia —susurró Carlota.

No quería que *Catilina* la oyera. Y para disimular cambió de tema.

—¿Sabes? Les he pedido a mis padres un monopatín. Es tan divertido...

—¿Y qué te han dicho? —preguntó Marcos intrigado.

—Que me lo comprarán cuando estemos en la playa. Tengo unas ganas...

—¿Por tu cumpleaños?

—No. ¿Por qué por mi cumpleaños?

—Pues, por tu santo.

—No. Ni por mi cumpleaños ni por mi santo. Los dos son en invierno.

Desde luego, los padres de Carlota eran distintos de los demás padres. A Marcos sólo le regalaban cosas cuando había motivo. Por el santo o por el cumpleaños. Nada más.

De todas formas, a él también le hacía ilusión tener un monopatín. Podía pedirlo. Por probar...

Mientras, *Catilina* husmeaba incansable cada piedra, ramita, colilla o papel que encontraba a su paso.

Marcos se acordó de Rodrigo, su vecino, que a sus seis años había sido capaz de llevar el perro por la correa. Le entraron unas ganas locas de llevarlo él también. Si se lo pedía a Carlota... Al fin se decidió:

—Carlota..., ¿me dejas llevar a *Catilina* un rato?

—¿Quieres? —Carlota estaba contenta—. Tenéis que haceros amigos para cuando vayas a visitarlo a la residencia. Toma —y le dio la correa.

Marcos la tomó cuidadosamente. Pero pronto notó que había que asirla con fuerza. Si no, el perro podría más que él. *Catilina* siguió tan tranquilo. No pareció molestarle haber cambiado de amo.

—No tires mucho, o le harás daño —murmuró Carlota con simpatía.

—¿Así está bien?

—Muy bien.

Bueno, aquello era más fácil de lo que Marcos creía. Hasta resultaba divertido y le hacía sentirse importante. Un rato después volvieron a casa de la niña. Se despidieron delante de la verja. Y Marcos se sintió con fuerzas hasta para acariciar la nuca del perro. La semana que viene iría a verlo a la residencia. En el bolsillo llevaba el papel donde Carlota le había anotado dos direcciones: la del veraneo y la del hogar para perros.

Cuando Marcos llegó a casa, estaba tan contento que inmediatamente se atrevió a pedir el monopatín:

—Mamá...

—Sí, Marcos.

—Juan tiene un monopatín.

—Ya lo sé, Marcos.

—A Carlota sus padres le van a regalar uno.

—¿Un qué? —mamá planchaba una camisa de papá, y sólo parecía interesada en alisar las arrugas.

—¡Un monopatín! —soltó Marcos de golpe—. A mí también me gustaría tener uno.

—Se lo diré a papá y lo pensaremos. A lo mejor por tu cumpleaños...

—Mi cumpleaños es el año que viene. A mí me gustaría llevármelo al pueblo.

—¿Qué quieres, atropellar a las gallinas? —mamá dejó la plancha y levantó la cabeza.

Marcos se imaginó subido en el monopatín, atropellando gallinas por todo el pueblo. Aquella visión le hizo tanta gracia que casi se le escapa la risa; pero la conversación que tenían era demasiado seria como para sonreír siquiera.

—Bueno, el año que viene también irás al pueblo. A lo mejor para entonces ya tienes un monopatín.

Lo dicho, en casa las cosas no eran como en casa de Carlota.

17

Papá acompañó a Marcos al hogar para perros. Los atendió una señora que vestía una bata blanca. Los llevó a través de un pasillo largo, largo. A izquierda y derecha había un montón de jaulas de tela metálica. En su interior, perros de todas las razas. El ruido era ensordecedor. Ladraban sin cesar.

Al fin llegaron delante de la jaula de *Catilina*. El perro reconoció al niño y, apoyándose sobre la tela metálica, gimió lastimosamente.

Marcos sintió un nudo en la garganta. La

señora de la bata blanca miró al niño y su corazón se ablandó:

—Normalmente no dejamos salir a los perros si no vienen sus dueños personalmente. Pero, si quieres, podemos hacer una excepción. Tienes media hora para llevártelo de paseo. Luego, es la hora del baño.

—¿Sí? —Marcos dudaba.

—Bueno, Marcos; si lo dice la señora... —su padre le echó una mano—. Seguro que *Catilina* se alegra mucho. Yo te acompaño.

La señora de la bata blanca abrió la jaula, y *Catilina* salió alborozado. Le lamió a Marcos todo el pantalón. ¡Ya veríamos qué diría mamá!

Tirando del collar, la señora llevó al perro hasta un armario metálico. Abrió una de las puertas, cogió una correa y se la puso a *Catilina*.

—¡Ya está! —le tendió al niño la correa—. Y recuerden: tienen media hora.

Papá, Marcos y *Catilina* salieron con paso rápido de aquel lugar.

Catilina caminaba incansable. Marcos, detrás, tiraba de la correa, tan feliz. El perro saltaba de contento y las orejas se le balanceaban juguetonas.

El padre de Marcos había dejado que su hijo y el perro caminasen dos pasos por delante. Sin darse cuenta, Marcos empezó a hablar con el animal:

—No te preocupes, *Catilina*. Ya verás cómo, cuando vuelva Carlota, todo será como antes. Estarás otra vez en casa y lo pasarás muy bien. Carlota te sacará a pasear y, si quieres, yo iré con ella. Será muy divertido. A lo mejor Juan te presenta a *Amigo*, y juntos lo pasáis la mar de bien.

La media hora pasó enseguida y tuvieron que volver a la residencia. *Catilina* no quería entrar por ningún motivo. Se pegó a las rodillas de Marcos y no había quien lo sacara de allí. Pero la señora de la bata blanca se puso seria. Más seria aún que de costumbre. Y tiró de *Catilina* sin miramientos hasta la jaula de tela metálica.

El perro gimió y gimió, pero no hubo nada que hacer. La señora cerró la puerta con un grueso candado.

El padre de Marcos cogió a su hijo por el

hombro, y ambos se marcharon. A su paso todos los perros del pasillo comenzaron a ladrar de nuevo. Por encima de todos los ladridos sobresalía el gemido de *Catilina*.

Cuando llegaron a casa, Marcos cogió papel y lápiz y escribió a Carlota. Su carta no decía toda la verdad. No quería que la niña se entristeciera:

Querida Carlota:

Hoy he ido a ver a Catilina. Me ha acompañado mi padre. Como tú me contaste, el perro está muy bien en la residencia. Lo bañan, lo peinan y le dan de comer. La señora ha sido tan simpática que me ha dejado sacarlo a pasear. Juntos nos hemos divertido.

Mañana me voy al pueblo. Te escribiré desde allí. Recuerdos,

Marcos

Todo lo que decía en su carta era verdad. A *Catilina* lo bañaban, lo peinaban y le daban de comer. Pero lo que no hacían era quererlo, por lo menos como lo quería Carlota.

—¡Marcos! Tenemos que hacer la maleta —mamá lo llamó desde el cuarto de estar.

¡Claro! Mañana se iba al pueblo. Papá bajó la maleta del altillo. Mamá la colocó encima de la cama del niño y comenzó a llenarla: un jersey por si hacía frío, las zapatillas de deporte para caminar por las piedras, los tejanos, una gorra para que el sol no le calentara la cabeza; y el bloc de dibujo, por supuesto.

Cuando Marcos se iba a ir a la cama, pusieron la maleta en el suelo. Al niño le costó dormirse. Pensaba en el viaje, en *Plácido*, en los primos, en la plaza del pueblo y en las gallinas.

18

A la mañana siguiente, papá y mamá acompañaron a Marcos a la estación de autobuses. Mamá le dio una bolsa con comida. Por si tenía hambre en el camino. Papá estaba muy serio.

—Ya eres casi un hombre —volvió a decir.

Era la primera vez que Marcos viajaba solo.

—Si te aburres, lee un poco —papá le tendió un libro.

—Y no molestes —añadió mamá.

—Mujer, si el niño ya es mayor —repitió papá.

Y esta vez a Marcos no le dio rabia que papá dijese aquello. Se sentía importante. Viajaba solo.

Subió al autocar. ¡Qué bien, tenía ventanilla! A su lado se sentó una mujer. Llevaba una pañoleta floreada y una cesta de mimbre.

Mamá y papá miraban a Marcos a través de la ventanilla. El autocar arrancó. Papá dijo adiós con la mano. Mamá le tiró un beso y gritó:

—¡Que lo pases bien, Marcos! ¡Hasta pronto!

—Hola —la mujer se volvió y le sonrió—. ¿Cómo te llamas?

—Marcos.

—¿Vas a Campillo?

El niño contestó afirmativamente con la cabeza.

—¿No serás tú el sobrino de Carmen y Tomás? —continuó la mujer de la pañoleta.

Marcos volvió a asentir.

—¡El que tiene miedo a los perros! —sentenció su compañera de asiento.

¡Vaya! Sí que corrían las noticias. Marcos

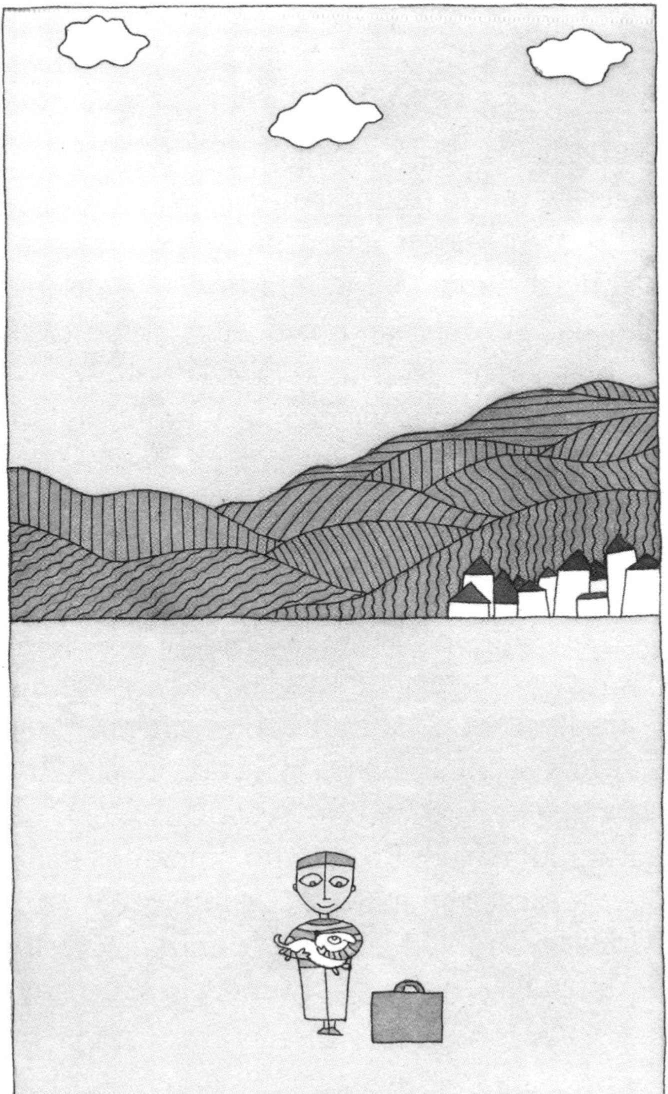

se volvió hacia la mujer y, con cara de pocos amigos, dijo:

—No, ése no soy yo. Yo no tengo miedo a los perros —después cogió el libro, se puso a leer y no dijo ni una palabra más.

En cuanto llegase al pueblo le iba a enseñar a aquella mujer lo que era bueno. Pensaba pasearse con *Plácido* por delante de su casa todos los días. Después abrió la bolsa de la comida. Había un melocotón y un bocadillo de jamón. Cogió el melocotón y se lo comió a bocados. El bocadillo lo guardó. De momento, no tenía ganas de comérselo. Luego se entretuvo mirando por la ventana. Ya se veían casas. El autobús llegó a la plaza, hizo maniobra y, por fin, paró junto a la iglesia.

En la acera de enfrente le esperaban Prudencio, Casimira y un perro de raza indefinida.

Marcos cogió el libro y la bolsa con el bocadillo, y bajó. En aquel momento el conductor sacaba su maleta. Casimira y el perro permanecieron en la acera de enfrente, justo delante de la carnicería. Prudencio se acercó.

—Hola.

—Hola, Prudencio.

—Hemos venido a buscarte —y señaló hacia Casimira y *Plácido*—. Podemos dejar la maleta en la carnicería. Después vendrá padre a buscarla.

—Bueno —Marcos, muy decidido, cogió la maleta y cruzó al otro lado.

Plácido se acercó a husmearlo y Marcos le acarició las orejas.

—Hola, *Plácido*; seremos amigos.

Mientras, Prudencio entró en la carnicería y dejó la maleta.

Justo entonces, la mujer de la pañoleta de flores pasó por allí.

—Ya tenéis aquí a vuestro primo.

—Sí, señora Juana —contestó Casimira.

Marcos no oyó a la mujer. El niño corría ya detrás de *Plácido*. El perro lo guiaba hacia la casa de los tíos. En aquel momento, el muchacho se dio cuenta del hambre que tenía. Sacó de la bolsa el bocadillo y se lo zampó en un segundo. Estaba tan contento que hasta el bocadillo de jamón que le había puesto mamá le supo a gloria. Ya habían llegado. Plácido ladró desde el patio de la casa y Marcos entró feliz.

Índice

Un perro casi feroz

M. Àngels Bogunyà

Ilustraciones
Daniel Jiménez

ALA DELTA, SERIE AZUL N.º 84. 122 págs.

Comienzan las vacaciones. La familia Zote sale de viaje a pasar unos días en la playa, pero tras una primera parada rehace la marcha sin su perro. Trompo no entiende cómo sus dueños han podido despistarse tanto. Mientras espera que regresen a recogerlo, conoce a un grupo de chuchos callejeros. Ellos le descubrirán que tal vez sus dueños no aparezcan nunca y le enseñarán a ser un perro espabilado e independiente.